U0125103

中国古典名著译注丛书

文心雕龙今译

附词语简释

周振甫 著

中华书局

图书在版编目(CIP)数据

文心雕龙今译:附词语简释/周振甫著. —北京:中华书局,
2013.9(2024.3重印)
(中国古典名著译注丛书)
ISBN 978-7-101-09568-5

Ⅰ.文… Ⅱ.周… Ⅲ.①文学理论-中国-南朝时代《文心
雕龙》-译文 Ⅳ.I206.2

中国版本图书馆 CIP 数据核字(2013)第 179689 号

书 名	文心雕龙今译(附词语简释)	
著 者	周振甫	
丛书名	中国古典名著译注丛书	
责任印制	管 斌	
出版发行	中华书局	

(北京市丰台区太平桥西里 38 号 100073)

http://www.zhbc.com.cn

E-mail:zhbc@zhbc.com.cn

印 刷	三河市鑫金马印装有限公司	
版 次	2013 年 9 月第 1 版	
	2024 年 3 月第 12 次印刷	
规 格	开本/880×1230 毫米 1/32	
	印张 17½ 插页 2 字数 409 千字	
印 数	47001-51000 册	
国际书号	ISBN 978-7-101-09568-5	
定 价	68.00 元	

例　言

一、本书今译《文心雕龙》，是就《文心雕龙选译》三十五篇补译十五篇而成，即就"文之枢纽"中补译《正纬》，"论文"补译《颂赞》以下七篇，"序笔"补译《诏策》以下七篇。刘勰创作《文心雕龙》，是从"论文序笔"入手，即研究前人的著作和创作，按照文体分类，确定各体的选文，探讨各体文的特点，把这些特点归纳起来构成创作论，他的创作论是从研究文体论来的。他的文体论跟创作论密切相关，应该补译。

二、刘勰在《序志》里把原书分为五部分：一，"文之枢纽"，是文学理论的根本部分，即全书总论；二，"论文序笔"，是按照不同体裁来讨论有韵文和无韵文，即文体论；三，"剖情析采"，即探讨内容和形式的创作论；四，《时序》《才略》《知音》《程器》为一组，即从文学史、作家论、鉴赏论和作家品德论的角度来探讨文学评论；五，《序志》是全书的序言。本书就按照这五部分排列，注明总论、文体论、创作论、文学评论、序言，使全书的结构更其明显。又把《梁书·刘勰传》列于全书之首。

三、《文心雕龙》是有严密体系的书，但《物色》的排列似不合适，《物色》似不应排在《时序》的后面。根据《神思》的赞里谈到创作论的次序，"物以貌求"似应排在"刻镂声律"前面。现在因为附了本书的《词语简释》，为了便于检查原文，仍照原来次序排列，不加更动。

四、本书就所分列的各部分，都作了简单说明。有的说明一部

1

分中各篇的逻辑结构,有的说明一部分中所提出的问题和解决的方法,稍作评价。

五、《文心雕龙》原文,本书即用通行的清代黄叔琳辑注本,删去了它的文字校注。原文有误字、衍文、脱字和异文的,根据范文澜同志《文心雕龙注》的校勘,还参考其他各家的校勘加以增补改正。凡是加进去的增补改正的文字一律用小字来和原文区别;原文是多余的、错误的,或有更好的字可换的,一律加上方括号。换言之,加方括号的原文表示是应该删去的,小字表示应该补上或代替删去的原文。如《附会》:"是以驷牡异力,而六辔如琴;[并驾齐驱,而一毂统辐]";译作:"因此,驾车的四匹马气力虽然不一样,马缰绳却能拉得像琴弦那样和谐。"这就表示方括号里的话是后人加的,不是原文,要删去,所以没有译。据考证,嘉靖本、五家言本、《御览》五八五引都没有"并驾齐驱"两句。再说正因"驷牡异力",所以有待于驾驶者的驾驭得"六辔如琴",与"并驾"和"一毂"完全无关,跟上下文不相应。又如《声律》:"故言语者,文章关键,神明枢机";"夫[商徵]宫商响高,[宫羽]徵羽声下。"这里,原文脱去"关键"两字,补上时用小字来表示。又原文的"商徵"应改作"宫商",原文"宫羽"应改为"徵羽"。这里在"商徵""宫羽"上加方括号,表示这四字当删去,用小字"宫商""徵羽"来代替。总之,加方括号的表示要删去的原文,小字表示补进去的文字。

六、本书在每篇前对内容作了浅释,有时也稍加阐发,或指出其中不妥处。

七、注释求简,主要参考范文澜同志《文心雕龙注》,兼采杨明照先生《文心雕龙校注拾遗》。凡引用《拾遗》处都注明杨注。

八、译文逐句直译,只是起到句解作用,用来简化注释。因此把段落分得短些,译文就附在每段下,便于对照。

九、译者限于水平,不论在直译或简注上,在各篇的浅释或各类的说明上,一定有不恰当甚至错误处,统希专家和读者加以指教,以便改正。

目　　次

梁书刘勰传

从传看，刘勰出身在没落的官僚家庭。由于他的父亲早死，家境贫困，他在定林寺里跟着僧祐生活了十多年，帮僧祐编定佛教经藏。这是他在南朝齐代的经历。序里说他过了三十岁，曾经梦见孔子，于是想到写《文心雕龙》，说明本书是在他三十多岁时写的。本书写定于齐代末年，约在齐和帝中兴元年（501）前后，上推三十多年，刘勰约生在宋明帝泰始元年（465）前后。刘勰把书送请沈约鉴定，当在齐末梁初，所以梁武帝在天监元年（502）用他做"奉朝请"，是没有实缺的官，当是沈约推重后的事。他在梁代做东宫通事舍人等官，曾上表请改用蔬果来祭天地。按《梁书·武帝纪》，天监十六年（517）十月开始用蔬果祭宗庙，那末刘勰上表当在十六年十月以后。后来梁武帝派他去整理经藏，完成后出家，出家后不满一年去世。他的去世当在梁武帝普通元、二年（520—521）前后。这是根据范文澜同志在《文心雕龙注》的《序志》篇里的说法。

对于刘勰的卒年，有一种新的说法，认为按照南宋和尚祖琇的《隆兴佛教编年通论》里，把刘勰的传附在萧统后面，认为刘勰在萧统死后出家，死在中大通四年（532），较范文澜同志的推算，刘勰该多活十一年。但南宋和尚祖琇并没有掌握新的资料，他引用的还是《南史》。在《南史》里没有刘勰在萧统死后出家的记载。祖琇也没有说刘勰在萧统死后出家。刘勰是萧统的东宫通事舍人，可能因此把他的传附在萧统传后。因此，这样的推算恐不可信。

刘勰的一生经历了宋、齐、梁三代，这三代文风，照刘勰说来，就是"讹滥"（《通变》《定势》《序志》），讹是追求诡异新巧，颠倒字

1

句,违反正体;滥是浮靡。讹滥的文风把创作引入歧途,他要从理论上来加以挽救。他在《序志》里指出文章的作用:"五礼资之以成,六典因之致用。君臣所以炳焕,军国所以昭明。"要用文章来著作国家的大典礼和法制,歌颂君臣的功德,记载国家的军政大事。这样讲,主要是说明文章要有内容,讲实用。目的在反对讹滥的文风。这是他所以笃信佛教而在《序志》里推重儒家的原因。他论文而推重儒家,目的在挽救文风的流弊,并不要求用儒家思想来写作,也不是要用儒家经书质朴的文辞来写作,他推重的是讲究辞藻、声律、对偶的骈文。那末他的《原道》《徵圣》《宗经》,只是对文章内容的要求,要求学习经书写出内容充实的文章来。

刘勰所处的宋齐梁时代,豪门世族过着淫靡的生活,当时淫文破典的浮靡文风正是世族淫靡生活的反映。宋齐两代的君主都出身素族,他们取得政权后,既要依靠豪门世族的支持,又要依靠儒家的礼制来进行统治。刘勰的反对讹滥,不是站在豪门世族一边,不同意他们过着淫靡的生活,这跟他家境贫寒有关。所以他的反对讹滥的文风,有它的积极面。还有,他精研佛家的经书,编定经藏,那要网罗一切佛家的经律论,区别部类。这使他的论文,也要网罗古今文章,分别部类,加以论述,使他写出体大思精的文学批评著作,超越了前人。当时,在文学的形式方面,正向情采、声律、丽辞上发展,但声律还没定型;在内容方面,趋向浮靡。刘勰在这两方面都看到了,看来他比钟嵘高明。钟嵘没有看到声律上的发展,他在《诗品》里说:"今既不被管弦,亦何取于声律耶?"对声律论采取否定态度。刘勰看到了这方面的发展,由于当时声律论还没有定型,所以他作了专篇论述,提出了合理建议,对声律论的发展起到了推动作用。钟嵘的《诗品》写在梁武帝时代,当时的文学正向宫体诗堕落下去。刘勰的《文心雕龙》写在齐代,已经看到了这种堕落的趋势,他在书中反复提出纠正讹滥问题,可是在《诗品》里却没有接触到这个问题。当然钟嵘也有超过刘勰的地方,像他的强调五言诗:"五言居文词之要,是众作之有滋味者也。"只是刘勰的地位低,而文学的堕落从统治阶级的上层开始,他不可能扭转这种风气。但他在文学形式和内容上都提出了新的见解,成为当时文学理论上的最高成就。后来文学的发展,一方面使格律诗趋向定型,一方面提出风骨来反对六朝的浮靡文风,正证实了刘勰的文学理论。

刘勰字彦和①,东莞莒人②。祖灵真,宋司空秀之弟也③。父尚,越骑校尉④。勰早孤,笃志好学。家贫,不婚娶,依沙门僧祐⑤,与之居处;积十余年,遂博通经论,因区别部类,录而序之。今定林寺经藏⑥,勰所定也。

①勰(xié协):和合的意思,所以字彦和;彦是美才。　②莒:今山东莒县。东晋时莒县已非晋地,东晋明帝在京口(今江苏镇江)侨置南东莞郡,刘勰的祖和父都住在京口。　③司空:位在丞相下,主管治理水土等官。④越骑校尉:武官名,统率材力超越的骑兵,位次于将军。　⑤僧祐:齐代高僧,在定林寺主持搜集校订佛经,编定经藏。　⑥经论:佛说叫经,解释经义的叫论,把经论等编成大丛书叫经藏。

天监初,起家奉朝请⑦。中军临川王宏引兼记室,迁车骑仓曹参军⑧。出为太末令⑨,政有清绩。除仁威南康王记室,兼东宫通事舍人⑩。时七庙飨荐,已用蔬果,而二郊农社⑪,犹有牺牲;勰乃表言二郊宜与七庙同改。诏付尚书议⑫,依勰所陈。迁步兵校尉⑬,兼舍人如故。昭明太子好文学,深爱接之。

⑦天监初:当为天监元年或二年(502-503)。　　奉朝请:官名,是一种没有实缺的官,近于虚衔。　　⑧中军:中军将军。　　临川:郡名,治所在江西南城县。　　萧宏:梁武帝弟,官至太尉。　　兼:兼官,以奉朝请兼记室。车骑仓曹参军:在临川王府里做参军,掌管车骑仓库的事。参军,王府属官。仓曹,仓库部。　　⑨太末:今浙江衢县。　　⑩仁威:仁威将军。　　南康:郡名,治所在江西南康县。　　南康王萧绩:梁武帝第四子,官至安右将军。东宫通事舍人:在太子宫执掌呈进文书的官。太子是昭明太子萧统。萧统爱好文学,喜接待名士,编有《文选》,是一部著名的诗文选本。　　⑪七庙:天子的祖庙有七座。　　二郊:祭天地。　　农社:祭社稷,即谷神和土地神。⑫尚书:尚书省,朝廷政务机关之一。　　⑬步兵校尉:京中武官之一,当是兼官,他还在作东宫通事舍人。

　　初,勰撰《文心雕龙》五十篇,论古今文体,引而次之。其序曰:"夫文心者,言为文之用心也。……"⑭既成,未为时流所称。勰自重其文,欲取定于沈约⑮。约时贵盛,无由自达,乃负其书,候约出,干之于车前,状若货鬻者⑯。约便命取读,大重之,谓为深得文理,常陈诸几案。然勰为文长于佛理,京师寺塔及名僧碑志,必请勰制文。有敕与慧震沙门于定林寺撰经⑰。证功毕⑱,遂启求出家,先燔鬓发以自誓。敕许之,乃于寺变服,改名慧地。未期而卒⑲。文集行于世。

　　⑭这里引的即《序志》篇。　　⑮沈约:在齐官做骠骑司马。入梁,升吏部尚书兼右仆射。他是当时文坛领袖,主张诗文要讲究声律。　　⑯货鬻(yù 欲):贩卖。　　⑰敕:皇命。　　沙门:和尚。　　刘勰前已编定经藏。这时,佛教的著作又有增加,梁武帝命令他重新修订。　　⑱证功:佛教以编定经藏为功德,所以称证功。　　⑲期(jī 基):满一年。

总　　论

　　《梁书·刘勰传》里称他编定定林寺的藏经,先是"博通经论",对佛教的经和论都读通了,"积十馀年",化了十多年的工夫。"因区别部类,录而序之",因此把佛教的经和论,分成多少部多少类,作了序录。这几句话,对我们理解刘勰的著作《文心雕龙》是可供参考的。他的编定藏经,要在博通经论以后,区别部类,再加序录。看他对《文心雕龙》,也作了序录,他的《序志》就是全书的序录;也是"区别部类",分成几部、几类,这在《序志》作了说明,分"文之枢纽","论文叙笔","剖情析采","崇替于《时序》,褒贬于《才略》,怊怅于《知音》,耿介于《程器》",即把全书分成枢纽、文体论、创作论、文学史、作家论、鉴赏论、作家品德论七部分。在枢纽里分成五篇,文体论里又根据不同文体分成多少类。跟他编佛教藏经的方法一样。这里说明一个问题,就是他著作《文心雕龙》,为什么"体大虑周"远远超过前人,就是后来的文论著作,也很少能跟它比的。即使有的人在论文的见解上可以超过他,但就"体大虑周"这一点上比不上他。这同他具有编藏经的经验有关。他编藏经,化了十多年工夫的研究,博通经论。他著作《文心雕龙》也当是这样,化了很多年工夫,博通经史子集四部书以后。他编藏经,要区别部类,他著作《文心雕龙》也这样。看来他是先博通经史子集,再从文学和文章的角度,论文序笔,研究文体论;再从文体论中剖情析采,研究创作论;再研究文学史、作家论等,最后制定文之枢纽的。文之枢纽最重要,所以列前。现在先看他的文之枢纽。

　　"文之枢纽",是刘勰文学理论的关键,接触到根本问题。这些根本问题，就是《序志》里说的"本乎道，师乎圣，体乎经，酌乎纬，变乎骚"。这个枢纽，建立了他的文论的体系，即：

根本是道，作品要本于道，按照对道的认识来创作。刘勰认为"道沿圣以垂文"，圣人能认识道，所以要师圣；"圣因文而明道"，圣人通过经文来说明道，所以要体察经文。纬书被一些人认为是配经的，所以要酌纬，把纬书跟经书分开，只能酌取纬书的辞藻，这样做是给文学指出一条正确的路。文学又跟着时代不同、生活不同而变的，这又要求新变，通过《离骚》和《诗经》的不同，说明文学的新变。在这个体系里，"道沿圣以垂文"，圣指儒家的圣人，文指儒家的经书，所以是以儒家为主来建立体系的。因为论文要靠文献资料，这些文献资料只有儒家有；论文要纠正当时浮靡和矫揉造作的文风，儒家的经书正可用来纠正这种文弊；论文要建立一个准则，儒家的经书有助于建立一个准则；所以依照儒家的经书配合《离骚》来建立文论的体系。

　　再就"本乎道"的道来说，以儒家之道为主，又兼采道家和其他各家。因为论文要靠文献资料，所以建立体系要靠儒家；但创作要纠正矫揉造作，崇尚自然，这就有取于道家；创作要"积学以储宝，酌理以富才"，这个学和理不能限于儒家，就要兼采各家。就《诸子》《论说》来看，兼包道家、佛教和其他诸子，这也是配合封建皇权兼采儒道佛诸子来的。他在《原道》里提出"自然之道"，这是从道家来的。他在《论说》里认为崇有、贵无都有片面性，只有"般若绝境"最全面，最高，这是从佛教来的。他在《诸子》里，对墨家的尚

6

俭,尹文的讲名实,农家的讲地利,驺子的讲天文等,都认为"入道",这是他有取于诸子。因此,他的"本乎道",在道的方面可以兼采道佛和诸子,是适应封建皇权的需要,也是适应创作的需要。

这样看来,刘勰讲文的枢纽,他的突出成就,超过以前文学理论家的,在建立一个文论体系,提出原道这一命题,提出"因文明道",对当时文风具有救弊作用。提出"变乎骚",注意文学的创新和变化。

在救弊方面,他提出明道宗经,反对偏重形式的浮靡的文风。提出自然,反对矫揉造作。提出"变乎骚",指出文学发展要求新变,但要防止它的流弊,使它在正确的道路上发展。

原 道 第 一

《原道》一开头提到"文之为德"，这个文德，在《情采》里指出有三种：一叫形文，如颜色的玄黄，形体的方圆；二叫声文，像风吹树林，泉水激石；三叫情文，像抒情达意的文章。就形文声文说，他认为在没有人类以前，就有了"文"，"文"是跟天地一同产生的。

刘勰要这样讲，是要给他的文学理论找根据。从《原道》看来，他的理论主要有三点：一是作品要写得自然，反对矫揉造作；二是作品要讲究文采、对偶、声律；三是作品要效法圣人的经典。他这样讲，是要纠正当时作品的"讹滥"。讹滥的形成：一是由于矫揉造作，所以他要提倡自然来纠正它；二是由于偏重形式，忽略内容，造成浮靡的文风，所以他要主张因文明道，以情理为主、文采为次，主张宗经。

他在《原道》里给他的三点理论找根据。先说自然，他认为形文、声文、情文都是自然形成的。有了龙凤，自然有鳞羽的文彩；有了泉石，自然相激成韵；有了心意，自然有语言文字。所以既说"自然之道也"，又说"夫岂外饰，盖自然耳"。又说"故形立则章成矣，声发则文生矣"，也是说明文章是自然形成的。在这里，他举出天地、日月、山川、龙凤、虎豹、云霞、花木来说明自然界的一切都有文采，从而说明作品也要有文采。根据林籁、泉石的有音韵，从而说明作品也要讲音韵。从文采和音韵的自然形成，来反对作品的矫揉造作。

他由于反对形式主义地追求文采，所以要原道，指出"道沿圣以垂文，圣因文而明道"，提出因文明道的主张。这样，以道为内容的文,就不同于追求形式的文了。这是《原道》在当时所具有的积极性,即用有内容、尚自然的作品来反对追求形式、矫揉造作的文学。

但《原道》里也有不合理的地方,他把自然之文和人文混淆了。他把自然界的天地万物所具有的颜色、形体、声音称为道之文;又把反映社会上政治教化的文章也称为道之文。认为这两种道之文都是自然形成的。其实自然现象所呈现的文彩是客观存在,作家的创作是主观意识,存在不同于意识,把两者等同起来是不对的。他把人文认为自然形成,说"人文之元"即最早的人文是从天地未分以前的太极来的,是神理的作用,像《河图》《洛书》就是神理所造成的。这种先验的神理,被圣人所认识,才有伏牺画卦,孔子作十翼(这是不可靠的)。这是说,最早的人文,是从先验的神理来的,这是客观唯心主义。

总之,刘勰论文提出原道,主要是为当时的封建皇权服务。当时的最高统治者像宋齐两代君主,都出身素族,他们既利用儒家的伦常礼教来济俗为治,又要利用道家和佛教来麻醉人民。所以刘勰的所谓道,具体内容就是以儒家为主兼采道佛等,适应当时封建皇权的需要。当时的世家大族,过着腐化淫靡的生活,不愿受儒家礼教的束缚,浮靡的文风正是反映他们的生活。刘勰提出原道,要用"明道"即以儒家为主兼采百家的道来作文,来反对浮靡的文风,提出了文学革新的主张,所以是积极的。但由于他为封建皇权服务,提出神理设教,所以又有它的消极面。不过本书是讲文学理论的,主要宣扬了他的文学革新主张,这种主张针对当时讹滥文风是起到积极的作用的。

1.1 文之为德也大矣[①],与天地并生者何哉?夫玄黄色杂,方圆体分[②];日月叠璧,以垂丽天之象[③];山川焕

9

绮,以铺理地之形④:此盖道之文也。仰观吐曜,俯察含章⑤,高卑定位,故两仪既生矣⑥。惟人参之,性灵所钟,是谓三才⑦。为五行之秀⑧,实天地之心。心生而言立,言立而文明,自然之道也。

　　文章的属性是极普遍的,它同天地一起产生;怎么说呢? 有了天地就有蔚蓝色和黄色的不同,圆形和方形的分别;日月像重叠的璧玉,来显示附在天上的形象;山河像锦绣,来展示分布在地上的形象:这大概是大自然的文章。向上看到日星发光耀,向下看到山河有文彩,上下的位置确定,天地便产生了。只有人和天地相配,孕育灵性,这叫做"三才"。人为万物之灵,实是天地的心。心灵产生了,语言跟着确立,语言确立了,文章跟着鲜明,这是自然的道理。

　　①文:包括颜色、形状、五音、文章。　　德:文本身所具有的属性,即文的形、声、情。像天地的颜色形状就是文。　　②玄黄:是天和地的颜色。方圆:古人误以为天圆地方。　　③叠璧:《尚书·顾命》的《正义》里传说日月曾经一度像璧玉那样重叠起来。　　丽:附著。　　④焕:光彩。　　绮:有花纹的丝织品,指文彩。　　铺:分布。　　理地:使地有文理。　　⑤吐曜:发光,指日、月、星。　　含章:含有文章。　　⑥两仪:指天地。　　⑦参:三。　　性灵:指人的天性灵智。　　钟:聚集。　　三才:天地人。⑧五行:金木水火土,古人认为是天地万物的五种元素。

　　1.2　傍及万品,动植皆文:龙凤以藻绘呈瑞,虎豹以炳蔚凝姿⑨;云霞雕色,有逾画工之妙;草木贲华⑩,无待锦匠之奇。夫岂外饰,盖自然耳。至于林籁结响,调如竽瑟⑪;泉石激韵,和若球锽⑫:故形立则章成矣,声发则文生

10

矣。夫以无识之物,郁然有彩,有心之器,其无文欤⑬?

推广到万物,动物植物都有文章:龙凤用纹理彩色来显示祥瑞,虎豹用花色来构成丰姿;云霞构成华彩,胜过画家设色的巧妙;草木开花,不需要织锦工人手艺的神奇。这一切难道是外加的装饰吗?是自然形成罢了。再像风吹林木发声,谐和得像吹竽弹瑟;泉水激石成韵,和谐得像击磬打钟:所以形体确立和声韵激发就有文章了。那些无知的东西还有丰富的文彩,有心智的人,哪能没有文章呢?

⑨傍:当作"旁",指广。　　万品:万类。　　藻:文采。　　绘:彩画。
炳:光彩鲜明。　　蔚:色彩繁多。　　⑩贲(bì必):装饰。　贲华:开花。
⑪籁:风吹孔窍所发出的声音。　　竽:像笙,有三十六簧,吹奏乐器。
瑟:像琴,有五十或二十五弦,弹奏乐器。　　⑫球:玉磬。　　锽:钟声。
⑬郁然:状文采盛。　　其:岂。　　欤:表疑问助词。

1.3　人文之元,肇自太极⑭,幽赞神明,《易》象惟先⑮。庖牺画其始,仲尼翼其终⑯。而《乾》《坤》两位,独制《文言》⑰。言之文也,天地之心哉!若迺《河图》孕乎八卦,《洛书》韫乎九畴⑱,玉版金镂之实,丹文绿牒之华,谁其尸之⑲,亦神理而已。

人类文章的开端,起于天地未分以前的一团元气,深通这个神奇的道理,要算《易经》中的卦象最早。那是伏羲开头画的八卦,孔子最后加上辅助性的解释《十翼》。其中的《乾卦》《坤卦》,孔子特地用《文言》来解释。可见语言须要文采,才算是天地的心灵啊!至于说黄河里有龙献图,含有八卦,洛水里有龟献书,含有九类治国的大法,玉版上金字的内容,绿简上红字的文采,是谁造成的呢?是神秘的启示罢了。

⑭人文:《情采》中作"情文",指五性,即仁义礼智信,五性发而为文章,所以称人文。　元:始。　肇(zhào照):开端。　太极:天地未分以前的元气。　⑮幽:深。　赞:明,通晓。　神明:神奇的道理。　《易》象:《易》卦下总释的话称卦辞,分释的话称象辞。　⑯相传庖牺(伏羲)画八卦,孔子作《十翼》,是十篇解释《易经》的文章。翼,辅佐,作为《易经》的辅佐。　⑰《乾》《坤》:卦名。相传孔子作《文言》来解释《乾卦》和《坤卦》。⑱迺:同乃。相传黄河里龙献图,伏羲依照图文作八卦;洛水里龟献书,禹依照书制定九畴。　九畴:九类治国的大法。《河图》《洛书》同玉版丹文是迷信的传说。　孕、韫:指藏在里面。　⑲镂:刻。　牒:竹简。　尸:主管。

1.4　自鸟迹代绳,文字始炳⑳。炎皞遗事,纪在《三坟》㉑,而年世渺邈,声采靡追㉒。唐虞文章,则焕乎始盛。元首载歌㉓,既发吟咏之志;益稷陈谟,亦垂敷奏之风㉔。夏后氏兴,业峻鸿绩,九序惟歌,勋德弥缛㉕。逮及商周,文胜其质㉖,《雅》《颂》所被,英华日新。文王患忧,繇辞炳曜,符采复隐㉗,精义坚深。重以公旦多材,振其徽烈,剬诗缉颂,斧藻群言㉘。至夫子继圣,独秀前哲,熔钧六经,必金声而玉振㉙;雕琢情性,组织辞令,木铎起而千里应,席珍流而万世响㉚,写天地之辉光,晓生民之耳目矣。

自从用文字来代替结绳,它的作用开始显著。炎帝神农氏、太皞伏羲氏传下来的事迹,记载在《三坟》里,可是年代太遥远,那些文章已无从追寻。唐虞时代的文章,那文采才开始丰富起来。天

12

子大舜开头唱歌,已经发出唱叹的情志,臣子伯益和后稷贡献意见,也传下进言的风气。夏禹兴起来,事业崇高而巨大,各种工作都有秩序,得到歌颂,功德更加丰盛。到了商朝周朝,文采胜过前代的质朴,《雅》乐和《颂》歌,影响所及,英辞华彩越显得新颖。周文王在受难时,所作卦辞爻辞,光彩照耀,像宝玉的文彩,内容丰富含蓄,意义精微,坚实而深刻。加上周公多才多艺,发扬文王的美好事业,制诗作颂,修饰各种文辞。到孔子继承以前的圣人,独自超过他们。他编订六经,一定要像奏乐般打钟开始击磬结束地集大成;他陶冶性情,组织辞语;他的文教像铃声振动,千里响应,他的道德学问像席上的珍品流传下来,万代响应,发扬了天地的光辉,启发了人民的聪明才智了。

㉑鸟迹:相传仓颉仿照兽蹄鸟迹来制造文字。 绳:上古结绳记事。炳;明显。 ㉑炎:炎帝神农氏。 皞(hào 浩):太皞伏羲氏。 《三坟》:相传记载三皇的书。三皇即伏羲、神农、黄帝。 ㉒渺邈(miǎo 秒):遥远。 靡:无。 ㉓元首:指舜。 载:始。 ㉔益:伯益。稷:后稷(jì 计):都是舜臣。 陈谟:陈述谋议。 垂:示。 敷奏:进言。 ㉕业峻鸿绩:业峻绩鸿,业绩,事功;峻,高;鸿,大。 九序:指水、火、金、木、土、谷、正德、利用、厚生都有秩序。 勋德:功德。 弥缛:更丰富。 ㉖逮:及。 商周文胜质:文王作繇辞在商代,雅、颂是周时诗,可以用来说明商周文胜。 文胜其质:文采胜过质朴,指文采有了发展。㉗患忧:指周文王被商纣王囚禁在羑里。 繇(zhòu 宙)辞:《易经》中解释卦和爻(卦由爻组成,如八卦之一的☰〈乾〉,三划即☰爻)的话 符采:玉的横纹,指文采。 复隐:丰富含蓄。 ㉘公旦:文王子周公,名旦。振:发扬。 徽:美。 烈:功。 剬:同制。 缉:辑。 斧藻:修饰;斧指砍削。 ㉙熔钧:制作编订。熔,铸器的模子;钧,造瓦的转轮。金声玉振:奏乐时先击钟,结束时击磬,指集大成。 ㉚情性、辞令:在《体性》里指出才气本于情性,不同的情性发而为不同风格的文辞,说明两者的关

系。　　木铎(duó夺):用木做舌的大铃,宣扬文教时摇铎。　　席珍:儒者在坐席上有珍贵的道德学问来供人请教。

1.5　爰自风姓,暨于孔氏[31],玄圣创典,素王述训[32],莫不原道心以敷章[33],研神理而设教,取象乎《河》《洛》,问数乎蓍龟[34],观天文以极变[35],察人文以成化;然后能经纬区宇,弥纶彝宪,发[辉]挥事业,彪炳辞义[36]。故知道沿圣以垂文,圣因文而明道,旁通而无滞,日用而不匮[37]。《易》曰:"鼓天下之动者存乎辞。"辞之所以能鼓天下者,乃道之文也。

从姓风的伏羲到孔子,前圣创作典礼,孔子阐述义训,没有不是推求自然的道的精意来写文章,探索神秘的启示来建立教化,从《河图》《洛书》中取得启示的形象,用蓍草龟甲的占卜来探问未来的术数,观察天文来穷究变化,考察人事来完成教化;然后能够治理世界,制定包举一切的经典法制,使事业发扬光大,文辞意义鲜明。所以知道自然的道理靠圣人用文章显示出来,圣人用文章来说明自然的道理,这样贯彻到一切方面没有阻碍,人们每天在运用它而不会感到不够。《易经·系辞传上》说:"鼓动天下的在于文辞。"文辞所以能够鼓动天下,就因为它是说明自然的道理的文章。

[31]爰:于是。　　暨(jì技):及。　　[32]玄圣:远古的圣人,指伏羲。玄,远。　　素王:空王,汉人认为孔子有王者之德而没有王位,所以称他为素王。　　[33]道心:自然之道的精意。这个"心",即"天地之心",相当于"神理",只有圣人才能体认。　　[34]取象:取法。　　数:术数,指未来的命运。蓍(shī师):草名,古时用它的梗来占吉凶。　　龟:龟甲,古时在龟甲上钻孔再烧,看它的裂纹来卜吉凶。　　[35]极变:把变化的道理探索到极点。

14

㊱经纬:织布的经线纬线交织,指治理。　　弥纶:包举:　　彝(yí 益)宪:常法,经久不变的大经大法。　　彪炳:像虎纹般鲜明。　　㊲匮:乏。

1.6　赞曰:道心惟微,神理设教。光采元圣㊳,炳耀仁孝。龙图献体,龟书呈貌㊳;天文斯观,民胥以俲㊵。

总结说:自然的道的精意是微妙的,圣人依照神秘的启示来进行教化。光采的大圣孔子,明显地宣扬仁孝的伦理道德。黄河里的龙体上呈献图文,洛水里的龟甲上呈献纹理,再观察了天文来制定文字,人民都依照它来行动。

㊳元圣:大圣,指孔子,与上文的"玄圣"指伏羲不同。　　㊳体、貌:形体,图书就附着在龙龟的形体上。　　㊵斯:助词。　　胥:都。　　俲:仿效。

徵 圣 第 二

《原道》里指出:"道沿圣以垂文,圣因文而明道。"所以论文明道就得向圣人学习,因此要《徵圣》。这里提出政治教化要注重文章,记载事实要注重文章,个人的言论行动要注重文章。那末所谓明道,实际就是对于政治教化、历史事实、个人言论行动,都用文章记下来,就是因文明道了。这样的文章是有内容的,可以用来纠正当时追求形式的浮靡文风。

接下去谈到写作,作者以圣人为标准,提出四种不同的表达方法,两两相对,即"简言以达旨"和"博文以该情"相对,"明理以立体"跟"隐义以藏用"相对。"简言"和"博文",就是写作上的简和繁的问题,"明理"和"隐义"就是写作上的显和隐的问题。这些问题曾经引起长期的争论,《徵圣》里最早把这些问题的相互关系,应该怎样解决,作了扼要的全面的说明,并且举出具体的例证来印证。

刘勰指出或繁或简要看当时的需要,或隐或显要适应当前的情况。他并不像后来的作家那样,有的认为简是高古,极力求简,于是苏辙编《古史》,把《史记》里的"母,韩女也。樗里子滑稽多智"。简成"母,韩女也。滑稽多智。"张冠李戴,把樗里子的滑稽多智,变成母的滑稽多智了。有的极力求长,繁琐不堪,像《颜氏家训·勉学》篇里讥讽那样的文字,如博士写卖驴文契,写了三张纸,还没有写到驴字。有的力求隐晦,使人看不懂,像欧阳修笑宋祁好用古字,把"开门大吉",写成"札闼洪休";有的力求显露,写得毫无含蓄,一点没有余味。刘勰指出应该根据不同时间不同情况来确定一种写法,提得比较恰当。

16

其次,繁简和隐显的表达方法,究竟各自适宜于怎样的场合,刘勰对这个问题也表示了他的看法。他用四个"或"字,表示四个表达方法用在各自适宜的场合。举出"《春秋》一字以褒贬,丧服举轻以包重"来说明简。《春秋》是古代的大事记,记得非常简单,好比报纸上的新闻标题,比方郑伯处心积虑要赶走弟弟公叔段这一件情节曲折的事件,《春秋》只用一句话来记它,"郑伯克段于鄢"。在这样新闻标题式的记事中,作者还要表示他的态度,是赞成郑伯还是反对郑伯,在这样的场合里,只能用简的表达法,所以孔子只用一个"克"字来表达他的意见。因为战胜敌人叫克,用克字说明郑伯把弟弟当作敌人,这是表达他责备郑伯的意思。再像《礼记》里记"缌不祭",缌麻是轻的丧服,说穿轻的丧服的人不参与祭祀,那末穿重的丧服的人不参与祭祀就用不到说了。用不到说人家都懂,就不必说,这又是适于用简的场合。像举出《诗经·豳风·七月》和《礼记·儒行》来说明繁。《七月》全面地叙述农民在一年中的劳动和痛苦的生活,叙述面广,内容比较丰富,用简单的话无法表达。《儒行》里要全面而细致地讲述儒者的行为操守等,把它们分为十六种。那样的内容也不是简单的话所能说明的,内容决定了它采用繁的写法。再像《日知录·文章繁简》里引《孟子》的一段话,说有人送一尾活鱼给郑国子产,子产叫人养在池里,那人煮来吃了,回报道:"刚放到水里,还不活动,一会儿就活跃了,得意地游走了。"子产说:"得其所哉! 得其所哉!"那人出来说:"谁说子产聪明,我已把鱼煮来吃了,他还说:'得其所哉! 得其所哉!'"《日知录》说:"此必须重迭而情事乃尽。"这里用了四个"得其所哉",重复了两次,可以算繁了。可是只有这样重迭,才能把两个人的神情态度表达出来。这个例子可以说明"或博文以该情",用繁复重迭的写法来完备地表达神情。

再看隐显的表达方法适用的场合。先看显,刘勰提出断决和昭晰的要求。像规章契约等文字，要求明确，毫不含糊；像分析事理的文章，要写得洞若观火。这些都需要明显的表达法。再看隐，刘勰提出五例：一，微而显。像《春秋·僖公二十年》："梁亡。"其实是秦灭梁，不写秦灭梁而写"梁亡"，是含有梁国君主暴虐，自取灭亡的意思。这个意思没有说出，所以是微。虽没有说出，但当时人看了"梁亡"都知道这样写的用意，所以是显。二，志而晦。《春秋·宣公七年》："公会齐侯伐莱。"用"会"字，表示鲁公事前不知道，倘事前知道得用"及"字。这样写意义比较隐晦。三，婉而成章。《春秋·桓公元年》："郑伯以璧假（借）许田。"郑国拿田来和鲁国交换许田，因价值不相当，加上块璧。照规矩，诸侯的田不能互相交换，所以写成用璧来借许田。这是避讳的说法。四，尽而不污。《春秋·桓公十五年》："天王使家父来求车。"照礼节，除了规定的贡物外，天子不能向诸侯要东西，这里老实写出，不加隐讳。五，惩恶而劝善。《春秋·襄公二十一年》："邾庶其以漆、闾丘来奔。"邾庶其是个没有名望的人，他的名字没资格写到《春秋》里去，因为他带了土地来投奔，孔子憎恶他出卖祖国的土地，所以记上他的名字显示他的罪状。这五个例子所以写得隐晦，是《春秋》的写法所决定的。《春秋》要通过事实来表达作者的用意，作者的用意并不明白说出，只能通过用字或表达法来透露，所以构成隐晦的写法，成为修辞学上的婉曲格和讳饰格。

最后，还得指出繁简和隐显的关系。由于内容丰富，要明显地把丰富的内容表达出来，不得不繁，繁是为了求显。要是没有丰富内容，繁了就噜嗦，完全要不得了。由于要让事实说话，或有的话要含蓄，含蓄了才耐人寻味，所以求简。简是为了求含蓄，和隐有关。这样看来，本篇的微圣，只是向圣人学习四种表达方法，不是向圣人学习怎样认识道；是在认识了道以后，学习根据道的不同内容运用不同的表达法。因此微圣还是论文章写作。

2.1　夫作者曰"圣",述者曰"明"①。陶铸性情,功在上哲。夫子文章,可得而闻②,则圣人之情,见乎文辞矣。先王圣化,布在方册,夫子风采,溢于格言③;是以远称唐世,则焕乎为盛④;近褒周代,则郁哉可从⑤:此政化贵文之徵也。郑伯入陈,以文辞为功⑥;宋置折俎,以多文举礼⑦:此事迹贵文之徵也。褒美子产,则云"言以足志,文以足言";泛论君子,则云"情欲信,辞欲巧"⑧:此修身贵文之徵也。然则志足而言文,情信而辞巧,乃含章之玉牒,秉文之金科矣⑨。

创造的叫做"圣",阐发的叫做"明"。通过教育来改造人们的性情,它的功劳归于圣人。像孔子实施教化的言论文章,是可以看到的,那末圣人的思想感情,在文辞中可以见到了。古代圣王的教化,载在书本上,孔子的风度文采,充满在他的格言里;因此他称赞遥远的唐尧时代,便说文化照耀已很丰富;他赞美较近的周文王武王的时代,便说文化灿烂可以遵从:这是政治教化看重文章的凭证。春秋时代,郑国国君打进陈国,靠文辞收到功效;宋国举行隆重的宴会,因发言富有文采,被记下这次礼节;这是事实著重文章的凭证。孔子赞美子产,便说"言语用来充分地表达心意,文采用来充分地修饰言语";孔子一般地谈到君子,便说"感情要真实,文辞要美好":这是个人的修养上著重文章的凭证。那末,意思充实,言语有文采,感情真实,文辞美好,便是讲究文章的根本规律了。

①《礼记·乐记》:"作者之谓'圣',述者之谓'明'。"原意是指能够制礼作乐的是圣人,能够述说圣人的制作的是贤人。刘勰讲文章,要从圣人的创作讲起,所以引了这两句话,主要是用来引起孔子。因为孔子既是作者,又是述

19

者,他的作述表现在教育上,下文的上哲主要指他。　②陶铸:像陶人冶工制器那样把人教育改造成为有用的人才。陶是制瓦器的,铸是冶工。　上哲:圣人。　夫子:老师,指孔子,这是引用孔子学生子贡的话。《论语·公冶长》:"子贡曰:夫子之文章,可得而闻也。"　③方:木板。　册:编联的竹简;古代文字写在方册上,指书籍。　格言:可以作为法则的话。格,法则。　④焕乎:见《论语·泰伯》:"焕乎其有文章!"焕乎,状光明;文章,指文化。　⑤郁哉:见《论语·八佾》:"郁郁乎文哉! 吾从周。"郁郁,状富有文采;从周,指遵从周代的文化。　⑥《左传·襄公二十五年》:郑简公起兵打进陈国,向当时各国的盟主晋国去报告。晋国质问郑国为什么要侵略小国。郑国子产回答,说陈国领了楚国来打郑国,填塞了井,砍了树木,对郑国犯了罪。郑国向晋国报告了,晋国不管,所以要去讨伐。子产的话讲得理由很充足,得到孔子的赞美。　⑦《左传·襄公二十七年》:宋平公接待晋国贵宾赵文子,在宴会上宾主的发言都很有文采,得到孔子的称赞。　置:办。折俎(zǔ祖):把牲体的骨节折断(切开)了放在俎上。俎,放牲体的器具。这是一种隆重的礼节。　举礼:记下这次合礼的事。举,记录。　⑧孔子赞美子产的话,见《左传·襄公二十五年》,参见上注⑥。　《礼记·表记》:"子曰:'情欲信,辞欲巧。'"　⑨含章:蕴藏着文彩。　秉文:掌握着文章;都指写作。　玉牒:贵重文件。　金科:贵重的条例。犹金科玉律,指重要规律。

2.2　夫鉴周日月,妙极机神;文成规矩,思合符契⑩。或简言以达旨,或博文以该情,或明理以立体,或隐义以藏用⑪。故《春秋》一字以褒贬,丧服举轻以包重⑫,此简言以达旨也。邠诗联章以积句,儒行缛说以繁辞⑬,此博文以该情也。书契断决以象夬,文章昭晰以象离⑭,此明理以立体也。四象精义以曲隐,五例微辞以婉晦⑮,此隐义以藏用也。故知繁略殊形,隐显异术,抑引随时,变通[会适]适会⑯,徵之周孔,则文有师矣。

圣人的观察像日月遍照，好到极点能够看到事物的预兆；所以写成文章，成为模范，他的思想，能够跟客观事物相一致。有的用简练的语言来表达意旨，有的用丰富的文辞来概括感情，有的用明显的理论构成全篇的体式，有的用含蓄的意义来含孕深刻的作用。所以《春秋》用一个字来表示赞美或贬斥，《礼记》里用轻丧服概括了重丧服，这就是用简练的话来表达意旨。《诗经·邠风》里积句成章，联章成篇，《礼记·儒行》里反复申说，文辞繁富，这就是用详尽的文章来包括丰富的感情。文字写得决断，像《易经》用夬卦来表示决断，文章写得鲜明，像《易经》用离卦来表示洞若观火，这就是用明显的理论来构成文章的体式。《易经》里用卦来表示事物的四种现象，它的意义精微而曲折隐晦，《春秋》里记事有五个条例，它的文辞婉转而含蓄不露，这是用含蓄的意义来暗含文章的作用。因此知道繁和简有不同的面貌，隐和显有不同的表达法，加以压缩或引申要适应当时的需要，加以变通，要适应不同的情况，用周公孔子的文章来检验，那末在写作上就有所师法了。

⑩周：普遍。　机：同"幾"，事物微露苗头叫幾。　规矩：指文章的法度、规模。　符契：合同，契约，有两份，对起来完全相合。　⑪该：兼备。　体：主体，重要部分。　用：功用、作用。　⑫《春秋》里往往用一个字表示赞美或贬斥，像隐公元年："郑伯克段于鄢。"用"克"字，指斥郑伯以弟为敌人，也指斥公叔段与兄敌对。《礼记·曾子问》里说"缌不祭"，缌是用熟麻布制的丧服，穿这种轻丧服的不参加祭祀，那末穿重丧服的不参加祭祀就不言而喻了。　⑬邠（bīn 宾）诗：《诗经·邠风·七月》分八章，每章十一句，在《诗经》中是一首较长的诗，较全面地讲农业劳动。《礼记·儒行》里讲儒者的行为志节等分为十六种。　⑭书契：文字。指用文字记事比结绳记事要清楚明确。　夬（kuài 块）：夬卦，表决断。　昭晰：明白。　离：《易经·离卦》用离来象火。　⑮四象：《易经》六十四卦中有实象，有假象，有义象，有用象。如以乾卦象天，为实象；以乾为父，为假象；以乾为健，为义象；乾

有元、亨、利、贞(始、通、和、正)四德,为用象。四象的含义是曲折隐晦的。杜预《春秋左氏传序》里讲到五种写作条例:一曰微而显,二曰志而晦,三曰婉而成章,四曰尽而不污,五曰惩恶而劝善。见本篇说明。　　⑯适会:指适应各种情况。

2.3 是以[子政]论文必徵于圣,[稚圭劝学]窥圣必宗于经⑰。《易》称"辨物正言,断辞则备"⑱;《书》云"辞尚体要,弗惟好异"。故知正言所以立辩,体要所以成辞;辞成无好异之尤,辩立有断辞之义⑲。虽精义曲隐,无伤其正言;微辞婉晦,不害其体要。体要与微辞偕通,正言共精义并用;圣人之文章,亦可见也。颜阖以为:"仲尼饰羽而画,徒事华辞⑳。"虽欲訾圣,弗可得已㉑。然则圣文之雅丽,固衔华而佩实者也。天道难闻,犹或钻仰;文章可见,胡宁勿思㉒? 若徵圣立言,则文其庶矣㉓。

因此,论文章一定要用圣人的标准来检验,探索圣人的标准一定要以经书作根据。《易经·系辞下》里说:"辨明各种事物,给以正确说明,使语言有决断,而辞意完足。"《书经·毕命》里说:"文辞著重在体察要义,不只是爱好奇异。"因此知道使言辞正确所以用来建立论点,体察要义所以构成文辞。这样写成的文辞不会有猎奇的毛病,这样建立的论点有措辞明断的好处。纵使精妙的意义写得曲折深隐,也并不会妨碍论述的正确;虽然文辞含蓄婉转,也并不会损害它的体察要义。体察要义和文辞含蓄是相通的,正确的论点和精妙的意义是并存的。这些在圣人的文章里都可以看到。颜阖认为:"孔子在有文采的鸟羽上画文采,徒然讲究华丽的辞藻。"他纵使要诋毁圣人,还是诋毁不了的。那末圣人的文章内容

22

正确,文采华丽,原本是有文采有内容的。自然界的道理很难领悟,有的人还要钻研;文章可以看到,为什么不考究呢? 倘使从圣人那里去找标准来立论,那样写成的文章也就可以了。

⑰子政:西汉末期学者刘向,字子政。　　稚圭:西汉末期学者匡衡,字稚圭。这里加括号的字当删去。　　宗:主,以为主。　　⑱辨物:辨明事物。　　断:决断。　　⑲义:宜。　　⑳《庄子·列御寇》里讲到颜阖诋毁孔子的话。　　㉑訾:诋毁。　　已:语助词。　　㉒钻:研究。　　仰:向往。胡宁:何乃。　　㉓庶:庶几,近乎。

2.4　赞曰:妙极生知,睿哲惟宰㉔。精理为文,秀气成采。鉴悬日月,辞富山海。百龄影徂㉕,千载心在。

总结道:妙到极点的是生知的圣人,智慧的哲理只他掌握。用精微的道理作文章,卓越的才气构成辞采。观察明白得像高挂的日月,文辞繁富得像山和海。满百岁虽然身影消逝,可是经历千年思想精神还存在。

㉔生知:指圣人,其实孔子也不承认是生知。　　睿(ruì 锐):智慧。宰:主宰。　　㉕影徂:犹形逝,形体消失。徂(cú 殂),往。

宗 经 第 三

《原道》说:"圣因文以明道。"圣人是通过经书来明道的,所以要"宗经"。宗经就是宗法经书,写作以儒家的经书为标准,效法五经来作文。刘勰指出"五经"的文章各有特点:(一)《易经》只是讲天道,但它的目的还是致用,谈天还是为了实用,针对一定的目的来说。这是一种写法。(二)《书经》是记录各种文告宣言的,要求意义明白。这是说,像文告、宣言之类的文章,一定要写得意思非常明白。(三)《诗经》的言志,是通过起兴、比喻,运用辞藻的。像《关雎》,就用鸟儿的叫声来起兴,引出男子对少女的想念。像《硕鼠》,就是把贵族老爷比做偷吃庄稼的田鼠。这种手法,适用于表达深切的感情,所以说"故最附深衷矣"。(四)《礼》的规章条例,细密完备。这种文辞极其严密,不能稍有疏漏,更不容许有歧义,是另一种写法。(五)《春秋》是叙事文,叙述严谨,刘勰在这里举了两个例子:一是五石六鹢,一是雉门两观。《春秋·僖公十六年》:"陨石于宋五,六鹢退飞,过宋都。"《公羊传》说明道:"曷为(为什么)先言'陨'而后言'石'? 记闻,闻其填然(状声),视之则石,察之则五。曷为先言'六'而后言'鹢'? '六鹢退飞',记见也,视之则六,察之则鹢,徐而察之则退飞。"先说哪个字,后说哪个字,都有讲究。怎样讲究呢? 要靠实地观察。是先听到有东西掉下来,后来看到是石,所以先说"陨",后说"石"。先看到六只鸟,后来才辨明是鹢,所以先说"六",后说"鹢"。要这样根据实地观察,极其准确地进行记述。《春秋·定公二年》:"雉门(宫门)及两观灾。"《公羊传》说明用"及"字,表示雉门重要,两观不重要,有分别轻重的用意。这是说明叙述文的方法。

这五种不同的写作方法，适应于不同的内容，不同的场合，构成不同的文体，所以它又是各种文体的渊源。像《易经》里的传，就有论述或说明《易经》的，所以论、说、辞、序是从《易经》里演变来的。这里说的论、说、辞、序，实际只是议论、说明两体；《系辞》是论《易经》的，《序卦》是对《易经》的说明。又诏策是君对臣的，章奏是臣对君的，这两者《尚书》里已有它的开端。赋、颂、歌、赞都是韵文，所以说从《诗经》里来，赋是《诗经》中的一种表达手法，到《楚辞》有了很大发展，逐渐成为一种文体。铭、诔、箴、祝和《礼》有关，纪、传、盟、檄和《春秋》有关。它们是从《礼》和《春秋》以及《左传》中演变出来的。

刘勰又说明效法经书来写作有六种好处，这是概括地提出他的创作标准来。"一则情深而不诡，二则风清而不杂"，这是对作品的思想感情所提出的要求。这里的"情"，指"情志"。《附会》里说："必以情志为神明，事义为骨髓，辞采为肌肤。"情志正跟情深的情相当。《熔裁》里所举三准："设情以位体"，"酌事以取类"，"撮辞以举要"。没有提到思想，原来"情"就指"情志"，已包括思想在内。情深要有深厚的思想感情。风清是对情志的要求。《风骨》里说："情之含风，犹形之包气。""意气骏爽，则文风清焉。"情志要写得有生气，写得骏爽，就是快利爽朗，这就是风清。"三则事信而不诞，四则义贞而不回"，这就是"事义为骨髓"，就是"酌事以取类"。《事类》里说："据事以类义，援古以证今。"就是文中要引事引言来作证，引事引言的意义要和文中的思想相合。事信是引证的事件要可靠的，义贞是引事的意义要正确，所谓"略举人事以徵义者也"。"五则体约而不芜，六则文丽而不淫"。体约指风格精当，《体性》的"八体"就指八种风格。文丽指辞采。刘勰指出这六点，要求注重作品的思想内容，引证确切，反对诡诞、浮夸、芜杂等，这是他针对

25

当时浮靡的文风说的。

刘勰认为"五经"的文章有上述六种优点,此外"楚艳汉侈,流弊不还",着眼还在流弊上,还在通过宗经来纠正这种流弊。又本篇对《诗经》所赞美的是"温柔在诵"。照现在的看法,《诗经》中最好的作品像《硕鼠》《伐檀》,对贵族老爷的谴责是很激烈的,并不是温柔敦厚的。又说"百家腾跃,终入环内",是跳不出"五经"的圈子。取法"五经"是"即山而铸铜"。这是不够确切的。就以刘勰所举的各种文体说,像赋,班固说:"赋者古诗之流也。"是从诗演变出来的。可是它既独立成为一种文体,就和诗不一样。像传记,是从《春秋》演变出来的,可是《史记》的列传,跟新闻标题般的《春秋》记事,有很大不同。因此不能说各种文体跳不出"五经"的圈子。

刘勰提出"文能宗经,体有六义",这六义实际上是为救弊而发。所以宗经好像是复古,实际上是革新,以复古为革新,这是他论文的一个特点。这要看他提倡的文章,情深、义贞跟文丽结合,就是在作品的形式上,要讲究辞藻、对偶、声律,不同于"五经"文字的质朴,也可以看到宗经是借复古为革新了。

3.1　三极彝训①,其书言"经"。"经"也者,恒久之至道,不刊之鸿教也②。故象天地,效鬼神,参物序,制人纪;洞性灵之奥区,极文章之骨髓者也③。皇世《三坟》,帝代《五典》,重以《八索》,申以《九丘》;岁历绵暧,条流纷糅④。自夫子删述,而大宝咸耀⑤。于是《易》张《十翼》,《书》标"七观",《诗》列"四始",《礼》正"五经",《春秋》"五例"⑥。义既[极]埏乎性情,辞亦匠于文理;故能开学养正,昭明有融⑦。然而道心惟微,圣谟卓绝;墙宇重峻,而吐纳自深⑧。譬万钧之洪钟,无铮铮之细响矣⑨。

讲天地人经久不变的道理的,这种书叫做"经"。"经"是讲永久不变的根本道理,不可改动的大教训。所以经书效法天地,检验鬼神,深究事物的次序,制定人和人的各种伦常关系;深察性灵的秘密,彻底探索礼乐制度的精华。三皇时代的《三坟》书,五帝时代的《五典》书,加上《八索》书,再加《九丘》书;经历的年代过于久远,各种道理变得错综复杂。自从经过孔子的删定阐述,这种宝书都放耀光芒。从此《易经》的意义有《十翼》来发挥,《尚书》中举出了可以看到七种好处,《诗经》里列举四部分作品,《礼记》里规定了五种礼仪,《春秋》里定出五种记事条例。在义理上既经深入到改造人的性情,在文辞上也用心到文理的安排;所以能够启发学习,培养正道,使这一切明白的道理更加显著鲜明。然而道的精意极为微妙,圣人的教训极为高深;正像高墙深宅,它所容纳的自然极为深广。好比千万斤重的大钟,不会发生铮琮的细小声音来。

　　①三极:三才,指天地人。称极,指把三才的道理探索到极点。　彝(yí夷):经常的,经久不变的。　②至道:推究到极点的道理。　不刊:不可磨灭。刊,削。　鸿:大。　③象天地:取象于天地。取象指效法天地。效:检验。　参:参究,深研。　人纪:人伦纲纪,人和人的伦常关系。洞:深通。　骨髓:精华。　④《三坟》:伏羲、神农、黄帝这三皇的书;坟,大道。　《五典》:少昊、颛顼(zhuān xū专蓄)、高辛、尧、舜五帝的书;典,常道。　《八索》:讲八卦的书;索,探索意义。　《九丘》:讲九州的书;丘,聚,九州所聚的东西。　绵:久远。　暧:不明。　糅:杂。　⑤删述:相传孔子删《诗》《书》,订《礼》《乐》,作《十翼》《春秋》。　大宝:指经书。⑥《十翼》:十篇对《易经》的解释:《彖(tuán团)辞》上下、《象辞》上下、《系辞》上下、《文言》、《说卦》、《序卦》、《杂卦》。　"七观":《尚书大传》说,从《尚书》中可以看到义、仁、诚、度(法度)、事(事物)、治(政治)、美。　"四始":指《诗经》中的风、大雅、小雅、颂四部分;始,王政兴衰的开始,指四部分中有反映周朝的兴和衰的。　"五经":指吉礼(祭祀)、凶礼(丧吊等)、宾礼、军

礼、嘉礼（婚冠等）。　　五例：见《徵圣》注⑮。　　⑦埏（shān 山）：和泥制瓦，指教化。　匠：工匠，指掌握技巧。　昭明：明亮。　融：长。
⑧谟：谋议。　宇：屋宇。　重：深。　峻：高。　吐纳：双关，一承墙宇，指容纳多；一指言论。　⑨钧：三十斤。　洪：大。　铮铮：金属声。

3.2　夫《易》惟谈天，入神致用；故《系》称旨远辞文，言中事隐⑩。韦编三绝，固哲人之骊渊也⑪。《书》实记言，而训诂茫昧，通乎尔雅⑫，则文意晓然。故子夏叹《书》，"昭昭若日月之明，离离如星辰之行"，言昭灼也⑬。《诗》主言志，诂训同《书》，摛风裁兴，藻辞谲喻，温柔在诵，故最附深衷矣⑭。《礼》以立体⑮，据事制范，章条纤曲，执而后显。采掇［生］片言，莫非宝也。《春秋》辨理，一字见义，五石六鹢，以详［略］备成文，雉门两观，以先后显旨⑯。其婉章志晦，谅以邃矣⑰。《尚书》则览文如诡，而寻理即畅；《春秋》则观辞立晓，而访义方隐。此圣［人］文之殊致，表里之异体者也。

《易经》只讲天道，极为神妙，可以实用；所以《系辞上》说它含义深远，文辞精美，话说的得当，只是事理难懂。孔子读《易经》，编竹简的皮带断了三次，它本是圣人探索学问的奥秘的宝库。《尚书》确实是记录宣言文告的，它的语言古奥难懂。只要懂得了古代语言，它的文意便很清楚。所以子夏赞美《书经》，"像日月照耀那样明亮，像星宿排列那样分明"，是说记载得非常明白。《诗经》主要是用来表达情志的，它的古代语言跟《书经》一样需要解释，它发扬民歌特点，采用比兴手法，文辞美好，比喻婉曲，诵读时可以体会

28

温柔的风格,所以最能切合深切的情怀。《礼经》用来建立体制,根据事实来制定规范,条例细密详尽,照着实行起来,功效显著。摘取其中的片言只语,没有不是宝贝。《春秋》分别是非,用一个字来显出褒贬,说陨石五块,六只水鸟倒飞,用详密的记载构成文辞,说宫门和门前的两观失火,用排列的先后来显示分别主次的用意。它的文笔婉曲,用意隐蔽,确实是很深刻了。《尚书》看文字好像古奥,探讨它的意义却很明白;《春秋》的文字一看就懂,探讨它的意义却很隐蔽。这是由于经书的文字各有特色,从表到里构成不同的体例所造成的。

⑩《系》:《系辞》,是解释《易经》的。　⑪韦:熟皮。古用熟皮做绳来编联竹简。　骊渊:黑龙潜伏的深潭。龙的下巴有个珠子。此处以得到珠子比喻得到文章的精义。骊,黑龙。　⑫训诂:解释古语,这里作古语解。茫昧:不明。　尔雅:近正,近乎标准,指用通行语来解释。　⑬子夏:孔子的学生。他的话见《尚书大传》。　昭灼:明显。　⑭摛(chī 吃):发布,指作民歌。　裁:制,指运用比兴手法。　藻辞:使文辞有文彩。谲喻:比喻婉曲。　温柔:儒家认为温柔敦厚是诗教。　附:接近。⑮《礼》:《周礼》《仪礼》《礼记》都可称《礼》,所以这里译作《礼经》。　体:体制。　⑯五石六鹢、雉门两观:见本篇说明。　⑰谅:确实。　邃:深远。

3.3　至根柢槃深,枝叶峻茂⑱,辞约而旨丰,事近而喻远。是以往者虽旧,馀味日新。后进追取而非晚,前修[文]久用而未先⑲,可谓太山遍雨,河润千里者也。

经书中的文章根柢盘结深固,枝高叶茂,语言简练而意义丰富,叙事浅近而喻意深远。因此这些以前的文章虽然是旧的,可是体会它的无穷意味一天天有新的启发。后辈从中探索并不嫌迟，前辈长久运用并不见得占先，它可以说像太山上的云气能够使遍天下都下雨，像黄河的水可以使几千里的原野都受到灌溉。

⑱柢：根。　棐：蟠，盘曲。　峻：高。　⑲这是说它的意义发掘不完，前辈发掘了后辈还可发掘。

3.4　故论、说、辞、序，则《易》统其首⑳；诏、策、章、奏㉑，则《书》发其源；赋、颂、歌、赞㉒，则《诗》立其本；铭、诔、箴、祝，则《礼》总其端㉓；纪、传、［铭］盟、檄㉔，则《春秋》为根：并穷高以树表，极远以启疆，所以百家腾跃，终入环内者也㉕。

所以论、说、辞、序的体裁，是从《易经》开头的；诏、策、章、奏的体裁，是从《书经》发源的；赋、颂、歌、赞的体裁，是以《诗经》作根本的；铭、诔、箴、祝的体裁，是由《礼经》开端的；纪、传、盟、檄的体裁，都以《春秋》为根源：这些经书，都是建立起最高的标准，开拓出最广阔的领域，所以诸子百家飞腾活跃，到底不能跳出这个圈子。

⑳辞、序：《易经》里有《系辞》《序卦》，都是解释《易经》的话。　统：总。㉑策：策问，天子向臣子所提的各种问题。　㉒赋：一种铺叙的韵文。赞：表示赞美的韵文。　㉓铭：刻在金石上的文字。　诔（lěi 垒）：哀辞。箴（zhēn 针）：警戒的话。　祝：祝告。这些文辞都和《礼经》有关。　㉔纪：大事记。　传：传记。　盟、檄：各国约会的文辞和宣告，《左传》里记录了这些文章。　㉕树表：建立表率。　环：范围。

3.5　若禀经以制式，酌雅以富言，是［仰］即山而铸铜㉖,煮海而为盐也。故文能宗经,体有六义:一则情深而不诡,二则风清而不杂,三则事信而不诞,四则义[直]贞而不回,五则体约而不芜㉗,六则文丽而不淫。扬子比雕玉以作器,谓"五经"之含文也㉘。夫文以行立,行以文传,四教所先,符采相济㉙。励德树声,莫不师圣,而建言修辞,鲜克宗经。是以楚艳汉侈,流弊不还,正末归本,不其懿欤㉚?

倘使根据经书来制定体式,参酌通行语来丰富语言,这是好比就矿山来炼铜,熬海水来制盐。所以文章能够效法经书,就各种文体说有六个优点:一是感情深厚而不偏邪,二是风格清新而不混杂,三是引事真实而不虚假,四是意义正确而不枉曲,五是体制精炼而不繁冗,六是文辞美丽而不浮靡。扬雄把用玉雕琢成器物作比方,认为"五经"的文章含有文采。文辞凭德行来建立,德行凭文辞来传播,孔子用文辞、德行、忠诚、信义来教育人,而以文辞为先,可见文采跟其他三者的互相配合。勉励德行,树立声誉,没有不效法圣人的;可是作文修辞,却很少能够效法经书。因此《楚辞》艳丽,汉赋浮夸,它们的流弊越来越发展,纠正末流,回到正路,不就好了吗?

㉖雅:雅言,指经书中较标准的语言,别于方言而说。 即:就。㉗诞:虚妄。 贞:正确。 回:邪曲。 体:体制。 ㉘扬子:汉人扬雄。他在《法言·寡见》篇里用美玉需要雕琢,比语言需要文采。 ㉙《论语·述而》篇:"子(孔子)以四教:文,行,忠,信。" 符采:玉的文采。 ㉚懿:美好。

3.6 赞曰:三极彝[道]训,[训]道深稽古㉛。致化

31

[归]惟一,分教斯五³²。性灵熔匠,文章奥府。渊哉铄乎³³,群言之祖。

结论说:天、地、人三者推究到极点的经久不变的教训,道理深奥可从古代的经书里去考求。收到教化的目的只有一个,在教育时却分成五经。它像工匠熔铸金属那样可以改造人的性情,它又是文章的深奥的宝库。多么深远美好啊!经书是各种言论、文章的始祖。

㉛稽:考究。　㉜斯:则。　㉝渊:深。　　铄:美。

正　纬　第　四

织布要把经线跟纬线配合,汉朝人认为论道要把经书和纬书配合。刘勰原道宗经,就发生了对纬书的看法问题。刘勰认为纬书是后人编造的,不能配经,指出纬书是伪造的四点理由。他说纬书经过通儒研讨考核,认为起于西汉末期的汉哀帝、平帝时代,不能同经书相配,只是其中的神话传说,可以用作辞藻,采入文中。这种看法是正确的。

这篇里提到谶纬,其实是两种。《四库提要·易纬坤灵图》下说:"其实谶自谶,纬自纬,非一类也。谶者诡为隐语,预决吉凶";"纬者经之支流,衍及旁义。"谶是一种短短的预言,纬是讲经的书,附会为孔子所著。后来纬书也夹杂妖妄的话,便同谶合了。谶书在先秦就有,像《史记·秦始皇本纪》:"卢生奏录图书曰:'亡秦者胡也。'"这一句话就是谶。纬书的文辞比较多,不完全是预言,是后起的。

刘勰认为谶纬不是孔子作的,跟经书不同,这是对的。不过他相信《易·系辞》上的"河出图,洛出书";相信《书·顾命》中的"河图陈于东序"的"河图"就是"河出图"的符命,却是不确的。范文澜注称《书》中的"河图"当是"舆地图之类",或是可信的。

4.1　夫神道阐幽①,天命微显,马龙出而大《易》兴,神龟见而《洪范》耀②。故《系辞》称"河出图,洛出书,圣人则之",斯之谓也。但世复文隐③,好生矫诞,真虽存矣,伪亦凭焉。

神理深奥要阐明，天意微妙要显露，龙马背着图出来，重大的《易》卦就兴起了，神龟背着书出现，《洪范》中的九畴就显耀了。所以《易·系辞》上说："黄河里出现图，洛水里出现书，圣人仿效它。"就指这些说法。但是年代久远，记载不清楚，容易产生虚伪的假托，真的虽然保存了，假的也靠它出来了。

①神道：指《原道》中的"神理"。 阐幽：与"微显"相对，即幽阐，深奥的要使它明显。 ②马龙：像马的龙，背着河图出来，伏牺照图制成八卦，是《易》的开始。神龟背着雒书出来，禹仿照它制成《洪范》九畴。参见《原道》注⑱。 ③敻（xiòng诇）：久远。

4.2　夫六经彪炳，而纬候稠叠④；《孝》《论》昭晰，而钩谶葳蕤⑤。按经验纬，其伪有四：盖纬之成经，其犹织综⑥，丝麻不杂，布帛乃成；今经正纬奇，倍摘千里⑦，其伪一矣。经显，圣训也；纬隐，神教也。圣训宜广，神教宜约，而今纬多于经，神理更繁，其伪二矣。有命自天，乃称符谶⑧，而八十一篇皆托于孔子⑨；则是尧造绿图，昌制丹书⑩，其伪三矣。商周以前，图箓频见⑪，春秋之末，群经方备；先纬后经，体乖织综，其伪四矣。伪既倍摘，则义异自明，经足训矣，纬何豫焉？

六经光彩显耀，纬书繁杂重复；《孝经》《论语》讲得明白，配合它们的纬书却很杂乱。按照经书来检验纬书，它的伪造有四点：纬书的配合经书，好像经线和纬线织成布，丝线或麻线不夹杂，麻布或丝绸才织成；现在经书正确，纬书诡异，差异相去千里，这是它伪造的第一点。经书明显，是圣人的教训，纬书隐晦，是神的教导；圣

34

人的教训应该多，神的教导应该少，现在纬书的文辞多过经书，神讲的道理更为繁多，这是它伪造的第二点。天命要从上天降下来，才称做符命预言，可是纬书八十一篇，都假托是孔子作的；那便是唐尧造了绿图，周文王姬昌作了丹书，这是它伪造的第三点。在商朝周朝以前，符命预言多次出现，到春秋的末了，许多经书才完备；先有纬书，后有经书，违反了织布的先上经线后上纬线，这是它伪造的第四点。纬书既然跟经书相反，那它的意义跟经书歧异自然明白，经书足够成为训导，纬书又参预什么呢！

④纬候：配合《尚书》的纬书有《尚书中候》，所以称纬书为纬候。　　⑤钩谶(chèn 衬)：配合《孝经》的纬书有《钩命诀》，配合《论语》的纬书有《比考谶》《撰考谶》等，钩谶也指纬书。　　葳蕤(wēi ruí 威锐)：草木茂盛，转指杂乱烦多。　　⑥综：配合经线和纬线。　　⑦倍摘：违反，抵触。倍同背。⑧符谶：符命预言，托为天命的预言。　　⑨八十一篇：《河图》九篇，《洛书》六篇，相传是黄帝至周文王所受本文；又别有三十篇，相传孔子等众圣人所增演；《七经纬》三十六篇，说是孔子所作。见《隋书·经籍志》。这是说《七经纬》是孔子作，不说八十一篇都假托孔子。　　⑩《尚书中候握河纪》说尧得绿图，《尚书中候我应》说周文王得丹书。只说"得"，不说"造"。　　⑪图箓：即图谶，像河图、丹书等。

4.3　原夫图箓之见，乃昊天休命⑫，事以瑞圣，义非配经。故河不出图，夫子有叹，如或可造，无劳喟然⑬。昔康王河图，陈于东序⑭；故知前世符命，历代宝传，仲尼所撰，序录而已⑮。于是伎数之士⑯，附以诡术，或说阴阳，或序灾异，若鸟鸣似语，虫叶成字⑰，篇条滋蔓⑱，必假孔氏；通儒讨核，谓起哀平，东序秘宝，朱紫乱矣⑲。

推究河图符箓的出现，是上天的美好命令，这事是用作圣人的
祥瑞，它的意义不是配合经书的。所以黄河里不出现河图，孔子有
感叹，如果可以编造，就不用叹气了。从前周康王时，把河图陈列
在东厢房；所以知道上世的符命，历代作为珍宝传下来，孔子著述，
只是把它记下吧了。因此玩弄术数的人，用诡诈的方法来附托，有
的用来讲阴阳变化，有的用来讲灾祸变异，像鸟的叫声如同说话，
虫蛀树叶成了字，篇章条文滋长蔓延，一定要假托孔子；博通的儒
生经过探讨考核，说它是从汉哀帝平帝时起来的。它跟东厢房陈
述的宝藏，真假混乱了。

⑫昊(hào 浩)天：上天。　　休：美好。　　命：天命。　　⑬孔子感
叹："凤鸟不至，河不出图。"见《论语·子罕》。　　喟(kuì 愧)然：状叹气。
⑭东序：东厢房。见《书·顾命》。　　⑮序录：记录，见上文引《系辞》的话。
相传为孔子作。　　⑯伎数：技术，指借节气、天象来讲人事吉凶的人。
⑰阴阳：《左传·襄公三十年》载，鸟的叫声像"嘻嘻"叹气，宋国大火。汉人认
为宋伯姬守节三十多年，积阴生阳，引起火灾。这是讲阴阳成灾。又汉上林
苑中柳树叶上，虫蛀成"公孙病己立"，病己是宣帝名，指宣帝即位。这是怪
异，见《汉书·五行志》）。　　⑱滋蔓：滋长蔓延，指越来越多。　　⑲秘宝：指
河图。　　朱紫：朱，正色。紫，间色，即杂色。指真伪相乱。

4.4　至于光武之世，笃信斯术⑳。风化所靡㉑，学者
比肩。沛献集纬以通经，曹褒[撰]选谶以定礼㉒，乖道谬
典，亦已甚矣。是以桓谭疾其虚伪，尹敏戏其[深瑕]浮
假㉓，张衡发其僻谬，荀悦明其诡诞㉔：四贤博练，论之精
矣。

到了东汉时代，光武帝深信这种术数。他的政治教化具有压

倒的影响,学习术数的人多得肩挨着肩。沛献王刘辅收集纬书来解说经书,曹褒编选符谶来制定礼仪,违反正道,背离经典,也已经太过分了。因此桓谭痛恨它的虚伪,尹敏戏弄它的虚假,张衡揭发它的乖戾谬误,荀悦说明它的荒诞:这四位学者博学精通,评论得已经很精辟了。

⑳笃:深。　㉑靡:倒,压倒。　㉒沛献王刘辅作《五经论》,用纬书来解经。曹褒参考经书和纬书来制定礼仪。　㉓桓谭上书光武帝,称谶纬迷惑贪邪的人,耽误人主,要求罢斥。尹敏对光武帝批评谶书会疑误后生,因仿造道:"君无口,为汉辅。"即姓尹的可做汉相,给光武帝开玩笑。　㉔张衡指斥纬书的谬误,如公输班和墨翟事在战国时,纬书说成在春秋时,益州是汉朝设置的,纬书说春秋时就有。荀悦指出纬书是伪托的。

　　4.5　若乃羲农轩皞之源,山渎钟律之要㉕,白鱼赤乌之符㉖,黄金紫玉之瑞㉗,事丰奇伟,辞富膏腴㉘,无益经典而有助文章。是以后来辞人,采撷英华㉙。平子恐其迷学,奏令禁绝;仲豫惜其杂真,未许煨燔㉚。前代配经,故详论焉。

　　至于伏羲、神农、轩辕、少皞的最早传说,山岳、河流、音乐、乐律的重要,白鱼跳入船、火变为赤乌的应验,黄金紫玉的祥瑞,事件丰富奇特,文辞很有藻采,对经书没有好处但可以帮助写作。因此后来作家,采取辞藻。张衡怕它迷惑学者,奏请禁绝;荀悦可惜其中夹杂真实资料,不许把它烧掉。前代用它来配合经书,所以加以详细论述。

　　㉕羲农轩皞(hào 浩):伏牺、神农、黄帝轩辕、黄帝子少皞,纬书里都有记

37

载。 山渎(dú 独)钟律:渎,入海的河。钟律,音乐、乐律。纬书里对山渎钟律也讲到了。 ㉖白鱼赤乌:《史记·周本纪》称周武王伐纣,渡河,有白鱼跳入王船。又有火从上落下,化为赤乌。 ㉗黄金紫玉:纬书里称,君主乘着金德做天子的,有黄银紫玉出现。 ㉘膏腴:指文采。 ㉙摭(zhí 直):拾取。 ㉚平子:张衡字。 仲豫:荀悦字。 煨燔(fán 凡):焚烧。

4.6　赞曰:荣河温洛,是孕图纬㉛。神宝藏用。理隐文贵㉜。世历二汉,朱紫腾沸。芟夷谲诡㉝,[糅]采其雕蔚。

总结说:黄河现出光彩,洛水变得温暖,这些孕育了河图洛书。这种神奇的珍宝里藏有大的作用,道理虽然隐蔽,文采很是可贵。时代到了两汉,真伪像朱色和紫色喧哗混杂。除去诈伪部分,采用其中的藻采。

㉛纬书里称河发光、洛水温时才有河图洛书出现。 ㉜文贵:指河图洛书上的花纹文采。 ㉝芟(shān 山)夷:铲平,指除去。

辨 骚 第 五

《辨骚》，表面上看是辨别《楚辞》哪些合乎经书，哪些不合；实际上如《序志》说的"变乎骚"，从《楚辞》中研究文学的变化的。表面上是宗经，实际上是求变，即研究从《诗经》到《楚辞》的变化，从形式到内容都变了，像"朗丽以哀志"，"绮靡以伤情"，"气往轹古，辞来切今，惊采绝艳，难与并能"。这里指出的"气"同"志"和"情"结合，指作品的内容，"采"指文采，指文辞，即从内容到形式都有变化，也就是指出文学有了发展，这种发展可以"轹古"，是超越古代，"难与并能"，无可比并，不正是胜过《诗经》吗？ 这就是《时序》里指出《楚辞》的"笼罩雅颂"，也是指超过《诗经》。

既要这样推崇《楚辞》，为什么又要说四事异乎经书，"风杂于战国"，是"雅颂之博徒"呢？ 这里主要指出文学的发展的条件，《楚辞》有合乎经书的四事，这是指它有所继承说的；有不合乎经书的四事，这是指出它有所变化说的。这种变化，由于"风杂于战国"，即《时序》里说的"出乎纵横之诡俗"，吸取了时代的风尚，构成了"惊采绝艳"，这是从文学发展说的。另一方面，他指出"楚艳汉侈，流弊不还"，《楚辞》的"惊采绝艳"，会产生偏重文采的流弊，所以认为《楚辞》不如《诗经》的纯正，是"雅颂之博徒"。但从文学发展看，《楚辞》又是"辞赋之英杰"。指出《楚辞》会产生流弊，这是指汉赋说的，不指《楚辞》本身说。就《楚辞》说是"惊才风逸，壮志烟高"，是"惊才绝艳，难与并能"的。所以在《诠赋》里称"楚人理赋"是"雅文之枢辖"，即指出《楚辞》是雅文，是雅正之作。

《楚辞》的"难与并能"，表现在"叙情怨"，"述离居"，"论山水"，

39

"言节候"，都和《诗经》不同。在抒情方面更深沉曲折；在山水方面，描绘得更形象丰富；在节令方面，更显出景物的特点；归结到"酌奇而不失其贞，玩华而不坠其实"，在创作上作出了高度概括的要求。贞就是正，他提出奇正、华实，在《诸子》里也说："览华而食实，弃邪而采正。"在《定势》里说："奇正虽反，必兼解以俱通。"要求"执正以驭奇"。《体性》说："雅与奇反。"雅也是正。《情采》说："故为情者要约而写真，为文者淫丽而烦滥。"他反对"采滥忽真"。大概刘勰把奇正对举，真滥对举。奇正是指新变说的，滥真是指抒情说的。抒情求真，不真容易滥；新变求奇而正，不正则邪。《楚辞》从抒情写景到诡异之辞、谲怪之谈，从内容到形式都是新变。新变是奇，所以要求正。刘勰这个概括，跟"若无新变，不能代雄"一致。从文学发展的角度看，要求新变，新变是奇而华，《楚辞》的奇而华都不同于《诗经》。但要是只追求奇而华，忽略正而实，就容易产生流弊。不仅司马相如以下的辞赋是这样，新变而失正；建安以下的诗，不论是庄老、山水到讲究辞藻对偶声律，都是新变，都不免失正。所以"酌奇而不失其贞，玩华而不坠其实"，成了文学发展史上的重要经验的总结。

那末刘勰提出《楚辞》的四事"异乎经典"是不是失正呢？从刘勰称《楚辞》为"雅文"看，那末所谓"异"是指"奇"说，不是失正。异的四事，诡异之辞、谲怪之谈，他在《诸子》里说，"按《归藏》之经，大明迂怪"。可见诡异、谲怪是异乎经典而不为失正的。再看狷狭之志和荒淫之意，刘勰对此两事是有贬意的。但屈原不忍祖国的危亡，以一死殉国，不能指为狷狭；《招魂》里反映宫廷生活，士女杂坐，娱酒不废，不是什么荒淫。这里显出刘勰宗经的局限。但他在总论《楚辞》时，从内容到形式都是肯定的。

5.1　自风雅寝声，莫或抽绪^①，奇文郁起，其《离骚》

哉！固已轩翥诗人之后②，奋飞辞家之前，岂去圣之未远，而楚人之多才乎！ 昔汉武爱《骚》，而淮南作传，以为："《国风》好色而不淫，《小雅》怨诽而不乱③，若《离骚》者，可谓兼之。蝉蜕秽浊之中，浮游尘埃之外，皭然涅而不缁④，虽与日月争光可也。"班固以为：露才扬己，忿怼沉江⑤；羿浇二姚，与左氏不合⑥，昆仑悬圃，非经义所载⑦。然其文辞丽雅，为词赋之宗，虽非明哲，可谓妙才。王逸以为：诗人提耳，屈原婉顺⑧。《离骚》之文，依经立义：驷虬乘鹥，则时乘六龙⑨；昆仑流沙，则《禹贡》敷土⑩。名儒辞赋，莫不拟其仪表，所谓金相玉质，百世无匹者也⑪。及汉宣嗟叹，以为皆合经术⑫；扬雄讽味，亦言体同《诗·雅》⑬。四家举以方经，而孟坚谓不合传，褒贬任声，抑扬过实，可谓鉴而弗精，玩而未核者也⑭。

自从《国风》和小大《雅》的歌声停止了，没有谁来继承下去，有奇文在深厚的积累中挺生出来，是《离骚》啊！它确已高飞在《诗经》的作者以后，奋起在辞赋家以前，大概是离开圣人不久，加上楚人的富有才华吧！ 从前汉武帝爱好《离骚》，使淮南王刘安作《离骚传》，认为"《国风》写恋情而不过分，《小雅》写怨愤而有节制，像《离骚》那样，可说兼有这两种好处。像蝉蛹从污泥中蜕变出来，在尘土外浮游，皎洁得连染也染不黑，即使跟日月比光明也是可以的。"班固认为：屈原显露才华，宣扬自己，怀着怨恨，投江自杀；《离骚》中讲到后羿、过浇和姚姓两女，跟《左传》中讲的不一致；讲到昆仑山上的悬圃，是经书中所没有记载的。然而它的文辞艳丽雅正，成为辞赋家效法的准则，虽然不能算贤明，可以认为妙才。王逸认为：《诗经》里说要扯耳朵告戒，屈原比起这话来显得态度和顺。

《离骚》的文辞，依照经书来立论：像说驾龙骑凤，那是《易经》中按时驾六龙的说法；说登昆仑经流沙，便是《禹贡》里到各地治理水土的说法。后代著名学者的辞赋，没有不拿他的作品作为榜样的，所谓有金玉的美质，百代无比的。到了汉宣帝赞美《离骚》，认为都合于经书；扬雄吟味，也说体制和《诗经》的小大《雅》相同。四家拿它来比经书，班固却说它不合《左传》，赞美或者指责都只看表面，贬低抬高都超过实际，可以说鉴别得不精当，品评得不核实。

①寝：停息。风雅寝声，指周朝衰败，不再采诗，诗的声音不再被人注意。抽绪：抽出头绪，指继承。　②轩翥(zhù 注)：高飞。　③淮南作传：淮南王刘安入朝，汉武帝命他作《离骚传》。　淫：过分。　诽：讥讽。乱：没有节制。　④蝉蜕：蝉蛹在泥里脱皮，蜕化为蝉。　皭(jiào 叫)然：状皎洁。　涅(niè 聂)而不淄(zī 兹)：染不黑。涅，染黑；淄，黑。⑤班固：东汉前期作家。班固的话见《离骚序》。　忿怼(duì 对)：怨恨。⑥羿(yì 义)：后羿，有穷国君。　浇：过浇。　班固《离骚序》："淮南王安叙《离骚传》，……至羿、浇、少康、二姚、有娀佚女，皆各以所识有所增损。"刘安怎样增损，不清楚。但班固是指刘安，不指《离骚》。刘勰误认为是指《离骚》，说它和《左传》不合，其实《离骚》序事还是和《左传》一致的。《离骚》里讲后羿贪于打猎，没有好结果。浇恃强行暴被杀。在少康未婚，有虞氏的二姚未嫁，想托人去做媒。《左传》说羿贪于打猎，被寒浞所杀。寒浞子浇，为夏少康所杀。有虞氏把二女(二姚)嫁给少康。《离骚》里写的和《左传》并无不合。⑦《离骚》里讲到昆仑。又屈原《天问》里问：昆仑山上的悬圃在哪里？班固认为经书里没有讲到悬圃。　⑧王逸：东汉学者。他在《楚辞章句序》里说《诗·大雅·抑》里有"言(语助词)提其耳"的话，屈原还比诗人和顺。　⑨驷虬(sì qiú 四求)：用四条虬龙驾车；驷，四马驾车；虬，龙子，有两角的小龙。乘鹥(yì 义)：骑凤凰；鹥，凤凰类。《离骚》："驷玉虬以乘鹥兮。"《易·乾·象辞》："时乘六龙以御天。"即时常驾着六条龙巡行天上。　⑩《离骚》里有流沙。《书经·禹贡》里也有昆仑、流沙，并有禹治水土的话。　敷土：治理水土。　⑪仪表：外貌，风度。　金相玉质：金玉为质。相，质地。　匹：

42

比。　　⑫《汉书·王褒传》说，汉宣帝认为"辞赋大者(好的)与古诗(《诗经》)同义，小者(次的)辩丽可喜，……尚有仁义讽谕，鸟兽草木多闻之观……"。⑬扬雄：西汉末年学者和辞赋家，他这话无考。　　讽：诵读。味：体会。⑭孟坚：班固字。　　玩：赏鉴。

5.2　将核其论，必徵言焉。故其陈尧舜之耿介，称[汤武]禹汤之祗敬，典诰之体也⑮；讥桀纣之猖披，伤羿浇之颠陨⑯，规讽之旨也；虬龙以喻君子，云蜺以譬谗邪⑰，比兴之义也；每一顾而掩涕，叹君门之九重，忠怨之辞也；观兹四事，同于《风》《雅》者也⑱。至于托云龙，说迂怪，丰隆求宓妃，鸩鸟媒娀女，诡异之辞也⑲；康回倾地，夷羿弹日，木夫九首，土伯三目⑳，谲怪之谈也；依彭咸之遗则，从子胥以自适，狷狭之志也㉑；士女杂坐，乱而不分，指以为乐，娱酒不废，沉湎日夜，举以为欢㉒，荒淫之意也：摘此四事，异乎经典者也。

要核实他们的评论，一定要考查原作中的话。《离骚》中讲尧舜的光明正大，说禹汤的恭敬戒慎，是《尚书》中《尧典》《汤诰》等篇中的含义；《离骚》里讥讽桀纣的狂妄偏邪，哀悼后羿过浇的覆亡，是《诗经》中劝戒讽刺的旨趣；《涉江》里用虬龙来比君子，《离骚》里用云和虹蜺来比坏人，是《诗经》中比喻和托物起兴的手法；《哀郢》说每一次回头望都要抹泪，《九辩》里叹息君王的宫门有九道，是《诗经》中忠而怀怨的话：看了这四点，是跟《国风》和小大《雅》一致的。至于《离骚》假托龙和云旗，讲说怪诞的话，使云神丰隆访求宓妃，托鸩鸟去向娀女求婚，是怪异的话；《天问》说共工撞倒天柱使大地倒塌，后羿射下九个太阳，《招魂》说拔树的巨人有九个头，土地神有三只眼,是奇怪的话;《离骚》说依照殷代大夫彭咸投水的做法,《九章》说跟着伍子胥在江水里来求得快意,是褊狭的胸襟;《招魂》说,男女杂坐,混杂不分,认为快乐,不停地喝酒,日夜沉醉,以为欢娱,是荒淫的行为:摘出这四点,是和经书不同的。

⑮《离骚》:"彼尧舜之耿介兮,既遵道而得路。"耿介,光明正大。又,"汤禹俨而祗敬兮。"俨,谨严。祗敬,敬戒。 典诰:《尚书》中的两类文体,如《尧典》记尧舜的事,《汤诰》记汤告诫的话。 ⑯《离骚》:"何桀纣之猖披兮,夫唯捷径以窘步。"桀纣,夏和商的末代暴君。猖披,狂妄偏邪。唯,只。捷径窘步,走小路跌交。又,"厥首用夫颠陨。"厥首,他们的头,指羿浇。用,因。颠陨,掉落。 ⑰《九章·涉江》:"驾青虬兮骖白螭。"骖,用三马驾车,在两旁的叫骖,即用虬居中,螭居两旁驾车。螭,龙子,无角的小龙。《离骚》:"飘风屯其相离兮,帅云蜺而来御。"屯,聚集。离,遭逢。帅,率领。蜺,同霓,是虹。御,迎。 ⑱《九章·哀郢》:"望长揪而太息兮,涕淫淫其若霰;过夏首而西浮兮,顾龙门而不见。"太息,长叹。淫淫,状多。霰,雪珠。宋玉《九辨》:"君之门兮九重。"《风》《雅》:按以上四事,三件比《诗经》,一件比《尚书》,这里当兼指《诗》《书》。 ⑲《离骚》:"驾八龙之婉婉兮,载云旗之委蛇(yí 仪)。"委蛇,状飘动。 迂:不合事理。又:"吾令丰隆乘云兮,求宓(fú 福)妃之所在。"丰隆,云神名。宓妃,洛水女神。又:"望瑶台之偃蹇(jiǎn 简)兮,见有娀之佚女,吾令鸩(zhèn 振)为媒兮,鸩告余以不好。"偃蹇,状高。佚,美。鸩,鸟名。 诡:怪异。 ⑳《天问》:"康回凭怒,地何故以东南倾?"康回,即共工。共工与颛顼战,共工撞倒作为天柱的不周山,因此天崩地塌。又:"羿焉弹(bì 必)日?"焉,在哪儿。弹,射下。尧时十日并出,羿射下九个太阳。 夷羿:即羿。 《招魂》:"一夫九首,拔木九千些。"些,语音。又:"土伯九约……参目虎首。"约,曲。 ㉑《离骚》:"愿依彭咸之遗则。"彭咸,殷大夫,谏君不从,投水自杀。遗则,留下的榜样。《九章·悲回风》:"从子胥而自适。"伍子胥,战国吴大夫,谏吴王夫差,夫差逼他自杀,把他的尸体装进革囊,投在江里。 褊狭:急躁褊狭。 ㉒《招魂》:"士女杂坐,乱而不分些。"又:"娱酒不废,沉日夜些。"废,止。沉,沉湎,沉迷于酒。

5.3 故论其典诰则如彼㉓,语其夸诞则如此,固知《楚辞》者,体[慢]宪于三代,而风[雅]杂于战国,乃《雅》《颂》之博徒,而词赋之英杰也㉔。观其骨鲠所树,肌肤所附,虽取熔经意,亦自铸伟辞。故《骚经》《九章》,朗丽以哀志㉕;《九歌》《九辩》,绮靡以伤情㉖;《远游》《天问》,瓌诡而[惠]慧巧㉗;《招魂》[《招隐》]〈大招〉,耀艳而深华㉘;《卜居》标放言之致㉙,《渔父》寄独往之才㉚。故能气往轹古,辞来切今㉛,惊采绝艳,难与并能矣。

所以讲到它的合于经书的便像那样,说到它的浮夸荒诞的便像这样。这就确切地知道《楚辞》在内容上效法三代的《书》《诗》,但又夹杂着战国的风气,比起《雅》《颂》来显得低微,是辞赋的杰作。看它用来建立骨骼的主旨,作为附着骨骼的肌肤的文辞,虽然熔化经书的含意,也独自创制卓越的辞采。所以《离骚》《九章》,明朗艳丽来抒写悲哀的心意;《九歌》《九辩》,绮丽细致来抒写哀伤的感情;《远游》《天问》,瑰丽诡异而文思巧慧;《招魂》《大招》,光采照耀而含蕴深沉;《卜居》显出不羁的意旨,《渔父》寄托特立独行的才干。所以能够才气压倒古人,文辞超越今人,文采惊人,美艳绝顶,难以和它比美了。

㉓典诰:属《尚书》,这里兼指《诗经》。 ㉔宪:法,效法。 三代:夏商周,指《尚书》《诗经》。 博徒:赌徒,微贱者。 词赋:指汉赋。㉕《骚经》:王逸尊称《离骚》为经。《离骚》是屈原自叙生平的长篇叙事诗。《九章》是屈原作的九首诗,都有对自己抱负不能实现的哀叹。 ㉖《九歌》是楚国民间的祭神曲,屈原加以改写的。《九辩》是宋玉作的长篇抒情诗,都抒写哀伤的感情。 ㉗《远游》,旧说屈原作,写他与仙人远游各地,最后思归。《天问》是屈原看到庙里画的神话和故事提出的种种疑问:都写得瑰丽奇

45

特。瓌(guī 归):奇伟。　㉘《招魂》是屈原因楚怀王到秦国去被拘留死去，哀悼怀王而作。《大招》，旧说屈原作，屈原大招其魂来讽谏；一说《大招》是景差作。　㉙《卜居》:写屈原被放逐后，到太卜家去卜问自己行动。　故言:不羁的话。　㉚《渔父》:写渔父劝屈原随俗浮沉，屈原表示不愿同流合污。　㉛轹(lì 历):车轮辗压，指超过。　切:切断，绝。

5.4　自《九怀》以下，遽蹑其迹；而屈宋逸步，莫之能追㉜。故其叙情怨，则郁伊而易感㉝；述离居，则怆怏而难怀㉞；论山水，则循声而得貌；言节候，则披文而见时。是以枚贾追风以入丽，马扬沿波而得奇，其衣被词人㉟，非一代也。故才高者菀其鸿裁，中巧者猎其艳辞，吟讽者衔其山川，童蒙者拾其香草㊱。若能凭轼以倚《雅》《颂》，悬辔以驭楚篇，酌奇而不失其[真]贞，玩华而不坠其实㊲；则顾盼可以驱辞力，欬唾可以穷文致㊳，亦不复乞灵于长卿，假宠于子渊矣㊴。

从《楚辞》中王褒《九怀》以下各篇，匆忙地跟屈原的脚步前进；可是屈原、宋玉卓越的步调，没有谁能追得上。所以屈宋抒写怨恨的感情，便能使人郁抑而容易感动；叙述离别，便能使人悲哀而难以忍受；描绘山水，便能使人按照声情而得到它的形貌；叙述季节，便能使人披阅文辞而看到时令。因此枚乘、贾谊追随他们的文风取得文采，司马相如、扬雄沿着他们的趋向获得奇伟动人的成就，他们使辞赋家获得的好处，不仅限于一个朝代。所以文才高的从他们的创作中取得巨大的体制，心思巧妙的从中猎取它的文采，吟诵的记住它的描绘山水，学童识得其中写的香草。倘能严肃地遵照《雅》《颂》的准则，有控制地驾驭《楚辞》，采择奇伟的内容而不失去它的正确；鉴赏香花而不失掉它的果实；那末在一回顾间可以发挥文辞的作用,一开口间可以彻底探索文章的情致,不再向司马相如求助,向王褒去借光了。

㉜《九怀》:王褒著。《楚辞》从《九怀》以下,是汉人所作。　蹑:跟踪。逸:快速。　㉝郁伊:状抑郁。　㉞怆怏:状失意悲愁。　㉟枚贾:前汉初期的枚乘、贾谊都是著名的辞赋家。　马扬:前汉司马相如、扬雄是汉代辞赋的代表作家。　衣被:像穿衣盖被,使(才人)受到好处。　㊱菀(wǎn宛):通"挽"(wǎn弯),取。　鸿裁:大的体制。　猎:取。　吟讽:诵读。　衔:读不离口。　蒙:知识未开。　拾其香草:记住其中草木的名称。　㊲凭轼:靠在车前横木上致敬,表严肃。　悬辔:在马头上加辔头,指控制。　贞:正,正确。　㊳顾盼:一回头盼望,指时间短。欬唾:一咳唾间,也指时间短。　㊴长卿:司马相如的字,他是汉武帝时辞赋家之首。　子渊:王褒的字,他是汉宣帝时辞赋家之首。

5.5　赞曰:不有屈原,岂见《离骚》?惊才风逸,壮志烟高。山川无极㊵,情理实劳。金相玉式,艳溢锱毫㊶。

总结说:要是没有屈原,哪儿会看到《离骚》?惊人的才华像风那样飘逸,豪壮的志趣像云烟那样高远。像山川那样没有边际,抒写情理确实劳瘁。构成金玉般美好质地,就是极细微处都充溢着艳丽。

㊵无极:无穷。　㊶金相:金质。　式:用。　玉式:犹玉质。锱(zī兹)毫:微细处;锱重六铢,二十四铢为两。

文 体 论

刘勰著作《文心雕龙》,总论里提到他在博通经史子集以后,区别部类,首先研究"论文序笔",即文体论。因此文体论在《文心雕龙》中是很重要的,研究刘勰的文论,文体论也是很重要的部分。他的创作论,就是从文体论里归纳出来的;他的文学史、作家论、鉴赏论、作家品德论,也是从他的文体论中得出来的。他的文体论是从他的博通经史子集来的。没有博通经史子集,就没有文体论;没有文体论,就没有创作论、鉴赏论等,也没有文之枢纽,没有《文心雕龙》了,所以文体论在全书中是很重要的部分。因此他在《序志》里对文体论也讲得特别详细,说:

> 若乃论文叙笔,则囿别区分;原始以表末,释名以章义,选文以定篇,敷理以举统;上篇以上,纲领明矣。

他的论文叙笔,是对所有的文体作了全面的研究。囿别区分,分成多少体。这方面,曹丕的《典论·论文》分为"奏议宜雅,书论宜理,铭诔尚实,诗赋欲丽",即四科八体,对每科只提出一个字的要求。陆机《文赋》说:"诗缘情而绮靡,赋体物而浏亮,碑披文以相质,诔缠绵而凄怆,铭博约而温润,箴顿挫而清壮,颂优游以彬蔚,论精微而朗畅,奏平彻以闲雅,说炜晔而谲诳。"提出十体,用一句话来说明对每一体的要求。后来挚虞的《文章流别论》分为多少体已无从考查。从当时的文体论看,对文体的分类趋向越分越细,这样分,好的方面是便于作深入细致的分析,缺点是分得过于烦琐。刘勰的文体论,它的特点正像他说的四点。

49

一，"原始以表末"，说明各体文的产生、形成和流变，是分体文学史。如《明诗》是诗歌史，《诠赋》是赋史，其他应用文是散文史。就诗歌史说，从葛天氏的《玄鸟》讲起，一直讲到刘宋时代的山水诗。着重讲的，有《诗经》、汉代古诗、建安诗、山水诗，《离骚》因为有《辨骚》，所以只提一句。对汉代古诗，称它"结体散文，直而不野，婉转附物，怊怅切情，实五言之冠冕也"。着眼在它的特点，在附物切情上。他在创作论中的《物色》里，提到"写气图貌，既随物以宛转；属采附声，亦与心而徘徊"，归到"情貌无遗"，就是从论古诗中来的。再像他讲建安文学，"慷慨以任气，磊落以使才；造怀指事，不求纤密之巧；驱辞逐貌，唯取昭晰之能"。他在创作论的《体性》里提到才气，《风骨》里提到意气才力，就是从论建安文学的才气来的。在《体性》里论繁缛、显附，跟论建安文学的纤密和昭晰是一致的。他论刘宋的山水诗，称"情必极貌以写物，辞必穷力而追新"。他在《物色》里提到："自近代以来，文贵形似，窥情风景之上，钻貌草木之中"，是跟论山水诗的极貌追新一致的。这说明他的创作论是从文体论里概括提高得出来的，可见文体论的重要。

二，"释名以章义"，说明各体文的名称和意义，这里透露出他对各体文的看法。就《明诗》说，《诗大序》称："诗者，志之所之也，在心为志，发言为诗。情动于中而形于言。"这是汉儒诗言志的说法，也提到情动于中而形于言，是情志结合。到陆机《文赋》，提出"诗缘情而绮靡"，只提缘情，不提言志。刘勰在《明诗》里先提到"诗言志"；又说"人禀七情，应物斯感，感物吟志，莫非自然"，也是情志结合。又说："诗者，持也，持人情性。"这样，刘勰对诗提出三个解释：言志，情感物，持情性。这三者是结合的，感物之情里有吟咏之志，这种情志要能持人情性。光讲缘情，背离了言志和持人情性，就可能陷于浮靡淫荡，像"及正始明道，诗杂仙心；何晏之徒，率多浮浅"，浮浅和仙心，背离了刘勰论诗要求。"江左篇制，溺乎玄风",背离了言志抒情,也不行。只有刘勰所倡导的比较正确。他在创作论《情采》里提出"辩丽本于情性。故情者文之经,辞者理之纬",这里的情即情理,也是持人情性、情志结合的意思。

三,"选文以定篇",还要做好选文工作。如《诠赋》,先提到《离骚》,是赋的拓字始于《楚辞》。接下来"荀况《礼》《智》,宋玉《风》《钓》",特点是"述客主","极声貌"。讲到各类赋,有"荀结隐语","宋发夸谈",枚乘《菟园》会新,相如《上林》繁类,贾谊《鹏鸟》辨情理,王褒《洞箫》变声貌,班固《两都》雅赡,张衡《二京》宏富,扬雄《甘泉》深玮,王延寿《灵光》飞动。像这样的选文定篇,指出各家在赋的创作上的成就。创作论《体性》里讲作家的风格就和这里的选文有关。像说"长卿傲诞,故理侈而辞溢",就同相如的"繁类"一致;"子云沉寂,故志隐而味深",就同扬雄的深玮一致;"孟坚雅懿,故裁密而思靡",就同班固的雅赡一致;"平子淹通,故虑周而藻密",就同张衡的宏富一致。再像在《时序》《才略》里,谈到各家在创作上的成就,也跟这种选文定篇有关。因为他不光选文,还对所选的作家作品,作了评价,所以跟创作论等都有关了。

四,"敷理以举统",提出对各体文的写作要求,提到理论高度,构成系统。像《书记》,刘勰提出:"详总书体,本在尽言,言以散郁陶,托风采,故宜条畅以任气,优柔以怿怀;文明从容,亦心声之献酬也。"又提到笺记,说:"清美以惠其才,彪蔚以文其响"。这里提到情采,要求条畅优柔,抒写情意,清美而有文采。也提到才气,才清而气畅。这同《体性》里讲的才气有关,也同"气有刚柔"的柔婉有关,"优柔以怿怀"适宜于表达柔婉的风格。跟《养气》里讲的"从容率情,优柔适会","清和其心,调畅其气"一致。再像《书记》是应用文看,刘勰对应用文,也用才气和风格以及抒写情志的要求来讲,跟作品的要求一致。他的讲应用文,也是就文学角度来谈的,这是他讲应用文的特点。在"敷理以举统"上,他对各体文的写作都提到理论上的要求,把这些要求结合起来,加以总结,提到创作的理论上来就成了创作论了。这就说明文体论对构成创作论的关系。

刘勰的文体论,分为论文、序笔。论文讲有韵文,共十篇:《明诗》《乐府》《诠赋》《颂赞》《祝盟》《铭箴》《诔碑》《哀吊》《杂文》《谐谳》。其中《诠赋》《诔碑》《哀吊》《杂文》《谐谳》都有韵散相杂的,但以韵为主,故归入有韵文。序笔讲无韵文,共十篇:《史传》《诸子》《论说》《诏策》《檄移》《封禅》《章表》《奏启》《议对》《书记》。

刘勰的文体论说明各体文的特点和要求,使人看到各体文发展的趋势,对纠正当时浮靡的文风和讹滥的文体是有帮助的。在文体论里也贯彻了这种救弊的主张,像《诠赋》的主张"体物写志"和"义必明雅",《乐府》的崇雅绌郑就是。更由于用文学史的观点来讲各体文,可以和创作论互相补充。像《明诗》里讲四言诗和五言诗的不同风格;讲汉古诗"直而不野",建安诗"慷慨以任气,磊落以使才",正始诗风"浮浅",西晋诗"采缛""力柔"等,是不同时代的不同风格。这些不仅可以和《体性》里讲风格相印证,并补充它的不足,《体性》没有讲各个时代的不同风格。再像《诠赋》里讲到"繁华损枝,膏腴害骨,无贵风轨,莫益劝戒",可以和《风骨》里讲情辞的风骨要求,《情采》里论情理和文采相参证。讲各体文的演变可以和《通变》相发明。文体论把经、子、史都列入文内,比起萧统《文选》把经、子、史都排斥在文外,是扩大了文的范围。这样,在把文学跟经、子、史分别方面,刘勰的认识虽落后于萧统;但经、子、史与文学不是互相排斥的,经、子、史中也有文学,因此萧统的看法容易造成追求辞藻而忽视内容的缺点,刘勰把经、子、史纳入文内,从而提出以情理为主、辞采为次的论点,在当时有救弊作用。这跟他家境贫寒,反对反映豪门世族腐朽堕落生活的文学有关,跟他要从大量的作品中去探索文体论也有关。

但刘勰的文体论也有缺点。他的文体论要为封建统治服务，忽视民间文学，在《乐府》里对汉乐府民歌只字不提；强调中和之音，贬低"怨志诔绝"，把曹操《苦寒行》等名篇都贬低了。为了维护封建礼教，在《史传》里反对给女主立本纪是不对的。对《史记》的评价不够。强调情理，但在《诠赋》里推重缺乏思想性的作品，显得他对思想性的认识不够。在文体分类上繁琐杂乱，把当时的应用文分得极细，如章、表、奏、启、议、对各成一体。有的不必分的也分了。如《杂文》里列举的"对问""七"，可以归入辞赋；把"曲、操、弄、引"，"吟、讽、谣、咏"，归入杂文，其实合乐的可以归入乐府，不合乐的可以归入诗里。在文体的分类上还可斟酌。

明 诗 第 六

　　这篇讲诗。先讲诗的定义,提出言志、持性情,诗还要讲音节,即"歌永言";还要"舒文",讲究文采。再加"感物吟志,莫非自然",要自然流露。这样讲比较全面,更注重思想内容,这是他要挽救浮靡文风的用心,有意不提"诗缘情"的说法。只是他的注意思想内容,要求并不高,主要是反对光追求形式,缺乏真感情,所以他赞美建安诗,指出"怜风月,狎池苑,述恩荣,叙酣宴",没有提到更重要的同情人民苦难的王粲《七哀》诗,以及曹植的要为国立功的诗。

　　这篇里论述各代的诗,对汉代古诗,称赞它"直而不野,婉转附物,怊怅切情"。对建安诗,赞它"慷慨以任气,磊落以使才","不求纤密之巧,唯取昭晰之能",类似这样的说明,能够抓住了各代诗的特点。刘勰生在追求辞藻的时代,能赏识"直而不野"、"慷慨任气"的诗,能看到富有文采的西晋诗的弱点,这是突出的见解。当然,他受时代的局限,所以把汉五言诗称为冠冕,没有看到建安文学超过汉五言诗。他对于西汉的五言诗虽然提出了后代的怀疑论点,但还是认为西汉已有五言诗。按西汉以前的《沧浪歌》有"兮"字,即有六字句;《暇豫歌》有四字句,不能算五言诗。汉成帝时的邪径童谣才是五言诗,可见五言诗起于民间。民歌的新形式引起文人注意加以采用,使成为一种新的诗体,需要一定时间,所以到东汉的班固《咏史》才是五言诗,但还写得质木无文。从质木到《古诗十九首》那样纯熟,又需要一段时间,所以《古诗十九首》应该是东汉后期的作品。再有,这篇里提到东晋的玄言诗,刘宋的山水诗,评价比较恰当。但从玄言诗到山水诗中间,在东晋末刘宋初,还有陶渊明写田园生活和饮酒等诗,那时影响不及玄言诗和山水诗,但是当时诗歌创作上的最高成就。刘勰把陶诗忽略了,这是他还受追求辞藻的影响,只看到陶诗朴实而不讲究辞藻,没有看到它在朴实中含孕着的"辞采精拔,独超众类"的特点。

本篇的结论里,刘勰讲到诗体的风格,指出"四言正体,则雅润为本;五言流调,则清丽居宗"。由于他要贯彻宗经的主张,称《诗经》的四言诗为正体,这是宗经的局限。从全篇论述看,他还是着重五言诗的。他说四言雅润,五言清丽,他极重视雅,也很看重清,《宗经》里说体有六义,就提到"风清而不杂",《风骨》里提"风清骨峻,篇体光华",说明他是极看重清丽的风格的。

在诗的写作上,他指出"诗有恒裁,思无定位,随性适分,鲜能通圆"。认为各种风格的形成,跟作家的个性有关,所以兼擅写各种风格的作者较少。这就跟创作论的《体性》相结合,正说明创作论是建立在文体论的基础上的。刘勰从各体文的写作要求中,归纳出创作论来。他又指出"妙识所难,其易也将至;忽之为易,其难也方来",对创作难易的看法,具有辩证观点。

在对四言诗和五言诗的认识上,他不如钟嵘。《诗品》里指出:"五言居文词之要,是众作之有滋味者也,故云会于流俗。岂不以指事造形,穷情写物,最为详切者耶!"推重得更确切。对于四言五言以外的形式,他提到三六杂言,没有提出七言来,虽然在联句共韵里提到后人依托的柏梁徐制是七言,但对七言诗的认识还是不足的。

6.1 大舜云:"诗言志,歌永言。"①圣谟所析②,义已明矣。是以"在心为志,发言为诗"③,舒文载实,其在兹乎?诗者,持也,持人情性;三百之蔽,义归"无邪"④,持之为训,有符焉尔⑤。

《尚书·舜典》里记大舜说:"诗是表达情志的,歌是延长它的音节的。"经过圣人的分析,意义已经很明白了。因此,"在心里的叫情志,用语言文字表达出来的叫诗",运用文辞来表达情志,诗的意义就在这里吧? 诗是扶持端正的意思,要端正人们的性情;《诗经》三百篇用一句话来概括,归结到"没有邪念"上,扶持端正的解释,是符合这个意义罢。

①永:长,拉长。把诗用拉长的音节唱出来就是歌。　②圣谟:圣训。③《毛诗序》:"在心为志,发言为诗。"　④蔽:包括。《论语·为政》:"(孔)子曰:'《诗》三百,一言以蔽之,曰:思无邪。'"　⑤焉尔:于此吧。

6.2　人禀七情,应物斯感,感物吟志,莫非自然。昔葛天[氏]乐辞[云],《玄鸟》在曲;黄帝《云门》,理不空[绮]弦⑥。至尧有《大唐》之歌,舜造《南风》之诗,观其二文⑦。辞达而已。及大禹成功,九序惟歌;太康败德,五子咸怨:顺美匡恶,其来久矣⑧。自商暨周,《雅》《颂》圆备,四始彪炳,六义环深⑨。子夏监绚素之章,子贡悟琢磨之句,故商赐二子,可与言诗⑩。自王泽殄竭,风人辍采;春秋观志,讽诵旧章,酬酢以为宾荣,吐纳而成身文⑪。逮楚国讽怨,则《离骚》为刺。秦皇灭典,亦造仙诗⑫。

人具有喜、怒、哀、惧、爱、恶、欲七种感情,受到外物的刺激发生感应,有了感应唱出情志来,没有不是自然形成的。从前葛天氏的歌辞,有《玄鸟》歌配上乐曲;黄帝的《云门》曲,照理不会光有乐曲而无歌辞。到尧有《大唐》歌,舜造《南风》诗,看这两篇,只是能够达意罢了。到了大禹功德成就,九种工作都有秩序,加以歌颂;传到太康,道德败坏,他的兄弟五人都怨恨作歌:用诗来赞美好的,纠正坏的,它的来源是很久了。从商朝到周朝,《雅》《颂》的体制完全具备了。《诗经》里的《风》、小大《雅》和《颂》极为光辉,它的风、雅、颂三种体制和赋、比、兴三种表达法又周到又深刻。孔门的子夏看到用白粉给采色钩勒的诗句有所启发,子贡想到切磋琢磨的诗句有所悟入,所以孔子赞美他们两人,说可以和他们谈诗。自从周王的教化衰亡,采诗官停止采集民歌;但春秋时外交上还通过念诗来观察各人的意志,念起旧诗来,以应对得体为宾客的光荣,以发言合宜显示本人的才华。到楚国人怀怨讽谏,那便用《离骚》来讽刺。到秦始皇烧书,那时的博士还作了《仙真人诗》。

⑥葛天:葛天氏,传说中的氏族首领。这里的"氏"和"云"两字当删,才与下文相对。 《玄鸟》:是葛天氏时的歌。玄鸟即燕子。 空弦:光弹弦,即有曲无歌辞。按《玄鸟》《云门》都没有歌辞传下来。 ⑦《大唐》歌见《尚书大传》,《南风》歌见《孔子家语》,都是后人拟作。 ⑧九序没有歌词,见《原道》注㉕。 《五子之歌》见《尚书·伪五子之歌》。 顺美:将顺其美;将顺是顺着做,指歌颂。 匡:纠正。 ⑨暨(jì既):及。 《雅》《颂》圆备:刘勰认为《诗经》中的《商颂》是商朝作的,所以商朝已经有颂,周朝又有雅和颂。其实商颂是商的后代宋国作的,商朝没有雅颂可考。 四始:见《宗经》注⑥。 六义:风、雅、颂是诗的三种体制,赋、比、兴是诗的三种表现手法,合称六义。 ⑩《论语·八佾(yì亦)》里记孔子学生子夏念了诗"素以为绚(xuàn眩)兮",即用白粉来给采饰钩勒,想到人先要有好的本质,后学礼节。孔子赞美他能启发自己,可与谈诗。《论语·学而》记孔子学生子贡从精益求精悟到诗的"如切如磋,如琢如磨",好像骨角切开了还要磋平,玉器雕刻了还要打磨。孔子也赞美他可与谈诗。商是子夏名,赐是子贡名。 ⑪王泽:周王朝的恩泽,指教化。 殄(tiǎn忝)竭:尽。 风人:古代采诗

57

的官。　　观志:春秋时外交集会,主客双方都要观察各人情意,都要念诗来表示。见《左传·襄公二十八年》。　　讽诵:朗诵。　　酬酢:指礼节上的应对。酬是主人劝酒,酢是客人回敬。　　宾荣:宾客的荣宠。　　吐纳:偏义复辞,即吐,指吐辞发言。　　身文:言辞是身的文采。　　⑫典:典籍,指书。　　仙诗:秦始皇三十六年,使博士作《仙真人诗》。

6.3　汉初四言,韦孟首唱,匡谏之义,继轨周人⑬。孝武爱文,柏梁列韵⑭。严马之徒,属辞无方⑮。至成帝品录,三百馀篇,朝章国采,亦云周备⑯;而辞人遗翰,莫见五言,所以李陵班婕妤见疑于后代也⑰。按《召南·行露》,始肇半章⑱;孺子《沧浪》,亦有全曲⑲;《暇豫》优歌,远见春秋⑳;《邪径》童谣,近在成世㉑;阅时取证,则五言久矣。又古诗佳丽,或称枚叔㉒,其《孤竹》一篇,则傅毅之词㉓。比采而推,两汉之作乎㉔?观其结体散文,直而不野,婉转附物,怊怅切情,实五言之冠冕也㉕。至于张衡《怨》篇,清典可味;《仙诗缓歌》,雅有新声㉖。

汉朝初年的四言诗,韦孟是最先创作,有救正谏诤的含意,继承周朝人的规范。到汉武帝爱好文学,在柏梁台上按韵联句。严助司马相如这些人,作诗不拘定规。到汉成帝选录品评,共得三百多篇,朝廷的篇章,各地的民歌,也可说完备了;可是诗人留下来的篇章,没有看到五言诗,所以李陵班婕妤的五言诗遭到后代人的怀疑。考《诗经》的《召南·行露》篇,开始有半章五言诗;孩子唱的《沧浪歌》,已是全篇五言诗;优施的《暇豫歌》,早见于春秋时代;童子的《邪径》谣,稍后见于汉成帝世:经历各时代取得证明,那末五言诗的产生已经很久远了。又五言古诗的佳作,有的说是枚乘作的,

58

其中的《孤竹》篇，那是傅毅的诗。比照着文采来推求，是两汉的作品吧？看它们的风格和行文，质直而不朴野，婉转地贴切事物，哀感动人地表达深切感情，确实是五言诗中的第一流。至于张衡的《怨》诗，清丽典雅可以体味；《仙诗缓歌》，颇有新的声调。

⑬韦孟：西汉初期人，作《讽谏诗》是讽谏楚王戊的荒淫的。　轨：法则。　⑭相传汉武帝与群臣在柏梁台上联句作诗，每句七字，句句用韵，诗见《古文苑》。顾炎武《日知录》二十一认为诗出后人拟作。　⑮严助本姓庄，因避汉明帝刘庄名，改姓为严。严助以对策著名，司马相如有《琴歌》，都是骚体诗。　属辞：缀文，写作。　无方：没有一定规格。　⑯品：评价。　录：编集。　三百余篇：《汉书·艺文志·诗赋略》说三百十四篇。国采：犹国风，指各地民歌。　⑰遗翰：传下来的诗篇。翰，笔，指作品。《文选》载李陵《与苏武诗》三首，班婕妤《怨歌行》一首，都是五言诗。这些五言诗当出后人拟作。　婕妤(jié yú 节余)：宫中女官名。　⑱肇(zhào照)：始。　半章：一章中有一半是五言。如《诗·召南·行露》："谁谓雀无角(嘴)，何以穿我屋？谁谓女无家(夫家)，何以速(召)我狱？虽速我狱，室家不足(结婚的理由不充足)。"　⑲全曲：全篇五言。《孟子·离娄上》："有孺子歌曰：'沧浪(水名)之水清兮，可以濯(洗)我缨(帽带)；沧浪之水浊兮，可以濯我足。'"刘勰以为"兮"字语助词，不算，所以算作五言诗。　⑳《国语·晋语一》记优施对里克唱的歌："暇豫之吾吾(从容悦乐的，里克反不敢亲近)，不如鸟乌(不及乌)。人家集于菀(停在茂树上)，己独集于枯(停在枯树上)。"这歌劝里克不要站在太子申生一边，应该站在晋献公宠姬骊姬一边。这歌有三句五言。　㉑《汉书·五行志》记成帝时童谣："邪径败良田，谗口乱善人。桂树华不实(花不结果)，黄爵(雀)巢其颠。昔为人所羡，今为人所怜。"　㉒枚乘，字叔。《玉台新咏》以《古诗十九首》中的《西北有高楼》等九首为枚乘作。　㉓孤竹：《冉冉孤生竹》，《文选》里列入《古诗十九首》，是无名氏作。傅毅：东汉初期作家。　㉔《古诗十九首》一般认为不是西汉人作，应该是东汉后期的作品。因为西汉和东汉初期还没有那样成熟的五言诗。　㉕体：风格。　散：抒写。　附：贴切。　怊怅：惆怅。　冠冕：帽子，

居首,第一。　　㉖张衡:东汉中作家。　　《怨诗》:是四言诗,是典雅的。
《仙诗缓歌》:已不可考,一说即乐府杂曲的《前缓声歌》,但它不是仙诗。
雅:常。　　新声:指非四言诗。

6.4　暨建安之初,五言腾踊,文帝陈思,纵辔以骋
节,王徐应刘,望路而争驱㉗;并怜风月,狎池苑,述恩荣,
叙酣宴,慷慨以任气,磊落以使才㉘;造怀指事,不求纤密
之巧,驱辞逐貌,唯取昭晰之能:此其所同也。[乃]及正始
明道,诗杂仙心㉙;何晏之徒㉚,率多浮浅。唯嵇志清峻,阮
旨遥深,故能标焉㉛。若乃应璩《百一》㉜,独立不惧,辞谲
义贞,亦魏之遗直也。

到了建安初期,五言诗蓬勃涌现出来,魏文帝曹丕,陈思王曹
植,在文学的道路上纵马奔驰而有节制,王粲、徐幹、应瑒、刘桢,望
着前路争先赶上去;都是爱赏风月,游玩池苑,叙述恩遇和荣宠,写
出酣乐的宴会,慷慨地逞气势,激越地骋才力;抒写情怀,陈说事
理,不求纤密细巧,运用文辞,描摹形貌,只求显著鲜明:这是一致
的。到了正始时期讲究清谈,诗中混杂着道家思想;何晏这些人,
大多浮泛浅薄。只有嵇康的志趣清高,阮籍的命意深远,所以可举
出来。至于应璩的《百一》诗,独立直言,无所畏惧,措辞诡异,意义
正直,也是魏代传下来的质直之作。

㉗建安:汉献帝年号(196－220)。当时曹操执政,是五言诗极盛时期。
辔:马勒口和缰绳。　　节:节制。　　王徐应刘:指王粲、徐幹、应瑒、刘桢,
建安七子中的四人。　　㉘怜:爱。　　狎:游玩。　　苑:养鸟兽处。
磊落:错杂不平,指音辞激越。　　㉙正始:魏废帝齐王芳年号(240－249)。
当时清谈风气开始兴盛,推崇老庄思想。　　仙心:指道家思想。　　㉚何

60

晏:正始时清谈的领袖人物。　　㉛率:大抵。　　稽康的诗旨趣高洁,文辞清新。阮籍的《咏怀》诗,含义深刻。　　标:举出。　　㉜应璩(qú瞿)的《百一》诗,措辞质朴。　　百一:是百虑一失的意思。　　辞谲:文辞有讽谏意。

6.5 晋世群才,稍入轻绮㉝。张潘左陆,比肩诗衢,采缛于正始㉞,力柔于建安;或析文以为妙,或流靡以自妍㉟:此其大略也。江左篇制㊱,溺乎玄风,嗤笑徇务之志,崇盛[亡]忘机之谈㊲。袁孙已下,虽各有雕采,而辞趣一揆,莫与争雄㊳;所以景纯仙篇㊴,挺拔而为俊矣。宋初文咏,体有因革,庄老告退,而山水方滋;俪采百字之偶㊵,争价一句之奇,情必极貌以写物,辞必穷力而追新,此近世之所竞也。

晋代的许多作家,稍稍流于轻浮绮丽。张载、张协、张亢、潘岳、潘尼、左思、陆机、陆云,在诗坛上不相上下,文采比正始作品繁富,力量比建安作品柔弱;有的剖析辞藻以为精妙,有的追求音节以为流美:这是大概的情况。东晋的创作,陷在清谈风气里,讥笑致力政事的志趣,极力推崇忘却世情的空谈。袁宏、孙绰以下,虽然各人都有些雕饰文采,可是志趣一致,没有谁能够跟他们争为雄长;所以郭璞的《游仙》诗,辞义挺拔成为杰出之作了。刘宋初年的诗,在风格上有继承也有革新,宣扬老庄思想的退出文坛,描写山水的正多起来;讲究全篇的对偶藻采,争取一句的奇突警策,在情景上一定要尽力刻画形貌,在用辞上一定尽力要求新颖,这是近代所追求的。

㉝轻绮:浮华,内容不充实而追求文采。　　㉞衢:大路。　　缛:繁富。

61

㉟柝:同析。析文,讲究文字的对偶辞藻。　流靡:讲究音节的流利,用杨注。　㊱江左:江东,东晋南渡,偏安在江左。　㊲溺:陷入。　玄风:谈玄的风气,当时以《老子》《庄子》《易经》为三玄。　徇务:以身从事政务,致力于政务。　忘机:忘掉机务,机务即要事。　㊳趣:志趣。一揆:一道,一致。　㊴郭璞:字景纯,东晋作家。　㊵偶:对偶。　百字:五言诗二十句,指全篇。

6.6　故铺观列代,而情变之数可监;撮举同异,而纲领之要可明矣㊶。若夫四言正体,则雅润为本,五言流调,则清丽居宗;华实异用,唯才所安。故平子得其雅,叔夜含其润,茂先凝其清,景阳振其丽;兼善则子建仲宣,偏美则太冲公幹㊷。然诗有恒裁,思无定位,随性适分,鲜能通圆。若妙识所难,其易也将至;忽之为易,其难也方来。至于三六杂言,则出自篇什㊸;离合之发,则[明]萌于图谶㊹;回文所兴,则道原为始㊺;联句共韵,则柏梁馀制;巨细或殊,情理同致,总归诗囿㊻,故不繁云。

所以总观列代的诗,情志演变的趋势可以看到;总括它们的同异,主要的写作纲领可以明白了。至于四言诗的正宗体制,就以雅正滋润为本,五言诗的流行格调,就以清新艳丽为主;像花和果用处不同,只凭各人的才能来求适应。所以就四言诗说,张衡获得雅正,嵇康具有清润;就五言诗说,张华完成清新,张协发扬艳丽;兼有各种长处的那是曹植、王粲,只具一种长处的那是左思、刘桢。然而诗有一定体裁,情思却没有一定规矩,随着各人的性情来求适应,很少能够兼善各体的。要是巧妙地认识到它的困难,它的容易将要到来;加以忽视把它看成容易,它的困难将要到来。至于三言、六言、杂言诗,它的源头是从《诗经》中来的;拆字诗是从预言里来的;回文诗的兴起,开始于道原;用一个韵来联句,那是柏梁台诗传下来的体制;篇幅大小纵或不同,表达情理是一致的,这一切都属于诗的范围,所以不再啰嗦了。

㊶铺观:纵观。铺,陈列。　　情变:情势变化。　　监:察看。　　撮:总括。　　㊷汉张衡字平子,魏末稽康字叔夜,两人写四言诗,所以说雅润。西晋张华字茂先,张协字景阳,两人写五言诗,所以说清丽。　　魏曹植字子建,王粲字仲宣,两人四言五言都擅长,所以说兼善。　　魏刘桢字公幹,晋左思字太冲,两人写五言诗,所以说偏美。　　㊸三言、六言、杂言诗,它的来源本于《诗经》,《诗经》在《雅》《颂》中每十篇称为"什"。　　㊹离合诗:拆字诗,开始见于预言的图谶里。　　图谶(chèn 衬):是古代的一种迷信的预言,后来又和纬书结合。如纬书《孝经右契》里称刘秀为"卯金刀",合成刘字,"字禾子",即字季,刘秀字季。　　㊺回文诗最著名的是晋窦滔妻苏蕙作的《回文璇玑图》诗。　　道原:未详,一说即南朝宋的贺道庆。　　㊻诗囿:诗的园地。囿,养鸟兽的园林。

6.7　赞曰:民生而志,咏歌所含㊼。兴发皇世,风流《二南》。神理共契,政序相参㊽。英华弥缛,万代永耽㊾。

总结说:人生下来都有情志,是成为歌咏所表达的内容。歌咏开始在三皇时代,它的风教流播在周南、召南地区。它和神理相契合,还和政教配合。它的文采丰富,为万世的人所永远爱好。

㊼含:含有的内容。　　㊽神理:指道,见《原道》。　　政序:政治秩序。㊾弥:更。　　耽:喜爱。

乐 府 第 七

　　乐府本是汉武帝设立的音乐机关,这个机关搜集各地的民歌,配上音乐,称乐府诗,也称乐府。乐府和诗的区别,就在配不配音乐上,不配音乐的是诗,配上音乐的是乐府。因此,本篇先讲汉以前配乐的诗。先秦时代配乐的诗最著名的是《诗经》,本书里已经把《诗经》列入《宗经》和《明诗》里讲,所以在这里就不谈了。

　　乐府是配乐的诗,所以讲乐府要注意两方面:一是"诗为乐心",二是"声为乐体"。不过,本书已经有了《明诗》专讲诗,所以本篇比较在"声为乐体"方面讲得多些。刘勰提出"乐本心术",正由于音乐对人们具有深远影响,所以注意"务塞淫滥",全篇就是以此立论的。

　　从"务塞淫滥"看,刘勰把音乐分为雅声和溺音。雅声是周王朝的音乐,溺音是郑卫的音乐。雅声是雅正的,溺音是靡靡之音,就这点说,这样立论是正确的。不过,音乐是发展的,到了战国初期,雅声称为古乐。魏文侯听古乐则恐卧,雅声已经不能吸引人了。以后历代的音乐,更吸取民间的、少数民族的音乐,越来越丰富,雅声的古乐更不为人重视。因此,讲春秋时的音乐,推重雅声,反对郑声,是正确的。讲秦汉以后各代的音乐,不能再用周王朝的雅声来作衡量的标准了,应该根据各时代的音乐,分出正音和淫声来。提倡正音,反对淫声,这个原则是不变的。但不能用周王朝的雅声做标准,不能说合于周王朝的雅声的才是正音,不合的就是淫声。

　　刘勰由于宗经,在这篇里有以周王朝的雅乐来作衡量标准的缺点。他把虞舜的《韶乐》,夏禹的《大夏》,周代的雅乐称为雅声,认为汉初"颇袭秦旧",雅声已经不能恢复。汉武帝立乐府,不用雅声,所以他认为《桂华》曲、《赤雁》曲都不行。他又批评曹操、曹丕的乐府诗,"虽三调之正声,实《韶》《夏》之郑曲也"。按《桂华》是赞美汉朝疆土的辽阔,威德的卓著;《赤雁》是歌颂捉到赤雁是神所赐的福泽。这两曲并不是靡丽不经。刘勰称它们为靡丽不经,可能认为它们不是光扬祖德。但《诗经》中的《周颂·振鹭》是赞美客人的,《周颂·潜》是写鱼的,也不是光扬祖德,那末《桂华》《赤雁》也算不上靡丽不经了。至于曹操的《苦寒行》,反映行军的艰苦生活,曹丕的《燕歌行》,仿效民歌,写思妇的哀怨,是乐府中的名篇,并非靡靡之音。刘勰称它们为哀思、淫荡,由于它们写战士和思妇的哀怨,不符合他提倡的"中和之音"。这是宗经的局限,作品的好坏不能用是否"中和之音"来评定的,不满于封建统治的发愤之作都不合"中和之音"的。

刘勰对乐府诗的选文定篇工作也没有做好,这跟他注重"中和之音"有关。汉乐府诗成就最高的民歌,其中叙事诗的成就更为突出,像《步出夏门行》《孤儿行》《妇病行》《陌上桑》,稍后的《为焦仲卿妻作》更为著名。此外像写爱情坚贞的《上邪》,写战争的《战城南》,也很著名。这些属于乐府诗中最重要的作品,刘勰只字不提。这可能其中多含有怨刺,不符合"中和之音",所以不被重视吧。这就使《乐府》的论述大为减色了。

再结合刘勰自己的论述看,他在《时序》里指出:"幽厉昏而《板》《荡》怒,平王微而《黍离》哀。"那末在昏乱衰微的时代,《诗经》里的诗也是怒而哀,不是"中和之音"了。刘勰宗经,为什么不有取于乱世哀而怒的诗,要提倡"中和之音"呢?这是为封建统治服务所造成的局限性。封建统治者对于不满于封建统治的怒而哀是要贬斥的。

7.1　乐府者,"声依永,律和声"也①。钧天九奏,既其上帝②;葛天八阕,爰[乃]及皇时③。自咸英以降,亦无得而论矣。至于涂山歌于候人,始为南音;有娥谣乎飞燕,始为北声;夏甲叹于东阳,东音以发;殷整思于西河,西音以兴④:音声推移,亦不一概矣。匹夫庶妇,讴吟土风,诗官采言,乐[盲]胥被律,志感丝篁,气变金石⑤:是以师旷觇风于盛衰,季札鉴微于兴废⑥,精之至也。

乐府诗用五音来摇曳声调,用乐律来配合声音。相传天上的多种演奏,是上帝的音乐;葛天氏的八种歌曲,是在三皇时的乐歌。自从黄帝的《咸池》、帝喾的《五英》以来的乐曲,也已无从考查了。至于涂山氏唱的《候人歌》,是南方音乐的开端;有娥氏唱的《燕燕歌》,是北方音乐的开端;夏王孔甲在东阳感叹,作《破斧歌》,是东方音乐的发端;殷王整迁到西河,怀念旧居作歌,西方音乐因此兴起:各地音乐的兴起转变,也是不一致的。至于男的或女的,歌唱当地民歌,采诗官搜集这些民歌,音乐师给它配上音乐,它的情志影响了弦乐器和管乐器的乐调,它的辞气改变了钟和磬的声韵:因此师旷从在演奏南方民歌中感到北盛南衰,季札从乐歌中鉴别国家的兴亡,是精微到极点了。

①乐府:本是汉朝设立的配合音乐的机关,后来指配乐的歌为乐府。这里指所有配乐的歌,不限于汉乐府。声指五音或七音,七音相当于简谱中的1 2 3 4 5 6 7,去掉4和7,相当于五音。　永:唱时音调拖长。　律:十二律,犹音乐中的C调、D调、E调、F调等。　②钧天:中央的天。九:指多。　既:及。《史记·赵世家》记赵简子梦到上帝处,听到各种音乐。③八阕:指《吕氏春秋·古乐》里载葛天氏时唱的八首歌。阕,同曲。　爰:乃。　④《吕氏春秋·音初》篇载涂山氏女在涂山(在安徽)等候禹回来,唱

"候人兮猗"的歌。有娀氏女唱"燕燕往飞"的歌。夏王孔甲在东阳(在山东)民家领养一个孩子。孩子长大后,脚为斧所伤,成了残废,只能做看门。孔甲感叹作《破斧之歌》。殷王整迁居西河,想念旧处作歌。　　⑤匹夫:指一个普通男子。　　庶妇:众妇人。　　土风:当地民歌。　　诗官:到各地采集民歌的官。　　乐胥:音乐师。　　被律:配上音乐;被,加。　　丝:弦乐器如琴。　　籥:管乐器如箫。　　金石:钟磬。　　⑥相传晋国的音乐师师旷,奏楚国歌,音调微弱,因此知道楚国军力不振。吴公子季札在鲁国听奏各国的民歌,从民歌里听出各国的兴亡来。见《左传·襄公十八年、二十九年》。觇:看。

　　7.2　夫乐本心术,故响浃肌髓,先王慎焉,务塞淫滥。敷训胄子,必歌九德⑦;故能情感七始,化动八风⑧。自雅声浸微,溺音腾沸⑨。秦燔乐经,汉初绍复,制氏纪其铿锵,叔孙定其容[与]典⑩;于是《武德》兴乎高祖,《四时》广于孝文⑪,虽摹《韶》《夏》,而颇袭秦旧,中和之响,阒其不还⑫。暨武帝崇礼,始立乐府,总赵代之音,撮齐楚之气,延年以曼声协律⑬,朱马以骚体制歌。《桂华》杂曲,丽而不经,《赤雁》群篇,靡而非典⑭,河间荐雅而罕御,故汲黯致讥于《天马》也⑮。至宣帝雅颂,诗效《鹿鸣》⑯;迄及元成,稍广淫乐⑰,正音乖俗,其难也如此。暨后汉郊庙,惟杂雅章,辞虽典文,而律非夔旷⑱。

　　音乐根据性情制作,所以它的影响深入骨髓,古先圣王在制作音乐上是很谨慎的,务必要阻止淫荡浮靡的音乐。教育贵族子弟,一定要唱多种功德的歌;所以能够感动天地、四时和人心,影响四面八方的教化。自从雅正的音乐逐渐衰落,淫靡的音乐蓬勃兴起。秦朝把乐经烧掉了,汉朝初年加以继承恢复,音乐家制氏能够记下

67

古乐的音响节奏,叔孙通规定歌舞的制度和仪式;于是《武德舞》在汉高祖时创作,《四时舞》在汉文帝时加以扩充,虽然模仿舜的《韶》乐,禹的《夏》乐,但多沿用秦代的音乐,中正和平的音调,寂寞而不再恢复。到了汉武帝尊重礼乐,开始创立乐府机关,汇总赵国、代国的音乐,搜集齐国、楚国的腔调,李延年因为善于摇曳声腔来给民歌配上音乐,朱买臣、司马相如用《离骚》体制作歌辞。《桂华》等曲歌辞华丽而不合雅乐,《赤雁》等歌音调浮靡而不合正音,河间献王献上古乐,但武帝很少采用,所以汲黯对新作的《天马歌》进行讥讽。到汉宣帝时歌颂功德,效法《小雅》中的《鹿鸣》诗;到了汉元帝、成帝,稍稍扩大浮靡的音乐,雅正的古乐不合世俗爱好,它的推行这样困难。到后汉祭天祭祖庙,夹杂着一些古乐,文辞虽然雅正,可是音律不再是夔和师旷的古调了。

⑦敷训:施教。　胄(zhòu 宙)子:卿大夫的子弟。　九德:九功之德,即九序,见《原道》注㉕。　⑧七始:是一种音乐,是配合天地人和四时的。　八风:八方的风俗。这里夸张音乐的作用,含有汉朝"天人相应"说的迷信。　⑨雅声:古代的正音。　浸:渐渐。　溺音:别于正音的浮靡、急促、骄夸之音等,使人情志陷溺的。　⑩燔(fán 凡):烧。　乐经:一说诗和乐结合,乐就附在《诗经》上。　绍:继承。　制氏:汉代的音乐家,世代做太乐官。　铿锵:指节奏。　叔孙通给汉高祖制定各种礼乐。容典:舞容典礼,即乐舞和礼节。　⑪汉高祖四年作《武德舞》,汉文帝作《四时舞》。　⑫阒(qù 去):静寂。　⑬赵代:在河北、山西一带。齐楚:山东、安徽、湖北、湖南一带。汉李延年任协律都尉,是乐府机关的长官。　曼声:拉长声音。　⑭《桂华》曲赞美汉朝功德,内容没有不合经典的。《赤雁》歌讲捉住赤雁,有些浮夸。　⑮河间:汉河间献王刘德曾向汉武帝献雅乐。　御:用。　汲黯:汉武帝时能直言进谏的臣子。汉武帝得到天马(好马),作歌赞美。　汲黯进谏,说王者作乐,上承祖宗德教,下要教化万民,现在作《天马》歌,祖宗百姓知道它在讲什么呢?　⑯汉宣

帝时,益州刺史王襄请王褒作《中和乐职宣布诗》,用古乐《诗·小雅·鹿鸣》的声调来唱。　⑰汉元帝成帝时都制作靡靡之音的乐曲。　⑱郊:祭天。庙:祭祖。　雅章:指东平王苍的《武德舞歌》。　夔(kuí 逵):舜时乐官。旷:晋国乐官师旷。

7.3　至于**魏之三祖**,气爽才丽,宰割辞调,音靡节平。观其北上众引,秋风列篇⑲,或述酣宴,或伤羁戍,志不出于[淫]滔荡⑳,辞不离于哀思,虽三调之正声,实韶夏之郑曲也㉑。逮于晋世,则傅玄晓音,创定雅歌,以咏祖宗;张华新篇,亦充庭万㉒。然杜夔调律,音奏舒雅,荀勖改悬,声节哀急,故阮咸讥其离声,后人验其铜尺㉓。和乐之精妙,固表里而相资矣。

　　到了魏国的太祖曹操、高祖曹丕、烈祖曹叡,意气豪爽,才华富丽。他们改作的歌辞曲调,音调浮靡,节奏平庸。看到其中《苦寒行》众曲,《燕歌行》等篇,有的叙述宴会,有的感伤飘泊和远征,情志不免放荡,文辞离不开哀怨,它们的乐调虽是《平调》《清调》《瑟调》的雅乐,它们的文辞比起虞舜的《韶》乐和夏禹的《大夏》来,却成了浮靡的歌曲。到了晋代,傅玄通晓音乐,创作雅正的歌词来歌咏晋朝的祖宗;张华作的新歌,也用作宫廷舞曲。然而魏杜夔调整音律,音调舒缓而雅正,晋初荀勖改正悬挂钟磬的距离,声音节奏凄厉而急促,所以阮咸讥讽它离开正声,后人检验他制作的铜尺。可见调整乐律要达到精微处,本是形式和内容相配合的。

　　⑲北上:曹操《苦寒行》"北上太行山"。　引:乐曲体裁。　秋风:曹丕《燕歌行》"秋风萧瑟天气凉"。　⑳羁:旅寄。　戍:驻守。　滔荡:犹放荡。㉑三调:《平调》《清调》《瑟调》,都是周代的古乐。

郑曲:春秋郑国乐曲,古乐中的靡靡之音。因为三调是古乐,而魏三祖按照三调所作新歌,歌辞并不典雅,所以说是靡靡之音。　　㉒晋傅玄作了祭天地祖宗的雅歌。张华作的歌,作为宫廷舞曲。　　庭:宫廷。　　万:万舞,一种大舞,用盾、斧、羽来舞。　　㉓魏杜夔创作雅乐,比起晋荀勖所改定的音乐来,音节要和缓。古代把十六个钟或磬挂在架上称悬,荀勖改变钟磬的尺寸和悬挂的距离。阮咸认为荀勖把尺寸改小了,因而音节哀急。荀勖认为魏尺比周尺长四分多,所以他制的铜尺比魏尺短四分多,正是周尺。后来有人得古周尺,与荀勖铜尺相合。见《晋书·律历志》。

7.4　故知诗为乐心,声为乐体;乐体在声,瞽师务调其器㉔;乐心在诗,君子宜正其文。"好乐无荒",晋风所以称远㉕;"伊其相谑",郑国所以云亡㉖。故知季札观[辞]乐,不直听声而已㉗。

　　所以知道诗歌是音乐的心灵,声调是音乐的形体;音乐的形体在于声调,音乐师一定要调整他的乐器;音乐的心灵在于诗歌,作者应该订正它的歌辞。"爱好音乐但不要荒废职务",晋国的民歌所以称用心深远;"互相调笑",郑国所以被说为要灭亡。因此知道吴公子季札观奏乐,不但听声调罢了。

　　㉔瞽师:古代用盲人做的音乐师。　　㉕《诗·唐风·蟋蟀》:"好乐无荒。"荒,废乱。唐风是晋国的民歌。吴公子季札听了这首歌,赞美它用思深远。㉖《诗·郑风·溱洧》:"伊其相谑,赠之以芍药。"伊,语助词。谑,调笑。季札听了,说:郑国难道要先亡吗?　　㉗不直:不但,不仅。

7.5　若夫艳歌婉娈,怨志[诀]诀绝㉘,淫辞在曲,正响焉生?然俗听飞驰,职竞新异㉙;雅咏温恭,必欠伸鱼

70

睨㉚;奇辞切至,则抃髀雀跃㉛。诗声俱郑,自此阶矣㉜。凡乐辞曰诗,诗声曰歌,声来被辞,辞繁难节;故陈思称[李]左延年闲于增损古辞㉝,多者则宜减之,明贵约也。观高祖之咏"大风",孝武之叹"来迟"㉞,歌童被声,莫敢不协。子建士衡,咸有佳篇,并无诏伶人,故事谢丝管㉟,俗称乖调,盖未思也。

至于艳歌婉转缠绵,怨诗措辞决裂,曲调里有不雅正的歌辞,怎么产生雅正的音调? 然而世俗听乐曲,心情飞动,主要在争求新奇;古雅的乐曲温和庄重,听了一定打呵欠发愣;对新奇的歌辞感到切当,听了便喜欢得拍着大腿跳起来。歌辞和声调都浮靡,从此越来越利害了。凡是配音乐的歌辞叫诗歌,诗歌的曲调叫歌曲,用曲调来配合歌辞,歌辞繁多了便难以节制;所以曹植称赞左延年擅长增减古代歌辞,歌辞多的应该删去些,说明歌辞重在简练。看到汉高祖的唱《大风歌》,汉武帝的唱《李夫人歌》,让歌童唱,都配上曲调,没有不合乐的。曹植、陆机都有好的乐府诗,都没有请音乐师配乐,所以不能用乐器伴奏,世俗称它们为不合曲调,大概是没有经过仔细考虑的话。

㉘娈(luán 栾):亲爱。　诀(jué 决):分别。　诶(yì 抑):没有。当作"诀绝"。㉙职:主。㉚欠伸:打呵欠。　鱼睨(nì 逆):像鱼眼不瞬,指发愣。㉛抃髀(bì 避):手拍大腿;　雀跃:像雀跳跃;都指喜悦。㉜阶:指通向浮靡的阶梯。㉝左延年:是魏国的音乐家。　闲:熟悉。㉞汉高祖称帝以后回乡,唱《大风歌》,令儿童合着曲子唱。汉武帝的李夫人早死,有方士说能招魂,使武帝在帐中,老远看见一个女子的影子。武帝因作《李夫人歌》,有"偏何姗姗其来迟"句。　㉟子建:曹植的字。　士衡:陆机的字。　伶人:乐工。　谢:辞,不用。

7.6 至于[斩伎]轩岐鼓吹，汉世铙挽㊱；虽戎丧殊事，而并总入乐府，缪[朱]韦所[致]改，亦有可算焉㊲。昔子政品文，诗与歌别㊳，故略具乐篇，以标区界。

至于轩辕岐伯的鼓吹乐，汉代的铙歌挽歌；虽然军乐和哀乐不同，都归入乐府诗，像缪袭和韦昭改编汉代乐曲，也有可以列入的。从前刘向分别文体，诗和歌分开，所以约略地作《乐府》篇，来揭举两者的分别。

㊱轩：轩辕黄帝。　　岐：岐伯，黄帝臣。　　鼓吹：古代箫笳鼓铙(似铃)合奏的军乐，相传黄帝岐伯作，《乐府诗集》认为是汉班壹时才有。　　铙(náo 挠)：短箫和铙合奏的军乐。　　挽：送葬歌。　　㊲缪韦所改：原作"缪袭所致"，据杨注改。袭，一作"朱"，为韦之误。致，唐写本作"改"。缪：缪袭，三国魏人。　　韦：韦昭，三国吴人。汉代有短箫铙鼓曲，魏使缪袭改了来歌颂魏的功德，吴使韦昭改了来歌颂吴的功德。　　可算：可以计数。㊳汉刘向，字子政。他整理书籍，把诗归入《六艺略》，把歌归入《诗赋略》。《汉书·艺文志》就是根据他的分类。

7.7 赞曰：八音摛文㊴，树辞为体。讴吟坰野㊵，金石云陛㊶。韶响难追，郑声易启。岂惟观乐？于焉识礼㊷。

总结说：用八种乐器来作曲，以创作歌辞为主体。有在民间歌唱的，有在朝廷演奏的。古雅的音乐难以继承，浮靡的音乐容易发展。哪里只是听乐呢？还要从中认识风俗礼制。

㊴八音：金、石、丝、竹、匏、土、革、木，如钟、磬、琴、箫、笙、埙(土制乐器，有六孔)、鼓、柷敔(木制乐器，如桶)。　　摛：作。　　㊵坰(jiōng 扃)野：郊

72

野;坰,远郊。　⑪金石:奏乐。　　云陛:有云纹的阶石,指宫廷。　　⑫
于焉:于此。　　识礼:指吴公子季札观乐而知道各国风俗礼制。

诠 赋 第 八

　　《诠赋》是讲赋的。《诗经》中赋比兴的赋是一种铺叙手法；先秦时的外交人员赋诗言志的赋是不歌而诵，就是朗诵，都跟文体的赋不同。刘勰因为要追究赋的来源，就提到了赋这两个含义。这两个含义跟文体的赋有关，赋这种文体多用铺叙手法，也是不歌而诵的。但作为文体的赋已不是这两个含义所能概括。因为一篇赋里也可能有赋比兴三种手法，比喻的手法用得更多，不光是铺叙。又赋是不歌而诵，但诗也可以不歌而诵，所以这两个含义已经不能说明赋体的特点。

　　最早的赋像《离骚》，它原是屈原自序生平的一首长诗，那时候诗和赋还没有分家。到了荀子的《赋篇》和宋玉的《风赋》，才独自成为一种体裁。这种体裁的特点，是"述客主以首引，极声貌以穷文"。像荀子的《智》赋，用臣和王的对话来写，宋玉的《风赋》，用宋玉和楚襄王的对话来写，即"述客主以首引"。对"知"和"风"都作了描绘，所谓"极声貌以穷文"。此外，还有押韵和不押韵的结合，诗和散文的结合。如《风赋》的开头："楚襄王游于兰台之宫，宋玉景差侍。有风飒然而至，王乃披襟而当之曰：'快哉此风！寡人所与庶人共者耶？'宋玉对曰：'此独大王之风耳，庶人安得而共之？'"这段是散文化的叙述。再像"然后倘佯中庭，北上玉堂，跻于罗帏，经于洞房，乃得为大王之风也"。前四句押韵，后一句不押韵。这样，赋实是诗和文的结合，在描写叙述上比诗有更多的方便。

　　汉赋有继承屈原抒写情志的，像贾谊赋；继承宋玉的描绘事物再发展成为大篇的，有司马相如、扬雄等赋，后者才成为汉赋的代表作品。它也是主客问答,描写情貌,韵散结合,不过规模更大,并且有些赋还有个诗的结尾,像班固的《两都赋》。除了汉的大赋外,还有写物的小赋。到了汉末,又有抒情小赋,像王粲的《登楼赋》就是。它实际上是一首骚体诗。

刘勰在这篇里举出十家是辞赋之英杰。这十家除荀卿、宋玉两家外,其他八家都是汉人,说明论赋是应该推重汉赋。他所举的十家中,像宋玉是巧谈而淫丽,相如是繁类以成艳,子渊是穷变于声貌,张衡是迅发以宏富,延寿是含飞动之势。他称赞这五家只推重他们文采的艳丽,引事的繁富,描绘的生动等,根本不谈他们的思想感情。那末是不是说作为赋家的英杰,只要有文采,引事富,描绘好就成,不要讲究思想感情呢?原来对于赋的评价,汉朝人本来有两种标准:一是贬低相如这一派重文采轻思想的赋,认为屈原赋是"诗人之赋丽以则",相如赋是"辞人之赋丽以淫"(《法言·吾子》)。赋的末了往往也有几句讽谏的话,但这几句话是硬加上去的,是抽象的,没有力量。像汉武帝好神仙,司马相如作《大人赋》来讽谏,可是汉武帝读了反而飘飘然有凌云之意。因为讽谏的话是抽象的不起作用;起作用的是前面对游仙的描写。这样表面上在讽谏,实际上是劝他去游仙,是"讽一而劝百"(同上)。这是扬雄的主张。另一种是赞美相如这一派赋的。认为相如虽多虚辞滥说,然而最后归到节俭,这与《诗经》的讽谏何异?这是司马迁的主张(《史记·司马相如传赞》)。

刘勰对赋的要求,提出"风归丽则",用扬雄说。因此,他要赋"有质""有本","义必明雅",就是以思想为主,辞采为次;贬低"膏腴害骨","莫益劝戒"。所以在《才略》里称相如赋"理不胜辞。故扬子以为文丽用寡者长卿,诚者是言也。"可是论到赋的作家,他又赞美相如一派为辞赋之英杰,是用班固说。从刘勰看来,要纠正当时文风趋向浮靡的缺点,所以对赋的要求要用扬雄说;在评价作品时结合汉赋的特点,推重相如有开创之功,用另一说。这就产生矛盾,写作要求与对作品的具体评价不一致。现在看来,就创作说,扬雄的意见是正确的,刘勰对赋的写作要求也是正确的。司马迁意见是不够正确的。就汉代的文学说,汉大赋是一种新的文学样式,这种新的文学样式适应当时统治阶级的需要,适应汉代大一统的要求,有它的特色。相如对于汉赋有开创之功,这点应该肯定,但他的赋思想性不强,不能给予过高的评价。

8.1 《诗》有六义,其二曰"赋"①。"赋"者,铺也;铺采摛文,体物写志也。昔邵公称:"公卿献诗,师箴瞍赋。"②传云:"登高能赋,可为大夫。"③诗序则同义,传说则异体④。总其归塗,实相枝干。故刘向[云]明"不歌而颂",班固称"古诗之流也"⑤。

《诗经》的体制和表现手法有六种,第二种叫"赋"。"赋"是铺叙;铺叙辞藻,创作文辞,体察物像,抒写情志。从前召公说:"公卿献诗,乐官献箴,盲人念诗。"毛诗的传里说:"登高能够作赋,可以做大夫。"《诗序》讲赋和铺叙说相同;《诗传》讲赋成为另一种体裁。总观赋的趋向,实在是由诗的一枝发展成本干的赋体。所以刘向说明"不唱而朗诵的是赋",班固称为"赋是从《诗经》中发展出来的一个支派"。

①《毛诗·大序》说诗有六义:风、赋、比、兴、雅、颂。六义可分为风(民歌)、雅(周王朝的乐歌)、颂(舞歌)三体,赋(铺陈)、比(比喻)、兴(托物起兴)三种表现手法。　②邵公:即召公。召公的话见《国语·周语上》。　公:王朝最高爵位。　卿:大夫以上的官。　师:少师,乐官名。　箴(zhēn 针):一种规谏的韵文。　瞍(sǒu 叟):没有眸子的盲人。　赋:念

诗。　　③传:对经文的解释称传。这里指解释《诗·鄘风·定之方中》的《毛传》。　　④《毛诗·大序》里讲的"赋"同于六义之一,即诗的铺叙为赋。《毛传》里讲的"登高能'赋'",是另一种文体,和诗不同。按《毛传》里讲的"登高能赋"还是指作诗,后来班固《汉书·艺文志》引用这话,才用来指作赋,赋才指另一种文体,和诗不同。　　⑤颂:犹朗诵。刘向的话保存在《汉书·艺文志》里,班固的话见《两都赋序》。

8.2　至如郑庄之赋"大隧",士蒍之赋"狐裘",结言
揾韵,词自己作,虽合赋体,明而未融⑥。及灵均唱《骚》,
始广声貌。然则赋也者,受命于诗人,而拓宇于《楚辞》
也⑦。于是荀况《礼》《智》,宋玉《风》《钓》,爰锡名号,与诗
画境⑧,六义附庸,蔚成大国⑨。[遂]述客主以首引,极声
貌以穷文,斯盖别诗之原始,命赋之厥初也⑩。

　　至于像郑庄公的诵"大隧",士蒍的诵"狐裘",用少数韵语组
成,文辞是自己作的,虽然合于不歌而诵的赋的体裁,只是还没有
成熟。到屈原创作《离骚》,开始扩大对声音形貌的描绘。那末赋
这种体裁,起源于《诗经》的作者,在《楚辞》里才扩大了疆界。因此
荀况的《礼》《智》赋,宋玉的《风赋》《钓赋》,这才给与赋的称号,跟
诗划清界限,从诗中"六义"之一的附庸,扩展成为大国。叙述客人
主人的对话来开头,极力描写声音形貌来显示文采,这是跟诗分别
的开始,称赋的起头。

　　⑥《左传·隐公元年》,郑庄公恨母亲帮助弟弟作乱,发誓说:"不到黄泉
(指死后),不要再见面!"后来反悔,但又不好收回誓言,因此掘地到黄泉,在
隧道中与母亲相见。庄公朗诵:"大隧之中,其乐也融融(状和乐)。"《左传·僖
公五年》,晋士蒍(wěi 委)看到晋献公宠信骊姬,骊姬和诸公子将发生内争,

因此朗诵道:"狐裘尨茸(páng róng 庞荣,杂乱貌),一国三公,吾谁适从。"
赋:指作歌。　　挜:同短。　　赋体:指不歌而诵的体裁。　　明而未融:
即虽是不歌而诵,但未构成赋的另一体。　　融,大明。　　⑦灵均:屈原
字。　　拓:扩充　　⑧荀况:战国儒家大师,著有《荀子》。《荀子·赋篇》有
《礼》《智》等。　　宋玉:稍后于屈原的辞赋家,《文选》中选他的《风赋》,《古
文苑》选他的《钓赋》,《钓赋》当系后人拟作。　　爰:于是。　　锡:赐给。
画:划。　　⑨附庸:附属于诸侯的小国。　　蔚:状繁盛。　　赋本诗的六
义之一,发展成一种独立文体。　　⑩荀子《赋篇》用臣和王的对话形式,即
主客对话。　　命:命名。　　厥初:开端;厥,语助词。

8.3　秦世不文,颇有杂赋⑪。汉初词人,顺流而作,陆贾扣其端,贾谊振其绪,枚马[同]播其风,王扬骋其势,皋朔已下,品物毕图⑫。繁积于宣时,校阅于成世,进御之赋,千有余首,讨其源流,信兴楚而盛汉矣。

　　秦代不崇尚文辞,只有不多的杂赋。汉代初年的辞赋家,顺着
这种发展来创作,陆贾开了头,贾谊加以展开,枚乘司马相如扩大
他们的影响,王褒扬雄发展了这种趋势,枚皋东方朔以下,各种事
物都用赋来描绘。在宣帝时大量的赋积累起来,到成帝时加以校
订审阅,送请皇帝看的赋有一千多篇,研究它的源流,确实是在楚
国兴起而到汉朝达到极盛了。

　　⑪颇:少。《汉书·艺文志》有秦时杂赋九篇。　　⑫陆贾:秦汉间作家,
他的赋不传。　　贾谊:西汉初年作家,他的赋是用《离骚》体。　　枚乘、司
马相如:西汉中叶作家,他们创立了不同于《楚辞》的汉赋。　　王褒、扬雄:
西汉末叶作家。　　枚皋、东方朔:西汉中叶作家,两人的赋不传。《汉书·艺
文志》有陆贾赋三篇,贾谊赋七篇,枚乘赋九篇,司马相如赋二十九篇,王褒赋
十六篇,扬雄赋十二篇,枚皋赋百二十篇。东方朔有《平乐观猎》等赋,见《汉

78

书·东方朔传》）。　　　扣：发声。　　　振：振起。　　　端绪：开头。　　　品物：
物类。

8.4　夫京殿苑猎，述行序志⑬，并体国经野，义尚光
大⑭。既履端于倡序，亦归馀于总乱⑮。序以建言，首引情
本；乱以理篇，[迭致文契]写送文势⑯。按《那》之卒章，闵马
称"乱"，故知殷人辑颂，楚人理赋，斯并鸿裁之寰域，雅文
之枢辖也⑰。至于草区禽[族]旅，庶品杂类⑱，则触兴致
情，因变取会，拟诸形容，则言务纤密；象其物宜，则理贵
侧附；斯又小制之区畛⑲，奇巧之机要也。

汉赋写京都、宫殿、苑囿、打猎，叙述行旅，抒写情志，都要考察
国都体制，观看田野规划，推重重大的意义。这些赋用序言开头，
用总论结尾。序言作为发端，开始引出作赋的情事根由；结论用来
总结全篇，加强文章的气势。按《商颂·那》篇的最后一章，闵马父
称为结论，所以知道殷人编辑《商颂》，楚人作赋，都有结论。这都
是属于鸿篇大文的范围，作为雅正文辞的关键。至于小赋，分别草
木，描绘众多禽兽，刻画各类物品，那是接触景物，起兴抒情，注意
情景变化，要求适合，所以比拟形容，语言务求细密；描状物象，道
理重在从旁比附：这又是小赋的范围，争取奇巧的关键。

⑬京殿：京都宫殿，如班固《两都赋》、王延寿《鲁灵光殿赋》。　　　苑猎：
苑囿打猎，如司马相如《上林赋》、扬雄《羽猎赋》。　　　述行：如班彪《北征
赋》。　　　序志：如张衡《思玄赋》。这里指出汉赋中所写各种不同题材。
⑭体国经野：分国界，定田界；这里指考国都体制，观田野规划。按京都宫殿，
属于体国的；苑囿打猎，属于经野的。　　　尚：崇尚，推重。　　　⑮履端：步历
（推算历法）的开端，指开端。　　　倡序：发序，指赋头上的小序。　　　归馀：

79

推算历法每年积餘的时日,指结尾。　　总乱:音乐的尾曲,指总结。
⑯写送:指充足结尾的文势。　　⑰《国语·鲁语下》引鲁国的闵马父说,称
《商颂·那》篇的结尾为"乱",又《离骚》的结尾也称"乱"。　　殷人:《商颂》是
殷的后代宋人所作。　　鸿裁:大的体裁。　　寰域:指范围。　　枢辖:关
键。　　⑱草区:区别草木。　　禽旅:众禽。　　庶品:众品　　⑲小制:
小赋。　　区畛:范围。

　　8.5　观夫荀结隐语,事数自环⑳;宋发[巧]夸谈,实
始淫丽㉑;枚乘《菟园》,举要以会新㉒;相如《上林》,繁类以
成艳㉓;贾谊《鵩鸟》,致辨于情理㉔;子渊《洞箫》,穷变于声
貌㉕;孟坚《两都》,明绚以雅赡;张衡《二京》,迅发以宏
富㉖;子云《甘泉》,构深玮之风;延寿《灵光》,含飞动之
势㉗:凡此十家,并辞赋之英杰也。及仲宣靡密,发[端]篇
必遒;伟长博通,时逢壮采㉘;太冲安仁,策勋于鸿规㉙;士
衡子安,底绩于流制㉚;景纯绮巧,缛理有余;彦伯梗概,情
韵不匮㉛:亦魏晋之赋首也。

　　观察荀子《赋篇》,用隐语构成,对事物作回环描绘;宋玉发出
夸大的话,开始显得淫靡艳丽;枚乘《菟园赋》,写得核要而结合新
意;司马相如《上林赋》,描写众多物类,构成艳丽;贾谊《鵩鸟赋》,
辨别怎样以理遣情;王褒《洞箫赋》,在描绘声音形态上形容尽致;
班固《两都赋》,文辞明显绚烂,内容典雅丰富;张衡《二京赋》议论
快利,内容宏大丰富;扬雄《甘泉赋》,构成深沉瑰奇的风格;王延寿
《鲁灵光殿赋》,写出飞动的形势:所有这十家,都是辞赋的杰出者。
到了王粲文辞细密,篇章遒劲;徐幹学识渊博通达,辞赋常常显得
壮丽;左思潘安,在宏大规模上建立功绩;陆机成公绥,在讨论流品
和体制上显示功效;郭璞文辞绮丽巧妙,富有文采和条理;袁宏概

80

括地评论人物,情韵无穷:这些也是魏晋时第一流辞赋家。

⑳荀:指荀子的赋。　结:结构。如荀子《礼赋》,先由臣对礼加以描摹,不加说明,所以说"隐语";再由王对礼加以描摹,所以是"自环";最后点明是礼。　㉑《文选》载宋玉《高唐赋》《神女赋》都是淫丽的。　㉒枚乘《梁王菟园赋》着重在描写景物,是汉赋的开端。　㉓司马相如《上林赋》分类描写上林苑中景物。　㉔贾谊《鹏鸟赋》想排遣祸福生死观念来自己宽解。㉕王褒(子渊)《洞箫赋》描绘箫声有妙声、武声、仁声等。　㉖班固(孟坚)《两都赋》写得明显富丽,张衡《二京赋》议论快利。　绚(xuàn券):灿烂。㉗扬雄(子云)赋甘泉宫夸张瑰丽。　玮:瑰丽。　王延寿是东汉中叶作家,《鲁灵光殿赋》描写各种雕刻极为飞动。　㉘王粲(仲宣)《登楼赋》短小有力。　遒:劲。　徐幹(伟长)《齐都赋》夸张有文采。　王、徐是建安七子之二。　㉙左思(太冲)《三都赋》写魏蜀吴三都,潘岳(安仁)《藉田赋》写晋武帝劝耕,都有规模。左潘都是西晋作家。　㉚陆机(士衡)《文赋》中讲到文章的各种体制。成公绥(子安)《啸赋》描写啸声的各种变化。两人也都是西晋作家。　流制:流品体制。　㉛郭璞(景纯)是东西晋之间的作家。他的《江赋》写江中景物,富丽而有条理。　袁宏(彦伯)是东晋中叶作家。　梗概:概括地评论人物。

8.6　原夫登高之旨,盖睹物兴情。情以物兴,故义必明雅;物以情观,故词必巧丽。丽词雅义,符采相胜,如组织之品朱紫㉜,画绘之著玄黄,文虽新而有质,色虽糅而有本,此立赋之大体也。然逐末之俦,蔑弃其本,虽读千赋,愈惑体要㉝;遂使繁华损枝,膏腴害骨,无贵风轨,莫益劝戒,此扬子所以追悔于雕虫,贻诮于雾縠者也㉞。

推求登高作赋的用意,是为了看到景物兴起情思。情思因外物兴起,所以含义一定要明显雅正;外物通过情思来观察,所以文

81

辞一定要巧妙艳丽,巧丽的文辞,雅正的含义,如同玉的美质和文采互相争胜;含义分邪正,像丝织品的分正色间色,文辞求藻采,像绘画的显玄色黄色,文辞虽新而有内容,色彩虽繁复而有正色,这是作赋的大概要求,然而追求形式的人,抛弃它的根本,虽然读了千篇赋,对于体察赋的要义更加迷惑;便让繁多的花叶损害枝干,太多的脂肪损害骨力,对建立轨范没有用处,对规讽劝戒没有帮助,这是扬雄所以要懊悔少时作赋不过是雕虫小技,并嘲笑作赋像织薄纱那样对女工是有害的。

㉜符采:玉的纹理。　品朱紫:古以朱为正色,紫为间色,加以评比,有分别邪正意。　㉝逐:追求。　俦:辈。　千赋:《西京杂记》卷二记扬雄说读千赋则善赋。　㉞扬雄《法言·吾子》把作赋说成"童子雕虫篆刻";又把它比做织轻雾般的绉纱,是女工的蛀虫　縠(hú 胡):绉纱。

8.7　赞曰:赋自《诗》出,分歧异派。写物图貌,蔚似雕画。[枅]抑滞必扬㉟,言[庸]旷无隘,风归丽则,辞剪[美]黄稗㊱

总结说:赋从《诗经》中分出来,成为分枝和别派。描写物象,绘画形貌,文采丰富像雕刻和绘画,对抑止停滞的一定要加以发扬流动,内容广阔而不窄隘。作风趋向艳丽正则,文辞需要剪裁浮华。

㉟抑滞:抑后,后面抑,即欲抑先扬。　㊱黄稗:稗子草,比喻浮而不实的文辞。

颂 赞 第 九

颂是从《诗经》的风雅颂里来的,所以讲了诗赋后讲颂。颂和赞相近,因此连起来讲。颂本是舞歌,跟音乐和舞蹈结合,所以先讲《诗经》以前的颂,再讲《诗经》中的颂,是宗庙中的正歌。再讲《诗经》外的颂,是颂的发展,是野颂,即民间的颂,它没有配乐,也没有舞蹈,是谣谚一类,口头唱的,所以又称"诵"。它不一定是赞美,也有讽刺。刘勰把它们也称作"颂",是颂的新体,再有屈原的《桔颂》是咏物,也是新体。把野诵、桔颂归进去,见得颂体的多样化。秦始皇的刻石,三句一韵,又是新体。刘勰看到颂的演变,对这些新体,是肯定的。

刘勰对汉以来的颂的新体,却有意见了。他认为班固的《车骑将军窦北征颂》,铺叙事实太多,变成"谬体";马融的《广成颂》,写得象赋,是"失质";崔瑗《南阳文学颂》,前有序,序详颂略,挚虞认为序像风雅,是颂文夹杂风雅,被称为"伪说";陆机《汉高祖功臣颂》,有褒有贬,被称为"讹体"。这样说,未免自相矛盾。就有褒有贬说,像野诵里也有褒贬,秦始皇刻石里也有褒贬,像《会稽刻石文》:"妻为逃嫁,子不得母。"就是贬斥。再像《桔颂》,铺叙也不少,刻石文铺叙更多了。因此,对秦以后的颂,是不是可以说:班固的《北征颂》铺叙太多,是颂的新体;崔瑗的《文学颂》,有长叙,也是颂的新体;陆机的《功臣颂》,有褒有贬,也是新体;这三种都有歌颂的话,应加肯定,不必批评。马融的《广成颂》是赋,用来讽谏,不是颂。

赞有三种:一是赞美,也包括贬斥,像郭璞的《山海经图赞》。

二是说明或总结，像《汉书》每篇末了的"赞曰"。三是辅助或补充，像《史记·项羽本纪》末的"太史公曰"，即《汉书》的"赞曰"，里面补充了本纪所未载的材料。

9.1　四始之至①，颂居其极②。颂者，容也③，所以美盛德而述形容也。昔帝喾之世，咸墨为颂，以歌九韶④。自商以下⑤，文理允备⑥。夫化偃一国谓之风⑦，风正四方谓之雅⑧，容告神明谓之颂。风雅序人，事兼变正⑨；颂主告神，义必纯美。鲁国以公旦次编⑩，商人以前王追录⑪，斯乃宗庙之正歌，非宴飨之常咏也。《时迈》一篇，周公所制⑫，哲人之颂，规式存焉。夫民各有心，勿壅惟口⑬。晋舆之称原田⑭，鲁民之刺裘鞸⑮，直言不咏，短辞以讽，丘明子[高]顺，并[谍]谓为诵⑯，斯则野诵之变体⑰，浸被乎人事矣。及三闾《桔颂》⑱，情采芬芳，比类寓意，又覃及细物矣⑲。

风、大小雅、颂是极好的，颂又是它最好的。颂是容貌，用来赞美大的德行，借舞蹈的容貌来表达。从前帝喾的时代，咸墨作颂来歌唱《九韶》。从《商颂》以来，颂的文辞和意思实是完备了。教化影响到一个诸侯国的诗叫做"风"，影响到端正天下风俗的诗叫做"雅"，用容貌舞蹈来禀告神道的诗叫做"颂"。"风"和"雅"叙述人事，人事兼有正确的和变乱的，故"风""雅"有正和变。"颂"以禀告神道为主，含意一定要纯正美好。鲁国因周公旦的功勋按次序编成《鲁颂》，商朝人因追念先王记下《商颂》，这是用在宗庙里的雅正乐歌，不是宴会上经常唱的歌咏。《周颂》中的《时迈》这一篇，周公创作，圣人的颂，保存着作颂的规范。百姓各有各的想法，不要禁

84

止他们说话。晋国众人的赞美田野,鲁国百姓的讽刺穿着鹿裘和祭服的,直率地说出,不是歌咏,用简短的话来讽喻,左丘明和子顺,都称做诵,这是民间的诵,是颂的变体,渐渐影响到人事上去了。到了楚国三闾大夫屈原作《桔颂》,情感和文采都很美好,用类似的物作比,寄托自己的情意,颂又推广到细小的物品了。

①四始:风、大雅、小雅、颂是王道兴衰的开始,是极好的。　②极:最好。　③容:状貌,指舞蹈,颂是祭神的舞歌。　④帝喾(kù 库):《史记·五帝本纪》中的一帝。他的臣子咸墨作《九招》歌,来歌颂帝喾的功德,见《吕氏春秋·古乐》。《九韶》即《九招》,是乐歌,因它歌颂,所以称"为颂"。　⑤商:《商颂》。刘勰认为《商颂》是商朝人作的,所以先说。按《商颂》是周朝宋国人作,不是商朝的诗。　⑥允:实。　⑦化偃:教化像风,百姓像草,风吹草倒。偃,倒。见《论语·颜渊》。　国:诸侯国。⑧四方:指天下。⑨变正:治平时的风雅称正,变乱时的风雅称变风、变雅。　⑩周公旦辅佐成王,立了大功,所以作《鲁颂》,编在《周颂》后。　⑪商人:当作宋人,是宋大夫正考父追念商朝先王作的,周封商朝的后代为宋国。　⑫《时迈》,《周颂》篇名,周公作。赞美武王的功德。　⑬壅:筑堤防水。邵公认为百姓要说话,不能像筑堤那样禁止百姓说话。见《国语·周语》。　⑭舆:舆人,众人。　原田:《左传·僖公二十八年》:舆人诵:"原田每每,舍其旧而新是谋。"田野里的草茂盛,可以放弃旧好,谋立新功。要晋君放弃楚王的交好,打败楚军。　⑮孔子相鲁,改正坏的风俗,鲁人谤诵道:"麛(ní 尼)裘而芾,投之无戾。"穿着鹿裘和朝服的,赶走他没罪过。后来百姓了解了,又歌颂孔子。见《孔丛子·陈士义》。鞸(bì 必):即芾,朝服。　⑯丘明:左丘明,相传《左传》作者。　子顺:孔子顺,《孔丛子》作者。　⑰野诵:民间的诵,野指民间。　浸:渐渐。⑱三闾:楚国王族三姓:屈、昭、景,屈原为三闾大夫,管王族的。　⑲比类:借桔来自比。　覃(tàn 谈):推,延。

9.2　至于秦政刻文,爰颂其德⑳,汉之惠景,亦有述

85

容㉑，沿世并作，相继于时矣。若夫子云之表充国，孟坚之序戴侯，武仲之美显宗，史岑之述熹后㉒，或拟《清庙》，或范《駉》《那》㉓，虽浅深不同，详略各异，其褒德显容，典章一也㉔。至于班傅之《北征》《西［巡］征》，变为序引㉕，岂不褒过而谬体哉！马融之《广成》《上林》，雅而似赋㉖，何弄文而失质乎㉗？又崔瑗《文学》，蔡邕《樊渠》㉘，并致美于序，而简约乎篇。挚虞品藻，颇为精核㉙；至云杂以风雅，而不变旨趣㉚，徒张虚论，有似黄白之伪说矣㉛。及魏晋［辨］杂颂，鲜有出辙㉜，陈思所缀，以《皇子》为标；陆机积篇，惟《功臣》最显，其褒贬杂居，固末代之讹体也㉝。

　　至了秦始皇刻石，于是称颂他的功德。汉朝的惠帝景帝，也有描状容貌的歌舞，沿袭下来，都有创作，一代代继续不断了。像扬雄表扬赵充国的《赵充国颂》，班固称述窦融的《安丰戴侯颂》，傅毅赞美汉明帝的《显宗颂》，史岑称说邓后的《和熹邓后颂》，有的仿照《周颂·清庙》，有的效法《鲁颂·駉》和《商颂·那》，虽然或浅或深不相同，或详或略不一样，它的赞美功德，显示舞容，它的典雅的法则是一致的。到了班固的《北征颂》、傅毅的《西征颂》，变成铺叙，难道不是赞美过头变成破坏体制吗！马融的《广成颂》《上林颂》，要求典雅却写得像赋，为什么玩弄文采却失去它的本质呢？又崔瑗的《南阳文学颂》，蔡邕的《京兆樊惠渠颂》，都是把序文写得美好，却把颂写得简单。挚虞在《文章流别论》里对颂的评价，大都是精确的，至于说到其中夹杂着风雅，却不改变歌颂的旨趣，徒然发挥空论，好像黄铜白锡混杂着可以铸剑的胡说了。到了魏晋驳杂的颂，很少有离开写作规范的，曹植所作，以《皇太子生颂》做标志；陆机积起来的篇章，以《汉高祖功臣颂》最著名，其中赞美的和贬斥的混杂在一起,实是乱世的不正确的体制了。

㉑秦政:秦始皇嬴政。　　爰(yuán 元):于是。　　㉑述容:指乐舞。见《汉书·礼乐志》汉高祖子惠帝命令夏侯宽把《房中祠乐》改为乐舞,汉文帝子景帝把《武德舞》改为《昭德舞》,也是乐舞。　　㉒汉成帝纪念赵充国的功劳,命扬雄(字子云)作《赵充国颂》。东汉窦融,封安丰侯,谥号戴,班固(字孟坚)作《安丰戴侯颂》来歌颂他。傅毅(字武仲)歌颂汉明帝,作《显宗颂》。显宗,汉明帝庙号。史岑作《和熹邓后颂》。　　㉓《周颂·清庙》,从写祖庙到歌颂祖德。傅毅的《显宗颂》是模仿《清庙》的。《鲁颂·駉(jiōng 扃)》,从赞美马养得好,到赞美鲁君。班固颂窦融学《駉》,当是由物及人。《商颂·那》,从赞美音乐到赞美汤。扬雄的颂,从赞美汉宣帝到赞美赵充国,当是学《那》。㉔典章:犹规范。　　㉕班固《车骑将军窦北征颂》,铺叙窦宪北征,破敌制胜。傅毅的《西征颂》,当与《北征颂》写法一致。　　序引:铺叙事实,把文拉长,不像颂了。　　㉖马融《广成颂》描述苑囿广阔,景物丰富,打猎勇敢,用来讽谏邓太后要废除武功,不打猎。　　雅:正,指讽谏。这篇颂用意正确,写得像赋。马融《上林颂》已失传,写法也像赋。　　㉗失质:失去颂的体制。㉘崔瑗(yuàn 院):东汉作家,作《南阳文学颂》。　　蔡邕:东汉末作家,作《京兆樊惠渠颂》。这两篇都有较长的序,颂写得短。　　㉙挚虞:晋学者。他在《文章流别论》里讲颂是歌颂帝王功德,是宗庙中的舞歌,讲得精确。㉚挚虞说:"傅毅《显宗颂》,文与《周颂》相似,而杂以风雅之意。"颂同风雅不同,说颂夹杂风雅,还像《周颂》,是说错了。　　㉛黄白:黄铜白锡,有人以为白锡使剑坚,黄铜使剑韧,铜锡合铸成良剑。驳者说,白锡使剑不韧,黄铜使剑不坚,合铸不能成良剑。见《吕氏春秋·别类》。㉜杂颂:不是宗庙中的舞歌,所以称杂颂。　　出辙:脱离轨道,脱离颂的体制。　　㉝曹植作《皇太子生颂》。陆机作《汉高祖功臣颂》,所颂不止一人,所以称积篇,又篇中有颂有贬,不是颂的正体。　　末代:末世,指乱世。　　讹(é 俄):错误。

9.3　原夫颂惟典[雅]懿,辞必清铄㉞,敷写似赋,而不入华侈之区;敬慎如铭,而异乎规戒之域。揄扬以发

87

藻,汪洋以树义㉟,[唯]虽纤[曲]巧曲致,与情而变,其大体
所底,如斯而已㊱。

推求颂的写作,只求雅正美好,文辞清澄而有光彩,描写像赋,
但不进入华艳浮夸的范围;庄重谨慎像铭文,但不同于规劝警戒的
含意。用赞美来发挥词藻,用深广的内涵来确立含义,虽细巧曲
达,跟着情意变化,它的大体要求,像这样吧了。

㉞原:推求根源。　典:典雅,正确。　懿:美好。　铄(shuò 硕):
光彩。　㉟揄扬:称扬,赞美。　汪洋:广大,指内容深广。　树:确
立。　㊱曲致:曲折地达到。　厎(zhǐ 志):至,到达。

9.4　赞者,明也,助也。昔虞舜之祀,乐正重赞,盖
唱发之辞也㊲。及益赞于禹,伊陟赞于巫咸㊳,并扬言以明
事,嗟叹以助辞也㊴。故汉置鸿胪,以唱[拜]言为赞㊵,即
古之遗语也。至相如属笔,始赞荆轲㊶。及迁史固书,托
赞褒贬㊷,约文以总录,颂体以论辞;又纪传后评,亦同其
名㊸;而仲[洽]治《流别》,谬称为述㊹,失之远矣。及景纯
注雅,动植必赞,义兼美恶㊺,亦犹颂之变耳。

赞是说明,是辅助。从前虞舜的祭祀,乐官看重赞辞,大概是
歌唱前说明的话。到益帮助禹说的话,伊陟对巫咸作的赞辞,都是
高声来说明事理,并以感叹来加重语气。所以汉朝设立鸿胪官,用
大声传呼的话为赞,就是古代传下来的说法。到司马相如作文,开
始赞美荆轲。到司马迁的《史记》,班固的《汉书》,借赞辞来赞美或
贬斥,用简练的话来总结,用颂的体制来发议论;又在本纪列传后

88

面加上评语,也同称为赞,可是挚虞的《文章流别论》,错误地称它为述,错得大了。到了郭璞注《尔雅》,对动物植物都写了赞,含意兼有赞美和贬抑,也像颂体的变化吧了。

㊲虞舜祭祀,传位给禹,由乐官进赞(说明),于是百官唱《卿云》歌。这个说明称为赞。见《尚书大传》。 ㊳禹攻有苗,有苗不服,益赞于禹,劝他退兵修德教,有苗就服了。益帮助禹的话称为赞,见《书·大禹谟》。伊陟(zhì 至)看到桑穀(gǔ 古,乔木名)并生,认为不祥,伊陟赞于巫咸,这个说明称为赞。见《书序》。 ㊴扬言:高声说话。 嗟叹:指带有感情。 ㊵鸿胪(lú 卢):大声传呼,是汉朝的赞礼官,相当于司仪。 唱言:高声喊。㊶司马相如有《荆轲赞》,《汉书·艺文志》中有《荆轲论》五篇,注称"司马相如等论之。"可能其中有赞。 ㊷司马迁《史记·太史公自序》对每篇都有个四言韵语的说明,这个说明称作,如"作《孝文本纪》第十";班固《汉书·叙传》的说明称述,如"述《文纪》第四。"这些说明有褒有贬。用四言韵语,像颂,实是议论。 ㊸《史记》本纪、列传末了有个评语称"太史公曰",《汉书》改称为"赞曰",这个赞有的是说明,有的是补充,即辅佐。 ㊹上面说司马迁称作,班固称述,述即作。挚虞字仲治,在《文章流别论》里称"汉书述",会引起误解,就不对了。 ㊺晋朝郭璞字景纯,他注《尔雅》,有《尔雅图赞》,对动物或植物都用四言韵语,或褒或贬。

9.5 然本其为义,事生奖叹㊻,所以古来篇体,促而不广,必结言于四字之句,盘桓乎数韵之辞,约举以尽情,昭灼以送文㊼,此其体也。发源虽远,而致用盖寡,大抵所归,其颂家之细条乎?

可是根据赞的意义看,对事物产生赞美,因此从古以来的篇幅,都短而不长,一定用四字组成句子,回绕在几个韵脚里,简约地叙尽情事,明白显著地结束文辞,这是它的体制。它的产生虽早,但实用不多,就大致的趋向看,是颂的一个小支派吧?

㊻奖叹:夸奖赞叹,叹也是赞。　　㊼昭灼:明显。　　送文:结束文辞。

9.6　赞曰:容体[底]底颂㊽,勋业垂赞。镂[彩]影摛[文]声,[声]文理有烂,年积愈远,音徽如旦㊾。降及品物,炫辞作玩。

总结说:舞歌的声容构成颂,对功业的称美传下来成为赞。绘影绘声,文理有光彩。年份积累得越久,美好的德音像初升的太阳。直到咏物的颂,炫耀辞藻来作游戏。

㊽容体:歌舞体制。　　㊾音徽:即徽音,美好的德音。

祝 盟 第 十

祝指祝文,是向神祷告的话。盟指盟辞,古代结盟,也要请神来作证,也属于向神祷告,所以连在一起。古代的祝文,是简短的韵语,像诗,所以列在《颂赞》后面。祝文向神祷告,有求福的,有咒敌的,咒敌的诅,所以祝又同诅联系。盟辞向神祷告,要神灵对背盟的惩罚,给以灾祸,也是诅,盟和诅也有联系。

刘勰讲祝文,从上古讲起。古人把上古的历史,分为三皇、五帝、三王三段。所以他先讲三皇时,引神农氏的祝文。次讲五帝时,引舜帝的祝文。三讲三王时,引商王汤的祝文。他引这三段祝文,说明上古的祝文,是向神求福消灾,在消灾方面,把一切造成灾祸的罪恶都归于自己。当时候的祝文,是由神农氏、舜帝、汤王自己向神祷告的,还没有祝官。到周朝有了太祝,太祝有向神求福消灾的,还有向祖宗求保祐赐福的,这就由求神到求鬼,把神和鬼联起来了。但祝文的内容,还离不开求福消灾。

从春秋下来,刘勰把祝文的范围扩大了。像张老去贺赵武新屋,《楚辞·招魂》要把魂招回来,汉武帝请方士求仙,汉朝的秘祝把灾祸移到臣民身上,善童的驱疫鬼,东方朔的骂鬼,汉朝的祭文、哀策文,都归入祝文,这就有些乱了。周朝的祝文从告神到告鬼,神和仙结合,所以求仙也是祝,赶疫鬼、骂鬼也是祝,祭鬼也是祝。但张老的祝贺跟神鬼无关,招魂也不是告神鬼,这些是不该列入祝文的。这也说明祝文不必成为一体,向神求福的韵语可归入诗,求福的散文可归入杂文。向人祝贺和骂鬼的、求仙的都这样。祭文可以归入《哀吊》,《招魂》可以归入《诠赋》。把《祝盟》作为文体,未免分得过于繁琐了。盟辞同祝文一样,也不必成为一类。

　　刘勰讲盟辞,认为是春秋时产生的。他推重的盟辞,有臧洪和刘琨的两篇,都是好的。但臧洪同诸侯结盟讨董卓,诸侯各怀私心,没有结果。刘琨和段匹碑结盟想兴复晋朝,结果刘琨因受段匹碑猜忌被杀。这两次结盟都没有结果。因此认为结盟靠诚信,依靠神灵是不行的。

　　在这篇里,刘勰推重上皇、舜帝、汤王的祝文,但这些都不尽可靠,包括黄帝祝邪也不可靠。《招魂》是好的,但又不是祝文。这篇的论点,有可取的,在于"修辞立诚,在于无愧。"纪昀评:"此篇崇实而不论文,是其识高于文士处。非不论文,论文之本也。"指出这篇论点的可取处,这是确实的。

　　10.1　天地定位①,祀遍群神。六宗既禋②,三望咸秩③,甘雨和风,是生黍稷④,兆民所仰,美报兴焉。牲盛惟馨,本于明德⑤,祝史陈信,资乎文辞⑥。

　　天上地下的位置确定,众多神灵普遍受到祭祀。六种尊神已经祭祀,山河海的神都按次序望祭,于是风调雨顺,生长谷物,是亿万民众所仰望,才兴起了美好的报答。祭祀的三牲和谷物是美好的,根本在于祭者的美德,祝史祷告是真诚的,那就依靠文辞。

　　①天地定位,含有尊卑定位的意思,那时已有神灵,要祭祀。　　②六宗:六种尊贵的神,指四时、寒暑、日、月、星、水旱。宗,尊敬。　　③三望:三种望空遥祭的神,指泰山、河、海。　　秩:按次序祭祀。　　④黍稷(shǔ jì 暑记):黄米粘的和不粘的。　　⑤牲盛(chéng 成):牲,祭神用的牛羊。盛,放在祭器中的饭。　　馨(xīn 新):芳香。祭的人有明德,神才接受祭祀,所以祭品的是否芳香,由于祭者是否有德行。　　⑥祝史:祭祀时对神祝告的

官。他祝告时要唸祝词。

10.2　昔伊耆始蜡，以祭八神⑦。其辞云："土返其宅，水归其壑，昆虫[无]毋作，草木归其泽。"⑧则上皇祝文，爰在兹矣。舜之祠田云⑨。"荷此长耜⑩，耕彼南亩，四海俱有⑪。"利民之志，颇形于言矣。至于商履，圣敬日跻⑫。玄牡告天⑬，以万方罪己，即郊禋之词也⑭；素车祷旱，以六事责躬⑮，则雩禜之文也⑯。及周之太祝，掌六祝之辞⑰。是以"庶物咸生"，陈于天地之郊⑱；"旁作穆穆"，唱于迎日之拜⑲；"夙兴夜处"，言于祔庙之祝⑳；"多福无疆"，布于少牢之馈㉑；宜社类祃㉒，莫不有文：所以寅虔于神祇㉓，严恭于宗庙也。

从前神农氏开始在十二月合祭，祭祀八位神灵。他的祝词说："泥土留在田里，水回到山沟里，害虫不要起来，草树长到沼泽地里。"那末三皇的祝词，就在这里了。虞舜的祭田说："扛着长的掘土器，在那南亩上耕地，天下人都丰收。"为民谋利的用心，很表现在说话里了。到了商汤，德行一天高过一天。用黑牛祭天，把各方面的罪过都归到自己身上，这就是他祭天的祝词；坐着质朴的车子去求雨，用六件事情来责备自己，那是求雨祭的祝词。到了周朝的太祝，主管六种祝告的话。因此用"众物都生长"，在祭天时祷告；"普遍地显得肃穆"，在迎接太阳时拜神的祝词；"早起晚睡"，是在祖庙里祔祭时的祝词；"多福无限"，是用羊豕到祖庙里祭祀时的祝词；出征时祭社神，祭上帝，祭出征地，没有不是有祝词的：因为要对神灵表示虔诚，对祖庙表示恭敬。

⑦伊耆(qí 其):神农氏。　　蜡:十二月合祭。　　八神:谷物神,主管百谷神,农神,邮亭神,食田鼠田豕的猫神,虎神,堤神,水沟神,昆虫神。
⑧指田土不流失,无水害,无虫灾,田里无草木。　　⑨古时把时代分为三皇、五帝、三王,神农氏属于三皇时,故称上皇。　爰:于是。　⑨舜:五帝之一,即五帝时。　⑩耜(sì 四):翻土农具。　⑪四海:四海之内,天下。有:丰收。　⑫商履:商汤名履,为三王之一。圣敬:圣人之德。跻(jī 机):上升。　⑬玄牡:黑色公牛。　⑭郊禋:祭天。　⑮祷旱:遇旱求雨。　六事:汤向天祷告,问何以不下雨,是否因政事不修,民太劳累,宫室太盛,内宠多,贿赂行,谗夫兴,用来责备自己。　⑯雩禜(yú yòng 余永):求雨祭,求晴祭,这里指求雨祭。　⑰太祝:主管祭祀读祝词的官。　六祝:顺祝,顺民心求丰年;年祝,求长寿;吉祝,求福;化祝,弭兵灾;瑞祝,求风调雨顺;筴祝,远罪疾。　⑱天地:指天。　郊:祭天。　⑲旁作:普遍地显现。指日初出时的肃静。　⑳祔庙:把后死的子孙附在祖庙里祭。向祖宗表示勤奋,早起晚睡。　㉑少牢:羊和豕。　馈:把羊豕送上去祭,是卿大夫到祖庙去祭,请祖上赐福。　㉒天子出征时,祭社神称宜社,祭上帝称类,祭军队驻地称祃。　㉓寅虔:恭敬虔诚。　神祇:天神地神。

10.3　自春秋以下,黩祀谄祭㉔,祝币史辞,靡神不至㉕。至于张老成室,致[善]美于歌哭之祷㉖;蒯聩临战,获祐于筋骨之请㉗:虽造次颠沛㉘,必于祝矣。若夫《楚辞·招魂》,可谓祝辞之组[缅]丽也㉙。汉之群祀,肃其[旨]百礼㉚,既总硕儒之[仪]乂,亦参方士之术㉛。所以秘祝移过㉜,异于成汤之心;侲子驱疫,同乎越巫之祝㉝:礼失之渐也。

从春秋下来,有亵黩讨好神灵的祭祀,祝史献神的币帛和祝词,没有一个神前不用到。像晋大夫张老祝贺赵武筑成新屋,表示新屋的美好,要歌唱、哭泣在这里,用以祝祷;卫公子蒯聩亲临战阵,作了请祖先保祐不伤筋骨的祷告:虽在匆忙和困难的时候,一定要祝告了。像《楚辞·招魂》,可以说是祝词中的有文采的。汉朝的多种祭祀,郑重地用了多种礼仪,既已总结了大儒的建议,也参用方士的法术,因此用秘密祝告把过失推到臣民身上,跟成汤把罪孽由自身承担的心不同;用善良童子赶疫鬼,跟越巫的祝告相同:祝祀的礼已经逐渐变质了。

㉔黩祀:不到祭时去祭,祭得太多,是亵黩。　谄祭:对不该祭的鬼神也祭,是谄祭。　㉕祝币:祭神用的币帛。　史辞:祝官的祝词。这些都有规定,现在对每个神前都用。　㉖张老:晋大夫。　成室:贺赵武作室成。　致美:赞美新屋的高大华彩。　歌哭之祷:"歌于斯,哭于斯,聚国族于斯。"即赵武一族,有喜庆哀吊的事都在这里聚会。见《礼记·檀弓下》。　㉗蒯聩(kuǎi kuì 扩愧):卫公子,在晋国参加对郑国作战。他向祖先祷告:"敢告无绝筋,无折骨,无面伤,以集(成就)大事。"　㉘造次:匆忙。颠沛:指困难。　㉙《招魂》:楚大夫屈原招怀王魂归楚,因怀王被秦国拘留。　组丽:指文采。　㉚肃:严肃,郑重。　百礼:多种礼仪。　㉛硕儒之义:用儒家说法来祭。方士之术:用方士的法术来祭,指求神仙降临说。　㉜秘祝:祝官的秘密祷告,求神把灾祸移到臣民身上。　㉝侲(zhèn 振)子:善童,选十岁到十二岁的童子一百二十人,戴赤头巾,穿黑衣,拿着摇鼓,在宫内赶疫鬼。　越巫之祝:越地的巫人主张敬鬼求福。

10.4　至如黄帝有祝邪之文㉞,东方朔有骂鬼之书㉟,于是后之谴咒,务于善骂。唯陈思《诰咎》,裁以正义矣㊱。

又像黄帝有咒邪文,东方朔有骂鬼书,因此后来的谴责咒文,致力于会骂。只有曹植的《诰咎文》,使它合于正道。

㉞黄帝在海边得到白泽神兽,会说,说到天地鬼神的事。黄帝就作了祝

邪文。从下文看，祝邪是咒骂邪神。见《云笈七签·轩辕本纪》。 ㉟王延
寿梦与鬼战，得到东方朔送给他的骂鬼书。见《古文苑》王延寿《梦赋序》。
㊱曹植碰到风灾，作《诰咎文》，说天帝制止风灾，造成丰年。他不相信风灾是
上天降罚，合乎正道。

　　10.5　若乃礼之祭［祀］祝，事止告飨㊲；而中代祭
文㊳，兼赞言行，祭而兼赞，盖引［神］伸而作也。又汉代山
陵，哀策流文㊴。周丧盛姬，内史执策㊵。然则策本书
赠㊶，因哀而为文也。是以义同于诔㊷，而文实告神，诔首
而哀末，颂体而祝仪㊸，太［史］祝所［作］读［之赞］㊹，［因］固
［周之］祝之文者也。

　　又像《仪礼》的祭祀祝词，事情只是请来享受祭品；可是汉朝的
祭文，还要赞美死者生前的言行，祭又兼赞，是从祭祀引伸出来的。
又汉朝祭皇帝陵墓，用哀策文，成为流行的文体。周穆王盛姬死
了，由内史用哀策文致祭。那末哀策本来是写赠谥的，因哀悼而成
为哀策文的。因此它的用意跟诔文相同，可是哀策文实是报告神
灵，用诔文来开头，用写哀来结尾，体裁像颂，仪式是祝告，太祝读
的祝词，本是祝词中的有文采的。

　　㊲礼之祭祝：《仪礼·少牢馈食礼》讲到祭祖先和祝告。　　告飨（xiǎng
想）：请来享受。　　㊳中代：指汉魏。　　㊴山陵：皇帝陵墓。　　哀策：祭
陵墓用哀策文。　　㊵盛姬：周穆王的姬妾。　　内史：主管爵禄废置等的
官。　　㊶书赠：用策来写上对死者的谥号，谥是对死者的称号。　　㊷诔
（lěi 垒）：列举死者德行的哀悼文。　　㊸颂体：指文体简练像颂。　　㊹太
祝：主管祝告的官。

96

10.6　凡群言发华,而降神务实,修辞立诚^㊺,在于无愧。祈祷之式,必诚以敬;祭奠之楷^㊻,宜恭且哀:此其大较也。班固之祀[濛]涿山^㊼,祈祷之诚敬也;潘岳之祭庾妇^㊽,奠祭之恭哀也:举汇而求^㊾,昭然可鉴矣。

凡是众多言词表现文采。可是请神的话力求朴实,修辞确立在真诚上,在于毫无惭愧。祈祷的仪式,一定要诚心恭敬;祭祀文的模范,应该恭敬而且悲哀:这是大概。班固的《涿邪山祝文》,是诚敬的祈祷文;潘岳的《为诸妇祭庾新妇文》,是恭哀的祭文。列举这些文章来研求,怎样借鉴可以明白了。

㊺修辞立诚:修辞要求真诚,不说虚假浮夸的话。见《易·乾·文言》。㊻楷:模范。　㊼班固有《涿邪山祝文》,是向山神祷告的。　㊽潘岳有《为诸妇祭庾新妇文》。　㊾举:推选。　汇:汇集。汇集众篇来推选。

10.7　盟者,明也^㊿。骍毛白马,珠盘玉敦^{�},陈辞乎方明之下^㊽,祝告于神明者也。在昔三王,诅盟不及^㊾,时有要誓,结言而退。周衰屡盟,以及要[契]劫^㊾,始之以曹沫^㊾,终之以毛遂^㊾。及秦昭盟夷,设黄龙之诅^㊾;汉祖建侯,定山河之誓^㊾,然义存则克终,道废则渝始,崇替在人,咒何预焉。若夫臧洪歃辞,气截云蜺^㊾;刘琨铁誓,精贯霏霜^㊾;而无补于晋汉,反为仇雠。故知信不由衷,盟无益也。

盟是报告神明。用赤牛白马祭神,在饰珠的盘里放牛耳,在饰玉的盘里盛血,在四方神明像下说明盟辞,用来向神明祷告。从前夏商周三王,没有盟誓,时常有约誓,约定后退去。周朝衰落,屡次结盟,还连到要挟胁迫,开始是鲁将曹沫胁迫齐桓公退还侵地,后来是赵客毛遂威胁楚王结盟。到秦昭公同夷人结盟,订立了用黄龙作罚;汉高祖封诸侯,定了山盟海誓。然而保存道义才能够贯彻到底,道义废了便改变原来的盟约。盟约的尊崇和废除在人,诅咒的话有什么相干。像汉末臧洪与诸侯歃血结盟,忠义的气焰可以截断云虹;晋代刘琨与段匹䃅订立铁的盟誓,精诚感动得天为下霜;可是对汉和晋都没有补救,双方反而成为仇人。所以知道信约不从内心发出,结盟是没有用处的。

○50《释名·释言语》:"盟,明也,告其事于神明也。" ○51骍(xīng星):赤色。 敦:盘类。结盟时,杀牛马祭神,用珠盘盛牛耳,由主盟人所执,用玉敦盛牛马血,结盟者都喝血。 ○52方明:用六面六色的立方木象征上下四方的神明。 ○53三王:夏商周三代的王。 诅盟:盟约中规定背盟的要受到诅咒。 ○54要劫:在结盟时,一方要挟或胁迫对方答应自己要求。○55齐桓公与鲁庄公在柯地会盟,鲁将曹沫执匕首胁迫桓公,要桓公归还所侵鲁地,桓公真的把侵地退还。见《史记·刺客列传》。 ○56赵国都城邯郸被秦军围困,赵平原君到楚国去求救。楚王怕秦,不敢结盟。平原君门客毛遂冲上去,用武力威胁楚王,楚王被迫与赵结盟。见《史记·平原君列传》。○57秦昭襄王与夷人结盟,说:秦侵犯夷人,罚送黄龙(当是玉石刻的)一双;夷人侵犯秦人,罚送清酒一钟(六斛四斗)。见《华阳国志·巴志》。 ○58汉高祖封侯誓言:使黄河变成带,泰山变成磨刀石,也不夺取侯国。见《史记·高祖功臣侯者年表》 ○59臧洪与诸侯订立《酸枣盟辞》,起兵讨董卓,兴复汉朝。歃(shà啥):歃血,结盟时血含口内。 蜺:同霓,虹霓。 ○60刘琨与段匹䃅结盟兴晋,后匹䃅疑忌刘琨,把他杀死。

10.8 夫盟之大体,必序危机,奖忠孝,共存亡,戮心力○61,祈幽灵以取鉴,指九天以为正○62,感激以立诚,切至以敷辞，此其所同也。然非辞之难，处辞为难。后之君子，宜[在]存殷鉴(63)，忠信可矣，无恃神焉。

盟的主要体制，一定要叙述危机，奖励忠孝，共同存亡，齐心合力，求神灵鉴察，指上天作证，感激地确立诚意，恳切地写出文辞，这是一致的。但不是文辞难写，要照文辞写的做起来是难的。后来的订盟者，应该引以为鉴；保存忠信行了，不要依靠神灵。

(61)戮(lù 路)：同勠，合力。　(62)九天：中央和八方的天。　正：同证。(63)殷鉴：殷人以夏亡为戒，指借鉴。

10.9　赞曰：毖祀钦明(64)，祝史惟谈。立诚在肃，修辞必甘。季代弥饰，绚言朱蓝(65)。神之来格(66)，所贵无惭。

总结说：谨慎恭敬和明智来祀神结盟，祝官只是说盟辞。确立真诚在于严敬，修饰辞语一定美好。末世更加修饰，话有文采又正直。请神灵的到来作证，可贵的在于真诚无愧。

(64)毖(bì 必)：谨慎。　钦：恭敬。　明：明智。　(65)绚(xuàn 渲)：文采。　朱蓝：两种正色，正和伪相对，指话说得正直，非浮夸。　(66)格：至。

铭箴第十一

　　铭和箴是对人的，次于告神，所以列在《祝盟》后。铭文刻在器物上，一种是要防止缺点，引起警戒；另一种是用来记功德。这两种铭是有意义的。还有一种题记，意义就不大了。尤其像赵武灵王命工人在山石上刻"主父常游于此"，这同有些游客，在名胜古迹上刻上"某某到此一游"的破坏古迹，同样可笑了。这里讲到"始皇勒岳"，即秦始皇的刻石，是纪功铭；《颂赞》曰："秦政刻文，爰颂其德。"是功德颂。同一刻石，既称颂，又称铭，因为它都是颂功德的韵语，这说明文体分得过于繁碎，免不了一文可以归入两体了。

　　就铭文的形式说，如《大学》汤的《盘铭》："苟日新，日日新，又日新。"是三言韵语。《说苑·敬慎》的《金人铭》："我古之慎言人也。戒之哉！戒之哉！无多言，多言多败。无多事，多事多患。"是杂言，韵散结合。像《礼记·祭统》的卫孔悝的《鼎铭》："六月丁亥，公假（到）于太庙。公曰：'叔舅，乃（汝）祖庄叔，左右（辅助）成公。'下面叙述孔悝祖和父建立的功勋，要孔悝继承下去。是叙述的散文。秦始皇的《泰山刻石》："皇帝临位，作制明法，臣下修饰。廿有六年，初并天下，罔不宾服。"是以四言为主，三句一韵。班固的《封燕然山铭》，除了有长序外，铭文作"铄王师兮征荒裔，勦凶虐兮截海外。"是用《楚辞》体的韵文。张昶的《西岳华山堂阙碑铭》有长序，铭文作"於穆堂阙，堂阙昭明。经之营之，不日而成。"是四言韵语。后来的铭，以四言韵语为多。那末刘勰说的蔡邕《鼎铭》，"全成碑文，溺所长也"，是不确切的。蔡邕《鼎铭》完全模仿孔悝《鼎铭》，是有根据的。再说铭文是可以不用韵的。这篇里讲了"铭义见矣"，没有讲铭文的形式，所以在这里说一下。

箴文著名的有《虞箴》：“芒芒禹迹，画为九州，经启九道。民有寝庙，兽有茂草。各有攸（所）处，德用不扰。”下叙后羿的事。箴文主要是四言韵语。

这篇里对箴铭的要求，“警戒实同”，着重在警戒；两者的分别，“铭兼褒赞，故体贵弘润”。这样说，是抓住这两体的特点的。这里也有不属于文辞，附带提及的，如“仲尼革容于欹器”，欹器是器物，没有文字，这里只是用来对“周公慎言于金人”。说《金人铭》是周公作也不可靠，大约要说明“圣人鉴戒”，就凑上周公孔子了。

11.1　昔帝轩刻舆几以弼违①，大禹勒笋簴而招谏②；成汤盘盂，著日新之规③，武王户席，题必戒之训④；周公慎言于金人⑤，仲尼革容于欹器⑥：则先圣鉴戒，其来久矣。故铭者，名也，观器必也正名⑦，审用贵乎盛德。盖臧武仲之论铭也，曰：“天子令德，诸侯计功，大夫称伐。”⑧夏铸九牧之金鼎，周勒肃慎之楛矢⑨，令德之事也；吕望铭功于昆吾，仲山镂绩于庸器⑩，计功之义也；魏颗纪勋于景钟，孔悝表勤于卫鼎⑪，称伐之类也。若乃飞廉有石椁之锡⑫，灵公有[嵩]夺里之谥⑬，铭发幽石，吁可怪矣。赵灵勒迹于番吾，秦昭刻博于华山⑭，夸诞示众，吁可笑也。详观众例，铭义见矣。

从前黄帝在车子和矮桌上刻上文句，来帮助自己纠正过错；大禹在乐器架上刻上文句，请人提意见；商汤王的《盘铭》，写上天天新的规戒，周武王的《户铭》《席四端铭》，写上一定要警戒的教训；周公在《金人铭》里提出说话谨慎，孔子看到欹器脸色变了：那末从

101

前圣人注重借鉴警戒，它的来源是很久了。所以铭就是名称，观察器物一定要端正它的名称，考察用途重在美好的德行。臧武仲议论铭文，说："对天子赞扬他的美德，对诸侯计数他的功勋，对大夫称说他的劳迹。"夏朝把九州贡献的金属铸成金属鼎；周朝在肃慎氏进贡的楛木箭上刻字，这是颂扬美德的事；吕望把他的大功刻在冶工昆吾铸的金属版上，仲山甫把他的大功刻在记功的器物上，这是计算大功的事；魏颗把他的劳绩刻在景钟上，孔悝把他的勤劳刻在卫鼎上，这是称说劳绩的事。至于飞廉得到天赐的石制外棺，卫灵公得到夺取圹穴里石椁上的谥号，铭文从地下石头上发现，唉，可怪了。赵武灵王在番吾山上刻上他的游踪，秦昭王在华山上刻上他的赌具，用虚夸的刻石来告诉众人，唉，可笑的。详尽地观察众多例子，铭文的意义可见了。

①帝轩：黄帝轩辕氏。　　几：矮桌。　　弼(bì必)：辅正，纠正。②笋簴(sǔn jù损具)：挂钟磬的架子，横木叫笋，竖木叫簴。　　③盘：浴缸。盂：饮食器。　　盘盂，盂是陪衬字，指《盘铭》："日日新，又日新。"见《大学》。④户席：周武王有《户铭》《席四端铭》等，用来表示谨戒。见《大戴礼·武王践阼》。　　⑤孔子在周太庙里看到铜人，背上刻铭："无多言，多言多败。"见《说苑·敬慎》，不说是周公作。　　⑥孔子观于鲁桓公庙，有欹(qī欺)器，空时倾斜，盛水适中就正，盛水过多就翻倒，引起孔子警惕，自满要翻倒，所以变色。不说欹器上有铭文。见《荀子·宥坐》。　　⑦正名：端正器物的名称。⑧臧武仲：鲁国大夫。　　令德：对天子称他的美德。　　计功：对诸侯计他的大功。　　称伐：对大夫称他的劳绩。见《左传·襄公十九年》。　　⑨九牧：九州长，贡金属给夏禹，夏禹用铸九鼎，不说鼎上有铭文，只说鼎上铸有各地怪物。见《左传·宣公三年》。周武王时，东北方的肃慎氏进贡楛木矢和石制箭头，武王在箭干上刻"肃慎氏之贡矢"，见《国语·鲁语》下。　　⑩吕望：姜太公，即吕尚。　　昆吾：冶工名，冶成铜版，吕尚把功勋刻在上面，见蔡邕《铭论》。　　仲山甫：周宣王大臣。　　庸器：铭功的器物。《后汉书·窦宪

传》有仲山甫鼎铭。吕望助周武王建立周朝，仲山甫助周宣王中兴，都建立大功，功绩指大功。　⑪晋国魏颗击退秦兵，捉住秦将，他的勋劳刻在晋景公钟上。见《国语·晋语》七。卫国孔悝的祖和父和自己勤劳国事，把它刻在鼎上。见《礼记·祭统》。这里的勋、勤指功劳。　⑫纣王臣子飞廉在北方，回来时纣王已经灭亡，他掘地筑坛祭纣王向他回报，得石棺，有铭文，说："赐尔石棺以华氏(光大氏族)。"　椁(guǒ果)：外棺。见《史记·秦本纪》。⑬卫灵公死，葬在沙丘，掘地得石椁，上有铭文，说："灵公夺而(尔)里(住处)。"铭文已称灵公，实为可怪。灵是谥号。见《庄子·则阳》。　⑭赵武灵王使工人挂钩架梯在番吾山上，刻上："主父常游于此。"又秦昭王令工人挂钩架梯登上华山，用松柏心作赌具，投壶的箭长八尺，棋子长八寸，在那里刻石道："昭王常与天神博于此。"见《韩非子·外储说左上》。

11.2　至于始皇勒岳，政暴而文泽⑮，亦有疏通之美焉⑯。若班固燕然之勒⑰，张昶华阴之碣，序亦盛矣⑱。蔡邕铭思，独冠古今⑲；桥公之钺，吐纳典谟⑳；朱穆之鼎，全成碑文，溺所长也㉑。至如敬通杂器，准矱[戒]武铭㉒，而事非其物㉓，繁略违中。崔骃品物㉔，赞多戒少；李尤积篇㉕，义俭辞碎，蓍龟神物，而居博弈之中，衡斠嘉量，而在臼杵之末㉖，曾名品之未暇，何事理之能闲哉！魏文九宝㉗，器利辞钝。惟张载剑阁㉘，其才清采，迅足骎骎㉙，后发前至，勒铭岷汉㉚，得其宜矣。

到秦始皇在山上刻石，他的政治虽然暴虐，但刻石文却写得有光泽，也有通达事理的好处。像班固的《封燕然山铭》，张昶的《西岳华山堂阙碑铭》，序文内容也很丰富了。蔡邕的铭文，独自成为古今第一；像赞美桥玄的《黄钺铭》，吐辞采纳《尚书》；赞美朱穆的《鼎名》，完全写成碑文，是他擅长写碑文而陷进去了。至于像冯衍写各种器物的铭文,模仿武王的铭文,可是讲的内容同各种器物不相应,详略不恰当。崔骃的铭评量各物,多赞美,少警戒;李尤的铭文积了不少,意义浅薄,文辞烦碎,像蓍草和龟甲是占卜吉凶的宝物,却列在赌具和围棋的中间,秤和斛是美好的衡量器,却放在杵臼的末了,对器物名称品第都没有考虑好,怎么能熟悉事物的道理呢?曹丕写了九种宝物的《剑铭》,剑是锋利的,文辞平钝。只有张载的《剑阁铭》,他的文才清丽,像快马奔腾,写作在后,超越前人,把他的铭文刻在蜀汉的岷山,是得当的。

⑮秦始皇在泰山、琅邪山、之罘山等处刻石称颂功德,文辞是李斯写的。泽:润泽。　⑯疏通:通达事理。《礼·经解》:"疏通知远,《书》教也。"李斯刻石,多用四字句,受《尚书》影响。　⑰后汉窦宪击败匈奴北单于,登燕然山,命班固作《封燕然山铭》,铭文前有长序,叙述这次战功。　⑱后汉段煨重修华山庙宇,命张昶作《西岳华山堂阙碑铭》,铭文前有长序,叙述段煨的功劳。　⑲后汉末蔡邕最擅长写碑铭。　⑳后汉朝廷赐给桥玄黄钺(yuè月,大斧)。蔡邕作《黄钺铭》,赞美桥玄的功绩。　典谟:《尚书》有《尧典》《大禹谟》,指铭文摹仿《尚书》。　㉑后汉朱穆死,蔡邕作《鼎铭》,叙述朱穆的功绩和桓帝对他的哀悼,写成碑文,没有铭。　溺(nì逆):陷进去,指写得不像铭。　㉒后汉冯衍,字敬通,著有《刀阳(正面)》《刀阴(背)》《杖》《车》《席前右》《席后右》《杯》《爵》等铭。　准镬(huò或):标准,规矩,以周武王的《席四端》《机》《鉴》等铭作标准。　㉓事非其物:铭文和铭物不合。　㉔后汉崔骃作《樽》《刀剑》《刻漏》《扇》等铭。　㉕后汉李尤作铭文百二十篇,所以称"积篇"。　㉖指铭文次序排列不当。　㉗九宝:剑三,刀三,匕首二,灵陌刀一。　㉘晋朝张载的《剑阁铭》,写剑阁形势险要,用来告戒,辞理俱美。晋武帝把它刻在剑阁山上。　㉙骎骎(qīn侵):马跑得快貌。　㉚岷汉:蜀汉的岷山,剑阁属巴山山脉,为岷山山脉的东支。

11.3　箴者,针也,所以攻疾防患,喻针石也㉛。斯文

104

之兴，盛于三代。夏商二箴，馀句颇存^㉜。[及]周之辛甲，百官箴阙，唯《虞箴》一篇^㉝，体义备焉。迄至春秋，微而未绝。故魏绛讽君于后羿^㉞，楚子训民于在勤^㉟。战代以来，弃德务功，铭辞代兴，箴文委绝^㊱。至扬雄稽古，始范《虞箴》^㊲，作卿尹州牧二十五篇^㊳。及崔胡补缀，总称《百官》^㊴。指事配位，鞶鉴可徵^㊵，信所谓追清风于前古，攀辛甲于后代者也。至于潘勖《符节》^㊶，要而失浅，温峤《[傅]侍臣》^㊷，博而患繁；王济《国子》^㊸，[引广]文多而事[杂]寡，潘尼《乘舆》^㊹，义正而体芜：凡斯继作，鲜有克衷^㊺。至于王朗《杂箴》^㊻，乃置巾履，得其戒慎，而失其所施^㊼；观其约文举要，宪章[戒]武铭^㊽，而水火井灶^㊾，繁辞不已，志有偏也。

箴就是打针，用来治病防患，用针石来作比方。这种文体的兴起，在夏商周三代盛行。《夏箴》和《商箴》保存少数残馀的句子。周朝的辛甲，他的百官箴散失了，只存《虞箴》一篇，体制和用意都完备。到了春秋，箴文衰落还没有断绝。所以魏绛用箴文中的后羿来讽谏晋君，楚庄王用箴文中的"民生在勤"来教训民众。战国以来，抛弃道德，力求有功；铭文代箴文兴起，箴文枯萎绝迹了。到扬雄考古，开始模仿《虞箴》，作卿尹州牧等箴二十五篇。到崔骃胡广又加补充，总称《百官箴》。配合各种官位，指出应该警戒的事项，像镜子那样可以借鉴，确实是上追前古的好风气，在后代仰慕辛甲的作法了。到汉末潘勖的《符节箴》，扼要而失于肤浅，东晋温峤的《侍臣箴》，广博而失于繁杂；西晋王济的《国子箴》，文多事少，潘尼的《乘舆箴》，意义正确，文辞芜杂：所有这些继续创作，很少有写得恰好的。到魏王朗的杂箴，却作《巾箴》《履箴》，文中要警戒谨慎是对的,但用在巾履上就不恰当;看他文辞简练,意义扼要,模仿周武王的铭文,内容谈到水火井灶,文辞繁多不止,是志趣有所偏了。

㉛针石:古代治病的石针。　　㉜《夏箴》见《逸周书·文传解》,《商箴》见《吕氏春秋·应同》,都只剩几句。　　㉝周朝太史辛甲命百官作箴文来纠正王的缺点,《百官箴》散失,只剩《虞箴》一篇。见《左传·襄公四年》。　　㉞晋大夫魏绛引用《虞箴》中讲后羿(yì义)爱好打猎,不顾国事,用来讽谏晋君的爱好打猎。虞是管山泽苑囿的官。见同上。　　㉟楚王用箴文来告戒国人:"民生在勤,勤则不匮(穷乏)。"楚王在周朝封子爵,故称楚子。见《左传·宣公十二年》。　　㊱委绝:即萎绝,衰亡。　　㊲范:以为模范,即模仿。　　㊳扬雄作十二州箴、二十五官箴,共三十七篇,亡四篇,五篇残缺,实存二十八篇。　　㊴后汉崔骃补作七篇,崔骃子崔瑗补作九篇,胡广补作三篇,亡一篇。　　㊵鞶(pán盘)鉴:大带上装饰的镜子,这里指镜子。　　徵:验,即以《虞箴》为借鉴。　　㊶后汉末潘勖作《符节箴》。　　㊷东晋温峤作《侍臣箴》。　　㊸晋朝王济作《国子箴》。　　㊹晋代潘尼作《乘舆箴》,乘舆,天子车,是规戒君主的。　　㊺衷:恰当。　　㊻三国魏王朗作《杂箴》,有《巾箴》《履箴》等。　　㊼施:用。戒慎的话用在鞋上,刘勰认为不恰当。　　㊽宪章:法制,遵守法制,指效法。　　㊾水火井灶:王朗《杂箴》称:"俾冬作夏,非灶孰能;俾夏作冬,非井孰闲。"即冬天靠灶火取暖,夏天靠井水取凉,好比一家要靠家长。

11.4　夫箴诵于官,铭题于器,名目虽异,而警戒实同。箴全御过,故文资确切;铭兼褒赞,故体贵弘润:其取事也必核以辨,其摛文也必简而深㊿,此其大要也。然矢言之道盖阙[51],庸器之制久沦[52],所以箴铭[异]寡用,罕施[于]后代。惟秉文君子,宜酌其远大焉[53]。

106

箴是官对君主朗诵的,铭是题在器物上的,名称虽然不同,但引起警戒实是一样的。箴完全是用来抵制过失的,故文词依靠准确切实;铭兼具褒奖赞美,所以体制重在弘大润泽:它的引用事例一定核实和辨明,它的作文一定要简练而深刻,这是大致这样。但是说直话的风气缺少,在器物上记功的制度久废,因此箴铭少用,在后代很少用它。只有掌握文辞的作者,应该酌量采取它们的远大作用。

㊿摛(chī吃):发布。　㉛矢言:直言。　㉜庸器:纪功的器物。庸,功。　㉝酌:考量。

11.5　赞曰:铭实[表器]器表,箴惟德轨。有佩于言㊴,无鉴于水㊵。秉兹贞厉㊶,[敬言]警乎立履㊷。义典则弘,文约为美。

总结说:铭实在是器物的表记,箴只是道德的轨范。对箴铭的话要牢记,不要在水里只照见自己。执持纯正勉励的话,警惕地用于行动。意义正确就能弘大,文辞简练是好的。

㉞佩:挂在身上的饰物,指牢记。　㉟鉴水,照水只看见自己,应鉴人看到成败。　㊱秉:执。　贞:正。　厉:勉励。　㊲立履:立在行动上。

诔碑第十二

这篇是讲诔文和碑文的。就诔文说，刘勰认为是"累其德行，旌之不朽"，首先是表扬死者的德行的。又认为鲁哀公的诔孔子，"古式存焉"。这篇诔文不用韵，表达哀痛的感情，话说得简短，没有表扬孔子德行。柳妻的诔柳下惠，"辞哀而韵长"。如："屈柔从俗，不强察兮。蒙耻救民，德弥大兮。"是表扬柳下惠的德行的，用《楚辞》体。到扬雄的《元后诔》："汉祖受命，赤传于黄；摄帝受禅，立为真皇。"讲汉高祖受天命，把汉(尚赤)传给王莽(尚黄)；王莽接受禅位，立为真皇帝。这是谄媚王莽的话，都写进去，所以烦秽，是不好的。杜笃的《吴汉诔》："勋业既崇，持盈守虚。功成即退，挹而损诸。"写吴汉的品德，是好的。傅毅的《明帝诔》："躬履圣德，以临万国，仁风弘惠，云布雨施。"是写明帝的德行的。因此，刘勰称诔是"传体而颂文，荣始而哀终"。"传体"是经传的传，只要叙述死者的品德就是传体，用韵语来赞美死者的品德，就是荣始，就是颂文。接下去再表示哀悼，就是哀终。不过鲁哀公的诔孔子，就只有哀终而没有颂文、荣始了。

再看碑，如蔡邕的《郭有道碑》："先生讳(名)泰，字林宗，太原界休人也。""先生诞膺天衷，聪叡明哲。""尔乃潜隐衡门，收朋勤诲，童蒙赖焉。""遂辟司徒掾，又举有道，皆以疾辞。"写他姓名籍贯，做过教师，受到征聘，不就。是写了他的传记。所以说："属碑之体，资乎史才，其序则传，其文则铭。"这个传才是史传。

看赞，这个意思更清楚。"写实追虚，碑诔以立，铭德纂行，文采允集。"这篇名曰《诔碑》，为什么这里称"碑诔"呢？原来"碑"指

"写实","诔"指"追虚",碑写生平行事,是实;诔讲其人品德,较虚。"铭德"就诔说,"纂行"就碑说。

刘勰讲诔,反对"烦秽",赞成"伦序""辨法","新切""简要",叙述要有伦次辨明,文辞要简洁,内容要核要,抒情要新切。这些要求是恰当的。讲碑,要"骨髓训典",用辞要挺拔有骨力,"叙事要该而要",既照顾到全面,又要扼要,要"清词""巧义",文辞清润,意义工巧。这些也恰当。只是他赞美"周胡众碑",宋朝王应麟在《困学纪闻》十三讥刺他赞美胡广,胡广迎合权臣梁冀,并无风骨,不免虚美。这篇里称为"清允",也有些过分了。

12.1 周世盛德,有铭诔之文①。大夫之材,临丧能诔②。诔者,累也;累其德行,旌之不朽也③。夏商以前,其[详]词靡闻。周虽有诔,未被于士④。又贱不诔贵,幼不诔长,其在万乘⑤,则称天以诔之。读诔定谥⑥,其节文大矣⑦。自鲁庄战乘丘,始及于士⑧。逮尼父之卒⑨,哀公作诔,观其慭遗之[切]辞,呜呼之叹⑩,虽非睿作⑪,古式存焉⑫。至柳妻之诔惠子,则辞哀而韵长矣⑬。

周朝的恩德广大,产生了诔文。大夫的材干,碰上丧事要能够写出诔文来。诔就是积累;累计死者的德行,加以表彰,使他不朽。夏朝商朝以前,诔文没有听说过。周朝虽然有诔文,还没有用到士人身上。又低贱的人不能替贵人作诔,小辈不能为长辈作诔,天子死了,只能称说上天来诔他。宣读诔文,确定谥号,在礼仪上是很重要的。自从鲁庄公在乘丘战败,开始对士人作诔。到孔子死了,鲁哀公给他作诔,看他说"上天不愿留下这一老"的话,"呜呼"的感叹,虽然不是高明的作品,古代诔文的格式保存着。到柳下惠妻子的诔柳下惠,那末文辞悲哀、韵语长了。

①铭诔(lěi 垒):铭是陪衬字。诔是累计死者的德行表示哀悼的文辞。
②对大夫要求他能作诔文。　　③旌:表彰。　　④士:低于大夫、高于民的
人,指下级官吏。　　⑤万乘:能出万辆兵车的大国,指天子。　　⑥谥(shi
市):君主和大臣死后,根据他一生的事迹给他的称号。　　⑦节文:仪式。
⑧鲁庄公和宋人在乘丘(在山东滋阳县西北)作战,马受惊,车翻,庄公掉下
来。庄公说:"卜国没有勇!"卜国是在车上保护庄公的。卜国和另一人就冲
入敌阵战死了。事后马夫发现马股间中箭,庄公认为错怪了人,遂对两人作
了诔文。　　⑨尼父:对孔子的尊称。　　⑩慭(yin 印):宁愿。鲁哀公诔孔
子:"不慭遗一老",天不愿把这一老留给我。又说"呜呼哀哉!"表感叹。
⑪睿(rui 瑞):明智。　　⑫古式:诔文的古代格式。　　⑬柳妻:柳下惠妻。
柳下惠即展禽。柳妻的诔,用韵语,较长。

12.2　暨乎汉世⑭,承流而作。扬雄之诔元后,文实
烦秽⑮,沙麓撮其要,而挚疑成篇⑯,安有累德述尊,而阔略
四句乎? 杜笃之诔,有誉前代⑰;吴诔虽工,而他篇颇疏,
岂以见称光武,而改盼千金哉⑱! 傅毅所制,文体伦序⑲;
孝山崔瑗,辨絜相参⑳:观其序事如传,辞靡律调,固诔之
才也。潘岳构意,专师孝山㉑,巧于序悲,易入新切,所以
隔代相望,能[微]徽厥声者也㉒。至如崔骃诔赵,刘陶诔
黄,并得宪章㉓,工在简要。陈思叨名,而体实繁缓㉔,文皇
诔末,[旨]百言自陈,其乖甚矣。

到了汉朝,继承以前的趋势来创作。扬雄的《元后诔》,文辞实
在是繁多杂乱,"沙麓"四句只是摘要,可是挚虞疑心它是全篇,哪
有累计德行叙述尊者,却简略得只有四句呢? 杜笃的诔文,在以前

的时代很有声誉；他的《吴汉诔》虽写得工巧，可是别的诔多粗疏，难道因为受到光武帝的称赞，就改变看法，都成了千金的贵重啊！傅毅所写的诔，是符合诔文体制和次叙的；苏顺崔瑗所作，内容的辨白，文辞的简洁是结合的：看他们叙事像传记，文辞细密，音律协调，确实是写诔文的人才。潘岳在构思上专学苏顺，很会叙述悲情，容易达到新颖和贴切，所以和苏顺隔代并称，能够得到美好的声名。再像崔骃的诔赵，刘陶的诔黄，都得写诔的规范，好在简练扼要。曹植虚得名声，他的诔文实在辞繁而文气舒缓，在《文帝诔》的末了，用百馀字来说自己，它太背离要求了。

⑭暨(jì 计)：及。　⑮扬雄《元后诔》写得烦秽，见前说明。　⑯《元后诔》，《汉书·元后传》里引了四句："太阴(月)之精，沙麓之灵。作合于汉，配元(帝)生成(帝)。"元后家正对河北大名的沙麓山。这是摘句，挚虞《文章流别论》疑心它是全篇，非是。　⑰后汉杜笃，被美阳县令收捕送京都，笃在狱中作大司马《吴汉诔》，光武帝赞美，把他释放，还赐帛。　⑱改盼千金：改变看法，把写得粗疏的作品也像千金般看重呢！　⑲后汉傅毅有《明帝诔》，写得有条贯次序。　⑳后汉苏顺字孝山，作《和帝诔》。后汉崔瑗也有《和帝诔》。　辨絜：明白简洁。　㉑晋朝潘岳有《皇女诔》。　㉒徽：美。厥声：他的声誉。　㉓后汉崔骃的诔赵，刘陶的诔黄，都已散失。　宪章：法度。　㉔叨名：虚有名声。曹植《文帝诔》后有一百多字是讲自己的，违背诔的体制。

12.3　若夫殷臣[诔]咏汤，追褒玄鸟之祚㉕；周史歌文，上阐后稷之烈㉖：诔述祖宗㉗，盖诗人之则也。至于序述哀情，则触类而长。傅毅之诔北海，云"白日幽光，[氛雾]淫雨杳冥"㉘；始序致感，遂为后式，景而效者，弥取于工矣㉙。

再像殷朝臣子歌咏汤王,在《玄鸟》诗中追美上天的降福;周朝史官的歌颂文王,在《生民》诗中追叙后稷的功业。累积地叙述祖宗的功德,是诗人的写法。讲到表达哀情,就接触到相关的事物来发挥。傅毅的《北海王诔》,说到"太阳的光被遮住,大雨使得天地昏暗";开始叙述就表达感情,便成为后来的样式,仰慕而效法的,更取得工巧了。

㉕《诗·商颂·玄鸟》写天使玄鸟(燕子)生蛋,有娀氏女吞了燕子蛋生下契,成为商代的祖先。说明商代祖先,是上天降生的。　㉖《诗·大雅·生民》写周朝的祖先后稷从小在农业上很有成就。　㉗诔:积累。　㉘傅毅《北海静王兴诔》:"白日幽光,淮雨杳冥。""淮雨"当作"淫雨",被人改为"雰雾",见《练字》注㉟。　淫雨:长期下雨。　㉙景:景仰,仰慕。　弥:更。

12.4　详夫诔之为制,盖选言录行,传体而颂文,荣始而哀终。论其人也,暧乎若可觌㉚;道其哀也,悽焉如可伤:此其旨也㉛。

详细考究诔文的体制,大概是选择死者的言论,记下死者的行事,体裁像传记,文辞像颂,开始写他的光荣,结尾表达悲哀。讲到他的为人,彷佛像可以看到;讲到对他的悲哀,悽怆地像可以伤痛:这是写诔文的要求。

㉚暧(ài 爱)乎:彷佛,好像。　觌(dí 敌)看见。　㉛旨:要旨,要求。

12.5　碑者,埤也㉜;上古帝[皇]王,纪号封禅㉝,树石埤岳㉞,故曰碑也。周穆纪迹于弇山之石㉟,亦古碑之意

112

也。又宗庙有碑,树之两楹,事止丽牲[35],未勒勋绩。而庸器渐缺[37],故后代用碑,以石代金,同乎不朽,自庙徂坟,犹封墓也[38]。

碑是增加;上古帝王记下告天地的话,进行告天地的礼仪,竖立石碑来增加山岳,所以叫碑。周穆王题字在弇山石上,也是古代立碑的意思。又宗庙中庭里有碑,竖立在相当于东西两柱的中间,只是作为祭祀前系牲口用,不在上面刻功勋。可是纪功器渐缺,所以后代用碑来代替,用石来代铜,同样可以不朽,从宗庙转到坟地,好像堆土加高了墓地。

[32]埤(pí 皮):增加。　[33]纪号:记告,记下向天地神灵报告功德的话;号,告。　封禅:祭告天地,详《封禅》。　[34]树石:竖立石碑。　埤岳:增加山顶。　[35]周穆王登上弇(yǎn 眼)山,在石头上题"西王母之山"。见《穆天子传》三。　纪迹:题字记下名胜处。　[36]两楹:东西两柱。　丽牲:系牲口。　[37]庸器:刻功勋器,像钟鼎。　[38]徂(cú 殂)坟:到坟地,石碑立在坟地上。　封墓:在坟地上堆土加高。

12.6　自后汉以来,碑碣云起[39]。才锋所断,莫高蔡邕:观杨赐之碑,骨鲠训典[40];陈郭二文,词无择言[41];周[乎]胡众碑,莫非清允[42]。其叙事也该而要,其缀采也雅而泽;清词转而不穷,巧义出而卓立;察其为才,自然[而]至矣。孔融所创,有[慕]蓦伯喈,张陈两文,辨给足采,亦其亚也。及孙绰为文,志在于碑[诔],温王[郄]郗庾,辞多枝杂,桓彝一篇,最为辨裁矣。

113

从后汉以来,头方或圆的石碑风起云涌。锋利的才华所达到的,没有高过蔡邕的:看他的《太尉杨赐碑》,骨力是从《尚书》的训典里来的;他的《陈寔碑》《郭泰碑》两篇,措辞没有失当的;他的《汝南周勰碑》《太傅胡广碑》等篇,没有不是写得清明恰当。他的叙事全面而扼要,他的文采雅正而润泽;清润的文词婉转而不尽,巧妙的用意层出而突立;考察他的文才,自然达到好处。孔融的创作,摹仿蔡邕,他的《卫尉张俭碑铭》和陈碑(已失传)两篇,明辨巧捷,富有文采,也是仅次于蔡邕的作品。到孙绰作文,有志于写碑,他的《温峤碑》《丞相王导碑》《太宰郗鉴碑》《太尉庾亮碑》,文辞繁多,段落杂乱,只有《桓彝碑》一篇,最为明辨有裁剪了。

㊴碑碣(jié 杰):碑头上方,碣头上圆。　　㊵骨鲠:有骨力,刚健。训典:《尚书》中有《尧典》《伊训》。　㊶蔡邕说:"吾为碑铭多矣,皆有惭德,唯《郭有道》无愧色耳。"见《后汉书·郭泰传》。　　择言:失败的话,过头话。㊷清允:清润恰当。

12.7　夫属碑之体,资乎史才,其序则传,其文则铭。标序盛德,必见清风之华;昭纪鸿懿㊸,必见峻伟之烈:此碑之制也。夫碑实铭器,铭实碑文,因器立名,事[光]先于诔。是以勒石赞勋者,入铭之域;树碑述[已]亡者,同诔之区焉㊹。

创作碑文的体裁,依靠史家的才能,它的叙事是传记,它的韵语是铭文。突出地叙述美好的德行,一定要显示风采清亮的光耀;明白地记载巨大的美行,一定要显示卓越宏伟的功绩;这是碑文的法式。碑实在是刻铭的器物,铭实在是碑的文辞,由于石碑的器物来确立碑文的名称,碑的产生先于诔。因此,刻石记功的归入铭文一类,立碑叙述死者的同于诔文的范围。

㊸昭:明。　　鸿:大。　　懿:美。　　㊹区:域,范围。

12.8　赞曰:写实追虚㊺,碑诔以立。铭德[慕]纂行㊻,文采允集㊼。观风似面,听辞如泣。石墨镌华,颓影岂[忒]戢㊽。

总结说:叙述具体的行事,追写抽象的道德,碑文诔文因而确立。用韵文来叙功德,用散文来纪行事,文采用得恰当。观察他的风采像在当面,听他的话像在悲泣。墨拓石碑上刻的华辞,死者的影象难道能够消失。

㊺实虚:《夸饰》:"夫形而上者谓之道,形而下者谓之器。""神道难摹"是虚,"形器易写"是实。　　㊻纂:编集。　　㊼允:信,确切。　　㊽镌(juān 捐):刻。　　颓影:倒下的影像,指死者的影像。　　忒(tè 特):差错。　　戢(jí 吉):停止,消失。

哀吊第十三

　　诔是累计死者的德行的，所以接下讲对死者的哀吊。哀是悼念夭折，所以"情主于痛伤，而辞穷乎爱惜。"哀痛的是孩子，所以"誉止于察惠"，"悼加乎肤色"，要写得"情往会悲，文来引泣"。但这里举的哀文，真正传诵的是《诗·秦风·黄鸟》，秦人哀悼三良为秦穆公殉葬。这三良是三位良臣，不是孩子。可见真正成功的作品，还是有深刻意义的。哀悼孩子的，虽这里推重潘岳的《金鹿哀辞》《泽兰哀辞》，也不成为传诵之作。

　　吊文是哀悼成人的，刘勰认为要"正义以绳理，昭德而塞违"，"哀而有正"，根据义理来宣扬德行，堵塞违理，使悲哀而合理。结合他的选文来看，像贾谊《吊屈原文》："鸾凤伏窜兮，鸱枭翱翔。"推崇屈原是鸾凤，批评楚王放逐屈原，任用奸佞。又说："所贵圣人之神德兮，远浊世而自藏。""历九州而相其君兮，何必怀此都也。"认为屈原应该自己隐退，或者到别国去，何必留恋楚国，投江自沉。又像司马相如《哀二世赋》："持身不谨兮，亡国失势；信谗不寤兮，宗庙灭绝。"这是对二世的批评。又称："坟墓芜秽而不修兮，魂无归而不食。"这是对他的哀悼。结合这些吊文来看，正是宣扬德行，批评缺点，使哀而有正，还像贾谊那样指出屈原的不足处。不过这里还可补充的，李善注引应劭《风俗通》称贾谊同邓通都做侍中，贾谊多次讥讽邓通，因此被贬官做长沙王太傅。贾谊哀吊屈原遭谗人放逐，也自伤为邓通谗毁。这点意思刘勰没有点明。再像阮瑀的《吊伯夷文》："东海让国，西山食薇；重德轻身，隐景潜晖。"赞美伯夷的清高，是否要他来讥讽当时的争权夺利者，还说不定。王粲的《吊夷齐文》"从王师以南征",他从曹操南征。因称"知养老之可归,忘除暴之为念"。批评夷齐,正是为自己跟曹操南征辩护。借吊古以寄托自身的志趣,这点可作补充。

13.1　赋宪之谥,短折曰哀①。哀者,依也,悲实依心,故曰哀也。以辞遣哀,盖[不泪]下流之悼②,故不在黄发,必施夭昏③。昔三良殉秦,百夫莫赎,事均夭[横]枉,《黄鸟》赋哀④,抑亦诗人之哀辞乎?

　　公布法令中的谥法,称短命死的叫哀。哀是依恋。悲哀确实依恋在心里,所以说哀。用文辞来表达悲哀,大概在悼念幼辈,所以不用在老人,一定用在小孩。从前三个好人为秦穆公陪葬,用一百人换一人也换不回来,事情跟短命枉死相同,《黄鸟》诗里表达这种悲哀,也是诗人的哀辞吧?

　　①赋宪:公布法令。　　谥(shì市):死后的称号。　　短折:短命死去。见王应麟《困学纪闻》二引《逸周书·谥法解》。　　②下流:幼辈。　　③黄发:老人,老人发白变黄。　　夭:夭折,短命死。　　昏:未取名死去,古人三月取名,即不满三月死去。　　④《诗·秦风·黄鸟》,写秦穆公死前,要奄息、仲行、针虎三个好人陪葬。秦人哀悼作《黄鸟》诗,说:"如可赎兮,人百其身。"人们愿用百人的身体来赎回他们一个人。　　枉:枉死。

13.2　暨汉武封禅⑤,而霍[子侯]嬗暴亡⑥,帝伤而作诗,亦哀辞之类矣。降及后汉,汝阳[王]主亡⑦,崔瑗哀辞,始变前式。然履突鬼门,怪而不辞⑧,驾龙乘云,仙而不哀;又卒章五言,颇似歌谣,亦彷彿乎汉武也。至于苏[慎]顺张升,并述哀文⑨,虽发其情华,而未极其心实。建

117

安哀辞,惟伟长差善,《行女》一篇,时有恻怛⑩。及潘岳继作,实[踵]锺其美⑪。观其虑[善]赡辞变,情洞悲苦⑫,叙事如传,结言摹诗,促节四言,鲜有缓句;故能义直而文婉,体旧而趣新,《金鹿》《泽兰》⑬,莫之或继也。

　　到汉武帝在泰山祭天地,跟去的霍嬗突然死去,武帝哀伤作诗,也是哀辞的一类了。下到后汉,汝阳公主死了,崔瑗作了哀辞,开始改变以前的样式。但说脚步突入鬼门,奇怪而不通,驾龙腾云,是仙家而没有悲哀;又最后一章是五字句,很像歌谣,也跟汉武帝的哀辞相似。到了苏顺张升,都作哀文,虽然表现出他们的情感和文采,却是没有反映出内心的真实感受。建安时的哀辞,只有徐幹写得较好,他的一篇《行女》,常有悲痛。到潘岳接下来创作,确实是聚集了他们的优点。看他的哀文考虑得周到,文辞变化,感情充满悲苦,叙事像传,组织语言摹仿《诗经》,四字句音节急促,少有和缓的句子;所以能够做到意义正直,文辞婉转,体裁是旧的,情趣是新的,他作的《金鹿哀辞》和《泽兰哀辞》,没有人能够继承下去的。

　　⑤暨(jì计):及。　　封禅:在泰山祭天地,见《封禅》。　　⑥霍嬗,字子侯,霍去病子。跟汉武帝上泰山,突然死去。　　⑦汝阳主:和帝女汝阳长公主,名刘广。　　⑧履突鬼门:公主的脚步冲入鬼门,话说得不近情理。不辞似当作不情。　　⑨后汉苏顺张升哀文已失传。　　⑩徐幹字伟长,他的哀文已失传。　　恻怛:伤痛。　　⑪锺:聚集。　　⑫洞:贯穿。　　⑬潘岳爱女金鹿死,作《金鹿哀辞》,又为任子咸妻作《孤女泽兰哀辞》。

　　13.3　原夫哀辞大体,情主于痛伤,而辞穷乎爱惜⑭。幼未成德,故誉止于察惠;弱不胜务,故悼加乎肤色。隐
118

心而结文则事惬⑮，观文而属心则体奢⑯。奢体为辞，则虽丽不哀：必使情往会悲，文来引泣，乃其贵耳。

推求哀辞的体制，抒情主要表达哀伤，措辞要尽量表达爱惜。死者幼小品德还没有养成，所以赞美只停在聪慧上；年幼不能担任工作，所以悼念只在他的容貌和皮肤上。痛心而作文便情辞切合；为了文辞而表示痛心，便文体浮夸。浮夸的文体写出来的文辞，即使华丽却不悲哀；一定要使感情融合在悲痛里，文辞能够使人下泪，才是可贵了。

⑭穷：尽。　⑮隐：痛。　　惬：切当。　　⑯奢：浮夸。

13.4　吊者，至也。诗云："神之吊矣。"言神至也。君子令终定谥⑰，事极理哀，故宾之慰主，以至到为言也。压溺乖道⑱，所以不吊矣。又宋水郑火，行人奉辞⑲，国灾民亡，故同吊也。及晋筑虒台⑳，齐袭燕城，史赵苏秦，翻贺为吊㉑，虐民搆敌，亦亡之道。凡斯之例，吊之所设也。或骄贵［而］以殒身，或狷忿以乖道，或有志而无时，或美才而兼累，追而慰之，并名为吊。

吊就是到。《诗·小雅·天保》说："神之吊矣。"说神灵到了。上等人寿终确定称号，事情重大，情理哀伤，所以宾客的安慰丧主，用来吊为说。压死、淹死不是正常死的，所以不去吊了。又宋国发生水灾，郑国发生火灾，各国使臣致辞慰问，因为国家受灾，人民死亡，所以同去吊。至晋国筑虒祈宫，齐国袭击燕国城邑，史赵和苏秦改变祝贺为哀吊，因为筑宫虐待人民，袭燕结下仇敌，也是走上亡国的路。凡是这些例子,哀吊的所以成立。有的因骄傲丧身,有的因褊急忿恨违背正路,有的有志向却没有时机,有的有美才却兼有各种缺点,追念这些加以慰问,都叫做吊。

⑰令终:寿终。　　谥:见《诔碑》注⑥。　　⑱压溺:被压死、淹死。乖道:违反寿终,所以不吊。见《礼记·檀弓上》。　　⑲《左传·庄公十一年》,"宋大水",鲁国派使臣去吊。《昭公十八年》,"宋卫陈郑皆火",诸侯也去吊,许不吊灾,受到批评。　　行人:外交官。　　⑳虒(sī斯)台:即虒祁宫。《左传·昭公八年》,晋平公筑虒祁宫,史赵认为这事可吊却贺。　　㉑《战国策·燕策一》,齐宣王趁燕国有丧事,起兵攻燕,取十城。苏秦去贺了又吊,认结怨邻国为可吊。

13.5　自贾谊浮湘,发愤吊屈,体同而事核㉒,辞清而理哀,盖首出之作也。及相如之吊二世,全为赋体㉓,桓谭以为其言恻怆,读者叹息;及[平]卒章要切,断而能悲也㉔。扬雄吊屈,思积功寡,意深[文略]反骚,故辞韵沉膇㉕。班彪蔡邕,并敏于致[语]诘㉖,然影附贾氏㉗,难为并驱耳。胡阮之吊夷齐,褒而无[闻]间㉘,仲宣所制,讥呵实工㉙。然则胡阮嘉其清,王子伤其隘㉚,各其志也。祢衡之吊平子,缛丽而轻清㉛;陆机之吊魏武,序巧而文繁㉜。降斯以下,未有可称者矣。

自从贾谊渡过湘江,发出愤慨来作《吊屈原文》,体制同于哀吊,事情核实,文辞清润,含意悲哀,是最早创作的哀吊文。到司马相如的《哀秦二世赋》,完全是赋的体裁,桓谭认为他的话悲痛,读者为它叹气;篇末写得切要,作了结论能使人悲伤。扬雄吊屈原,想得很多,成就不大,用意深入到反对《离骚》,所以文辞滞重,不飞

120

动。班彪的《悼离骚》,蔡邕的《吊屈原文》,都善于提出疑问,但他们依傍贾谊,就难以同他一起争先了。胡广的《吊夷齐文》,阮瑀的《吊伯夷文》,赞扬而没有不满;王粲的《吊夷齐文》,讥刺指斥得确实巧妙。那末胡广阮瑀赞美他们的清高,王粲不满他们的狭隘,各有各的用意。祢衡的《吊张衡文》,文采繁富而分量不够;陆机的《吊魏武帝文》,序写得工巧,吊词过多。从此以下,没有可以称道的了。

㉒体同:贾谊《吊屈原文序》:"为赋以吊屈原。"他称为赋,但体制同于哀吊。这篇表达对屈原的哀悼,不是描绘物象,所以体同哀吊。　　㉓司马相如的《哀秦二世赋》先描写路上的景物,是体物的赋。　　㉔赋的后一部分,感叹二世的"持身不谨","信谗不寤",以致亡国灭宗,写得悲凉切要,即后一部分是哀吊。　　㉕扬雄作《反离骚》来吊屈原,他认为不得志可以隐居,何必自杀,反对屈原的投江,所以成就不高。　　沉腄(zhuì坠):脚肿,比文辞滞重。　　㉖致诘:提出问题。　　㉗影附:影子附在形体上,指摹仿。㉘哀文赞美伯夷叔齐的志节高超。　　间:非难,批评。　　㉙魏王粲字仲宣。他批评夷齐"忘除暴之为念",反对武王伐纣。　　㉚清:《孟子·万章下》:"伯夷,圣之清者也。"《孟子·公孙丑上》:"伯夷隘。"　　㉛祢衡文用了比喻典故,所以缛丽,对张衡的失意,不作深入阐发,所以分量不够。　　㉜陆机文结合曹操遗令,写得很有感情。吊文嫌繁。

13.6　夫吊虽古义,而华辞[未]末造㉝;华过韵缓,则化而为赋。固宜正义以绳理㉞,昭德而塞违,割析褒贬,哀而有正,则无夺伦矣㉟。

吊的字义虽然很古,后代却注意辞采华丽;华丽过分,情韵滞缓,就变成赋了。确实应该端正意义,纠正违理,宣扬美德,防止错误,分析好坏来褒贬,使文辞悲哀而内容纯正,就不会失去哀文的

121

义理了。

㉝末造：衰世，指后代。　　㉞绳：纠正。　　㉟夺伦：违理，违反要求。

13.7　赞曰：辞［定］之所［表］哀，在彼弱弄㊱。苗而不秀，自古斯恸。虽有通才，迷方［告］失控㊲。千载可伤，寓言以送。

总结说：哀辞所伤痛的，在那些夭折的儿童。像幼苗不能扬花，从古以来为此悲痛。即使有全才，迷失方向，失去控制。这种千年可伤的事，借吊文来表达了。

㊱弱弄：指孩子，柔弱而好玩。　　㊲迷方失控：迷失方向，失去控制，指写得不好。

杂文第十四

《杂文》讲了对问、七、连珠三种,实际上这三种都是辞赋。《诠赋》里讲到荀况的《礼赋》《智赋》,宋玉的《风赋》《钓赋》,"述客主以首引,极声貌以穷文",都是客人和主人的对问,枚乘的《七发》是客人和吴太子的对问。对问和七又都是尽力描绘声貌的。只有连珠比较短小,没有对问,也是尽力描绘声貌的,所以这三种实际都可归入辞赋。不过当时讲文体,主张细分,因此,昭明《文选》把《宋玉对楚王问》归入"对问",把东方朔《答客难》,扬雄《解嘲》、班固《答宾戏》归入"设论",把枚乘《七发》、曹植《七启》归入"七",陆机《演连珠》归入"连珠",分为四类,过于繁琐。刘勰把它们归入"杂文"一类,比较概括。按《文选》在"诗"类里分出"乐府""挽歌""杂歌""杂诗"等目,那末在"赋"里也可列入"七""设论""连珠",即这三种都可归入赋类,对问可以归入《骚》类。

《文选》把"对问""设论"分为两类,刘勰把它们合为一类。就形式看,《宋玉对楚王问》跟《卜居》《渔父》都是一问一对,属于一类;就内容看,《卜居》《渔父》借屈原问来宣扬屈原的高尚志趣和节操,重点在问,对不重要。《宋玉对楚王问》通过对来说明宋玉的远大志趣和抱负,重点在对,借楚王问来发挥宋玉的对。这两者稍有不同。东方朔的《答客难》也是一问一答,问的是你博闻辩智,悉力尽忠,为什么官小位低;答的是时代不同了,在战国时,苏秦张仪可以靠游说取相位,现在天下一统,有才能的人无从施展他的才能,只能治学修行。那是借问来发挥自己有才有德而官小位低的牢骚,借答来掩饰自己胸中的不平,跟《卜居》《对楚王问》都不同。不过就文体分类说，不必考虑这些不同。就本书说，对问可以归入《辨骚》，设问和七可以归入《诠赋》。

本篇讲的对问，即《文选》的设论，选了东方朔《答客难》，扬雄《解嘲》、班固《答宾戏》，这三篇最好，因为内容各有特色。东方朔讲的已见前，扬雄讲客问他甘于淡泊，说他著《太玄》是尚白；他答以客要朱漆我车，不知一跌要赤我族（灭族），用朱赤对白来显示诙谐；又用战国和汉代比，用世乱和世治比，是"回环自释"，显出跟东方朔讲得不同。班固讲客人笑他著作无功，他答以君子该守正道，不该追求名利，有新的用意。后来各家写对问的都超不出这三家的用意。对七，《文选》只选枚乘《七发》、曹植《七启》，《七启》里开头有一段主客的辩论，是《七发》所没有的，有特色。《文选》只选了陆机的《演连珠》，以陆机这篇有五十首，内容丰富而辞采突出，所以入选。

14.1　智术之子，博雅之人，藻溢于辞，辞盈乎气。苑囿文情，故日新殊致①。宋玉含才，颇亦负俗②，始造对问③，以申其志，放怀寥廓，气实使［之］文④。及枚乘摛艳，首制《七发》⑤，腴辞云构，夸丽风骇⑥。盖七窍所发，发乎嗜欲⑦，始邪末正⑧，所以戒膏粱之子也。扬雄覃思文［阁］阁⑨，业深综述⑩，碎文琐语，肇为连珠⑪，其辞虽小而明润矣。凡此三者，文章之枝派，暇豫之末造也⑫。

富有智慧学术的人，学问渊博识见正确的人，他们的华藻充满在文辞里，他们的文辞充满了气势。他们在培养文情，所以创作能经常呈现新的风貌和特殊的情趣。宋玉具有才华，也很受世俗讥议，开始创作对问体，用来申说他的意志，开展他的怀抱，创造开阔的境界,气势确实在驾驭文辞。到枚乘运用辞藻,首先创作《七发》,丰盛的辞藻像云那样结集,夸耀的丽辞像风那样飞腾。大概七窍中发出来的各种嗜好,开始是不正确的人欲,结末归于正道,是用来对富贵子弟的告戒。扬雄在天禄阁里深思,他的事业深于综述前人著作,把一些琐碎的文辞,结集起来首创连珠,它的文辞虽然短小却精莹有光泽。总共这三种,是文章的支流,空暇时用来娱乐的后代作品。

①苑囿(yǒu 友):养禽兽种草木处,指培养。　殊致:特殊的情趣。②负俗:被世俗讥议。　③对问:问答体,指《宋玉对楚王问》。　④放怀:抒怀。　廖廓:广阔。宋玉在文中自比凤凰,飞上苍天,比怀抱大志。气:文章气势。　⑤擒(chī 吃)艳:运用文藻。《七发》写楚太子有病,吴客用七事来启发他:一音乐,二美味,三驰射,四游观,五打猎,六观涛,七讲要言妙道。　⑥腴(yú 鱼):肥美,比华藻。　云构:云集,就创作说,故称构。风骇:犹风飞。　⑦七窍:耳目口鼻舌,耳听音乐,目尽游观,口鼻舌享受美味,指嗜欲。　⑧邪:指嗜欲。　正:指要言妙道。　⑨覃(tán 谈):深。　文阁:指汉朝天禄阁,即扬雄校书处。　⑩业:学业,事业。综述:综合前人著作来著述,如仿《论语》作《法言》,仿《仓颉》(字书)作《训纂》,仿《虞箴》作《州箴》等。　⑪肇(zhào 照):始。　连珠:文体名,用比喻或事物来达意,像珠子的串连。　⑫枝派:分枝派别。　暇豫:空闲娱乐。　末造:末代,指后代。

14.2　自对问以后,东方朔效而广之,名为《客难》⑬,托古慰志,疏而有辨。扬雄《解嘲》,杂以谐谑,回环自释,颇亦为工⑭。班固《宾戏》,含懿采之华⑮;崔骃《达旨》,吐典言之裁⑯;张衡《应间》,密而兼雅⑰;崔[实]寔《[客]答讥》,整而微质⑱;蔡邕《释诲》,体奥而文炳⑲;景纯《客

125

傲》㉑，情见而采蔚：虽迭相祖述，然属篇之高者也。至于陈思《客问》㉑，辞高而理疏；庾敳《客咨》㉒，意荣而文悴：斯类甚众，无所取[裁]才矣。原夫兹文之设，乃发愤以表志。身挫凭乎道胜，时屯寄于情泰㉓，莫不渊岳其心，麟凤其采，此立[本]体之大要也。

自从宋玉创作《对楚王问》以后，东方朔仿效它再加扩展，称做《答客难》，借用古事，来安慰自己，写得有条理而富辨才。扬雄作《解嘲》，夹杂着诙谐的戏谑，替自己循环解释，也很工巧。班固作《答宾戏》，含有美好的文采；崔骃作《达旨》，发出雅正的言论；张衡作《应间》，文辞绵密，议论雅正；崔实作《答讥》，叙述整齐，语言稍带质朴；蔡邕作《释诲》，用思深而文采照耀；郭璞作《客傲》，情思显露，富有文采：他们虽多次模仿，却成为创作中成就较高的作品。到曹植作《客问》，文辞高超，文理不严密；庾敳作《客咨》，内容丰富，文辞枯窘；这类作品很多，没什么可取了。推究这类文章的创作，是发愤来表达意志。自身遭到挫折，但依靠道德来战胜困苦，时世艰难，保持心情的舒泰，没有不像渊静山立，具有麟凤的文采，这是确立这类作品的大体情况。

⑬东方朔：汉武帝时作家。　《答客难》：见上说明。　⑭《解嘲》：见上说明。　⑮后汉班固作《答宾戏》，见上说明。　懿：美好。　⑯《达旨》：后汉崔骃作，写有人笑他静退，他答"各审所履，甘于谦退。"　典言：正言。　⑰《应间》：后汉张衡作，写客人问他做官不得志，他答以不怕官位不高，只怕德不高，智不博。　⑱《答讥》：后汉崔寔作，写客人笑他勤苦贫困，他答以避祸及保持节操，甘于贫困。　⑲《释诲》：后汉末蔡邕作，假托务世公子劝华颠胡老迎合权贵，胡老反对见利忘害，宁甘淡泊自守。　⑳景纯：晋郭璞字。　《客傲》：写客人笑他名位低微，他答自己甘心隐退。　㉑

《客问》:陈思王曹植作,已散失。　　㉒《客咨》:晋庾敳(āi 癌)作,已散失。
㉓屯:艰难。

14.3　自《七发》以下,作者继踵。观枚氏首唱,信独拔而伟丽矣。及傅毅《七激》,会清要之工㉔;崔骃《七依》,入博雅之巧㉕;张衡《七辩》,结采绵靡㉖;崔瑗《七厉》㉗,植义纯正;陈思《七启》㉘,取美于宏壮;仲宣《七释》㉙,致辨于事理。自桓麟《七说》以下㉚,左思《七讽》以上㉛,枝附影从,十有馀家,或文丽而义暌㉜,或理粹而辞驳。观其大抵所归,莫不高谈宫馆,壮语畋猎,穷瑰奇之服馔,极蛊媚之声色㉝;甘意摇骨[体]髓,艳词[动]洞魂识,虽始之以淫侈,而终之以居正,然讽一劝百,势不自反。子云所谓"先骋郑卫之声,曲终而奏雅"者也㉞。唯《七厉》叙贤,归以儒道,虽文非拔群,而意实卓尔矣。

从枚乘《七发》以后,仿作的人前后相接。看枚乘首先创作,确实是杰出的宏篇丽藻了。到傅毅作《七激》,会集清新扼要的好处;崔骃作《七依》,达到博学正确的优点;张衡作《七辩》,组织辞采绵密细致;崔瑗作《七厉》,运思纯粹正确;曹植作《七启》,得到宏壮的美;王粲作《七释》,致力于辨别事理。自从桓麟《七说》以后,左思作《七讽》以前,像枝条附在树干,影子跟着形体,有十多家,有的文词艳丽,意义违反正道,有时理论纯粹,文辞驳杂。看他们大致的趣向,没有不高谈宫室馆阁,豪迈地讲打猎,极尽奇丽的服装食品,极尽迷惑人的歌舞美女;美好的用意摇动人们的精神,艳丽的词藻深入人们的灵魂,虽然开始用浮夸的话,结尾还是回到正理,可是讽刺的只有一分,劝诱的却有百分,这样的趋势不能回到正

127

路。扬雄说的"先发扬靡靡之音,到曲调终结时才奏雅乐"的。只有《七厉》叙述贤人,回到儒家的路上去,虽然文辞不算杰出,可是用意是非常卓越的。

㉔《七激》:后汉傅毅作,写徒华公子隐居,玄通子劝他出来,用妙音、美味、驾驶、观猎、听歌舞劝他,最后劝他学道,他听了兴起。写得清新扼要。㉕《七依》:后汉崔骃作,写客人用美味、宴乐、打猎、音乐等七事来劝公子振作起来,文辞巧妙。 ㉖《七辩》:后汉张衡作,写无为先生在隐居,有七人用七样事来把他说服。写得细致。 ㉗《七厉》:后汉崔瑗作,已残缺,写贤人用七事来激励人。 ㉘《七启》:曹植作,写玄微子隐居深山,镜机子用美食、美服等七事说服他出来做官,描写得宏壮。 ㉙《七释》:后汉末王粲作,写潜虚丈人在隐居,大夫用七件事来启发他。 ㉚《七说》:后汉桓麟作,已残缺。 ㉛《七讽》:晋左思作,"文丽义暌",思想不正确。 ㉜暌(kuí 奎):违反正道。 ㉝蛊(gǔ 古):迷惑。 ㉞扬雄语见《汉书·司马相如传赞》。

14.4 自《连珠》以下,拟者间出㉟。杜笃贾逵之曹,刘珍潘勖之辈㊱,欲穿明珠,多贯鱼目。可谓寿陵匍匐,非复邯郸之步㊲;里丑捧心,不关西施之颦矣㊳。唯士衡运思,理新文敏,而裁章置句,广于旧篇㊴,岂慕朱仲四寸之珰乎㊵!夫文小易周,思闲可赡。足使义明而词净,事圆而音泽,磊磊自转㊶,可称珠耳。

从扬雄作《连珠》以后,摹仿的人交替造出。像杜笃贾逵一辈,刘珍潘勖一流,要把明珠穿起来,多数穿了鱼眼。可以说,寿陵地方的孩子,爬着回来,不再是邯郸地方的步法;同里的丑女捧着心口,不关西施因心痛皱眉头了。只有陆机的构思,用意新颖,文思

128

敏捷,造句完篇,扩大了前人的篇幅,难道是羡慕朱仲的四寸珠子吗? 连珠篇幅短小,容易周密,考虑成熟,可以自足。能够使意义明显,文辞洁净,引事圆满,音调和谐,圆转流动,可以称做连珠吧了。

㉟间出:交替迭出,出来得不少。　㊱后汉杜笃、贾逵、刘珍和魏潘勖的《连珠》多已散失。　㊲《庄子·秋水》称燕国寿陵地方的孩子到赵国邯郸去学步法,没有学会,又把自己的步法忘了,只好爬回去。　㊳《庄子·天运》称西施心痛捧心皱眉,同里的丑女看了认为很美,也学她捧心皱眉,更显得丑。　㊴陆机字士衡,作《演连珠》五十首。　㊵《列仙传》:朱仲把四寸珠献给刘邦女鲁元公主作珰,珰作耳饰。　㊶磊磊(lěi 垒):状圆转。

14.5　详夫汉来杂文,名号多品,或典诰誓问,或览略篇章,或曲操弄引,或吟讽谣咏㊷。总括其名,并归杂文之区;甄别其义,各入讨论之域㊸。类聚有贯,故不曲述也。

详细地考察汉以来的杂文,名称有好多种,有的叫典、诰、誓、问,有的叫览、略、篇、章,有的叫曲、操、弄、引,有的叫吟、讽、谣、咏。总括它们的名称,都归到杂文这一类;鉴别它们的意义,各自归入讨论的范围。分类聚集便有条理,所以不细讲了。

㊷典:记大事。　诰:上告下。　誓:宣誓。　问:询问。　览:供观察。　略:概要。　篇:章的结合。　章:篇的分散。　曲:曲子。　操:琴曲。　弄:小曲。　引:音调拉长的歌。　吟:唱的歌。讽:讽刺诗。　谣:民谣。　咏:歌唱的诗。按这些可以归入各类,不必独立。如曲、操、弄、引可归入乐府,吟、讽、谣、吟可归入诗类等。　㊸甄别:鉴别考核。

129

14.6　赞曰：伟矣前修㊹，学坚［多］才饱。负文馀力㊺，飞靡弄巧。枝辞攒映㊻，喈若参昴㊼。慕颦之心㊽，于焉只搅。

总结说：前代大作家，学问坚实，富有才华。带着创作的馀力，发挥靡丽的文辞，运用巧妙的手法。杂文像枝条的簇聚映照，像光芒微弱的参宿和昴宿。仿效的心意，在这里搅动。

㊹前修：前贤，指作家。　　㊺负文：担负着创作各体文。　　馀力：以馀力来写杂文。　　㊻攒（cuán 永上声）：聚集。　　映：照映。　　㊼喈（huì 惠）：光弱。　　参昴（shēn mǎo 深卯）：二个星宿，光芒较弱。　　㊽慕颦：含有作不恰当的仿效意。

谐讔第十五

谐指诙谐嘲笑的文章，讔指隐语。就嘲笑说，像宋人对华元的嘲讽，鲁人对臧纥的嘲讽，是对统治者的嘲笑，反映人民对这两人打败仗的不满，是有意义的民间文学。作为一种文体，可以归入谣谚里。"蚕蟹鄙谚，貍首淫哇"，也是谣谚。再像秦"优旃之讽漆城"，楚"优孟之谏葬马"，属于诙谐的讽谏，可归入诙谐文。笑话中使人发笑，笑过后又感到有深刻意义的，也属于这一类。

再像《诗经·桑柔》里讽谏周厉王的话，淳于髡讽谏齐威王长夜饮酒，宋玉对楚襄王的《登徒子好色赋》，这些话里也都有诙谐味，但它们不属于诙谐文，只是诗文中带有一些诙谐味道罢了。

隐语有的属于修辞上的讳饰格，像讳言粮食和水说"庚癸"，那不是文体，是一种修辞手法。隐语用来讽谏，像伍举用大鸟作隐语，齐客用海鱼作隐语。这里，所讲的隐语倘不构成一个简单故事，应是比喻，也是一种修辞手法，像用大鸟海鱼作比喻。构成一个简单故事的，属于寓言，像《孟子·公孙丑上》的"揠苗助长"，又《离娄下》的"齐人有一妻一妾"，这是寓言，构成一种文体。隐语变成谜语，那是属于测验智力的游戏，不属于文学作品了。

刘勰对谐讔的要求，重在箴戒，注意它的讽谏作用，"意归义正"。称它们"大者兴治济身，其次弼违晓惑"。他从这样的角度来赞美谐讔，是所见者大，是正确的。同时，他也指出这类文章的流弊，是只有开玩笑，而没有深刻的含义，甚至嘲笑人的身体上的缺点，更是下劣了。他认为这也不行。这样看也是正确的。

15.1　芮良夫之诗云①:"自有肺肠,俾民卒狂。"②夫心险如山,口壅若川③,怨怒之情不一,欢谑之言无方④。昔华元弃甲,城者发睅目之讴⑤;臧纥丧师,国人造侏儒之歌⑥,并嗤戏形貌,内怨为俳也⑦。又蚕蟹鄙谚⑧,狸首淫哇⑨,苟可箴戒,载于礼典⑩。故知谐辞谲言⑪,亦无弃矣。

　　芮良夫的《桑柔》诗里说:"君王自己有坏心肠,使得百姓终于发狂。"君王的心险恶得像山谷,人们的嘴像江河那样难于堵塞,人们怨恨愤怒的感情不一样,嘲笑挖苦的话是没有一定的。从前华元战败抛弃盔甲逃回来,筑城的人就发出"突出他的大眼睛"的歌唱;臧纥战败丧失部队,国内的人就造出"矮子"的歌,都是嘲笑他的形貌,内心怨恨成为歌谣。又像用蚕和蟹作的浅俗谣谚,用野猫头花纹来唱的淫乱的歌,假使可以用来讥刺或引以为戒,都载在《礼记》里,所以知道戏谑和隐语也没有抛弃的了。

　　①芮(ruì瑞)良夫:周厉王的大夫,他作诗来讽刺周厉王,见《诗·大雅·桑柔序》)。　②指周厉王有坏心肠,逼得百姓发狂,起来把厉王赶跑。　俾(bǐ比):使。　卒:终于。　③心险:厉王用心险恶,不准百姓说他坏话,要堵住百姓的嘴,像要堵塞江河,终于溃决,百姓起来把他赶走。　壅(yōng庸):堵塞。　④谑(xuè血):挖苦。　无方:没有定规。　⑤宋国大夫华元和郑国作战,战败被俘虏。宋国用盔甲去赎他,送去一半,华元逃了回来。宋国筑城,华元去监工,筑城人唱道:"睅其目,皤其腹(挺起大肚子),弃甲而复(归来)。于思(sāi腮)于思(状胡须多),弃甲复来。"　睅(hàn汗):突出。　⑥臧纥(zāng hé赃河):《左传》襄公四年,邾国莒国合兵打鄫国,鲁国大夫臧纥去救鄫,打了败仗。鲁国人唱道:"我君小子(年纪轻),朱儒(矮子)是使。朱儒朱儒,使我败于邾(在邾国打败)。"　⑦嗤(chī吃):讥笑。　俳(pái牌):嘲戏。　⑧蚕蟹鄙谚:《礼记·檀弓下》,鲁国成邑

132

人，兄死不穿丧服，听说孔子学生子皋要来做官，就穿丧服。成邑人说："蚕则绩(织茧)而蟹有匡(背壳象匡)"，"兄则死而子皋为之衰(穿丧服)。"蚕在筐内作茧，但蟹筐不是为蚕作茧用的；兄死该穿丧服，但成人的穿丧服不是为了兄死，是怕子皋来做官要罚他才穿的。　⑨狸(lí离)首：野猫头。《礼记·檀弓下》，原壤的母亲死了，原壤站在母亲的外棺上唱道："狸首之斑(花纹)然，执女手之卷(握拳)然。"外棺上漆的花纹像野猫头的花纹那样，外棺漆得滑腻像握住女子握拳的手那样。　淫哇(wā挖)：淫乱的歌。　⑩箴(zhēn真)：讥刺，训戒。　礼典：指《礼记》。　⑪谐(xié斜)：戏笑。　讔(yǐn引)：隐语。

15.2　谐之言皆也⑫，辞浅会俗，皆悦笑也。昔齐威酣乐，而淳于说甘酒⑬；楚襄宴集，而宋玉赋好色⑭：意在微讽，有足观者⑮。及优旃之讽漆城⑯，优孟之谏葬马⑰，并谲辞饰说⑱，抑止昏暴。是以子长编史，列传滑稽⑲，以其辞虽倾回⑳，意归义正也。但本体不雅，其流易弊。于是东方、枚皋㉑，饣甫糟啜醨㉒，无所匡正，而诋嫚媟弄㉓，故其自称为赋，乃亦俳也，见视如倡㉔，亦有悔矣。至魏文因俳说以著笑书㉕，薛综凭宴会而发嘲调㉖，虽抃[推]笑衽席㉗，而无益时用矣。然而懿文之士，未免枉辔㉘；潘岳丑妇之属㉙，束晳卖饼之类㉚，尤而效之㉛，盖以百数。魏晋滑稽，盛相驱扇㉜，遂乃应瑒之鼻，方于盗削卵㉝；张华之形，比乎握舂杵㉞。曾是莠言，有亏德音㉟，岂非溺者之妄笑㊱，胥靡之狂歌欤㊲！

谐的音近皆，语言浅近，适合世俗，听了都高兴发笑。从前齐威王酒喝得很高兴，淳于髡却讲好喝的不同酒量；楚襄王设宴集

133

会,宋玉却写《登徒子好色赋》:用意在婉转地讽刺,是值得看的。到优旃的讥讽用漆来漆城墙,优孟的讽谏厚葬爱马:都是用诡诈的话,夸张的说法,阻止君主的昏庸暴虐。因此司马迁编写《史记》,编入《滑稽列传》,因为他们的话虽说得诡诈,用意还是归于正确。只是体制不雅正,它的末流容易出毛病。因此东方朔、枚皋,在朝廷里混饭吃,没有什么匡正,却是讥讽狎弄人,所以他们自称是作赋,也是游戏文,被看成供人取乐的乐人,也有悔心了。到魏文帝曹丕因嬉笑的话来编成笑书,薛综在宴会上说嘲笑的话,这些虽在坐席上使人拍手欢笑,却是对当时没有什么好处。可是会写文章的人,不免绕道走到这里来;潘岳写《丑妇》之类,束晰写《饼赋》,知道它不好还要仿效它,大概有百多人。魏晋时期讲滑稽话,互相推动,很是厉害;便使应场的鼻子,被比做偷来的半个蛋;张华的头,好比握着捣臼的棒槌。曾经是坏话,有损于美好的声音,这难道不是快淹死的人的苦笑,被绳子缚着的犯人的胡唱嘛!

⑫谐字从言皆声,声也含义,即皆悦笑。　⑬酣(hān 憨):酒喝到极高兴。《史记·滑稽列传》称战国时代的齐威王,酒喝到顶高兴时,问淳于髡(kūn 昆)喝多少酒才醉,淳于髡回答道:"在大王前喝酒,心里害怕,喝不过一斗就醉了。男女杂坐,微闻香气,心里最快乐,能喝一石。所以说:酒喝得极多就要乱来。齐威王因此罢去深夜喝酒。　⑭宋玉《登徒子好色赋》,大夫登徒子对楚王说宋玉好色,楚王问宋玉,宋玉说东家女追求他三年,他不接受。又说登徒子才好色。用来讽谏楚王的好色。　⑮足观:值得看。　⑯优旃(zhān 沾):优人名旃,优人是宫廷中唱滑稽的。《史记·滑稽列传》,秦二世要漆城墙,优旃说:"好! 漆城虽要化很多钱,但漆了城,敌人爬不上来。只是城墙很难放在室内阴干(漆器要放在室内阴干的)。"二世因此停止漆城墙。⑰又《滑稽列传》,楚庄王的爱马死了,要用大夫礼来葬它。优孟请用人君礼来葬它,使诸侯知道了,都知大王看轻人而看重马。庄王就认识到自己错了。⑱谲(jué 决):诡诈。　⑲司马迁字子长,他编著《史记》,作了《滑(gǔ 古)稽

134

列传》。　⑳倾回：倾斜枉曲，不正。　㉑东方朔、枚皋（gāo 高），都会调笑，都会作辞赋。　㉒俌（bǔ 补）：吃。　糟：酒滓。　啜（chuò 辍）：喝。　醨（lí 离）：薄酒。喝不好的酒只求一醉，借指混饭吃。　㉓诋（dǐ 抵）：攻击。　嫚（màn 慢）：待慢。　媟（xiè 屑）：狎侮。　㉔俳（pái 排）嘲戏文。《汉书·枚皋传》说"为赋乃俳，见视如倡"。倡，供人取乐的乐人。㉕魏文帝著笑书，无考。㉖《三国志·吴书·薛综传》，薛综在接待蜀国使人张奉的宴会上嘲笑"蜀"字："有犬为獨，无犬为蜀。"　㉗抃（biàn 变）：拍手。袵（rèn 刃）：席，筵席。　㉘懿文：美好的文章。　枉辔：车子走了冤枉路，不走正路。　㉙晋潘岳的《丑妇赋》，已无考。㉚晋束晳《饼赋》说："行人失涎"，吃不到饼，故失去垂涎欲滴。"童仆空嚼"，只是空嚼。带有嘲笑意味。　㉛尤：过错。㉜驱扇：驱驰、扇动，争相学习鼓动。㉝应玚（chàng 唱）：三国时魏国作家。　方：比。　盗：偷。　削卵：半个蛋。削，分半。嘲笑鼻子大。　㉞张华：晋朝作家。握春杵（chōng chǔ 充楚）：握着的在臼中捣用的木棒，上小下大，嘲头上小下大。　㉟莠（yǒu 友）：坏。　亏：损害。　德音：有德的话，好话。　㊱溺（nì 逆）：淹在水里。《左传·哀公二十年》，"溺人必笑"，快淹死的人发苦笑。　㊲胥靡（縻）：都被绳子系着的犯人。

15.3　谲者，隐也；遁辞以隐意，谲譬以指事也。昔还社求拯于楚师，喻智井而称麦麴㊳；叔仪乞粮于鲁人，歌佩玉而呼庚癸㊴；伍举刺荆王以大鸟㊵，齐客讥薛公以海鱼㊶；庄姬托辞于龙尾㊷，臧文谬书于羊裘㊸。隐语之用，被于纪传㊹。大者兴治济身，其次弼违晓惑㊺。盖意生于权谲，而事出于机急㊻，与夫谐辞，可相表里者也。汉世《隐书》，十有八篇㊼；歆固编文，录之[歌]赋末㊽。

谲就是隐语；用躲闪话来隐藏含意，绕弯子打比方来暗指事情。从前萧国还无社向楚军中大夫求救，用枯井和麦麴作隐喻；吴

135

国申叔仪向鲁军借粮，用佩玉作歌辞，喊庚癸；楚国伍举用大鸟作比来讽刺楚庄王，齐国客人用海和鱼作比来讽刺薛公；楚国庄姬用龙的无尾来启发楚襄王，鲁国臧文仲用错乱的信借羊裘来示意。隐语的作用，记在史书里。重要的可以振兴政治、发展自身，次一点的可以匡正错误、启发迷惑。大概用意在适应权宜诡诈，事情由于机变紧急，跟游戏文词，可以互相配合的。汉朝的《隐书》有十八篇，刘歆和班固编书目，把它们附在赋的后面。

⑱还(xuán 玄)社，即还无社。《左传·宣公十二年》，楚王攻萧国，萧国大夫还无社向楚大司马申叔展呼救。叔展说："有麦麹(防湿用)吗(暗示他逃到泥水里)？河鱼腹疾，奈何？(在泥水里会害病，怎么办？)"曰："目于眢(yuān冤)井而拯之(还无社说，他会逃在枯井里，请看到枯井来救他)。"　　⑲《左传·哀公十三年》，吴大夫向鲁大夫公孙有山求接济粮食，说："佩玉挂满了，我却没得挂(指吴王有粮食，他却没有)。"对曰："若登首山而呼曰'庚癸乎？'则诺(公孙有山说，倘登上首山喊：庚癸吗？我便供应粮和水)。"庚在西方，指秋，粮食秋熟，指粮。癸在北方，指水。　　⑳《史记·楚世家》，伍举向楚庄王讲隐语："有鸟在于阜，三年不飞不鸣，是何鸟也？"讽刺庄王无所作为。庄王曰："三年不飞，飞将冲天；三年不鸣，鸣将惊人。"就振奋起来，大有作为。
㉑《战国策·齐策一》，齐国的靖郭君要在薛邑作城，有人对他说"海大鱼"，认为君像大鱼，齐国像海，有了齐国不用筑薛城，没有齐国，筑薛城也没用。遂停止筑城。　　㉒《列女传·辨通》，庄姬对楚顷王说："有龙无尾者，年既四十，无太子也。"㉓《列女传·仁智》，臧文仲出使齐国，被拘留，齐将出兵攻鲁。文仲托人给鲁君送信："食猎犬，组羊裘。"文仲母说："快款待战士而准备甲兵。"㉔被：加。　　　纪传：即记传，指历史书，即《左传》《战国策》《史记》《列女传》。　　㉕弼(bì 必)：匡正。　违：过失。　㉖机：变化。
㉗《汉书·艺文志》有《隐书》十八篇。　　㉘汉朝刘歆编了《七略》，班固根据它编成《汉书·艺文志》，把《隐书》放在杂赋类的末了。

15.4 昔楚庄齐威,性好隐语。至东方曼倩,尤巧辞述[49],但谬辞诋戏,无益规补[50]。自魏代以来,颇非俳优[51],而君子嘲隐,化为谜语。谜也者,回互其辞[52],使昏迷也。或体目文字,或图象品物[53],纤巧以弄思,浅察以炫辞[54],义欲婉而正,辞欲隐而显[55]。荀卿蚕赋,已兆其体[56];至魏文陈思,约而密之。高贵乡公,博举品物[57],虽有小巧,用乖远大。[夫]观夫古之为隐,理周要务[58],岂为童稚之戏谑,搏髀而忭笑哉[59]! 然文辞之有谐讔,譬九流之有小说,盖稗官所采[60],以广视听。若效而不已,则髡[祖而]朔之入室,旃孟之石交乎[61]?

从前楚庄王齐威王都喜欢隐语。到东方朔更是会讲,可是用不正常的话来戏笑,对于规劝补救毫无好处。自从三国魏代以来,很反对倡优,士大夫的嘲笑隐语,变成谜语。谜语是把话说得曲折交错,使人迷惑。有的打文字谜语,有的打事物谜语,从小巧处卖弄心思,在考察浅近处夸耀词语,意义要曲折而正确,文辞要隐蔽而浅露。从前荀卿的《蚕赋》,已开创这种体裁;到魏文帝曹丕、陈思王曹植,写得更精练而周密。高贵乡公曹髦广博地列举各种事物,虽有小聪明,没有远大用处。观察古代的隐语,所含的道理遍及各种重要事务,难道是为幼儿的游戏,拍腿欢笑啊! 可是文辞中的有谐辞隐语,好比九流中有小说一派。大概由小官采访来的,用来扩大视听。倘使不停地仿效它,那是淳于髡东方朔的高徒,优旃优孟的知交吧?

[49]曼倩(qiàn欠):东方朔的字。   [50]谬辞:话说得不正确。按东方朔的滑稽,有的是开玩笑,有的有意义,不是都不正确。   [51]古代有倡优给帝

王取乐，魏代没有了。 (52)回互：曲折转变。 (53)体目：体和目是人身主要部分，指主要是文字谜。 图象：描绘形象，指事物谜。 (54)衒(xuàn)：夸耀。 (55)隐而显：谜底是隐的，话是明白的。 (56)荀卿《赋篇》里有写蚕的，先描写蚕的形状功用等，像谜语；最后才点明是蚕，像谜底。兆：先见的跡象，因《赋篇》还不同于谜语。 (57)曹丕、曹植、曹髦的谜语没有传下来。 (58)周：遍及。 (59)髀(bì 必)：大腿。 (60)九流：先秦时代的九个学派，儒家、道家、墨家、名家、法家、阴阳家、纵横家、杂家、农家；还有小说家不算学派，是稗(bài 败)官从民间搜集到的谈话或故事。稗官，小官。(61)入室：学生向老师学，先是入门；进一步是升堂，再进是入室。 石交：像坚不可破的金石交，好朋友。

15.5 赞曰：古之嘲隐，振危释惫(62)。虽有丝麻，无弃菅蒯(63)。会义适时，颇益讽诫。空戏滑稽，德音大坏。

总结说：古代的嘲笑隐语，可以挽救危机，消除困乏。虽然有了丝麻，不要抛弃茅草。只要合乎正义，适应时机，嘲笑隐语很有益于讽刺劝诫。要是徒然游戏滑稽，会使美好的语言遭到大破坏。

(62)振：救。 惫(bèi 贝)：困乏。 (63)菅蒯(jiān kuǎi 尖扩)：两种茅草，可做刷帚或搓绳子。

史传第十六

《史传》讲历史散文,这个"传"跟现在说的传记不同。传记着重写人物,要写出人物形象,写出人物的精神面貌。这篇《史传》中所讲的"传","传者,转也;转受经旨",把释经的文字叫传。汉人用《左氏春秋》来解释孔子的《春秋》,称它为《春秋左氏传》,省称《左传》,这就把传跟史结合起来。因此,这篇《史传》就是讲历史散文,不是讲人物传记。刘勰对历史提出"彰善瘅恶"的要求,也就是要褒善贬恶。就褒善贬恶说,古代的历史首推《春秋》,所以对《春秋》作了重点说明,指出它的黜陟、劝戒、褒贬来。《春秋》记事过于简约,就历史散文说,《左传》更重要,所以推为"记籍之冠冕"。

刘勰对战国时代的历史散文提到《战国策》。对两汉的历史散文著重讲《史记》《汉书》。对于《史记》《汉书》的优点缺点,刘勰只是引了别人的话,没有从文章角度来加以论述。本书是论文章,应该从文章的角度指出两书的成就。《史记》的伟大成就,在于创立了传记文学,塑造了各种人物形象,寄托着他的发愤著书的精神。班固的杰出成就,在于写出了一部分优秀传记,他的语言趋向整炼,与司马迁的纵横驰骋有所不同。至于《史记》的爱奇反经正是它的优点,《汉书》的宗经矩圣正是它的缺点,就是前者暴露封建罪恶、同情人民,后者宣扬封建思想。这点刘勰当然是不可能看到的。但不从两书的文章去作探索,总是一个缺憾。

在本篇里,刘勰过多地谈历史书的体例。谈历史书的部分,这里只能简单地指一下。刘勰指出《左传》编年,对人物的氏族生平不容易看清楚;《史记》立传,详于人物。这是指出两书体例上的不同。又批评《史记》《汉书》立《吕后本纪》是错误的。这是他轻视妇女的表现。当时吕后掌握政权，自然应该替她立本纪。

刘勰讲到对历史著作的要求，"必贯乎百氏"，要广博地搜集资料，还要"被之千载"，"殷鉴兴废"。历史散文还要作为后人的镜子，使人们从中得到兴废存亡的鉴戒，从中吸取经验，避免重犯前人的错误。其次，刘勰指出当时历史散文在体例上所具有的缺点。编年史按年记事，对每件事的起讫不明确；纪传体按人记事，事关几个人的，分在几个人的传里不免重复，记在一个人的传里又不周到。这些都是讲历史而不是讲文章。其三，刘勰指出历史散文容易发生的毛病：一是文人好奇，把靠不住的传说当作历史。二是考虑个人的利害，对有权势的人说好话，对没有权势的人说坏话。这些都造成历史的不真实，要竭力避免。这里又发生一个问题，就是"尊贤隐讳"和"奸慝惩戒"。对于尊者和贤者有了缺点要替他遮盖不写出来，对于奸邪要老实指斥。这种遮盖不是违反历史的真实吗？刘勰认为尊者贤者的缺点，好比宝玉上的一个小赤点，并不影响宝玉的光彩，因此对宝玉来说主要是它的光彩而不是小赤点，所以对小赤点可以不提。奸邪好比恶草，一定要锄掉。刘勰这个意见，还是从宗经来的，因为《春秋》就是"尊贤隐讳"和"奸慝惩戒"的。《春秋》的为尊者讳，为贤者讳，不免歪曲历史事实。就历史散文或传记文学说，即使是美玉，写出了美玉的光彩，也写出了它的小赤点，更显得真实。如《史记·高祖本纪》，既写出了他豁达大度、善于用人的种种优点，也写出他的流氓态度，这样才显出他的人物精神面貌来，所以对美玉的小赤点也不该不写。对奸人，自然要写他的种种罪行，至于如何惩戒，不必由作者出来说话，要让事实说话，让读者看了事实自然产生要引以为戒来。

作为论文章的书，《史传》有缺点：（一）过多地讲历史，对历史散文讲得不够。像《左传》《战国策》的历史散文，语言精练，对话生

140

动,有各种不同的叙述手法。本书对这些都没有论述。(二)过多地讨论历史书的各种体裁的优缺点,对纪传体历史书的传记文学没有认识。传记文学的各种特点,怎样通过行动、言语来突出人物,怎样通过历史事件以及人物的陪衬烘托来描绘人物的性格,怎样通过专传、合传、类传来写人物,也没有认识,没有触及到。(三)在选文定篇上,没有突出《史记》的成就,对《史记》的认识不足。

16.1　开辟草昧,岁纪绵邈,居今识古,其载籍乎?轩辕之世,史有仓颉[①],主文之职,其来久矣。《曲礼》曰:"史载笔。"[左右]史者,使也;执笔左右,使之记也。古者左史记事者,右史记言者。言经则《尚书》,事经则《春秋》也。唐虞流于典谟,商夏被于诰誓[②]。[自]洎周命维新,姬公定法,紃三正以班历,贯四时以联事[③]。诸侯建邦,各有国史,彰善瘅恶,树之风声[④]。自平王微弱,政不及雅,宪章散紊,彝伦攸斁[⑤]。

从开天辟地到未开化时代,年代非常遥远,生在现在要知道古代的事,就靠史书吧?黄帝轩辕氏的时代,已经有史官仓颉,主管记载历史的职务,它的来源是很久远了。《礼记·曲礼》篇说:"史官带着笔来记事。"史就是使,拿着笔在国君的左右,国君使他记载。古代在国君左边的左史记下国君的行动,在国君右边的右史记载国君的话。记载说话的经书是《尚书》,记载事件的经书是《春秋》。唐虞的历史靠《尚书》的典谟传下来,商夏的历史,包括在《尚书》的诰誓里。到周朝新建,周公制定法典,推求夏商周三代的正月来颁布历法,又贯串春夏秋冬四季来记事,省称春秋。诸侯建国,各有国史,表彰好的,贬斥坏的,用来建立一种好风气。自从周平王势力微弱,政治不正,法制散乱,伦理败坏。

①仓颉:传说中黄帝的史官。　②流于:传自。　典谟:如《尚书》的《尧典》《大禹谟》《皋陶谟》,记唐虞时代的事。　被于:及于。　诰誓:如《尚书》的《汤誓》《牧誓》《大诰》《康诰》《酒诰》,记商周的事。　③洎:及。命:天命,周朝自称受天命建立。　姬公:周公姓姬,名旦,周文王子,辅佐武王,制定法典。　绅(chōu 抽):抽引,推求。　三正:三代历法。正,正月,夏商周三代的正月各不同,夏以阴历正月为正,商以十二月为正,周以十一月为正。　贯四时:周代的历史为编年史,分春夏秋冬记事,称为春秋。④瘅(dàn 蛋):病,转作厌恶。　树:建立。　⑤平王:周平王迁都洛邑(今河南洛阳),势力衰弱,跟侯国一样。　雅:正。含有周京的歌不再称雅,与侯国的国风相同,称《王风》)。　宪章:法制。　彝伦:永久不变的伦理。　攸斁(dù 杜):所以败坏。

16.2　昔者夫子闵王道之缺,伤斯文之坠,静居以叹凤,临衢而泣麟⑥;于是就太师以正《雅》《颂》,因鲁史以修《春秋》⑦。举得失以表黜陟,微存亡以标劝戒;褒见一字,贵逾轩冕;贬在片言,诛深斧钺⑧。然睿旨[存亡]幽隐,经文婉约;丘明同时,实得微言,乃原始要终,创为传体⑨。传者,转也,转受经旨,以授于后,实圣文之羽翮,记籍之冠冕也⑩。

从前孔子担心王道的残缺,悲伤文化的败坏,在平时想到凤凰不来而感叹,在路上看到麒麟出现而哭泣;因此跟乐官订正《雅》《颂》的乐曲,借用鲁国历史来修订《春秋》。在《春秋》里,举出事实的得失来加以指斥或赞美,引证国家的存亡作为取法或警诫;一个字的赞美,比做高官还荣耀;半句话的斥责,比受斩杀还耻辱。可是《春秋》的意义深沉,文字简练;左丘明和孔子同时,确实知道孔子的用意,于是推求事实的始末经过,创作《左传》。传是转的意思,从孔子那里接受作《春秋》的用意,转授给后人,实在是经书的辅助读物,记事书中的冠军。

⑥闵:悯,忧。　　王道:指仁政。　　斯文:这文化,指周朝盛时的文化。　　叹凤:《论语·子罕》:"子(孔子)曰:'凤鸟不至,……吾已矣夫!'"古人认为天下太平会看见凤凰,叹息凤凰不来,即叹息天下不太平。　　衢:大路。　　泣麟:《公羊传·鲁哀公十四年》,鲁人捉到一只麒麟。古人认为麒麟应该在太平时出来,当时是乱世,它来得不是时候。孔子因此悲伤自己生不逢时,所以悲泣。　　⑦太师:音乐官。　　正《雅》《颂》:《雅》《颂》本来都配上乐曲,当时这些乐曲已残缺不全,所以要加订正。　　修《春秋》:鲁国本来有历史记载,孔子根据这些记载加以修订,成为《春秋》)。　　⑧黜:降。陟:升。　　劝:劝诱。　　轩冕:大夫的车子和冠服;冕,冠。　　片言:半句话。　　斧钺(yuè越):刑具;钺,大斧。　　⑨睿(ruì瑞)旨:深远的意旨。婉约:含蓄简练。　　丘明:左丘明,相传是鲁国人,与孔子同时,作《左氏春秋》。《左氏春秋》本来是一部独立的编年史,汉人拿它来解释《春秋》,才称它为《春秋左氏传》。解释经书的叫传。　　微言:含义深隐的话。　　⑩羽翮(hé河):翅膀,指辅助。　　冠冕:居首。

16.3　及至纵横之世,史职犹存⑪。秦并七王,而战国有策⑫。盖录而弗叙,故即简而为名也。汉灭嬴项,武功积年。陆贾稽古,作《楚汉春秋》⑬。爰及太史谈,世惟执简⑭;子长继志,甄序帝勣⑮。比尧称典,则位杂中贤;法孔题经,则文非元圣;故取式《吕览》,通号曰纪⑯,纪纲之号,亦宏称也。故本纪以述皇上,列传以总侯伯,八书以铺政体,十表以谱年爵⑰,虽殊古式,而得事序焉。尔其实录无隐之旨，博雅宏辩之才，爱奇反经之尤，条例蹐落之失，叔皮论之详矣⑱。

到了合纵连横的战国时代，史官的职位还保存着。秦灭了六国，战国的历史保存在简策里。只是把它记下来没有按年代编排，所以就它的简策称为《战国策》。汉朝灭掉秦国和项羽，积累了多年的武功。陆贾取法古代，著作《楚汉春秋》。到了汉朝的史官司马谈，世代拿着简策作史；司马迁继承父志，分别叙述帝王功臣的功绩。他叙述帝王，要是比照《尚书·尧典》称为典，那末这些帝王不都是圣人；要是效法孔子的《春秋》而称为经，那末他又不是大圣人；所以取法《吕氏春秋》的十二纪，通称为纪。纪是大纲，也是包举一切的大称呼。因此用本纪来叙述帝王，用世家列传来叙述诸侯和其他人物，用八书来铺叙政治制度，用十表来表明年代爵位，虽然和古史的体例不同，却能抓住记述各种历史事实的条例。至于他的照实记录不加隐讳的宗旨，学识博雅议论宏辩的才干，爱好奇异违反正道的过失，体例杂乱的缺点，班彪讲得很详细了。

⑪史职犹存：像《史记·蔺相如传》里记渑池会上就有御史官记事。⑫七王：秦灭六国是六王，秦王改称皇帝，去掉王号，所以称七王。 战国有策：战国策士的言行记在简策上，只分国别，不按年代编排，称为《战国策》。策，把竹简编起来称策，同册。 ⑬嬴：秦国姓嬴。 陆贾：汉高祖谋臣，作《楚汉春秋》。 ⑭爰：乃。 太史谈：司马谈，世代做史官。 ⑮子长：司马迁，字子长，司马谈子。 勋：同绩。 ⑯典：经典，记圣人言行可为法式的书。 中贤：中等的贤人，不是圣人。 元圣：上圣。《吕览》：秦相吕不韦的门客著《吕氏春秋》，中有八览，所以称《吕览》。书中又有十二纪。按：《史记·大宛传赞》称《禹本纪》，是《史记》的"本纪"的来源。⑰《史记》用十二本纪记帝王和大事，三十世家记侯国，七十列传记人物，八书记典章制度等，十表记年月大事。这里把世家包括在列传里。 年爵：年

144

如《六国年表》,爵如《汉兴以来将相名臣年表》,也讲到爵位。　　⑱实录:刘向、扬雄都称《史记》为实录。　　博雅:班固称司马迁博物洽闻。以上见《汉书·司马迁传赞》。　　爱奇:扬雄称司马迁爱奇,见《法言·吾子》。　　反经:违反正理。班彪批评《史记》的《太史公自序》中《论六家要旨》,推崇黄帝老子而看轻《五经》。按:《论六家要旨》是司马谈的话,把司马谈的话当作司马迁的加以批评,不恰当。又批评《货殖列传序》看轻仁义而以贫贱为可耻,《游侠列传》看轻守节操而看重世俗功效。　　尤:过失。按:在这两篇里,正显出司马迁看重经济和游侠的识见,这不是班彪所能够理解的。　　踳(chuǎn 喘)落:乖舛错杂。班彪认为把项羽列入本纪,陈涉列入世家,是自乱体例。按:项羽在灭秦后曾经号令诸侯,所以列入本纪。陈涉起义称王,所以列入世家。这里也显出司马迁的卓识,并非体例不纯。

16.4　及班固述汉,因循前业,观司马迁之辞,思实过半⑲。其十志该富,赞序弘丽,儒雅彬彬,信有遗味⑳。至于宗经矩圣之典,端绪丰赡之功,遗亲攘美之罪,徵贿鬻笔之愆,公理辨之究矣㉑。观夫左氏缀事,附经间出,于文为约,而氏族难明㉒。及史迁各传,人始区详而易览,述者宗焉。及孝惠委机,吕后摄政,班史立纪,违经失实㉓。何则? 庖牺以来㉔,未闻女帝者也。汉运所值,难为后法。牝鸡无晨,武王首誓;妇无与国,齐桓著盟㉕;宣后乱秦,吕氏危汉;岂唯政事难假,亦名号宜慎矣㉖。张衡司史,而惑同迁固,元[帝王]平二后,欲为立纪,谬亦甚矣㉗。寻子弘虽伪,要当孝惠之嗣;孺子诚微,实继平帝之体㉘;二子可纪,何有于二后哉?

　　到班固叙述前汉历史,继承前人前业,看了司马迁的《史记》,已经明白《汉书》的一半多了。他的《汉书》,十志详备丰富,赞和序

145

宏大富丽，内容雅正，有文有质，确实富有余味。至于仿效经书、取法圣人的雅正，头绪清楚、内容丰富的优点，偷取父亲著作据为己有的罪过，求取贿赂出卖文笔的过失，仲长统讲得很彻底了。再看《左传》记事，附在《春秋》经后面，跟经文交错，文辞简约，可是人物的姓氏、宗族不清楚。到了司马迁各列传，人物开始分别叙述，容易阅读，继承的人效法它。不过到了记汉惠帝不管政务，吕后代他执政，班固《汉书》作《吕后本纪》，这既违反经书的教训，又不符合事实。为什么？从伏羲以来，没有听说女人称帝的。汉朝的国运不好，碰上女人执政，不好给后代做榜样。雌鸡没有在早上啼的，这是周武王首先在《牧誓》中提出的；妇人不得参预国政，这是齐桓公在盟约里著明的；宣太后扰乱秦国，吕后危害汉朝；岂只政权难于假借，就连名号也该谨慎。到张衡主管国史，跟司马迁班固同样迷惑，要给元帝王皇后、平帝王皇后立本纪，谬误也很利害了。考刘弘虽然不是惠帝生的，总是惠帝的继承者；孺子婴确实是个孩子，实在是平帝的继承人；这两人可以立为本纪，要什么二后本纪呢？

⑲班固：后汉史学家和文学家，作《汉书》。　　因循前业：遵从前人著作。《汉书》对汉武帝太初以前的历史，大都借用《史记》；太初以后的历史，用他父亲班彪著的《后传》数十篇。　　思过半：明白了一大半。案：《汉书》借用《史记》部分，也有不少改动。这里说得有些夸大。　　⑳十志：《汉书》有《律历志》《礼乐志》《刑法志》《食货志》《郊祀志》《天文志》《五行志》《地理志》《沟洫志》《艺文志》。　　赞序：《汉书》的本纪、志、列传的每篇末了有赞，相当于结论。表的开头有序，又全书的末了有《序传》。　　彬彬：有文有质。㉑矩：规矩，指取法。　　典：雅正。　　端绪：条例。　　遗亲攘美：把父亲的《后记》窃取为己作。攘，窃。按：《汉书·叙传》里讲到班彪，没有讲明他著《后记》数十篇，也没有讲《汉书》采用了《后记》，所以说他"遗亲攘美"。范文澜同志认为《汉书》中屡称班彪怎么说，怎么可以"诬为遗亲攘美"？　　徵贿

146

鬻笔:事情不详。鬻(yù 育),卖,指收了钱就给人的祖宗立传或说好话。按:范文澜同志认为这是诬蔑的话。　　愆:过失。　　公理:仲长统,字公理,是后汉学者,他的话已经无考。　　㉒附经间出:《左传》附在《春秋》后面,一段《春秋》,一段《左传》,互相间隔。按:《左传》本名《左氏春秋》,是部编年史。晋朝杜预才把它分开来附在《春秋》后面。　　氏族难明:《左传》称人不讲姓和氏族,所以姓和氏族弄不清楚。　　㉓孝惠:汉高祖子,即位后不理政务,由他的母亲吕后执政。　　委机:抛弃万机;天子处理的政务称为万机。摄:代理。　　立纪:《史记》《汉书》都立了《吕后本纪》。按:汉高祖死后,吕后执掌政权,因此给她立本纪是对的。这里反映刘勰轻视妇女的错误思想。㉔庖牺:即伏羲,古代氏族首领。　　㉕《尚书·牧誓》里周武王说:"牝(雌)鸡无晨",攻击纣王信任妲己。《穀梁传·僖公九年》里记齐桓公和诸侯会盟,说:"毋使妇人与国事。"　　㉖宣后:秦昭王母宣太后,与义渠戎王私通。　　吕氏:汉高祖后。高祖死后执政,任用吕家人,刘家的政权几乎被吕家夺去。难假:难借,难于把政权给女后。　　㉗张衡:后汉学者,他主张汉末大事不该写在《王莽传》里,应该另立元后本纪。刘勰认为既立元后本纪,那末元后死后,当立平帝王皇后本纪了。他反对给女后立纪,所以认为荒谬。当时由王莽执掌政权,元后并不执政,所以立元后本纪的想法是不对的。　　㉘寻:考。　　子弘:惠帝死后,吕后立惠帝子刘弘为帝。吕后死后,汉大臣和吕家人争夺权力,吕家人失败被杀。汉大臣怕刘弘长大后对他们不利,于是说刘弘不是惠帝子,把他废掉,另立文帝为帝。刘勰相信汉大臣的话,所以说子弘虽伪。　　孺子:王莽要篡夺政权,他毒死了汉平帝,立孩子做皇帝,继承平帝,称为孺子。

16.5　至于后汉纪传,发源东观㉙。袁张所制,偏驳不伦㉚;薛谢之作,疏谬少信㉛。若司马彪之详实,华峤之准当㉜,则其冠也。及魏代三雄,记传互出,《阳秋》《魏略》之属,《江表》《吴录》之类,或激抗难徵,或疏阔寡要㉝。唯陈寿三志,文质辨洽,荀张比之于迁固㉞,非妄誉也。

至于后汉的本纪和列传,最早是班固等人在东观编写的。晋代袁山松和张莹所著的,既片面又杂乱,不合史法。晋代薛莹谢沈的著作,疏漏错误,不够真实。像司马彪的著作详尽可靠,华峤的著作准确恰当,那是其中最好的。魏代三国的纪传先后撰述出来,像《魏氏阳秋》和《魏略》之类,《江表传》和《吴录》等书,有的夸张难信,有的疏略不得要领。只有陈寿的《三国志》,有文有质,明辨博通,荀勖张华把他比作司马迁班固,不是虚假的赞誉。

㉙东观:后汉宫中藏书及著作处。班固在东观作后汉的列传、载记二十八篇,又跟陈宗等作《世祖本纪》)。　　㉚袁张:晋袁山松著《后汉书》。晋张莹著《后汉南记》。　　不伦:不类。　　㉛薛谢:晋薛莹著《后汉记》。晋谢沈著《后汉书》)。　　㉜司马彪:晋司马彪著《续汉书》。　　华峤:晋华峤著《后汉书》。　　㉝晋孙盛著《魏氏春秋》;因避晋简文太后名阿春讳,作《魏氏阳秋》。魏鱼豢(huàn 换)著《魏略》。晋虞溥著《江表传》。晋张勃著《吴录》。激抗:昂扬,指夸张。　　㉞洽:博通。《华阳国志·后贤志》称荀勖张华认为班固司马迁比不上陈寿。见杨注。

　　16.6　至于晋代之书,[繁]系乎著作。陆机肇始而未备,王韶续末而不终㉟;干宝述纪,以审正得序;孙盛《阳秋》,以约举为能㊱。按《春秋》经传,举例发凡;自《史》《汉》以下,莫有准的㊲。至邓璨《晋纪》,始立条例,又摆落汉魏,宪章殷周,虽湘川曲学,亦有心典谟㊳。及安国立例,乃邓氏之规焉㊴。

　　至于晋代的历史,由著作郎掌管。陆机开了头没有完卷,王韶的结尾没有结成;干宝叙述《晋纪》,以精审正确得到称引;孙盛著《晋阳秋》以扼要成为名著。按《春秋》的经传,都举出创作凡例来。

148

自从《史记》《汉书》以下，没有可作标准的条例。到邓璨作《晋纪》，开始建立条例，又摆脱汉魏史书的影响，取法殷周的《尚书》，虽然他生在长沙僻远地区，倒也有心学习经书。到了孙盛著《晋阳秋》，发凡起例，是邓璨的规模。

㉟陆机著《晋纪》，只写了司马懿、司马师、司马昭三人。 晋王韶著《晋安帝阳秋》。晋安帝后还有恭帝，所以没有做好结尾。 ㊱晋干宝著《晋纪》。 审正：明察而正确。 晋孙盛著《晋阳秋》，以简要得称。 ㊲《左传》里对《春秋》的著作条例有说明。《史记》《汉书》对于著作条例，没有具体说明。 ㊳邓璨：当作邓粲。晋邓粲著《晋纪》，有著作条例，效法《尚书》的《尧典》《大禹谟》等。他是长沙人，所以称湘川。 宪章：法制，指取法。 曲学：乡曲之学。 ㊴孙盛，字安国。著《晋阳秋》，也有写作条例。

16.7 原夫载籍之作也，必贯乎百氏，被之千载，表徵盛衰，殷鉴兴废㊵。使一代之制。共日月而长存，王霸之迹㊶，并天地而久大。是以在汉之初，史职为盛㊷。郡国文计㊸，先集太史之府，欲其详悉于体国也。[必]阅石室，启金匮，[抽]缃裂帛，检残竹㊹，欲其博练于稽古也。是立义选言，宜依经以树则，劝戒与夺，必附圣以居宗；然后诠评昭整。苛滥不作矣。

推求历史书的著作，一定要融会贯通百家的著作，使它流传到千百年，要使得由兴盛到衰亡的史实得到明白的征验，可以作为后世的借鉴。要使一代的制度，跟日月般永远保存下去，王道霸道的事迹，和天地般永久流传。因此在汉朝的初年，史官的职务很重要。各地方的文书簿册，先汇集到史官的官府里，这是要史官详细地体察全国的政治。打开国家的历史文物宝库,阅读所有的资料,研究残破的书卷,这是要史官广博而熟练地掌握古代历史。因此在树立主旨选择文辞方面,应该依靠经书来做准则,在劝勉、鉴戒、奖励、贬斥方面,一定要以圣人的理论为主;然后评价才明确完整,不会作出苛刻浮滥的评论了。

⑩被:覆盖,指使千百年的人都受益。　　表徵:明白的徵验。　　殷鉴:殷朝人可以拿夏朝的衰亡作为借鉴。　　⑪王:指推行仁政,使天下人心归向。　　霸:指用武力使天下服从。　　⑫史职为盛:实际上当时的朝廷是并不尊重史官。司马迁在《报任安书》里发牢骚,说史官被人看作倡优一般,受到轻视。　　⑬郡国:汉朝的地方区域最大为州,州下为郡。当时还有侯国。　　文计:文书计簿,郡国都要把文书计簿送给朝廷。　　⑭石室:用石头建筑的房屋;金匮:金属制的文件柜;都是汉朝藏重要的图书文物处。绅:研究它的含义。据杨注改。　　裂帛、残竹:残破的文件,古代文件写在帛和竹上。

16.8　然纪传为式,编年缀事⑮,文非泛论,按实而书。岁远则同异难密,事积则起讫易疏,斯固总会之为难也。或有同归一事,而数人分功,两记则失于复重,偏举则病于不周,此又铨配之未易也⑯。故张衡摘史班之舛滥,傅玄讥后汉之尤烦⑰,皆此类也。

本纪和列传的格式,本纪照年代编排,列传依人物联缀,不是泛泛议论,是按照事实纪录的。只是年代久远,事件的记载有同有异难以考实;事件积累得多,每件事的开头到终结不容易分清楚。这本是用纪传体来汇总历史的困难。有时同一件事是由几个人合力办成的,要是在各人的传记里都记载就有重复的毛病,要是只在

150

一个人的传记里记载又有不周到的缺点,这又是编排资料的不容易。所以张衡指摘《史记》《汉书》中的错乱浮滥,傅玄批评《后汉书》写得更其烦琐,都是属于这一类。

⑤纪:本纪,包括两部分,即帝王的传和编年的大事记,两者结合而成。传:列传,人物传记。　　⑥一事数人分功:如《三国志》中的赤壁之战,在周瑜、鲁肃、诸葛亮、黄盖等人的传里都要讲到,就是一例。　　铨:评量。配:编排。　　⑪张衡的批评大都散失了。傅玄的批评也散失了。

16.9　若夫追述远代,代远多伪。公羊高云,"传闻异辞",荀况称录远[略]详近⑱;盖文疑则阙,贵信史也。然俗皆爱奇,莫顾实理。传闻而欲伟其事,录远而欲详其迹。于是弃同即异,穿凿傍说,旧史所无,我书则传,此讹滥之本源,而述远之巨蠹也。至于记编同时,时同多诡,虽定哀微辞⑲,而世情利害。勋荣之家,虽庸夫而尽饰,迍败之士,虽令德而[常]嗤埋,[理欲]吹霜煦露⑳,寒暑笔端,此又同时之枉,可为叹息者也。故述远则诬矫如彼,记近则回邪如此,析理居正,唯素[臣]心乎㉑!

至于追记远代的事,年代久远事件往往失实。公羊高说,"传说各异",荀况主张详近略远;大概资料有可疑的便从缺,这是要尊重真实的历史。然而世俗的人都好奇,不管是否切实合理。对听到的传说要夸大它的事迹,记载遥远的事也要猜测它的详情细迹。因此抛弃共同的说法,接近新奇,穿凿附会,东拉西扯,过去的历史上没有的,我的书上便记载上去,这都是发生错误浮滥的根源,是记述远古历史的大害。至于记录当代的事,时代相同也有很多虚

151

假。虽然孔子记录和他同时的鲁定公、哀公时代的事迹，用隐讳的说法，是和当世的人情利害有关系。因而贵族人家，纵使是庸俗的人也要尽量加以夸奖，困苦失败的人士，即使有很好的德行也受到嘲笑埋没，有时吹霜风，有时洒雨露，有时寒冷，有时温暖，全凭一支笔，这又是对同时代事实的歪曲记载，是可叹息的。所以记远的便那样虚假，记近的又这样歪曲，分析事理能够正确不偏邪的，只有靠公心吧！

㊽《公羊传·隐公元年》里讲到"传闻异辞"的话。《荀子·非相》："传者久则论略，近则论详。"所以应当作详近略远。　㊾定哀：孔子《春秋》中十二个鲁君的最后两个定公和哀公。　微辞：话说得隐讳含蓄。　㊿迍(zhún谆)：困顿。　理欲：两字当删。　煦：温暖。　五一回：邪。　素臣：古称孔子为素王，有王者之德而没有实权。左丘明作《左传》来解释孔子的《春秋》，所以称素臣。"素臣"原作"素心"，作公心解。

16.10　若乃尊贤隐讳，固尼父之圣旨，盖纤瑕不能玷瑾瑜也㊿；奸慝惩戒，实良史之直笔，农夫见莠㊿，其必锄也：若斯之科，亦万代一准焉。至于寻繁领杂之术，务信弃奇之要，明白头讫之序，品酌事例之条，晓其大纲，则众理可贯。然史之为任，乃弥纶一代，负海内之责，而[嬴]嬴是非之尤㊿。秉笔荷担，莫此之劳。迁固通矣，而历诋后世。若任情失正，文其殆哉！

至于对待尊者和贤人，替他隐讳，本是孔子的宗旨，因为小的斑点不能掩盖美玉的光彩；对奸邪要加以惩戒，实在是优秀的史家的直笔，好比农夫看到恶草，一定要锄掉：像这样的条例，也是万世的同一标准。至于从纷繁杂乱的事件中理出一个纲领的方法，力

152

求可信、抛弃猎奇的要领，叙述明白、有头有尾的次序，品评事件得失的条例等等，只要明白了这些大纲，便可以贯串各种道理。然而著作历史的任务，是要包举一代，对全国负责，会受到各种是非的责难。担负著作历史的任务，在著作中没有比这更劳苦了。司马迁、班固是著作历史的通才了，可是还受到后代的种种攻击。要是凭任私情，失去公正，那样写出来的历史该是多么危险呀！

㉜瑕：玉的斑点；　玷(diàn 电)：点污。　　瑾瑜：美玉。　㉝慝(tè特)：邪恶。　莠：狗尾草。　㉞弥纶：包举。　赢：得到。　尤：责怪。

16.11　赞曰：史肇轩黄，体备周孔㉟。世历斯编，善恶偕总。腾褒裁贬，万古魂动。辞宗丘明，直归南董㊱。

总结说：史官开始设立于轩辕黄帝，史书的体制到周公孔子才完备。世代的经历记在历史书里，善的恶的都记载。宣扬应褒美的，裁抑该贬斥的，使万古的人都惊魂动魄。史的文辞应效法左丘明，史笔的正直不虚要推南史氏和董狐。

㉟周孔：《尚书》中有周公作的，《春秋》是孔子作的。这是说各种历史的体裁都从《尚书》《春秋》演变出来的。　　㊱南董：南史氏、董狐。春秋齐国的崔杼杀庄公，太史记道："崔杼弑其君。"崔杼把他杀了，太史的两个弟弟先后接着写，也都被崔杼杀了。南史氏听说太史给杀完了，拿着竹简到齐国去，知道太史的第三个弟弟已经记了才罢。晋国赵盾的部下赵穿杀了晋灵公，赵盾庇护赵穿，太史董狐记道："赵盾弑其君。"孔子称赞董狐是良史。

诸子第十七

《诸子》篇一开头就提到诸子的"入道见志"。刘勰主张因文明道，又承认诸子"入道"，说明他的所谓道，以儒家思想为主，兼采各家。这跟《孟子》的以儒家而辟杨墨，韩愈的以儒家而辟释老的都不同。但对于法家的"弃孝废仁"和名家的诡辩，他还是反对的。此外，像道家的《老子》《庄子》《列子》《鹖冠子》《文子》，墨家的《墨子》《随巢子》，名家的《尹文子》，农家的《野老》，阴阳家的《驺子》，法家的《管子》《申子》《慎子》《韩非子》（除了反对仁孝外），纵横家的《鬼谷子》，杂家的《尸子》《尉缭子》《吕氏春秋》《淮南子》，小说家的《青史子》，他们跟儒家的思想有的差别小，有的有很大差别，但就本篇看来，好像只要不反对仁孝，不诡辩，都可认为入道，不必排斥。这说明刘勰的所谓道是以儒家为主而兼包入道的百家的。他所以这样说，主要是迎合封建统治者的需要，当时的封建统治者是以儒家为主而兼采百家，但是又排斥"弃孝废仁"的违反封建伦理，和不同意诡辩的。

此外，刘勰对诸子分为纯粹错杂两类，进行具体分析。他的所谓错杂，指的是蚊睫有雷霆之声，蜗角有伏尸之战，移山跨海，倾天折地，这些都是神话故事。从论文的角度看，这些神话故事正是具有文学性的。所以他一方面把诸子书中的神话说成错杂，一方面又认为《易经》的一种《归藏》经也大讲神话，这是既把神话同纯粹的学说分别，又在讲文章中不排斥神话的表示。他又称诸子"入道言治，枝条五经"，以五经为本干，诸子为旁枝，即以经为主，还是宗经的意思。

就文章说,刘勰指出诸子散文具有不同的内容和不同的风格。内容有精美的,深刻的,核实的,虚夸的,丰富的,广博的;语言风格,有雅正的,显豁的,古奥的,简练的,奇丽的,雄壮的,质朴的,滋润的,细密的,华丽的等等。这样,使我们认识到,即使在诸子散文中也是丰富多采的。它启发我们从中去吸取不同的表现手法来丰富我们的散文写作。他又提出"览华而食实,弃邪而采正",这是他的一贯的正确的理论,和《辨骚》中提出的"酌奇而不失其贞,玩华而不坠其实",是一致的。

最后,作者对先秦和两汉的诸子散文作了比较,认为先秦诸子看得远,立论高,自辟门户;两汉作者多依傍儒家,体势渐弱。这是因为先秦由于时代的激变,造成百家争鸣的风气;两汉统治者用政治力量阻止百家争鸣,所以显得体势渐弱。从这里也透露出百家争鸣对于散文发展的关系,说明他认识到依傍儒家思想来立论,缺乏创造性是不行的。这说明他既是宗经,又不赞同依傍儒家思想来著作。作者又提出"标心于万古之上,而送怀于千载之下",说明诸子散文所写的不是局限于个人眼前的小利害,都是眼界放得极远,所以他们的声音经历了长时期而没有销亡。

这篇里讲到诸子散文的内容和风格的特点,也就是诸子散文的成就时,没有提到《庄子》。就诸子散文的成就说,《庄子》在文学上的成就是杰出的,他的汪洋恣肆的文风,他的善于设喻,多用寓言故事,他的想象飞腾,都是很突出的。刘勰论诸子散文没有突出《庄子》,是缺憾,虽然《庄子》的思想是有错误的。

17.1　诸子者,入道见志之书。太上立德,其次立言①。百姓之群居,苦纷杂而莫显;君子之处世,疾名德之不章②。唯英才特达③,则炳曜垂文,腾其姓氏,悬诸日月焉。昔风后、力牧、伊尹，咸其流也④。篇述者，盖上古遗语，而战[伐]代所记者也。至鬻熊知道，而文王咨询，馀文遗事，录为《鬻子》⑤。子[自]日肇始，莫先于兹。及伯阳识礼，而仲尼访问，爰序道德，以冠百氏⑥。然则鬻惟文友，李实孔师，圣贤并世，而经子异流矣。

　　诸子是对道有所认识，又表现自己志趣的书。最上一等的人在德行上有成就，次一等的人在著书立说上有成就。至于百姓成群地生活着，在纷杂的人群中难于出名；君子生活在世上，恨声名德行的不显著。只有英才杰出，便能才华照耀，文章传世，使他的姓名传播，像日月高悬。从前风后、力牧、伊尹，都是这一流人物。他们的篇章著作，大概是上古传下来的话，经战国时人记述的。到了鬻熊懂得道，周文王向他请教，传下来的文辞事迹，经人记录，成为《鬻子》。子的名称的开头，没有比这更早了。到了老子懂得礼，孔子去访问，于是他叙述道德，著作《老子》，成为百家中的开端。那末鬻熊是周文王的朋友，李耳是孔子的老师，圣人和贤人同时，他们的著作却分成经书和子书的不同流派了。

　　①《左传·襄公二十四年》，穆叔讲三不朽："太上有立德，其次有立功，其次有立言。"立言是第三等，这里省去立功。　　太上：最上，第一等。　　②疾：憎恨。　　章：同彰，显扬。　　③特达：特，不同寻常；达，显名。　　④风后、力牧：传说中黄帝的臣子。　　伊尹：商汤的开国功臣。《汉书·艺文志》里有《风后》《力牧》《伊尹》三书。这句承上指三人都是立言传世，又联下指三人的书是后人追记。按：三书都是后人依托，不是追记。　　⑤鬻(yù育)熊：周文王时人。《汉书·艺文志》有《鬻子》。《风后》等书不称"子"，《鬻子》是第一个称子。　　⑥《史记·老庄申韩列传》说老子姓李名耳，字伯阳。孔子向他问礼。他著书讲道德。

17.2　逮及七国力政,俊乂蠭起⑦。孟轲膺儒以磬折⑧,庄周述道以翱翔⑨,墨翟执俭确之教⑩,尹文课名实之符⑪,野老治国于地利⑫,驺子养政于天文⑬,申商刀锯以制理⑭,鬼谷唇吻以策勋⑮,尸佼兼总于杂术⑯,青史曲缀以街谈⑰。承流而枝附者,不可胜算,并飞辩以驰术,餍禄而馀荣矣⑱。

到了战国,凭藉武力征伐,杰出的人才纷纷涌现。孟子信奉儒家学说,对它极为尊崇,庄子阐述道家学说,想象逍遥世外,墨子执行勤俭刻苦的教训,尹文考核名称和实际的是否符合,农家主张在耕种中治理国家,驺子结合自然界的变化来谈政治,申子商子主张用严刑峻法来办政治,鬼谷子主张用口舌辩论来建立功勋,尸子总括各家学说,青史子琐细地联缀街谈巷语。继承这些流派的,像分枝的依附树干,多得算不清,都是飞扬论辩、纵横驰骋地发挥各自的学术,满足于取得的高官厚禄和过多的荣宠了。

⑦逮:及。　力政:力征,用武力征伐。　俊乂(yì义):俊杰。蠭:同蜂。　⑧孟轲:儒家大师孟子。　膺儒:信服儒家。　膺,胸,藏在胸中。　磬折:身像磬般弯着,鞠躬表示崇敬。　⑨庄周:道家的大师庄子。　翱翔:鸟的飞翔。庄子追求逍遥自在的生活,是空想。　⑩墨翟(dí敌):墨家的首创者。　确:刻苦生活。　⑪尹文:战国时的名家,主张名实相符。　课:核对。　⑫野老:农民。《艺文志》有《野老》,属农家。《孟子·滕文公上》讲农家许行主张国君要和农民一起耕田,在耕种中治理国家。　⑬驺(zōu邹)子:阴阳家驺衍,通过讲自然界的阴阳变化来讲政治。《艺文志》有《邹子》。　⑭申商:申不害、商鞅是法家。　刀锯:刑具。　制理:制定治理的法令,指用严刑峻法,《艺文志》有《申子》和《商君》。　⑮鬼谷:鬼谷子是纵横家。《艺文志》有《鬼谷子》。相传是苏秦、张

157

仪的老师,他们两人是靠口舌游说取功名的。　策勋:记录功勋。　⑯尸佼:杂家。杂家是兼采儒、墨、名、法各家学说的。《艺文志》有《尸子》。

⑰青史:小说家青史子。　曲缀:琐细联缀。《艺文志》有《青史子》。

⑱枝附:像枝附在干上。　餍:满足。

17.3 暨于暴秦烈火,势炎昆冈,而烟燎之毒,不及诸子⑲。逮汉成留思,子政雠校,于是《七略》芬菲,九流鳞萃⑳;杀青所编㉑,百有八十馀家矣。迄至魏晋,作者间出,谰言兼存,璅语必录,类聚而求,亦充箱照轸矣㉒。

　　到了暴虐的秦始皇烧书,火势像烧昆仑山那样玉石俱焚,可是这火没有烧到诸子。到了汉成帝留心,命令刘向整理校对,于是《七略》记录美好的著作,九种学派的书像鱼鳞般汇集;编定的书目,有一百八十多家了。到了魏晋,作者轮替出现,虚假的话也被保存,琐碎的话一定记录,分类聚集起来,也要装满和照耀车箱了。

⑲暨:及。　炎:烧。　昆冈:昆仑山,产玉。《尚书·胤征》说:"火炎昆冈,玉石俱焚。"　燎:延烧。《论衡·书解》:"秦虽无道,不燔(烧)诸子。"但《史记·秦始皇本纪》说百家语(诸子)也都烧掉。　㉑汉成帝派陈农到各地搜求书籍,派刘向校订。　子政:刘向字。　雠校:校正文字。《七略》:刘向、刘歆父子编定的图书分类著作,分七编:《辑略》,是总论;《六艺略》,记经书;《诸子略》,《诗赋略》,《兵书略》,《术数略》,《方技略》,记录其他的书。　芬菲:花草茂盛。　九流:指儒家、道家、阴阳家、法家、名家、墨家、纵横家、杂家、农家。　萃:聚集。　㉑杀青:用火烘竹简,去掉水分,再在上写字。青,竹简。这里指写定。　㉒间出:轮流出现,即经常涌现。谰言:虚诬的话。　璅:同琐,琐碎。　箱:车箱。　轸:车后横木,指车。　照轸:光彩照耀车子。

158

17.4　然繁辞虽积,而本体易总,述道言治,枝条五经。其纯粹者入矩,蹉驳者出规㉓。《礼记·月令》,取乎吕氏之纪;三年问丧,写乎《荀子》之书:此纯粹之类也。若乃汤之问棘,云蚊睫有雷霆之声㉔;惠施对梁王,云蜗角有伏尸之战㉕;《列子》有移山跨海之谈㉖,《淮南》有倾天折地之说㉗:此蹉驳之类也。是以世疾诸子,混洞虚诞㉘。按《归藏》之经㉙,大明迂怪,乃称羿[弊]毙十日,嫦娥奔月。殷[汤]《易》如兹,况诸子乎?

虽然著作积累得很多,可是它们的根本内容是容易掌握的;它们阐述道理,议论政治,都是五经的旁枝。其中内容纯正的合乎经书的规矩,内容错乱的违反经书的法度。《礼记·月令》篇,是从《吕氏春秋·十二月纪》的首章里借来的;《礼记·三年问》篇,是从《荀子·礼论》篇的后半篇里采用来的:这些是属于内容纯正的一类。像《列子·汤问》里记商汤问夏革,夏革说蚊子的眼睫毛里有小虫在飞,黄帝和容成子听起来像发出雷霆的声音;《庄子·则阳》里讲惠施推荐戴晋人去对梁王说,蜗牛的两个触角上有两个国家发生战争,丢下数万尸首;《列子·汤问》里有愚公移山的故事,又有龙伯国里的大人一步跨过大海的说法;《淮南子·天文训》里讲到共工头触不周山,撑天的柱子断了天倒下一角,系地的绳子断了地陷下去了:这些说法属于事实错乱之类。因此世人批评诸子书,好坏混杂而多虚假。按《归藏经》里也大讲虚夸奇怪的事,说后羿射下十个太阳,嫦娥吞了不死之药奔入月宫。殷代的《易经》尚且这样,何况后来的诸子书呢?

㉓蹉驳:错乱。　㉔棘:《庄子·逍遥游》里作棘,据杨注。《列子·汤问》

159

篇里作夏革:说小虫焦螟,住在蚊子的眼睫毛上,耳朵最灵的师旷,也听不到它的一点声音。黄帝学道以后,就能听到它发出雷响般的声音。 ㉕《庄子·则阳》里是戴晋人对梁王说的。 ㉖《列子·汤问》里讲到愚公移山的神话。 又龙伯国是大人国,这里的人都极高大,可以跨过大海。 ㉗是指共工和颛顼因争地位而战。 ㉘混洞:混沦不分。 ㉙《归藏》:殷商时代的《易经》。

17.5 至如商韩,六虱五蠹,弃孝废仁,辕药之祸㉚,非虚至也。公孙之白马孤犊㉛,辞巧理拙,魏牟比之鸮鸟㉜,非妄贬也。昔东平求诸子《史记》,而汉朝不与㉝;盖以《史记》多兵谋,而诸子杂诡术也。然洽闻之士㉞,宜撮纲要,览华而食实,弃邪而采正。极睇参差㉟,亦学家之壮观也。

　　至于像《商君书·靳令》篇里讲到六种为害国家的虱子,《韩非子·五蠹》篇里讲到五种为害国家的蛀虫,把孝和仁看作虱子和蛀虫,主张废除它。可见,商君被秦国用车裂死,韩非被李斯毒死,并不是没有原因的。公孙龙说白马不是马,孤犊不曾有过母亲,话说得巧妙,可是在理论上说不通,魏牟把它比作猫头鹰的叫,并不是瞎批评。从前汉朝的东平王向朝廷求诸子和《史记》,汉朝不肯给。大概因为《史记》里多讲到用兵的策略,诸子书里则夹杂着讲到各种不正当的手段。然而知识丰富的人,应该抓住它的纲领,观赏它的花朵,咀嚼它的果实,抛弃其中的邪说,采取其中的正论。注意看到这种不一致的地方,那也是呈现在学者面前的一片壮阔景象。

　　㉚六虱:《商君书·去强》里以农的岁荒、食多,商的美、好(奇技淫巧),官的志、行(讲志行乱法)为六虱。又《靳令》称六虱为礼乐、诗书、修善、孝弟、诚

160

信、贞廉、仁义、非兵、羞战。共九事，可能并成六虱。 《韩非子·五蠹》中的五蠹：学者(疑法)、言谈者(政客)、带剑者(犯法)、患御者(近臣，行私)、商工(搞私利)。这里的学者包括儒家的讲仁孝在内。 辕(huàn 患)：用几辆车子把人分裂的酷刑。 药：毒死。 ㉛公孙龙说"白马非马"，利用白马这个概念和马这个概念不完全相同，因而说白马不是马。其实马这个概念里就包括白马在内。孤犊，没有母的小牛，它的概念和有母相矛盾，因而说孤犊未尝有母。其实，孤犊虽然没有母，但它是从犊变成孤犊的，当它没有成为孤犊时，它是有母的。公孙龙就这样玩弄概念来进行诡辩。 ㉜《庄子·秋水》篇里说公子牟拿井蛙来比公孙龙，因此这里的鹖鸟当作井蛙。 ㉝《汉书·宣元六王传》记东平王刘宇向汉成帝求书。成帝问王凤，王凤主张不给。 ㉞洽闻：广博的见闻。 ㉟眄：注视。

17.6 研夫孟荀所述，理懿而辞雅㊱；管晏属篇，事核而言练㊲；列御寇之书，气伟而采奇；邹子之说㊳，心奢而辞壮；墨翟随巢㊴，意显而语质；尸佼尉缭㊵，术通而文钝；鹖冠绵绵，亟发深言㊶；鬼谷眇眇㊷，每环奥义；情辨以泽，文子擅其能㊸；辞约而精，尹文得其要；慎到析密理之巧㊹，韩非著博喻之富㊺；吕氏鉴远而体周㊻，淮南泛采而文丽㊼：斯则得百氏之华采，而辞气[文]之大略也。

研究《孟子》《荀子》的论述，理论精美，文辞雅正；《管子》《晏子》的文篇，事实可靠，语言简练；《列子》一书，气势壮盛而文采奇丽；《邹子》的说法，内容夸大而文辞有力；《墨子》《随巢子》，意思显豁，语言质朴；《尸子》《尉缭子》，道理讲得很通畅，文辞却比较钝拙；《鹖冠子》含意深远，常常发出深刻的话；《鬼谷子》意义玄妙，往往回绕着深奥的意义来阐述；感情明显而润泽，《文子》独具这种才能；语言简练而精当，《尹文子》获得这种本领；《慎子》巧于分析精密理论,《韩非子》以丰富的比喻著称;《吕氏春秋》识力深远而文体周备,《淮南子》广泛地采用各种事例而文辞华丽:这是概括了诸子百家的精华文采,以及语言风格的大概。

㊱懿:美。　　㊲核:核实。　　㊳邹子:即驺衍。　　㊴随巢:《随巢子》,墨家。　　㊵尉缭:《尉缭子》,杂家。　　㊶鹖(hé 河)冠《鹖冠子》,道家。　　绵绵:长远。　　亟(qì 气):屡次。　　㊷眇眇(miǎo 秒):深远。　　㊸辨:明辩。　　泽:丰润。　　《文子》:道家。　　㊹慎到:《慎子》,法家。　　㊺《韩非子》的《说林》里多用寓言故事。　　㊻《吕氏春秋》是杂家,包括各派理论,所以说"体周"。　　㊼《淮南子》:杂家,所以是"泛采"。

17.7　若夫陆贾《[典]新语》,贾谊《新书》,扬雄《法言》,刘向《说苑》,王符《潜夫》,崔实《政论》,仲长《昌言》,杜夷《幽求》㊽,[咸]或叙经典,或明政术,虽标"论"名,归乎诸子。何者?博明万事为子,适辨一理为论,彼皆蔓延杂说,故入诸子之流。

至于前汉的陆贾《新语》,贾谊《新书》,扬雄《法言》,刘向《说苑》,后汉的王符《潜夫论》,崔实《政论》,仲长统《昌言》,东晋的杜夷《幽求子》,它们有的阐述经典,有的讲明政治理论,虽然标出"论"字,也是属于诸子。为什么?广博地说明万事万物的道理的属于诸子,只辨明一种道理的是论,他们都牵涉到各种事物来说,所以归入诸子这类去。

㊽《新语》:讲古今成败,贵仁义。　　《新书》:讲秦汉政治,也崇仁义。《法言》:效法《论语》。　　《说苑》:记录可为鉴戒的遗文故事。　　《潜夫论》:论当代政治得失。　　《政论》:论当世政治。　　《昌言》:论古今及世

162

俗行事,指斥时弊。 《幽求子》:由儒入道。

17.8 夫自六国以前,去圣未远,故能越世高谈,自开户牖⑲;两汉以后,体势[漫]浸弱,虽明乎坦途⑳,而类多依采:此远近之渐变也。嗟夫! 身与时舛㉑,志共道申。标心于万古之上,而送怀于千载之下,金石靡矣㉒,声其销乎!

在战国和以前的时代,离开圣人不久,所以诸子眼光能够跳出当世,放言高论,各自开辟门户,自成一家;两汉和以后的,体势渐渐衰弱,虽然认识到儒家这条平坦的大路,但大都是依傍儒家学说而加以采择:这是由远到近的逐渐变化。唉! 诸子百家自身虽则大都和当时不合,可是他们的志趣和理论却在著作中得到申说。他们的立论高出万年以上,他们的怀抱寄托在千年以后,即使金和石都消亡了,他们的声音难道会消亡吗!

⑲牖:窗。 ⑳漫:渐。 坦途:指儒家学说。 ㉑舛:不合。
㉒靡:消灭。

17.9 赞曰:[大]丈夫处世,怀宝挺秀;辨雕万物,智周宇宙。立德何隐? 含道必授。条流殊述,若有区囿。

总结说:男子汉生在世上,学问像怀着宝玉,才华挺然秀出;辨才可以刻画各种事物,智慧可以遍观古今。建立的品德并不炫耀,体会到的道一定传授。他们构成各种流派作出不同的论述,如同各有分明的界限。

论说第十八

　　在这篇里,刘勰把论说分开来讲,认为"论"着重在发挥理论,"说"着重在打动人,要说得动听。这也由于论和说的来源不同,"论"是从诸子的学术文章来的,"说"是从战国策士游说之词来的,"论"偏重在理论,"说"更要讲究技巧。但这两者的界限并不是十分明确的。比方《孟子》宣传儒家的道理是"论",像其中著名的《齐桓晋文之事章》,从不忍人之心推到实行仁政,传播儒家理论,就这方面说是"论";再就他引用齐宣王不忍杀牛的故事来劝他施行仁政,话说得很动听,使齐宣王听得很高兴,就这方面说是"说"。因此,我们可以把两者合起来看。

　　论说要怎样才能写好,可以从两方面看。先看思想内容,再看技巧。就思想内容说,作者指出要"弥纶群言,而研精一理"。讨论问题,要是光就自己所想到的立论,可能看得片面而简单化,要是先搜集各方面对这问题的意见进行全面研究,再提出自己的看法,把它提到理论的高度,那就不会片面和简单化,可以谈得深刻些了。作者又赞美魏晋时代的优秀论文,"重师心独见,锋颖精密"。即提出自己的意见,不是人云亦云,而是见解锋锐,论述精密。要是"弥纶群言"而提不出自己的意见,那就不算论说。在研究时要"弥纶群言",在立论时要"师心独见",说出自己的看法。作者又指出晋代论文的缺点,"徒锐偏解,莫诣正理",只提出片面的议论,不够正确。因此,在"弥纶群言"时还要能够分清是非。"钻坚求通,钩深取极",即深入钻研,从而取得极深刻的结论,这个结论又能说明问题,能够扫清论述中的一切障碍,这就是"取极""求通"。所以它能"使心与理合",使内心的认识与客观事物的道理一致,这两者中间没有一点间隙,这是最重要的一步。再要"辞共心密"即要辞能正确地达意,这是第二步。这样的论文,即是理论正确,又是文辞完美。还有,论文在实用方面,要"时利而义贞","有契于成务",即对当前是有利的,有助于完成当前的工作。态度要严肃,避免"嘲戏。"

就技巧和语言方面说,"说贵抚会,弛张相随","顺情入机,动言中务",即论说要运用或张或弛的写法,要顺应当前情况切合时机,说得中肯。还要"敷述昭情,善入史体","喻巧而理至",就是要善于运用各种典型的事例和生动的比喻,来加强说服力。不是把论说写成枯燥的理论文字,而是通过生动的事例来加强艺术力量。"飞文敏以济辞",即要用文采来加强语言的力量。语言要求精炼,"辞忌枝碎。"

作者这些看法,是他研究了历代论说后得出的。他讲论说,虽然说"研精一理","叙理成论",但他反对依傍前人学说来立论,不赞成"多抽前绪",而要求"师心独见",有独立见解。因为论说要"时利而义贞",适应当时的需要,要"弥纶群言",考虑到当时的各种意见,前人的学说不可能完全适应当前的情况,所以要作者钻坚钩深,自己用力来解决问题。因此他讲论说的理,不要求依傍儒家或道家。就有无的辨论,他赞成佛家,因为他认为对有无问题,不论崇有也罢,贵无也罢,论者只看到一方面,只有佛家空有兼综,看到全面。在这里,他主要不是要人依傍佛家来立论,主要是要人看到全面而反对片面。他赞美佛家的论有无是不正确的,但他要求全面看问题是对的。他不赞成"多抽前绪"有些片面,但他主张"师心独见"是对的。应该是"多抽前绪"同"师心独见"结合起来,吸取前人正确的理论来帮助我们解决当前的问题,还是结合当前问题来立论,所以是"师心独见"的;但又吸取了前人正确的理论,所以又是"多抽前绪"的。

他指出战国时代的论说，"虽批逆鳞，而功成计合"。不但敢于批逆鳞，敢于违反人主的命令向他谏净，还能够取得人主的信从，这确是难能的。批逆鳞已经很难，还要功成计合，就更难了，这不但要披肝沥胆，还要讲究技巧。又指出汉朝以下，都"顺风托势"，看风向说话，这话虽说得过分一点，但正指出后世立论的主要毛病。既然看风向说话，实际上也就是没有"师心独见"，没有立论了。这种看法同他对诸子的看法一致，是看得深刻的。

他讲论的"条流多品"也有不够确切的，像"传者转师，注者主解，赞者明意"，"序者次事，引者胤辞"，都不算论说，像注《尧典》、解《尚书》只是注解而不是辩论，不必归入论说。只有王弼解《易》，阐说他的思想，可以算论说。

18.1　圣哲彝训曰经①，述经叙理曰论。论者，伦也；伦理无爽②，则圣意不坠。昔仲尼微言，门人追记，故［仰］抑其经目③，称为《论语》；盖群论立名，始于兹矣。自《论语》以前，经无"论"字，《六韬》二论④，后人追题乎！

圣人讲的经久不变的教训叫做经书，阐发经书、说明道理的叫做论文。论是有条理的意思；道理讲得有条理而没差错，那末圣人的原意就不会丧失。从前孔子说的精妙的话，他的学生在事后追记下来，所以谦虚地不敢称为经，称为《论语》；各种论文的称为论，是从它开头的。在《论语》以前，经书里没有用"论"字作篇名的，相传姜太公的兵法书《六韬》里有《霸典文论》和《文师武论》，这两个论字可能是后来的人追题的吧？

①彝:常,经久不变的意思。　②伦:有条理有秩序的意思。　爽:差错。　③抑:表谦虚。　经目:经的名称。　④二论:见《后汉书·何进传》注引。今本《六韬》里没有《文论》《武论》的篇名。

18.2　详观论体,条流多品:陈政,则与议说合契⑤;释经,则与传注参体⑥;辨史,则与赞评齐行⑦;[铨]诠文,则与叙引共纪⑧。故议者宜言,说者说语⑨,传者转师,注者主解,赞者明意,评者平理,序者次事,引者胤辞⑩:八名区分,一揆宗论⑪。论也者,弥纶群言,而研精一理者也。

详细地观察论文的体裁,枝分派别还有各种门类:讲政治的,便同议和说一致;解经书的,便同传和注的体例相配合;辨论历史的,便同史赞史评一样;论述作品的,便同叙言或引言一贯。所以议是话说得适当,说是话说得动听,传是转述老师的话,注是着重解释,赞是说明作意,评是公正地评论道理,叙言是按次序申说内容,引言是引申的话:八种名称分成各类,一律以论为主。论文是概括各家的话来精密研究一个道理的。

⑤契:合,一致。　⑥传:解释经典的文字。　⑦赞:历史家的议论称赞。　⑧诠:论述的意思。　引:引申原文的话,犹引言或前言。纪:犹类。　⑨说语:即悦语,话说得动听。　⑩胤:子孙继承的意思,这里指引申原作的意思。　⑪一揆:犹一律。揆,道。

18.3　是以庄周《齐物》,以论为名;不韦《春秋》,六论昭列;至石渠论艺,白虎通讲;[聚]述圣[言]通经,论家之正体也。及班彪《王命》,严尤《三将》,敷述昭情,善入史体⑫。魏之初霸,术兼名法⑬;傅嘏王粲,校练名理⑭。

迄至正始，务欲守文；何晏之徒，始盛玄论⑮。于是聃周当路，与尼父争途矣⑯。详观兰石之《才性》，仲宣之《去[代]伐》，叔夜之辨声，太初之《本[玄]无》，辅嗣之《两例》，平叔之二论⑰：并师心独见，锋颖精密，盖[人伦]论之英也。至如李康《运命》，同《论衡》而过之；陆机《辨亡》，效《过秦》而不及⑱，然亦其美矣。

　　因此庄周的《齐物论》，用论字作篇名；吕不韦的《吕氏春秋》，有《开春论》《慎行论》《贵直论》《不苟论》《似顺论》《士容论》六篇论文明显地排列着；至于汉宣帝召集众儒生在皇宫内石渠阁里讨论五经，汉章帝召集博士和儒生等在白虎观里讲论五经，阐发圣人的话，贯通五经的道理，这是论文家的正体。到班彪作的《王命论》，严尤作三篇《将论》，展开论述表达明显的感情，善于运用历史例证。魏国的开始建立霸业，兼采名家法家的方术；当时的作家傅嘏、王粲，他们考核和熟习名家法家的理论。到了魏正始年代，要致力于遵守魏文帝明帝的注重文治；这时何晏这一班人，开始使玄学的理论兴盛起来。因此老子庄周的道家学派得势，同孔子的儒家学派争夺地位了。仔细观察傅嘏的《才性论》，王粲的《去伐论》，嵇康的《声无哀乐论》，夏侯玄的《本无论》，王弼的《易略例》，何晏的《道德论》：都是不因袭而有创见，笔力锋利，持论精密，是阐发理论的杰作。至于像李康的《运命论》，和王充《论衡》中谈运命的理论一致，可是文章胜过他；陆机的《辨亡论》，模仿贾谊的《过秦论》却比不上它，但也是优秀的了。

　　⑫后汉初的班彪著《王命论》引证刘邦历史，说明他得到天命。王莽将严尤作三篇《将论》，引证乐毅、白起历史，反对王莽穷兵黩武。　　⑬曹操执掌

168

政权,讲究名法,即讲究循名责实,要求名和实一致,讲究法治。 ⑭名理:
即名法,理是法的意思。 ⑮魏文帝、魏明帝的统治,不像曹操那样讲究名
法,逐渐趋向浮华,崇尚文采。到齐王曹芳的正始年代,继承了这种浮华的风
气,何晏等人开始清谈。清谈主要是谈论道家的理论,称玄论。 ⑯聃:老
聃,指老子。 周:庄周。 ⑰兰石:傅嘏的字。 《才性》:论人的才
性。 仲宣:王粲的字。 《去伐》:除去骄傲,伐即矜伐,骄傲。 叔
夜:嵇康的字。 太初:夏侯玄的字。 《本无论》:讲道家思想。 辅
嗣:王弼的字。 两例:疑当作略例,指《易略例》。 平叔:何晏的字。
二论:疑即《道德论》。这里指出三国魏时的六位作家的六篇著名论文,都是
有创见的,杰出的,持论精密的。 ⑱《运命论》:讲命运的。 《辨亡
论》:讲吴国所以灭亡的理论。

18.4 次及宋岱郭象,锐思于幾神之区⑲;夷甫裴頠,
交辨于有无之域⑳;并独步当时,流声后代。然滞有者,全
系于形用;贵无者,专守于寂寥;徒锐偏解,莫诣正理;动
极神源,其般若之绝境乎㉑？逮江左群谈,惟玄是务㉒;虽
有日新,而多抽前绪矣。至如张衡《讥世》,[韵]颇似俳
说㉓;孔融《孝廉》,但谈嘲戏;曹植《辨道》,体同书抄;言不
持正,论如其已㉔。

其次说到晋代的宋岱著有《周易论》,郭象著有《庄子注》,思想
深入到预见和神奇的境界;晋代的王衍、裴頠,互相辩论关于"有"
与"无"的问题;都是在当时独一无二的,声名流传到后代。然而执
着于"有"的完全着眼在形象和有用方面,看重"无"的专门主张寂
寞清虚的境地;徒然作精辟的片面解释,没有谁能够达到正确而全
面的理论;探索到极深入的真理的究竟,只有佛法的最高境界吧?
到了江东众人的谈论,只是致力于玄谈;虽然时常有新的解释,可

是多数是引申前人说过的话头罢了。至于汉朝张衡写的《讥世》，很像文字游戏；三国时孔融写的《孝廉》，只是说些开玩笑的话；曹植的《辨道》，体例同抄书一般；议论不能够守住正道，还不如不议论。

⑲幾：吉凶之先见者，指预见。　　⑳夷甫：王衍字，他认为最初是无，从无中生出阴阳，化生万物，所以要看重虚无。裴颋著《崇有论》，认为万物是从有产生的，要是清静无为，什么也做不成。　　㉑诣：到达。　动：动辄。极：到顶点。　神源：神理的源头，指最高理论。　般若(bō rě 波惹)：佛家称智慧为般若，这里指佛法。刘勰相信佛法，佛法分有门、空门、亦有亦空门，认为有也是空，空也是有，这就没有空有的矛盾，是唯心的。　　㉒江左：指东晋，东晋偏安江东。　玄：即清谈，谈《老子》《庄子》《周易》三书中的道理，主要是讲道家学说。　　㉓韵：当作"颐"，据杨说。　　俳(pái 牌)：指杂戏。　　㉔已：停止。

18.5　原夫论之为体，所以辨正然否；穷于有数，[追]究于无形㉕，[迹]钻坚求通，钩深取极；乃百虑之筌蹄，万事之权衡也㉖。故其义贵圆通，辞忌枝碎，必使心与理合，弥缝莫见其隙；辞共心密，敌人不知所乘：斯其要也。是以论如析薪，贵能破理。斤利者，越理而横断；辞辨者，反义而取通；览文虽巧，而检迹知妄。唯君子能通天下之志，安可以曲论哉？

考究论文这种体制，所以用来辨明是非；要对现象作彻底的探索，追究到超过形象的理论，要攻破困难求得贯通，要深入探索取得最后结论；它是求得各种理论的手段，评价各种事理的天平。所以它讲的道理要圆满而通达，话语忌烦碎，一定要使心里想的同事物的道理完全一致，这两者配合得没有一点裂缝；又要使文辞同思想完全一致，使论敌无隙可乘：这是最主要的。因此议论像劈柴，重要的是能够按照木柴的纹理把它劈开。可是斧头锋利的不顾纹理把它横里切断，口才好的强词夺理来自圆其说；看文字虽然讲得很巧妙，可是考求实际就知道那个道理是错的。只有有道德的人能懂得天下人的心意，怎么可以歪曲地立论啊？

㉔穷：探索到极点。　　数：技术，方法。有数与无形相对，指具体现象。无形：指抽象道理。　　㉕筌（quán 全）：捕鱼具；蹄：捕兔具；是用来取得鱼兔的工具，这里指用来取得理论的手段。　　权衡：即古代的秤锤和秤，用来称轻重的。

18.6　若夫注释为词，解散论体，杂文虽异，总会是同㉖。若秦延君之注《尧典》，十余万字；朱普之解《尚书》，三十万言㉗；所以通人恶烦，羞学章句㉘。若毛公之训《诗》，安国之传《书》，郑君之释《礼》，王弼之解《易》，要约明畅，可为式矣㉙。

至于经书里注释的话，是把论文分散在各个注里，注释的文字虽然繁杂而不一样，可是把它们归总起来看还是同于论文。像汉儒秦延君注《尧典》，用了十多万字；后汉朱普解《尚书》，用了三十万字；所以通人讨厌它太烦，以学习分章逐句的注释为可羞。像鲁人毛公解释《诗经》，汉儒孔安国解释《书经》，后汉末郑康成解释三《礼》，魏人王弼解释《易经》，文字简要，意义明显，可以作为注释的规范了。

㉖杂文：注释有解释字义的，有串讲的，有考证的，有阐发的，体例不一，

所以称杂文。　　总会是同：论文里也有解释、考证、阐发，所以会合起来看同于论文。　　㉘秦延君：名恭，前汉儒生。　　《尧典》：《尚书》中的第一篇。　　朱普：后汉儒生。《后汉书·桓郁传》说朱普讲《尚书》四十万字。㉙通人：如扬雄、班固等，都看不起繁琐的注释。　　章句：分章分句解释。㉚毛公：郑玄《诗谱》称"鲁人大毛公"，不记他的名字，三国吴人陆玑说他叫毛亨。孔安国，前汉儒者，他作的《古文尚书传》，早已散失。刘勰看到的《古文尚书传》，是东晋梅赜的伪《古文尚书传》）。　　郑君：后汉末大儒郑玄。式：法式。

18.7　说者，悦也㉛；兑为口舌，故言[咨]资悦怿㉜；过悦必伪，故舜惊谗说。说之善者，伊尹以论味隆殷，太公以辨钓兴周，及烛武行而纾郑，端木出而存鲁㉝：亦其美也。

　　说是喜悦，说字的右边是兑字，兑在《易经·说卦》里作口舌解，所以说要使人喜悦；过于要讨好人一定会变为虚伪，所以《尚书·舜典》里说，舜对阿谀的话很感到吃惊。好的说辞，像伊尹讲调味取得汤的信任，从而使殷代兴盛起来。姜太公讲钓鱼取得文王的信任，从而使周代兴盛起来。到春秋时，烛之武去劝秦国退兵，解除了郑国的患难；子贡到齐国去劝齐释鲁攻吴，因而保全了鲁国：这也是好的说辞。

　　㉛说：有悦义，如《诗·小雅·都人士》："我心不说。"说即悦。悦有使人获得了悟的喜悦之意。　　㉜口舌：指说辞。　　怿（yi 亦）：喜悦。　　㉝伊尹的话见《吕氏春秋·本味》，姜太公的话见《六韬·文师》，烛之武的话见《左传·僖公三十年》，端木赐即孔子学生子贡，他的话见《史记·仲尼弟子列传》）。其中只有烛之武的话是可信的，别的恐都是假托。

18.8　暨战国争雄,辨士云踊;从横参谋,长短角势[34];转丸骋其巧辞,飞钳伏其精术[35]。一人之辨,重于九鼎之宝,三寸之舌,强于百万之师[36]。六印磊落以佩,五都隐赈而封[37]。至汉定秦楚,辨士弭节[38],郦君既毙于齐镬,蒯子几入乎汉鼎[39];虽复陆贾籍甚,张释傅会,杜钦文辨,楼护唇舌[40]。颉颃万乘之阶,抵[噓]戏公卿之席[41];并顺风以托势,莫能逆波而泝洄矣[42]。

到了战国时代,七国互争雄长,游说的辨士多得像云那样涌起;有的合纵,有的连横,参预各国谋议,较量势力强弱;像弹丸那样圆转地运用巧妙的辞令,像飞出去的钳子钳住目的物般使人佩服他的精巧技术。因此,一个辨士的话比九鼎宝器还要贵重,辨士的三寸舌,胜过百万雄兵。主张连横的苏秦,身挂着众多的六国相印,主张合纵的张仪,秦国封给他五个富裕的都城。到了汉代平定秦楚,辨士不再那样得势,像汉王的辨士郦食其已经被烧死在齐国的铁镬里;齐国的辨士蒯通几乎被投到汉朝的鼎里去烧死。虽然像陆贾在汉朝大臣中很有名声,张释之在文帝前能够依据时事立论,杜钦有文才,善辩论,楼护会说话。他们有的在皇帝殿前上下议论,有的在大臣座前辩说,但他们多半是看风向说话,没有谁能够逆流而上的了。

[34]暨:及。　从:合纵,南北为纵,主张联合南北六国来抗秦。　横:连横,东西为横,主张东方的六国向西归顺秦国。　角:较量。　[35]《鬼谷子》有《转丸篇》,已散失;又有《飞钳篇》,讲怎样抓住人心,要对方听从自己指挥。　[36]平原君赵胜去和楚国结盟,楚王狐疑不决,毛遂上去一说,盟约就订定了。赵胜因此称赞毛遂"使赵重于九鼎大吕","毛先生以三寸之舌,强于百万之师。"见《史记·平原君列传》。　[37]磊落:指相印众多不一致。

173

隐赈:同殷赈,富裕。　　㊳弛:停止。　　弛节:停止活动,指不得势。节,使人所拿的信物。　　㊴郦食其(lìyìjī 力义基):刘邦部下的辩士。刘邦派他去劝齐王归顺了汉。汉将韩信不顾齐王已经归顺,进兵袭击齐国,郦食其因此被齐王烧死。蒯(kuǎi 抔)通劝韩信造反,韩信不听。刘邦因此捉住蒯通,要把他烧死,靠了他的辩解才得赦免。　　㊵陆贾劝陈平(相)和周勃(将)合作来防止吕家夺取政权,因此在当时很有名。　　籍甚:名誉有所凭藉而益盛,即极著名。　　张释:即汉文帝臣张释之,汉文帝要他就当时可行的发言。　　傅会:凑合,依照当前情事发言。　　杜钦:汉朝贵族王凤手下谋士,给王凤献计,会论辩。　　楼护:汉朝贵族家里的贵客,他很会说话。㊶颉颃(xié háng 协航):犹上下。　　万乘:万辆兵车。乘,兵车,指大国,这里指天子。　　抵戏:戏弄,谈笑。　　㊷泝洄:逆流而上。

18.9　夫说贵抚会,弛张相随,不专缓颊,亦在刀笔㊸。范雎之言事,李斯之止逐客㊹,并[烦]顺情入机,动言中务,虽批逆鳞㊺,而功成计合,此上书之善说也。至于邹阳之说吴梁㊻,喻巧而理至,故虽危而无咎矣。敬通之说鲍邓,事缓而文繁,所以历骋而罕遇也㊼。

　　劝说重在配合形势,有时放松有时抓紧,跟着情况转变,劝说不是专靠口舌,也用笔墨。范雎写信给秦昭王要求昭王用他的话,李斯写给秦王劝他不要赶走客卿,都说得合情投机,话极中肯,虽然触犯了君王,却获得成功而受到信用,这是写信中善于劝说的例子。至于邹阳的劝说吴王梁王,比喻巧妙而理由充足,所以处境虽然危险却没有受害。后汉冯衍的劝说鲍永邓禹,引证的事例显得迂阔,文辞又太繁多,所以几经游说却很少得志。

　　㊸抚会:顺合,配合。抚,循,顺。　　缓颊:慢慢说,这里指用口说。刀笔:古代写字在竹简上,用刀削去误字。这里指文字。　　㊹范雎(jū 居)

174

上书秦昭王,请求接见。当时太后弟穰侯专权,昭王想收回政权,范雎看到这点,在信里用话打动他,所以话说得投机。秦王(即后来的秦始皇)赶走客卿,李斯上书劝谏,指出他这样做对秦国不利,正合秦王的心意,也被采纳。

㊺逆鳞:相传龙喉下有逆鳞,碰了它要杀人,比喻触犯人主的要被杀。见《韩非子·说难》。范雎反对太后弟穰侯,李斯反对秦王逐客,所以说批逆鳞。

㊻邹阳看到吴王刘濞要造反,写封非常含蓄的信去劝阻,吴王不听。邹阳到梁国,被人陷害,被梁孝王关在狱里,他写信给梁孝王辩解,得释。　㊼冯衍:字敬通。后汉初刘玄称帝,派鲍永去平定北方。冯衍劝鲍永任用贤能,训练军队。鲍永便用冯衍做立汉将军。刘玄死了,刘秀做了皇帝,冯衍听说刘玄没有死,反抗刘秀,刘秀因此恨他。后来冯衍证实刘玄死了,便向刘秀投降,刘秀再不肯用他,他因此一生不得志。他也曾在邓禹幕府里工作过。他的不得志不是由于文章写得不好,是由于得罪刘秀。这里说得不确切。见《后汉书·冯衍传》。

18.10　凡说之枢要,必使时利而义贞㊽;进有契于成务,退无阻于荣身。自非谲敌,则唯忠与信。披肝胆以献主,飞文敏以济辞;此说之本也。而陆氏直称"说炜晔以谲诳㊾",何哉?

一切劝说的话最主要的,一定要使它对当时有利而意义正确;在大的方面有助于完成当前的工作,在小的方面不会妨碍自身的荣显。要不是欺骗敌人,那末只能讲究忠诚和信实。打开心里的话来献给主上,运用巧妙的文采来加强语言的说服力:这是劝说的根本。可是陆机竟说"说要有光采而用权诈欺诳",这是为什么呢?

㊽枢要:关键。　　贞:正。　　㊾见陆机《文赋》。陆机的话是就战国策士的游说之辞说的。当时的游说为了要达到目的,哄骗、欺诈、恐吓各种手段都用过,这些究竟不是正派的说辞,所以作者在这里批评他。

18.11　赞曰:理形于言,叙理成论。词深人天,致远方寸⑩。阴阳莫[贰]忒,鬼神靡遁⑪。说尔飞钳,呼吸沮劝。

总结说:理论用言语来表达,叙述理论成为论文。论文深刻地探索到人世和自然的奥秘,心思运用到远处。论文像阴阳变化那样没有差误,它使得鬼神也无从遁逃。游说用飞钳的技术把你抓住,在呼吸之间或者阻止你,或者劝诱你,有这样魅力。

⑩方寸:心。　⑪贰:杨注认为当作"忒",差误。　靡:无

诏策第十九

诏策是天子告臣民的话,上古称命,发布政令有时称诰,军队誓师称誓。秦始皇改命为制。汉朝分为策书、制书、诏书、敕书。策书封王侯,制书发布赦令,诏书告百官,敕书戒地方。

此外,像戒、教,有东方朔《戒子诗》,马援《戒兄子严、敦书》,那是诗和信,戒不成为一种文体。班昭的《女诫》,才成一种文体。又像孔融有《告高密县立郑公乡教》、庾翼有《与僚属教》,也是一种文体。

诏策和戒教都是古代的应用文,其中运用修辞手法,带有文学色彩的,这篇里也讲了。如"授官选贤,则义炳重离之辉;优文封策,则气含风雨之润;敕戒恒诰,则笔吐星汉之华;治戎燮伐,则声有洊雷之威;眚灾肆赦,则文有春露之滋;明罚敕法,则辞有秋霜之烈。"这里讲的各种内容不同的诏策,具有各自的特色:有的像日月交辉,有的像风雨滋润,有的像银河照耀,有的像霹雳声威,有的像春露,有的像秋霜。这样的诏策,就属于文学散文,具有各种不同风格的特色了。这里试举几例来做说明。

汉武帝《元狩二年报李广诏》:"故怒形则千里竦,威振则万物伏;是以名声暴于夷貉(mò 墨,北狄),威稜憺(dàn 淡,震动)乎邻国。夫报忿除害,捐残去杀,朕之所图于将军也。若乃免冠徒跣(xiǎn 显,赤脚),稽颡(叩头)请罪,岂朕之指哉!"这里写将军的怒和威,就有夸张,有形象;写将军的得罪,也是形象的,这些就构成了文学散文。又《元封五年求贤诏》:"故马或奔蹄(踢人)而致千里,士或有负俗之累(被世俗讥评)而立功名。夫泛驾(不受驾驭)

之马,拓弛(不循规矩)之士,亦在御之而已。"这里对特出的人才,用千里马作比,用"奔蹄""泛驾"来写,也有形象,是文学散文。汉光武帝《与汉中太守丁邯诏》:"汉中太守妻,乃系南郑狱(丁邯妻弟为公孙述将,邯把妻关在牢里),谁当搔其背垢者。悬牛头,卖马脯;盗跖行,孔子语。以邯服罪,且邯一妻,冠履勿谢。"这里提出"搔背垢",当用《神仙传》中麻姑手爪可以搔背的故事。"悬牛头,卖马脯","盗跖行,孔子语",都是比喻。借用故事和比喻来表达正意,这是文学散文的写法。再像马援《戒兄子严敦书》,里面写了龙伯高、杜季良两人的不同行为,又用两个比喻:"刻鹄不成尚类鹜(鸭)","画虎不成反类狗",成为两个著名的成语了。在这方面,刘勰对选文定篇方面不容易做得完备。

刘勰对诏策,既指出它们在风格上的要求,又指出"当指事而语,勿得依违",要明确地结合事实说话。又指出好的条教,"乃事绪明也";不恰当的教令,"乃治体乖也"。从实际的应用上考虑,能够实用收到效果的才是好的,只有文采而不适用的则不行。这样注意实际效用是好的。

19.1　皇帝御宇①,其言也神。渊嘿黼扆②,而响盈四表③,唯诏策乎? 昔轩辕、唐、虞,同称为"命"。"命"之为义,制性之本也④。其在三代,事兼诰誓⑤。誓以训戒,诰以敷政⑥。命喻自天,故授官锡胤⑦。《易》之《姤》象⑧,"后以施命诰四方⑨"。诰命动民,若天下之有风矣。降及七国⑩,并称曰[令]命,[令]命者,使也⑪。秦并天下,改命曰制⑫。汉初定仪则⑬,则命有四品:一曰策书,二曰制书,三曰诏书,四曰戒敕⑭。敕戒州部⑮,诏诰百官,制施赦命,策封王侯。策者,简也⑯。制者,裁也⑰。诏者,告也。敕者,正也。

　　天子统治天下,他的话是神圣的。他静默地坐在御座上,可是他的声音充满四方之外,只是诏书吧。从前辕轩黄帝和唐尧虞舜,作为天子的话同称为"命"。"命"的意义,是确定人性的根本。它在三代时,还包括诰命和誓命。誓命是用来教训军队的,诰命是用来实施政治的。"命"是从天命借用来的,所以用它来给予官爵,赐福给后代。《易经》的《姤卦》象辞:"天子用颁布命令来告戒四方臣民。"用诰命来发动人民,像天下的有风了。下到战国时代,都称做命,命就是使。秦并天下,改命为制。汉朝初年制定法制,把命分成四种:一叫策书,二叫制书,三叫诏书,四叫戒敕或敕书。敕书用来告戒州部的长官,诏书用来告示百官,制书用来实行赦免,策书用来封王侯。策是竹简,制是决断,诏是告诉,敕是改正。

　　①皇帝:上古历史分三皇、五帝、三王,到秦有皇帝,这里从五帝讲起,包括五帝、三王在内。　　②渊嘿(mò 末):沉默。渊,深沉。　黼扆(fǔyǐ 斧已):绣有半黑半白斧刃形的屏风,立在天子座位后。　黼,像斧刃白身黑。③四表:四方之外。　④制性:儒家认为天命叫性,性是天生的。天子要根据天命来制定人性,助善去恶。　　⑤三代:夏、商、周。　诰誓:诰是指发布施政命令。誓是指起兵讨伐的宣言。　　⑥戎:军事。　　敷:展布,施行。　　⑦自天:命是从天命来的。　　锡胤(yìn 印):赐福给子孙。胤,后代。　　⑧姤(gòu 够)象:《易经·姤卦》中的象辞。姤指遇见,如草遇风倒。⑨后:君主。指君主发布命令告戒四方臣民,臣民望风顺服。　　⑩七国:战国时代。　　⑪使:使人服从。　　⑫秦始皇改"命"为"制"。　　⑬仪则:犹制度、定规。　　⑭敕(chì 赤):告戒地方官的命令。　　⑮州部:地方行政区域。汉武帝分天下为十三部,部设刺史。后汉成帝改部为州,设州牧。⑯简:竹简,策书写在竹简上。　　⑰裁:决断。

19.2 《诗》云"畏此简书⑱",《易》称"君子以制[度数]数度⑲",《礼》称"明[君]神之诏⑳",《书》称"敕天之命",并本经典以立名目。远诏近命,习秦制也。《记》称"丝纶㉑",所以应接群后㉒。虞重纳言㉓,周贵喉舌㉔,故两汉诏诰,职在尚书㉕。王言之大,动入史策,其出如綍㉖,不反若汗㉗。是以淮南有英才,武帝使相如视草;陇右多文士㉘,光武加意于书辞:岂直取美当时,亦敬慎来叶矣。

《诗经·小雅·出车》说"害怕这封简书",《易经·节卦》象辞说"君子节制地来制定礼的等级法度",《周礼·秋官·司盟》称"诏告明神",《书·益稷》称"敕奉天的命令",策、制、诏、敕,都是根据经典来确立的名称。在远处的用诏书,在近地的用命令,这是沿用秦朝的制度。《礼记·缁衣》里称:"王的话轻细像丝,它发出来像阔的带。"它是用来应对接待各国君主。虞舜看重发布帝命的纳言官,周朝看重发布王命的官比做喉舌,所以两汉的诏书文诰,由尚书省来掌管。天子的话重要,动不动写进史书里;它一出口就像大绳索,像汗水那样不能收回。因此,淮南王刘安有杰出的才华,汉武帝给他写信,要司马相如审定草稿;陇西隗嚣部下多文人,光武帝在写信时加倍注意:岂但在当时传为嘉话,也使后世敬慎了。

⑱简书:指策,写在竹简上的命令。　⑲数:指礼的等级。　度:法度。　⑳明神:指日月山川诸神。　㉑纶:粗丝带。《礼记·缁衣》:"王言如丝,其出如纶;王言如纶,其出如綍(大绳)。"指王言影响大。　㉒群后:诸侯。　㉓纳言:官名,出纳王命,发布命令,采纳下面意见。　㉔喉舌:指发言者。　㉕尚书:官名,秦汉时主管皇帝文书。　㉖綍(bó 勃):大绳。　㉗指王命发出,像汗出不能收回。见《汉书·刘向传》。　㉘陇右:指陇西隗嚣(wěi áo 伟敖)与汉光武帝通书信。

180

19.3　观文景以前,诏体浮[新]杂㉙;武帝崇儒,选言弘奥㉚。策封三王,文同训典㉛;劝戒渊雅,垂范后代;及制[诰]诏严助,即云厌承明庐,盖宠才之恩也㉜。孝宣玺书,责博[士]于陈遂,亦故旧之厚也㉝。逮光武拨乱,留意斯文㉞,而造次喜怒,时或偏滥㉟。诏赐邓禹,称司徒为尧㊱;敕责侯霸,称黄钺一下㊲。若斯之类,实乖宪章㊳。暨明[帝]章崇学,雅诏间出㊴。[安]和安政弛,礼阁鲜才㊵,每为诏敕,假手外请。建安之末㊶,文理代兴,潘勖九锡,典雅逸群㊷;卫觊禅诰,符命炳耀㊸,弗可加已。自魏晋诰策,职在中书㊹,刘放张华,[互]并管斯任㊺,施[命]令发号,洋洋盈耳㊻,魏文帝下诏,辞义多伟,至于作威作福㊼,其万虑之一[弊]蔽乎?晋氏中兴,唯明帝崇才,以温峤文清,故引入中书㊽;自斯以后,体宪风流矣㊾。

看到汉文帝、景帝以前,诏书内容浮泛杂乱;汉武帝尊崇儒家,诏书选用的语言广博深奥。用策书来封齐王、燕王、广陵王,文辞跟《尚书》中的训典相同;它的劝戒意义深刻正确,为后世留下典范;到作诏书给严助,就说他厌倦在朝值班,让他出外做会稽太守,是爱才的恩典。汉宣帝盖印的信,向陈遂问起欠他赌债的事,也是老朋友的深厚情意。到东汉光武帝平定世乱,注意文化,但在匆忙中喜怒无常,有时不免失当。他给邓禹的诏书,竟称司徒邓禹为尧;用敕书来责备侯霸,说黄色的大斧一下来就完了。像这样之类,实在违反法制。到明帝章帝尊崇学术,文辞雅正的诏书轮替发出。到和帝安帝政治宽纵,草拟诏书的尚书省缺乏人才,每次写诏书敕书,请外人代笔。到建安末年,有文采和理致的诏书代替兴

181

起,如潘勖的《册魏公九锡文》,措辞雅正超出群辈,卫凯的《为汉帝禅位魏王诏》,称述天命的征验极为显著,不能够再增加了。自从魏晋时的诏书策书,归中书省掌管,魏的刘放,晋的张华,都主管这个任务,发布号令的诏书策书,充满在人耳目。魏文帝曹丕发下的诏书,文辞意义多数是宏大的,至于要将军"作威作福",这是智者千虑中的一失吧? 东晋中兴,只有晋明帝看重文才,因为温峤的文辞清新,所以引进到中书省;从此以后,中书省的体制有了法度,成为风气流传下去了。

　　㉙汉文帝景帝不用儒生,所以说诏体浮杂。　　㉚汉武帝用儒生,诏书用经书中辞语,故称弘奥。　弘,大;奥,深。　㉛三王:《史记·三王世家》,指齐王刘闳、燕王刘旦、广陵王刘胥。　训典:《尚书》中有《伊训》《尧典》等。　㉜汉武帝下诏给会稽太守严助,说他厌承明庐,承明庐是在朝廷值班住宿处,所以加恩让他回乡做会稽太守。　㉝汉宣帝在民间,与陈遂赌博,多次欠陈遂赌债。宣帝即位后,用遂做太原太守,写信给他说:"官高俸禄多,可以偿还赌债了。"　责博:问起赌债。责,问。　故旧:老朋友。　㉞逮(dài 代):及。　斯文:指文化学术。　㉟造次:匆忙,仓促。滥:过分。　㊱汉光武封邓禹为司徒,三公之一,给他诏书说:"司徒,尧也。"赞美过分。　㊲司徒侯霸荐人不当,光武给他诏书说:"黄钺一下无处所。"大斧劈下死无葬身之地,恐吓不当。　㊳宪章:法度。　㊴暨(jì 计):及。　间出:轮替出现。　㊵礼阁:指尚书省,主管起草诏书等事。　㊶建安:汉献帝年号,是曹操执政时期。　㊷潘勖(xù 续),替曹操写《册魏公九锡文》。九锡,指汉献帝赐给曹操的九种器物。　㊸卫觊(jì 计),替曹丕写《为汉帝禅位魏王诏》。　符命:天命的征验,是曹丕和他的臣下造作的。　㊹中书:中书省,主管政务和起草诏书的机关。　㊺刘放:魏大臣。　张华:晋大臣。两人都做中书省长官中书监。　㊻洋洋:状众多。㊼《三国志·魏书·蒋济传》,称曹丕给征南将军夏侯尚的诏书里说他可以"作威作福,杀人活人"。蒋济对此提意见,曹丕追回了这封诏书。　㊽晋明帝

182

称温峤"文清而旨远",用他为中书令,起草诏书。　⑭体宪:中书省的体制有法度。　风流:风气流传下去。

19.4　夫王言崇秘,大观在上⑩,所以百辟其刑,万邦作孚⑪。故授官选贤,则义炳重离之辉⑫;优文封策⑬,则气含风雨之润;敕戒恒诰,则笔吐星汉之华⑭;治戎燮伐,则声有洊雷之威⑮;眚灾肆赦⑯,则文有春露之滋;明罚敕法,则辞有秋霜之烈:此诏策之大略也。

天子的话崇高神秘,处在上位,大为在下所观望,所以诸侯都来效法,万国都加信顺。因此选用贤才来给予官位,那诏书的含义像日月双重照耀的光辉;褒奖的文告,封官的策书,那恩惠像含有和风细雨的滋润;教戒的文告,那笔里吐出银河的光采;誓师伐敌,那声势有重叠霹雳的声威;因灾害加以宽赦,那文辞有春天露水的滋润;明白惩罚,整饬法纪,那文辞像秋天霜冻那样严酷:这就是诏书敕书的大概要求。

⑩大观在上:在上的言行,大为在下所观听。见《易·观卦》象辞。　⑪百辟:百君,指诸侯。　刑:取法,仿效。　作孚:加以信服。　⑫重离:日月重叠。离,明。　⑬优文:优待的文辞,指褒奖。　⑭恒诰:经常的告戒。　星汉:银河。　⑮燮(xiè 谢):协同。　洊(jiàn 件)雷:重叠的雷声。　⑯眚(shěng 省):过失。　眚灾:因过失造成灾害。　肆:宽缓。　肆赦:宽赦。

19.5　戒敕为文,实诏之切者,周穆命郊父受敕宪,此其事也⑰。魏武称作敕戒,当指事而语,勿得依违⑱,晓治要矣。及晋武敕戒,备告百官:敕都督以兵要⑲,戒州牧以董司⁶⁰，警郡守以恤隐⁶¹，勒牙门以御卫⁶²，有训典焉。

　　告戒的文辞，实在是诏书中的切实的，像周穆王命令郊父接受告戒的命令，这就是告戒文。魏武帝曹操称作告戒文，应当根据事实讲，不要犹豫不决，是懂得政治的。到晋武帝作告戒，遍告百官：告戒都督通晓军事要领，告戒地方长官督察下属，告戒一郡长官体恤人民苦难，告戒部队将领来抵敌卫国，都有《尚书》训典中的含义。

　　⁵⁷《穆天子传》卷一，"天子属官效器(嘱官员检阅宝物)，乃命正公郊父受敕宪(教令)。"　　事：指戒敕文。　　⁵⁸依违：犹豫不决。　　⁵⁹都督：地方军政长官。　　⁶⁰州牧：一州之长，地方行政长官。　　董：督察。　　司：主管官员。　　⁶¹郡守：一郡长官。　　恤：体恤。　　隐：民隐，人民痛苦。⁶²牙门：竖牙旗(饰象牙的旗)的军门，指部队。

　　19.6　　戒者，慎也，禹称"戒之用休⁶³"。君父至尊，在三罔极⁶⁴，汉高祖之敕太子⁶⁵，东方朔之戒子⁶⁶，亦顾命之作也⁶⁷。及马援以下，各贻家戒⁶⁸。班姬女戒，足称母师也⁶⁹。

　　戒就是谨戒，禹称"用美好的话谨戒他"。君父是顶尊贵的，君、父、师三者给人的恩德是无穷的。汉高祖的《手敕太子》，东方朔的《戒子》，也是临终遗嘱之作。到马援以下，各留下家戒。班昭的《女戒》，够得上称为傅母和女师了。

　　⁶³"戒之用休"：见《尚书·伪大禹谟》。休，美。　　⁶⁴《国语·晋语》一，"父生之，师教之，君食之"，称为在三。　　罔极：无穷。　　⁶⁵汉高祖戒太

184

子,尊敬萧何、曹参等,并以幼子如意母子托他。 ⑥⑥东方朔戒子要作官守正,以官代农。 ⑥⑦顾命:《尚书》有《顾命》,记周武王临终的话。 ⑥⑧《后汉书·马援传》记马援有戒兄子严、敦的信,反对他们好议论人长短,乱批评法制。 ⑥⑨《后汉书·曹世叔妻传》,称班昭一名姬,作《女诫》七章。母师:傅母女师,即女子的保护者和老师。

19.7　教者,效也,出言而民效也。契敷五教⑦,故王侯称教。昔郑弘之守南阳⑦,条教为后所述,乃事绪明也;孔融之守北海,文教丽而罕[于理]施⑦,乃治体乖也。若诸葛孔明之详约⑦,庾稚恭之明断⑦,并理得而辞中,教之善也。

教就是仿效,说出话来人民照着做。契发布五种教诲,所以后来王侯教诲百姓称教。从前郑弘做南阳太守,他发布一条条教令为后世称道,是讲得头绪明白;孔融做北海相,他的教令写得有文采却难于实行,是不合政治体制。像诸葛亮的教令考虑周到,文辞简明,庾翼的教令明白而决断,都是道理得当文辞切合,是好的教令。

⑦《尚书·舜典》里,舜命契(xiè 谢)作司徒,管教化。 五教:父义,母慈,兄友,弟恭,子孝。 ⑦郑弘:见《汉书·郑弘传》。 南阳:在今河南。 ⑦《三国志·魏书·崔琰传》注引《九州春秋》,称孔融在北海,教令温雅,却难可悉行。孔融为北海相,北海在山东寿光县附近。 ⑦《三国志·蜀书·诸葛亮传》称他"文采不艳,而过于丁宁周至(叮嘱周到)"。 ⑦稚恭:庾翼字,见《晋书·翼传》。他教令明断。

19.8　自教以下,则又有命。《诗》云"有命[在]自
185

天", 明命为重也;《周礼》曰"师氏诏王⑦", 明诏为轻[命]也。
今诏重而命轻者, 古今之变也。

从教令以下又有命。《诗·大雅·大明》说,"有命从天来", 表明
命是上对下, 是重要的;《周礼·地官·师氏》说,"管教育的官诏告
王", 说明诏是下告上, 是轻的。现在诏比命重要, 是古今的变化。

⑦师氏:管教育的官。　　诏:告,指下告上。

19.9　赞曰:皇王施令,寅严宗诰⑯。我有丝言,兆民
[尹]伊好⑰。辉音峻举,鸿风远蹈。腾义飞辞,涣其大
号⑱。

总结说:天子发布命令,臣民尊敬地接受命令。天子认为我有
轻轻的话,万民是喜欢的。光辉的声音高高扬起,宏大的风声向远
处传播。命令的意义和文辞到处飞扬,散播为大的号令。

⑯寅严:恭敬急迫。　　宗诰:尊奉告命。　　⑰丝言:王言如丝。
伊:语助。　　⑱涣:散布。　　号:号令。

檄移第二十

　　檄文是军队起兵讨伐敌人的誓师宣言，这种宣言有两种：一种像《尚书·牧誓》，是周武王在牧野讨伐纣王时的誓师宣言，是对部队说的，不是对敌人说的。一种是揭露敌人的罪状，那是对敌人说的，像《左传·僖公四年》的晋国吕相绝秦。刘勰认为"三王誓师，未及敌人。"就是指《牧誓》一类文章说的。但又说周穆王西征犬戎，称"古有威让之令"，是对敌人说的。这个古指什么时期，不清楚。从《尚书·秦誓》看，也是告戒自己的部队的。那末檄文的开始，当在春秋，像吕相绝秦，不过当时还不称檄文，直到战国，张仪为文檄告楚相，才称檄，不过那同讨伐敌人中的誓师宣言还不同，只是对楚相的一个警告。后汉隗嚣的《移檄告郡国》，才是讨伐王莽的誓师宣言。

　　刘勰对檄文的要求，"使声如冲风所击，气如摧枪所扫"，"使百尺之冲，摧折于咫书，万雉之城，颠坠于一檄"。具有极大的声势和威力。"谲诡以驰旨，炜晔以腾说"，写得谲诈而有光采，风格刚健，"气盛而辞断"，具有夸张、比喻、虚辞饰说等写法，有文学性。如《牧誓》："牝鸡无晨（雌鸡在早上不啼），牝鸡之晨，惟家之索（雌鸡啼，家道完了）。"又像："如虎如貔，如熊如罴"，比喻战士的勇猛。这里都用比喻。再像《吕相绝秦》，运用各种夸大加强、简略隐蔽、转折婉曲等手法来写，极有匠心。

　　移文要改变对方的看法，所以有驳辩。像司马相如的《难蜀父老》，驳斥蜀父老反对通西南夷，引禹治洪水作例，描绘禹治水辛劳，"肤不生毛"，肌肤上的毛都脱落。又称贤君创业，驰骛乎兼容并包"，到处奔走。又称夷狄的人民，"举踵思慕，若枯旱之望雨"。描写那里百姓的仰慕汉风。文中用了描绘、比喻、夸张等手法。再像后汉刘歆移书让太常博士，"辞刚而义辨"，"气盛而辞断"。看来檄文和移文，有些有描绘，属于文学散文，有些属于应用文。

对檄文的写作，刘勰认为"实参兵诈"，不妨写得谲诈夸张，来恐吓敌人。还要求刚健、明显、气势盛、有决断，反对柔婉隐晦的说法。移文要晓喻对方，有的用事例来开导，有的要刚强有力，道理明辨。檄文对敌人，不妨谲诈。移文是对内部的，有的要移风易俗，使人民信从，就不能诡诈；有的要改变对方的错误看法，一定要说得正确。要是说了假话，被人识破，就不会收到移风易俗的作用了。

20.1　震雷始于曜电，出师先乎威声①。故观电而惧雷壮，听声而惧兵威。兵先乎声，其来已久。昔有虞始戒于国②，夏后初誓于军，殷誓军门之外，周将交刃而誓之③。故知帝世戒兵，三王誓师，宣训我众，未及敌人也。至周穆西征④，祭公谋父称"古有威让之令，[令]有文告之辞"，即檄之本源也⑤。及春秋征伐，自诸侯出，惧敌弗服，故兵出须名，振此威风，暴彼昏乱，刘献公之所谓"告之以文辞，董之以武师"者也⑥。齐桓征楚，诘包茅之缺⑦；晋厉伐秦，责箕郜之焚⑧：管仲吕相，奉辞先路⑨，详其意义，即今之檄文。暨乎战国，始称为檄。檄者，皦也⑩。宣露于外，皦然明白也。张仪《檄楚》⑪，书以尺二，明白之文，或称露布。露布者，盖露板不封，播诸视听也。

打雷从闪电开始，出兵先要传播声威。所以看到闪电害怕雷

188

声的强烈，听到声威害怕军队的威力。出兵先要声威，它的来源已经很久。从前有虞氏开始警戒国内战士，夏后氏开始在军队内宣誓，殷代在军营外与百姓宣誓，周代在军队将要交锋时宣誓。所以知道在五帝时代警戒战士，夏商周三王时代在军队内宣誓，宣言教训自己的部队，没有发到敌人方面。到周穆王向西去攻打犬戎，祭公谋父称，"古代有威力地斥责敌人的命令，有告戒对方的文辞"，就是檄文的源头。到春秋时代的征讨，从诸侯国发出，怕敌人不服，所以出兵须要有名义，振奋这里的威风，暴露对方的昏乱，刘献公说的"用文辞来告戒他，用军队来督责他"的说法。齐桓公讨伐楚国，责问缺乏向周天子进贡包茅；晋厉公讨伐秦国，斥责秦军焚烧箕郜两地；齐国的管仲，晋国的吕相，先举出斥敌的话再进军，考察它的意义，就是后来的檄文。到了战国时代，开始称做檄文。檄就是明白，揭露在外，非常明白。张仪《檄告楚相》，写在一尺二寸长的木板上，文辞明白，有的称做露布。露布是把写文辞的木板露出来，不加封套，把它散播，让人看到听到。

①乎：在于。　　②有虞：虞舜，五帝之一，指五帝时代。　　戒于国：即下文"帝世戒兵"，警戒国内的战士。　　③夏后、殷、周：即下文"三王誓师"。交刃：白刃相交，即作战。　　④周穆西征：见《国语·周语》上，周穆王将征犬戎。犬戎，西方少数民族。　　⑤祭（zhài 寨）公谋父（甫）：周卿士。　　让：斥责。祭公谋父谏劝穆王，远方不服，先加斥责，发去文告，即檄（xí 习）。檄：斥责敌人的宣言。　　⑥刘献公：周卿士。《左传·昭公十三年》，刘献公告晋国使臣叔向语，如来人不来结盟，先告以文辞，再用武力督责。　　董：督责。　　⑦《左传·僖公四年》，齐桓公向楚国进兵，管仲责问楚国不把包茅向周天子进贡，周天子没有包茅来滤酒祭祖。　　诘（jié 杰）：问。　　包茅：一种茅，包束的茅草，滤酒去滓用。　　⑧《左传·成公十三年》，晋厉公使吕相责问秦国，曾经派兵侵入晋国，焚烧箕郜（gào 告）。箕在山西蒲县东北，郜在山西祁县西。　　⑨先路：先责问，后进军。按：齐桓公是先进军，到楚

189

国问他为什么进军时,管仲才提出责问。　⑩皦(jiǎo 矫):状明白。

⑪《史记·张仪列传》为文檄告楚相。

20.2　夫兵以定乱,莫敢自专,天子亲戎,则称"恭行天罚⑫";诸侯御师,则云肃将王诛⑬。故分阃推毂⑭,奉辞伐罪,非唯致果为毅⑮,亦且厉辞为武。使声如冲风所击⑯,气似欃枪所扫⑰,奋其武怒,总其罪人⑱,[惩]懰其恶稔之时,显其贯盈之数⑲,摇奸宄之胆⑳,订信慎之心;使百尺之冲,摧折于呰书㉑,万雉之城㉒,颠坠于一檄者也。观隗嚣之檄亡新,布其三逆㉓,文不雕饰,而辞切事明,陇右文士㉔,得檄之体矣。陈琳之檄豫州,壮有骨鲠㉕,虽奸阉携养㉖,章[密]实太甚,发丘摸金,诬过其虐㉗;然抗辞书衅㉘,皦然露骨㉙;[矣]敢矣[指]撄曹公之锋,幸哉免袁党之戮也㉚。锺会檄蜀,徵验甚明㉛,桓[公]温檄胡,观衅尤切㉜,并壮笔也。

出兵用来平定祸乱,没有人敢于独自专断,天子亲自出兵,便说"恭敬地执行天的惩罚";诸侯出兵,便说严肃地执行天子的讨伐。所以派遣大将出兵,天子把处理都城外的大权分给他,还亲自给他推车送行;大将奉行天子的命令去讨伐罪人,不仅要达到果敢坚毅,也要用严厉的誓言构成威力。使声势像暴风袭击,气势像彗星扫荡,振奋军队的威武忿怒,集中在罪人身上,证明敌人罪恶到头的时候,显示敌人恶贯满盈的气数,动摇奸人的胆量,确立信服者的信心;使敌人百尺高的战车,被尺把长的宣言所摧毁,万丈长的城墙,被一纸檄文所推倒。观察隗嚣用檄文讨伐王莽新朝,宣布他逆天、逆地、逆人三种逆行,文辞不用雕饰,话极确切,事理明白,

190

说明陇西地方的文人,掌握了檄文的体制了。陈琳的《为袁绍檄豫州》,气势旺盛,有骨力,虽然骂曹嵩是奸恶太监的养子,文章实在写得太过分,又说曹操挖坟摸金,诬蔑的话超过他的暴虐;然而用直率的话记下曹操的罪状,写得明白露骨;敢于触犯曹操的锋铓,幸而免于作为袁绍党羽而被杀。锺会《移蜀将吏士民檄》,举出有凭证可考验的事理很明白,桓温《檄胡文》,看到胡人内部的危机尤为切合,都是有力的檄文。

⑫"恭行天罚":见《尚书·甘誓》,表示执行天命。　⑬肃将:严肃地奉行。　⑭分阃(kūn 捆)推毂(gǔ 古):阃,都城的门。大将出兵,天子把都城外的大权分给大将处理,替大将推车出行。毂,车轮中心圆木,指车。见《史记·冯唐传》。　⑮《左传·宣公二年》:"杀敌为果,致果为毅。"　⑯冲风:暴风。　⑰欃(chán 缠)枪:彗星。　⑱总:集中。　⑲恶稔:恶满。贯盈:串绳已满。《韩非子·说林》下,有人要避开凶悍者,另有人说,这人恶贯满盈了。有人说:"我怕他拿我来满贯。"　⑳奸宄(guǐ 鬼):犯法作乱的人。　㉑冲:冲锋车。　咫:古八寸。　㉒雉:城长三丈高一丈。万雉,高一丈长三万丈。　㉓隗嚣(wěi áo 伟翱):《后汉书·隗嚣传》称他《移檄告郡国》,申讨王莽新朝"逆天""逆地""逆人"三罪。　㉔陇右:陇西,在甘肃陇山以西。隗嚣占有陇西。　㉕陈琳《为袁绍檄豫州》,即把檄文发给河南的豫州刺史刘备。　骨鲠(gěng 耿):骨力。　㉖阉(yān 淹):太监。曹操父曹嵩是太监养子。　㉗曹操设立发丘中郎将、摸金校尉两个武官,专门掘墓取金。　诬:按曹操的发丘摸金是事实,不是虚诬。　㉘抗辞:直率的话。　衅(xìn 信):裂痕,罪过。　㉙檄(jiāo 矫):状明白。　㉚陈琳在袁绍幕府,写檄文攻击曹操。他后归向曹操,操爱他的文才,不杀他。㉛魏国锺会移檄蜀将吏士民,说明蜀不能敌魏,劝蜀将吏归降,举证明白。㉜观衅:看到北方后赵发生的各种内乱迹象。

20.3　凡檄之大体,或述此休明㉝,或叙彼苛虐,指天

时，审人事，算强弱，角权势㉞，标蓍龟于前验，悬鞶鉴于已然㉟，虽本国信，实参兵诈。谲诡以驰旨，炜晔以腾说㊱，凡此众条，莫之或违[之]者也。故其植义扬辞，务在刚健。插羽以示迅，不可使辞缓，露板以宣众，不可使义隐；必事昭而理辨㊲，气盛而辞断，此其要也。若曲趣密巧㊳，无所取才矣。又州郡徵吏，亦称为檄㊴，固明举之义也。

　　檄文的主要特点，有的讲我方的美好昌明，有的讲敌方的苛刻暴虐，指出天意，审察人事，比较强弱，衡量权势，用以前的凭证来预卜吉凶，用过去的事例来作为借鉴，虽说根据国家的威信，实际是加上用兵的诡诈。用诡诈的话来宣传自己的意旨，用光彩的话来宣扬自己的说法：概括这几条，没有违反它的。所以它的确立意义，发扬文辞，务必在于刚强有力。檄文插上羽毛表示紧急，不可以使文辞写得迂缓；木板显露向大众宣传，不可使意义隐晦，一定要使事情明白道理确切，气势旺盛话很决断，这是檄文主要点。倘是旨趣曲折，文辞细致含蓄巧妙，这种文才没什么可取了。又州郡招聘官吏文书，也称做檄，实是明白推举的意思。

㉝休明：盛明。休，美好。　㉞角：较量。　㉟标：标明。　蓍(shī师)龟：占卜用的草和龟甲，指预卜。　验：凭证。　鞶(pán盘)鉴：大带上的镜子，指借鉴。　已然：指往事。　㊱谲(jué决)：诈。　炜晔(wěi yè伟夜)：光彩照耀。　㊲昭：明白。　辨：确切。　㊳曲趣密巧：指曲折细致含蓄巧妙的写法。　㊴徵：召请。

　　20.4　移者，易也；移风易俗，令往而民随者也。相如之《难蜀老》，文晓而喻博㊵，有移檄之骨焉。及刘歆之《移太常》，辞刚而义辨㊶，文移之首也；陆机之《移百官》㊷，

192

言约而事显,武移之要者也。故檄移为用,事兼文武。其在金革^⑬,则逆党用檄,顺命资移;所以洗濯民心,坚同符契^⑭,意用小异,而体义大同,与檄参伍^⑮,故不重论也。

移就是改变,像移风易俗,命令发出去人民就跟着执行的。司马相如的《难蜀父老》,文辞明白,用了很多事例作比,具有移文和檄文的骨力。到刘歆的《移太常博士书》,文辞刚健,意义明辨,是文教方面的第一篇移文;陆机的《移百官》,语言简练,叙事明显,是军事方面重要的移文。所以檄文和移文的运用,可以兼用于文教和军事。它用在战事上,那末对叛逆的用檄文,对归顺的用移文,因为要清洗人民的思想,使它同上面牢固结合,像契约那样一致。移文和檄文的用意和作用稍有差别,但体制和要求大致相同,移文同檄文互相交错,所以不再重复论述了。

⑩蜀中父老因修筑通西南夷的路,三年不成,请求停止。司马相如因作《难蜀父老》,举出禹治洪水的极度劳苦等事例来辨明筑路的必要。　⑪汉刘歆要求把《左传》、《毛诗》、《古文尚书》等都列入官学讲授,博士不同意。刘歆因移书太常博士来批评,说明理由。　太常:官名,主管礼乐等事。博士属太常,故称太常博士。　⑫晋陆机的《移百官》,已散失。给百官的移文,为什么是武移,已不可考。　⑬金革:钲鼓,指战争。　⑭符契:兵符契约,犹合同。　⑮参伍:交错。

20.5　赞曰:三驱弛[刚]网,九伐先话^⑯。肇鉴吉凶,蓍龟成败。[惟]摧压鲸鲵,抵落蜂虿^⑰。移[宝]实易俗,草偃风迈^⑱。

总结说:在三面赶禽兽的,把捕网放开一面;对各种罪行的讨

伐,先要加以说明。檄文像镜子可以照见吉凶,像占卜可以预见成
败。檄文要打击大敌,消灭毒虫。移文确实移风易俗,像风吹草
倒。

㊺弛:放松。　　九伐:要讨伐的九种罪行,见《周礼·夏官·大司马》。
㊼鲸鲵(ní 泥):吞食小鱼的大鱼名,比侵掠弱小的敌人。　　抵:击。　　虿
(chài 瘥):蝎属。　　㊽偃:倒下。　　迈:行。风吹草倒,比檄文的威力。

封禅第二十一

　　封禅是封建时代的一种大典礼,是帝王登上泰山,在泰山上刻石记功,举行祭天礼,叫封泰山;在泰山旁梁甫山下筑坛祭地,叫禅梁甫。这样祭天地,是向天地报告他的成功,用来宣扬他是接受天命作帝王,用皇权神授来巩固他的统治。要宣扬皇权神授,往往要伪造许多神怪的事物作为符瑞,再去行封禅礼。不过像舜的东巡到泰山,秦始皇的登泰山刻石,还都没有宣扬天命和符瑞的事。用封禅来宣扬天命符瑞的,有司马相如的《封禅文》。司马相如因病回家,他迎合汉武帝的好大喜功,迷信神仙,写了《封禅文》留在家里。他死后,武帝派人从他家里找到《封禅文》。这是宣扬汉朝的功德,劝武帝封禅的文章,不是举行封禅而写的。后来扬雄作《剧秦美新》,说秦朝二世而亡,亡得快,赞美王莽建立的新朝,劝王莽封禅。后汉班固作《典引》,赞美后汉功德,劝汉明帝封禅。这三篇都不是举行封禅礼而写的,都是通过歌功颂德,劝皇帝封禅的。至于汉武帝登泰山举行封禅,写有《泰山刻石文》;汉光武帝登泰山封禅,张纯写《泰山刻石文》。这些记封禅典礼的文章,反而平常。刘勰赞美的封禅文,就是那三篇劝皇帝封禅的作品。这三篇都选在《文选·符命》里。

　　司马相如的《封禅文》,有描绘,如:"大汉之德,逢涌原泉","旁魄四塞,云布雾散,上畅九垓(重),下泝八埏(边)。"这是说:汉朝的德行,像碰上涌出的泉水,遍布四处,像云起雾散,上充九天,下流八方。在这里描写汉朝德行,有多种比喻,有夸张,有描写。再像说:"意泰山梁甫,设坛场望幸"。这是说:猜想泰山和梁甫山,准备

195

好筑坛场地,望皇帝到来。这是拟人化写法。这样看来,《封禅文》是有文学手法的。再看扬雄《剧秦美新》,描绘新朝所接受的天命:"川流海淳,云动风偃,雾集雨散,诞漾八圻(边),上陈天庭。声震日景,炎光飞响,盈塞天渊之间。"像江水的流布,像海水的蓄积,像云的流动,像风的压倒草,像雾的聚集,雨的散布,布满八方,上列天庭。声威像打雷飞响,光热像日光,充满天地间。这里用的比喻比《封禅文》更多,夸张得更利害,还写出声威光耀。这也是文学手法。刘勰对这类作品,要求"义吐光芒,辞成廉锷","日新其采",是有文采与光芒的。

封禅既是宣扬皇权神授的迷信,封禅文更是歌功颂德的作品,它的歌颂又充满了上天降下的符瑞,是虚假的,是欺骗人民的。这类文章是没有什么价值的。班固在《典引》里引汉明帝说:司马迁因身陷刑法,"微文讥刺,贬损当世,非谊士也。"司马相如"颂述功德,言封禅事,忠臣效也,至是,贤迁远矣。"班固因此写《典引》来歌功颂德。这里显示汉明帝看法的颠倒,封禅文只是迎合皇帝的作品。

21.1　夫正位北辰①,向明南面②,所以运天枢,毓黎献者③,何尝不经道纬德④,以勒皇迹者哉⑤！ [录]《绿图》曰:"潬潬呴呴,棼棼雉雉⑥,万物尽化。"言至德所被也。《丹书》曰⑦:"义胜欲则从⑧,欲胜义则凶。"戒慎之至也。则戒慎以崇其德,至德以凝其化⑨,七十有二君,所以封禅矣⑩。

天帝正坐的位子是北极星,像帝王在天将明时朝南坐,天帝所以运转天枢星,就像帝王的运用政权,养育百姓和贤人,又何尝不是按照道德办事,用刻石来记帝王的功德啊!《绿图》说:"婉转杂糅,纷纷扰扰,万物尽化。"讲的就是最高的道德所造成的。《丹书》说:"道义胜过私欲就吉利,私欲胜过道义就凶险。"是戒惧谨慎到极点。那末戒惧谨慎来提高他的德行,用极高的德行来造成自然的变化,古代七十二位君主,因此到泰山上举行封禅大典礼了。

①正位:正坐的位子。　　北辰:北极星。《史记·天官书》说北辰是天帝居处。　　②向明:天将亮。　　南面:帝王朝南坐。　　③天枢:北斗第一星。又《天官书》北斗为天帝车。　　毓(yù 玉):养育。　　黎:黎民,百姓。献:贤人。　　④经道纬德:按照道德来办事。　　⑤勒:刻石。　　皇迹:帝王的功迹。　　⑥《绿图》:见《正纬》注⑩。　　啴啴(shàn 善):状婉转。吷吷(huī 灰):状杂糅。　　棼棼(fén 焚):犹纷纷。　　雉雉:杂乱。指万物在变化中的纷杂情状。　　⑦《丹书》见《史记·周本纪》的《正义》引《尚书帝命验》。　　⑧从:吉利。　　⑨凝其化:造成各种祥瑞。凝,成。化,化生瑞物。　　⑩七十二君:见《管子·封禅》。　　封禅:封,在泰山上筑土坛祭天;禅,在泰山旁梁甫小山下拓地祭地;向天地报告成功。

21.2　昔黄帝神灵,克膺鸿瑞⑪,勒功乔岳⑫,铸鼎荆山⑬。大舜巡岳,显乎虞典⑭。成康封禅,闻之乐纬⑮。及齐桓之霸,爰窥王迹⑯,夷吾谲陈,[距]拒以怪物⑰。固知玉牒金镂,专在帝皇也⑱。然则西鹣东鲽,南茅北黍⑲,空谈非徵,勋德而已⑳。是以史迁八书,明述封禅者㉑,固禋祀之殊礼,铭号之秘祝㉒,祀天之壮观矣。

从前黄帝神奇灵异,能够承受大的祥瑞,在泰山上刻石纪功,在荆山下冶铸铜鼎。大舜巡视泰山,明显地写在《尚书·舜典》上。周成王、康王在泰山封禅,是从《乐纬动声仪》里听来的。到齐桓公称霸,于是窥伺王者封禅的事,管仲诡言劝阻,用没有神奇的物出现不好封禅来拒绝。确知用玉版金线来封禅,只有帝王才可以。那末管仲说的要出现西方的比翼鸟,东方的比目鱼,南方的茅草叶上有三条高起的筋,北方特异的黄米,是空话不可考验,封禅只要帝王的功德罢了。因此,司马迁《史记》八书中的《封禅书》,明白地讲封禅的,确是祭祀的大典礼,在玉版上刻字的秘密祷告,祭告天地的大观了。

⑪克:能。 膺(yīng英):承受。 ⑫乔岳:指泰山。乔,高。
⑬荆山:在河南陕县西。 《史记·封禅书》:黄帝在荆山下冶铸铜鼎,鼎成,有龙来接黄帝上天。 ⑭《尚书·舜典》说舜东巡到泰山。 ⑮《后汉书·张纯传》引《乐纬动声仪》说周成王、康王都封禅。 ⑯齐桓公,春秋五霸的第一位霸主。 爰(yuán元):于是。 王迹:王者的事,指齐桓公想登泰山封禅。 ⑰夷吾:管仲字。 谲陈:诈言。《管子·封禅》,管仲说封禅要看瑞物出现,见下,现在没有瑞物,不好封禅。 ⑱玉牒(dié蝶):玉制的简,上写字。上有金缕(线)五。只有帝王可用玉牒金缕来封禅,齐桓公是诸侯,不好封禅。 ⑲西鹣(jiān尖):西方的比翼鸟。 东鲽(dié蝶):东海的比目鱼。 南茅:南方的茅草,一叶三脊,叶上有三道筋。 北黍:北方特异的黄米。这是管仲说的瑞物。 ⑳空谈:指四物是空话,没有微验。 ㉑八书:《史记》中的八篇,讲礼、乐、律、历(历法)、天官(天文)、封禅、河渠(水道)、平准(经济)的。 ㉒禋(yīn音)祀:斋戒祭祀。 铭号:刻字。 秘祝:秘密的祷告,指刻在玉牒上的秘祝文。

21.3 秦皇铭岱,文自李斯㉓,法家辞气,体乏弘润㉔;然疏而能壮㉕,亦彼时之绝采也。铺观两汉隆盛,孝武禅号于肃然㉖;光武巡封于梁父㉗,诵德铭勋,乃鸿笔耳。观相如《封禅》,蔚为唱首㉘。尔其表权舆㉙,序皇王㉚,炳[元]玄符,镜鸿业㉛,驱前古于当今之下,腾休明于列圣之

198

上^㉜,歌之以祯瑞,赞之以介丘^㉝,绝笔兹文,固维新之作也^㉞。及光武勒碑,则文自张纯^㉟。首胤典谟,末同祝辞^㊱,引钩谶^㊲,叙离乱,计武功,述文德,事核理举,华不足而实有馀矣。凡此二家,并岱宗实迹也^㊳。

　　秦始皇在泰山刻石记功,文章出于李斯手笔,法家的语气,风格上缺少阔大润饰;可是叙述清朗有力,也是那时的最好作品了。展望两汉兴盛时,汉武帝登封泰山,在肃然山祭地;汉光武帝巡视登封泰山,在梁父山祭地,歌诵德行,刻石记功,是封禅的大手笔。看司马相如《封禅文》,富有文采,成为首创。它表明开始情况,叙述帝王,再讲汉朝的符瑞照耀,大业可鉴,把前代的功业压在当今下面,宣扬汉朝盛明在列朝圣君之上,作歌来赞美祥瑞,用泰山盼望封禅来作赞美,这篇作品是他的绝笔,确实是创新的作品。到汉光武帝在泰山刻碑,那篇文章出自张纯。开头仿照《舜典》的写法,结尾跟祝告的话相同,中间引用谶纬的话,叙述当时的战乱,计算光武帝的武功,叙述光武帝的文治德教,事实确实,道理标明,文采不够,事实是有得多馀了。所有这两家文,都是泰山封禅的确实记录。

㉓岱:泰山。　李斯:秦始皇丞相,有《泰山刻石》。　㉔法家:李斯是法家;　弘:大。　润:润泽。　㉕疏:清朗。　㉖孝武:汉武帝。禅号:禅告,祭地告神。　肃然:在泰山下肃然山祭地。　㉗汉光武帝封泰山,禅梁甫山。　㉘相如:司马相如死前写了《封禅文》,留给汉武帝。蔚:状文采盛。　唱首:首唱,第一篇。　㉙尔:语词。　权舆:开始。《封禅文》先叙上古。　㉚皇王:指帝王,讲舜帝、周王的登泰山。　㉛炳:照耀。　玄符:玄妙的符瑞。　鸿业:大功业。　㉜休明:盛明。㉝介丘:大山,指泰山盼望封禅。　㉞绝笔:最后一篇。　维新:创新。

199

司马相如以前没有人写过《封禅文》。　　㉟勒碑：刻石。张纯有《泰山刻石》。　　㊱首胤（yìn 印）典谟：《尚书·舜典》写年月和东巡泰山，张纯文开头仿照它写。胤，继承。　　末同祝辞：结尾讲子孙百官受福，同祝文。　　㊲钩谶（chèn 衬）：假托天命的预言之类，参见《正纬》。张纯文中引《河图赤伏符》等预言。　　㊳岱宗：泰山。　　实迹：指刻石。张纯文在泰山刻石，司马相如《封禅文》没有刻石。

21.4　及扬雄《剧秦》，班固《典引》㊳，事非镂石，而体因纪禅㊵。观剧秦为文，影写长卿㊶，诡言遁辞，故兼包神怪㊷；然骨［鲠］制靡密㊸，辞贯圆通，自称极思㊹，无遗力矣。《典引》所叙，雅有懿［乎］采㊺，历鉴前作，能执厥中㊻，其致义会文，斐然馀巧；故称“封禅［丽］靡而不典，《剧秦》典而不实㊼”。岂非追观易为明，循势易为力欤㊽！至于邯郸《受命》㊾，攀响前声，风末力寡，辑韵成颂，虽文理顺序，而不能奋飞㊿。陈思《魏德》[51]，假论客主，问答迂缓，且已千言，劳深绩寡，飙焰缺焉。

到扬雄作《剧秦美新》，班固作《典引》，并不用来刻石，可是文体模仿封禅文。看《剧秦美新》的写作，模仿司马相如，用怪异躲闪的话，所以兼写神怪的事；可是它的结构细密，文辞圆转，脉络贯通，自称用尽思虑，没有一点剩馀力量了。《典引》的叙述，正有美好文采，分别观察以前各家作品，能掌握得恰到好处，它的确立命意，组织文辞，文采技巧有馀，所以说：“《封禅文》细致而不够典雅，《剧秦美新》典雅而不确实。”难道不是看前人作品容易看清楚，照着趋势去写容易用力呢！到了邯郸淳作《受命述》，仿照以前的作品，风力衰弱，编辑韵语构成歌颂，虽然文理有条理，却是平庸，不能飞腾。陈思王曹植的《魏德论》，借用主客对话来发议论，问答迂缓不紧凑，并且已有千字，用力多而收效少，风力和光采都没有。

㊴扬雄《剧秦美新》，批评秦朝灭亡的快，赞美王莽建立的新朝。剧，迅速。班固《典引》，根据《尚书·尧典》的赞美唐尧，来赞美汉朝，再加引申。㊵纪禅：记载封禅，即体裁模仿《封禅文》，但不是封禅刻石文。　㊶影写：模仿。　长卿：司马相如字。　㊷神怪：王莽假造天命，说出现异物殊怪有四十八件，扬雄文中也提到。　㊸骨制：体裁。　㊹极思：扬雄自称"亦臣之极思也"。　㊺懿采：美好的文采。　㊻前作：指《封禅文》和《剧秦美新》。　执厥中：对前作取它优点，去它缺点。厥，它的。　㊼不典：指不仿照《尧典》那样写，不够典雅。　不实：指记载"异物殊怪"，都不可靠。　㊽循势：顺着趋势。　㊾三国魏邯郸淳作《受命述》，讲魏国封禅㊿风末力寡：没有风骨，飞不起来。　51曹植《魏德论》也讲封禅

21.5　兹文为用，盖一代之典章也。构位之始，宜明大体，树骨于训典之区㊿，选言于宏富之路，使意古而不晦于深，文今而不坠于浅，义吐光芒，辞成廉锷㊿，则为伟矣。虽复道极数殚，终然相袭㊿，而日新其采者，必超前辙焉。

这种文体的作用，是一代的大典礼。布局的开始，应该懂得总的体制，从《尚书》的训典里建立骨干，从宏大富丽的作品中选择语言，使得用意古雅并不因辞深而隐晦，文辞通用不落入浅薄，意义发生光辉，文辞具有棱角，便是大作品了。虽然又是道理说尽方法用尽，终究是抄袭古人，可是能够使文采创新，一定能够超越前人之作的。

㊿训典：《尚书》中有《伊训》《尧典》，即仿照《尚书》中的用词来建立骨干。㊿廉：棱角。　锷(è遏)：锋铓。　㊿道极数殚：写作封禅文的道理和方法都已用尽。

21.6　赞曰:封勒帝绩,对越天休⑤。遡听高岳,声英克彪㊋。树石九旻,泥金八幽㊐。鸿[律]笔蟠采,如龙如虬㊏。

总结说:封禅要在泰山石上刻上帝王功绩,报答并宣扬上天美好的命令。在泰山上遥远地听着天命,声音美好,光采辉耀。立石在九天高处,用金泥来封的玉牒埋在地里。大手笔结成文采,像龙像虬的飞腾光耀。

⑤对:对答。　越:宣扬。　天休:美好的天命;休,美。　㊋遡(tì替)听:在泰山上远听上天的命令。　高岳:指泰山。　克:能。　彪:虎文。指这种天命有文采。　㊐九旻(mín 民):九天,指天上极高处。泥金:用水银和金屑调成金泥,用来封住写上秘文的玉牒,埋在地里。　八幽:地的极深处。　㊏鸿笔:大手笔,指封禅文。　蟠采:像虬龙那样蟠起来显炫文采。　虬(qiú 求):有角的龙。

章表第二十二

　　章表讲臣下的奏章。刘勰推重的章表,像孔融《荐祢衡表》,称他"鸷鸟累百,不如一鹗",鹗是猛禽,用百鸷鸟作衬托,是比喻和衬托的结合。又说:"如得龙跃天衢,振翼云汉,扬声紫微,垂光虹蜺",振翼指凤,这里用龙凤来比祢衡,用天衢、云汉、紫微来比朝廷,用虹蜺来比祢衡的才华,一连用了六个比喻,又是很灵活的,构成对偶。又说:"激楚阳阿(高音和妙舞)至妙之容,掌技者之所贪;飞兔骄褭(皆千里马)绝足奔放,良乐(王良伯乐,善相马的)之所急也。"这里四个比喻,即妙音、妙舞和两匹千里马来比祢衡的才华,又用三个比喻,即掌技者和王良伯乐,来比掌权者。这些都显示这篇的艺术手法。

　　再看诸葛亮的《出师表》,像"臣本布衣,躬耕于南阳,苟全性命于乱世,不求闻达于诸侯。"在这个叙述里,把他高尚的志向节操表达出来了。"先帝不以臣卑鄙,猥自枉屈,三顾臣于草庐之中,咨臣以当世之事,由是感激,遂许先帝以驱驰。"在这些朴实的话里,刘备的求贤,诸葛亮的感激,隆中对的极智尽虑,都含蓄在内。从情志的表达中发出光采。

　　再看曹植《求自试表》:"然而高鸟未挂于轻缴,渊鱼未悬于钩饵者,恐钓射之术或未尽也。"用高鸟渊鱼来比吴蜀未归附,指出统一的方法不得当,要求自试。"臣闻骐骥长鸣,伯乐昭其能;卢狗(韩国狗名)悲号,韩国知其才。是以效之齐鲁之路,以逞千里之任;试之狡兔之捷,以验搏噬之用。今臣志狗马之微功,窃自惟度,终无伯乐韩国之举,是以于邑而窃自痛者也。"这里借骐骥卢狗自

203

比，表达他的志愿，抒发不得志的悲哀。所谓"应物制巧，随变生趣"，是有它的巧妙手法的。

刘勰对章表的要求，"使要而非略，明而不浅"，扼要明白，避免疏略浮浅。"必雅义以扇其风，清文以驰其丽。然恳恻者辞为心使，浮侈者情为文屈。"要意义正确，文辞清新，扇扬其风，使能飞腾，驰骋其丽，使有光采。像《出师表》情辞恳恻，从质朴的语言里显示出光采来。这就跟《情采》里提出"盼倩生于淑姿"一致，盼倩之美不靠粉黛的装点，只靠姿质本身的美好，正像《出师表》的光采不靠藻采一样。

22.1　夫设官分职，高卑联事。天子垂珠以听①，诸侯鸣玉以朝②。敷奏以言，明试以功③。故尧咨四岳，舜命八元④，固辞再让之请，"俞往钦哉"之授⑤，并陈辞帝庭，匪假书翰⑥。然则敷奏以言，则章表之义也；明试以功，即授爵之典也。至太甲既立，伊尹书诫⑦；思庸归亳，又作书以赞⑧。文翰献替⑨，事斯见矣。周监二代，文理弥盛⑩。再拜稽首，对扬休命⑪，承文受册，敢当丕显⑫。虽言笔未分，而陈谢可见。降及七国，未变古式，言事于［主］王，皆称上书。

设置官员，分管职务，位子有高低，事务互相关联。天子戴皇冠听理政务，皇冠两头悬挂珠子，诸侯身上挂着玉来上朝，走时挂的玉相撞发声。朝臣口头进陈各种意见，君主明白考验它的功效。所以唐尧访问四方诸侯的头头，虞舜任命八位贤人，臣子有坚辞和再辞的请求，君主有去罢敬慎从事的委任，都是在朝廷上口头讲的，不用书面陈述。那末口头进陈各种意见，就是章表的意义；明白考验他的功效,就是授予爵位的仪式了。到商朝太甲已经立为君主,大臣伊尹作《伊训》来告戒太甲;后来太甲在流放中想到道义,伊尹请他回到亳京复位,伊尹又作《太甲》三篇来赞美他。用文书来贡献好的意见,去掉坏的缺点,从这里可以看到了。周朝用夏商两代做借鉴,礼仪更丰富了。臣子有再拜叩头,对答宣扬天子的美好命令,接受天子的册命,敢于承当重大显耀的委任。虽然是口头讲或书面答没有分清,但经过陈述答谢可以看到。下到战国时代,没有改变古代的仪式,对国王陈报事情,都称做上书。

①垂珠:王冠上有板,板前有十二丝绳系上珠玉。　②鸣玉:诸侯、大夫身上都挂玉,走时玉撞击发声。　③敷:陈述。　奏:进。　试:考验。功:功效。　④咨:访问。　四岳:四方诸侯之长。　八元:八位贤人,伯奋、仲堪、叔献、季仲、伯虎、仲熊、叔豹、季貍。见《左传·文公十八年》。⑤《书·舜典》,舜命伯夷管礼仪,伯夷叩头辞让,舜说:"俞! 往,钦哉(啊! 去吧,敬慎啊)!"　⑥帝庭:朝廷。　匪:同非。　假:借用。　书翰:书信,文书。　⑦商王太甲即位,大臣伊尹作《伊训》来告戒太甲。见《书·伊训序》。⑧太甲即位后不明智,伊尹把他流放到桐地。三年,太甲悔过,伊尹请他回亳京复位,作《太甲》三篇赞美他。　思庸:想念道义。　庸,常久不变的道。亳(bó博):商都,在今河南商丘县。　⑨献替:献可,贡献好的。替否,废去不好的。　⑩监:借鉴。　文理:文采理义,指礼仪。　⑪稽首:叩头。　对扬:对答宣扬。　休命:美好的王命。　⑫承文受册:承受,接受。文册,文书策命。　丕:大。　显:显耀。

22.2　秦初定制,改书曰奏。汉定礼仪,则有四品:一曰章,二曰奏,三曰表,四曰仪。章以谢恩,奏以按劾,表以陈请,议以执异。章者,明也。《诗》云"为章于天⑬",谓文明也;其在文物,赤白曰章⑭。表者,标也。《礼》有《表记》,谓德见于仪⑮;其在器式,揆景曰表⑯。章表之目,盖取诸此也。按《七略》《艺文》，谣咏必录⑰；章表奏议，经国之枢机，然阙而不纂者，乃各有故事，[而]布在职司也⑱。

　　秦朝初年规定制度，改上书称奏。汉朝规定礼制，就有四种：一叫章，二叫奏，三叫表，四叫仪。章用来谢恩，奏用来检举弹劾，表用来陈述请求，议用来提出不同意见。章是明白，《诗经》里说，"银河章明在天上"，说的是光采明亮；它在有文采的物上，赤和白交错叫章。表是标明。《礼记》中有《表记》，说品德从仪表里可以看出来；它在器物上，测量日影的叫表。章表的称呼，大概从这里来的。按照刘歆《七略》和班固《艺文志》，民间歌谣一定记载；章、表、奏、议，属于治理国家的关键文书，却缺漏不加记载，这是按照旧章程，把它们分散在各个主管部门的缘故。

　　⑬见《诗·大雅·棫(yú玉)朴》，是写银河的。　　⑭《周礼·冬官·考工记》："赤与白谓之章。"　　⑮《礼记·表记》正义引郑目录称："记君子之德，见于仪表。"　　⑯器式：器物的样式，可作标记的。　　揆(kuí葵)：度量，测量。景：日光。　　⑰《七略》：刘歆把当时古书分类编目，编成《七略》。班固把《七略》改为《汉书》中的《艺文志》，里面记录了各地歌谣若干篇。　　⑱纂：编辑。　　故事：旧章程。　　布：分散。　　职司：主管部门。如章、表、奏、仪分记在《尚书》类、《礼》类、《春秋》类中便是。

　　22.3　前汉表谢⑲，遗篇寡存。及后汉察举，必试章奏⑳。左雄[奏]表议，台阁为式㉑；胡广章奏，"天下第一㉒"：并当时之杰笔也。观伯始谒陵之章，足见其典文之美焉。昔晋文受册，三辞从命㉓，是以汉末让表，以三为断。曹公称为表不必三让，又勿得浮华。所以魏初表章，指事造实，求其靡丽，则未足美矣。至于文举之《荐祢衡》，气扬采飞㉔；孔明之辞后主，志尽文畅㉕；虽华实异旨，并表之英也。琳瑀章表，有誉当时；孔璋称健，则其标也㉖。陈思之表㉗，独冠群才；观其体赡而律调，辞清而志显，应物[掣]制巧，随变生趣，执辔有馀㉘，故能缓急应节矣。逮晋初笔札，则张华为俊。其三让公封㉙，理周辞要，引义比事㉚，必得其偶，世珍鹪鹩㉛，莫顾章表。及羊公之辞开府，有誉于前谈㉜；庾公之让中书，信美于往载㉝：序志[显]联类，有文雅焉。刘琨劝进㉞，张骏自序㉟，文致耿介㊱，并陈事之美表也。

前汉的章表，传下来的很少。到后汉，由地方推举人才，一定要考试写章奏。左雄写的章表奏议，尚书台用作标准；胡广的章奏，被称为"天下第一"：都是当时杰出的作品。看到胡广进谒陵墓的章奏，足够看到他的典雅之作的美好。从前晋文公接受封策，推让三次才接受策封，因此后汉末年推让的表文，以三次为限。曹操说写表文不一定要推让三次，又文辞不应浮华。因此魏国初年的章表，讲的事件要求实在，求它的文采细密华丽，那就不够美好了。到孔融的《荐祢衡表》，气势昂扬，文采飞腾；诸葛亮辞别后主的《出师表》，意志尽量表达，文辞通畅；它们在华采和质朴上用意不同，都是杰出的表文。陈琳阮瑀的章表，当时很有名；陈琳的作品，被称为壮健，那是其中的突出的。陈思王曹植的章表，独自成为许多才人之首；看他的内容丰富，声律协调，文辞清新，情志显露，适应事物，构成巧妙，跟着变化，产生趣味，像驾驭名马，才力有得多馀，所以能够轻重缓急适应节奏了。到了晋代初年的章表，那末张华是突出的。他的三次推让封公的表文，道理说得充分，文辞扼要，引用事义作比，一定用对偶，世俗看重他的《鹪鹩赋》，没有谁看重他的章表。到羊祜的《让开府表》，从前谈论的都有赞美；庾亮的《让中书监表》，确实比以前的章表美好：他们叙述情志，联系事类，有文雅的。刘琨的《劝进表》，张骏的自序，文辞光明正大，都是陈述事件的美好表文。

⑲谢：谢恩，章以谢恩，指章。　　⑳察举：地方上推举人才。　　㉑后汉左雄做尚书令，他的章表奏议可作标准。　台阁：尚书台，掌管章奏的机关。　式：标准。　㉒胡广：字伯始。他到京城考试章奏，汉安帝称他为"天下第一"。　　㉓晋文：春秋时周襄王用封策封晋文公为侯伯（诸侯之长），晋文公推让三次才受封策。　　㉔孔融，字文举，有《荐祢衡表》。㉕诸葛亮，字孔明，有《出师表》。　　㉖琳瑀：陈琳，字孔璋。阮瑀，字元瑜。建安七子中的两人。曹丕《典论·论文》称"琳瑀之章表书记，今之隽也"，又《与吴质书》称"孔璋章表殊健"。　　㉗陈思王曹植，他的《求自试表》《求通亲亲表》最有名。　　㉘辔(pèi 配)：马笼头，指马缰绳。　　㉙张华：晋大臣，封壮武郡公，有让表。　　㉚引义比事：引事作比，事义相类。　　㉛鹪鹩(jiāoliáo 焦疗)：鸣禽类小鸟。张华有《鹪鹩赋》。　　㉜晋武帝封羊祜做车骑将军开府仪同三司（象三公般设立衙门），羊祜上表固辞。　　㉝东晋明帝用庾亮做中书监，中书省长官，亮上书辞让。　　㉞西晋灭亡，东晋元帝安抚江东，刘琨进《劝进表》，劝元帝即帝位。　　㉟张骏有《请讨石虎李期表》，石虎占有北方，李期占有四川。自序不详。　　㊱耿：光明。　介：正大。

22.4　原夫章表之为用也，所以对扬王庭，昭明心曲。既其身文，且亦国华㊲。章以造阙㊳，风矩应明；表以致[禁]策，骨采宜耀㊴：循名课实，以[章]文为本者也㊵。是以章式炳贲，志在典谟㊶，使要而非略，明而不浅；表体多包，情伪屡迁，必雅义以扇其风，清文以驰其丽。然恳恻者辞为心使，浮侈者情为文[使]屈。必使繁约得正，华实

208

相胜,唇吻不滞,则中律矣。子贡云"心以制之,言以结之⑫",盖一辞意也。荀卿以为"观人美辞,丽于黼黻文章⑬,亦"可以喻于斯乎。

推究章表的作用,用来对答和宣扬朝廷的恩德,表明内心的情意。既是显示自身的文采,并且也是显示国家的荣耀。章用来送到宫门谢恩,风格规范应该明确;表用来陈述策略,骨力应该显示:按照章表的名称要求它的实质,是以文采做根本的。因此章的体制明显光耀,意在仿效《尚书》中的典谟,使它扼要而不简略,明显而不浅露;表的体制包括多方面,内容的真情或假意多次变化,一定要用正确的意义来宣扬它的风力,用清新的文辞来显示它的色采。可是恳挚的作者他的文辞受到真情实意的驱使,浮夸的作者他的情意被靡丽的文辞所掩盖。一定要使文辞的繁简得当,华实都好,音调流美,那才合乎法则了。子贡说"用心意来制定言辞,用言辞来结合心意",是要把言辞和心意统一的。荀卿认为"看人家美好的言辞,比礼服上绣的文采更美",也可以用来比辞意一致吧。

⑰国华:即国光,华指光荣。 ⑱造阙:到达宫门。阙,宫门外的望楼,指朝廷。 ⑲致策:表以陈请,说明策略。 骨采:骨力。 ⑳课:查核。文:光彩,不指华丽。如《出师表》是有光彩的。 ㉑贲(bì必):修饰。 典谟:《尚书》中有《尧典》《大禹谟》。 ㉒《左传·哀公十二年》,鲁国和吴国相会,子贡说"心以制之,言以结之",指心要合于义,言要缔结信约,这里借用,意思稍变。 ㉓见《荀子·非相》,原作"观人以言"。 黼黻(fū fú 辅福):古礼服上所绣的斧的黑白形及两己字相背形的花纹。 文章:指花纹。

22.5 赞曰:敷表绛阙㉔,献替黼扆㉕。言必贞明,义则弘伟。肃恭节文,条理首尾。君子秉文,辞令有斐㉖。

209

总结说:陈请的章表送上朝廷,向帝王贡献善意,规谏过错。话一定说得正确明白,意义要求重大。态度严肃恭敬,文辞合乎礼节,从头到尾都有条理。君子掌握文辞,使辞令富有文采。

㊹绛阙:赤色的宫阙,指朝廷。　㊺献替:献可废否。　黼扆:见《诏策》注②。　㊻斐(fěi 匪):状文采。

奏启第二十三

刘勰把章表、奏启、议对分为三类，是不够明确的。姚鼐在《古文辞类纂》里把这三类总称奏议，则比较恰当。奏同表很难分别，《章表》里说："奏以按劾，表以陈请。"就刘勰自己讲的，也并不都是这样。如"王绾之奏勋德"，"贾谊之务农"，都不是按劾。再说启，刘勰认为"敛饬入规，促其音节"，提出收敛短促，是指简短说的。但又说"自晋来盛启，用兼表奏"，那已同表奏一样了。总之，这样分体，不免繁碎。

就"奏以按劾"说，刘勰特地写了"按劾之奏"，讲到检察弹劾文章的要求，要像猛禽的搏击，磨练气势，"使笔端振风，简上凝霜"，文章像风吹草倒，压倒邪恶势力，凝霜凋零，摧折一切罪恶。但这种检察弹劾，要遵守礼门义路，要有礼节，合正义，不用"躁言丑句"。另一方面，又不怕强暴，显示弹劾的威力。这样说是深刻的。

他讲"孔光之奏董贤，则实其奸回"；"路粹之奏孔融，则诬其衅恶"。讲孔光并不确切，见注文。但举这两件事是有意义的。王莽要惩办董贤，曹操要杀孔融，就指示孔光路粹弹劾他们。封建社会中的弹劾，往往秉承上面的意旨，"吹毛取瑕，次骨为戾"，从鸡蛋里挑骨头，加上善骂。他对此作了深刻揭露。他提出礼门义路，即有礼有法。就礼说，不用躁言丑句来骂人；就法说，凡是犯法的按法惩办，"折肱""灭趾"，那就要"不畏强御"，要纠正偏差。那就不是按照统治者的意旨办事，要严于执法，要纠正王道的偏差。"王臣匪躬，必吐謇谔"，大臣不为自身安全打算，一定要说出正直的话，敢于纠正帝王的偏差，做到其人存则其政举，只要他活着就要把政事办好。又不受肤浸,不受谗人的谗毁,不去残害正人。这是他看到了封建政治上的弊病,提出纠正的意见,它的深刻含意,已经超越论文了。

这篇里就选文定篇说,汉代的几篇是写得好的,《汉书·食货志》里贾谊向汉文帝论积贮说:"今背本(农)而趋末(商),食者甚众,是天下之大残也。淫侈之俗,日月以长,是天下之大贼也。残贼公行,莫之或止,大命将泛(倾),莫之振救。"这里把当时一般情况,说得那样惊心动魄,看得那样深。写有饥荒,"有勇力者聚徒而冲击;罢夫羸老,易子而咬其骨。"写得也极可怕。再像晁错向汉文帝言兵事,指出匈奴之长技三,中国之长技五,写得极为具体,是经过实地调查来的。再像路温舒对汉宣帝言尚德缓刑,称"死人之血,流离于市,被刑之徒,比肩而立,大辟(杀头)之计,岁以万数"。这里有可怖的形象。又称:"棰楚之下,何求而不得。故囚人不胜痛,则饰辞以视之;吏治者利其然,则指道以明之;上奏畏却,则锻练而纳之。盖奏当之成,虽咎繇(舜时治狱官)听之,犹以为死有馀辜。"这里把刑狱的黑暗,冤狱的形成,狱吏的诱人入死地,狱吏的诬陷,写得极为深刻,"棰楚之下,何求不得",已经成为指斥酷刑的成语。这些都是写得好的。

23.1　昔唐虞之臣,敷奏以言[1];秦汉之辅,上书称奏。陈政事,献典仪,上急变,劾愆谬[2],总谓之奏。奏者,进也。言敷于下,情进于上也。

从前唐尧虞舜的大臣,进去口头陈述意见;秦汉两朝的辅佐大臣,给天子上书称奏。讲政事,献上礼仪,报告紧急事变,弹劾罪恶和错误,都叫做奏。奏就是进。话在下面讲,情意要进献到上面去。

①敷：陈述。　奏：进。　②劾：弹劾，揭发攻击罪状。　愆(qiān 千)：过失。

23.2　秦始立奏，而法家少文。观王绾之奏勋德③，辞质而义近；李斯之奏骊山，事略而意[径]诬④；政无膏润⑤，形于篇章矣。自汉以来，奏事或称上疏，儒雅继踵⑥，殊采可观。若夫贾谊之务农，晁错之兵事⑦，匡衡之定郊，王吉之[观]劝礼⑧，温舒之缓狱，谷永之谏仙⑨，理既切至，辞亦通畅，可谓识大体矣。后汉群贤，嘉言罔伏，杨秉耿介于灾异，陈蕃愤懑于尺一，骨鲠得焉⑩。张衡指摘于史职，蔡邕铨列于朝仪⑪，博雅明焉。魏代名臣，文理迭兴，若高堂天文，黄观教学⑫，王朗节省，甄毅考课⑬，亦尽节而知治矣。晋氏多难，灾屯流移，刘颂殷勤于时务，温峤恳恻于费役⑭，并体国之忠规矣。

秦朝开始确定称奏，可是法家缺少文采。看王绾等人的上书称秦始皇功德，语言质朴，意义浅近；李斯的《治骊山陵上书》，事情说得简单，内容是虚假的；政治刻薄寡恩，从文章里表现出来了。从汉朝以来，奏事或称上疏，文辞典雅，前后相接，文采突出，可以观览。像贾谊的论积贮，晁错的言兵事，匡衡的定南北郊礼，王吉的述礼制，路温舒的讲尚德缓刑，谷永的劝阻迷信仙人，道理既然讲得深切，文辞也很通畅，可以说懂得奏章的体制了。后汉的许多贤才，好的议论没有隐藏起来，杨秉正直地指出造成灾异的原因，陈蕃对诏书选举不公很愤慨，是有骨气的。张衡指出史官职责的缺失，蔡邕论列朝廷典礼的不当，说明学识渊博，见识正确。魏朝的名臣，有文采和理论的，轮替兴起，像高堂隆借天象变异来提警

213

告,黄观的讲教学,王朗的主张节省,甄毅讲考试,也是完成了应尽的操守,懂得政治的体制了。晋代多患难,灾祸流转,刘颂关切时务,温峤对劳费民力深表不安,都是体察国事的忠心规劝。

③王绾(wǎn晚):秦丞相。他同李斯等人称颂秦始皇平定天下的功德。④李斯奏凿骊山筑地下宫,"叩之空空,如下天状",说假话。　⑤膏润:恩德。　⑥儒雅:儒学正确,指典雅。　⑦贾谊劝汉文帝看重积蓄粮食。晁错向汉文帝讲军事。　⑧匡衡劝汉元帝确定祭天的礼制。　郊:祭天礼。　王吉劝汉宣帝确定礼仪制度。　⑨路温舒劝汉宣帝崇尚德治,改轻刑罚。谷永劝汉成帝不要迷信仙人。　⑩杨秉劝阻汉桓帝私行出外游乐,认为大风灾是天对他的警告。陈蕃反对汉桓帝下诏书选用人才不公。耿介:正直。　愤懑:愤慨不平。　尺一:长一尺一寸的诏书。　骨鲠(gěng耿):骨气。　⑪张衡指出司马迁、班固叙事不确实。　史职:史官职责要叙事确实。蔡邕列举朝廷制度有不合礼仪的。　铨(quán全):衡量,评论。　列:列举。　⑫高堂隆劝谏魏明帝大造宫殿,认为天上彗星现是对他警告。黄观主张教学。　⑬王朗劝魏明帝节约。甄(zhēn真)毅主张对尚书郎举行考试。　⑭刘颂在做淮南相时,上书谈政事。温峤看到太子建筑楼观,劳费百姓,劝太子停止,太子听从他。

23.3　夫奏之为笔,固以明允笃诚为本⑮,辨析疏通为首。强志足以成务,博见足以穷理,酌古御今,治繁总要,此其体也。若乃按劾之奏,所以明宪清国⑯。昔周之太仆⑰,绳愆纠谬;秦之御史,职主文法⑱;汉置中丞,总司按劾⑲;故位在鸷击,砥砺其气,必使笔端振风,简上凝霜者也⑳。观孔光之奏董贤,则实其奸回㉑;路粹之奏孔融,则诬其衅恶㉒;名儒之与险士,固殊心焉。若夫傅咸劲直,而按辞坚深㉓;刘隗切正,而劾文阔略㉔;各其志也。后之弹事,迭相斟酌,惟新日用,而旧准弗差。然函人欲全,矢人欲伤㉕,术在纠恶,势必深峭。诗刺谗人,投畀豺虎㉖;礼疾无礼,方之鹦猩㉗;墨翟非儒,目以[豕]羊彘㉘;孟轲讥墨,比诸禽兽㉙:诗礼儒墨,既其如兹,奏劾严文,孰云能免。是以世人为文,竞于诋诃㉚,吹毛取瑕,次骨为戾㉛,复似善骂,多失折衷㉜。若能辟礼门以悬规,标义路以植矩,然后逾垣者折肱㉝,捷径者灭趾,何必躁言丑句,诟病为切哉! 是以立范运衡㉞,宜明体要;必使理有典刑㉟,辞有风轨,总法家之[式]裁㊱,秉儒家之文,不畏强御㊲,气流墨中,无纵诡随㊳,声动简外,乃称绝席之雄,直方之举耳㊴。

　　奏这种体裁,确实以明白信实忠诚为根本,辨别分析通畅为首要。有坚强的意志能够完成任务,有渊博的见识能够参透道理,斟酌古代经验来处理当今的事务,处理繁多的头绪能抓住要害,这是总的要求。至于检察弹劾的奏文,是用来严明法纪、清除弊政的。从前周朝的太仆,纠正过失和谬误;秦朝的御史大夫,职掌法令条文;汉朝设立御史中丞,总管检察弹劾;所以职位在于像猛禽的搏击,磨炼它的气势,一定要使笔下生风、纸上结霜那样的肃杀。看孔光的检察董贤,证实他的奸邪;路粹的弹劾孔融,诬陷他的罪恶;有名的儒者同阴险的人本来用心不同的。至于傅咸刚劲正直,检察的文辞坚实深刻;刘隗切实正确,但弹劾文却粗疏简略;各有他们的用意。后来的弹劾,轮替地互相斟酌,只在日用中有新的表现,对旧的准则没有差别。但是,造盔甲的人要保护人,造弓箭的人要射伤人。检察的手段在于纠正罪恶,趋势一定要深入严刻。《诗经》里攻击进谗言的人,说要把他投给豺狼虎豹;《礼记》里憎恨无礼的人,把他们比作鹦鹉猩猩;墨翟反对儒家,把他们看作羊和猪；孟轲讥讽墨家，把他们比作禽兽。《诗经》《礼记》儒家墨家，既然像这样，弹劾严厉的文辞，谁说能够避免这种攻击。因此世人作弹劾文，争相斥责，吹毛求疵，恨入切骨来作虐，又像会骂，多数不当。倘能按礼法为门作为标准，举正义为路来确立规范，然后把不走正门而跳墙的斩断他的臂膀，不走大路而抄小路的斩断他的脚趾，何必用污秽的话、丑恶的辞，靠辱骂算切合呢！因此，树立规范，运用标准，应该明确体制；一定要使理论有轨范，文辞有法度，掌握法家的评量，运用儒家的文辞，不怕强暴，气势贯注在文辞中，不要放纵伪善从恶的人，声威震动弹劾文以外，才可称作御史大夫专席的雄文，正义的壮举哩。

⑮笔：无韵文，有体裁意。　允：信实。　笃：诚厚。⑯宪：法。国：国政。⑰太仆：周官名，职在纠正王的过失。⑱御史：御史大夫，也管检察弹劾。　文法：法令。⑲中丞：御史中丞，管检察弹劾。⑳鸷：猛禽。　砥砺：磨刀石，指磨炼。　振风：指压倒的声势。　凝霜：指肃杀的威严。㉑孔光：以名儒官御史大夫，不敢弹劾董贤。王莽专权，攻董贤，使孔光弹劾董贤。　回：邪。㉒路粹：曹操要杀孔融，使路粹诬陷他，编织罪状，把他杀死。　衅(xìn 信)：裂纹，指缺点。㉓晋傅咸检察弹劾，举证坚确。㉔东晋刘隗(wěi 伟)弹劾贵族周颛，叙述罪状不具体，故称阔略。㉕函人：制盔甲工人，要盔甲坚固，所以保护人。　矢人：制弓箭工人，要弓劲箭利，所以要伤人。见《孟子·公孙丑上》。㉖《诗·小雅·巷伯》："取彼谮(zèn 怎去声)人，投畀(bì 避)豺虎。"谮人，即谗人，用恶言伤人的人。畀，给。㉗《礼记·曲礼》上："鹦鹉能言，不离飞鸟；猩猩能言，不离禽兽；今人而无礼，虽能言，不亦禽兽之心乎！"㉘《墨子·非儒》下，称儒生懒惰贫困像乞丐，"羝羊(公羊)视，贲彘(阉割的猪)起"。㉙《孟子·滕文公》下："杨氏(杨朱)为我，是无君也；墨氏兼爱，是无父也。无父无君，是禽兽也。"㉚诋诃(dǐhē 抵呵)：叱责。㉛次骨：切入骨里。为戾：行为暴虐。㉜折衷：得当，不过头或不够。㉝辟：开。　植：竖

216

立。　　肱(gōng 公)：胳膊。　　㉞衡：秤。　　㉟典刑：规范。　　㊱裁：判断。　　㊲强御：强横。　　㊳诡随：诡善随恶，伪善从恶。　　㊴绝席：独占一席，御史大夫坐专席。　　直：正。　　方：义。见《易·坤卦·文言》。

23.4　启者开也。高宗云，"启乃心，沃朕心"㊵，取其义也。孝景讳启，故两汉无称。至魏国笺记，始云"启闻"。奏事之末，或云"谨启"。自晋来盛"启"，用兼表奏。陈政言事，既奏之异条；让爵谢恩，亦表之别干㊶。必敛饬入规㊷，促其音节，辨要轻清，文而不侈，亦启之大略也。

启就是开。殷高宗武丁说，"打开你的心，灌溉我的心"，采取这个意义。汉景帝名启，为了避讳，所以两汉没有称启的。到魏国的书信，开始称"启闻"。进陈事实的末了，有的称"谨启"。自从晋代以来称"启"的盛行，作用兼有表和奏。陈述政见，讲明事实，既是奏的分条；让爵位，谢恩德，也是表的别枝。一定要收敛谨饬得合乎规矩，使音节短促，辨论扼要，文辞轻快，有文采而不浮夸，也是启的大概要求。

㊵见《书经·说命》。　　㊶异条、别干：比树的分条别枝，指以奏为主，启是分枝。　　㊷敛饬：收敛谨饬，指启是短篇说的。

23.5　又表奏确切，号为"谠言"㊸，谠者，正偏也。王道有偏，乖乎荡荡㊹，矫正其偏，故曰谠言也。孝成称班伯之谠言，言贵直也㊺。自汉置八[仪]能，密奏阴阳㊻，皂囊封板，故曰"封事"。晁错受《书》，还上"便宜"㊼。后代"便宜"，多附封事，慎机密也。夫王臣匪躬，必吐謇谔㊽，事举

217

人存^⑲，故无待泛说也。

又表奏要求确实切合，称做"谠言"。谠就是纠正偏差。王道有了偏差，违反正大的要求，纠正它的偏差，所以称做谠言。汉成帝称赞班伯的谠言，说的是看重他的正直。自从汉朝设立会奏音乐的八能，把一年中的阴阳节气变化秘密上奏，写在木板上用黑袋封好，所以叫作"封事"。晁错学习《尚书》后，回来上奏便利宜办的事称"便宜"。后代的"便宜"，都加上密封，是谨慎地保守机密。王臣不是考虑自身安全，一定要说正直的话，要人活着政事就办好，所以不用说空话。

㊸谠言：直言。　　㊹《书经·洪范》："无偏无党(不公)，王道荡荡(正大)。"　　㊺《汉书·叙传》，汉成帝问班伯，屏风上画纣王醉后拥抱妲己的意义，班伯说，戒淫乱的原因在喝醉。成帝赞美他说了直言。　　㊻八能：八个懂音乐调节气的人，他们在冬至日奏乐，探索阴阳节气变化，秘密上奏。㊼晁错从伏生学《尚书》，回来后，向文帝建议办便利适宜的事，称"便宜"。㊽《易·蹇卦》："王臣蹇蹇(状见险能止)，匪躬之故(不是为自身的安全)。"謇谔(jiǎn è 简愕)：直言。　　㊾事举人存：见《礼记·中庸》："其人存，则其政举。"人活着，政事就办好。

23.6　赞曰：皂[饰]饰司直，肃清风禁^⑳。笔锐干将，墨含淳酖^㉑。虽有次骨，无或肤浸^㉒。献政陈宜，事必胜任。

总结说：穿着黑色服饰的检察官司直，来肃清风化政教。笔比干将宝剑还要锋利，墨含有浓厚的毒酒那样猛烈。虽有切骨的深刻，但不用谗言伤人。贡献政见，陈述合宜的意见，在办事上一定能够胜任。

(50)司直:汉官名,检举不法的。　风:风化。　禁:禁令,指政教。　(51)干将:吴人干将所铸宝剑。　淳酖(zhèn 震):浓厚的毒酒。　(52)肤浸:切肤之痛和浸润的谗言。

议对第二十四

议是议论政事,对是对答皇帝的提问,姚鼐在《古文辞类纂》里把它们都归入奏议里是对的。刘勰大概认为这里可选的文章多,所以另立一类。

在议里,像赵武灵王跟季父辩论改穿胡服,商鞅跟甘龙辩论变法,都是著名而有意义的议论。再像汉朝吾丘寿王反对民间不能挟弓矢,三国魏程晓建议废除搞特务的校事,司马芝建议用钱来代以物易物,何曾建议女出嫁后不受母家的牵累,这些建议也是好的。在对策里,他提出董仲舒的天人三策,认为事理明。三策主张勉力行善,施行教诲,兴太学,求贤才,是适应当时需要;不过宣扬天人感应,罢斥百家,独尊儒术,是不恰当的。后汉鲁丕对策,主张"从民之所欲,除民之所恶",这在当时是很难得的。

刘勰对于议的写作要求,提出"采故实于前代,观通变于当今。"既要观察前代的事例来作参考,又要适应当前的情势加以变通,这是通达的见解。又指出要精通业务,"戎事必练于兵,佃谷先晓于农"。文辞要求辨洁明核。他对于对策的要求,要"事深于政术;理密于时务",既懂政治,又懂时务,既不迂阔,又不刻薄,要能通权达变,拯救世俗。"断理必刚,摘辞无懦",议对的文辞,要根据理论作出有力的决断,措辞不要懦弱,即要有刚健的风格。

再就选文的形象性来看,像王恢与韩安国辩论要不要击匈奴,安国说:"臣闻冲风(暴风)之衰不能起毛羽,强弩之末不能入鲁缟",比大军长驱,人马衰竭。王恢说:"草木遭霜者不可以风过,清水明镜不可以逃刑",主张诱敌深入,则敌力疲而无可逃。又像董

220

仲舒的《对贤良策》第三说："夫天亦所分予,予之齿者去其角,傅其翼者两其足",通过形象的比喻,来说明"是所受大者不得取小也。"又引故事来说："故公仪子相鲁,之(到)其家,见织帛,怒而出其妻;食于舍而茹葵,愠而拔其葵,曰:'我已食禄,又夺园夫女红之利乎?'"认为做官的不得与民争利。再像贾捐之议弃珠崖,引了一例："时有献千里马者,诏曰:'鸾旗在前,属车在后,吉行日五十里,师行三十里,朕乘千里之马,独先安之?'"用来说明不求奇物。议对中引用比喻和事例来加强形象性,加强说服力,是议对中有力的写法。

24.1　"周爰谘谋①",是谓为议。议之言宜②,审事宜也。《易》之《节卦》："君子以制度数,议德行③。"《周书》曰:"议事以制,政乃弗迷。"议贵节制,经典之体也④。

普遍地访问谋划,这叫做议。议是说得合宜,考察事情合宜。《易经》的《节卦》说:"君子用节制来制定法度,议论德行。"《尚书·周官》说:"按照制度来议事,政事才不会迷误。"议重在节制,这是经典的要求。

①《诗·小雅·皇皇者华》:"周爰咨谋。"周,遍。　爰(yuán 员):于。谘,询问。　②宜:合理。　③制度数:《易·节卦》作"制数度",制定礼仪等级;数,礼数。　④体:体制,指要求。

24.2　昔管仲称轩辕有明台之议⑤,则其来远矣。洪水之难,尧咨四岳⑥,宅揆之举,舜畴五人⑦;三代所兴,询及刍荛⑧;春秋释宋,鲁[桓务]僖预议⑨。及赵灵胡服,而季父争论⑩;商鞅变法,而甘龙交辨⑪:虽宪章无算⑫,而同异

221

足观。迄至有汉，始立驳议。驳者，杂也；杂议不纯，故曰驳也。自两汉文明，楷式昭备，蔼蔼多士⑬，发言盈庭；若贾谊之遍代诸生⑭，可谓捷于议也。至如〔主父〕吾丘之驳挟弓⑮，安国之辨匈奴⑯；贾捐之之陈于珠崖⑰，刘歆之辨于祖宗⑱：虽质文不同，得事要矣。若乃张敏之断轻侮⑲，郭躬之议擅诛⑳；程晓之驳校事㉑，司马芝之议货钱㉒；何曾蠲出女之科㉓，秦秀定贾充之谥㉔：事实允当，可谓达议体矣。汉世善驳，则应劭为首㉕；晋代能议，则傅咸为宗㉖。然仲瑗博古，而铨贯有叙㉗；长虞识治，而属辞枝繁；及陆机断议，亦有锋颖，而〔谀〕腴辞弗剪，颇累文骨㉘：亦各有美，风格存焉。

从前管仲说黄帝轩辕氏在明台议论政事，那末议的来源已经很早了。在洪水的患难里，唐尧询问四方诸侯之长；推举处理政务的人选，舜咨询后用了五个人；夏商周三代办事，问到打柴草的人；春秋时代楚国释放宋襄公，鲁僖公参预商议。到了战国时代赵武灵王改穿胡人的服装，跟他的叔父争辨；秦国商鞅要变法，同甘龙互相辨论：虽然争论根据的法制很多，其中同异的观点是很可观的。到了汉朝，开始确定了驳议制度。驳就是杂，议论的意见纷杂不单纯，所以称做驳。自从两汉礼制昌明，作为模范的仪式明白具备，美好的士子多了，他们的议论充满朝廷；像贾谊替所有的朝臣发言，可以说最敏捷地提出建议了。再像吾丘寿王的驳斥禁止百姓挟带弓箭，韩安国辨论不宜进攻匈奴；贾捐之建议放弃珠崖，刘歆辨别太祖太宗的称号：虽然质朴和文华不同，得到叙事的要领了。至于后汉张敏的取消"轻侮法"，郭躬的议论专军别将可以擅自诛杀；魏国程晓的指斥校事官的罪恶，司马芝建议恢复铸钱币，晋朝何曾建议免除出嫁女受母家牵连办罪，秦秀因贾充以外孙继承的违背礼制确定他的荒乱谥号：讲的事实确当，可以说通达议的体例了。汉朝善于写驳议的，应劭为第一；晋朝能够写驳议的，傅咸被人所推重。应劭熟悉古事，议论通贯有条理；傅咸懂得政治，但写的文辞重复繁碎；到陆机议论编写《晋书》的断限，也有锋铓，可是辞采过多，没有删削，很损害骨力：但也各有优点，保持了各自的风格。

⑤明台：议论政治处，见《管子·桓公问》。　　⑥四岳：四方诸侯之长，尧问四岳治理洪水的人选，见《书·尧典》。　　⑦宅：处在；揆：度量，度量人选；宅揆之举，举荐政务官。　　畴（chóu 愁）：谁，问谁可仕。朝臣向舜推举禹（治水）、弃（务农）、契（管教化）、皋陶（管司法）、垂（管工业）五人。　　⑧兴：行，作。　　刍荛（chúráo 除饶）：打柴草的人。　　⑨《春秋·僖公二十一年》，宋襄公被楚军俘虏，鲁僖公与楚成王等会盟，劝楚释放宋襄公。　　⑩《史记·赵世家》，战国时赵武灵王改穿胡人短衣，便于骑射。他的叔父公子成先反对，后服从。　　⑪《史记·商君列传》，商鞅主张变法，甘龙反对，发生争论。秦孝公还是用商鞅变法。　　⑫宪章：法制。　　无算：无数，指多。⑬蔼蔼（ǎi 矮）：美盛的样子。　　⑭《史记·屈贾列传》："每诏令议下，诸老先生不能言，贾生尽为之对。"诸生，诸老先生，指朝臣。　　⑮《汉书·吾丘寿王传》，公孙弘主张禁民挟带弓箭，吾丘寿王认为使民不能自救而废去学射箭，大不便。武帝听从他。　　⑯《汉书·韩安国传》，王恢主张攻击匈奴，韩安国反对，认为不宜和匈奴结怨，挑起战争。王恢主张诱敌深入再击，武帝听了。⑰《汉书·贾捐之传》，珠崖郡反汉，贾捐之主张放弃珠崖，元帝听从他。珠崖，在今海南岛。　　⑱《汉书·韦玄成传》，博士认为汉高祖为太祖，文帝为太宗，太祖太宗庙永不废。其馀各帝庙，满五帝毁掉，把神主迁入太祖庙。武帝庙已过五世应毁。刘歆认为武帝功大，称世宗，不宜毁，哀帝听从他。　　⑲《后汉书·张敏传》，当时认为儿子杀死侮辱父亲的人，可不死，称"轻侮法"。张敏认为"轻侮法"可以杀人不死，官吏可以上下其手，主张取消，和帝听从他。　　⑳《后汉书·郭躬传》，主帅窦固出征，副帅秦彭在另一地驻军，按法

杀人。窦固认为副帅无权杀人。郭躬认为副帅驻军别处，军情紧急，不及请示主帅，可以按法处决。明帝听从他。　㉑《三国志·魏书·程昱传》，校事是刺探官民阴私的小吏，随便抓人加刑，罪恶昭著。程晓上奏请罢斥，因此废去校事。　㉒《晋书·食货志》，魏文帝废钱，用谷帛换物，结果出现不少弊病。司马芝主张用钱，明帝就恢复用钱。　㉓《晋书·刑法志》，何曾认为已嫁之女，不应受母家牵连办罪。于是改定刑律。　㉔《晋书·秦秀传》，贾充子死，用外孙韩谧继承其子，违反礼制。秦秀建议定贾充的谥号为荒，晋武帝不听。　㉕《后汉书·应劭传》，应劭字仲远，一作仲瑗。他的驳议，引经据典，称为博古。　㉖《晋书·傅咸传》，傅咸字长虞。　宗：尊崇。　㉗铨：评论。　贯：串通。　㉘《全晋文》陆机《晋书限断议》，司马懿、司马师、司马昭被追尊为帝，所以列入本纪；但三人没有做皇帝，所以叙事像传记。腴辞：辞藻。　文骨：骨力。

24.3　夫动先拟议，明用稽疑㉙，所以敬慎群务，弛张治术㉚。故其大体所资，必枢纽经典，采故实于前代，观通变于当今；理不谬摇其枝，字不妄舒其藻㉛。又郊祀必洞于礼，戎事必练于兵㉜，[田]佃谷先晓于农㉝，断讼务精于律；然后标以显义，约以正辞㉞，文以辨洁为能，不以繁缛为巧；事以明核为美，不以[深]环隐为奇㉟：此纲领之大要也。若不达政体，而舞笔弄文，支离构辞，穿凿会巧，空骋其华，固为事实所摈；设得其理，亦为游辞所埋矣。昔秦女嫁晋，从文衣之媵，晋人贵媵而贱女㊱；楚珠鬻郑，为薰桂之椟，郑人买椟而还珠㊲。若文浮于理，末胜其本，则秦女楚珠，复在于兹矣。

有行动先要比较议论，明察可疑的事，为了恭敬谨慎地处理各种事务，使得统治的方法紧张和放松合适。所以它的主要依据，一定以学习经典做关键,采用以前各代的故事,观察当今的各种继承变化;在理论上不错误地摇动它的分枝,在文辞上不谬妄地发展它的辞藻。又祭天祭神一定要熟悉礼仪,论军事一定要熟悉兵法,种庄稼先要懂得农业,判断案件务必精通法律;然后突出论点来显示它的意义,用正确的话来加以概括,文辞以明辨简洁为确当,不以繁多藻丽为巧妙;叙事以明白核实为美好,不以曲折隐晦为奇特:这是大概的纲要。要是不懂得政治体制,却玩弄笔墨,文辞支离破碎,内容穿凿附会,徒然运用辞藻,实为事实所抛弃;假使讲得有道理,也被不切合的浮辞所埋没了。从前秦国的姑娘嫁到晋国,跟从的有穿着文绣衣裳的陪嫁女子,晋国人看重陪嫁女子而看轻秦国姑娘;楚国人把宝珠卖给郑国,做了只用桂椒来薰的宝匣,郑国人买了宝匣把宝珠还给楚国人。倘使文辞埋没了所讲的道理,枝叶超过它的根本,那末秦国嫁姑娘、楚国卖宝珠,又在这里了。

㉔拟:用前事作比。 议:议论得失。 稽疑:考查可疑点。 ㉚《礼记·杂记》:"一张一弛,文武之道也。"张,拉紧;弛,放松;用来调节,是周文王武王管理政治的方法。 ㉛在枝叶上不错,即在小节上求正确。在用字上不妄,即一个字不乱用。 ㉜郊:祭天。 洞:深通。 戎事:军事。 ㉝佃:耕田。 ㉞标:标明,突出。 约:简练。 ㉟环:曲折。 ㊱《韩非子·外储说左》上,秦君嫁女与晋公子,穿文绣衣的陪嫁女七十人,晋人爱陪嫁女而贱秦君的女儿。 ㊲又楚人有卖珠于郑,以木兰树做匣,用桂椒来薰,镶上珠玉玫瑰,编上翡翠,郑人买匣还珠。

24.4 又对策者,应诏而陈政也㊳;射策者,探事而献说也㊴,言中理准,譬射侯中的㊵;二名虽殊,即议之别体也,古之造士,选事考言㊶。汉文中年,始举贤良㊷,晁错对策,蔚为举首㊸;及孝武益明,旁求俊乂㊹,对策者以第一登

225

庸⑤，射策者以甲科入仕；斯固选贤要术也。观晁氏之对，[证]验古明今，辞裁以辨，事通而赡，超升高第，信有征矣。仲舒之对，祖述《春秋》，本阴阳之化⑥，究列代之变，烦而不恩者⑦，事理明也。公孙之对，简而未博，然总要以约文，事切而情举⑧，所以太常居下⑨，而天子擢上也。杜钦之对，略而指事⑩，辞以治宣，不为文作。及后汉鲁丕，辞气质素，以儒雅中策⑪，独入高第。凡此五家，并前代之明范也。魏晋以来，稍务文丽，以文纪实，所失已多。及其来选，又称疾不会⑫，虽欲求文，弗可得也。是以汉饮博士，而雉集乎堂⑬；晋策秀才，而麋兴于前⑭：无他怪也，选失之异耳。

又对策，是对答诏书所提问题陈述政见；射策，是检取一个简策看它所提问题，献上自己的意见，话说得中的，道理准确，好比打靶打中鹄的；两个名称虽说不同，就是议的别种体裁。古代造就人才，选拔能办事的，考试善辞令的。汉文帝中期，开始选举贤良，晁错对答策问，优秀地考中第一；到汉武帝对策更加显著，广泛地访求才俊，对策的因第一提拔任用，射策的因考上甲等做官；这确是选拔贤才的重要方法。看晁错的对策，检验古代来说明当今，文辞有裁断而辨明事理，论事通达而丰富，考入高等，确实是有凭证的。董仲舒的对策，根据《春秋》来说，按照阴阳两气的变化，研究列代政治的演变，文辞多而不乱，是由于明白事理。公孙弘的对策，说理简单未见博学，然而能够总结要点，使文辞简省，事情切合，情理突出，所以太常定为下等，武帝拔置上等。杜钦的对策，对答简略，指出重要事实，文辞因治事而作，不为辞藻而作。到后汉鲁丕的对策，语气质朴，以儒家的正论合于策问，独自考入高等。概括这五

226

家,都是以前各朝的明确典范。从魏晋以来,稍稍注意文采,用文采来记载事实,失去的已经不少。到他们被推举来应选,又推说有病不参加考试,虽要求取文才,不能得到。因此汉朝请博士饮酒,野鸡飞来停在厅堂上;晋朝策试秀才,有麇出现在前面:没有什么怪异,只是选举失当的怪异罢了。

㊳对策:天子在简策上提出问题,要应举的人回答,再评定甲乙,考甲等的可以做官。　㊴射策:在不少简策上写上问题,把题目遮住不让看,应举的随便检一策来回答。　㊵侯:箭靶子。　㊶造士:被选拔到国学(大学)里去的士人。　选事:考试才学。　考言:考试辞令。　㊷中年:中期。　举贤良:命诸侯公卿郡守推举贤良能直言极谏者。　㊸晁错《贤良文学对策》,答文帝问。　蔚:指优秀。　㊹明:显著。　旁求:广求。　俊乂(yì 义):杰出人才。　㊺登庸:升用。　㊻董仲舒《举贤良对策》三篇,根据《春秋公羊传》来立论。他以阳为德,阴为刑,主张任德教而不任刑。　㊼溷(hùn 诨):乱。　㊽公孙弘《举贤良对策》主张君主立身正,讲信用,讲德行,即总要、事切。　㊾太常:主管礼乐的官,兼管考选。　㊿杜钦《白虎殿对策》,指出成帝好色的害处,即"指事"。　51鲁丕《举贤良方正对策》主张"从民之所欲,除民之所恶。"所以称"儒雅"。　52《晋书·孔坦传》,东晋初,因大乱后推举秀才孝廉不再考试。稍后又恢复考试,推举来的人都托病不肯应试。　53《汉书·成帝纪》,成帝命博士行饮酒礼,有野鸡飞来停在堂上叫。当时人认为是不祥之兆,但并不认为跟选举有关,这里只是用来作对偶。　54《晋书·五行志》中,秀才孝廉会集在乐贤堂,有麇在堂前出现。当时认为选举人才不可靠,因有此异。　麇(jūn 君):獐,似鹿较小。

24.5　夫驳议偏辨,各执异见;对策揄扬㊋,大明治道。使事深于政术,理密于时务,酌三五以熔世㊍,而非迂缓之高谈;驭权变以拯俗,而非刻薄之伪论;风恢恢而能

227

远,流洋洋而不溢⑤,王庭之美对也。难矣哉,士之为才也! 或练治而寡文,或工文而疏治。对策所选,实属通才,志足文远,不其鲜欤!

驳议偏向辨论,各自执着不同的见解;对策宣扬理论,大力显示治国的道理。使得论事深通办理政事的方法,论理密切结合着时务,酌量采取三皇五帝的质朴来陶冶世俗,不是迂阔疏远的高调;运用通权达变来挽救世俗,不是刻薄的谬论;像风的广大而能吹到远方,像流水的盛大而能不泛滥,是朝廷上的优秀的议对。难得啊,有才的士人! 有的熟悉治道而缺少文采,的工于文辞而疏远治道。这里所选的对策,确实属于通达的人才,意志足够,文辞能传远,不是很少吗!

⑤揄扬:宣扬。　　⑤三五:三皇五帝。　　⑤恢恢:状广大。　　洋洋:状盛大。

24.6 赞曰:议惟畴政,名实相课⑱。断理必[纲]刚,摛辞无懦。对策王庭,同时酌和⑲。治体高秉,雅谟远播⑳。

总结说:议只是筹划政治,考核名称和实际。在推断理论上一定要刚健,运用文辞不要软弱。在朝廷上对策,多人同时酌量应和。突出地掌握论治的体裁,正确的谋议会向远处传播。

⑱畴:通筹,谋划。　　课:考核。　　⑲酌:酌量。　　和:应和。　　⑳秉:执持。　　谟:谋议。

228

书记第二十五

　　书记有两个意义,一指书写,即记下的文字;一指书信。本篇引扬雄的话,把言和书并列,这个书就指文词,即语言和文词,书指书写记录。凡是书写记录的都称书记,它的范围就很广,文后讲的谱籍簿录等都是,那是属于应用文字,非文学作品了。本篇里讲的书信,是全篇的主要部分,像司马迁的《报任少卿书》,杨恽的《报孙会宗书》,"志气槃桓,各含殊采",是富有情采的,是属于文学散文。因此认为书信,"言以散郁陶,托风采,故宜条畅以任气,优柔以怿怀。"要充分表达自己的感情,要写得有风采。但像司马迁、杨恽的信,是表达了愤激不平的感情,并不是条畅优柔的,杨恽还因此被汉宣帝所杀。这两封信确实是千古传诵的名篇。那末结合选文定篇来看,刘勰讲的对书信的要求,还不够全面。不过他注意书信的抒情和文采,注意它的文学性是好的。他说"记之言志","表识其情",是注意它的情志的。又指出刘桢的笺记,"有美于为诗",比他的诗更美,更说明它是文学作品了。

　　他又指出"战国以前,君臣同书,秦汉立仪,始有表奏"。可见在战国时代君臣的关系还不是十分悬殊,君臣之间还可以书信来往,臣子对君主还可以把他的情意表达出来。像燕惠王跟乐毅的书信来往。燕惠王说:"寡人新即位,左右误寡人。"乐毅替燕国破齐,立了大功。燕惠王即位,不信任乐毅,派骑劫代乐毅,因此为齐所破。燕惠王承认"左右误寡人",即承认自己错了。乐毅回信说:"臣不佞,不能奉承王命以顺左右之心,恐伤先王之明,有害足下之义,故遁逃走赵。"表示不接受燕惠王调他回国的命令,跑到赵国去。他怕回去后遭不测之祸,有伤燕昭王重用他的明察,有损害燕惠王害功臣之义。话说得婉转,实际是对燕惠王作了批评,批评他的不明不义。在通信上,君臣的关系是比较平等的。因为乐毅在赵国,不怕得罪燕惠王。秦汉以后就不同了,君臣的地位悬殊。像杨恽以功封侯,因与人结怨,被控告犯诽谤罪,罢官。他在《与孙会宗书》里发泄不满,说:"田彼南山,芜秽不治,种一顷豆,落而为萁。"他不敢批评朝廷,只是借田荒豆落来暗示朝廷荒乱,贤人被弃。就是这样,还是触怒宣帝被杀。所以刘勰讲书信,要求条畅优柔,不谈愤激,要"简而无傲",可能是针对封建统治说的。

本文后面谈到谚语,实是民间文学。像"囊漏储中",比喻不要打小算盘,要从大处着眼。像"掩目捕雀",比喻不要自欺欺人,都很有形象。刘勰虽然把谚语看作鄙俚,但认为不可忽视,是对的。

25.1　大舜云:"书用识哉^①!"所以记时事也。盖圣贤言辞,总为之书,书之为体,主言者也。扬雄曰:"言,心声也;书,心画也。声画形,君子小人见矣^②。"故书者,舒也。舒布其言,陈之简牍^③,取象于夬^④,贵在明决而已。

大舜说:"书写是用来记录的啊!"所以用来记录时事的。大概圣贤的语言文辞,都要替它记录的,记录的体裁,主要是记录言辞的。扬雄说:"语言是从心里发出来的声音;书写是从心里发出来的文字。声音文字表现出来,君子和小人就看出来了。"所以书写是发布,把他的话发布出来,记录在竹简木板上,在《易经》里取"夬"的象,重在明白决断罢了。

①识(zhì 志):记录。见《尚书·益稷》。　②见《法言·问神》。　画:指文字。　③简牍:竹简木板,记录用。　④夬(kuài 块):夬卦,表决断。

230

上古结绳记事,记什么不明白,改用文字就明确了。见《易·系辞》下。

25.2　三代政暇,文翰颇疏⑤。春秋聘繁,书介弥盛⑥。绕朝赠士会以策⑦,子家与赵宣以书⑧,巫臣之遗子反⑨,子产之谏范宣⑩,详观四书,辞若对面。又子[服]叔敬叔进吊书于滕君⑪,固知行人挚辞,多被翰墨矣⑫。及七国献书,诡丽辐辏⑬;汉来笔札,辞气纷纭。观史迁之报任安⑭,东方[朔]之[难]谒公孙⑮,杨恽之酬会宗⑯,子云之答刘歆⑰,志气槃桓⑱,各含殊采;并杼轴乎尺素⑲,抑扬乎寸心。逮后汉书记,则崔瑗尤善⑳。魏之元瑜,号称翩翩㉑;文举属章,半简必录㉒;休琏好事,留意词翰㉓,抑其次也。嵇康绝交,实志高而文伟矣㉔;赵至叙离,乃少年之激切也㉕。至如陈遵古辞,百封各意㉖;祢衡代书,亲疏得宜㉗:斯又尺牍之偏才也。

夏商周政治不繁忙,书记很少。春秋时代各国访问繁多,传达书信的使人很多。秦国绕朝把策书送给晋国士会,郑国子家把书信送给晋国赵宣子,逃到晋国的巫臣把书信送给楚国子反,郑国子产用书信谏劝晋国的范宣子,详细看这四封书信,文辞像对面讲话。又鲁国子叔敬叔把吊丧的书信送给滕国君,确实知道外交官所带去的辞令,多数被记录了。到战国时代递呈的书信,诡奇绮丽的文辞汇集在一起;汉朝书信,语气复杂。看司马迁的答任安信,东方朔进见公孙弘送上的书信,杨恽给孙会宗的答书,扬雄给刘歆的答书,心志和意气郁结,各自俱有独特的文采;并且组织成书信,把内心的情感或抑或扬表达出来。到后汉书信,那末崔瑗的更好。魏国的阮瑀,他的信称为风度美好;孔融的书信,半封信也要抄下来;应璩好事,留心书信,还是次一点的。嵇康的《与山巨源绝交书》,确实是志向高超文辞宏伟的;赵至叙述离别,是年轻人抒发的激迫感情。再像陈遵口授文辞,百封信各有各的用意;祢衡代黄祖写信,对于亲近疏远的人都写得得当:这又是写书信的一技之长。

⑤暇:空闲。　疏:稀少。　⑥书介:传达书信的使人。　⑦《左传·文公十三年》,晋人士会在秦国,秦穆公派他到晋国去,秦人绕朝送给他一个竹简,写着"不要说秦国无人,只是我谋不用"。表示他明知士会一去不回。⑧《左传·文公十七年》,郑国子家写信给晋国赵宣子,说明郑国使陈蔡两国来归附晋国有功,使晋国和郑国结盟。　⑨《左传·成公七年》,楚国巫臣逃在晋国,写信给楚国大臣子反,说一定要使他疲于奔命死去。巫臣去教吴国攻楚。　⑩《左传·襄公二十四年》,郑国子产写信给晋国范宣子,劝他减轻向诸侯国收取财物,免得诸侯国对晋国不满。他听了。　⑪《礼记·檀弓下》,滕成公死,鲁国子叔敬叔去吊丧并送上国书。　⑫行人:外交使节。挈(qiè妾):携带。　⑬诡:奇。　辐辏(fú còu扶凑):车轮中直条聚集在轮的中心,指聚集。　⑭司马迁《报任安书》,讲他为了救李陵受腐刑,为了完成《史记》著作,忍辱不死。　⑮东方朔《与公孙弘借车书》,当在进谒公孙弘时送上。　⑯杨恽《报孙会宗书》,写他被罢官后的感慨不平,被汉宣帝所杀。　⑰刘歆要看扬雄著作的《方言》,扬雄《答刘歆书》说他搜集各地方言,积二十七年,尚未定稿,不能出示,要定稿后再示人。　⑱槃桓:留连,指郁结。　⑲杼轴:织布机上的织器,指组织。　尺素:一尺生绡,指书信。　⑳《后汉书·崔瑗(yuàn院)传》说他"善为书记"。　㉑魏国阮瑀字元瑜。曹丕《与吴质书》称他"书记翩翩",指风度美好。　㉒孔融字文举,《后汉书·孔融传》说曹丕出金帛来搜集孔融文,因此半简也抄录。　㉓应璩(qú渠)字休琏。　好事:爱好记录时事。　词翰:书信。　㉔嵇康《与山巨源绝交书》说己"非汤武而薄周孔","刚肠疾恶",所以说"志高"。㉕《文选》赵景真(至)《与嵇茂齐(蕃)书》。书称"安白",实为吕安《与嵇康书》,《文选》误,刘勰也误,见《文选》六臣注。　㉖《汉书·陈遵传》,他召集书吏十人,口授书吏写给亲友的很多信,亲疏各有意。亲疏得宜的是陈遵,这

232

里作祢衡,不对。 ㉗《后汉书·祢衡传》,祢衡代黄祖写信,写得正像黄祖心里想要说的。

25.3 详总书体,本在尽言,言以散郁陶,托风采㉘,故宜条畅以任气,优柔以怿怀㉙;文明从容,亦心声之献酬也。若夫尊贵差序,则肃以节文㉚。战国以前,君臣同书㉛,秦汉立仪,始有表奏㉜;王公国内,亦称奏书,张敞奏书于胶后㉝,其义美矣。迄至后汉,稍有名品,公府奏记,而郡将[奏]奉笺㉞。记之言志㉟,进己志也。笺者,表也,表识其情也。崔寔奏记于公府,则崇让之德音矣㊱;黄香奏笺于江夏,亦肃恭之遗式矣㊲。公幹笺记,丽而规益㊳,子桓弗论,故世所共遗㊴;若略名取实,则有美于为诗矣。刘廙谢恩,喻切以至㊵;陆机自理,情周而巧㊶,笺之为善者也。原笺记之为式,既上窥乎表,亦下睨乎书,使敬而不慑,简而无傲,清美以惠其才,彪蔚以文其响㊷,盖笺记之分也。

详细地总结书信的体制,根本在于把话说完,话用来舒散心头的郁结,寄托风度,所以应条达舒畅来显示气势,优裕柔和来表达喜悦的胸怀;文辞明显,从容不迫,也是心情的交流。至于地位不同,分别等级,用礼节来表示尊敬。战国以前,君和臣的信件都称做书,秦汉确立各种体制,臣子对君主开始称表奏;在诸王国内也称奏书,汉朝张敞向胶东王国太后奏书,他的意义美好。到了后汉,稍稍分为各种名目,上书三公府称奏记,上书郡将称奉笺。记是记录,是进献自己的意志。笺是表明,表明自己的情意。后汉崔寔向三公府上奏记,那是表达谦让的美好声音;黄香向江夏太守上奏笺，也是留下来的恭敬的模范。刘桢的笺记，有文采，作了有益的规劝，曹丕在《典论·论文》里没有谈到，所以世人都不注意；倘使抛开有没有称誉，只看实质，那他的笺记比诗更美了。刘廙向曹操谢恩的奏记，比喻极为确切；陆机向吴王晏为自己辨白的奏记，情事周到，文辞工巧，是好的笺记。考究笺记的体裁，既是向上观察表奏，也是向下看到书信，使它恭敬而不害怕，核要而不傲慢，用清丽的风格来显示他的才华，用华藻的文辞来扩大他的影响，大概是笺记的本分。

㉘郁陶：郁结。　风采：指风度。　㉙优柔：宽舒。　怿：悦。㉚差序：等差序列，指分不同等级。　肃：敬。　节文：用礼节来示敬，不同称呼来分等级。　㉛君臣同书：如燕惠王谢乐毅，乐毅报燕惠王都称书。㉜表奏：臣下上书称表奏。　㉝汉朝张敞向胶东王太后奏书，劝她不要出去打猎，她听了。　㉞郡将：一郡的长官称郡守，兼管武事的称郡将。㉟志：同识，记录。　㊱《后汉书·崔寔(shí 实)传》，大将军梁冀府召他去，他辞去召请的奏记，表示歉让。　㊲《后汉书·黄香传》黄香向江夏太守刘护上奏笺，表示恭敬。　㊳刘桢字公幹，《谏曹植书》称他礼贤不足。㊴曹丕字子桓。《典论·论文》没有论刘桢的书记。　㊵刘廙(yì 意)对曹操《上疏谢徙署丞相仓曹属》，说他的弟弟刘伟被牵连犯罪，曹操赦了他，说："起烟于寒灰之上，生华于已枯之木。"比喻切至。　㊶陆机受赵王伦篡位的牵联，他《与吴王表》讲他与篡位事无关，说："一字一迹，自可分别。"　㊷彪蔚：指文采丰富。

25.4　夫书记广大，衣被事体㊸，笔札杂名，古今多品。是以总领黎庶㊹，则有谱籍簿录；医历星筮，则有方术占［试］式；申宪述兵，则有律令法制；朝市微信，则有符契券疏；百官询事，则有关刺解牒；万民达志，则有状列辞谚：并述理于心，著言于翰㊺，虽艺文之末品，而政事之先务也。

书记的范围很广,包括各种记事的体裁,笔记的名称很杂,从古到今有各种名目。因此总管百姓事务的,有谱籍簿录;有关医药历法星象占卜的,有方术占式;申明法令和讲兵法的,有律令法制;在朝廷和市集上各种凭证,有符契券疏;百官询问事情,有关刺解牒;万民表达意志,有状列辞谚:都是讲从心内发出来的意思,用笔记下来,虽然是文辞中的下品,却是办理政事所先要处理的事务。

㊸衣被:覆盖,包括。　　㊹黎庶:百姓。　　㊺翰:笔。

25.5　故谓谱者,普也。注序世统,事资周普;郑氏谱《诗》㊻,盖取乎此。

籍者,借也。岁借民力,条之于版;春秋司籍㊼,即其事也。

簿者,圃也㊽。草木区别,文书类聚;张汤李广,为吏所簿,别情伪也㊾。

录者,领也㊿。古史《世本》,编以简策,领其名数,故曰录也。

谱就是普遍。排列世代相承的系统,事情依靠周全普遍;郑玄按照《诗》的次序和诸侯的世系编成《诗谱》,是从这里来的。

籍就是借。一年借用多少人民的劳力,分别记在板上;《左传》里记的主管户籍,就是这件事。

簿是果园或菜园。蔬菜花木分区种值,像文书的分类编集;张汤李广,被官吏用文书来传问,是分别真假。

录是总括。古代史《世本》，用竹策编起来，总括帝王的世系名次，所以称录。

㊽谱即《史记》的《三代世表》的表。郑玄的《诗谱》，把《诗经》分国以后，再同诸侯国世次结合编成的。　㊼《左传·昭公十五年》，晋国籍氏是世代主管户籍的。　㊽圃：菜园。　㊾张汤和李广，都受到传询，由官吏按照文书来传问两人，要分别事实的真假。　㊿领：统率，有总括意。《世本》，记录从黄帝以来的帝王、诸侯、卿大夫的世系、名号，加以总括记录。

25.6　方者，隅也。医药攻病，各有所主，专精一隅，故药术称方。

术者，路也。算历极数，见路乃明㊿。九章积微②，故以为术；淮南万毕③，皆其类也。

占者，觇也。星辰飞伏，伺候乃见，[精]登观书云④，故曰占也。

式者，则也。阴阳盈虚，五行消息⑤，变虽不常，而稽之有则也。

方是一角。医药治病，各个药方各有主治的病，专精一个方面，所以药方称方。

术就是路。算术、历法都要尽量运算，看到运算的方法才明白。九章算术积累了细微处，所以称做术；《淮南万毕术》，都是它这一类。

占就是观察。星的流动和隐伏，要等候观察才看到，登上观台把云物等天象变化记下，所以叫占。

式就是法则。阴阳五行的盛衰消长，它的变化虽然不一定，考求起来还是有法则的。

㉛路：路子，方法。　　㉜九章：指九种算术，包括百分法、勾股、方程等。积微：从细微处积算。　　㉝淮南万毕：淮南王讲方术的书称《淮南万毕术》。㉞观：观台，观象台。　　书：记录。　　云：云物，指天象变化。　　㉟盈虚：盛衰。　　消息：消长。

25.7　律者，中也。黄钟调起，五音以正[56]。法律驭民，八刑克平[57]。以律为名，取中正也。

令者，命也。出命申禁，有若自天。管仲下[命]令如流水[58]，使民从也。

法者，象也。兵谋无方，而奇正有象[59]，故曰法也。

制者，裁也。上行于下，如匠之制器也。

律是中正。乐律从黄钟的声调开始，宫商角徵羽的五音得到调正。法律控制百姓，八种刑罚能够平正。用律做名称，取它得到中正。

令是命令。发出命令，申明禁止，好像天命。管仲说下令像流水，使人民服从。

法是效法。兵法没有一定，或奇或正有各种物象可以效法，所以称做法。

制就是制造。上面的制作推行到下面去，像木匠的制器。

㊱乐律首推黄钟，黄钟调整了，其他各音也可跟着调整。　　五音：音有五，即宫商角徵羽。　　㊲八刑：《周礼·大司徒》，有不孝之刑、不睦(和睦)之刑、不姻(不认亲戚)之刑、不弟(敬兄长)之刑、不任(信朋友)之刑、不恤(不顾灾难)之刑、造谣之刑、乱民之刑。　　㊳《管子·牧民·士经》："下令于流水之源者，令顺民心也。"　　㊴《孙子·军争》："故其疾如风，其徐如林，侵掠如火，不动如山。"即指效法各种物象。

25.8　符者,孚也。徵召防伪,事资中孚⑩;三代玉瑞,汉世金竹,末代从省,易以书翰矣。

契者,结也。上古纯质,结绳执契⑪;今羌胡徵数,负贩记缗⑫,其遗风欤?

券者,束也。明白约束,以备情伪,字形半分,故周称"判书"⑬。古有铁券⑭,以坚信誓;王褒髯奴⑮,则券之[楷]谐也。

疏者,布也。布置物类,撮题近意,故小券短书,号为疏也。

符就是诚信。召集聘请防止作伪,事情依靠内心的诚信;夏商周三代用玉器作信物,汉朝用铜虎符、竹使符,后代从简,改用书信了。

契就是结约。上古质朴,结绳作契约;现在羌人胡人检验数目,商贩记钱,是它的遗传下来的风俗吧。

券是约束。明白作出约束,用来防备作伪,券上的字各执一半,所以周朝称做"判书"。古代有铁券,用来坚守誓言;王褒对髯奴的《僮约》,那是诙谐的约券。

疏是分布。分类布置事物,摘出题目,写切近的意思,所以短小的字据称做疏。

⑩中孚:《易经》有《中孚》卦,表诚信。　　⑪结绳:大事打大结,小事打小结,用以记事。　　执契:契是刻文字,用文字记事。执,执着。　　⑫缗(mín民):用绳穿一千钱为缗。　　⑬判书:合同,双方各执一份。　　⑭铁券:汉朝封诸侯王,有铁券,表示坚定不变。　　⑮王褒与髯奴写《僮约》,写明他一天的工作,使得髯奴"目泪下落,鼻涕长一尺",有诙谐味。

25.9　关者,闭也⑥。出入由门,关闭当审;庶务在政,通塞应详。韩非云:"孙亶回,圣相也,而关于州部⑥。"盖谓此也。

刺者,达也⑥。诗人讽刺,周礼三刺,事叙相达,若针之通结矣⑥。

解者,释也。解释结滞,微事以对也。

牒者,叶也⑦。短简编牒,如叶在枝;温舒截蒲,即其事也⑦。议政未定,故短牒咨谋。牒之尤密,谓之为签⑦;签者,纤密者也。

关是关闭。从门口进出,关闭应当审慎;在政事上的众多事务,顺利和阻塞应该详细了解。韩非说:"公孙亶回,是圣明的国相,是经由地方官出身。"大概就是说这些。

刺是通达。诗人的讽刺,《周礼》里讲的三次刺探,事情按照次序刺探到,像针的解开线疙瘩。

解是解释。解释积滞,用核对来考验事实。

牒是叶。用短的竹简编成牒,像叶子在枝条上;汉朝路温舒把蒲叶剪下来编成牒,就是这种事。议论政事没有作出决定,所以用短牒来商量。牒文中更小的一种,叫做签;签就是细密的意思。

⑥关是关门、关口,是通过的口子,转为互相关照的公文。　⑥见《韩非子·问田》。　　关于州部:经由地方官上来。关,经由。　⑥刺:探事的公文。　　⑥相达:即刺探到。刺探如用针插入,又为讽刺。《周礼·秋官·司刺》:"一刺曰讯群臣,二刺曰讯群吏,三刺曰讯万民。"从刺探转为探问。⑦牒:小简和小简编成的册。　⑦见《汉书·路温舒传》。　⑦签:标签,用更小的简标出,像签条。

25.10　状者，貌也。体貌本原，取其事实，先贤表谥，并有行状(73)，状之大者也。

列者，陈也。陈列事情，昭然可见也。

辞者，舌端之文，通己于人；子产有辞，诸侯所赖(74)，不可已也。

谚者，直语也。丧言亦不及文，故吊亦称谚(75)。廛路浅言(76)，有实无华。邹穆公云："囊[满]漏储中(77)。"皆其类也。《[太]牧誓》曰(78)："古人有言，牝鸡无晨。"《大雅》云"人亦有言"，"惟忧用老(79)"。并上古遗谚，《诗》《书》[可]所引者也。至于陈琳谏辞，称"掩目捕雀"(80)，潘岳哀辞，称"掌珠""伉俪"(81)，并引俗说而为文辞者也。夫文辞鄙俚，莫过于谚，而圣贤《诗》《书》，采以为谈，况逾于此，岂可忽哉！

状是状貌。原来是描写形貌，转为采取事实，死去的贤人要定他的谥号，并且还有讲他一生事迹的行状，是重大的状文。

列就是陈设。把事情陈述出来，明白地可以看到。

辞是口头语，把自己的意思告诉别人；郑国子产善于说话，诸侯都依靠他，不可以没有的。

谚是质直的话。在丧事人家说话也顾不上文采，所以吊丧也称做谚。市集的路上浅近的话，朴实无华。邹穆公说："粮袋漏在储粮器里。"都是这类。《牧誓》说："古人说，雌鸡不管在早晨啼叫。"《大雅》说"人也有话"，"只有忧使人老"。都是上古传下来的谚语，《诗经》《书经》所引用的。至于陈琳劝阻何进的话，称"遮住眼睛去捉麻雀"，潘岳哀辞，说"掌上明珠"和"伉俪"，都引俗语来作文。文辞鄙陋浅俗，没有超过谚语，可是圣人贤人作的《诗经》和《书经》里，采来作为谈话，何况胜过这些，怎么可以忽略啊！

⑦谥(shì 试)：古代对帝王大臣死后的称号。　行状：对死者一生事迹的记载。　⑦《左传·襄公三十一年》，晋国叔向说："子产有辞，诸侯赖之。"⑦《孝经·丧亲章》："孝子之丧亲也……言不文。"　谚：吊慰死者家属的话，同唁。　⑦廛(chán 蝉)：市集。　⑦《贾谊新书·春秋》，粮袋漏粮在储粮器中，没有漏掉。　⑦见《书·牧誓》。　⑦"人亦有言"：见《诗·大雅》的《荡》《抑》《桑柔》《烝民》。　"惟忧用老"：见《诗·小雅·小弁》。　⑧《后汉书·何进传》，陈琳反对何进召董卓引兵进京来威胁太后，引"掩目捕雀"的话，比喻不可自欺。　⑧引文无考。

25.11　观此［四］众条，并书记所总⑧：或事本相通，而文意各异，或全任质素，或杂用文绮，随事立体，贵乎精要；意少一字则义阙，句长一言则辞妨，并有司之实务，而浮藻之所忽也。然才冠鸿笔，多疏尺牍，譬九方堙之识骏足，而不知毛色牝牡也⑧。言既身文，信亦邦瑞，翰林之士，思理实焉。

观这众条，都是书记所包括的：有的内容是相通的，可是用意各异；有的完全是质朴的，有的夹杂着文藻，随着内容确立体制，重在精练扼要；达意时少一个字意义就缺漏了，句子里多馀一个字在文辞里就有妨碍，都是主管官员的实际事务，是浮华辞藻所忽略的。可是才华成为大手笔之首，却多数疏于书信，好比九方堙的识别千里马，却忽视马的毛色雌雄。语言既是自身的文采，诚信也是国家的祥瑞，文坛的作者应该想到记录实事。

总:包括。　　㉝九方埋(yīn 因):《淮南子·道应训》,秦穆公派九方埋求千里马,回来说找到了。穆公问怎样的马,他说:"雄的黄马。"派人去牵来看,是雌的黑马。原来九方埋看马的神情,不注意马的毛色雌雄。

25.12 赞曰:文藻条流,托在笔札。既驰金相㉞,亦运木讷㉟。万古声荐,千里应拔㊱。庶务纷纶,因书乃察。

　　总结说:文章的各种枝条流派,都托笔记写下。既是驰骋金玉的华藻,也可以运用质朴。万古以来的声名得到它的宣扬,千里外的影响得到它的推动。各种事务纷杂,靠书记才明察。

　　㉞金相:金玉的质地,指有华藻。　　㉟木讷:质朴不善说话,指质朴。㊱好的书札,在长时间和广大地区内都受到推重。

创　作　论

　　刘勰讲了文体论,接下来就讲创作论。他的创作论,从文体论的"敷理以举统"的"敷理"里概括出来的。《序志》里称为"剖情析采",包括"摛神性,图风势,苞会通,阅声字"。它跟"崇替于《时序》,褒贬于《才略》,怊怅于《知音》,耿介于《程器》"四篇不同。"剖情析采"是创作论,是一组;《时序》《才略》《知音》《程器》是另一组。现在把《物色》插在《时序》《才略》中是编次错乱,《物色》属于剖情析采内。次序要提前。那末创作论的编次应该是怎样呢?

　　创作论共二十篇,末篇《总术》相当于创作论的序言。刘勰把全书总序放在书末,所以也把《总术》放在二十篇末。《总术》开头讲文笔,正是承接文体论的论文序笔;接下来讲研术的重要,正是从文体论转入创作论,说明研究创作方法的重要性。《神思》的赞里,总论创作论次第道:"神用象通,情变所孕。物以貌求,心以理应。刻镂声律,萌芽比兴。结虑司契,垂帷制胜。"这里把创作论分为三部分:第一"神用象通,情变所孕",即"摛神性,图风势",神指《神思》,情性指《体性》,情变、风势指《风骨》《通变》《定势》,这五篇即《总术》里的"务先大体",是剖情析采的根本。情采有待于《熔裁》。《情采》《熔裁》是剖情析采的结合。第二,"物以貌求,心以理应。"物貌指《物色》,《物色》似当列在《情采》以后。第三,"刻镂声律,萌芽比兴。"从声律到修辞,包括《声律》《章句》《丽辞》《比兴》

243

《夸饰》《事类》《练字》《隐秀》《指瑕》。加上"结虑司契，垂帷制胜"，即《养气》来使文思常通，《附会》来"总文理，统首尾"。这部分属于剖情析采的方法。

创作论对构思、风格、继承和革新、内容和形式、篇章结构、声律和修辞等都作了全面的探讨。首先，在构思上，他提出了"神与物游"，说明了精神活动与外界事物的关系。这就同《明诗》《诠赋》等篇结合。《明诗》称"应物斯感，感物吟志"；《诠赋》称"睹物兴情，情以物兴"，即"神与物游"的具体说明。再像"登高能赋"，又与"登山则情满于山"相应。他在《神思》里提出了积学、酌理、研阅、说明酝酿文思前的准备工作，有了学问、理论、阅历，才有利于酝酿文思。这也同文体论密切结合。文体论讲每一文体，都要原始以表末，从最早的开头讲到末了，没有学问就无从讲起，所以要积学。文体论要"敷理以举统"，提到创作理论上去，这就要酌理。积学酌理又离不开阅历。再像在《议对》里说："采故实于前代，观通变于当今；理不谬摇其枝，字不妄舒其藻。"这里就需要博学、酌理、研阅。在酝酿文思上，他提出"规矩虚位，刻镂无形"，说明文思从无到有的过程。对文思的贫乏和紊乱，他提出博见和贯一的主张。其次，在风格上，他探索了风格的形成由于才气学习，虽然看重先天的才气，但对于后天的学习也极看重，认为"八体屡迁，功以学成"，这就高出于天才决定论。他把作品的风格，分为八体四组："故雅与奇反，奥与显殊，繁与约舛，壮与轻乖。"看到四组内部的各各相反。这是讲修辞学上的风格。他又说明作家个性和风格的关系，提出作家个人的风格。这些同《诠赋》有关，像说："宋发夸谈，实始淫丽"，"孟坚《两都》，明绚以雅赡；张衡《二京》，迅发以宏富。"在这里，淫丽、雅赡、宏富就属作品的风格；迅发就是作家的风格。他又对好的风格提出了在情理和文辞上的美学要求，那就是风骨。风骨的提出，使得好的风格获得保障，使得作品的声情并茂，文采鲜明。他在《定势》里又提出风格多样和统一,主张自然形成,反对矫揉造作。其三,在继承和革新上,他在《通变》里提出"体必资于故实",认为文体有待于继承,"数必酌于新声",文辞气力有待于变革。这样,他对历代文学,也看到了继承和变革的关系。这样讲宗经,不是模仿经书的文辞,而是有取于情深、风清、事信、义贞、体约、文丽,是继承和革新相结合。其四,在内容和形式上,《情采》里强调情理为主、形式为次,赞美"为情而造文",反对"为文而造情"。要求情真理正。第五,在篇章结构上,《熔裁》里主张练意练辞,做好写作提纲。提出三准:根据情理定体制,选取事例,突出要义。再要首尾呼应,有条理,在文字上前后承接,在意义上脉络贯通。第六,在声律和修辞上,他提出要注意声响的调协,到唐代,平仄调协问题解决,格律诗就形成,说明他有远见。他注意对偶、比喻、夸张等修辞手法。这样看来,刘勰的创作论,就以上各点说,都是突过前人,有创见,是值得肯定的。

他的创作论,在构思上强调虚静,好像跟发愤抒情之说相矛盾,对于怨愤之作充满激情,感情奔进而出,似谈不上虚静。但像《书记》里讲的司马迁的《报任少卿书》、杨恽的《报孙会宗书》,都是有愤激的感情的。但这种感情还是经过长期的酝酿成的。在酝酿的过程中,一定经过反复思考,那还需要虚静。经过虚心和静心的思考,确实认清了自己的冤屈,这样迸发出来的愤激之情,才更为有力。讲风骨,推重"潘勖锡魏"、"相如赋仙",这两篇正是为帝王服务的,显示他对思想性认识不足。在继承和革新上,所举出的五个例子,是模仿而非革新。

神思第二十六

《神思》是创作论的第一篇，又是创作总论。它从构思以前的准备工作，讲到构思时的想象，由想象构成意象，由意象到语言，由语言到声律，再到作品写成后的修改等等。这篇是以构思为主，所以又是剖析情理的第一篇。

这篇讲构思，从文思酝酿中的想象讲起。想象飞腾不受时间和空间的限制，可以想到千年以上，万里以外。这种想象运用到创作构思上，要受志气的统辖。志是心志，是思想，气是体气，含有各人的个性在内。想象要受思想的统辖，才能够使想象在主题的范围内飞腾，不是胡思乱想。想象会受到体气的影响，即受到个性的影响，因而形成作家个人的风格。

想象既然要受思想的统辖，那末要把想象运用到构思和创作上去，就得在思想上做些工夫，那工夫就是虚静。虚是不主观，静是不躁动。有了主观成见，就不可能看到外界的真实情况；心情躁动，感情用事，不可能作深入细致的考察和思虑。那就要妨碍文思，妨碍想象，写不出好作品来。不主观而虚心，不躁动而深思，能够做好构思前的准备工作，即"神与物游"，对外界作了虚心的观察，还要积累学识使知识广博起来，再用理论来衡量，才能丰富自己的文才；要是光有知识而没有理论，不能分清知识的是非，不可能写出好作品来。此外，还要研究自己的经历，把"神与物游"同知识、理论和经历结合起来，对构思有帮助。这样就构思前准备工作说，虚静是可取的，就是积学酌理也需要虚静。再就酝酿文思说，有一种作品，作家在经历中有很深的感触，他在产生这种感触以前，也需要虚静，当他弄清事实真相而产生激情，意有所郁结，感情喷薄而出，发愤抒情，但在弄清事实真相时还离不开虚静。

再说，从构思谋篇到写成作品过程中的各个问题，刘勰提出了"规矩虚位，刻镂无形"。当我们接触到外界事物时，各种念头纷然并起，这时还没有一个中心思想，作品的内容还没有形成，是空的，是"虚位""无形"。在作品内容还没有形成而开始酝酿时，就需要"规矩""刻镂"。这是由于两方面的需要：一是内容的需要。在酝酿内容的过程中，想象必须在内容规定的规矩内飞腾，这样的想象才能构成文思。二是形式的需要，由于内容要靠形式来表现，所以在酝酿内容的同时也在酝酿形式，要对酝酿中的内容加以形式上的"规矩""刻镂"。由于这两方面的需要，所以在内容还未成形，还是"虚位""无形"的时候，也就是在内容的酝酿过程中就需要加以"规矩""刻镂"了。接着，又指出文思和表达问题。当登山观海接触到外界事物时，想象飞腾，各种念头都起来了，这时好像文思泉涌。但到用文辞来表达时，从想象到文思要打一个折扣，从文思到写成文辞又要打一个折扣。有时想象、文思和文辞三者完全一致，这就能使文辞和想象同样飞腾；有时三者相差千里，那末即使有想象，还是构不成文思，写不成作品的。

这里有想象和文思的关系，有文思和表达的关系。从想象到文思，重要的问题在于打开思路。要是思路受到阻塞，想象就无法飞腾，文思贫乏，写不出东西来。这时就得从"博见"上用功夫，回到前面说的"神与物游"以及积累学识，研究经历上去。从文思到表达要加强表达能力，善于运用文辞，但陷在辞藻里也不行。总之，要有广博的学识和丰富的经历，才能打开思路，使想象飞腾，医治作品内容的贫乏。还要善于表达，使想象、文思和文辞密切结合起来。在这里，作者又对创作的快慢提出他的看法。下笔快的"心总要术"，下笔慢的"情饶歧路"。有的"心总要术"，掌握了写作的方法，要写什么容易作出判断，容易下笔。有的对问题看不清楚，狐疑不决，在歧路上彷徨，这就是"情饶歧路"，不容易作出判断，不好下笔了。这里指出认识对写作的重要作用。但张衡的写《两京赋》，左思的写《三都赋》，他们要搜集材料，所以花了很长时间，那跟文思的迟速没有关系。

最后，修改也很重要。写成的作品，可能在思想内容上有杂乱的毛病，在作品形式上选择不当，都会把巧思新意埋没掉。修改时，要把作品中的巧思新意，作品中有光彩的部分发掘出来，让它得到很好的发展。经过那样的苦心经营，即使新意巧思还是原来的，没有质的变化，也会面目一新。就像麻布同麻就质地说都是麻，但两者又显得是多么的不同啊。

26.1　古人云：“形在江海之上，心存魏阙之下[①]。”神思之谓也。文之思也，其神远矣。故寂然凝虑，思接千载；悄焉动容，视通万里；吟咏之间，吐纳珠玉之声[②]；眉睫之前，卷舒风云之色；其思理之致乎[③]？故思理为妙，神与物游[④]。神居胸臆，而志气统其关键；物沿耳目，而辞令管其枢机[⑤]。枢机方通，则物无隐貌；关键将塞，则神有遁心。

古人说：“身子住在江海边上，心思却想到朝廷里去。”这是想象的说法。文章的构思，它的想象飞翔得太遥远了。所以默默地聚精会神去思考，那念头就可以接触到千年以上；悄悄地改变了脸部表情，那视线好像看到了万里以外；在吟诵中间，像发出了珠圆玉润的声音；在凝想中间，眼前就呈现出风云变幻的景象：这些不都是构思所造成的么？所以构思的奇妙，使得精神能和外物相交接。精神由内心来主宰，意志和体气掌握着它活动的机关；外物靠耳目来接触，语言主管它的表达机构。要是表达机构很灵活，那末

248

事物的形貌就可以描绘出来；要是这个活动的机关受到阻碍，就精神涣散了。

①《庄子·让王》："中山公子牟谓瞻子曰：'身在江海之上，心居乎魏阙之下，奈何！'" 魏阙：指高大宫门前的两个台观。魏，高；阙，中缺有通路。两句的本意是说，身在民间，心在朝廷，想做官。这里是借用。 ②吐纳：偏义复词，即吐，发出。 ③致：达到。 ④游：活动。这句指精神接触外物。 ⑤枢机：指活动的机关。枢，门臼；机，机关。

26.2 是以陶钧文思⑥，贵在虚静，疏瀹五藏，澡雪精神⑦。积学以储宝，酌理以富才⑧，研阅以穷照⑨，驯致以怿辞⑩，然后使元解之宰⑪，寻声律而定墨⑫；独照之匠，窥意象而运斤⑬；此盖驭文之首术，谋篇之大端。

因此酝酿文思，着重在虚心和宁静，清除心里的成见，使精神纯净。积累学识来储藏珍宝，明辨事理来丰富才学，研究阅历来进行彻底的观察，顺着文思去引出美好的文辞；然后使深通妙道的心灵，按照声律来安排文辞，正像有独特见解的工匠，凭着意象来进行创作。这是驾驭文思的首要方法，安排篇章的重要开端。

⑥陶钧：制瓦器。陶，瓦器，钧，制瓦器用的转轮。这里指酝酿文思。⑦疏瀹（yuè 月）：犹洗净。 五藏：五脏。 澡雪：洗净。⑧酌理：用理来斟酌去取，评量是非。 ⑨阅：阅历。 照：察看。 ⑩驯致：顺着思路。 怿辞：运用文辞。怿，通绎，抽取。 ⑪元解之宰：懂得玄妙道理的主宰，指心。元，通玄。 ⑫寻：依照。 墨：文字。 ⑬运斤：《庄子·徐无鬼》讲"匠石运斤成风"，把一个人鼻子上沾的白土削去不碰伤鼻子。斤，斧。这是指写作时的剪裁修饰。

26.3　夫神思方运,万涂竞萌,规矩虚位,刻镂无形。登山则情满于山,观海则意溢于海,我才之多少,将与风云而并驱矣。方其搦翰[14],气倍辞前,暨乎篇成,半折心始。何则? 意翻空而易奇,言徵实而难巧也。是以意授于思,言授于意,密则无际,疏则千里[15]。或理在方寸而求之域表[16],或义在咫尺而思隔山河[17]。是以秉心养术,无务苦虑[18];含章司契[19],不必劳情也。

想象开始活动,各种各样的念头纷纷涌现,要在没有形成的文思中孕育内容,要在没有定形的文思中刻镂形象。一到登山,情思里充满了山上的景色;一到观海,意想中便腾涌起海上的风光。要问我的才力有多少,好像将要同风云一起奔驰而无法计算了。刚拿起笔,比起措辞时气势要旺盛一倍,等到写成了,同开始想的已经打了个对折。为什么呢? 文思凭空想象,容易设想得奇特;语言却比较实在,难以运用得巧妙。　这是因为思想化为文思,文思化为语言,贴切时像天衣无缝,疏漏时便相差千里。有的道理就在自己心里,却到国外去搜寻;有的意思就在眼前,却又像远隔山河。因此用心训练思想的方法,不在于凭空苦想,要求体会外物的美好,不必要劳苦自己的心情。

[14]搦(nuò 懦):持,执。　翰:笔。　[15]无际:两者密合,无空隙。际,两者连接处。　疏:远。　[16]方寸:指心。　域表:域外,国外。　[17]咫尺:指眼前。咫,八寸。　[18]秉心:操持心,即训练思想。　务:专力。　[19]含章:含美,含有地上景物的美。《原道》:“偏察含章(指地)。”司契:要求契合,指体会。

250

26.4 人之禀才，迟速异分，文之制体，大小殊功㉑。相如含笔而腐毫，扬雄辍翰而惊梦，桓谭疾感于苦思㉑，王充气竭于思虑，张衡研京以十年，左思练都以一纪㉒：虽有巨文，亦思之缓也。淮南崇朝而赋《骚》㉓，枚皋应诏而成赋，子建援牍如口诵㉔，仲宣举笔似宿构㉕，阮瑀据案而制书㉖，祢衡当食而草奏㉗：虽有短篇，亦思之速也。

就各人具有的创作才能说，下笔有快慢，天分不同；就作品的规划体制说，规模有大小，功力各异。司马相如口吮着笔直到笔毛腐烂文章才写成，扬雄用心过度放下笔做着恶梦，桓谭由于苦苦思索因此害病，王充用心过度气力衰耗，张衡用十年工夫研讨《两京赋》，左思用十二年时间著作《三都赋》：虽说是篇幅巨大，也由于文思的迟缓。淮南王刘安在一个早上就写成《离骚传》，枚皋一接到诏书就写成了赋，曹植铺开纸创作像写背诵的文章，王粲拿起笔来创作像写早已做好的文章，阮瑀靠着马鞍上作文书，祢衡对着酒席起草奏章：虽说都是短篇，也由于文思的敏捷。

㉑禀：禀赋，有天赋意。 制体：确定体裁。 ㉑桓谭讲他作赋用心过分，因此发病。又说汉成帝叫扬雄作赋，用心精苦，作成后困倦小睡，梦里看见自己的五脏掉在地上，用手把它拿起来安在身子里，醒来遂得大病。见《全后汉文》卷十四引桓谭《新论·祛蔽》。 ㉒练：指推敲辞意。 纪：十二年。 ㉓汉武帝叫淮南王刘安《离骚传》，只一个早上就作好了。 崇朝：一个早上。崇，终。 赋：指写作。 ㉔子建：曹植的字。 援：持。 牍：木简，指纸。 ㉕仲宣：王粲的字。 宿构：早写好的。 ㉖曹操在路上叫阮瑀写信给韩遂，阮瑀就靠在马鞍上起草。 案：当作鞍。 ㉗黄祖的儿子黄射大会宾客，有人献鹦鹉的，黄射举杯请祢衡作赋，祢衡拿起笔来就写，不加修改就写成了。祢衡又曾替刘表写奏章，大为刘表称赏。这

251

里把这两件事合在一起了。

26.5　若夫骏发之士,心总要术[28],敏在虑前,应机立断;覃思之人,情饶歧路[29],鉴在疑后,研虑方定。机敏故造次而成功,虑疑故愈久而致绩[30]。难易虽殊,并资博练。若学浅而空迟,才疏而徒速,以斯成器[31],未之前闻。是以临篇缀虑[32],必有二患:理郁者苦贫,辞溺者伤乱[33],然而博见为馈贫之粮[34],贯一为拯乱之药,博而能一,亦有助乎心力矣。

至于文思敏捷的人,心里熟悉创作的方法,感觉敏锐,并无疑虑,当机立断;文思迟缓的人,情思纷乱,徘徊歧路,要弄明白心里的怀疑,经过研究考虑才能决定。文思快所以能在匆促中写成功,疑虑多所以要很久才能完篇。慢和快、难和易虽然不同,都靠学识广博,技巧熟练。要是学识浅陋写得慢也是白费,才学荒疏写得快也是徒然,像这样能写出成功的作品,以前还没有听说过。因此创作时酝酿文思,一定有两种困难:思路阻塞的人,苦于内容贫乏;辞藻泛滥的人,苦于文辞杂乱。那末见识广博就成为补救贫乏的粮食,中心一贯就成为拯救杂乱的药方;识见广博,中心一贯,对创作构思也有帮助了。

[28]骏发:文思敏捷。骏,速。　要术:主要方法。　[29]覃(tán 谈):深。　饶:多。　歧路:指意见不定。　[30]造次:仓猝,匆促。　致绩:成功。　[31]器:才器,才能。　[32]缀虑:构思。　[33]郁:郁积,指思路不开展。　贫:贫乏,没东西可写。　辞溺:陷在辞藻里。　[34]馈(kuì愧):进食。

26.6　若情数诡杂㉟,体变迁贸㊱,拙辞或孕于巧义,庸事或萌于新意㊲,视布于麻,虽云未[费]贵,杼轴献功,焕然乃珍㊳。至于思表纤旨,文外曲致㊴,言所不追,笔固知止。至精而后阐其妙,至变而后通其数㊵,伊挚不能言鼎,轮扁不能语斤㊶,其微矣乎!

要是情思不一致而是非混杂,体制不当而变易多端,拙劣的文辞中有时含有巧妙的意义,平庸的事例中有时透露出新颖的意思,好比原料的麻质量虽并不比布贵重,但经过加工制作,便显得有光泽而可宝贵。至于文思以外的细微意旨,文辞以外的曲折情趣,语言所难以说明,笔墨所不能表达。那要达到最精微的境界而后才能够阐发它的妙处,懂得了最微妙的变化然后才能理解它的技巧,这好比伊尹不能说明烹调的巧妙,轮扁不能说明砍轮的甘苦一样,真是太微妙吧!

㉟情数诡杂:情思不正而杂乱。情数,指情思。　㊱体变迁贸:体裁变化。体变,指体裁。迁贸,指变化。应该写成短篇的,硬要拉成长篇,这就由于体裁不当。　㊲孕:包含。　萌:萌芽。　㊳焕然:有光采。　㊴表:外。　纤:细。　曲:曲折。　㊵阐:说明。　数:技巧。　㊶伊挚:伊尹名挚,他去见汤,拿烹调的道理比治理国家,来劝说汤。　鼎:古烹调用具。　轮扁:作车轮的工人名叫扁。他说用斧子砍木作车轮,其中的甘苦他也无法说明。

26.7　赞曰:神用象通,情变所孕。物以貌求,心以理应。刻镂声律,萌芽比兴。结虑司契,垂帷制胜㊷。

总结说:精神靠物象来贯通,是情思变化所孕育的。物象用它

253

的形貌来打动作家,作家心里产生情理来作为反应。再推求文辞的声律,产生比喻起兴手法。运用思虑来构成文思,下帷构思,可以取胜。

㊷司契:指意匠经营。　垂帷:下帷,《史记·董仲舒传》:"下帷讲诵。"指构思。

体性第二十七

《体性》是讲体貌和性情的关系,即风格和个性的关系。刘勰把文辞分为八体四组,每组中彼此相反,即:(1)雅正和新奇相反,(2)深隐和明显相反,(3)繁丰和精简相反,(4)壮丽和轻靡相反。他对其中新奇和轻靡两体有贬辞。他称新奇为"危侧趋诡",称轻靡为"浮文弱植"。那末这彼此相反的四组中,有两组是不平衡的,即雅与奇、壮与轻,一好与一不好。

陈望道先生在《修辞学发凡》里说:体性上的分类,约可分为四组八种如下:

(1)组:由内容和形式的比例,分为简约、繁丰;

(2)组:由气象的刚强与柔和,分为刚健、柔婉;

(3)组:由于话里辞藻的多少,分为平淡、绚烂;

(4)组:由于检点工夫的多少,分为谨严、疏放。

按照这个说法,那末刘勰的四组八体,其中的(1)正和奇,是指内容说的;(2)隐和显,是指表现手法说的;(3)繁和简,是指内容和形式说的;(4)壮和轻,是指气象的刚柔说的。这就是讲体。刘勰能提出四组八体彼此相反,这是很有见地的。

陈望道先生讲四组八体彼此相反,没有贬低其中的任何一体,这是对的。刘勰讲四组八体彼此相反,贬低其中的两体,这是不恰当的。因正与奇相反,有正即有奇,两者都需要,不应贬低奇。刘勰把奇说成"危侧趋诡",就不好了。跟正相配的奇,应该是不平凡、非常,那就没有贬义了。刘勰把壮和轻相配,贬低轻为浮弱。其实,跟壮健相配的应该是柔婉,那就不必贬低了。至于轻靡和侧诡两种风格,可以不列入八体中。不过刘勰把奇说成侧诡,把轻说成浮弱,是有纠正当时文风流弊的作用,这个用意是好的。要是他在四组八体中指出其中的流弊，如奇特的流为侧诡，绮丽的流为浮靡，既注意纠正文风的弊病，又不把流弊纳入八体中，就更确切了。

性指性情、个性，他把个性的形成分为才、气、学、习。认为才气是天生的，学习是后天造成的。他很看重学习，认为"八体屡迁，功以学成"，这是指上述修辞学上的风格。他又讲作家个人的风格，比较偏重于由先天的性情所决定的，"吐纳英华，莫非情性"。《事类》里也说："文章由学，能在天资。"那末先天的才气决定作者个人的风格，后天的"学有浅深，习有雅郑"，决定作品事义的或浅或深，体式的或雅或郑。这样看重先天的才气，是不够正确的。

照现在看来，才是才能，才能不是与生俱来的，是在素质（先天的解剖生理特点）的基础上，经过教育和培养，并在实践活动中形成和发展起来的。气是气质，气质能在外界影响下通过实践活动而改变。天才是高度发展的才能。那末，作者风格的形成，主要不决定于先天的素质和气质，主要是在先天气质的基础上决定于后天的教育培养和实践。那末"功以学成"是对的，不论作家或作品的风格都一样。不过这也不是抹煞先天的素质，比方歌唱家要有一个好嗓子，这是属于先天的素质。有了好嗓子还要加以培养和刻苦锻练，但这并不抹煞要有一个好嗓子。刘勰认为性情和才气是天生的，所以主张"摹体以定习，因性以练才"。我们认为才气主要是由后天的学习和实践所决定，首先要培养美好的情性，把重点放在后天的学习和实践上，这才能"因性以练才"。但因性练才并不抹煞先天的素质。

27.1　夫情动而言形，理发而文见，盖沿隐以至显，因内而符外者也①。然才有庸儁，气有刚柔，学有浅深，习有雅郑②，并情性所铄，陶染所凝③，是以笔区云谲，文苑波诡者矣④。故辞理庸儁,莫能翻其才;风趣刚柔,宁或改其气;事义浅深,未闻乖其学;体式雅郑,鲜有反其习⑤;各师成心,其异如面。

感情有活动,自然形成语言,道理要发表,就体现为文章,这是情理由隐藏到显露,内容由在内到在外。不过人的才能有平庸的,有杰出的,气质有刚强的,有柔婉的,学识有浅薄的,有渊博的,习染有雅正的,有浮靡的,这些都由性情所造成,习俗所陶冶,因此在文坛上的作品像云气那样变幻,艺苑上的创作像波涛那样诡异了。由此可以看出,文辞和理论的平庸或特出,离不开一个人的才能;风格和趣味的刚健或柔婉,难道会和作者的气质有差别;文中用事述义或浅或深,没有听说过有谁会和他的学识相反;体制的雅正或浮靡,很少有人和他的习染相反;每个人凭着自己的认识写作,作品正像他们的面貌各不相同一样。

①隐:隐藏在内,指情理。　　显:显露在外,指言文。　　②儁:同俊,杰出。　　雅郑:雅是周天子辖区内的标准音乐,郑是郑国靡靡之音的音乐,所以以雅为标准,正确;以郑为淫靡,不正确。　　③情性:指各人的性情气质。　　铄:冶金,借作形成。　　陶染:风俗习惯的陶冶感染。　　④笔区:犹文坛。　　谲、诡:都指变化。　　⑤翻:改变。　　宁:岂。　　鲜:少。

27.2 若总其归塗,则数穷八体:⑥一曰典雅,二曰远奥⑦,三曰精约,四曰显附,五曰繁缛,六曰壮丽,七曰新奇,八曰轻靡。典雅者,熔式经诰,方轨儒门者也⑧;远奥者,馥采典文,经理[元]玄宗者也⑨;精约者,核字省句,剖析毫厘者也⑩;显附者,辞直义畅,切理厌心者也⑪;繁缛

257

者,博喻酿采,炜烨枝派者也[12];壮丽者,高论宏裁,卓烁异采者也[13];新奇者,摈古竞今,危侧趣诡者也[14];轻靡者,浮文弱植,缥缈附俗者也[15]。故雅与奇反,奥与显殊,繁与约舛,壮与轻乖,文辞根叶,苑囿其中矣。

要是总结各种作品的归宿,那末技术上可概括在八种风格里:第一是典雅,第二是深隐,第三是精简,第四是明显,第五是繁丰,第六是壮丽,第七是新奇,第八是浮靡。典雅的,是从经书中熔化得来,同儒家著作并行的;深隐的,是文采不显,文辞有法度,以道家学说为主的;精简的,是节省字句,剖析入微的;明显的,是语言质直,意义畅达,话说得合情合理使人满意的;繁丰的,是比喻众多,辞采丰富,像分枝别派的繁密而有光采的;壮丽的,是议论卓越,体制宏伟,文采突出的;新奇的,是抛弃古旧的,追求新颖的,未免走着危险和诡异的路子;浮靡的,是文辞浮华,柔弱乏力,既轻飘飘而又显得庸俗的。所以典雅和新奇相反,深隐和明显不同,繁丰和精简相反,壮丽和浮靡不同,各种文辞生根抽叶发芽滋长,都在这个范围里了。

⑥塗:同途,路。　穷:尽于。　⑦奥:隐,不显露。　⑧熔式:熔化模仿。式,用作模范。　方轨:并轨,即两车并行。指取法经书,采用儒家,文辞庄重的是典雅。　⑨馥:当作复,隐而不显。　玄宗:玄妙的理论。指采用道家,文辞玄妙的是玄奥。　⑩核(hé合)字:字字经过考核即内容剖析入微,文辞精练的是精约。　⑪厌心:同餍心,心里满足。指不绕弯子说话,意义畅达,道理深入人心的是显附。　⑫酿采:指辞采丰富。酿,酝酿。　炜烨(wěi yè 伟叶):有光采。　枝派:分枝别派。指内容丰富。辞采华丽的是繁缛。　⑬宏裁:大体裁。　卓烁(shuò 硕):卓越的光采。议论卓越,文辞杰出的是壮丽。　⑭摈:排斥。　危侧:险僻。指不走

258

正路,追求新颖奇巧的是新奇。　⑮植:指内容的情志。　缥缈:虚飘。指内容浅薄,文辞浮靡的是轻靡。

27.3　若夫八体屡迁,功以学成,才力居中,肇自血气⑯;气以实志,志以定言,吐纳英华,莫非情性⑰。是以贾生俊发⑱,故文洁而体清;长卿傲诞,故理侈而辞溢⑲;子云沉寂⑳,故志隐而味深;子政简易,故趣昭而事博㉑;孟坚雅懿,故裁密而思靡㉒;平子淹通,故虑周而藻密㉓;仲宣躁锐,故颖出而才果㉔;公幹气褊,故言壮而情骇㉕;嗣宗俶傥,故响逸而调远㉖;叔夜俊侠,故兴高而采烈㉗;安仁轻敏㉘,故锋发而韵流;士衡矜重㉙,故情繁而辞隐。触类以推,表里必符,岂非自然之恒资㉚,才气之大略哉!

至于八种风格的屡次变化,它的功效要靠学力,说到各人内蕴的才能,最初由于气质所造成;气质用来充实情志,情志确定语言文辞,发言精采,没有不是同性情有关的。因此,贾谊的才气英俊,所以文辞洁净而风格清新;司马相如行为狂放,所以文理虚夸而文辞夸饰;扬雄的性情沉静,所以他的辞赋含意隐晦而意味深沉;刘向的性情平易,所以文辞的志趣明白而事例广博;班固文雅深细,所以文章的体裁绵密而思想细致;张衡学识广博通达,所以考虑周到而文辞细致;王粲急躁而勇锐,所以锋芒突出而果敢有力;刘桢性情褊急,所以言辞雄壮而情思惊人;阮籍行为豁达,所以他的文辞音节高超而声调卓越;嵇康豪侠,所以兴趣高超而文采壮丽;潘岳轻浮而敏捷,所以锋芒毕露而音韵流动;陆机庄重,所以情事繁富而辞义含蓄。由此类推,外表的文辞,和内在的性情气质,一定是相符合的,从这里难道不是可以看出天赋的一定资质和才气的大概吗？

⑯肇：开始。　　血气：气质。　　⑰吐纳：吐，发表。　　英华：精采作品。　　⑱贾生：贾谊。　　俊发：英俊而意气发扬。　　⑲长卿：司马相如字。　　诞：放荡。　　侈：夸大。　　⑳子云：扬雄字。　　㉑子政：刘向字。　　简易：平易近人。　　昭：明白。　　㉒孟坚：班固字。　　懿：深。靡：细。　　㉓平子：张衡字。　　淹：广。　　周：周到。　　㉔仲宣：王粲字。颖出：锥子的尖脱出，指露锋芒。　　果：决断。　　㉕公幹：刘桢字。褊：狭隘。　　骇：惊人。　　㉖嗣宗：阮籍字。　　俶傥(tì tǎng 替淌)：不受拘束。　　逸：高超。　　㉗叔夜：嵇康字。　　烈：强烈。　　㉘安仁：潘岳字。　　㉙士衡：陆机字。　　矜：矜持，庄重。　　㉚恒资：恒久不变的资质，指气质。

27.4　夫才[有]由天资，学慎始习，斫梓染丝㉛，功在初化，器成采定，难可翻移。故童子雕琢，必先雅制，沿根讨叶，思转自圆，八体虽殊，会通合数，得其环中，则辐辏相成㉜。故宜摹体以定习，因性以练才，文之司南㉝，用此道也。

才气由于天资，学习要在开头时慎重，正像制车轮，制木器，染丝绸，功效都在开头显现，等到器物制成，色采染就，就难以改变。所以孩子学习修辞，一定要先端正体裁，从根本探究到枝叶，那末思路的转变自然圆满，八种风格虽然不一样，彼此融会贯通合于一定的原则，掌握了变通原则，那末八种风格就会像车辐的凑合相辅相成。所以应该从模仿各种风格中确定自己学习的方向，顺着性情和气质来锻炼才能。作为写作的指南，就指出了这条道路。

㉛斫(zhuó 浊):砍,砍轮。　　梓(zǐ 子):树名,制木器用,作制器解。
㉜环中:指轴心。　　辐辏:辐是车轮中的直木,辏聚在轮中心,比做不同风格的交互影响。　　㉝司南:指南针。

27.5　赞曰:才性异区,文辞繁诡。辞为肌肤[根],志实骨髓。雅丽黼黻,淫巧朱紫㉞。习亦凝真,功沿渐靡㉟。

总结说:才能性格各有区别,文辞风格变化多端。文辞好比肌肤枝叶,情志实在是骨干根本,雅正华丽的像古代的礼服,淫靡纤巧的像杂乱的颜色。经过学习也可形成正确的才气,它的收效要靠逐渐地转化过来。

㉞黼黻(fǔ fú 斧福):古代礼服上绣的花纹,半白半黑的斧形(刃白背黑)叫黼,半黑半青的两个己字形叫黻。　　朱紫:古代以朱为正色,紫为间色,即正色和间色混杂。　　㉟靡:倒:指倒向正确的一面。

风骨第二十八

刘勰在《体性》里提出修辞上的八种风格和作家的风格。这两种风格都有它的消极面，像危侧趋诡和浮文弱植就是。他要从作家或修辞的风格中，抽出其中积极方面，去掉消极方面，提出"风骨"来。侧诡的作品给人怪异的感觉，不能感动人，没有风，风要能感动人。浮弱的作品给人浮靡的感觉，没有骨，骨要挺拔，所以要求有骨。

风骨是什么呢？一切艺术品都有风骨。比刘勰稍迟，约写于梁代的谢赫《古画品录》里讲的六法："一，气韵，生动是也；二，骨法，用笔是也。"又称曹不兴画："观其风骨，名岂虚哉！"画得生动，有气韵，就是风；用笔遒劲，就是骨。

再看刘勰讲风，是"化感之本源，志气之符契"，风是感动人的力量，这种力量是符合志气的，志是情志，气是才气，作品内容空洞，没有才气，就没有感动人的力量，就没有风。风不是志气，但同志气有关，所以"怊怅述情，必始乎风"，抒情有了风才感动人。"情之含风，犹形之包气"，有了风就有生气，也就是有气韵，写得生动。拿画来说，不论画人物、山水、鸟兽、虫鱼，只有画得生动，画得活，有生气，有气韵，能吸引人，就有风。对作品说，写得生动，有气韵，有生气，写人写得活，写景物写得如在目前，有情味，能感动人，就有风。风跟内容有关，倘内容陈陈相因，人云亦云，使人读了昏昏欲睡，就没有风。但风对思想的要求不高，画富有思想性的故事有风，画花鸟虫鱼画活了也同样有风。所以司马相如的《大人赋》写游仙的，写得有生气，汉武帝读了，飘飘然像凌云的样子，这就是感动人，就有风，但《大人赋》谈不上什么思想性，好比画的草虫游鱼也谈不上思想性，只要画得气韵生动，就有风。不过既要求感化

262

人，内容至少要能吸引人的。

再看骨，"沉吟铺辞，莫先于骨"，骨是对构辞的要求。"辞之待骨，如体之树骸"，有了骨，文辞才挺拔能立得起来。"瘠义肥辞，繁杂失统，则无骨之微也"。辞藻过多，臃肿而不挺拔，就没有骨。"练于骨者，析辞必精"，"捶字坚而难移"，用辞极精练，才有骨。"结言端直，则文骨成焉"。语言的精练端直，正像画画的用笔猷劲。骨是对作品文辞的精练要求。画的骨法，讲用笔，主要是线条的猷劲，至于这些线条所构成的画面，不论人物、山水都行，对思想的要求是不高的。所以刘勰举潘勖《策魏公九锡文》，是阿谀权臣的作品，更谈不上什么思想性，但它模仿经书，用辞挺拔，所以有骨。这说明骨是对作品文辞的要求。

刘勰提出风骨来，有利于纠正瘠义肥辞、勉强乏气的作品，纠正侧诡浮靡的作品。他提出要讲感动人的力量也是对的。缺点是他对思想性的要求不高。相如赋仙，潘勖锡魏，都谈不上什么思想性。《大人赋》对汉武帝虽有感动他的力量，但对不相信游仙的人说来就没有作用。因此，作品要求风骨，应该同思想性结合起来，才真正具有感人的力量。这样来讲风骨，才能像刘勰说的把风和骨比成鸟的两个翅膀，配合起来高飞。

那末怎样来建立作品的风骨呢？他提出"洞晓情变，曲昭文体"，"孚甲新意，雕画奇辞"。就是通晓各种感情的变化，深明各种文体的特点，然后根据作者所要表达的思想感情，选择适当的文体，通过相应的表现手法，达到"风清骨峻"。这里要"熔铸经典之范，翔集子史之术"，就是吸取经书和百家、史传的优点，加以熔铸，创作出生动得能飞腾的作品。不要趋向浮华，走上歧路。

在这篇里，作者也讲到理想的作品，就是风骨再加上文采。骨要文辞精炼，风要表情生动，再加上光耀的文采。他打了个形象的比喻，有文采而缺乏风格，好比五彩缤纷的野鸡，却是飞不高，飞不远的；有风骨而缺乏文采，好比高飞在天上的鹰隼；这里，他认为鹰隼高于野鸡，就是风骨高于文采。又有风骨又有文采，好比凤凰，既是文采照耀又能高飞，这才是他理想的作品。

28.1 《诗》总六义，风冠其首，斯乃化感之本源，志气之符契也①。是以怊怅述情，必始乎风，沉吟铺辞②，莫先于骨。故辞之待骨，如体之树骸，情之含风，犹形之包气。结言端直，则文骨成焉；意气骏爽③，则文风清焉。若丰藻克赡，风骨不飞，则振采失鲜，负声无力。是以缀虑裁篇，务盈守气，刚健既实，辉光乃新，其为文用，譬征鸟之使翼也④。

《诗经》包括风、雅、颂三体和赋、比、兴三种表现手法，风排在第一，它是感化的根本力量，是志气的具体表现。因此，深切动人地表达感情，定要从注意风的感化力量开始；反复推敲地运用文辞，没有比注意骨更重要了。所以文辞的需要有骨，好像形体的需要树起骨架；表达感情的需要有风，好像形体里含有生气。措辞端庄正直，那是文骨的成就；意气快利豪爽，那是文风的清新。倘使文采丰富，而风骨不能飞动，那样的文采是黯淡而不鲜明的，是没有声韵之美的。所以运思谋篇，一定要充分地保住生气，使文辞刚健充实，才有新的光辉。风骨对于文章的作用，好比飞鸟的使用两个翅膀。

①志气：情志和气势。　符契：信约，指作品和志气一致。　②怊怅：犹惆怅。　沉吟：低声吟咏。　③骏爽：快利爽朗。　④征鸟：远飞的鸟。

28.2 故练于骨者,析辞必精,深乎风者,述情必显。捶字坚而难移,结响凝而不滞⑤,此风骨之力也。若瘠义肥辞,繁杂失统⑥,则无骨之徵也。思不环周,[索莫]牵课乏气⑦,则无风之验也。昔潘勖锡魏,思摹经典,群才韬笔⑧,乃其骨髓峻也;相如赋仙,气号凌云,蔚为辞宗,乃其风力遒也⑨。能鉴斯要,可以定文,兹术或违,无务繁采。

所以能够锻练文骨的,辨析文辞一定精当,能够深通文风的,表达感情一定明显。文字捶练得确切而难于更换,声调有力而不粘滞,这是文章有风骨的力量。要是命意贫乏,辞藻过多,繁杂而没有条理,那是缺乏骨的凭证。如果考虑得不周到,勉强创作而缺乏生气,那是没有风的证明。从前潘勖写《策魏公九锡文》,构词摹仿经典,众多才人搁笔不敢再写,就因为它的骨力较高;司马相如作《大人赋》,称为飘飘然有凌云之气,富文采而成为辞赋的模范,就因为他的风力强劲。能够借鉴这些要点,可以写出好的文章,要是违反了这一原则,不用致力于繁多的辞藻。

⑤捶:锻击。捶字,指练字。　结响凝:使声调有力,凝是声调有一定,指有力。　不滞:不粘滞,指声调跟着情思变化。　⑥瘠义:意义贫乏。统:统绪,条理。　⑦索莫:杨注,元本作"索课",当作"牵课",如《养气》:"非牵课才外也。"牵课指勉强。　⑧韬:藏。　⑨凌云:在云上,驾云。蔚:盛。　宗:宗匠。　遒:劲。

28.3 故魏文称:"文以气为主,气之清浊有体⑩,不可力强而致。"故其论孔融,则云"体气高妙"⑪;论徐幹,则云"时有齐气"⑫;论刘桢,则云"有逸气"⑬。公幹亦云,"孔

氏卓卓,信含异气,笔墨之性,殆不可胜⑭",并重气之旨
也。夫翚翟备色,而翾䎔百步⑮,肌丰而力沉也,鹰隼乏
采,而翰飞戾天⑯,骨劲而气猛也;文章才力,有似于此。
若风骨乏采,则鸷集翰林⑰,采乏风骨,则雉窜文囿,唯藻
耀而高翔,固文笔之鸣凤也。

　　所以魏文帝在《典论·论文》中,称"文章以风格为主宰,风格的
或清或浊由于气质,不是勉强所能达到的"。所以他论孔融,便说
他"气质和风格都很高妙";论徐幹,便说"时常有齐地舒缓的风
格";论刘桢,便说"有高超的风格"。刘桢也说,"孔融很杰出,确实
具有不同寻常的风格,他的文章妙处,几乎无法赶上",这些,都是
看重风格的意思。野鸡具备各种色采而一飞百步,是肌肉丰满而
力量不够,鹰隼缺乏文采而高飞冲天,由于骨力强劲而气势猛厉;
文章才力,也和这相仿。倘使有风骨而缺乏文采,便如同文艺园林
中的猛禽,有文采而缺乏风骨,就像是野鸡在文艺的园地乱窜,只
有文采照耀而高飞到天,确是文章中的凤凰。

　　⑩魏文:魏文帝曹丕。　　气:指风格。　　清浊:指风格的清浊或刚
柔。　　体:体气,即气质。　⑪体气:即指气质和风格。　　⑫齐气:齐
俗文体舒缓,所以称文气舒缓为齐气。　⑬逸气:高超的风格。　　⑭公
幹:刘桢字。　　卓卓:卓越,超出一般。　　异气:特出的风格。　　性:性
质,特征,妙处。　　殆:几乎。　⑮翚(huī 灰):五彩的野鸡。　　翟(dí
敌):长尾的野鸡。　　翾䎔(xuān zhù 宣注):小飞。　⑯翰:高。　戾:
到。　⑰翰林:翰(笔)墨之林,即文艺的园地。

　　28.4　若夫熔铸经典之范,翔集子史之术⑱,洞晓情
变,曲昭文体,然后能孚甲新意,雕画奇辞⑲。昭体,故意
266

新而不乱，晓变，故辞奇而不黩⑳。若骨采未圆，风辞未练，而跨略旧规，驰骛新作，虽获巧意，危败亦多，岂空结奇字，纰缪而成经矣㉑？《周书》云："辞尚体要，弗惟好异。"盖防文滥也。然文术多门，各适所好，明者弗授，学者弗师。于是习华随侈，流遁忘反。若能确乎正式，使文明以健，则风清骨峻，篇体光华。能研诸虑，何远之有哉！

至于依照经书的规范来提练创作，吸取百家史传的创作方法，深切通晓感情的变化，详细明白文章的体制，然后才能萌生新意，修饰不平常的辞藻。明白各种体制，那末虽有新意也不会选取不适当的文体；通晓写作上的变化，那末文辞虽然新奇也不会违反严正的修辞手法。倘使骨力和文采还没有圆熟，风力和辞藻还没有提练，却要超越旧的规范，追逐新的创作，虽则获得巧妙的用意，遭致失败的也多，难道徒然用了奇突的字，就能把错误看成正常吗？《周书·毕命》说："文辞著重在体察要领，不只是爱好奇异。"是防止文辞的浮滥。然而写作方法有多种多样，各人有各人的爱好，所以会写作的人不便用自己的爱好来教人，习作的人也不去向人请教。因此，跟着浮华侈靡的风气跑，流入歧路而不知道回头。倘使能够确立正确的体式，使得文辞鲜明而刚健，那末可望风力清新，骨力高超，使整篇具有光彩。如果能够钻研各种问题，那末达到那种境界又怎么会遥远啊！

⑱熔铸:指取法经典加以重新创作,同模仿不完全一样。　翔集:指取法子史使文字写得极为生动,像飞翔一般。　⑲洞:深。　曲昭:详悉。孚甲:萌芽。　雕画:修饰。　⑳黩(dú毒):亵狎,不严肃,有浮滑意。㉑纰缪:缪误。　成经:成为经常,经常这样,不是偶然这样。

267

28.5 赞曰:情与气偕,辞共体并。文明以健,珪璋乃[骋]聘^㉒。蔚彼风力,严此骨鲠^㉓。才锋峻立,符采克炳。

总结说:情思和气质相配合,文辞和风格相结合。文章写得鲜明强劲,像宝玉般受到珍重。增加文章的风力,加强文章的骨力。这样使才华卓越,文采才能够显耀。

㉒珪璋:各国聘问时的宝玉。　　㉓骨鲠:骨骾,犹骨,指骨力。

通变第二十九

《通变》里说，"通变则久"，"变则可久，通则不乏"。那末通变就是从"穷则变，变则通，通则久"来的。怎样认识文学的穷变通久呢？在于研究历代文学的演变，看它们的因革损益，用作创作的借鉴。不过刘勰讲通变，在正文里强调继承，像认楚骚是"矩式周人"，像"矫讹翻浅，还宗经诰"，像举例的"五家如一"，都是侧重继承的。在赞里强调革新，像"月新其业"，"趋时必果"，"望今制奇"。大概他认识到革新的重要，但重点还是放在救弊上，所以正文里要强调继承了。

他认为创作要求通变，是因革损益，有所继承，有所革新。像作品的体裁，有一定规格，这方面要参考前人的作品，是因袭，是继承；作品的文辞，作家的才气，要变化，要革新。文辞跟着时代变化，先秦的文辞跟两汉有些不同，两汉的文辞跟魏晋也有些不同，到齐梁讲究对偶声律，又有不同。作家的才气跟各人的个性有关，也各有不同，所以这方面要求革新。

就文学跟着时代变化说，刘勰研究了九个朝代的文学发展，认为是从淳厚质朴转向典雅华丽，这是向上发展；再转向夸张富艳，转向浮浅绮丽，转向诡诞新奇，就在走下坡路了。经过对历代文学发展的比较研究，有了这种认识，就能看到当时文学创作的毛病是诡诞新奇，而不至于跟着这股歪风走。要改变这种毛病，应该根据历代文学的发展，选择正确的路来走。刘勰认为商周文学的典雅华丽是正确的，典雅是内容正确，华丽是语言有文采，所以提出"还宗经诰"的主张。

怎样宗经呢？刘勰在《宗经》里说："故文能宗经，体有六义：一则情深而不诡，二则风清而不杂，三则事信而不诞，四则义贞而不

269

回,五则体约而不芜,六则文丽而不淫。"这就是,就内容说,要求情深,事信,义正;就体裁文辞说,要求体约,文丽;就风格说,要求风清。能够这样,讹和浅的毛病都可以矫正了。

这样作是通变,因为向经书学习的主要是六义,不是模枋经书的语言,也不要求用经书的思想来写作。因此通变的要求在"斟酌乎质文之间,而櫽括乎雅俗之际"。看到历代文学的由质朴趋向文华,要加以斟酌去取,不是完全顺着这个趋势走,倒向文华一边,就是要有质有文。在文辞上要矫正雅俗两方面的偏颇,雅的不要偏于古而不适于今,俗的不要偏于今而有讹浅的缺点,所以要加以矫正,使雅而不古,俗而不讹。因此,讲通变,要"先博览以精阅,总纲纪而摄契"。经过博观精研,再要总括大纲细目,才能分别古今作品哪些是好的,哪些是不好的,这才能谈到通变。然后"凭情以会通,负气以适变",要凭着真情和气势,考虑各种适宜的表达方法。

那末刘勰的讲通变,并不是模仿。可是他举出五家如一的例子,认为写境界的广阔,虽然在文字上稍有变化,还是跳不出前人的范围。像"日出东沼,月生西陂","大明出东,月生西陂","出入日月","日月于是乎出入",翻来覆去总是这个意思,这是模仿,不是革新。刘勰讲通变,为什么不举出革新的例子,却举出模仿的例子呢? 原来他讲通变,目的在矫正当时讹而新的文风。他认为为了救弊,与其崇尚新奇而陷于讹浅,还不如谨守规矩而不妨相袭。不过就通变说,崇尚新奇而陷于讹浅是不对的,谨守规矩而辞意相袭也是不对的。这里也显出刘勰在通变上的局限性。

讲通变,还得注意他的赞,就是要"日新其业",创作上求日新,这个新不光是继承,是要变。从九代的咏歌说,要讲究"变乎骚"。楚骚不是"矩式周人",不是继承,而是新变,不光在内容上变,在语言上也变,在比兴手法上也变。汉之赋颂也不光是"影写楚世"的继承,也有新变,从内容到文辞,也有变。魏之篇制,也不是"顾慕

270

汉风"的继承,也有新变。这样从新变中去总结经验,同样有利于救弊,才符合通变的要求。还要着重"趋时必果"和"望今制奇",刘勰讲《丽辞》《声律》确是趋时望今,可惜他举的五家如一的例子都不恰当。要是这篇里强调新变,在侧重新变上来讲继承,才对文学的革新起到指导作用,不光限于救弊了。

29.1　夫设文之体有常,变文之数无方,何以明其然耶①?凡诗赋书记,名理相因②,此有常之体也;文辞气力,通变则久③,此无方之数也。名理有常,体必资于故实;通变无方,数必酌于新声④;故能骋无穷之路,饮不竭之源。然绠短者衔渴,足疲者辍涂⑤,非文理之数尽,乃通变之术疏耳。故论文之方,譬诸草木,根干丽土而同性,臭味晞阳而异品矣⑥。

文章的体裁是有一定的,文章的变化是无穷的,凭什么知道它这样呢?所有的文体从《明诗》《诠赋》直到《书记》,它们的名称和创作规格是有所继承的,这说明体裁是有一定的;文辞的气势和力量,要有变通才能长久传下去,这说明变化是无穷的。名称和创作规格有一定,所以讲体裁一定要借鉴过去的作品;变化是无穷的,所以讲变化一定要参考当代的新作;这样,才能够在没有穷尽的创作道路上奔驰,汲取永不枯竭的创作源泉。如果水桶的绳子短,就会因打不到水而苦渴,如果脚力不够,就要在半路上停下来,这不是因为创作方法有限制,是不善于变化罢了。因此,讲创作的方法,作品好比草木,根和干都长在土里,这点是它们共同的本性,但是花叶气味却因吸取阳光的差异而显出不同的品种来了。

①常：不变的。　　数：术数，方法。　　无方：没有定规。　　然：这样。　　②诗赋书记：杨注：这是总论从《明诗》到《书记》的文体论各篇说的。③气：气势。　　通：会通，通观历代创作而求得它的规律。　　通变：指继承和革新。变，变革。　　④资：凭藉。　　故实：指过去作品。　　新声：新音乐，指新作品。　　⑤绠：汲水绳。　　衔渴：受渴。　　辍：停止。⑥丽：附著。　　睎阳：晒太阳。

29.2　是以九代咏歌，志合文则⑦。黄歌"断竹"⑧，质之至也；唐歌《在昔》，则广于黄世⑨；虞歌《卿云》⑩，则文于唐时；夏歌"雕墙"⑪，缛于虞代；商周篇什⑫，丽于夏年。至于序志述时，其揆一也⑬。暨楚之骚文，矩式周人⑭；汉之赋颂，影写楚世⑮；魏之［策］篇制，顾慕汉风；晋之辞章，瞻望魏采。推而论之⑯，则黄唐淳而质，虞夏质而辨，商周丽而雅，楚汉侈而艳，魏晋浅而绮，宋初讹而新⑰。从质及讹，弥近弥淡。何则？竞今疏古，风［昧］味气衰也⑱。

因此九个朝代的歌唱，在表达情志上都合乎创作发展的法则。黄帝时代唱《弹歌》，是极为质朴的；唐尧时代唱《在昔》歌，便比黄帝时代的歌要丰富些；虞舜时代唱《卿云》歌，比唐尧时代的歌要有文采些；夏朝唱《五子之歌》，比虞舜时代的歌更富辞采；商周两朝的诗歌，比夏朝的更华丽。至于叙情志，讲时世，它们的原则都是一致的。到了楚国的骚体诗，效法国朝人的一些诗歌；汉朝的赋和颂，摹仿楚国的作品；魏国的作品，慕效汉朝的文风；晋代的辞章，仰慕魏国的文采。约略说来，那末黄帝唐尧时代的作品淳厚而质朴，虞舜夏禹时代的作品质朴而明析，商周时代的作品华丽而典雅，楚汉时代的作品夸张而华艳，魏晋时代的作品浅薄而绮丽，刘宋初年的作品诡诞而新奇。从质朴到诡诞，时代越近滋味越淡。

272

为什么？争着模仿近代的忽略借鉴古代的，是造成文风暗淡文气衰落的原因。

⑦九代：黄帝、唐、虞、夏、商、周、汉、魏、晋。　　则：法则。　　⑧"断竹"：《吴越春秋》载《弹歌》："断竹，续竹，飞土，逐宍（肉）。"截竹子，系上弦，用来弹泥丸，打鸟兽。　　⑨《在昔》：《在昔》歌不详。　　广：内容广阔。　　⑩《卿云》：《尚书大传》载舜《卿（祥）云》歌："卿云烂（灿烂）兮，纠缦缦（纠绕而广远）兮。日月光华，旦复旦兮。"　　⑪"雕墙"：《尚书·伪五子之歌》的第二："内作色荒，外作禽荒，甘酒嗜音，峻宇（高屋）雕墙，有一于此，未或不亡。"五子，夏太康弟。　　⑫篇什：《诗经》中的雅颂，以十篇为一什，这里指诗篇。　　⑬揆（kuí 奎）：道。　　⑭矩式：以为规矩法式，即取法。　　⑮影写：模仿。　　⑯摧：扬摧，大略。　　⑰淳：朴厚。　　辨：明析。　　侈：浮夸。　　绮：有花纹的丝织品，指艳丽。　　讹：指伪体，和正确的体裁相反，指写得怪诞说的。　　⑱昧：暗昧不明。

29.3　今才颖之士，刻意学文⑲，多略汉篇，师范宋集⑳，虽古今备阅，然近附而远疏矣。夫青生于蓝，绛生于蒨㉑，虽逾本色，不能复化。桓君山云㉒："予见新进丽文，美而无采；及见刘扬言辞，常辄有得。"此其验也。故练青濯绛，必归蓝蒨，矫讹翻浅㉓，还宗经诰，斯斟酌乎质文之间，而櫽括乎雅俗之际㉔，可与言通变矣。

现在有才华的人，很用心学习文章，但多数人忽略汉朝作品，却去模仿刘宋时代的文章，虽然古代和近代的都看，却是接近近代浮浅诡诞的作品而疏远古代华丽典雅的作品。其实青色是从蓝草里取得的，赤色是从蒨草里取得的，这两种颜色虽然都胜过原来的两种草色，却不能再变化。桓谭说："我看了新进作家华丽的作品，文辞虽漂亮,却没什么可取的;等看了刘向扬雄的文辞,往往有所收获。"这就是上述的证验。所以要提炼青赤颜色,一定要用蓝草茜草,要矫正伪体改变浮浅的文风,还得尊崇经书。这样在质朴和文采中间斟酌尽善,在高雅和通俗中间安排妥帖,可以讲会通和变革了。

⑲颖:禾芒,指秀出、杰出。　　⑳宋集:刘宋的各家集子。　　㉑蓝:蓝草。　　绛:赤。　　蒨(qiàn欠):茜草。刘勰"青生于蓝"的用法,和"青出于蓝"的原意不同。"青出于蓝"是说青胜过蓝,刘勰的"青生于蓝",认为从蓝草里可以提炼出青来,从青里不能提炼东西,好比读经书有所得,读华丽文词无所得。　　㉒桓君山:桓谭字君山,东汉初年学者,著有《新论》。　　㉓濯:洗,指提炼。　　矫:纠正。　　㉔檃(yǐn引)括:矫正曲木的工具,指矫正。

29.4　夫夸张声貌,则汉初已极,自兹厥后,循环相因㉕;虽轩翥出辙㉖,而终入笼内。枚乘《七发》云:"通望兮东海,虹洞兮苍天㉗。"相如《上林》云:"视之无端,察之无涯,日出东沼,[月生]入乎西陂㉘。"马融《广成》云:"天地虹洞,固无端涯,大明出东,[月生]入乎西陂㉙。"扬雄"校猎"云:"出入日月,天与地沓㉚。"张衡《西京》云:"日月于是乎出入,像扶桑于濛汜㉛。"此并广寓极状㉜,而五家如一。诸如此类,莫不相循,参伍因革㉝,通变之数也。

对声音形貌加以夸张,那在汉朝初年的辞赋里已达到极点,从此以后,像转圈般互相沿袭,纵有想跳出旧套,却终于落在圈子里。枚乘《七发》说:"远望啊东海,广阔无边啊连接苍天。"司马相如《上林赋》说:"望起来望不到头,看起来看不到边,太阳从东面的池里

274

出来,落到西面的山陂下。"马融《广成颂》说:"天地广阔,实无边际,太阳从东面出来,落到西面山陂下。"扬雄《羽猎赋》说:"太阳月亮在这里升起落下,天和地合在一起。"张衡《西京赋》说:"太阳月亮在这里升起和落下,好像在扶桑和濛汜。"这些夸张的描绘和极力形容,五家好像一样。类乎这样的,没有不是互相沿袭的。必须错综变化,有继承有革新,才是变通的方法。

㉕厥:其。　因:沿袭。　㉖轩翥:高飞。　辙:车轮的迹。
㉗《七发》:辞赋篇名,西汉枚乘的代表作。　虹洞:广阔无边。　㉘沼:
水池。　陂:山旁。　㉙大明:太阳。　月生西:原文作"月朔(生)
西陂",按此句摹仿《上林》,当作"入乎西陂",故从上文改,因月亮生于东而不
生于西。　㉚"校猎":校是木栏,用串联的木栏拦住禽兽来加以猎取,指
《羽猎赋》。　沓(tà 榻):合。　㉛是:此。　扶桑:神话中的神树,是太
阳升起处。　濛汜(sì 四):日落处。　㉜寓:托喻。　㉝循:沿袭。
参伍:错综。

29.5　是以规略文统㉞,宜宏大体。先博览以精阅,总纲纪而摄契㉟;然后拓衢路,置关键,长辔远驭㊱,从容按节,凭情以会通,负气以适变,采如宛虹之奋鬐,光若长离之振翼,乃颖脱之文矣㊲。若乃龌龊于偏解,矜激乎一致,此庭间之回骤,岂万里之逸步哉㊳!

因此规划文章的总纲,应该着重大的方面。首先广博地浏览和精细地研读,抓住大纲加以吸收,然后开拓创作道路,掌握关键,这才能够拉着长长的马缰绳驾着马跑远路,态度从容,依照节奏前进,凭着真实感情来求会通,乘着旺盛气势来适应变革,文采像长虹的高拱,光芒像朱鸟星的鼓动翅膀,那才是卓越的作品了。倘使

局限在片面的理解，激动而夸耀自己的一偏之见，这好比在院子里打着圈儿跑马，哪里是在万里长途上奔驰啊！

㉞规略：规划，考虑。　统：总纲。　㉟摄：统摄，包括。　契：契合。　㊱衢路：四通八达的大路。　辔：马缰绳。　㊲宛虹：弯曲的长虹。　奋鬐（qí棋）：弓起背，鬐作背解。　长离：朱鸟星，南方七个星宿的总称，因为称鸟，所以联系到鼓动翅膀。　颖脱：锥子的头从袋子里脱出来，比喻突出。　㊳龌龊：局促。　矜激：骄傲偏激。　骤：跑马。逸步：快步，指马的快跑。

29.6　赞曰：文律运周，日新其业。变则[其]可久，通则不乏。趋时必果㊴，乘机无怯。望今制奇，参古定法。

总结说：文章的创作规律是运转不停的，每天要创新它的成就。善于变化才能够持久，善于会通才不会贫乏。适应时代需要一定要果断，趁着机会不要怯懦。看准当前的趋势来创作突出的作品，参酌古代的杰作来确定创作的法则。

㊴果：果断，决断。

定势第三十

　　什么叫"定势"，需要分开来说。先说"势"。这篇里打了个比方，叫"涧曲湍回"，溪身曲折，河床又陡，所以水流又急又回旋；要是溪身直，河床坦，水流就会又缓又直。溪身有曲有直，河床有陡有坦，如同文章的体裁有章表奏议，有赋颂歌诗，有符檄书移，有史论序注。溪水有回旋，有直流，有急有缓，如同文章有的典雅，有的清丽，有的明断，有的核要。造成溪水的或回旋，或直流，或急或缓，是由于溪身有曲有直，河床有陡有坦，这就是势。溪水的或曲或直，或急或缓，是顺着势而自然形成的。文章有的典雅，有的清丽，有的明断，有的核要，这是章表奏议、赋颂歌诗、符檄书移、史论序注这些不同体裁造成的。不同体裁形成不同风格是势，各种风格是顺着势而自然形成的。

　　溪水自然顺着势流，河床陡不会流得缓，河床坦不会流得急，所以不发生定势问题。文章就不同了，某种体裁适合某种风格，这点，写作的人不一定清楚。因此，章表奏议需要典雅，有的人却追求新奇，这就是体裁同风格不适应了，就不是顺着势了，所以要定势。定势就是文章要写得体裁同风格相适应，顺着某种体裁所需要的某种风格来写。

　　刘勰为什么要提出定势呢？由于当时的文风不正，要纠正文风。文风不正表现在两个方面：一是浮文弱植的轻靡；一是危侧趋诡的新奇。刘勰在《体性》篇里提到这两种风格，对它们有贬意。因此在这篇里讲到跟各种体裁相适应的风格时就不提新奇和轻靡。他主张定势，就是要纠正新奇和轻靡的文风。当时还喜欢颠倒字句来追求新奇，应该说"想彼君子"，却说成"君子彼想"，应该说"坠泪""危心"，却说成"危泪""坠心"。作者的用意是在力避平庸,使文句警策动人。其实文章中的警句,应该是精辟的内容,通过艺术手法来表达的。写不出内容精辟的作品,只想在文字上弄花巧,这是把创作引入歧路,所以称这种作品为"讹"。讹就是伪体,是错误的不正确的写作方法所造成的。

那末怎样来纠正这两种毛病呢? 就是定势。定势就是"因情立体,即体成势",顺着自然。根据要表达的思想感情来选择体裁,根据体裁来确定写法。比方报道生产,就要数字正确,不能像新民歌那样说成"白云擦着谷堆尖";可是写新民歌,正确数字不一定用得上。不同需要构成不同体裁,不同写法,不同风格。"色糅而犬马殊形,情交而雅俗异势",雅和俗构成不同风格,正像犬和马画成不同形状。不同体裁之间虽没有万里长城分隔着,可又不该混杂,所以说"虽无严郛,难得逾越"。因此,要定势,就要懂得各种不同体裁有不同的写法,所以要"兼解以俱通",才能"随时而适用"。但不同体裁的不同写法还是有变化的,所以要"随变立功"。虽有变化,但并不取消每种体裁的基本要求,像五色锦"各以本采为地",各有各的底子。这样既弄清了基本要求,又懂得变化,才能定势。

30.1　夫情致异区,文变殊术,莫不因情立体,即体成势也。势者,乘利而为制也。如机发矢直,涧曲湍回①,自然之趣也。圆者规体,其势也自转;方者矩形②,其势也自安:文章体势,如斯而已。

由于情趣各各不同,因而创作手法也各有变化,但没有不是依照情思来确定体制,就着体制来形成一种文势的。这种文势,是顺着便利而自然形成的。好像弩机一发,箭就笔直射出去,溪身曲折,急流因而回旋,是自然的趋向。圆的体积合乎圆规,它的体势自然转动,方的体积合乎矩形,它的体势自然安定:文章的体制和文势,就是这样罢了。

①机:古代一种弩箭,即神臂弓,用一种机械来发射。　洞:山溪。湍:急流。　②规体:犹圆形。规,圆规,指圆。　矩形:犹方形。矩,画方用。

30.2　是以模经为式者,自入典雅之懿③;效《骚》命篇者,必归艳逸之华④;综意浅切者,类乏酝藉⑤;断辞辨约者,率乖繁缛:譬激水不漪⑥,槁木无阴,自然之势也。

因此模仿经书来写作的,自然具有典雅的好处;仿效《离骚》来创作的,一定归入华丽卓越之类;命意浅显切近的,大都不够含蓄;措辞简明的,大致和丰富多彩不合:好比激起浪花的水不会有微波,枯树不会有浓密的遮阴,这是自然的趋势。

③懿:美。　④逸:高超,卓越。　⑤类:大都。　⑥漪:微波。

30.3　是以绘事图色,文辞尽情,色糅而犬马殊形,情交而雅俗异势⑦。熔范所拟,各有司匠,虽无严郛⑧,难得踰越。然渊乎文者,并总群势:奇正虽反,必兼解以俱通;刚柔虽殊,必随时而适用。若爱典而恶华,则兼通之理偏,似夏人争弓矢,执一不可以独射也⑨;若雅郑而共篇,则总一之势离,是楚人鬻矛誉楯,两难得而俱售也⑩。

因此绘画要讲究着色,文辞要尽量表达感情;调配颜色,使画出的狗马构成不同形状,感情交错,使作品的雅俗具有不同体势。作者所模拟的范本,各有各的师承,虽然彼此之间并没有严格的界限,却是很难越过。然而深于创作的人,都善于综合各种体势:奇变和正规虽然相反,一定都懂来融会贯通;刚健和柔婉虽然不同,一定在跟着时机加以运用。要是爱好典雅而憎恶华美,那末在兼通方面就有所偏了,好像夏朝人争论弓重要还是箭重要,可是光拿着其中的一样是不能发射的;要是典雅和浮靡合在一篇,那末统一的体势就破坏了,如同楚国人既赞矛好又赞盾好,弄得两样东西都难以卖掉。

⑦色糅:色采糅杂,指调配色采。　　情交:不同感情的交替。　　⑧熔范:铸器的模子,指写作范本。　　司匠:主管的匠人,犹师承。　　郛:犹划界的城墙。　　⑨《太平御览》三四七引《随巢子》:"一人曰:吾弓良,无所用矢。一人曰:吾矢善,无所用弓。羿闻之曰:矢非弓,何以往?弓非矢,何以中的?令合弓矢而教之射。"　　⑩郑:郑声,浮靡的音乐。　　鬻(yù育):卖。楯:同盾,盾牌。《韩非子·难一》:楚人有鬻楯与矛者,誉之曰:"吾楯之坚,物莫能陷也。"又誉其矛曰:"吾矛之利,于物无不陷也。"或曰:"以子(你)之矛陷子之楯何如?"其人弗能应也。

30.4　是以括囊杂体,功在铨别⑪,宫商朱紫,随势各配。章表奏议,则准的乎典雅⑫;赋颂歌诗,则羽仪乎清丽⑬;符檄书移⑭,则楷式于明断;史论序注,则师范于核要;箴铭碑诔⑮,则体制于宏深;连珠七辞⑯,则从事于巧艳:此循体而成势,随变而立功者也。虽复契会相参,节文互杂,譬五色之锦,各以本采为地矣⑰。

　　因此总括各种体裁,它的功效在于衡量辨别,好像音乐的有宫

280

商,色采的有朱紫,要随着体势来加以调配。像章表奏议,便依典雅做标准;赋颂歌诗,便以清丽为规范;符檄书移,便依明白决断做模楷;史论序注,便以核要为师范;箴铭碑诔,体裁要求广大深刻;连珠七辞,便要求做到巧妙华艳:这都是依照不同体裁构成不同文势,适应变化而收到功效的。虽则原则和时机互相关联,节目和礼仪互相夹杂,但好比五色的锦绣,还得各自用本色作底子。

⑪括囊:收束在袋子里,包罗。　铨:衡量。　⑫准的:准则,作动词。　⑬羽仪:羽毛可做仪表,即模范。　⑭符:符命,歌颂帝王的文章。檄(xí习):讨敌的文字。　书:书信。　移:责备对方的文书。　⑮箴(zhēn针):规劝的文辞。　铭:刻在器物上记功或自警的文辞。　诔(lěi垒):哀悼死者的文辞。　⑯连珠:用各种比喻来说明道理,各种比喻美妙得像串连的珠子。　七辞:用七件事来说明用意,像枚乘《七发》。　⑰契会:契约、时会。　节文:礼的节目和仪文。都用来比文章的体裁、风格。本采为地:锦缎本色作底子,本色不同,好比各体的风格也各不同。

30.5 桓谭称:"文家各有所慕,或好浮华而不知实核,或美众多而不见要约⑱。"陈思亦云:"世之作者,或好烦文博采,深沉其旨者;或好离言辨白,分毫析厘者;所习不同,所务各异⑲。"言势殊也。刘桢云:"文之体[指]势实有强弱,使其辞已尽而势有余,天下一人耳,不可得也⑳。"公幹所谈,颇亦兼气。然文之任势,势有刚柔,不必壮言慷慨,乃称势也。又陆云自称:"往日论文,先辞而后情,尚势而不取悦泽;及张公论文,则欲宗其言㉑。"夫情固先辞,势实须泽,可谓先迷后能从善矣。

桓谭说:"作家各有爱好,有的爱好浮华不知道核实,有的爱好繁多不注意简要。"曹植也说："世上的作家,有的爱好博采繁文,使命意深沉不露;有的喜欢字斟句酌,剖析毫厘;各人习尚不同,所致力的也各不一样。"说明体势有种种分别。刘桢说："文章的体势确有强弱,要是话已经完了,文势还很有力,那是天下独一无二的作家了,是不可能达到的。"刘桢讲的,也兼包文气。不过文章任着体势,体势确有刚健有柔婉,不一定豪言壮语,意气慷慨,才算有势。陆云自称："从前讨论文章,首先注重文辞,然后考虑感情,看重体势,不注意美好的色泽;等到听了张华论文,便要尊崇他的话。"其实情感本来比文辞重要,体势实在需要润饰,陆云可以说开始迷惑,后来能够接受好的意见了。

⑱桓谭:东汉初年学者,他的话可能是《新论》佚文。　⑲离言:犹断句。　辨白:辨别。　务:致力。　⑳体势实有强弱:据杨注改。体势:指文体和文势。　㉑陆云:西晋作家,引文见于他给哥哥陆机的信。悦泽:美好的色采。　张公:西晋作家张华。　宗:归向。

30.6　自近代辞人,率好诡巧,原其为体,讹势所变㉒。厌黩旧式㉓,故穿凿取新,察其讹意,似难而实无他术也,反正而已。故文反"正"为"乏㉔",辞反正为奇。效奇之法,必颠倒文句,上字而抑下,中辞而出外,回互不常,则新色耳㉕。

自从近代以来的作家,大都爱好奇巧,考求他们作品的体制,是一种错误的趋势所造成的。由于厌弃旧有的形式,所以牵强附会地追求新奇,考察这种错误的作法,看来似乎艰深,其实是并无奥妙,只是反对正常的做法罢了。就文字说,把"正"字反写便成了"乏"字,就文辞说,正常的反面是新奇。仿效新奇的写法,必须颠倒字句,把上面的字放到下面,把中间的词放到外边,这样颠倒不正常,便算有新奇的色采了。

㉒率:大率,大抵。 诡:反常。 讹:伪的,错误的。 ㉓黩(dú 毒):厌烦。 ㉔反正为乏:篆文乏作正,正字之反。 ㉕颠倒文句:如鲍照《石帆铭》"君子彼想",即"想彼君子",把上面的字放在下面。江淹《恨赋》:"孤臣危泪,孽子坠心。"实是"坠泪""危心",故意把中间的两个词颠倒一下。抑:压。 回互:曲折,指颠倒。

30.7 夫通衢夷坦,而多行捷径者㉖,趋近故也;正文明白,而常务反言者,适俗故也。然密会者以意新得巧,苟异者以失体成怪㉗。旧练之才,则执正以驭奇;新学之锐,则逐奇而失正;势流不反,则文体遂弊。秉兹情术,可无思耶?

大路平坦,可是多走小路的,是为了抄近路;照正常讲话,意思明白,却常常要说反常的话,是迎合世俗的缘故。然而深通写作的,因为用意新颖写得巧妙;只求立异的,因为体裁不合变成怪异。熟悉旧体裁的能够依照正常方法来驾驭新奇,迎合新风气的只是追求新奇而违反正常;趋势发展下去不再回头,文章的体裁便会败坏。要掌握写作中的这种情况和方法,可以不经过深思吗?

㉖夷:平。 捷径:近便的小路。 ㉗密会:深切地懂得。 苟异:苟且求异。

30.8 赞曰:形生势成,始末相承㉘。湍回似规,矢激如绳。因利骋节,情采自凝㉙;枉辔学步,力止[襄]寿陵㉚。

总结说:形体产生了,就构成了体势,这两者始终密切相关。急流回旋,像圆规那样圆转;箭射出去,像墨线那样笔直。写作像趁势而有节度地驰骋,文情和辞采自然结合;走弯路乱学别人,白费气力,落得像寿陵孩子的失败。

㉘势跟着形,形圆的势便流转,形方的势便安定。　㉙骋节:有节度地驰骋,比做按照正确方法写作。　凝:指结合。　㉚枉辔:指走冤枉路。枉,歪曲;辔,马缰绳。　学步:《庄子·秋水》说:寿陵地方有个孩子到赵国都城邯郸去学人家的步法,没有学会,却把自己的步法忘了,只好爬回来。寿陵,燕国的城邑。

情采第三十一

　　情指情理,所以说"情者文之经,辞者理之纬",就是情理是经,文辞是纬,情理是主,文辞是次。采指文采。刘勰的所谓文采,既跟当时人一样,以对偶、声律、辞藻为文采;又跟当时人不同,以不讲对偶、声律、辞藻的经书的散行文为有文采。他在《徵圣》里说:"精理为文,秀气成采。"认为经书的散行文中,精理秀气的精练警策的话也是文采。后来的古文家认为精理秀气就是文采,不必要对偶、声律、辞藻。刘勰反对光追求对偶、声律、辞藻而忽略精理秀气的齐梁文风;主张在精理秀气的基础上讲究对偶、声律、辞藻。以精理秀气为文采是对的,在精理秀气的基础上适当地运用一些对偶、声律、辞藻来丰富文采也是可以的。光追求对偶、声律、辞藻会造成"繁采寡情,味之必厌"。所以刘勰主张情采结合,根据思想感情来选择体裁,确定音律,运用辞藻,才能成为情采并茂的作品。

　　怎样才能情采并茂呢?先要有深厚的思想感情。打个比方:一个人的顾盼生姿要依靠美好的丰度。有了美好的丰度,再施脂粉,才是情文并茂。文采不该掩盖情理,好比脂粉不该掩盖本色。保持本色是很重要的,所以说"贲象穷白,贵乎反本"。贲指文饰,好比施脂粉,美不美不决定于施脂粉,决定于原有的容貌风姿,即决定于本色。这里还需要补充说明:"盼倩生于淑姿",盼倩的本身就是文采,不必再加铅黛,加上铅黛可以丰富文采,但铅黛本身不是文采。"辩丽本于情性",本于情性的辩丽就是文采,不必再加上对偶、声律、辞藻这些文采。在辨丽本于情性的基础上,再加上对偶、声律、辞藻,可以丰富文采,离开了辩丽本于情性的对偶、声律、辞藻,就成了涂饰的铅黛,就要不得了。

　　因此,讲究本色也就是讲究情理。最好的作品是为情而造文,

285

即为了表达情理而作;其次是为文而造情,为了写作而造作情理;最下是言不由衷,写的和想的完全相反。第一种有深厚真挚的思想感情;第二种思想感情不深厚,不得不靠辞采来掩饰;第三种则情文相反,完全要不得了。当时的文章具有后两种毛病,有的言不由衷,有的靠辞藻来掩饰内容的空虚,刘勰讲《情采》,就是要纠正这两种缺点。要纠正用辞藻来涂饰,所以注意回到本色。在本色的基础上加文采,才有质有文,文是在质的基础上自然产生的,像有水的流动就有微波荡漾,有树的充实就有花的开放,有了某种质地,自然会产生某种文采,这是自然的道理。不过这样讲跟上面的话有些矛盾。水的波纹、树的开花都不是外加上去的,但铅黛饰容是外加上去的。前者像以精理秀气为文采,好的文章自然有精理秀气;后者像以对偶、声律、辞藻为文采,一篇文章要写得句句对偶,合声律,用典故,总要靠人工的修饰而不完全符合语言的自然。主张自然,那末不讲对偶、声律、辞藻的散行白描文辞才合于语言的自然。

31.1　圣贤书辞,总称"文章①",非采而何? 夫水性虚而沦漪结,木体实而花萼振:文附质也②。虎豹无文,则鞟同犬羊;犀兕有皮,而色资丹漆③:质待文也。若乃综述性灵,敷写器象,镂心鸟迹之中,织辞鱼网之上,其为彪炳,缛采名矣④。

圣贤的著作,都叫做"文章",那不是具有文采么? 像水性流动所以有波纹,树体充实所以开出花来:可见文采要依附在质地上。虎豹如果没有毛色纹采,它们的皮革就同狗羊的相似;犀牛兕牛皮革制甲,但还靠漆上朱红漆来显示色采:可见质地还需要文采。至于抒写性情,描摹形象,在文字上用心琢磨,组织好文辞写在纸上,它所以能够光采照耀,就由于文采的显著了。

①"文章":这个文章不是指作品,文是有条理,章是有色采,就是文采鲜明的意思。 ②沦漪(yī 衣):水上微波。 萼:花托,在花的最外部,多作绿色。 振:开放。 文附质:文指辞采,质指情思;文指形式,质指内容。 ③鞟(kuò 扩):没有毛的皮革。 犀兕(xīsì 西四):形似牛,犀是雄的,兕是雌的。犀牛兕牛皮,古代用来作甲胄,漆上色采。 资:凭藉。 ④敷写:描写。敷,铺叙。 鸟迹:指文字。许慎《说文·序》说,仓颉看了鸟迹兽蹄创制文字。 鱼网:《后汉书·蔡伦传》说蔡伦用鱼网做纸。 彪炳:光采。 名:显著。

31.2 故立文之道⑤,其理有三:一曰形文,五色是也;二曰声文,五音是也;三曰情文,五性是也⑥。五色杂而成黼黻,五音比而成韶夏,五情发而为辞章⑦,神理之数也。

所以构成文采的方法,共有三种:第一种是色采所构成的形文,是由青黄赤白黑五色构成的;第二种是音律所构成的声文,是由宫商角徵羽五音构成的;第三种是性情所构成的情文,是由仁义礼智信五性构成的。五色调配成礼服的花纹,五音配合成韶夏乐曲,五性抒写成各种辞章,这是先天所形成的复杂事物。

⑤文:这个文是广义的,包括颜色,指形文;音乐,指声文;情理,指情文。 ⑥五性:指仁义礼智信。 ⑦黼黻:见《体性》注㉞。 比:配合。 韶(sháo 勺)夏:古代乐曲。韶,舜乐。夏,禹乐。

31.3 《孝经》垂典,丧言不文⑧;故知君子常言,未尝质也。老子疾伪⑨,故称"美言不信";而五千精妙,则非弃美矣。庄周云,"辩雕万物"⑩,谓藻饰也。韩非云,"艳[采]乎辩说"⑪,谓绮丽也。绮丽以艳说,藻饰以辩雕,文辞之变,于斯极矣。

《孝经》传下教训,居丧中说话不需要文采;可见士大夫平常说话,不是质朴的。老子厌恶虚伪,所以说"漂亮的话不可靠";可是他的著作《老子》五千字,却文辞精巧,那末他也并不是厌弃文采了。庄周说,"用巧妙的话来细致地刻画万物",这是说用辞藻来修饰。韩非说,"辩说在于艳丽",这是说讲究华丽。用华丽的文辞来辩说,用修饰的辞藻来描绘,文辞的变化,在这里达到极点了。

⑧垂:传下来。 典:合于法度的话。 丧言:居父母丧时的话。《孝经·丧亲》:"言不文。" ⑨疾:憎恶。 ⑩辩:巧言。原文见《庄子·天道》。 ⑪原文见《韩非子·外储说左上》,作"艳乎(于)辩说。"

31.4 研味[李]孝老,则知文质附乎性情;详览庄韩,则见华实过乎淫侈。若择源于泾渭之流⑫,按辔于邪正之路,亦可以驭文采矣。夫铅黛所以饰容,而盼倩生于淑姿⑬;文采所以饰言,而辩丽本于情性。故情者文之经,辞者理之纬;经正而后纬成,理定而后辞畅⑭:此立文之本源也。

研究体味《孝经》、老子的话,便知道文采或质朴的分别依附于性情;细看庄子和韩非的说法,便看到文辞和内容重于浮夸。要是能够从源头上分清泾水渭水的清浊,在驾驶上辨别正路邪路的方向,也可以驾驭文采了。像花粉黛石用来美化容貌,可是顾盼生情却来自美好的丰姿;辞藻用来美化语言,而文采艳丽却依靠性情的真挚。所以情理是文章的经线,文辞是情理的纬线;经线正了纬线才能织上去,情理确定了文辞才能畅达:这是写作的根本。

⑫泾渭:泾水浊,渭水清,在两水汇合时才显,所以要从源头上去分。⑬铅:铅粉。　黛:黛石,青黑色颜料,画眉用。　倩:状巧笑。　淑:美好。　⑭情和理在这里是互文,即情里兼包理,理里兼包情。

31.5　昔诗人什篇,为情而造文;辞人赋颂,为文而造情。何以明其然? 盖风雅之兴,志思蓄愤,而吟咏情性,以讽其上,此为情而造文也;诸子之徒,心非郁陶,苟驰夸饰,鬻声钓世⑮,此为文而造情也。故为情者要约而写真,为文者淫丽而烦滥。而后之作者,采滥忽真,远弃风雅,近师辞赋,故体情之制日疏⑯,逐文之篇愈盛。

从前,诗人的诗篇,是为了抒情而创作;辞赋家的辞赋,是为了创作而虚构感情。凭什么知道这样呢?《诗经》中国风和大小雅的创作,作者有情志,怀忧愤,于是把感情唱出来,用来讽刺在上位的人,这是为了抒情而创作;辞赋家心里没有激情,随便运用夸张,沽名钓誉,这是为了创作而虚构感情。所以为了抒发感情而创作的,语言简练,写出真感情;为了创作而虚构感情的,文辞浮华,内容杂乱虚夸。但是后来的作家,学习虚夸的,忽略真情的,抛弃古代的国风大小雅,效法近来的辞赋,所以抒写真情的作品一天天少,追求辞藻的作品越来越多。

31.6 故有志深轩冕，而泛咏皋壤，心缠幾务，而虚述人外⑰。真宰弗存，翩其反矣⑱。夫桃李不言而成蹊，有实存也；男子树兰而不芳，无其情也⑲。夫以草木之微，依情待实，况乎文章，述志为本，言与志反，文岂足徵？

所以，有的人热中于高官厚禄，却空泛地歌唱田野的隐居生活，有的人一心牵挂着繁忙的政务，却空说世外的情趣。真心不存在，讲的和内心感情完全相反了。桃树李树虽不会讲话，树下的土地却被踩成小路，因为它有甘美的果实；相传男子种兰，开的花不香，因为没有可以同花相应的情味。那样渺小的草木，还要依靠真诚感情，凭藉甘美果实，何况文章，以言志抒情为根本，倘说的话和情志相反，文章难道可信吗？

⑰轩冕:坐车和戴礼帽，是大官的排场。轩，有屏藩的车。冕，礼帽。
皋壤:水边的原野，指田野。　幾务:万幾之事，万幾指朝廷上各种政务；幾，
细微，言要注意细微处。　人外:世外。　⑱真宰:内心的真情。宰，主。
翩其反矣:本指花的翻动。偏其，状翻动；反，翻；这里指相反。　⑲桃李
句:见《史记·李广列传》。　男子句:见《淮南子·缪称训》。这里是借来作比。

31.7 是以联辞结采，将欲明[经]理；采滥辞诡，则心理愈翳⑳。固知翠纶桂饵㉑，反所以失鱼。"言隐荣华"㉒，殆谓此也。是以"衣锦褧衣"㉓，恶文太章；"贲"象穷白㉔，贵乎反本。夫能设[谟]模以位理，拟地以置心㉕，心定而后结音，理正而后摛藻；使文不灭质，博不溺心，正采耀乎

290

朱蓝,间色屏于红紫;乃可谓雕琢其章,彬彬君子矣㉖。

　　因此组织文辞,结集藻采,将要用来说理抒情。要是藻采浮华,文辞诡异,那末情和理便受到掩蔽。真像用翡翠鸟羽做的钓丝,用肉桂做鱼食,反而钓不到鱼。所谓"话里的含意被辞采所掩蔽了",大概就是指的这种情况。因此"穿了锦绣衣裳,要外加一件罩衫",怕的是文采过于显耀;《周易·贲卦》的卦象探索到本源是白的,着重在保持原来的本色。要是能够建立规格像选择体裁那样来安顿思想,准备底子像考虑风格那样来表达心情,要表达的心情确定了才配合音律,思想端正了才运用辞藻;使得文采不掩盖内容,广博的事例不淹没感情,使赤和蓝这些正色光采照耀,把红和紫这些杂色加以屏弃,这才可算得善于修饰文辞,成为文质彬彬的君子了。

　　⑳翳:障蔽。　　㉑纶:钓丝。　　桂:肉桂,一种珍贵食物。　　㉒言隐荣华:见《庄子·齐物论》。隐,隐没。　　㉓衣锦褧(jiǒng 窘)衣:见《诗经·卫风·硕人》。在锦绣上加上罩衫。衣,动词,穿上。褧衣,麻布罩衫。　　㉔"贲"象穷白:《易经·贲卦》的"贲"是文饰意,可是它的象却归于白色。穷,探索到底。白指本色,因为丝的本色是白的。　　㉕模:规范,指体裁。地:底子。文章的润饰文采,好像在白底子上著色。　　㉖正采:正色,为青赤黄白黑。　　间色:杂色,为绀红缥紫流黄。据杨注。　　屏:弃。　　彬彬:状有文有质。　　彬彬君子:见《论语·雍也》:"文质彬彬,然后君子。"

　　31.8　赞曰:言以文远,诚哉斯验。心术既形,英华乃赡㉗。吴锦好渝,舜英徒艳㉘。繁采寡情,味之必厌。

　　总结说:语言靠文采才能流传久远,这话是确实而应验的。思想感情已经显露，文采才显得丰富。但是吴地的锦绣容易变色，木槿花徒然美好容易谢落。辞采虽多而缺少感情，仔细体会起来一定令人生厌。

㉗心术既形：内心的情思已经通过文辞显露出来，即写出了情思，这就构成文采。　　㉘渝：变色。　　舜英：木槿花，朝开暮落，不长久。

熔裁第三十二

熔是冶金，指内容的提炼，即炼意。裁是裁衣，指文辞的修改，即炼辞。就炼意说，"刚柔以立本"，指个性的刚柔；"立本有体，意或偏长"，指体裁风格和情意。刘勰认为在炼意上要考虑性情、体裁、风格、情意，这里就有情意或偏而不全，或长而多馀。比方内容丰富的，不宜用简约体；内容简练的，不宜用繁丰体；炼意要使内容和体裁风格相称。就炼辞说，"变通以趋时"，注意文辞的变化，要适应时代。"趋时无方，辞或繁杂"，有浮辞未剪，就病繁；或雅郑共篇，就病杂。删繁去杂，使文辞干净。炼意炼辞，以炼意为主。做好炼意工作，可以使"纲领昭畅"，全篇的纲要分明。

怎样进行熔裁？要分三步走：第一，根据内容确定体裁；第二，选择事例使内容具体化；第三，选择文辞来显出要义。然后根据内容来进行文字加工，把多馀的删去。

《熔裁》里只主张删去多馀的部分，并不主张文章一定要写得简短。他认为文章的繁简，随着各人的爱好，有的爱繁，有的爱简。爱繁的可以把几句敷演成一章，爱简的可以把一章简化为两句。我们认为好的繁简是由作品的内容决定的，跟形式也有关。内容非常复杂的篇幅巨大，就较繁，内容简单的篇幅短小，就较简，这不是刘勰的所谓繁简。刘勰指的是跟形式和题旨有关的繁简。跟形式有关的，像记同一件事，《春秋》采取标题的形式，只用一句话，如"郑伯克段于鄢"。《左传》采取叙事的形式，写成一篇。跟题旨有关的，像《左传》、《公羊传》、《谷梁传》，都是解释《春秋》的。《左传》在于叙事，写得较繁；《公羊传》、《谷梁传》在于释经，写得较简。再像《论语》写人生经验，写得像格言，就简；《说苑》、《新序》里用故事来说明经书中的话，写得就繁。所以好的繁简决定于取材，"善敷"

就是多取材，"善删"就是少取材。不过一般说来，作品往往有繁芜的毛病，所以这篇里还是偏重于删繁去滥。

最后，对《文赋》里说的"彼榛楛之勿剪，亦蒙荣于集翠"，提出批评。《文赋》是说，杂乱丛生的短树是不好的，不砍掉它，因为翡翠鸟停在上面，也给它增加了光采。刘勰不同意这种意见。他在《神思》里说，"庸事或萌于新意"，主张"杼轴献功"，意思是如果新意含在平庸的事例里，就需要改写，像把麻织成布那样，让新意突出来。也就是把丛生短树整理一下，砍掉一些，让翡翠鸟停在上面显得更美。这个意思比《文赋》里说的更完美了。

32.1　情理设位，文采行乎其中。刚柔以立本，变通以趋时。立本有体，意或偏长；趋时无方，辞或繁杂①。蹊要所司，职在熔裁②；櫽括情理，矫揉文采也③。规范本体谓之熔④，剪截浮词谓之裁。裁则芜秽不生，熔则纲领昭畅，譬绳墨之审分，斧斤之斫削矣⑤。骈拇枝指，由侈于性，附赘悬肬，实侈于形。[二]一意两出，义之骈枝也；同辞重句，文之肬赘也⑥。

根据情理来谋篇布局，文采就在其中了。按照气质的刚柔来建立创作的根本要求，适应时代的演变来求变通。建立根本要求在于选择体制，命意有的偏枯，有的多馀；适应时代没有定规，文辞有的苦繁，有的嫌杂。关键所在，在于做好熔意裁辞工作；要纠正情理上的缺点，改正文辞上的毛病。根据刚柔的根本要求选择体裁使内容合于规范的叫熔意，删去浮词剩句的叫裁辞。经过裁辞，文辞不再拖沓冗长，经过熔意，全篇的纲领明白晓畅，好比在木材上用墨线来审量曲直，又用斧子来砍削一样。再如脚的大指与二指不分或手有枝指,是天生的多余,身上长了个肉瘤,是形体上的多余。一篇中,一个意思前后重复,是意义上的多余;同一句话说了两次,是文辞上的多余。

①长:多余;如多余之物叫"长物"。　方:一定。　②蹊要:主要道路,主要方法。蹊,路。　司:主管。这里指掌握主要方法。　职:主。③檃括:矫正曲木的工具,指矫正。　矫揉:把木料弯成车轮,这里指修辞剪裁。　④规范本体:使本(性的刚柔)体(体裁风格)合乎规范,即使情理和刚柔、体裁相配合。　⑤昭:明白。　绳墨:木匠用的墨线。　审分:审查是否合标准。　斤:斧子。　斫(zhuó 茁):砍。　⑥骈拇:脚大指与二指相合为一。　枝指:手大指旁多生一指。　性:天性。赘(zhuì 坠):多余的东西。　肬(yóu 尤):肉疙瘩。

32.2　凡思绪初发,辞采苦杂,心非权衡⑦,势必轻重。是以草创鸿笔,先标三准:履端于始,则设情以位体;举正于中,则酌事以取类;归余于终,则撮辞以举要⑧。然后舒华布实,献替节文⑨;绳墨以外,美材既斫,故能首尾圆合,条贯统序⑩。若术不素定,而委心逐辞,异端丛至,骈赘必多⑪。

在开始构思的时候,苦于头绪繁多,辞采杂乱,内心不像天平那样可以准确地衡量,势必有或轻或重的毛病。因此要写好文章,先定出三个准则:第一步,根据情理来决定体制;第二步,根据内容来选择事例;第三步,选择文辞来显出要义。然后开花结果,去芜存精,调节文采,像好的木材,墨线以外的已经砍削,所以能够从开头到结尾都圆满切合,有条理有系统。要是不先确定这些准则,想到什么就写什么,杂乱的念头纷纷涌现,那末多余的话一定很多。

⑦思绪:思路。绪,头绪。　　权:秤锤。　　衡:秤杆。　　⑧鸿笔:鸿文。鸿,大。　　履端、举正、归馀:本于《左传·文公元年》讲历法,开始要推步,即测星象,称履端;其次定月份,称举正;最后把多馀的日子置闰月,称归馀。这里只是借用来指第一、第二、第三。　　类:类似的事。　　撮:聚集而取。　　要:要义。　　⑨华:指文辞。　　实:指内容。　　献替:献可替否,采用好的,去掉不好的。　　节文:调节文字。　　⑩绳墨:木匠用的墨线。　　条贯:条理层次。　　⑪委心:任意。　　异端:不合主题的部分。

32.3　故三准既定,次讨字句⑫。句有可削,足见其疏;字不得减,乃知其密。精论要语,极略之体;游心窜句,极繁之体⑬;谓繁与略,随分所好⑭。引而申之,则两句敷为一章;约以贯之⑮,则一章删成两句。思赡者善敷,才核者善删,善删者字去而意留,善敷者辞殊而意显。字删而意缺,则短乏而非核;辞敷而言重,则芜秽而非赡。

所以三个准则既经确定,其次就要斟酌字句。句子有可删的,可见文辞的粗疏;文字不能增减,才知道文辞的严密。议论精当,语言扼要,是极简练的风格;思想奔放,字句铺张,是极繁富的风格;繁富或简练,适应不同的个性和爱好。把话加以引申,那末两句可以扩充成一章;把话加以简化,那末一章可以简成两句。文思丰富的善于扩充,才思简练的善于简化。善于简化的减少了文字没有减少意思,善于扩充的增加了文辞用意更明显。要是简化了而意思残缺不全,那是短缺而不是核要;要是扩充了而语言重复,那是芜杂而不是丰富。

⑫讨:探究。　　⑬体:风格。　　游心:犹浮想,想象的奔驰。　　窜
296

句:字句铺张。　⑭分:性分,性格。　⑮敷:铺陈,引申。　约:简练。

32.4　昔谢艾王济,西河文士⑯。张[俊]骏以为艾繁而不可删,济略而不可益,若二子者,可谓练熔裁而晓繁略矣⑰。至如士衡才优,而缀辞尤繁;士龙思劣,而雅好清省⑱。及云之论机,亟恨其多,而称清新相接,不以为病:盖崇友于耳⑲。夫美锦制衣,修短有度,虽玩其采,不倍领袖,巧犹难繁,况在乎拙? 而《文赋》以为榛楛勿剪,庸音足曲,其识非不鉴,乃情苦芟繁也⑳。夫百节成体,共资荣卫㉑,万趣会文,不离辞情。若情周而不繁,辞运而不滥㉒,非夫熔裁,何以行之乎?

从前谢艾和王济,是西河地方的文人。张骏认为谢艾的文章繁富而不可删节,王济的文章简练而不可增加,像他们两位,可以说精通融意裁辞的方法,懂得怎样该繁该简的道理了。至于陆机,文才优秀,文辞写得更为繁富;陆云文思较差,一向爱好简省。到陆云议论陆机文章,屡次嫌他文辞繁多,却又说他有清新的文辞前后衔接,所以虽繁多而不算毛病,这大概是看重兄弟情分吧。像用美丽的锦绣来制衣裳,长短有一定尺寸,纵使喜爱它的文采,也不能把领子和袖子加长一倍,工巧的文辞尚且难于写得繁富,何况拙劣的呢? 可是陆机《文赋》认为杂乱丛生的短树可以不必修整,平庸的音调可以凑成曲调,以他的识力,并非看不到这些缺点,只是在感情上难于删除繁芜罢了。要知上百的骨节构成人体,必须依靠血脉流通,各种各样念头构成文章,离不了文辞和思想感情。倘使情思周密而不繁杂,文辞变化却不浮滥,不是熔意裁辞,怎能做得到呢?

⑯谢艾:东晋凉州牧张重华的属官。　　王济:当也是凉州牧属下的文士。　　西河:在山西西北部。　　⑰张骏:东晋初做凉州牧,是张重华的父亲。　　子:男子的美称。　　练:熟习。　　⑱士衡:西晋陆机字。　　士龙:陆机弟陆云字。　　雅:一响。　　⑲陆云《与兄平原(陆机)书》:"兄文章……皆欲微多,但清新相接,不以此为病耳。"　　亟:屡次。　　崇:尊。　　友于:本于"友于兄弟"(对兄弟亲爱),后因用"友于"代兄弟。　　⑳榛楛(zhēn hù 针互):杂乱丛生的短树。陆机《文赋》:"彼榛楛之勿剪,亦蒙荣于集翠。"那些杂树的不修整,也是受到翠鸟来停的好处。指有了警句,作为旁衬的芜杂的句子也可不删。　　《文赋》:"故踸踔(chén chuō 晨戳,一足走路)于短垣,放庸音以足曲。"有时找不到好句,只好让庸俗的音调凑成全曲,像一足走路。　　芟:同删。　　㉑资:凭藉。　　荣卫:血脉流通。　　㉒运:转,变化。　　滥:泛滥。

32.5　赞曰:篇章户牖,左右相瞰㉓。辞如川流,溢则泛滥。权衡损益,斟酌浓淡。芟繁剪秽,弛于负担㉔

总结说:篇章好比窗户,是左右配合的。文辞好比河流,水满了要泛滥。衡量内容加以或删或补,仔细斟酌,或加浓或减淡。删去多馀杂乱部分,免得受累。

㉓相瞰:犹相通。瞰,看。　　㉔弛:放松。

声律第三十三

陆机作《文赋》，提出声音变化像五色相宜的主张。南北朝宋范晔，能分别宫商，识清浊，懂得把音律运用到写作上。南北朝宋末以来，开始分别平上去入四声。到沈约制作八病说，把四声和双声迭韵运用到创作上，创制格律诗。

八病：（一）平头。第一、第二句开头两字的平仄不得相同。如："今日（平仄）良宴会，欢乐（平仄）难具陈。"即犯平头。（二）上尾。第一、第二句末一字的平仄不得相同（指第一句不押韵的）。如"西北有高楼（平），上与浮云齐（平）。"即犯上尾。（三）蜂腰。五言句分二字三字两组，每组末一字（即第二第五字）的平仄不得相同。如"问君（平）爱我甘（平），窃独（仄）自雕饰（仄）。"犯蜂腰。（四）鹤膝。第一、第三句的末一字平仄不得相同。如"新裂齐纨素（仄），皎洁如霜雪。裁为合欢扇（仄），团团似明月。"犯鹤膝。（五）大韵。句中的字，不得同句末的韵同韵。如"鸣禽（qín）弄好音（yīn）"，"禽""音"同韵（in），犯大韵。（六）小韵。句中的字（除韵以外）不得同韵。如"嘉树生朝阳（yáng），凝霜（shuāng）封其条。""阳""霜"同韵（ang），犯小韵。（七）傍纽。一句中不得用隔字双声。如"鱼（yú）游见风月（yuè）"，"鱼""月"双声（yu），犯傍纽。（八）正纽。一句中不得隔字同音。如 jin，可以读成平上去三声作金锦禁，这三字只是一个音的三种声调。"轻霞落幕锦，流火散秋金。""锦""金"同音，犯正纽。

八病说其中虽然也有些可取的部分，像反对隔字双声和隔字叠韵，怕念起来绕口；像上下句开头的音节平仄不应相同，注意平仄协调；但总的说来，成了诗的枷锁。当时的诗已经有追求形式的弊病，八病说更讲究形式，有使追求形式的文风变本加厉的缺点。

刘勰讲究声律，并不赞成八病说，只从理论上提出问题来讨论：一是飞沉问题；一是双声迭韵问题。这是他的高明处。

刘勰讲的"声有飞沉"，就是沈约在《宋书·谢灵运传论》里讲的"欲使宫羽相变，低昂互节，若前有浮声，则后须切响"。宫羽就是宫商角徵羽，相当于音乐简谱中的1、2、3、5、6。宫商的振幅大而振动数小，声大而不尖，徵羽的振幅小而振动数多，声细而尖。低昂指声的大小说，即前面用了宫商，后面就用徵羽。浮声指宫商声大而不尖，切响指徵羽声细而尖，也即前用宫商，后用徵羽。飞沉，飞指声大，沉指声细，即宫商为飞，徵羽为沉。《文镜秘府论》讲到调声三术，指出宫商是平声，徵是上声，羽是去声，角是入声，上去入即后来所说的仄声。那末所谓宫羽、浮切、飞沉就是后来讲的平仄。"声有飞沉"就是声有平仄。他又认为诗的声律主要在"和"与"韵"上。"和"就是"异音相从"，就是平仄的调配得当。"韵"就是押韵。一首诗，既押韵，又平仄配合，就构成了诗的声律，构成了格律诗。刘勰生在齐梁时代，当时的格律诗还在摸索阶段。直到唐代，解决了平仄的调配问题，格律诗才定型。这正符合刘勰看重"和"的主张。刘勰时还没有平仄的说法，这里提到平仄，只是取便说明。

刘勰那时，平仄调配问题还没有解决，因此他说"外听之易，弦以手定；内听之难，声与心纷"。认为音乐容易，声律难定。当时平仄调配问题没有解决，所以感到比音乐难。到唐朝，格律诗完成了，声律就比音乐要简单得多。他又指出"陈思潘岳，吹籥之调也；陆机左思，瑟柱之和也"。就是前者"无往而不壹"，都合调；后者"有时而乖贰"，不合调。可是像曹植《美女篇》："罗衣何飘飘，轻裾随风还。"两句十字都是平声。潘岳《悼亡诗》："望庐思其人，入室想所历。"第一句除望字外，连用四个平声字，第二句都是仄声字。正是"沉则响发而断，飞则声飏不还"，并非无往而不壹。这里也说明刘勰对于"和"的要求是不够明确的。

刘勰又认为隔字双声和隔字迭韵应该避免,防止"吃文为患",即怕拗口,这是对的。又认为方言区的人用韵要注意避免用方音。当时的作品用文言,不是方言文字,所以避免用方言押韵。

33.1　夫音律所始,本于人声者也。声[含]合宫商,肇自血气①,先王因之,以制乐歌。故知器写人声,声非学器者也。故言语者,文章关键,神明枢机;吐纳律吕②,唇吻而已。古之教歌,先揆以法,使疾呼中宫,徐呼中徵③。夫[商徵]宫商响高,[宫羽]徵羽声下;抗喉矫舌之差,攒唇激齿之异,廉肉相准,皎然可分④。今操琴不调,必知改张,[摘]摛文乖张⑤,而不识所调。响在彼弦,乃得克谐,声萌我心⑥,更失和律,其故何哉? 良由外听易为察,内心难为聪也。故外听之易,弦以手定,内听之难,声与心纷;可以数求⑦,难以辞逐。

音律的开头,原本根据人的发音。人的发音符合五音,本于生理机构,从前的君王就是凭着它来创作音乐歌曲的。所以知道乐器的音是模仿人的发音,人的发音不是模仿乐器的音的。所以,言语是构成文章的关键,表达情思的机构;吐辞发音要符合音律,在调节唇吻等发音机关罢了。古代教唱,先按照音律,使强音合于宫音,弱音合于徵音。宫音商音的音强,徵音羽音的音弱;由于伸喉转舌的差别,蹙唇齐齿的不同,人的发音同乐器的音或尖锐或饱满相合,音的强弱明白地可以分别。如果琴弹出来的音不协调,弹琴者就懂得把琴弦重新改装过,可是作文的音调不和谐,却不懂得使它协调。乐音发自弦上,却能使它和谐,心声发自我心,反而失去

301

和谐,这是什么缘故呢? 实在因为听在外的乐音容易辨别,听在内的心声不易协调。所以听在外的乐音容易,琴弦的协调可由弹奏来决定;听内在的心声困难,心声同情思的关系复杂;前者可以按照乐律来衡量,后者难于根据文辞来考求。

①宫商:指五音宫商角徵羽,相当于简谱的 1、2、3、5、6(dao、re、mi、so、la)。　肇:始。　血气:指人体的血气流行。　②吐纳:吐气吸气,指发音。　律吕:十二律,指音律。　③宫音比较强,徵音比较弱,音的强弱决定于振幅的大小,与音的高低决定于振动数多少的不同。因此这里的疾徐指强弱说。　④攒:蹙。　激:激越,指齿音清越。　廉肉:廉,棱角,指尖锐;肉,肥满,指饱满。　皦然:状明白。　⑤操:弹奏。　改张:把琴弦改装过。　摛文:作文。　乖张:音调不和谐。　⑥声萌我心:发音的高低强弱由内心所要表达的情思来决定。　⑦外听易为察:据杨注引《喻林》卷八九补。　数:术数,指乐律。

33.2　凡声有飞沉,响有双迭⑧。双声隔字而每舛,迭韵杂句而必睽⑨;沉则响发而断,飞则声飏不还,并辘轳交往,逆鳞相比⑩;[迂]其际会,则往蹇来连⑪,其为疾病,亦文家之吃也。夫吃文为患,生于好诡,逐新趣异,故喉唇纠纷⑫;将欲解结,务在刚断。左碍而寻右,末滞而讨前⑬,则声转于吻,玲玲如振玉;辞靡于耳,累累如贯珠矣⑭。是以声画妍蚩⑮,寄在吟咏;[吟咏]滋味,流于[字]下句,气力穷于和韵。异音相从谓之和,同声相应谓之韵⑯。韵气一定,[故]则馀声易遣⑰;和体抑扬,故遗响难契⑱。属笔易巧,选和至难;缀文难精,而作韵甚易。虽纤意曲变,非可缕言,然振其大纲,不出兹论。

302

所有的声音有飞扬和下沉两种，音响有双声和迭韵两种。两个双声字给别的字隔开了，念起来往往不顺口，两个迭韵字隔杂句中两处，念起来一定别扭；都用下沉的音，那音调就沉下去，像断了似的，都用上扬的音，那音调就飞扬不能转折，两者配合起来就会像井上辘轳那样上下圆转，像鳞片那样紧密排列着；要是配合不合适，念起来就绕口，它的毛病，好像文章家的口吃一样。文章中发生口吃的毛病，是喜欢怪异造成的，文辞过于追求新奇，所以念起来不顺口；要解开这个疙瘩，主要在于坚决去掉癖好。左面发生障碍也可从右面想办法，下面有了塞滞也可从上面去调整，那末声调在嘴上流转，清脆得像宝玉发出的声音，文辞听来悦耳，圆转得像串连的珠子了。因此文章声韵的好坏，寄托在吟咏上；韵味从安顿句子上流露出来，气力全用在求和谐与押韵上。不同的声调配合得当叫做和谐，使收声相同的音前后呼应叫做押韵。押韵是有一定的，所以收声相同的音容易安排；声调和谐要注意抑扬，所以音响难于配合恰当。措辞工巧还容易，要使音调和谐顶困难，作文难工，押韵极易。虽然其中细微曲折的变化难于详细说明，可是从大体讲来，离不开这些议论。

　　⑧声有飞沉：飞指宫商响高，即平声；沉指微羽声下，即仄声（上去入三声），参见说明。　　双迭：双声，如踌躇（chóu chú 愁除），发声相同，都是 ch，所以称双声。迭韵，如徘徊（pái huái 牌怀），收声相同，都是 ái，所以称迭韵。
　　⑨双声和迭韵两字连在一起的如踌躇、徘徊都可用，要是中间给别的字隔开了，念起来音节不美。如"佳丽殊百城"，"殊"和"城"就是隔字双声。"皇佐扬天惠"，"皇"和"扬"就是隔字迭韵。绕口令就是运用隔字迭韵造成的。
　　舛：不合。　　睽：乖违。　　⑩辘轳：井上摇把，摇起来上下圆转。　　逆鳞：《韩非子·说难》说龙的喉下有逆鳞。这里只是鳞的意思。　　比：密接。
　　⑪迕：乖违，不顺适。　　际会：接合。这里指字句接合得不顺。《易·蹇卦》："往蹇来连。"往来都困难。　　蹇（jiān 拣）连：都指不顺利。　　⑫紸纷：同

纠纷。　⑬左面发生阻碍,要是在左面无法解决时,可以从右面想办法。前后面的情况也这样。　⑭玲玲:状玉声。　靡:细密,指和谐。　累累:状积累。　⑮声画:扬雄《法言·问神》:"言(语言),心声也;书(文字),心画也。"　妍蚩:美恶。　⑯和:句和句的音节和谐。　韵:句末押韵。　⑰韵气:即韵。　一定:指一定押在句末。　馀声易遣:韵指收声,所以称馀声。押韵有一定,容易安排,故称易遣。　⑱遗响难契:每一组音节中末一个音叫遗响,上组末一个音和下组末一个音难于协调。如五言诗"佳丽—殊百—城",分为三个音节,第一第二两个音节的末一字不易协调,如"丽"和"百"都是仄声,就不协调。　契:合。

33.3　若夫宫商大和,譬诸吹籥⑲;翻回取均,颇似调瑟⑳。瑟资移柱,故有时而乖贰;籥含定管,故无往而不壹。陈思潘岳,吹籥之调也;陆机左思,瑟柱之和也㉑。概举而推,可以类见。

至于音位固定而谐和的比方吹笛;转动弦柱来求合乐的,很像调整瑟弦。调整瑟弦依靠转动系弦的短柱,所以有时不合;笛子的孔在管上是固定的,所以不论怎样,吹出音来总是一定的。曹植潘岳的作品,是吹笛的调子;陆机左思的作品,是瑟柱的谐和。约举两类加以推求,别的也可类推了。

⑲籥:形状像笛,管上有孔,一个孔吹一个音,它的音位是固定的。⑳翻回:转动。　取均:取韵,均同韵,指求得音韵和谐。　调瑟:弹奏时要调正瑟弦。　㉑这里如指调整飞沉说,并不确切。

33.4　又诗人综韵,率多清切,《楚辞》辞楚,故讹韵实繁㉒。及张华论韵,谓士衡多楚,《文赋》亦称[知楚]不

304

易㉓，可谓衔灵均之声馀，失黄钟之正响也㉔。凡切韵之动，势若转圜㉕，讹音之作，甚于枘方㉖，免乎枘方，则无大过矣。练才洞鉴㉗，剖字钻响，识疏阔略，随音所遇，若长风之过籁，南郭之吹竽耳㉘。古之佩玉，左宫右徵，以节其步，声不失序。音以律文，其可[忘]忽哉！

又《诗经》作者用韵，大都清楚明确，《楚辞》夹杂楚音，所以不够清楚明确的韵实在多。到张华论韵，说陆机多用楚音，《文赋》也说用韵不容易，可以说继承屈原的用韵，而失去《诗经》的正确的音了。所有正确的韵，好像圆转自如，不正确的韵，比起方木装入圆孔里更不合适，能除去这种不合，那末用韵就没有大的毛病了。作家才识精深的，会剖析字的音韵，才识粗疏的，用韵就像偶然碰上的，如同风吹孔窍发声，如同南郭先生吹竽罢了。古人在身上挂玉器，尚且要使左面的玉器撞击时发出宫音，右面的发出徵音，用来调节步子，使声音不失掉应有的次序。何况在写作上音调构成文章的声律，怎么可以忽略啊！

㉒诗人：指《诗经》作者。　　清切：《诗经》用当时通行的韵，所以说清切。《楚辞》用韵，夹杂楚音，即夹杂方音，所以说讹韵。　　㉓《文赋》说："亮功多而累寡，故取足而不易。"没有说"知楚不易"，"知楚"两字是多馀的。按：《文赋》中的"取足而不易"，指"一篇之警策"，即警句，警句功多累寡，所以取它来充实文章，而不能改变，不是指用韵。《文赋》里讲到用韵，用音乐和刺绣来比，认为音乐不协调就"难便"，就不安；刺绣色采不调和就"不鲜"，即不鲜明。不称"不易"，不知这里怎么用了"不易"。《文赋》里没有谈到方音问题。㉔灵均：屈原字，屈原作品用楚音，不够标准。　　黄钟：正声，指《诗经》的标准音。　　㉕切韵：通过反切（拼音）来研究音韵。　　圜：同圆。　　㉖枘(rui瑞)方：圆凿（孔）方枘，把方木柄装入圆孔，一定合不上。　　㉗练：精

305

练。　　洞鉴:深识。　　㉘籁:孔窍,指风吹窍发声。　　南郭:齐宣王使人吹竽,一定要三百人一起吹,南郭先生不会吹竽,夹杂在会吹的人中滥竽充数。见《韩非子·内储说》。

33.5　赞曰:标情务远,比音则近㉙;吹律胸臆,调钟唇吻㉚。声得盐梅,响滑榆槿㉛。割弃支离,宫商难隐。

总结说:抒写情思务求深远,配合音律便较切近,因为它只是从胸腔吐气,通过唇吻,使它和音律协调。文章中的声律,好比烹调里的盐梅和榆槿,起到调味和滑润的作用。要除去不协调的音,因为声律的合不合是难以隐藏的。

㉙标情:标举情志。　　比:合。　　㉚吹律:吐气合律。　　钟:黄钟,十二律之一,指音律。调钟,调和音律。吹律同调钟相对,都指奏乐,前者指吹箫笛等。唇吻指发音歌唱。　　㉛盐梅:盐咸梅酸,都是煮菜的调味品。榆槿:皮有滑汁,煮菜时用作使之滑润的调味品。

章句第三十四

《章句》是讲写作中的分章造句，主要分两部分：一，结合内容来安排章句；二，结合情韵来安排章句。

从结合内容说，分章造句，要"控引情理，送迎际会"，就是掌握了要表达的情理，有时放开，有时接住，比方有的章节扣住题旨，有的章节要放开一步，这样才能反映丰富的生活，使它恰好地达意表情。写得要有变化，有起伏，但又不失规矩。分章的规矩，就是开头、承接、结尾都紧密呼应，要做到"外文绮交，内义脉注"。就文辞说，前后的联系，要像丝织品那样织成一幅完整的花纹。就内容说，脉络要贯通，使各部分成为一个有机的整体。文辞上的联系，像虚字的运用，有的虚字用在句头，表承接或转折；有的用在句尾，表示各种语气；有的则发挥造句的作用。就脉络贯通说，要讲顺序，忌颠倒，按照作者的情理来作安排。这样，通过分章造句的安排，使全篇成为完整的有机体。所以，从字到句，从句到章，都要纯净无疵，结构严密，达到分章造句的要求。

从结合情韵说，又要根据情韵来分章造句，句子有长有短，多用短句或多用长句，或长短句夹杂着用，跟所要表达的情韵有关。诗赋用韵，或一韵到底，或转韵，转韵又有各种变化，这跟情韵也有关。

就句子的长短说，短句要音节不急促，长句要音节不迂缓。从音节上来调整句子的长短，这个意见是正确的。因为句子的节奏同人的呼吸相应，从音节上来调整句子，使句子容易念，容易看。要是句子的节奏同呼吸不相应，有的长句子结构特别复杂，念起来使人呼吸促迫，就不好念，也往往不好理解。从这里，我们可以体会到怎样造句：句子有写得迂回曲折的，有写得果断的，情绪急促时用一种音节造句,情绪和缓时用另一种音节造句。用韵和转韵也跟情韵有关,两韵一转,显得急促,百韵不变,使人厌倦。因此,刘勰主张折中:要转韵,不要转得太急。这是就一般情况说的。韵文随着作者所要表达的情感的起伏变化,要相应地改变韵脚,情绪昂扬时用声调激昂的韵脚,情绪婉转时用声调柔和的韵脚,使用韵同所要表达的感情一致,这是转韵的好处。情绪的变化要有一个过程,所以转韵不要太急,不要太缓,要运用得恰当。从这里,我们也可以体会到在不同的场合有不同的用韵法。比方用诗来表达昂扬的情绪时,就可以一韵到底,只用音节昂扬的韵就行了,不必转韵;用诗来表达起伏的情绪时,随着情绪的起伏用不同的韵,这时要转韵。有时情绪起伏得很剧烈,韵就转得急;有时情绪起伏得较缓,韵就转得缓。伟大诗人杜甫的诗,有时一韵到底,有时句句用韵,转韵时,有时韵转得急,有时韵转得缓,就是很好地根据情绪来用韵的例证。

34.1 夫设情有宅,置言有位①;宅情曰章,位言曰句。故章者,明也;句者,局也②。局言者,联字以分疆,明情者,总义以包体,区畛相异,而衢路交通矣③。夫人之立言,因字而生句,积句而成章,积章而成篇。篇之彪炳,章无疵也;章之明靡,句无玷也④;句之清英,字不妄也;振本而末从,知一而万毕矣。

创作要把情意安顿在合适的处所,语言摆在适宜的位子;把情意安顿好就是分章节,把语言安排好就是造句子。所以章是明白的意思,句是分界的意思。把语言分界,就是把一个个字联起来构成各自分别的单位;把情意叙述明白,就是总括所要叙述的意义把它含蕴在选定的体裁里,这两者的范围大小不同,却像有道路联接那样彼此相通的。人们的写作,用字造句,积句成章,积章成篇。全篇写得有光彩,也由于章节没有毛病;每章写得明白而细致,也由于句子没有毛病;句子写得清新挺拔,也由于每个字都不乱用;这好比摇动根干枝叶也跟着动摇,懂得基本的道理,各种各样的事例就都可以概括进去了。

①设、置:指安排,安顿。　　情:感情,包括思想在内。　　宅、位:指处所,情意和语言都要有个安顿的处所,就是分章句。　　②局:局限,划定疆界,即把语言分划成多少句。　　③区畛:区域。畛,田界。区域不同,道路相通,指章和句的范围不同,彼此密切相关。　　④靡:细致。　　玷:玉的斑点。

34.2　夫裁文匠笔⑤,篇有大小;离章合句,调有缓急;随变适会,莫见定准。句司数字,待相接以为用;章总一义,须意穷而成体。其控引情理,送迎际会⑥,譬舞容回环,而有缀兆之位⑦;歌声靡曼,而有抗坠之节也⑧。

创作韵文或散文,篇幅有大有小;章句或分或合,声调有缓有急;那得跟着内容变化加以调配,没有一定的规矩。一个句子管多少字,需要联接起来发挥作用;一章里有一个意思,需要把意思说完整了才构成一个段落。其中要掌握所表达的情意,有时放开,有时接住,要切合命意。比方舞蹈时的回旋,要保持一定的行列和位子,歌声摇曳,要有忽高忽低的节奏。

⑤文、笔:有韵为文,无韵为笔。　　⑥际会:接合。　　⑦舞容:即舞蹈。　　缀兆:缀是舞蹈时的行列,兆是表位子。　　⑧靡曼:细致而拉长,

指摇曳。　　抗坠:指高下。

34.3　寻诗人拟喻,虽断章取义^⑨,然章句在篇,如茧之抽绪,原始要终,体必鳞次。启行之辞,逆萌中篇之意,绝笔之言,追媵前句之旨^⑩;故能外文绮交,内义脉注,跗萼相衔^⑪,首尾一体。若辞失其朋,则羁旅而无友,事乖其次,则飘寓而不安。是以搜句忌于颠倒,裁章贵于顺序,斯固情趣之指归,文笔之同致也。

探讨诗人用诗句来打比方,虽是断章取义,然而章节和句子在全篇中,好像茧的抽丝,从开头到结尾,在体制上一定像鳞片那样紧密联接。开头的话,已经含有中篇意思的萌芽;结尾的话,呼应前文的意思;所以能够做到文字像织绮的花纹那样交接,意义像脉络那样贯通,像花房和花萼一般相衔接,首尾成一体。要是句子没有配合的话,便像在外作客孤独无友,叙事要是违反了顺序,便像在外飘泊而不安定。因此造句切忌颠倒,分章着重在合于顺序,这本来是表达情意的要求,无论韵文或散文都是一致的。

⑨断章取义:摘取全篇中的一章或几句借来表达自己的情意,不管它原来的意思。按:春秋时的外交官,念诗句来表达自己的心意,往往断章取义。但就创作说,却要求前后文紧密联系。　　⑩启行:开路,出发,指开头。逆萌:预先萌生。　　绝笔:结尾。　　媵(ying 硬):陪嫁。古代嫁女常用女的妹或侄陪嫁称媵,转为陪衬。追媵,追上文作陪衬,即指呼应。　　⑪跗:花萼下的花房。　　萼:花瓣的外部。

34.4　若夫笔句无常,而字有条数^⑫:四字密而不促,六字格而非缓,或变之以三五,盖应机之权节也^⑬。至于

"诗""颂"大体,以四言为正,唯《祈父》"肇禋⑭",以二言为句。寻二言肇于黄世,《竹弹》之谣是也⑮;三言兴于虞时,《元首》之诗是也⑯;四言广于夏年,《洛汭之歌》是也⑰;五言见于周代,《行露》之章是也⑱。六言七言,杂出《诗》《骚》⑲;[而]两体之篇,成于[两]西汉⑳。情数运周㉑,随时代用矣。

至于文句的变化虽没有一定,可是每句字数多少的作用可以分别说明:四字句短,音节并不急促,六字句较长,音节并不迂缓,有的变为三字五字句,大概是适应情势变化的权宜节拍。至于《诗经》中《雅》《颂》那样郑重体裁,以四字句为标准,只有《诗经·小雅》中的《祈父》,和《周颂》中的"肇禋",用两字句。考两字句开始于黄帝时代,《竹弹》的民谣便是;三字句在虞舜时代兴起,《元首》诗便是;四字句在夏禹时代多用,《洛汭之歌》便是;五字句出现在周代,《行露》章便是。六字句七字句,夹杂在《诗经》《离骚》中间,运用这两种句子的文体,到西汉时才完成。由于情势趋向复杂,表达要求得更周详,随着时代的进展,长句的运用遂逐渐代替短句了。

⑫条数:分条数说,分别说明。　⑬格:木长貌,指长。　应机:适应时机。　权节:权宜的节拍。《诗经》以四字句为主,三字五字句只是适应情势,加以变通。权,权宜,变通。　⑭《祈父》:同圻(qí 岐)父,镇守封圻(边疆)大臣。《诗·小雅·祈父》:"祈父,予王之爪牙。"　肇禋(yīn 因):开始祭祀。《诗·周颂·维清》:"肇禋,迄用有成,维周之祯。"　⑮《竹弹》之谣:见《通变》注⑧。　⑯《元首》之诗:"股肱(大臣)喜哉!元首起哉!百工(官)熙哉!"这诗"喜""起""熙"押韵,哉字是助词,所以说是三字句。　⑰洛汭(ruì 瑞)歌:夏时国君太康的弟弟在洛水边上唱的歌,即《五子之歌》,见《通变》注⑪。　⑱行露:《诗·召南·行露》:"谁谓雀无角,何以穿我屋……?"

311

⑲《诗经》《离骚》中已有六言七言;如《诗经·豳风·鸱鸮》:"曰予未有室家。"《诗经·大雅·召旻》:"今也日蹙国百里。"《离骚》:"纷吾既有此内美兮(兮是助词,不算),又重之以修能。"　　⑳赵翼《陔馀丛考》二十三:"任昉云:六言始于谷永。"今已无考。七言诗,如《文选·西京赋》李善注引刘向七言:"博学多识与凡殊。"　　㉑数(shuò 朔):屡,指复杂。　　周:周详。

34.5　若乃改韵从调,所以节文辞气。贾谊枚乘,两韵辄易㉒;刘歆桓谭,百句不迁㉓;亦各有其志也。昔魏武论赋,嫌于积韵,而善于资代㉔。陆云亦称,四言转句,以四句为佳。观彼制韵,志同枚贾。然两韵辄易,则声韵微躁;百句不迁,则唇吻告劳;妙才激扬,虽触思利贞,曷若折之中和㉕,庶保无咎。

至于诗赋的改换韵脚使适于情调,是为了用来调节文辞,配合辞气。像贾谊枚乘的赋,用了两个韵脚就转韵,刘歆、桓谭的赋,写了一百句还是不转韵,也是各有各的用意。从前曹操论赋,对同韵的字用得多了有所不满,却赞美转韵。陆云也说,四言诗转韵,四句一转韵比较好。看他用韵,却同枚乘、贾谊一样。可是用了两个韵脚就转韵,显得在声韵上稍见急躁;要是一百句都不转韵,念起来又会感到疲劳;富有才华的诗人感情激发,虽然在用韵上很好地接触情思,何如加以折中,近乎保持不出毛病。

㉒贾谊《吊屈原赋》《鵩赋》,都是用了两个韵脚就转韵。枚乘两韵辄易的赋已看不到,他的《七发》并不这样。　　㉓刘歆、桓谭一韵到底的赋也已看不见了。　　㉔资代:取代,指转韵。　　㉕贞:正。　　易:何。　　折之中和:即不要用了两个韵脚就转韵,也不要老不转韵,求得适中。

34.6　又诗人以"兮"字入于句限㉖,《楚辞》用之,字出句外㉗。寻"兮"字成句,乃语助馀声。舜咏"南风㉘",用之久矣,而魏武弗好,岂不以无益文义耶！至于夫惟盖故者,发端之首唱;之而于以者,乃劄句之旧体㉙;乎哉矣也,亦送末之常科㉚。据事似闲,在用实切。巧者回运,弥缝文体,将令数句之外,得一字之助矣。外字难谬,况章句欤！

又《诗经》的作者在句子内用"兮"字,《楚辞》在句子外用"兮"字。考究用"兮"字来构成句子,是用语助词来延缓语气。舜唱《南风》歌,早已用了,曹操却不喜欢用,难道不是因为在文义上没什么帮助吗？至于夫、惟、盖、故,是句子开头的发语词;之、而、于、以,是造句时的常用虚字;乎、哉、矣、也,是句末的常用助词。照事理看它们好像多馀,就作用说却很切当。巧妙的作者加以运用,使文辞更加严密,将要在使用实词构成几句外,又得到一个虚字的帮助。实字外的虚字都不许用错,何况是实字所构成的章句呢？

㉖句限:句内,如《诗·蓼莪》:"父兮生我。""兮"用在句内。　㉗句外:如《楚辞·桔颂》:"深固难徙,廓其无求兮。苏世独立,横而不流兮。"韵脚是"求"和"流","兮"字在韵脚后,所以说句外。　㉘南风:"南风之熏兮,可以解吾民之愠兮;南风之时兮,可以阜吾民之财兮。"按:说南风歌是舜作,不可靠。　㉙劄句:指嵌入句中的助词。劄,削竹刺入。　㉚常科:常用的形式。

34.7　赞曰:断章有检,积句不恒㉛。理资配主,辞忌失朋。环情草调,宛转相腾。离合同异,以尽厥能㉜。

313

总结说:断章取义有一定的限制,积句成章也不是老一套的。内容要能配合主旨,辞忌孤零零失去联系。围绕着感情来起草音调相应的辞句,使文辞宛转,光彩飞腾。或离或合,或同或异,来显示运用章句的本领。

㉛检:规格。　　恒:久。　　㉜厥:其。

丽辞第三十五

　　《丽辞》是讲对偶的。六朝时候的文章讲究对偶，所以丽辞成为当时注意的问题。对于丽辞，历来有两种相反的见解：一派主张骈文的人，认为只有讲究对偶声律的骈文才算文，那些用散行写成的只是言，不算文；另一派主张古文的人，认为用散行写成的古文才是文章的正宗，骈文浮华无实，要加以排斥。这两种说法都有片面性。主张骈文的没有看到散行文中也有富有文采的作品，不能把它都排斥在文外；主张古文的人没有看到律诗也讲对偶，难道也能把律诗排斥在文（文学）外吗？刘勰生在崇尚骈文的时代，他的《文心雕龙》就是用骈文写的。对于对偶的看法，他一方面指出对偶是自然造成的，好像人的手足，天然成对。文章也一样，古代的文章并不讲究对偶，有些话却自然成对。另一方面又指出，诗人的诗章，外交官的辞令，单行和对偶的都有，只不过为了在表达上能够适应情势的变化，不是有意要做成对偶或散行。又说，对偶像一双璧玉，散行像各色佩玉，要交错地运用才好。这样的见解好像很对，其实是以偏盖全。因为刘勰是在讲丽辞，即骈文中的对偶，却用经书来证明骈文中的对偶出于自然。就经书看，是以散行为主，散行中夹杂少数对偶句，可以说出于语言的自然，不是有意造作。骈文以对偶为主，就不符合语言的自然，在语言中散行多，对偶少。所以骈文中的对偶是出于人为，不本于语言的自然，跟经书中的对偶不同。刘勰用经书中的对偶不是有意造作，来证明骈文的对偶出于自然，这是以偏盖全，并不确切的。

　　骈文的对偶出于人为，散行中的对偶不是有意造作，后一种对偶是可取的。不仅古代的文言跟口语有距离，容易形成对偶；就是现代的书面语里也有对偶。尤其是当作者把丰富的经验加以概括,并用语言表现出来的时候,往往形成对偶的形式。如:"……
'分兵以发动群众,集中以应付敌人'。'敌进我退,敌驻我扰,敌疲
我打,敌退我追'。"这些话句句都对,这种对偶句,不仅含义丰富,
而且容易记住。因此,有些古文家反对对偶,写文章时有意避免用
对偶句,是不正确的;至于句句要写成对偶,只有像字数不多的对
联才可以,文章那样写,就违反语言的自然了。不过就诗歌说,当
时在趋向格律化,其中的一个要求就是对偶。讲究对偶,是符合诗
歌格律化的趋势的。

就对偶说,这里提出的四种,可分两组:一组是事对和言对。
用事的叫事对,不用事的叫言对,用事的要找两件事相配,所以较
难,不用事的不受这种束缚,所以较易。一组是正对和反对。正对
并列,反对反衬,反衬比较有力,所以说反对为优。其实正对并不
坏,只要找古今的名篇来看,正对多,反对少,就可作证。如杜甫的
"感时花溅泪,恨别鸟惊心","白日放歌须纵酒,青春作伴好还乡",
绝大部分的对偶都是正对。这两组的对偶是交错的,事对、言对里
有正对、反对,正对、反对里有事对、言对。比方,"满招损,谦受
益",是言对,又是反对。"冯唐易老,李广难封",是事对,又是正
对,便是。对句中还有一种情况,就是两句话的词义完全重复,叫
合掌,应该避免。像这里举的"宣尼悲获麟,西狩泣孔丘"就是。

对偶和散行交错着用,这是符合整齐错综之美的。对偶显得
整齐,加上散行,又显得错综而不呆板。唐代的律诗,中间两联对
偶,首尾两联不需要对偶,正符合整齐错综之美。善于用对偶的,
字句是对偶,意思却连贯而下,叫流水对。如"白日依山尽,黄河入
海流。欲穷千里目,更上一层楼"。这两联是言对,又是正对,都不
用事。就意义说,第一联是并列的,一看就知道是对偶;第二联意
思联贯而下,读时不觉得它是对偶,却对得很工整。这种流水对,
整齐灵活,是更为可贵的。诗句中的对偶,比一般对偶要求更严

格,那就是限定字数,避免两句中的字重复(一句内的字可以重复),讲究平仄,像上面引的一首就是。字数都是五言,没有一字重复,"白日"对"黄河",仄对平,名词对名词,彩色对彩色,其他各词也都一一相对,很工整。

35.1　造化赋形,支体必双,神理为用,事不孤立①。夫心生文辞,运裁百虑,高下相须,自然成对。唐虞之世,辞未极文,而皋陶赞云②:"罪疑惟轻,功疑惟重。"益陈谟云③:"满招损,谦受益。"岂营丽辞,率然对尔。《易》之《文》《系》,圣人之妙思也④。序《乾》四德⑤,则句句相衔;龙虎类感⑥,则字字相俪;乾坤易简⑦,则宛转相承;日月往来⑧,则隔行悬合。虽句字或殊,而偶意一也。至于诗人偶章⑨,大夫联辞⑩,奇偶适变,不劳经营。自扬马张蔡,崇盛丽辞,如宋画吴冶⑪,刻形镂法,丽句与深采并流,偶意共逸韵俱发。至魏晋群才,析句弥密,联字合趣,剖毫析厘。然契机者入巧,浮假者无功。

自然所赋与的形体,上下肢一定成双,这是造化的作用,显得事物不是孤立的。创作文辞,运思谋篇多方考虑,高低上下互相配合,自然构成对偶。唐虞时代,文辞没有讲究文采,可是皋陶赞助舜说:"罪状可疑的从轻处理,功劳可疑的从重奖励。"益贡献意见说:"自满的招致损害,谦虚的受到益处。"难道有意造成对偶吗?不经意自然相对罢了。《易经》中的《文言》《系辞》,是圣人精思的表现。阐述《乾卦》的四种德性,便句句相对;讲到同类的互相感应,像云龙风虎,便字字相对;讲到天地的道理平易简要,便婉转地互相承接;讲到日月往来,寒暑变化,便隔句相对。虽则句子的字数不一,可是用意构成对偶是一致的。至于《诗经》作者组合的章节,大夫联贯的辞令,有单句有偶句,都适应内容的变化,不劳费力安排。自从扬雄、司马相如、张衡、蔡邕等人,推崇对偶,大加运用,好像宋君的讲究绘画,吴国的讲究铸剑一样,注意文辞雕饰。对偶的句子和丰富的文采一起流传,并立的意思和高超的情韵一齐显耀。至于魏晋的许多作者,造句更加精密,文字的对偶,情趣的配合,辨析毫厘。然而用得合适的才巧妙,浮泛造作的却没有效果。

①神理:因为肢体成双是天生的,所以说是神理。　②《尚书·伪大禹谟》里皋陶回答舜的话。皋陶是舜的大臣。　③同上,益赞助禹说的话,益也是舜的大臣。　谟:谋议。　④《易经》的《乾卦》和《坤卦》后面都有《文言》,又六十四卦后面有《系辞》。《文言》《系辞》都是解释《易经》的,相传是孔子作。　⑤序《乾》四德:《易·乾卦》:"乾,元亨利贞。"《文言》曰:"元者,善之长也;亨者,嘉之会也;利者,义之和也;贞者,事之干也。"元亨利贞即四德。　⑥龙虎类感:《易·乾卦·文言》:"同声相应,同气相求。水流湿,火就燥;云从龙,风从虎。"　⑦俪:偶。　乾坤易简:《系辞上》:"乾道成男,坤道成女,乾知大始,坤作成物,乾以易知,坤以简能。"　⑧日月往来:《系辞下》:"日往则月来,月往则日来,日月相推而明生焉。寒往则暑来,暑往则寒来,寒暑相推而岁成焉。"　⑨诗人偶章:如《诗经·陟岵》:"陟彼岵兮,瞻望父兮。父曰:'嗟,予子行役。'"这里开头两句对偶,后两句不对。　⑩大夫联辞:如《左传·僖公四年》管仲对楚使说:"昔召康公命我先君太公曰:五侯九伯,汝实征之,以夹辅周室。赐我先君履:东至于海,西至于河,南至于穆陵,北至于无棣。"前几句不对,东西南北四句对偶。　⑪宋画:《庄子·田子方》讲宋元君召集许多画家作画,大家都作揖而立着作画,只有一个回舍,解衣,伸着腿坐着。宋元君认为他是真画者。　吴冶:《吴越春秋·阖闾内传》讲吴人干将、莫邪夫妇铸剑。

35.2　故丽辞之体,凡有四对:言对为易,事对为难,

反对为优，正对为劣。言对者，双比空辞者也；事对者，并举人验者也；反对者，理殊趣合者也；正对者，事异义同者也。长卿《上林赋》云，"修容乎礼园，翱翔乎书圃⑫"，此言对之类也；宋玉《神女赋》云，"毛嫱鄣袂，不足程式，西施掩面，比之无色⑬"，此事对之类也；仲宣《登楼》云，"钟仪幽而楚奏，庄舄显而越吟⑭"，此反对之类也；孟阳《七哀》云，"汉祖想枌榆，光武思白水⑮"，此正对之类也。凡偶辞胸臆，言对所以为易也；徵人之学，事对所以为难也；幽显同志，反对所以为优也；并贵共心，正对所以为劣也。又以事对，各有反正，指类而求，万条自昭然矣。

对偶的体例，大概有四种：言对是容易的，事对是困难的，反对是好的，正对是差的。言对是两句并列而不用事例，事对是要举出两件人事来做证验，反对是事理相反旨趣相合的，正对是事件不同意义相合的。司马相如《上林赋》说，"在礼仪的殿堂上修饰，在书籍的园地里飞翔"，这是言对之类；宋玉《神女赋》说，"美女毛嫱遮起袖子，自以不够标准，美人西施遮住面孔，比得没有光采"，这是事对之类；王粲《登楼赋》说，"楚人钟仪被晋国囚禁而奏楚音，越人庄舄做楚国大官而唱越调"，这是反对之类；张协《七哀》诗说，"汉高祖怀想家乡的枌榆社，光武帝思念故乡的白水县"，这是正对之类。只要把心里的话组成对偶就行，言对所以容易；要考验一个人的学问，事对所以困难。一隐一显不同却用来表达同一用意，所以反对是好的；两句都着重于表达相同的含意，所以正对是差的。事对也有反对和正对的分别，按照各类来考求，形形色色的对偶自然看得很清楚了。

⑫长卿:司马相如的字。这里是说,讲究礼仪和学问只是空说,不举事例,所以是言对。　　⑬毛嫱:古代美女。　　袂:袖。这是说神女的美貌,使得毛嫱西施都自愧不如。这里举出事例,所以是事对。　　⑭仲宣:王粲的字。这里说,钟仪是楚人,做了晋国的俘虏,庄舄(xì 细)是越人,做了楚国的大官,两人处境相反,但都唱家乡的音调,表示思乡的意思,所以是反对。幽:囚禁。钟仪在被囚中还奏楚音。庄舄是在病中思乡,唱越地的歌。⑮孟阳:晋代张协的字。这里的汉高祖和光武帝地位相同,写他们思乡也相同,所以是正对。　　枌榆:乡名,是高祖的家乡,在丰县。　　白水:县名,在南阳,是光武家乡。

35.3　张华诗称"游雁比翼翔,归鸿知接翮"⑯,刘琨诗言"宣尼悲获麟,西狩泣孔丘"⑰,若斯重出,即对句之骈枝也⑱。

晋人张华《杂诗》说,"游雁的翅膀紧挨着飞,归鸿知道翅膀相接着飞",刘琨《重赠卢谌》诗说,"孔子听说捉住麒麟很悲伤,孔子听说在西郊打猎捉住麒麟而哭泣",像这类意思重复的句子,就是对句中重复多余的部分。

⑯雁和鸿是同类的鸟,比翼和接翮是同意,所以重复。　　⑰宣尼就是孔子,汉平帝追谥孔子为褒成宣尼公。西狩就是获麟,冬猎称狩。孔子听说猎人在西郊冬天打猎,捉到麒麟,悲伤他的道不行,因为当时人认为麟该在太平时出现,当时世乱而麟见,孔子所以悲伤。　　⑱骈枝:骈拇枝指,见《熔裁》注⑥。

35.4　是以言对为美,贵在精巧;事对所先,务在允当。若两事相配,而优劣不均,是骥在左骖,驽为右服

320

也^⑲。若夫事或孤立,莫与相偶,是夔之一足,趻踔而行也^⑳。若气无奇类,文乏异采,碌碌丽辞,则昏睡耳目。必使理圆事密,联璧其章。迭用奇偶,节以杂佩^㉑,乃其贵耳。类此而思,理自见也。

因此言对好的,好在对得精巧;事对好的,好在用事恰当。要是两事相配,一好一坏不相称,好比驾车,千里马在左边,驽马在右边。要是只有孤零零的一件事,没有可以配对的,那像夔只有一只脚,跳着走路。要是意气没有独创,文辞缺乏文采,平庸的对偶,使人看了昏昏欲睡。一定要使对偶的句子理论圆转,用事贴切,像一对璧玉呈显文采。再加上交错地运用单句和偶句,像用各种佩玉来调节,这才可贵哩。类似这样去考虑,怎样用对偶的道理自然明白了。

⑲骖、服:古代驾车的马,在外的两匹马叫骖,居中的马叫服,这里借指左边的叫骖,右边的叫服。　⑳夔(kuí 葵):本是神话中的人物,相传只有一只脚,儒家称他为舜时主管音乐的官,说他不是"一足",是"一而足"(一个人已够了)。　趻踔(chěn chuō 碜戳):状跳跃。　㉑杂佩:包括各种不同的佩玉,有各种形式和名称。

35.5　赞曰:体植必两,辞动有配^㉒。左提右挈^㉓,精味兼载。炳烁联华,镜静含态。玉润双流,如彼珩珮^㉔。

总结说:四肢天生,一定成双,文辞也往往有对。像左提右带,精华和韵味两样都备。像光采照耀,花开并蒂,像镜子明静,照影成双,像那佩玉温润,成双悬挂。

㉒植:立。 动:动辄,往往。 ㉓挈(qiè 妾):携。 ㉔双流:犹双垂。 珩(héng 衡)珮:成双的佩玉,上横的叫珩。

比兴第三十六

《比兴》讲比喻和起兴这两种修辞手法。刘勰认为"比显而兴隐",他对兴的看法和有些人不一样。

先说比,比喻分比喻和被比的事物两部分,中间用"如""若"等喻词来表明。像"麻衣如雪","雪"是比喻,"麻衣"是被比的事物,"如"是喻词。比喻和被比的事物要截然不同,像麻衣和雪完全不同,所谓"物虽胡越";但两者有一点极相似,如雪与麻衣都是白的,所谓"合则肝胆"。作品中有连用几个比喻来比事物的各个方面的,称博喻。像"有匪(斐)君子,如金如锡,如圭如璧",连用四个比喻。金锡比锻炼得精纯,圭璧比品德的高洁。比喻也有不用喻词的,像"我心匪(非)席,不可卷也"。用喻词,应该说,"我心不像席",用"像"字表明;这里说"我心不是席",所以不用喻词。用喻词是"甲像乙",不用是"甲是乙"。比喻一般是肯定的,但也可用否定词,像:"我心匪席。"好的比喻,可以使得文章鲜明生动,所以说它具有"敷华(开花)""惊听"的作用。

兴是托物起兴。像《诗经·周南·关雎》:"关关雎鸠,在河之洲。窈窕淑女,君子好逑(配偶)。"这跟比喻不同,因为雎鸠同淑女相比,比什么不清楚,要看了注才知道是雎鸠"挚而有别",比淑女的用情真挚而专一。既是托物起兴,起兴的物要放在前面。这是《诗经》里的兴。所以刘勰说"比显而兴隐",要"发注而后见"。说"兴隐",是说起兴的事物是有用意的,只是这种用意比较隐微,不容易看出来。但也有一种说法,认为起兴的事物没有用意的。像《诗·王风·葛藟》:"绵绵葛藟,在河之浒。终远兄弟,谓他人父。"像河岸的葛草蔓生,长而不断,这是兴;这个兴跟被兴的远离兄弟的那个诗人有什么关系呢?找出注来看也不清楚,所以有一种说法,认为兴同被兴的事物无关。

另一种兴,像《离骚》里的兴跟《诗经》里的兴不同。《离骚》"鸾皇(凤)为余先驾兮",王逸注:"鸾皇以喻仁智之士。"这就是刘勰说的屈原"讽兼比兴"的兴。那末《离骚》里的兴是借喻,借鸾皇来比仁智之士,仁智之士没有说出,即用借喻来代替被比的事物,被比的事物没有说出来。借喻跟比喻不同,比喻是被比的事物说出来的;借喻跟《诗经》的兴也不同,《诗经》的兴是被兴的事物也说出来的。《离骚》里的借喻含义比较深刻。后来诗人推重的比兴手法,用比兴来寄托,就是从《离骚》的比兴来的。

赞里说"诗人比兴",先提出"比"和"兴"来。接下来先讲"比","物虽胡越",两物虽绝然不同,"合则肝胆",两物有一点相合。再讲"兴","拟容取心",即"关雎有别,故后妃方德",以"关雎"比"后妃"(淑女),是"拟容",以"挚而有别"来"方德",是"取心"。刘勰认为"兴隐","发注而后见"。他说兴"称名小,取类大",不是看了兴就知道的,要发注以后,才知道"关雎"是称名小,"挚而有别"是取类大。假使没有看注,根本不知道它的取类大。有时就是看了注,也不知道他取什么类。像上引的"绵绵葛藟"就是。因此这里的"拟容取心",用来说明兴的特点,取心不是从拟容来的,挚而有别是取心,但这个取心,不是形象本身所呈现的,形象里只有"关关雎鸠"的和鸣,没有挚而有别的描写,"挚而有别"是在形象以外发注而后见的,或者发注不见,就不知取心了,所以它同通过形象来表达意义是不同的。刘勰又认为比是斥言,兴是托讽,斥言和托讽要有勇气,所以说"断辞必敢",提出敢字来。

36.1　《诗》文宏奥,包韫六义①;毛公述传,独标"兴"体,岂不以"风"通而"赋"同,"比"显而"兴"隐哉②?故"比"者,附也;"兴"者,起也。附理者切类以指事,起情者依微以拟议。起情故"兴"体以立,附理故"比"例以生。"比"则畜愤以斥言,"兴"则环譬以[记]托讽③,盖随时之义不一,故诗人之志有二也。

《诗经》的内容深广,包含着风、雅、颂、赋、比、兴六项;可是毛公给《诗经》作注,只注明哪里是"兴",难道不是因为通贯全书按照风、雅、颂来分类,而赋的直陈手法,前后相同,比喻也很明显,只有托物起兴比较隐晦吗?"比"是比附,"兴"是起兴。比附事理的用打比方来说明事物,托物起兴的,依照含意隐微的事物来寄托情意。因为触物生情所以用"兴"的手法成立,因为比附事理所以比喻的手法产生。比喻是怀着愤激的感情来指斥,起兴是用委婉的譬喻来寄托用意,大概跟着时间推移情思不同,所以诗人言志的手法有这两种。

①《诗》文:《诗经》的作品。　　宏:大。　　奥:深。　　韫:藏。六义:见《明诗》注⑨。六义之三是赋、比、兴,是按表现手法分,直陈叫赋,比喻叫比,托物起兴叫兴。　　②毛公:相传战国末鲁人毛亨注诗,称《诗训传》,即《毛传》。　　传:经的注。　　"风"通:风指风、雅、颂,《诗经》用风、雅、颂分类,所以不必在每首诗下再注明是风或雅或颂。　　"赋"同:赋的直陈手法前后相同。"比"显:比喻手法明显。所以都不注明。这里把比和兴的分别,只看作显和隐的不同,不够确切,见说明。　　③畜愤:积愤,兼指激动的感情。　　斥言:指斥的话。　　环譬:婉转的譬喻。环,围绕。　　托讽:寄托劝喻。按这里把比说成"畜愤以斥言",把兴说成"环譬以托讽",是根据《周礼·春官·大师》的郑玄注:"比,见今之失,不敢斥言,取比类以言之;兴,见今之美,嫌于媚誉,取善事以喻劝之。"说比是借比喻来批评缺点,兴是借好事来赞美优点。其实比也可以赞美,兴也可以讽刺。刘勰在这里引用郑玄的话来说,只是把美刺同比兴结合起来说。

36.2 观夫兴之托谕,婉而成章,称名也小,取类也大④。关雎有别,故后妃方德⑤;尸鸠贞一,故夫人象义⑥。义取其贞,无[从]_疑于夷禽⑦;德贵其别,不嫌于鸷鸟;明而未融⑧,故发注而后见也。且何谓为"比",盖写物以附意,飏言以切事者也⑨。故金锡以喻明德⑩,珪璋以譬秀民⑪,螟蛉以类教诲⑫,蜩螗以写号呼⑬,浣衣以拟心忧⑭,席卷以方志固⑮:凡斯切象,皆"比"义也。至如"麻衣如雪"⑯,"两骖如舞"⑰,若斯之类,皆"比"类者也。楚襄信谗,而三闾忠烈⑱,依《诗》制《骚》,讽谦"比""兴"。炎汉虽盛,而辞人夸毗⑲,诗刺道丧,故"兴"义销亡。于是赋颂先鸣,故"比"体云构,纷纭杂遝,[信]_倍旧章矣⑳。

观察"兴"的托物喻意,措词婉转而自成结构,它举的名物比较小,含义比较大。雎鸠雌雄成对各自有别,所以诗人用后妃来比这种贞洁的德行;鸤鸠住在鹊巢里用心专一,所以诗人用夫人来比拟这种专一的用心。在用意上只取它的专一,不在乎它是平凡的飞禽,在德性上只看重它配偶有别,不必嫌忌它是猛禽;话说得明白,但是含意不够显豁,所以要看了注才懂得。再说什么叫比喻,是用事物来打比方,明白而确切地说明用意。所以用金和锡来比喻美好的品德,用珪和半珪的配合来比教导人民,用细腰蜂良螟蛉来比教诲子弟,用蝉噪来比号呼,用衣脏不洗来比心忧,用我的心不像席那样可卷来比心志的坚牢:像这些切合的形象,都是比喻手法。至于麻布衣像雪样鲜洁,驾车的两马跑得像合于舞蹈节拍,如此之类,都属比喻。后来楚顷襄王听信谗言,屈原忠烈而遭到流放,他因而继承《诗经》来创作《离骚》,其中的讽喻兼用"比"和"兴"。汉朝的创作虽然兴盛,可是辞赋作家喜欢阿誉,《诗经》讽刺的传统丧

326

失了,起兴的手法也消失了。这时赋和颂首先得到发展,所以比喻手法像风起云涌,繁多而复杂,背离了过去比兴并用的法则了。

④取类:取相类事物来起兴,即取义。　　⑤关雎:见《诗·周南·关雎》。关,关关,状鸟叫;雎,雎鸠,雌雄配合后即有别。《毛传》误认为这诗赞美后妃之德。　　⑥尸鸠:即鸤鸠,布谷鸟,见《诗·召南·鹊巢》。郑玄注,鸤鸠居鹊巢而有专一之德,比夫人来嫁安于在夫家生活。　　⑦夷禽:即常禽。⑧融:大明。　　⑨飚言:扬言,大声宣言,明言。　　⑩金锡:《诗·卫风·淇奥》:"有匪(通斐,文采)君子,如金如锡。"　　⑪珪璋:玉名,上圆下方的叫珪,半珪叫璋。　　杨注:秀民当作"诱民",诱导人民。《诗·大雅·板》:"天之牖民……如璋如圭。"所言相合。　　⑫螟蛉:《诗·小雅·小宛》:"螟蛉(小青虫)有子,蜾蠃(guǒ luǒ 果裸,细腰蜂)负之,教诲尔子,式谷(用善)似之。"细腰蜂捕螟蛉小虫在巢内,产卵后用泥封住,幼虫孵出即吃螟蛉长大。诗人认为细腰蜂抚养螟蛉为子,螟蛉就化成细腰蜂。　　⑬蜩(tiáo 条)螗:蝉。《诗·大雅·荡》:"如蜩如螗,如沸如羹。"状饮酒号呼声。　　⑭浣衣:洗衣。《诗·郑风·柏舟》:"心之忧矣,如匪(不)浣衣(衣垢比心昏沉)。"　　⑮席卷:同上:"我心匪(非)席,不可卷也。"　　⑯麻衣:《诗·曹风·蜉蝣》:"麻衣如雪。"⑰两骖:《诗·郑风·大叔于田(打猎)》:"执辔如组,两骖如舞。"形容大叔驾驶的本领高强。骖,驾车时在左右两旁的马。　　⑱三闾:屈原为三闾大夫,主管昭、屈、景三家贵族的事。　　⑲炎汉:古用五行来讲朝代兴亡,说汉是火德,因称。　　夸毗(pí 皮):柔媚。　　⑳杂遝(tà 榻):杂乱。　　倍:即背。

36.3　夫"比"之为义㉑,取类不常:或喻于声,或方于貌,或拟于心,或譬于事。宋玉《高唐》云,"纤条悲鸣,声似竽籁"㉒,此比声之类也;枚乘《菟园》云,"[焱焱]焱焱纷纷,若尘埃之间白云"㉓,此则比貌之类也;贾生《鵩赋》云,"祸之与福,何异纠缰㉔",此以物比理者也;王褒《洞箫》云,"优柔温润,如慈父之畜子也",此以声比心者也;马融

327

《长笛》云，"繁缛络绎，范蔡之说也"[25]，此以响比辩者也；张衡《南都》云，"起郑舞，茧曳绪"[26]，此以容比物者也。若斯之类，辞赋所先，日用乎"比"，月忘乎"兴"，习小而弃大，所以文谢于周人也。至于扬班之伦，曹刘以下，图状山川，影写云物，莫不[纤]织综"比"义，以敷其华[27]，惊听回视，资此效绩。又安仁《萤赋》云，"流金在沙"，季鹰《杂诗》云，"青条若总翠"[28]，皆其义者也。故比类虽繁，以切至为贵，若刻鹄类鹜[29]，则无所取焉。

比喻这种手法，在用作比方的事物上没有一定：有的比声音，有的比形貌，有的比心思，有的比事物。宋玉《高唐赋》说，"细枝发出悲切的声音，好像吹竽"，这是比声音的例；枚乘《菟园赋》说，"众鸟在天上飞得快，像点点尘埃夹杂在白云里"，这是比形象之类；贾谊《鵩赋》说，"灾祸同幸福，跟三股绳纠结着没什么不同？"这是用物来比道理；王褒《洞箫赋》说，"优柔温和，像慈父的抚育儿子"，这是用声音来比用心；马融《长笛赋》说，"繁多丰富，连续不断，是范雎蔡泽的辩说"，这是用音乐来比辩说；张衡《南都赋》说，"跳起郑国的舞蹈，好像蚕茧的抽丝"，这是把舞姿比做事物。像这些类，辞赋争着用的，经常在用比喻，老是忘掉用起兴，熟习次要的比喻，抛弃主要的起兴，所以创作不及周人了。至于扬雄班固这班人，曹植刘桢以下的作家，他们描绘山川，摹状云物，没有不编织比喻，来施展文采；耸动视听的，全靠比喻来显示它的功效。又潘岳《萤赋》说，"像流动的金子在沙里闪烁"，张翰《杂诗》说，"青青的枝条像集合的翡翠毛"，都是用比喻手法。所以比喻的运用虽有各种各样，以用得十分切合的为好，要是把天鹅刻得像鸭，那便没有什么可取了。

㉑义:即六义之义,这里当手法讲。　㉒竽:形似笙,有三十六簧。籁:孔窍所发声。　㉓焱焱(biāobiāo 标标):据杨注改。状飞快,形容鸟飞得快。焱焱(炎炎),状火光,用在此处不合。　间:夹杂。　㉔纠缦:用三股打成的绳。纠,同纠。　㉕络绎:接连不断。　范蔡:范雎相秦昭王,蔡泽代范雎作秦相,他们都是战国时的辨士。　㉖曳:抽。　㉗敷华:开花。　㉘安仁:西晋作家潘岳的表字。　季鹰:西晋作家张翰的表字。翠:指翡翠鸟羽。　㉙鹄:天鹅。　鹜:家鸭。

36.4　赞曰:诗人比兴,触物圆览。物虽胡越,合则肝胆。拟容取心,断辞必敢㉚。攒杂咏歌,如川之[涣]澹㉛。

总结说:诗人运用"比"和"兴"的手法,碰到事物加以周密的观察。比喻的两样事物虽然像北方的胡人和南方的越人那样绝不相关,有一点相合却像肝胆般相亲。起兴模拟外形,采取含意,措辞一定要果敢。聚集各种比兴的事物在歌咏里,使文辞像河水流动般生动。

㉚断辞必敢:见本书 324 页说明。　㉛攒:聚集。　澹:状水的动荡。

夸饰第三十七

《夸饰》讲夸张的修辞手法。文学和科学不同,科学要征实,文学要夸张。比方讲山高,科学就要准确地测量出山高多少米,文学可以凭作者的感觉说山高到碰着天。刘勰在这篇里对夸张的手法作了多方面的探索。

他先肯定夸张的必要,由于有些感情不容易抒写,有些事物不容易描摹,作者要达难显之情,写难状之物,这时候就往往要运用夸张。运用夸张,能够收到用简练的话达到激动人心的效果,所谓"莫不因夸以成状,沿饰而得奇"。通过夸张,可以把深厚的感情、难状的物象,有力地表达出来,使文辞飞动,所谓"发蕴而飞滞"。

刘勰又指出夸张有两种:一种是用得恰到好处,收到动人的效果;一种是夸张得不合理,弄得名实两乖。对这个问题,需要具体分析一下。

夸张得好的,像《诗·崧高》:"崧高维岳,骏极于天。"夸张地说明山的高。《诗·河广》:"谁谓河广?曾不容刀。谁谓宋远,曾不崇朝。"宋襄公的母亲被送回娘家卫国,按照当时的礼节,被送回娘家的妇女,同夫家永远断绝关系,不能再到夫家去。可是这个母亲迫切地想念她的儿子宋襄公,却不能去看他。所以说,谁说黄河广阔呢?连只小船也放不下。谁说宋国远呢?不要一个早上就到了。这里的夸张极写母子相离极近,从而反映出不能一见的痛苦。再像要赞美教育的作用,夸张地说连停在学宫里的猫头鹰叫得也好听了;夸张周原的土地肥美,连苦菜生在那里也变得甜了。刘勰赞美这些夸张是完全正确的。

夸张得不好的,如扬雄《羽猎赋》:"鞭洛水之宓妃,饷屈原与彭胥。"张衡《羽猎赋》:"困玄冥于朔野。"鞭打女神让她给屈原等送饭,把水神拘囚在朔野。赋里驱使鬼神,本于《离骚》。《离骚》里驱使神灵替作者服务,是都有用意的,是写出作者要上天下地为国求贤的迫切心情。那样的夸张用法,是用来达难显之情的。至于扬雄的《羽猎赋》,是写汉帝打猎的,从打猎联系到入水采珠,于是说鞭打宓妃去送饭。这样写,同上下文都没有联系,也不知他的用意所在。至于打猎而拘囚水神,很难理解。这样的夸张是不好的。至于司马相如《上林赋》,说流星落到房里,长虹拖到栏杆里,这里夸张离宫别馆建筑在高山上,形容山上宫馆的多而高,还是有作用的。又说打猎捉到神鸟飞廉和凤凰,那是夸张地说捉到许多珍奇的鸟。再像说宫里有玉树,那是夸张树木的珍奇。说宫殿连鬼神都上不去要掉下来,那是夸张宫殿的高。说京城里有比目鱼、海若神,那是联系京城里有清渊海及三神山说的,夸张清渊海里的神灵。这些夸张还是有作用的,可以容许的。刘勰把上列《上林赋》等的夸张都加以排斥,就缩小了运用夸张的范围,这是并不恰当的。《上林赋》等的夸张所以可以容许,因为没有读者真会相信流星会落到房子里去,打猎会捉住神鸟,宫里会种有玉树,京里会有比目鱼和海若神,不会引起误会,都知道这是夸张,这是从消极方面说的。从积极方面说,夸张突出描写的对象,加强抒情的力量,所谓"光采炜炜而欲然(燃),声貌岌岌其将动",具有极大的吸引人力量。

在《夸饰》里,刘勰指出形下之器和形上之道,通过"形器易写,壮辞可得喻其真",即通过对形器的夸饰,来写出抽象的道理,这里提出用形象和夸张来表达情思,接触到文学作品的特点,那末他确实认识到文艺手法的特点,只是当时对文学作品的认识还有许多局限,因此他对这种认识也不能不受到限制。至于夸张的作用,可以摹难显之状,达难传之情,在这方面,他提到"发蕴而飞滞,披瞽而骇聋",是有深刻的认识的。

37.1 夫形而上者谓之道,形而下者谓之器。神道难摹,精言不能追其极;形器易写,壮辞可得喻其真;才非短长,理自难易耳。故自天地以降,豫入声貌,文辞所被①,夸饰恒存。虽《诗》《书》雅言,风[格]俗训世②,事必宜广,文亦过焉。是以言峻则嵩高极天③,论狭则河不容舠④,说多则子孙千亿⑤,称少则民靡孑遗⑥,襄陵举滔天之目⑦,倒戈立漂杵之论⑧,辞虽已甚,其义无害也。且夫鸮音之丑,岂有泮林而变好⑨?荼味之苦,宁以周原而成饴⑩?并意深褒赞,故义成矫饰⑪。大圣所录,以垂宪章⑫。孟轲所云,"说诗者不以文害辞,不以辞害意"也⑬。

超乎形象而抽象的叫做道理,有形象而具体的叫做器物。神妙的道理难以描摹,用精美的语言也不能写出它的极妙处;具体的器物容易描绘,有力的文辞就可以显示它的真相;这不是作者的才华有高低,照理说来自有难易的区别。因此,从开天辟地以来,牵涉到声音形貌的,用文辞来表现,夸张的手法长期被运用着。虽然《诗经》《书经》用的是通行语言,用来教化世俗,训导世人,所用事例应该广博,文辞也要求有夸饰。因此,说高便说"山高碰着天",说狭便说"黄河里放不下一条小船",说多便说"子孙成千个亿",说少便说"人民没有一个留下来",说洪水上山提出"淹没天空"的话,讲前军倒戈提出"流血把木杵漂走"的话,话虽过分,在表达意义上并没有妨碍。再像猫头鹰的声音是难听的,哪有因为它停在学宫树上而变得好听呢?苦菜的味道是苦的,哪有因为长在周家原野上而变成甜的呢?这些话用意都在于加强赞美,所以在事理上变成夸饰。可它们是大圣人所采录,用作传世的典范的。这正如孟子说的,"讲诗的不要死扣文字来损害辞义,不要拘泥辞义来损害

332

作者的用意"。

①豫:干预。　被:及。　②雅言:正言。雅指标准,是当时通行的话。　风俗:据杨注改。风,教化。　③嵩高:同崧高,见《诗·大雅·崧高》。崧,状高。　极天:到天。　④容舠:同容刀,见《诗·卫风·河广》。舠,小船。　⑤千亿:句见《诗·大雅·假乐》。十万叫亿。　⑥孑(jié杰)遗:《诗·大雅·云汉》:"周余黎民(百姓),靡有孑遗(没有一个留下来)。"孑,孤零。　⑦襄陵:上山,《书·尧典》:"(洪水)荡荡怀(包)山襄陵,浩浩滔天(漫天)。"　目:称说。　⑧倒戈:《书·武成》:"前徒倒戈,攻于后以北(因败),血流漂杵。"周武王伐纣,纣前面的军队倒戈击纣。　杵:舂米棒。
⑨鸮音:《诗·鲁颂·泮水》:"翩彼飞鸮,集(停)于泮林(学宫树上),食我桑黮(葚,桑果),怀(归)我好音。"鸮,猫头鹰。　⑩荼(tú图)味:《诗·大雅·绵》:"周原朊朊(hū hū乎乎,肥美),堇(jǐn谨:乌头,有毒)荼如饴(麦芽糖)。"荼,苦菜。　⑪褒:奖。　矫饰:夸饰。矫,改正。　⑫大圣:指孔子删诗。垂:传下。　宪章:法度。　⑬孟轲:孟子名。引文见《孟子·万章上》,"意"作"志"。

37.2　自宋玉景差,夸饰始盛,相如凭风⑭,诡滥愈甚。故上林之馆,奔星与宛虹入轩;从禽之盛,飞廉与鹪[鹩]明俱获⑮。及扬雄《甘泉》,酌其馀波,语瓌奇则假珍于玉树⑯,言峻极则颠坠于鬼神。至《[东]西都》之比目,《西京》之海若⑰,验理则理无[不]可验,穷饰则饰犹未穷矣。又子云《羽猎》,鞭宓妃以饟屈原,张衡《羽猎》,困玄冥于朔野⑱。燮彼洛神,既非罔两,惟此水师,亦非魑魅⑲;而虚用滥形,不其疏乎? 此欲夸其威而饰其事,义睽剌也⑳。

自从宋玉景差以来，夸张开始大量运用，司马相如驾空立说，浮夸怪诞得更利害。所以写上林苑的宫馆，说流星和长虹进入窗户；写猎取飞禽的众多，神鸟飞廉和凤凰都已捉到。到扬雄作《甘泉赋》，受到他的影响，讲到树木的珍奇，便借用玉树，讲到宫殿极高，便说鬼神也上不去而掉下来。至于《西都赋》里谈到比目鱼，《西京赋》里谈到海若神，凭事理去检验既无从检验起，就极度夸张说，也谈不上夸张到极点。又扬雄《羽猎赋》说，"鞭打洛水宓妃，要她给屈原送饭"；张衡《羽猎赋》说，"把水神玄冥囚禁在北方的原野。"可是，那个美好的洛神既不是鬼怪，这个水神也不是妖魔，作者没有根据地加以浮夸的形容，不是太疏忽吗？这是想夸大它的声势和事件，却违反了事理。

⑭宋玉、景差：战国时楚国的辞赋家。　凭风：解作继承这种风尚，也可以。　⑮上林：上林苑，汉朝养禽兽供皇帝打猎的地方，见司马相如《上林赋》。　宛虹：弯曲的长虹。　轩：窗。　飞廉：神鸟龙雀。　鹪鹏：当作鹪明，凤属。　⑯甘泉：汉朝的离宫（犹别墅）。　酌：汲取。　璚奇：瑰奇，珍奇。　假：借。　玉树：以珊瑚作枝、碧玉作叶的树。　⑰《西都》：班固《两都赋》中的《西都赋》。西都在长安，那里没有比目鱼。《西京》：张衡《二京赋》中的《西京赋》。长安没有海，不会有海神。　海若：海神名。　⑱子云：扬雄的表字。　宓（fú 伏）妃：相传是伏牺的女儿，淹死在洛水里，成为洛神。　饟：同饷，送饭。　困：拘留。　玄冥：水神名。　朔：北方。　⑲娈（luán 鸾）：美好貌。　罔两：水怪。　水师：水神，指玄冥。　魑（chī 吃）魅：鬼怪。　⑳睽剌（kuílà 葵辣）：乖违。

37.3　至如气貌山海，体势宫殿，嵯峨揭业，熠燿焜煌之状㉑，光采炜炜而欲然，声貌岌岌其将动矣㉒。莫不因夸以成状，沿饰而得奇也。于是后进之才，奖气挟声，轩蟻而欲奋飞，腾掷而羞蹋步㉓。辞入炜烨，春藻不能程其艳；言在萎绝㉔，寒谷未足成其凋；谈欢则字与笑并，论戚则声共泣偕，信可以发蕴而飞滞㉕，披瞽而骇聋矣。

至于描摹山海的气势形状，宫殿的格局形势，或突兀高耸，或富丽辉煌，光采照耀像要燃烧似的，形势巍峨像要飞动似的。没有不凭着夸张来构成惊心夺目的形状，顺着增饰来获得奇突的表现。因此后起之秀，仗着才气，凭着声势，展翅高举，要奋力飞腾，踊跃奔跑，以侷促小步为可耻。描写华采，春花不能比它鲜艳，形容枯萎，荒寒山谷不能比它的萧条；谈到欢乐，文字里面带着欢笑，讲到悲哀，声音里面带着哭泣。实在可以展露内心的奥秘，使郁积的感情飞腾起来，具有使瞎子开眼的光耀，使聋子震惊的声音了。

㉑嵯(cuó 矬)峨：状突兀。　揭业：状高耸。　熠耀：状光明。　焜煌：犹辉煌。　㉒炜炜：状光采。　峻峻：高而可危。　㉓轩翥(zhù注)：高飞。　腾掷：跳跃。　蹋步：小步。　㉔炜烨(yè 页)：状光辉。程：衡量。　萎绝：枯死。　㉕戚：悲伤。　蕴：积蓄。　滞：郁塞。

37.4　然饰穷其要，则心声锋起，夸过其理，则名实两乖㉖。若能酌《诗》《书》之旷旨，翦扬马之甚泰㉗，使夸而有节，饰而不诬，亦可谓之懿也㉘。

要是增饰能够尽量抓住事物的要点，那末读者心里的共鸣就会蜂涌而起，夸张要是违反事理，那末语言和实际相背反了。倘能斟酌《诗经》《书经》深远的意旨，除去扬雄司马相如过分的形容，使夸张得有节制，增饰得不虚假，也可以说是美好哩。

㉖锋起:通"蜂起"。　　乖:背反。　　㉗旷:广远。　　泰:过度。
㉘懿:美。

37.5　赞曰:夸饰在用,文岂循检㉙? 言必鹏运,气靡鸿渐㉚。倒海探珠,倾昆取琰㉛。旷而不溢,奢而无玷㉜。

　　总结说:夸张在于得用,文辞哪有可依照的框框? 话一定要像大鹏那样飞腾,气势不要像鸿鸟逐步上升那样迂缓。要倒干海水来探寻珍珠,要翻转昆仑来采取宝玉。含意广大而不过分,语言夸张而无缺点。

㉙检:法式,规格。　　㉚鹏运:大鹏运行。　　鸿渐:鸿的上升,从水边到岸,从岸到树,是逐步上升的。见《易·渐卦》。　　㉛昆:昆仑山,产玉。琰:玉。　　㉜溢:过多。　　玷(diàn 电):玉的斑点,指毛病。

336

事类第三十八

　　事类讲文中引事引言问题。作者要说明一个意义，引用事例或有权威性的言论来作证，就是"据事以类义，援古以证今"。作者要说明一个道理，光讲道理嫌抽象，有时不能使人信服，有的不容易理解。这时候引事就很重要。引用事例来说明，使人结合事例来明白那个道理，就好理解。用事例来证明那个道理，更易使人信服。有了事例，文章就具体，不抽象，更生动，能吸引人。再说引言，有时要讲明甲，就得讲明乙，要讲明乙，又得讲明丙，可是文章各有重点，不可能那样写，也没有必要，这时引言就很重要。引了一句有权威性的话，就可以代替许多论证。有时候讲了许多道理，人家不一定相信，引了有权威性的话，人家就相信了。引事引言跟学问经历有关，假使没有学问，缺乏丰富经历，即使命意很好，把意思说出来时，既不会引用有力的事例，又不会引用有权威性的话，用来证明他的意思是正确的；那他的文章就会显得单薄而缺乏力量。同样的命意，在有学问和经历的人写来，可以引证许多有力的事例，引用许多经典的话，既有说服力，又显得内容充实丰富。从这里可见"事类"的重要。

　　举事徵义，就是引用事例来证明所要表达的意义；引辞明理，就是引用语言来说明所要表达的道理。这样引事引言，就等于结合许多经验来证明自己的意见，表明这个意见不是他一个人的，是许多人的智慧的集合，是经过许多事例证明的。不会引用事例和语言，只说自己的话，不仅文章显得单薄，在读者看来，那只是作者一个人的话，不是结合许多人的经验来的，说服力就不强。这里显出引事引言的作用。所以说"明理引乎成辞，徵义举乎人事，乃圣贤之鸿谟，经籍之通矩也"。这是就写作需要学问，需要"事类"来说的。刘勰在这里是兼包学问和经历说的。

另一方面，光有学问和经历还不行，还要有才能。有才能方能驾驭学问和经历，写出好文章来，这样说是对的。不过刘勰认为"文章由学，能在天资"，认为才能是天生的，这是指才能要受天生资质的限制说的，参见《体性》说明。因此，刘勰说的"学饱而才馁"，认为没有写作天才的人写不好文章；"才富而学贫"，认为有写作天才只是缺乏学问，只要有了学问就会写好。实际上，写作才能是在提高思想认识、丰富生活经历包括学问、掌握写作技巧和长期的写作实践中培养成的。

既有才，又有学，那末怎样引事引言呢？刘勰举出三种例子来：一、"虽引古事而莫取旧辞"，引用故事和语言，只是加以融化，不是照抄原文；二、取旧辞，只是"万分之一会"，引用原文，但引得极少，不过万分之一；三、综采，综合采摘，采得很多。这三种，一是把故事和语言加以融化，化成自己的血肉，所以在文章里看不出引用原文的痕迹，却写得内容充实深厚。二是原文引得极少，其他绝大部分文章，也和第一种一样，把原文融化了。第三种著明引用的言或事，不把所引的言或事融化在自己的文章里。这三种引事引言并无优劣之分。好的引事引言，不决定于明引或暗引，而决定于这些引事引言是为作者的论点服务的。作者有鲜明的论点，讨论的又是重大问题，理论极正确，这时引事引言来证明自己的论点，即使是明引，也是好的。作者自己没有意见，只是把别人的意见拼凑成文，那样的文章，明引不行，暗引也不行。

再说才驾驭学，具体方法在于："综学在博，取事贵约，校练务精，据理须核。"积累学问要博，博了才好选择合适的来用；选时不可贪多，所以贵约（这是指一般的文章说的，要是作者论证一个重大的思想问题，需要广博的例证，那又当别论了）。事例既要选得少而精，还要经过考校，要核实。这样，才能使选用的故事和语言，确切而有力地达意。"凡用旧合机,不啻自其口出",用故事和引言用得合适,听起来好像是作者自己的话,不像引用,这样才好。要是引用得不恰当,那就会造成种种毛病,像曹植陆机的文和诗里也免不了有引事谬误的毛病,可见考订核实的重要。大概写大文章要引用广博的事例;篇幅少一些,事例也要相应减少,有些人炫耀他的博学,不恰当地过多地引用事例,使文章臃肿也不好。要是写抒情短诗等,有时就不宜引用事例,好比眼睛里容不得金屑一样,这点也该弄清楚。

38.1　事类者,盖文章之外,据事以类义①,援古以证今者也。昔文王繇《易》②,剖判爻位,《既济》九三,远引高宗之伐③,《明夷》六五,近书箕子之贞④:斯略举人事,以徵义者也。至若胤征羲和,陈《政典》之训⑤;盘庚诰民,叙迟任之言⑥:此全引成辞以明理者也。然则明理引乎成辞,徵义举乎人事,乃圣贤之鸿谟⑦,经籍之通矩也。《大畜》之象,"君子以多识前言往行"⑧,亦有包于文矣。

　　文章中的事例,是文章在达意抒情之外,援用事例来证明文义,引用古事来证明今义。从前周文王解释《易经》的卦,分别每卦六爻的位置,《既济》卦的第三个阳爻,在爻辞里引用遥远的商高宗征伐鬼方的事,《明夷》卦的第五个阴爻,在爻辞里记载近时箕子的坚贞:这是约略引用事例,用来证明含义的。至于像胤国国君去征讨羲和,引用了《政典》的教训;殷君盘庚告诫人民,叙述了迟任的话:这是全引现成的话来说明道理的。然则说明某一道理引用现成的话,证明某一意义引用有关事例,是圣贤的大文章,经书的通用规范。《易经·大畜》卦的象辞说,"君子要多记住从前人的言论行事”，这句话也包括到文辞的写作了。

①事类：犹事例。　类义：用同类事物来证明文义。　②繇（yóu 由）《易》：解释《易经》中的卦辞爻辞，一卦六划称爻（yáo 姚）。繇是引申阐发。相传文王作卦辞和爻辞。　③《既济》：卦名，作☵☲，共六划。九三，即倒数第三划是九（即—，阳爻），这爻的爻辞是“高宗伐鬼方（北方国名），三年克之（打败鬼方）。”　④《明夷》，卦名，作☷☲，共六划。六五，即倒数第五划是六（即--，是阴爻），这爻的爻辞是“箕子之明夷（伤），利贞（正）”。箕子明而受伤，指受纣王逼害，利于艰难以守正，在艰难中善于保持他的正义。⑤《尚书·胤征》，主管历法的羲、和两人沉醉废事，王命胤国君往讨伐。胤君引用《政典》的话：“先时者杀无赦，不及时者杀无赦。”时指农业的时令节气，表示扰乱农时的要受严厉制裁。　⑥《尚书·盘庚》：盘庚在迁都，告诫人民，引用史官迟任的话：“人惟求旧，器非求旧，惟新。”　⑦鸿谟：大的谋划，指大文章。　⑧《大畜》：六十四卦中的一卦。　象：是解释这一卦的话，作“君子以多识前言往行以畜（积蓄）其德”。

38.2　观夫屈宋属篇，号依诗人，虽引古事，而莫取旧辞。唯贾谊《鹏赋》，始用鹖冠之说[⑨]，相如《上林》，撮引李斯之书，此万分之一会也[⑩]。及扬雄《百官箴》[⑪]，颇酌于《诗》《书》，刘歆《遂初赋》，历叙于纪传，渐渐综采矣。至于崔班张蔡，遂捃摭经史，华实布濩[⑫]，因书立功，皆后人之范式也。

试看屈原宋玉的创作，称为仿照《诗经》，虽然引用故事，却没有采用原文。只有贾谊的《鹏赋》，开始采用《鹖冠子》的说法，司马相如的《上林赋》，摘引李斯的《谏逐客书》，这还只有很少的一部分。等到扬雄作《百官箴》，便很有一些采自《诗》《书》的话，刘歆作

《遂初赋》,则按次叙述本于史书中的纪传,渐渐综合采用各书了。到了崔骃、班固、张衡、蔡邕,便采摘经史中的话,使文章写得好像树上布满花果,这是依靠从书本里采摘来的功效,这些都成了后来人写作的榜样。

⑨《鹏赋》有些话和《鹖(hé 河)冠子·世兵》篇相同。 ⑩《上林赋》里引用了《谏逐客书》里"建翠凤之旗,树灵鼍之鼓"。 万分之一:指极少。会:合。 ⑪《百官箴》当作州官箴,扬雄作《十二州箴》《二十五官箴》。⑫捃摭(jùn zhì 俊执):采摘。 布濩(hù 户):分布。

38.3 夫薑桂因地,辛在本性;文章由学,能在天资。才自内发,学以外成,有学饱而才馁,有才富而学贫。学贫者迍邅于事义,才馁者劬劳于辞情⑬,此内外之殊分也。是以属意立文,心与笔谋,才为盟主,学为辅佐,主佐合德,文采必霸,才学褊狭,虽美少功。夫以子云之才,而自奏不学⑭,及观书石室,乃成鸿采。表里相资,古今一也。故魏武称张子之文为拙,[然]以学问肤浅,所见不博,专拾掇崔杜小文,所作不可悉难,难便不知所出⑮,斯则寡闻之病也。

薑和杜桂在地里生长,它们的辣味是本性具有的;文章需要学问,才能在于天资。才能从本性发出,学问靠向外吸取,有的人富有学问可是缺少才能,有的人富有才能却缺少学问。缺少学问的在引证事义上发生困难,缺少才能的在表现文情上显得劳累,这是内具才能和外求学问的不同。因此命意作文,心思和文笔打交道,才能是主宰,学问是辅佐,主宰和辅佐同心一德,作品一定有文采而称雄一时；才能和学问都不够，纵使有别的好处也很少成为成功之作。以扬雄的才华，还自称没有学问，等到读了皇家的藏书，才构成作品的丰富文采。外求学问和内具才能互相辅助，古今是一样的。所以曹操称张子的文章是拙劣的，因为他学问浅薄，所见不广，专门摘取崔杜两人短篇中的话来写作，所写的东西经不起一一去考问，一考问便不知道出处，这是浅见寡闻的毛病。

⑬迍邅（zhūn zhān 谆毡）：状困难。　勮：劳苦。　⑭子云：扬雄的话见《答刘歆书》。　⑮魏武句不知出处。　张子：名字不详。　崔、杜：杨注："崔骃父子及杜笃皆有杂文。"

38.4　夫经典沉深，载籍浩瀚，实群言之奥区，而才思之神皋也⑯。扬班以下，莫不取资，任力耕耨，纵意渔猎，操刀能割，必[列]裂膏腴；是以将赡才力，务在博见，狐腋非一皮能温，鸡蹠必数千而饱矣⑰。是以综学在博，取事贵约，校练务精，捃理须核，众美辐辏，表里发挥。刘劭《赵都赋》云："公子之客，叱劲楚令歃盟⑱；管库隶臣，呵强秦使鼓缶⑲。"用事如斯，可称理得而义要矣。故事得其要，虽小成绩，譬寸辖制轮，尺枢运关也⑳。或微言美事，置于闲散，是缀金翠于足胫，靓粉黛于胸臆也㉑。

经书的内容深厚，书籍的数量众多，它们确实是记载众多言论的宝库，表现才思的园地。从扬雄班固以下，作者没有不从中取用的，在这里，听凭人们去用力耕种，称心捕猎，如果握着刀子能够割，就一定去拣肥美的割；因此，要丰富作家的才力，务要看得广博，用狐腋的皮制裘不是一张皮所能制成，鸡脚掌定要吃几千只才饱哩。因此,综合学问在于广博,选取事例重在精简,考核提练力求精当,采摘理论须要核实,各种优点都汇集了,使所具的才能和学问都能发挥长处。三国时魏国刘劭的《赵都赋》说:"平原君的门客毛遂,叱责强大楚国的国王,使他和赵国歃血结盟;管库房的小臣蔺相如,呼喝强大秦国的国王,使他给赵王击瓦器。"像这样用故事,可以说既合理又抓住要点了。所以引用事例能抓住要点,虽是小事也有效果,好比车轴头上寸把长的键能够管制车轮,尺把长的门臼能够转动大门。如果把精妙的言论,美好的事例,放在不关紧要的场合,那就如同把金宝翡翠带在脚脖子上,把花粉翠黛抹在胸脯上了。

⑯浩瀚:像水的广大。　　奥区:深奥的区域。　　　神皋:神明的界限。皋,界限。　　⑰狐腋:狐腋下的毛最能保暖,取很多狐腋缝成的皮裘称狐腋之裘。　　蹞:脚掌。　　⑱平原君赵胜,是赵国公子。当时秦围赵国,平原君到楚国去求救,要与楚结盟。楚王迟疑不决。平原君门客毛遂上去叱责楚王,使他和赵结盟。　　歃(shà霎)盟:古时喝牲口的血来结盟。　　⑲蔺相如本是赵国太监头缪贤家里的舍人。舍人是给缪贤管事的。秦王和赵王在渑池相会,秦使赵王给秦王弹瑟,所以蔺相如也要秦王给赵王击缶。管库:管库房。　　隶臣:地位低微的当差者。　　⑳辖:轴头上的铁键。关:大门。　　㉑靓(jìng静):犹搽抹。　　黛:画眉的青色颜料。

38.5　凡用旧合机,不啻自其口出㉒;引事乖谬,虽千载而为瑕。陈思,群才之英也,报孔璋书云:"葛天氏之乐,千人唱,万人和,听者因以蔑韶夏矣。"此引事之实谬也。按葛天之歌,唱和三人而已㉓。相如《上林》云:"奏陶唐之舞,听葛天之歌,千人唱,万人和。"唱和千万人,乃相如[接人]推之;然而滥侈葛天,推三成万者,信赋妄书,致斯谬也。陆机《园葵》诗云:"庇足同一智,生理合异端。"夫"葵能卫足",事讥鲍庄㉔;"葛藟庇根",辞自乐豫㉕;若譬"葛"为"葵",则引事为谬,若谓"庇"胜"卫",则改事失真㉖:斯又不精之患。夫以子建明练,士衡沉密,而不免于谬。曹[仁]洪之谬高唐,又曷足以嘲哉㉗! 夫山木为良匠所度,经书为文士所择,木美而定于斧斤,事美而制于刀笔,研思之士,无惭匠石矣。

　　一切引用故事或旧文用得合适,跟从作者自己口内说出来的话没有什么两样;要是把故事引用错了,即使传了千百年也还是毛病。陈思王曹植,是许多才人中的杰出人才,他答陈琳的信里说:"葛天氏的乐曲,千人唱,万人跟着唱,听的人因此蔑视舜的韶乐和禹的夏乐了。"这样引用故事,实在是错误的。考葛天氏的歌,唱的同应和的只有三个人罢了。司马相如在《上林赋》里说:"演奏陶唐的乐舞,听唱葛天氏的歌曲,千人唱,万人跟着唱。"唱的同应和的有上千上万人,是司马相如夸大的说法;但是把唱葛天氏歌曲写得那样浮夸,把三个人夸大成上千上万人,是相信司马相如赋里的胡说而造成的错误。陆机《园葵》诗说:"在庇护脚跟上具有同样的智慧,在生理上该是各不相同的。"说"葵能保卫脚跟",这是孔子用它来讥笑鲍庄不能保卫他的脚;说"葛藟能够庇护本根",这是宋国乐豫用它来反对赶走公族的话;要是用葛藟来比葵,那应该说"庇护本根",说成"庇护脚跟",就把引文搞错了;要是用"卫足"的话,认为"庇"字胜过"卫"字,改成"庇足",那末改动引文而失掉原样:这是粗枝大叶的毛病。像曹植那样的高明成熟,陆机那样的深沉细密,却不免有错误。那末,曹洪给曹丕的信里,把高唐绵驹的会唱错成高唐王豹,又哪里值得嘲笑呢! 山上的树木被优秀的工匠所量度,经书被文人所采择,可是木材的美好决定于匠人的加工,事义的美好决定于作者的选择,精于运思的人,比起著名的匠石来才没有惭愧了。

㉒不啻(chì 赤):不异。　㉓《吕氏春秋·古乐》:"昔葛天氏之乐,三人操牛尾以歌八阕(曲)。"　㉔《左传·成公十七年》记载鲍庄子被齐灵公判罪,截去两只脚。孔子说:"鲍庄子的聪明还不如葵,葵还能保卫他的脚。"这是指葵的叶子向着太阳,荫蔽它的下茎。　㉕虆(lěi 全):和葛相类的植物。《左传·文公七年》记载宋昭公要赶走宋国的许多公子。乐豫说:"不能这样做。公子是国君的自族,好比枝叶,去了枝叶,本根就没有遮荫了。葛虆还能庇护本根,何况国君呢?"　㉖陆机的《园葵》诗说"庇足同一智,生理合异端"。倘用"葵能卫足",那该作"卫足";倘说葵像葛虆一样,用"虆能庇根",那该作"庇根"。可是他作"庇足",两无所据。这里指出引用成语不宜改字,改字会搞错的。　㉗这是陈琳《为曹洪与魏文帝书》中的话,是陈琳写错的。

38.6　赞曰:经籍深富,辞理遐亘㉘。皓如江海㉙,郁若崑邓㉚。文梓共采,琼珠交赠。用人若己,古来无懵㉛。

总结说:经书的理论高深,内容丰富,文辞美好,源远流长。它皎洁得像在江海里洗濯过,茂盛得像昆仑山上的桃林。它好比有文理的梓树,让人们一起来采伐,它好比光耀的珠玉,可以用来互相赠送。运用别人的事例能像讲自己的话,从古以来的才人是做得不含糊的。

㉘遐:远,指源流远。　亘:绵亘,连绵不断,含有流长的意思。　㉙皓如江海:《孟子·滕文公》:"江海以濯之,秋阳以暴之,皓皓乎不可尚已。"皓,皎洁,在江海里洗濯,太阳里晒,极为皎洁。　㉚崑邓:夸父追日的神话,说夸父渴死后,他的手杖化为邓林,即桃林。　㉛琼:美玉。　懵(mèng 梦):迷糊。

练字第三十九

　　这篇是讲写作中的用字。先从文字的演变讲起,接着指出前汉看重文字学习,作家懂得文字学,懂得声音通假,善于用文字来描摹形象声音。这种描摹形象声音的字,有一部分后来不用了,后人又不去研究这部分字的音义,所以读汉赋感到困难。这就说明文字和创作的关系。从晋代以后,用字求简易,在文字上也跟汉赋不同,不像汉赋中的字难识了。接着,刘勰正确地指出,文字难易和时代有关,当时通用的字,大家都识,即使古人所难认的,也是易识;当时所不用的字,即使古人认为易识的,也是难认。这里指出文字是跟着时代变的。

　　文字的难易既然古今不同,那末古代字书《苍颉篇》和《尔雅》里,自然包括了很多后代认为难认的字,对这些字书该怎样看呢?他主张"该旧而知新,亦可以属文"。不废旧的,"该旧"为了"知新"。因为新的文字是从旧的文字中演变来的,所以要"知新"也要"该旧"。这意见也是正确的。具体运用到写作中去,"义训古今,兴废殊用"。古今有兴废,那末写作自然该用今兴的字,不用今废的字,该用今义,不用或少用古义了。所以在用字上,首先提出"一避诡异"。诡异就是当时不通用的怪僻字。这样说,比起那些爱用古字来炫耀博学的就高明了。

　　此外,他又提出避免重复。这是对格律诗或骈文说的。格律诗或骈文要讲究对偶,在一联里面尽可能避免用重复的字。有些短诗,甚至在全篇中也要避免用重复字。他又指出:"若两字俱要,则宁在相犯。"要是重复是必要的,宁可重复,不勉强避免。这样说才比较全面。他又指出,要避免联用偏旁相同的字,要调整文字笔画的多少,避免联用笔画少或笔画多的字。这可能和当时人讲究

346

书法有关。当时的文章都是手写的,跟讲究书法结合起来,所以提出这样要求。这两点比较琐细,跟写作关系不大。最后讲到古书中的错字,指出作文的人不该爱奇而有意去用这些错字。

39.1 夫文象列而结绳移,鸟迹明而书契作①,斯乃言语之体貌,而文章之宅宇也。苍颉造之,鬼哭粟飞②;黄帝用之,官治民察。先王声教,书必同文,辎轩之使,纪言殊俗③,所以一字体,总异音。《周礼》保氏,掌教六书④。秦灭旧章,以吏为师⑤。[乃]及李斯删籀而秦篆兴,程邈造隶而古文废⑥。

文字的形成改变了结绳记事,兽蹄鸟迹的辨认才创造出文字来,它是语言的符号,构成文章的材料。相传苍颉造字,鬼夜哭,天上落下小米来;黄帝使用了文字,使百官办好事务,万民分清事物。前代王者传播教化,写的一定要用统一的字体,坐着轻车的使者,要到各地去记录方言,这些,是要统一字体,汇集各地不同的方音。《周礼》中的保氏官,掌管教授文字。秦朝烧掉旧书,学法令的请官吏做老师。到李斯删改籀文,秦朝的小篆兴起,程邈创造了隶书,而周代的古文字被废去。

①文象:文字形体。 列:列举。 结绳:上古没有文字时,人们结绳记事。 鸟迹:相传苍颉根据兽蹄鸟迹的形象制成象形字。 书契:文字。 ②苍颉:相传是黄帝的史官。《淮南子·本经训》:"昔者苍颉作书而天雨粟,鬼夜哭。"认为有文字会有诈伪,所以有鬼哭粟飞的怪异。 粟:小米。 ③辎(yóu 尤)轩:使臣所乘的轻车。古代使臣曾到各地去搜集方言。 ④保氏:官名,见《周礼·地官》。 六书:创造文字的六种方法:象形,画形状;指事,用符号示意;会意,两形合而示意;形声,形和声的结合;假

347

借,借用;转注,转化。　　⑤灭旧章:焚书。　　以吏为师:指向吏学法令。
⑥籀(zhòu宙):籀文,周朝文字,笔划比较复杂。李斯把它稍加简化,称为小
篆。程邈是秦朝的狱吏,因狱中事繁,再把小篆简化,用于徒隶(牢里服役
的),称为隶书。于是籀文废弃不用。　　古文:指籀文。

39.2　汉初草律,明著厥法:太史学童,教试六体⑦;
又吏民上书,字谬辄劾。是以马字缺画,而石建惧死⑧,虽
云性慎,亦时重文也。至孝武之世,则相如撰篇⑨。及宣
[成]平二帝,征集小学,张敞以正读传业,扬雄以奇字纂
训,并贯练《雅》[颂]〈颂〉,总阅音义⑩。鸿笔之徒,莫不洞
晓。且多赋京苑,假借形声⑪;是以前汉小学,率多玮字,
非独制异,乃共晓难也⑫。暨乎后汉,小学转疏,复文隐
训,臧否[大]亦半⑬。

　　汉朝初年,萧何创制法律,写明有关文字法令:太史考试学生
背诵文字,又用六种文体来测验;又吏民上奏章,字写错了就要弹
劾。因此写马字少了一笔,石建吓得要死,虽说他的小心谨慎,也
由于当时看重文字。到了汉武帝时代,有司马相如作《凡将篇》。
到汉宣帝平帝,征集研究文字的学者,张敞跟他们学习正音释义,
扬雄从而采集奇字作《训纂篇》,都是熟习《尔雅》《苍颉》,全面掌握
音义。当时创作鸿篇巨制的人,没有不深通文字的。并且多写京
都苑囿的辞赋,用通假字来描绘形象声音;因此前汉讲文字的书,
往往多奇异的字,不仅当时的制度和后来不同,是当时大家都懂得
难字。到了后汉,文字研究反而疏忽,异体字和诡僻的解释都产生
了,正确的和不正确的各半。

　　⑦草:起草,创制。　　厥:其。　　太史:史官。汉朝考试文字,分两
348

种:一考识字多少,要背诵字书;二考六体,即古文(籀文)、奇字(古文的异体)、篆书(小篆)、隶书、缪篆(刻印字体)、虫书(写幡字体)。　⑧石建写的奏章批下来,他看到其中的马字少了一笔,非常害怕,说要"获谴(责)死矣!"　⑨司马相如作《凡将篇》,没有一个重复的字,像后来的千字文。　⑩汉宣帝时,召集懂文字的学者读李斯编的《苍颉篇》,张敞跟他们学习。　正读:正音释义。汉平帝时,召集爱礼等百多人讲文字,扬雄根据他们讲的作《训纂篇》。　贯:通。　练:熟。　《雅》:《尔雅》,古代字书,是分类释义的字典。《颉》:《苍颉篇》。　⑪京苑:如班固《两都赋》、司马相如《上林(苑)赋》等。　假借:用通借字,用同声代替字。　形声:绘形绘声。　⑫玮字:奇异的字。　制异:制度历代不同。　⑬复文:异体字。　隐训:怪僻的解说。　臧否(pǐ匹):善恶,指正误。

39.3 及魏代缀藻,则字有常检⑭,追观汉作,翻成阻奥。故陈思称:"扬马之作,趣幽旨深,读者非师传不能析其辞,非博学不能综其理⑮。"岂直才悬,抑亦字隐⑯。自晋来用字,率从简易;时并习易,人谁取难? 今一字诡异,则群句震惊;三人弗识,则将成字妖矣。后世所同晓者,虽难斯易⑰;时所共废,虽易斯难;趣舍之间,不可不察。

到魏代作文,用字有一定规格,追上去看看汉代作品,转而成为艰难深奥。所以曹植说:"扬雄司马相如的作品,旨趣深远,读者不是老师讲授不能辨析它的文辞,不是博学的不能掌握它的内容。"难道只是才学悬殊,也还是由于文字难识。从晋代以来,所用文字,大都要求简单平易;当时都用容易识的字,谁再去用难字呢?现在只要一个字怪异,就使人对许多句子都感到震惊;三个人不识的字,就要成为字妖了。只要后代人所都识的,即使是难字也成为容易;当时所不用的字,即使是容易的也成为难字;用和不用的分别,不可不考究。

⑭常:一定。　　检:规格。　　⑮综:总聚,总汇。　　⑯直:但,仅。
隐:生僻。　　⑰斯:是。

39.4　夫《尔雅》者,孔徒之所纂,而《诗》《书》之襟带
也⑱;《苍颉》者,李斯之所辑,而[鸟]史籀之遗体也⑲。
《雅》以渊源诂训,《颉》以苑囿奇文,异体相资,如左右肩
股,该旧而知新⑳,亦可以属文。若夫义训古今,兴废殊
用,字形单复,妍媸异体。心既托声于言,言亦寄形于字;
讽诵则绩在宫商㉑,临文则能归字形矣。

　　《尔雅》是孔子的后学所编纂,是《诗经》和《书经》的辅助读物,
好比衣服的领子和带子。《苍颉篇》是李斯所编辑,保留着籀文的
字体。《尔雅》是解释古语的渊源,《苍颉篇》是保存奇字的园地,它
们体裁不同,互相配合,好比左边右边的肩和股,研究它们来总括
旧学,也有助于懂得新意,在作文上也有用。至于字义分别古今,
有新兴的,有废止的,作用不同;字形分简单复杂,排列起来有好看
和难看的分别。心思既已通过声音用语言来表达,语言也通过字
体用文字来记录;念起来动听在于音节的和谐,看起来美观在于字
形的匀称。

⑱《尔雅》:相传是孔子学生编的,实际当是汉儒编的。　　孔徒:孔子的
门徒。　　襟:衣领。　　⑲鸟:鸟虫书,像画鸟虫,是写在幡上字体,与籀文
不同,当作史籀。　　史籀:籀文,相传周太史籀作籀文。　　遗体:遗留下
来的字体。按《苍颉篇》是小篆,其中可能保存部分籀文。　　⑳诂训:古语
的解释。　　苑囿:养禽兽处,指汇集。　　该旧:总括旧字。　　㉑讽诵:

朗诵。　　　宫商:指音节谐调。

39.5　是以缀字属篇,必须揀择:一避诡异,二省联边,三权重出,四调单复[22]。诡异者,字体瓌怪者也[23]。曹[据]摅诗称"岂不愿斯游,褊心恶呩呶[24]"。两字诡异,大疵美篇,况乃过此,其可观乎! 联边者,半字同文者也。状貌山川,古今咸用,施于常文,则龃龉为瑕,如不获免,可至三接,三接之外,其字林乎[25]! 重出者,同字相犯者也[26]。《诗》《骚》适会,而近世忌同[27],若两字俱要,则宁在相犯。故善为文者,富于万篇,贫于一字,一字非少,相避为难也。单复者,字形肥瘠者也[28]。瘠字累句,则纤疏而行劣;肥字积文,则黯黕而篇暗;善酌字者,参伍单复,磊落如珠矣[29]。凡此四条,虽文不必有,而体例不无。若值而莫悟,则非精解。

因此联字作文,一定要选择:第一要避免诡异,第二要减少联边,第三要衡量重出,第四要调整单复。诡异是字体怪异。曹摅诗称:"难道不愿意参加这次游玩,只是褊狭的心胸讨厌那里的争吵。"诗里用"呩呶"两个怪异的字,大大损害美好篇章,何况超过两字,难道还可看吗! 联边是字的半边相同。描摹山水,古今都联用山旁或水旁字,用在平常的文章里,便显得不和谐而成为缺点,如果避免不了,可以用三个半边相同的字,三个以外,那要成为字书吧! 重出是同一个字在句中复用。《诗经》《离骚》中偶然用重复的字,可是近来把重复的字看成犯忌;假使两个相同的字都是必要的,那末宁可重复。所以会写文章的,写上万篇文章才华还有富裕,有时要换一个重复的字却感到字汇贫乏,一个字不是少了不好找,是要避免重复的困难。单复是笔划的多或少。笔划少的字联接起来,就笔迹稀疏而行款单薄;笔划多的字联接起来,就笔迹繁密而篇章暗黑;善于调节字的笔划的,多少搭配,使字形圆转像连贯的珠子。所有这四条,虽然文章里不一定都碰到,可是就体例说不一定没有。要是碰上了还不觉得,那就不是精通练字了。

㉒诡异:指怪僻字,大家不识的。　联边:偏旁相同的字。　权:衡量。　重出:重复的字。　单复:笔划少和笔划多。　㉓璝(guī归):奇特。　㉔曹摅(shū书):西晋良吏,引句无考。　呕呶(xiōng náo凶挠):争吵声。　㉕施:用。　龃龉(jǔ yǔ举羽):牙齿不齐,喻不合。三接:用三个偏旁相同的字。如沈约《和谢宣城》:"别羽泛清源。"　字林:犹字典,如木部水部中字,都是偏旁相同。　㉖犯:抵触。一联或一诗中避免有相同的字,有了就发生抵触。　㉗适会:偶合,偶然相同,不以为忌。近世:指晋以来。　㉘肥瘠:笔划多,字肥;笔划少,字瘦。　㉙黯黕(dǎn胆):状黑。　磊落:状圆转。

39.6　至于经典隐暧,方册纷纶㉚;简蠹帛裂,三写易字㉛,或以音讹,或以文变。子思弟子,"於穆不[祀]似"[者],音讹之异也㉜。晋之史记,"三豕渡河",文变之谬也㉝。《尚书大传》有"别风淮雨",《帝王世纪》云"列风淫雨"㉞。别列淮淫,字似潜移。淫列义当而不奇,淮别理乖而新异。傅毅制诔,已用"淮雨",元长作序,亦用"别风"㉟;固知爱奇之心,古今一也。史之阙文,圣人所慎㊱,若依义弃奇,则可与正文字矣。

至于经典中字义隐晦,书册中文字纷乱,书简被蛀,纸帛撕裂,几经传抄发生错误,或因音近而误,或因形近而误。子思的学生孟

352

仲子把"於穆不已"说成"於穆不似",是音近而误。晋国的史记,把"己亥渡河"写成"三豕渡河",是形近而误。《尚书大传》有"别风淮雨",《帝王世纪》里作"列风淫雨"。别和列,淮和淫,字形相近,无意中抄错了。淫雨列风意义恰当并不新奇,淮雨别风意义不合却很新奇。傅毅作诔文,已经用了"淮雨",王融作序文,也用了"别风";可见文人爱奇,古今相同。要知史书中有缺字,圣人谨慎地对待它,倘使依照文义的合理,放弃好奇,那样的人就可以跟他订正文字了。

㉚隐暧:隐晦,字义不明。　　方:木版。　　册:竹简编联的书。纷纶:指文字纷乱。　㉛三写:几次传抄。　　易字:抄错字。　㉜子思:名伋,孔子孙。他的学生孟仲子把"於穆不已"误读成"於穆不似"。於(wū乌),赞美词。穆,状深远。不已,不止。赞美天道深远无穷。见《诗经·周颂·维天之命》的《正义》。　　　㉝子贡听人读史记:"晋师三豕渡河。"他说,错了,是"己亥渡河"。见《吕氏春秋·察传》。　㉞列风:同烈风,即暴风。淫雨:过多的雨。　　作"别风淮雨",见《尚书大传·周传》,当是抄错的。㉟淮雨:见后汉傅毅《靖王兴诔》。元长:南朝齐王融字。他用"别风"的序文已无考。　㊱阙文:缺字。　慎:慎言。

39.7 赞曰:篆隶相熔,苍雅品训㊲。古今殊迹,妍媸异分㊳。字靡[异]易流,文阻难运㊳。声画昭精,墨采腾奋㊵。

总结说:篆字和隶书是字形的转化,《苍颉》和《尔雅》有字义的多种训释。古今文字不同,用在文中它们的好坏是有分别的。用字顺适的易于流通,文笔艰深的难于通行。文字的笔画匀称,书写的墨采飞腾。

㊲相熔：互相熔化，如小篆减省籀文，隶书减省小篆，即籀文熔入小篆，小篆熔入隶书。　品训：多种训释。　㊳妍媸：好坏。如诡异、联边、重出就不好，避免这些就好。　㊴靡：顺适。　流：流通。　阻：艰深。　运：运转。　㊵声画：扬雄《法言·吾子》："书（字），声画也。"　昭：明。　墨采：指书法，如避免诡异、联边、重出，调整单幅，使全篇抄写的书法好看。

隐秀第四十

隐就是含蓄，有馀味，耐咀嚼。秀就是突出，像鹤立鸡群，是一篇中的警句。隐秀就是修辞学里的婉曲和精警格。本篇对"隐秀"进行阐发，可惜这篇的原稿残缺不全。据黄侃考证，它在南宋时还是完整的。因为南宋人张戒在《岁寒堂诗话》里引了这篇中的话："情在词外曰隐，状溢目前曰秀。"这两句在本篇中没有。可见南宋人还看到全篇。纪昀说，明《永乐大典》中所收这篇已经残缺，缺的部分大概是明朝人补的。补的文字自然远远比不上原文，这里，在补文下加圆点以示区别。

先看刘勰的原文。隐是"文外重旨"，即文辞说出的意思外还含有另外一重意思，就是要有弦外之音，所以说以复意为工，义生文外，也就是话里有话。秀是独拔，拔出流俗，高出一般，所以以卓绝为巧。作品有了弦外之音，会"伏采潜发"，真如《文赋》说的，"石韫玉而山辉，水怀珠而川润"，文章也显得特别有光彩。秀句正如《文赋》说的"乃一篇之警策"，具有"动心惊耳"的作用。

不过含蓄的隐，同意义晦涩不同，同深奥也不同。含蓄的话耐人寻味，经过体味，会给人留下深刻难忘的印象。晦涩的话不好懂，深奥的话，有的用难字来吓唬人，有的内容高深，同含蓄都不同。

隐和秀都要自然。《论语·子罕》："岁寒然后知松柏之后凋也。"这句话不光讲松柏，还有含意，但并不点破，让读者自己体味，所以是隐。这句又是警句，是秀。这句也写得自然。所以说，秀句像"英华曜树"，是树上自然开出来的花朵，并不是人工装上去的。换言之，秀句是全篇中最精彩的话，是自然形成的。要是缺乏精彩的内容，把别人文章中的秀句摘下来装点在自己的文章上，那就好比把花朵摘下来装点在枯树上,就会立刻枯萎,不会有什么光彩了。

再看这篇中明人补充的话,举远山烟云、美女容华来比,主要在说明隐秀是自然形成,不靠人工装点。是美女,那末浓装是美的,淡装也是美的。"若把西湖比西子,淡装浓抹总相宜",是决定于本身的美,也就是要自然,反对做作。但创作的所谓自然,并不是可以随便写成,还需要苦心经营。此外,还举出具体作品来做说明。像"行行重行行"等篇写得含蓄,"常恐秋节至"等句写得秀拔。这些例子是举得恰当的。比方"行行重行行"里,不说希望游子能够回来,不要忘了家乡,却说"胡马依北风,越鸟巢南枝",见得马和鸟都是不忘胡越的。不说自己相思之苦,人都瘦了,却说"衣带日已缓"。不说自己的幽怨和真情,却说"弃捐勿复道,努力加餐饭"。这些话都说得很含蓄。再像"常恐秋节至"几句,即常怕自己成为秋扇而见弃,说明秀句确是全篇中最精彩的话,和内容密切结合的。最后,我们还看到补充的话有毛病,和刘勰论点不同。像说"呕心吐胆,不足语苦;锻岁炼年,奚能喻苦?"刘勰在《养气》篇里主张"逍遥以针劳(医治疲劳),谈笑以药倦",反对"销铄精胆,蹙迫和气"。就是等文思酝酿成熟时再写,写不出时不要硬写,不要为写作损害精力,可见他是反对"呕心吐胆"的。

再说,刘勰在《明诗》《时序》《才略》里,不论是专门论诗的,或论历代文学的,或论历代作家的,都没有一个字提到陶渊明,而在补文里却提彭泽,使人感到奇怪;并且把士衡同彭泽并提,更为可疑。陆机在《明诗》等三篇里都提到,陶渊明既同陆机并提,不应在三篇里只字不提。再像补文中说"若篇中乏隐,等宿儒之无学",把隐同学联系起来,也不恰当。

40.1 夫心术之动远矣[①],文情之变深矣,源奥而派

356

生,根盛而颖峻②,是以文之英蕤③,有秀有隐。隐也者,文外之重旨者也;秀也者,篇中之独拔者也。隐以复意为工④,秀以卓绝为巧,斯乃旧章之懿绩,才情之嘉会也。

意念的转动可以想得极遥远,文情的变化可以显得极深刻,源头深远才能产生枝流,根柢盘屈才能使枝叶高大;因此文章的精华,有秀有隐。隐是文外所含蓄的言外之意;秀是篇中最突出的话。隐以文外含有另一层意思为工巧,秀以特出一般为巧妙,这是前人文章中的美好成就,作者才情的很好表现。

①心术:本指运用心思的方法,这里指转念头。　②奥:深远。派:支流。　颖:禾芒,比树梢。　峻:高。　③英蕤(ruí 绥):指精华。英,花瓣。蕤,状花叶下垂。　④复意:犹两重意思,一是字面的意思,一是言外之意。

40.2　夫隐之为体,义[主]生文外,秘响旁通,伏采潜发,譬爻象之变互体,川渎之韫珠玉也⑤。故互体变爻,而化成四象⑥;珠玉潜水,而澜表方圆⑦。始正而末奇,内明而外润,使玩之者无穷,味之者不厌矣。

隐的特点,有文外的意思,像秘密的音响从旁传来,潜伏的文采暗中闪耀,好比爻象的变化含蕴在互体里,川流里含蕴着珠玉。所以,互体里变化爻象,化成四种象;珠玉藏在水里,波澜就有各种变化。文章开始端正,末了奇特,又像内藏明珠,外现光润,使得赏玩者馀味无穷,品尝者永不厌倦了。

⑤爻象:一个卦有六划,称六爻。每爻有解释的话,称爻象。　变互

体:《左传·庄公二十二年》:"陈侯使筮(用草占卜)之,遇观☷☴之否☷☰。曰:'是谓观国之光,利用宾于王。'"占卜时先找出《观卦》和《否卦》,每个卦有六爻,分上下两体。把两个卦的上下两体交互相比,找出其中倒数的第四爻不同,即变互体。再找《观卦》第四爻爻辞,是"观国之光,利用宾于王",根据这话来判吉凶。这话就包含在《观卦》里。　渎(dú 毒):通海的河。
⑥四象:六十四卦中有实象、假象、义象、用象。　⑦《淮南子·地形训》说,水中蕴藏着玉,水纹方而曲折;水中蕴藏着珠,水纹圆而曲折。

40.3　彼波起辞间,是谓之秀。纤手丽音,宛乎逸态,若远山之浮烟霭,姿女之靓容华⑧。然烟霭天成,不劳于妆点;容华格定,无待于裁熔;深浅而各奇,秾纤而俱妙,若挥之则有馀,而揽之则不足矣⑨。

　　那种文辞中突起的波浪,这叫做秀。又像灵巧的手弹出美好的音乐,呈现出一种飘逸的姿态,好比远山上浮动着烟云,美女的焕发着容光。烟云是天然形成的,不用人工妆点;容光是格调造成的,不用人工修饰;烟云的或深或浅各显奇景,容色的或浓或淡都到妙处,要是听其自然便见美好有馀,倘加以人为造作便显得不够了。

⑧宛乎:好像,仿佛。　霭:云气。　姿(luán 峦):美好。　靓(jìng 敬):装饰。　⑨挥之:舍去,即不加装点,听其自然。　揽之:采取,即加上人工装点。

40.4　夫立意之士,务欲造奇,每驰心于玄默之表⑩;工辞之人,必欲臻美⑪,恒匿思于佳丽之乡。呕心吐胆,不足语穷;锻岁炼年,奚能喻苦?故能藏颖词间,昏迷于庸
358

目;露锋文外,惊绝乎妙心。使酝藉者蓄隐而意愉,英锐者抱秀而心悦;譬诸裁云制霞,不让乎天工;斫卉刻葩,有同乎神匠矣⑫。若篇中乏隐,等宿儒之无学,或一叩而语穷;句间鲜秀,如巨室之少珍,若百诘而色沮:斯并不足于才思,而亦有愧于文辞矣。

善于立意的人,务必要创造奇特的命意,往往设想到极深微玄妙的境界;工于修辞的人,一定要创作美好的词语,常常深思到辞藻美丽的境域。像呕出心胆那样,还不够说明用心的困苦;经年累月地锻炼,哪能说明反复推敲的劳苦? 所以能够把光彩藏在文词中间,让眼光平庸的人感到迷糊,把锋芒在文辞里显露出来,让有识者大为震惊。这样,使得爱好含蓄的看到文中的含蓄处心里高兴,爱好警句的看到杰出的秀句心里喜悦。比方裁制云霞,并不比天工造物差一点;雕刻花卉,跟自然造物几乎相同了。要是全篇里缺乏含蓄的意思,跟老儒的没有学问一样,有时一问就露了底;句子中间缺乏警句,好像大户的缺少珍宝,倘使多问问就神色沮丧:这些缺点都由于才思不够,在辞藻上也显得有愧色了。

⑩玄默之表:指极深沉。玄默,犹静默,指深沉。表,外。　⑪臻:到达。　⑫斫卉刻葩:《列子·说符》:"宋人有为其君以玉为楮叶者,三年而成;丰杀茎柯,毫芒繁泽,乱之楮叶之中而不可别也。"这里暗用这典。

40.5　将欲征隐,聊可指篇:古诗之离别,乐府之长城,词怨旨深,而复兼乎比兴。陈思之黄雀。公幹之青松,格刚才劲,而并长于讽谕⑬。叔夜之□□赠行,嗣宗之□□《咏怀》⑭,境玄思淡,而独得乎优闲;士衡之□□疏放,

359

彭泽之□□豪逸⑮,心密语澄,而俱适乎□□壮采。

　　将要就含蓄来举例,姑且可以举出篇目来:《古诗十九首》的"行行重行行",乐府诗的《饮马长城窟》,词怨意深,又兼用比喻起兴手法。陈思王曹植的《野田黄雀行》,刘桢的"亭亭山上松",风格刚健,才力坚劲,都善于讽谕。嵇康的《赠秀才入军》诗,阮籍的《咏怀》,境界深微,思想淡泊,独具优闲的姿态;陆机的疏放,陶渊明的豪逸,思想绵密,语言清澄,又都具有壮丽的文采。

⑬讽谕:借物喻意。　　⑭□□:这两字缺。按嵇康有《赠秀才入军》,因此给补上"赠行"。一本在阮籍下补《咏怀》。　　⑮彭泽:东晋末陶渊明曾做过彭泽令。一本给补上"疏放""豪逸"四字。下句一本补"壮采"二字。

　　40.6　如欲辨秀,亦惟摘句:"常恐秋节至,凉飙夺炎热",意凄而词婉,此匹妇之无聊也⑯。"临河濯长缨,念子怅悠悠"⑰,志高而言壮,此丈夫之不遂也。"东西安所之,俳徊以旁皇"⑱,心孤而情惧,此闺房之悲极也。"朔风动秋草,边马有归心"⑲,气寒而事伤,此羁旅之怨曲也。

　　如果要辨别突出的警句,也只有从篇中摘一些句子来看看:"常常怕秋天到来,凉风夺去了炎热",意悲苦而词婉转,这是一个妇人怕无依无靠的话。"在河里洗长帽带,想到你很感惆怅",志趣高而话豪壮,这是丈夫的不得志。"或东或西向哪儿去,俳徊而彷徨",心情孤独而恐惧,这是闺中妇人的极度悲哀。"北风吹秋草,边地的马有回去的想法",语气寒苦而事极可哀,这是在外作客者的怨歌。

⑯见《文选》班婕妤《怨歌行》。婕妤,宫中女官名。她把自己比作扇子,怕秋风一起,自己成了秋扇被捐弃。　　无聊:无依靠。聊,依赖。　　⑰见《文选》李陵《与苏武》诗。　　⑱《文选》乐府《伤歌行》。　　⑲《文选》王讚《杂诗》。

40.7　凡文集胜篇,不盈十一;篇章秀句,裁可百二:并思合而自逢,非研虑之所[求]课也⑳。或有晦塞为深,虽奥非隐,雕削取巧,虽美非秀矣。故自然会妙,譬卉木之耀英华;润色取美,譬缯帛之染朱绿。朱绿染缯,深而繁鲜;英华曜树,浅而炜烨;隐篇所以照文苑,秀句所以[照文苑]侈翰林㉑,盖以此也。

大抵文集中的优秀作品,不满十分之一;篇章中的突出警句,仅约百分之二:这些都是情思和文辞的结合而自然造成的,不是苦心经营所能达到的。有的以用意隐晦算深,虽然深奥却不是含蓄;有的靠雕琢来求得工巧,虽然美好却不是警句。所以自然合乎妙处,好比草木的花朵光彩照耀;加上色彩来求美好,好比丝绸的染上红绿。用红绿染丝绸,颜色深而花色繁多鲜艳;花朵在树上照耀,颜色浅而富有光彩;含蓄的篇章所以照耀文坛,突出的警句所以夸耀艺苑,大概就因为这样。

⑳裁:仅。　　课:考核。　　㉑据詹锳先生引梅庆生六次校定本补。

40.8　赞曰:深文隐蔚,馀味曲包㉒。辞生互体,有似变爻。言之秀矣,万虑一交㉓。动心惊耳,逸响笙匏。

总结说:深刻的文辞含蓄而多采,言外的馀味曲折地包含着。

361

文辞从《易卦》的互体里产生,如同《易卦》中有变爻。语言的挺拔,是各种各样的思虑交织在一起之后产生的。它使人听了惊心动魄,像笙匏发出嘹亮的高音。

㉒蔚:草木盛,指文采丰富。　　㉓一交:犹一得。

指瑕第四十一

瑕是玉上的斑点, 比喻毛病。这篇是指出写作中的毛病。刘勰把毛病分为两类: 一是文章中的毛病, 二是注解中的毛病。

文章中的毛病, 他举出四条: 一, 用词不当。曹植用"永蛰"来指曹操, 好像指昆虫; 曹植又用"轻浮"来称曹叡, 好像指蝴蝶。二, 思想错误。封建社会里极其推重孝道, 左思在文中反对孝, 在当时就成了思想错误。三, 违反词语的特定用法和感情色彩。像"感口泽"只能用来纪念去世的母亲, "心如疑"只能用来悲悼并依恋刚死去的父母。潘岳用它来哀悼同辈和小辈就不恰当。四, 比拟不当。黄帝虞舜, 儒家尊为圣帝, 崔瑗把他们用来比拟不著名的李公, 就不恰当。李斯贪恋权位被赵高所害, 向秀用他来比反对司马氏而被杀的嵇康, 也不恰当。

刘勰又指出用字上的毛病, 这方面也可归入用词不当里去。比方在隆重庄严的场合, 就不宜用轻佻的词, 在友好的会见时, 不宜用对方所忌讳的词。文章举出了因用词犯讳, 触怒对方的例子。这里又指出"赏际""抚叩"中"赏""抚"的用法问题。"赏际"是欣赏际会, 即彼此的欣赏相合, "抚叩"是击节叹赏, 看来并没有问题。刘勰却认为"赏"是赏赐, 不能作欣赏, "抚"是握住, 不能作击节, 说是把字用错了。其实, 同一个字, 由于时代不同, 它的含义也会引申发展, 引申义虽和原义不同, 却不能说是错了。

注解的毛病, 他指出两点: 一是把人搞错了, 把勇士错作太监。二是文字的误解。如车两的两(今作辆), 由于车有正副相配, 所以称两。马匹的匹, 由于驾车的马居中的和居外的相配(古代一车驾三马或四马), 所以称匹, 匹是从匹配来的。这样注解, 能够探究字的本义和它的演变, 是好的注解。应劭不清楚匹的本义, 所以注错了。

此外,这篇里也谈到抄袭,有全抄的,有摘抄的,那已不属于写作上的错误问题了。不过抄袭和借用不同,应该分清。作者自己有命意,借用别人文中的事例来说明自己的命意,这是借用,是可以的;自己没有命意,把别人的文章,包括命意和事例,都抄下来作为自己的,这便是抄袭了。

41.1 管仲有言:"无翼而飞者声也,无根而固者情也。"①然则声不假翼,其飞甚易;情不待根,其固匪难;以之垂文,可不慎欤? 古来文才,异世争驱;或逸才以爽迅,或精思以纤密,而虑动难圆,鲜无瑕病。陈思之文,群才之俊也,而《武帝诔》云,"尊灵永蛰",《明帝颂》云,"圣体浮轻"。浮轻有似于蝴蝶,永蛰颇疑于昆虫,施之尊极,岂其当乎? 左思《七讽》,说孝而不从,反道若斯,馀不足观矣。潘岳为才,善于哀文,然悲内兄,则云感口泽②,伤弱子,则云心如疑③。礼文在尊极,而施之下流,辞虽足哀,义斯替矣④。

《管子·戒篇》说:"没有翅膀而到处飞传的,是语言,没有根柢而能牢牢固结的,是感情。"既然语言不靠翅膀,而很容易飞传;感情不靠根柢,而固结不难;那么用文字把它们流传下来,可以不慎重吗? 从古以来的作家,在不同时代争着前进;有的才华卓越而豪爽奋迅,有的思虑精纯而用心细密,可是在运思上往往难以周到,很少没有毛病。陈思王曹植的文章,是许多作家中的杰出的,可是他的《武帝诔》说,"尊严的神灵永远蛰伏",《明帝颂》说,"圣王的身体浮轻"。浮轻好像蝴蝶,蛰伏很像昆虫,用来指极尊贵的帝王,难

364

道是恰当的吗？左思的《七讽》,讲到孝道却不赞成,像这样违反圣
人之道,别的就不值得看了。潘岳的文才,长于写哀悼文字,然而
悲悼内兄,便说感叹他用的杯子上还留着口液,哀伤夭折的孩子,
便说好像疑心他还活着。按照礼制,适用在极尊敬者的文字,把它
加到同辈或小辈身上,文辞虽然写得够悲哀,原来的含义却因此丧
失了。

①声:语言。　　情:指同舟共济的感情。《管子·戒篇》注:"出言于门
庭,千里必应,故曰'无翼而飞'。同舟而济,胡越不患异心,故曰'无根而
固'。"　　②《礼记·玉藻》:"母没而杯圈(杯盏等物)不能饮焉,口泽之气存焉
尔。"口泽是对纪念死去的母亲说的,用指妻兄不合。　　③《礼记·檀弓》:孔
子观送葬者曰:"善哉为丧乎!……其往也如慕,其反也如疑。"孝子对父母感
情深厚,送父或母丧时像还在依恋不舍,回来时像疑心死者还没有死。这是
对父母丧说的,用指孩子不合。　　④替:废去。

41.2　若夫君子拟人,必于其伦,而崔瑗之诔李公⑤,
比行于黄虞,向秀之赋嵇生,方罪于李斯⑥;与其失也,虽
宁僭无滥⑦,然高厚之诗,不类甚矣⑧。

至于君子比拟人,一定要是同类的,可是崔瑗作诔哀吊李公,
把他的德行比做黄帝虞舜,向秀作赋哀悼嵇康,把他的受刑情况比
做李斯;虽然与其比得过坏,宁可比得过好,然而像高厚念的诗那
样,比得太不伦不类了。

⑤杨注:崔瑗的诔文已佚,李公不知是否李固,李固曾做太尉,有盛名,对
崔瑗也极推崇。　　⑥晋向秀《思旧赋》纪念老友嵇康,说:"昔李斯之受罪
兮,叹黄犬而长吟;悼嵇生之永逝兮,顾日影而弹琴。"秦赵高诬陷李斯叛乱,

把他杀死。李斯临死时，叹息自己要像从前带了猎犬去打猎也办不到了。嵇康和司马氏不合作被杀，临死时，问兄要琴，回头看看日影，知道快要被杀，弹了一曲《广陵散》，叹道："《广陵散》从此失掉了！"向秀拿李斯来比嵇康，很不恰当。李斯贪恋权位，在争权夺利中被杀。嵇康品格高尚，李斯不能同他相比。　　⑦宁僭(jiàn 荐)无滥：宁可赏赐过分(功小赏大)，不要刑罚过分(罪小罚重)。僭，超过名分。　　⑧《左传·襄公十六年》记晋国和诸侯会盟，会上各人赋诗，齐国高厚念的诗不类。不类是不善，不恰当。

41.3　凡巧言易标，拙辞难隐，斯言之玷，实深白圭⑨。繁例难载，故略举四条。

　　一切工巧的话容易举出来，拙劣的文辞难于隐藏，这些语言上的毛病，实在比白玉的瑕点更难磨灭。繁多例证难于尽载，所以只约略地举出四条来。

　　⑨圭：上尖下方的玉。玉上有斑点可以磨去，话说错了，不容易磨灭。《诗·大雅·抑》："白圭之玷，尚可磨也；斯言之玷，不可为也。"

41.4　若夫立文之道，惟字与义。字以训正，义以理宣。而晋末篇章，依稀其旨，始有"赏际奇至"之言，终[无]有"抚叩酬[即]酢"之语⑩，每单举一字，指以为情。夫"赏"训锡赍⑪，岂关心解？"抚"训执握，何预情理？雅颂未闻，汉魏莫用，悬领似如可辩，课文了不成义⑫，斯实情讹之所变，文浇之致弊。而宋来才英，未之或改，旧染成俗，非一朝也。

　　至于作文的方法，只是运用文字和确立题义。文字凭解释来规定含义,题义用理论来加以说明。可是晋朝末年的文章,意旨模糊,开始有"赏际奇至"(欣赏奇特情致)的话,最后有"抚叩酬酢"(击节叹赏,互相倡和)的话,往往只举出一个字,用来说明情意。"赏"字的字义是赏赐,难道跟内心的理解有关?"抚"字的字义是握住,跟文章的情理有什么关系?在《诗经》的雅颂里没听说有这种用法,从汉到魏没有谁这样用过,凭空领会好像可以辨认,考核文字完全没有这种意义,这实在是感情不正所造成的,是文风浮夸的弊病。可是宋以来有才华的作家,没有谁能够改正,旧的坏习气构成风俗,不是一朝一夕的缘故。

⑩依稀:仿佛,不明确。　　赏际:欣赏际会,欣赏的趣味相合。　　奇至:奇致,奇特的情致。　　抚叩:犹击节叹赏;抚,拍。　　酬酢:应答。⑪锡赉(lài 赖):赏赐。　　⑫课:考核。

41.5　近代辞人,率多猜忌,至乃比语求蚩⑬,反音取瑕⑭,虽不屑于古,而有择于今焉。又制同他文,理宜删革,若[排]掠人美辞,以为己力,宝玉大弓⑮,终非其有。全写则揭箧,傍采则探囊,然世远者太轻,时同者为尤矣⑯。

近代的文人,大都讳忌过多,甚至有从谐音中挑毛病,从反切里找缺点,这些虽然在古人是不屑一顾的,可是在现在却应该注意。又写得同别人的文章一般,照理应该删去,倘使掠取别人的美好文辞,作为自己所创,那就像偷取宝玉大弓,到底不是自己所有。全抄便是打开箱笼抢劫,摘抄便是摸袋袋,然而时代遥远的问题不大,同时的就成罪状了。

367

⑬比语:同音比拟的字。梁代费旭诗:"不知是耶非。"殷沄诗:"飘飏云母舟。"简文帝说:"旭既不识其父,沄又飘飏其母!"把"是耶非"谐音成"是爷非",把"云母"的"母"作为母亲。   蚩:同嗤,讥笑。   ⑭反音:反切。如鲍照诗:"伐鼓早通晨。"伐鼓正言是佳词,伐鼓反切成腐,鼓伐反切成骨,即腐骨是坏词。何僧智在任昉坐赋诗,任说:"卿诗可谓高厚。"何大怒曰:"遂以我为狗号(叫)!"因高厚切狗,厚高切号。   ⑮宝玉大弓:鲁国的宝器,被阳货偷走。孔子著《春秋》,在定公八年写明"盗窃宝玉大弓",来贬斥阳货的罪状。⑯尤:过错。

41.6 若夫注解为书,所以明正事理;然谬于研求,或率意而断。《西京赋》称中黄育获之畴,而薛综谬注谓之阉尹⑰,是不闻执雕虎之人也。又《周礼》井赋,旧有匹马,而应劭释匹,或量首数蹄⑱,斯岂辩物之要哉?

至于书的注解,是为了正确地说明事理;可是也有在研究上发生谬误,或者轻率地作出判断。张衡《西京赋》中写到中黄伯那样的力士,夏育、乌获那样的勇士,薛综却错误地把他们注作太监头,这是不知道他们是捉斑斓猛虎的人。又《周礼》按井纳税,十井三十家按旧例出一匹马。应劭解释"匹"字,认为或说量马头计马蹄,这难道是辨明事物的正确解释吗?

⑰中黄伯、夏育、乌获,都是古代力士。   薛综:三国时吴人,注《二京赋》。他的注保存在《文选》李善注里,不过这个注错处已经李善改正。   阉尹:太监的首领。   ⑱据《周礼·地官·小司徒》疏,一井九百亩,有九夫(男劳力);十井本该有九十夫;可是十井里房屋道路占去三分之一,只有六十夫耕地。由于当时轮番耕作,所以三夫受六夫之地,三十夫受六十夫之地,因此十井只有三十夫,即三十家,出马一匹。应劭的解释,已无考。

41.7　原夫古之正名,车"两"而马"匹","匹""两"称目,以并耦为用。盖车贰佐乘,马俪骖服⑲,服乘不隻,故名号必双,名号一正,则虽单为匹矣。匹夫匹妇,亦配义矣。夫车马小义,而历代莫悟;辞赋近事,而千里致差;况钻灼经典,能不谬哉?夫辩[言]匹而数[筭]首蹄,选勇而驱阉尹,失理太甚,故举以为戒。丹青初炳而后渝,文章岁久而弥光,若能櫽括于一朝⑳,可以无惭于千载也。

推源古代的端正名称,车称"辆"而马称"匹",用"匹"和"辆"来作名称,含有两两相配的意思。车子用副车跟正车相配,驾车的马用在两旁的骖马和居中的服马相配,服马和车子都不是单一的,所以名称一定成双,名称确定后又有变化,那末虽只一个也称为匹了。其实匹夫匹妇,也含有相配的意思。像车和马的名称含义很小,可是历代也搞不清楚;像辞赋里讲的是浅近的事,却差之毫厘谬以千里;何况钻研经书,能够不发生谬误吗?辨别"匹"字却去计算马的头和蹄,挑选勇士却驱使太监,太违反常理,所以举出来引以为戒。丹青的颜色开始鲜明而后来变暗,文章越久却越显出光彩,倘使能够在一朝加以校正,可以流传千年也没有惭愧了。

⑲古代的车子有正副,所以称两。古代一车四马,中间的两匹马称服马,居外的两匹马称骖马。　⑳櫽括:校正。

41.8　赞曰:羿氏舛射㉑,东野败驾㉒。虽有俊才,谬则多谢㉓。斯言一玷,千载弗化。令章靡疚,亦善之亚㉔。

总结说:后羿的箭射得发生差错,东野稷的驾驶出了毛病。虽

369

有杰出的才能,发生谬误便多感惭愧。话一有缺点,经历千年也不能改变。写了好文章没有什么抱疚,也是次于作善事了。

㉑《史记·夏本纪》正义引《帝王世纪》,说后羿和吴贺一起出游,吴贺要他射雀左目,后羿射中了右目,他低头感到惭愧,终身不忘。　㉒《庄子·达生》说,东野稷驾驶马车的技术非常高明,能使它盘旋进退,像编织花纹那样。他后来把马的气力用完了,因而失事。　㉓谢:惭愧。　㉔令:美好。亚:次。

养气第四十二

养气是保养精力，反对劳神苦思、呕尽心血来写作，这是同刘勰主张写作要自然的理论一致的。用心过度，写作过劳，会损害精力，他都不赞成。他认为写作要从容宽舒，写不出不要硬写，文思来了，有话要说才写；文思不来，没话可说，就不写。这是一。写作有时和作家的才性有关，比方有的长于写得婉转曲折，有的长于写得慷慨激昂；有的长于写诗，有的长于作文，不妨各人保持各自的特长。要是惭凫企鹤，不会写诗的感到惭愧，羡慕会写的，硬要写诗，好比把鹤的长脚截下装在鸭的短脚上，鹤和鸭都完了。像那样不适当地模仿，用心很苦，弄到精疲力竭，是违反养气的，这是二。《神思》里提到"桓谭感疾于苦思，王充气竭于思虑"，也是不满意苦思的话。

这里讲的是创作，不是学习，学习还是要刻苦钻研的；所以文中讲到学习，提到"锥股自厉"。这里也不是讲习作，我们在习作时，各种体裁都要练习，不会作诗的也该练习写。这里是对有了修养的作家说的。主张养气，实际就是要等作品酝酿成熟后写，瓜熟自然蒂落的意思。它跟李贺的"呕出心肝"有矛盾。"呕出心肝"指劳神苦思说，那是刘勰所反对的。李贺的成就，主要是在构思和想象上，在用辞造句上，都用尽全力。刘勰在《神思》里主张"规矩虚位，刻镂无形"；《练字》里指出"富于万篇，贫于一字"等等，都说明在构思想象、用字造句上一点不能含糊，也要用全力，不过他反对苦虑劳情，主张自然酝酿，这是两者的不同处。

结合写作来谈养气，当推本于孟子。孟子在《公孙丑上》里谈到知言养气。他说的养气就是培养一种正义感，这种正义感的培养，"是集义所生者"，就是自己的一言一动都是要合乎正义的，长期这样作，就是"集义"，因而培养成一种反对不义的精神，碰到不义的人和事，这种精神自然表现出来，话自然理直气壮。

韩愈用养气来讲写作。他在《答李翊书》里提出"行之乎仁义之途"，就是"集义"。集义以后理直气壮，凭着气势来写作，说："气，水也；言，浮物（浮在水上的东西）也；水大而物之浮者大小毕浮。气之与言犹是也，气盛则言之短长与声之高下者皆宜。"他在讲古文，所以他要用气盛来解决言之短长与声之高下。那末怎样才能气盛呢？他说："将蕲（求）至于古之立言者，则无望其速成，无诱于势利，养其根而竢（待）其实，加其膏其希其光。根之茂者其实遂，膏之沃者其光晔，仁义之人其言蔼如也。"把自己培养成仁义之人，才能发出仁义之言。能够这样，"然后浩乎其沛然矣。"这样看来，古文家的养气说，把思想行动跟理直气壮跟语言文辞结合起来，也就是跟文思和文辞扣紧，跟写作关系密切结合。刘勰讲养气，跟文思和文辞结合得不密切，这是韩愈胜过刘勰处。

42.1　昔王充著述，制养气之篇①，验己而作，岂虚造哉！夫耳目鼻口，生之役也；心虑言辞，神之用也。率志委和②，则理融而情畅，钻砺过分，则神疲而气衰：此性情之数也。

从前王充著《养性》书，写出论养气的篇章，是自己经过体验后作出的，难道是凭空造作的吗？耳目鼻口，是为生存服务的；心思语言，是属于精神活动的。要是心意和顺，便理路明白心情舒畅；钻研得过分，便精神疲倦气力衰耗：这是属于体气性情方面的变化。

①王充:东汉著名学者。他著养性书,讲养气自守,见《论衡·自纪》篇。②率志:顺着心意。　委和:和顺。

42.2　夫三皇辞质,心绝于道华③;帝世始文,言贵于敷奏④;三代春秋,虽沿世弥缛,并适分胸臆,非牵课才外也⑤。战代枝诈,攻奇饰说;汉世迄今,辞务日新,争光鬻采⑥,虑亦竭矣。故淳言以比浇辞,文质悬乎千载;率志以方竭情,劳逸差于万里;古人所以馀裕,后进所以莫遑也⑦。

三皇时代语言质朴,思想和华靡绝缘;五帝时代开始具有文采,进奏时着重语言;从夏商周三代到春秋,虽然时代更趋向文华,但话还从心中发出,分量恰当,不是勉强扯到才力外去。战国时代思想分歧而好谲诈,研究奇辞,文饰论说;从汉代到现在,文辞天天在力求新奇,互争光芒,炫耀文采,心思也用空了。所以朴实的话比起浮夸文辞来,文华质朴相差千年;顺着心志比起用空心情来,劳苦和安逸相差万里;这是古人所以从容,后辈所以忙迫的原因。

③道华:道理所开放的花朵,指文采。　④敷奏:进言。敷,陈。奏,进。　⑤牵课:勉强。　⑥枝诈:杨注:疑当作权诈。　鬻:卖,卖时往往夸耀货物好,指炫耀。　⑦莫遑:没有空暇。

42.3　凡童少鉴浅而志盛,长艾识坚而气衰⑧,志盛者思锐以胜劳,气衰者虑密以伤神,斯实中人之常资,岁时之大较也。若夫器分有限,智用无涯,或惭凫企鹤,沥辞镌思⑨;于是精气内销,有似尾闾之波⑩;神志外伤,同乎

373

牛山之木；怛惕之盛疾⑪，亦可推矣。

一切青少年见识较浅而志气旺盛，老年人识力坚定而体气衰弱，志气旺盛的思想敏锐不感劳苦，体气衰弱的思虑周到便损伤精神，这实是一般人经常的资质，由于年岁大小而产生的大概情况。至于各人的才具是有限的，智力的运用是无穷的，有的因鸭的脚胫短而羞愧，羡慕鹤的脚胫长，练辞运思，呕尽心血，于是精力消耗，好像水波流到无底洞里；神志斫丧，同牛山的树被砍光一样，这样因悲苦惊恐而造成疾病，也是可以推想的。

⑧少：古以三十岁以前为少，即青年。　　艾：头发灰白如艾，指老人。⑨《庄子·骈拇》："是故凫胫虽短，续之则忧；鹤胫虽长，断之则悲。"鸭的脚胫（小腿）短，鹤的脚胫长，都是天生的，勉强改变不得。　　沥：水下滴，指榨出文辞来。　　镌：雕刻。　　⑩尾闾：排泄海水处，见《庄子·秋水》。　　⑪牛山：在齐国东南部，山上的树被砍光。见《孟子·告子上》。　　怛：悲伤。惕：惊恐。

42.4　至如仲任置砚以综述⑫，叔通怀笔以专业⑬，既暄之以岁序⑭，又煎之以日时，是以曹公惧为文之伤命，陆云叹用思之困神⑮，非虚谈也。

至于像王充在屋内到处安放笔砚用来写作，曹褒怀抱着纸笔专研礼仪，既按年按节来自己督促自己，又按时按日来自己逼迫自己，因此曹操怕作文会缩短生命，陆云感叹运思的损害精神，并非空话。

⑫王充，字仲任。在家里到处备有笔砚，以便想到什么就写。　　⑬曹

374

褒,字叔通。要给后汉制定一套礼仪,专精研究。　⑭暄:和暖,这里犹煎迫。　⑮曹操语不详。陆云语见《与兄平原书》。

42.5　夫学业在勤,[功庸弗怠],故有锥股自厉,[和熊以苦之人]⑯;志于文也,则ᴀ申写郁滞;故宜从容率情,优柔适会。若销铄精胆,蹙迫和气,秉牍以驱龄,洒翰以伐性,岂圣贤之素心,会文之直理哉!

学习业务在于勤奋,所以有用锥子刺股来激励自己的;有志于作文不一样,那要舒畅心头郁闷,应该从容不迫地顺着感情,宽舒不急地适应时会。倘使消耗精力,损伤和顺的体气,拿着稿纸来催促寿命,挥笔来损害本性,难道是圣贤平常的心愿,作文的正确理论吗!

⑯括号中的话当删。　锥股:苏秦在学习疲倦时用锥刺股,见《战国策·秦策·苏秦以连横说秦》)。　和熊:柳仲郢母韩氏用熊胆和丸药,让仲郢吞食以助他勤学。见《新唐书·柳仲郢传》。这个典故是后人加上去的。

42.6　且夫思有利钝,时有通塞,沐则心覆⑰,且或反常,神之方昏,再三愈黩⑱。是以吐纳文艺,务在节宣,清和其心,调畅其气,烦而即舍,勿使壅滞,意得则舒怀以命笔,理伏则投笔以卷怀,逍遥以针劳,谈笑以药倦,常弄闲于才锋,贾馀于文勇⑲,使刃发如新,凑理无滞⑳,虽非胎息之[迈]万术㉑,斯亦卫气之一方也。

况且文思有快有慢,时机有通有塞,洗头时弯着身子,心的位置翻覆,甚至会违反常情去考虑问题,精神正在迷糊时,再三用它就会越加昏乱。因此抒写文辞,专在调节疏导,使内心清明和顺,体气调和舒畅,心烦乱就放开,不让思路阻塞,文意成熟便用笔抒怀,文思潜伏便放下笔不再思索,逍遥自得来苏息疲劳,谈笑风生来赶走倦息,常常有空暇来培养才华的锋芒,在写作上保持多馀的精力,使得刀口像新磨过的,宰牛时解开肌肉的纹理没有一点儿迟钝,这虽然不是气功的技术,也是养气的一个方法。

⑰《左传·僖公二十四年》晋文公的小使叫头须的求见,文公不见,说在洗头。小使说:"沐则心覆,心覆则图(打算)反,宜吾不得见也。"洗头时心的位置不正,思想颠倒,所以不肯见我。 ⑱黩(dú 毒):昏乱。 ⑲《左传·成公二年》齐国高固冲入晋军中,夺取兵车,俘虏敌人回来,说:"欲勇者贾余余勇(要勇敢的来购买我的多馀的勇敢)。" ⑳《庄子·养生主》讲庖丁解牛,说他的刀用了十九年,宰了数千头牛,刀口还像新磨过似的。 凑理:同腠理,指宰牛时顺着肌肉的纹理割。 ㉑胎息:即气功。 万术:多种技术,指技术。

42.7 赞曰:纷哉万象,劳矣千想。玄神宜宝,素气资养。水停以鉴,火静而朗㉒,无扰文虑,郁此精爽㉓。

总结说:纷乱啊各种现象,劳苦啊种种思虑。玄妙的精神应该宝爱,平常的体气有赖保养。水静了可用来照影,火静了更显得明亮。不要扰乱文思,培养这种清明的精神。

㉒火静:指没有风,火焰就亮。 ㉓精爽:指精神清明。

附会第四十三

《附会》讲附辞会义，即内容的情意同文章的章句紧密配合，附会就是调整配合的意思。它同《熔裁》《章句》都是讲文章作法的，只是三篇各有侧重罢了。比较起来，《熔裁》侧重练意练辞，《章句》侧重分章造句，《附会》侧重辞义配合，但三者又是联系的。在分章时就要考虑练意会义，在造句时就要考虑练辞附辞，在会义时也要考虑分章练意，在附辞时也要考虑练辞造句。比较起来，附会更全面地考虑写作问题，所以说："总文理，统首尾，定与夺，合涯际"，要考虑情志、事义、辞采、宫商，考虑开头结尾，以及修改等。

附会根据内容情理来确定纲领，根据纲领来安排章节，就有条理，不颠倒了，话虽然很多，也不会紊乱了。根据纲领来写，不要想一段写一段，想一句写一句，尺接寸附。后一种没有考虑好全篇纲要，写来容易缺乏条理，脉络不贯通，容易乱。

除了拟好纲要外，还得注意修辞。修辞要注意两点：一是语言要贴切情意，写得贴切才亲切有味，写得不贴切，跟所要表达的情意有距离，就不行。不贴切的原因，有的是理事不明，道理没有讲明白，事情没有讲清楚，自然不贴切；有的是词旨失调，就是用词不当。理事不明的，要把理事搞清楚了再写过；用词不当的，要改正不当的词，那得根据要表达的情意，找到最确切的词。二是首尾相援，就是开头和结尾要相称，开头要精彩，结尾也要精彩，否则，就会造成偏枯。首尾相称跟全篇的安排有关。作好了全篇的安排，那末文势很顺，文气一贯，首尾贯通，没有作好这样安排，文势断断续续，文气不贯，到结尾就显得无力。反过来说，结尾无力，文势文气就不能贯注下去。结尾要求写得有含意，有情味，才显得有力。

43.1　何谓"附会"①？谓总文理，统首尾，定与夺，合涯际，弥纶一篇，使杂而不越者也②。若筑室之须基构，裁衣之待缝缉矣③。夫才［量］童学文，宜正体制，必以情志为神明，事义为骨髓，辞采为肌肤，宫商为声气；然后品藻玄黄，摛振金玉④，献可替否，以裁厥中：斯缀思之恒数也⑤。

什么叫"附会"？是说统率文章命意，联系首尾段落，决定去取，组合章节，包举全篇，使它内容丰富而不散漫。好像建筑须要打好基础，竖起屋架，裁衣有待细针密缝了。学童习作，应该端正文体，一定要以抒写的思想感情为精神，内容的事义为骨骼，文章的辞采为肌肤，语言的音调为声气，然后在色彩上加意润饰，像音乐注意谐和，选用好的去掉坏的，使它恰到好处：这是谋篇运思的经常方法。

①附会：附辞会义。附辞，调整辞语，使语言不混杂重复。会义，安排情意，使情意有条理不颠倒。　②与夺：赞与剥夺，犹去取。　涯际：边际，指节和节之间。　弥纶：包举。　杂而不越：复杂而不松散，内容丰富而结构严密。越，散。　③缉：缝得细密。　④事义：即引事引言。《事类》："据事以类义，援古以证今。"　宫商：详"声律"。　品藻：品评，这里指润饰。　摛振金玉：摛辞（作文）振金玉。金如钟，玉指石，如磬，振动金石，奏乐，先鸣金，后击石，指始终有条理。　⑤可：好的。　替：废去。裁：判断。　厥中：其中。中指恰好。　恒数：经久不变的方法。

43.2　凡大体文章，类多枝派，整派者依源，理枝者循干。是以附辞会义，务总纲领，驱万涂于同归，贞百虑于一致，使众理虽繁，而无倒置之乖，群言虽多，而无棼丝之乱⑥;扶阳而出条,顺阴而藏迹;首尾周密,表里一体⑦:此附会之术也。夫画者谨髪而易貌,射者仪毫而失墙,锐精细巧,必疏体统⑧。故宜诎寸以信尺,枉尺以直寻,弃偏善之巧,学具美之绩:此命篇之经略也⑨。

一切文章,从大体看来,往往像树木的多分枝,江河的多支流,整理支流要依靠源头,理清分枝要遵从本幹。因此调整辞语,安排情意,务必要抓住全篇纲领,使千万条路通向同一目的,改正百种念头达到一致,使得段落大意虽极繁多,却没有前后倒置的错乱,全篇语言虽极丰富,却不像乱丝那样纠结;明显的像向着太阳而抽出枝条,含蓄的像顺着暗处而隐藏踪迹;首尾周密,内外一致:这是附会的方法。假使画师只注意画头发会把面貌画得走样的,射手只对准细微处会失掉大的目标,把精神集中在微细处,一定会在大体上疏忽。所以应该保证一尺的正确,不必拘泥于一寸,保证一丈的正确,不必拘泥于一尺,宁可放弃枝节的细巧,争取具体的完美:这是谋篇的总安排。

⑥贞:正。　乖:不合。　棻(fén 焚):乱。　⑦阳:阳光。　出条:抽发小枝。　阴:暗处。　⑧易:改变。　仪:审视。　**毫**:毫毛。　锐精:集中精神。　疏:忽略。　⑨诎:同屈。　信:同伸。　枉:屈。　直:伸。　偏:片面。　具:完备。　绩:功绩。　经略:谋篇的规画。

43.3　夫文变[多]无方,意见浮杂,约则义孤,博则辞叛;率故多尤,需为事贼⑩。且才分不同,思绪各异,或制首以通尾,或尺接以寸附;然通制者盖寡,接附者甚众。若统绪失宗⑪,辞味必乱;义脉不流,则偏枯文体⑫。夫能悬识凑理,然后节文自会⑬,如胶之粘木,[豆]石之合[黄]玉矣。是以骊牡异力,而六辔如琴⑭;[并驾齐驱,而一毂统辐;]驭文之法,有似于此。去留随心,修短在手,齐其步骤,总辔而已。

文章的变化没有定规,因为作者对写作的意见容易浮泛杂乱;主张简省的不免意义孤单,主张繁博的往往辞语杂乱;写得快的不免草率而多毛病,写得慢的又往往迟疑不决,也会害事。况且各人的才具不同,想法各异,有的从开头贯通到结尾,有的一尺一寸枝枝节节连接起来;然而作通盘考虑的较少,枝节连接的很多。倘使各种头绪失去主宰,文辞的意味一定紊乱;意义的脉络不贯通,那末文体就显得是半边瘫痪了。能够深切认识文章的肌肉纹理,然后章节结构自会合理,像胶的粘木,玉和石的结成璞玉了。因此,驾车的四匹马的气力虽然不一样,马缰绳却能拉得像琴弦那样和谐,驾驭文章的方法,和这类似。或去或留随着作者的心意,或长或短凭着作者的手笔,调整四匹马的步调,只在于抓住缰绳罢了。

⑩方:常,一定。 约:简单。 叛:离开中心,乱。 率:率尔,草率。 尤:毛病。 需:迟疑。 贼:害 ⑪统绪:总束头绪。宗:主。 ⑫偏枯:半身不遂。 ⑬悬:远,深。 凑理:肌肉纹理。会:合。 ⑭骊牡:四匹雄马。 六辔:六个辔头。《书·五子之歌》:"若朽索之驭六马。"骊马和六辔只是指驾车的马和马缰绳,并不是说四匹马有六个辔头。

43.4 故善附者异旨如肝胆,拙会者同音如胡越⑮。改章难于造篇,易字艰于代句,此已然之验也⑯。昔张汤拟奏而再却⑰,虞松草表而屡谴⑱,并理事之不明,而词旨之失调也。及倪宽更草,钟会易字,而汉武叹奇,晋景称善者,乃理得而事明,心敏而辞当也。以此而观,则知附会巧拙,相去远哉!

　　所以会调整文辞的,能把不同的用意结合得像肝胆那样亲近,不会安排命意的,却把和谐的音调写得像北胡南越那样背离。改文章有时比写文章更难,换一个字有时比换一句更难,这是已经经过证实了的。从前张汤起草奏章一再被退回,虞松起草章表屡次受到指责,都由于事理没有说明白,文理没有安排好。等到倪宽替张汤另行起草,钟会替虞松换了几个字,因而汉武帝赞美,晋景帝叫好,那是说理得当,叙事明白,心思灵敏,措辞恰当。由此看来,便知附会的巧妙和拙劣,相差很远了!

　　⑮同音:和谐的音调。　　⑯已然:已经这样。　　⑰张汤做廷尉(最高的司法官),有疑难案件上奏,两次上去都被汉武帝退回。主管文书的不知怎么办。倪宽给他们出主意,他们便请倪宽起草奏章,送上去立即得到批准。却:退回。　　⑱司马师命令虞松起草表章,两次送上去都不满意,叫虞松修改。虞松用尽心思想不出怎样改。钟会拿来看了,替他改了五个字,送给司马师。司马师说:"不正该这样写吗?"

　　43.5　若夫绝笔断章⑲,譬乘舟之振楫;会词切理,如引辔以挥鞭。克终底绩,寄深写远⑳。若首唱荣华,而媵句憔悴,则遗势郁湮㉑,馀风不畅。此《周易》所谓"臀无肤,其行次且"也㉒。惟首尾相援,则附会之体,固亦无以加于此矣。

至于收笔结尾,一章结句,好比划船打桨要有力;调整辞语切合情理,好比拉住缰绳来挥鞭的得心应手。那便能够有始有终地收到功效,使文章寄托深意,具有情味。要是开头有光彩,承接的句子却拙劣,便使文势阻塞,文气不舒畅。这就像《易经·夬卦》里说的:"屁股上没有皮肉,走不动路。"只要全篇首尾相称,那末附辞会义的作用,确实没有超过它的了。

⑲绝笔断章:与首唱荣华相对,首唱指开头,所以知绝笔指全篇结尾,断章指一章结句。　⑳克终:从"靡(无)不有初,鲜克(少能)有终"来,指能够有始有终,即全篇都好。克,能。　底绩:即致绩,收到功绩。　写远:当作写送,写得有情味。　㉑媵句:陪衬句。这里对首唱说,指承接句。　湮(yān 烟):塞。　㉒臀(tún 屯):屁股。　肤:肌肤。　次且(zī jū 资居):同趑趄,走路困难。

43.6　赞曰:篇统间关,情数稠迭㉓。原始要终,疏条布叶㉔。道味相附,悬绪自接。如乐之和,心声克协。

总结说:全篇的统一安排很不容易,因为内容抒写的情意很繁杂。从开头到结尾,要分条布叶,疏密不乱。只要道理和情味相互结合着,章节中的头绪自然衔接。像音乐的和谐那样,反映心声的文章也能够作到协调。

㉓篇统:全篇各种头绪的总的安排。统,统绪。　间关:艰难。稠:密。　迭:重迭。　㉔原:追溯。　要:归结。　疏:疏通。布:分布。

382

总术第四十四

《总术》相当于创作论的序言，本书把《序志》放在全书的末了，所以也把《总术》放在创作论的末了。创作论承接文体论，文体论论文序笔，所以《总术》一开头就谈文笔问题，承接文体论而转入创作论。全篇分三部分：第一部分论文笔，第二部分讲修辞和研术的关系，第三部分讲研术的重要和要求。

先说文笔，当时颜延之（字延年）有文、笔、言三分法，认为有韵文是文，无韵文是笔，这两类都是文，因为都讲究文采；还有一类不讲究文采的叫言。因此认为经书除了《诗经》是有韵文外，其余都是言。照这样说，经书绝大部分不是文，论文就不好宗经了。因此刘勰要反对这个说法。他提出《易经》中有《文言》，证明经书是文不是言，这是一。口头语叫言，经书已经离开口头语而成为笔，这是二。他的第一个理由不充足，因为他只能指出《文言》是文，不能证明《文言》以外的经书都是文。第二个理由是，口头语叫言，经书不是口头语，不能称言，所以归入笔。当时认为有文采的是笔，经书没有文采，不好称为笔。不过刘勰认为有文采的是笔，没有文采的也是笔，所以他认为经书是笔。他的看法同当时人不同，可以自圆其说。三分法把经书说成是言，这就把口头语和书面语混淆了，刘勰对这点是驳得对的。当时萧统也有三分法，不过没有像颜延之那样提得明确。他把经史子都排斥在文外，相当于颜说的"言"；他选了诗骚赋，相当于颜说的"文"，即有韵文；他选了有辞采文华的无韵文，相当于颜说的笔。不过颜认为"传记则笔而非言"，这个"传记"跟"经典"相对，当时指解经的书，如《春秋》是经，是言；《左传》是传记，是笔。但萧统不认为传记是笔，没有选，这是颜和萧的不同处。刘勰则以这三类都是文，那他所谓文兼包文学的和非文学的，但以文学的为主。萧统的所谓文，即文学，以文采为主，他把经史子排斥在文外，认为经史子缺少文采，他把史中的赞论序述称为文，称为"赞论之综缉辞采，序述之错比文华"，所以是文。他的所谓文，即文学，不以形象为主。颜延之以释经的传记为文，也不以形象为主，也以文采为主，认为像《左传》《礼记》等书为有文采。刘勰以经史子为文；他不但以有文采的为文，还以有情理的为文，《徵圣》说："精理为文，秀气成采。"理论精辟的是文，有警句的也是文。这样，没有文采而有精理秀气的都是文学了。他讲情采，认为有真情的就是文。因此，他讲的古代应用文，他认为这些应用文或者有精理秀气，或者有情，都是文学。像他讲《诏策》，说"义炳重离之辉"，"气含风雨之润"，"笔吐星汉之华"，"声有洊雷之威"，"文有春露之滋"，"辞有秋霜之烈"。认为诏策有情理，所以具有那样动人或威慑力量，这就是文学。这样讲文学是有道理的，因为当时所谓文学，以诗文为主。古代的诗主要是抒情的，抒情而没有形象的诗是文学，那末具有感情，具有动人的威慑力量的应用文，为什么不是文学呢？因此，他把古代的应用文看作文，即文学。

第二部分由文笔转到创作，他认为光注意练辞而不注意创作方法是不对的。练辞只在字句上用工夫，也可以把字句修饰得相当漂亮，骗过一些人，但骗不了识者的鉴别。好比光洁的石子，可以骗一些人说它是玉，但骗不了琢玉器的工人。同样是短文章，识者会辨别，哪些是写得精练，哪些是内容贫乏；同样是长文章，识者会辨别，哪些是学识渊博，内容丰富；哪些是烦芜，等等。能够对文章的写作技巧作全面的研究，掌握了它的条理，在写作上才有把握。从而说明他要全面地考虑创作技巧的必要性。

再讲研术的重要和要求。不研究写作技巧，有时也偶然碰上，好比赌博的碰运气。碰运气的，前面写好了，后面可能就写坏。为什么掌握技巧的人，写出来的文章水平比较稳定，比较高；没有掌

384

握技巧的人,写出来的文章水平不稳定,忽高忽低。他指出这里有"恒数"、"情会"、"时机"。文章要写好有一定的要求,这是恒数;作者对所写的内容要有体会认识和激情,要等情和理的会合,这是情会;然后考虑适当的体裁风格,于是文思泉涌,这是时机。这时候一切都考虑成熟了,从情理到体裁、结构、表现手法都考虑成熟了,再加上创作的激情,这时候才写。所谓掌握技巧,就是主动地准备这些条件,等这些条件具备后再写,这样写出来的文章,水平自然比较稳定。

最后,他指出掌握技巧要注意全面,就是一些看上去次要的部分也不能忽略,正在这些部分上会招致写作的失败。比方驾车的马缰绳长一点,这好像是不关重要的细节。但就是因了这个细微的缺点,影响千里马不能够在规定的时间里跑一千里路。这说明在写作上,不仅大的地方像谋篇结构等不能忽略,就是在用字造句等小节上也不能忽略。他在这里,是全面地说明研术的重要,作为创作论的序言,不是对创作论所讨论的具体问题像剖情析采作出总结。

44.1 今之常言,有"文"有"笔"①,以为无韵者"笔"也,有韵者"文"也。夫文以足言,理兼《诗》《书》,别目两名,自近代耳②。颜延年以为:"笔"之为体,"言"之文也;经典则"言"而非"笔",传记则"笔"而非"言"③。请夺彼矛,还攻其楯矣④。何者?《易》之《文言》,岂非"言"文;若"笔"[不]为"言"文,不得云经典非"笔"矣。将以立论,未见其论立也⑤。予以为:发口为"言",属[笔]翰曰[翰]"笔"⑥,常道曰经,述经曰传。经传之体,出"言"入"笔","笔"为"言"使,可强可弱⑦。[分]六经以典奥为不刊⑧,非以"言""笔"为优劣也。昔陆氏《文赋》，号为曲尽，然泛论纤悉，而实体未该⑨。故知九变之贯匪究⑩，知言之选难备矣。

　　今人常常说：文章有"文"有"笔"，认为无韵的是"笔"，有韵的是"文"。文和笔都有文采，文采是用来丰富语言的，照理应该包括《诗经》《尚书》在内；至于分成"笔"和"文"两种名称，是从晋代来的。颜延年认为"笔"这种文体，是有文采的"言"；经书是"言"而不是"笔"，传记是"笔"而不是"言"。请借用他的矛，转过来攻击他的盾。怎么说呢？《易经》里有《文言》，难道不是有文采的"言"吗？要是"笔"是有文采的"言"，便不能说经书不是"笔"了。要用它来立论，实在看不到这个论点能够确立。我认为说出来的是"言"，写出来的是"笔"；讲恒久不变的道理的是经书，解释经书的是传记。经书和传记的体制，脱离"言"而进入到"笔"，"笔"受到"言"的影响，文采可以多些，也可少些。六经因内容的正确和深入而不可改变，不是用"言"或"笔"来分优劣的。从前陆机的《文赋》，论到文章称为详尽，但只一般地谈琐细的问题，对主要文体却谈得不完备。因此，认识到文体的变化无穷，懂得这种变化的人可算是难得了。

　　①今：即下文的"近代"，指晋代以后。　　文：有韵文。　　笔：无韵文。②文以足言：按照刘勰分法，《诗经》押韵，是"文"；《书经》不押韵，是"笔"。③颜延年：名延之，晋宋间作家。他讲"文""笔""言"，除文外，无韵而有文采的叫"笔"，没有文采的叫"言"。　　④矛楯（盾）：见《定势》注⑩。　　⑤颜氏认为经书没有文采，是"言"。刘氏举出《易经》中有《文言》，《文言》是有文采的，用来驳颜氏。　　⑥属翰：用笔写文。属，缀；翰，笔。刘氏认为语言叫"言"，写下的文章叫"笔"，与颜氏分法不同。　　⑦出"言"入"笔"：指经书是笔不是言。　　使：用。　　可强可弱：强指文采多一些，弱指文采少一些，

386

也就是质一些。 ⑧典:常,常道,指正确规律。 ⑨曲:详尽。 该:即赅,完备。 ⑩九变之贯:变化多端的事。九,指多。贯,事。 匪:非。

44.2 凡精虑造文,各竞新丽,多欲练辞,莫肯研术。落落之玉,或乱乎石;碌碌之石,时似乎玉⑪。精者要约,匮者亦鲜;博者该赡,芜者亦繁;辩者昭晰,浅者亦露;奥者复隐,诡者亦[典]曲⑫。或义华而声悴⑬,或理拙而文泽。知夫调钟未易,张琴实难⑭。伶人告和,不必尽宛梲[枑]之中⑮;动[用]角挥[扇]羽,何必穷初终之韵⑯;魏文比篇章于音乐⑰,盖有徵矣。夫不截盘根,无以验利器;不剖文奥,无以辨通才⑱。才之能通,必资晓术,自非圆鉴区域⑲,大判条例,岂能控引情源,制胜文苑哉!

一切精心写作的,各自争取文章的新颖藻丽,多要求练辞,不肯去研究写作方法。因此,光润的玉,有时和石子相混;洁白的石,有时像玉。同样,精练的写得扼要简短,内容贫乏的也写得短小;渊博的写得完备详尽,芜杂的也写得繁多;辩析的写得明白,浅薄的也写得显露;深入的写得层迭曲折,怪异的也写得曲折。有的意义美好而缺乏声情,有的命意拙劣而文辞光润。从这里知道要使钟声协调并不容易,要使琴音谐和实在困难。乐师说音调谐和了,不一定都是音的大小高低恰到好处;乐师说弹出各种音调,哪能一定从头到尾都合于韵律;魏文帝讲篇章用音乐来比,是有根据的。不截断盘结的树根,无从检验斧子的锋利;不能分析文章的奥妙,无从辨别是否具有精通创作的才能。能够精通创作一定要靠懂得方法,除非能作全面的鉴察,尽量分析各种条理和例证,哪能够控制情理,在文坛上取得优胜啊!

⑪落落:状玉的美好。　碌碌:状石。　⑫约:简练。　匮:短少。
鲜(xiān险):少。　赡:富足。　昭晰(xī夕):明白。　隐:深奥。
曲:曲折。　⑬悴:微弱。　⑭调钟:古代用编钟,由十六个钟构成,所以
敲击时要调整音律。　张琴:琴弦不调,要重新安装过。张,指施弦。
⑮伶人:音乐师。　宛榄(tiǎo huà 朓化):音的细小和宏大。讲钟音和谐,
本于《国语·周语下》和《左传·昭公二十一年》,都是讲周景王铸无射钟的故
事。这是说,有时音乐和谐,是偶然碰上的,不一定真能掌握奏乐技巧。
⑯动角挥羽:原作"动用挥扇",据杨注改。角羽指音调,动挥指弹奏。《说苑·
善说》篇讲雍门周弹琴,"徐动宫微,挥角羽,切(初)终而成曲"。　穷:尽。
⑰曹丕《典论·论文》:"文以气为主,气之清浊有体,不可力强而致。譬诸音
乐,曲度虽均,节奏同检,至于引气不齐,巧拙有素,虽在父兄,不能以移子
弟。"　⑱盘:弯曲盘绕。　通才:深通创作方法的人。　⑲资:凭藉。
圆鉴:全面考察。　区域:指写作的各个方面。

44.3　是以执术驭篇,似善弈之穷数⑳;弃术任心,如
博塞之邀遇㉑。故博塞之文,借巧傥来,虽前驱有功,而后
援难继;少既无以相接,多亦不知所删,乃多少之并惑,何
妍蚩之能制乎㉒? 若夫善弈之文,则术有恒数,按部整伍,
以待情会,因时顺机,动不失正㉓。数逢其极㉔,机入其巧,
则义味腾跃而生,辞气丛杂而至。视之则锦绘,听之则丝
簧,味之则甘腴,佩之则芬芳:断章之功㉕,于斯盛矣。

因此掌握技巧来驾驭篇章,好像善于下棋的深通棋术;抛弃技
巧凭着主观,好像赌博的碰运气。所以像赌博那样的写作,只靠碰
巧偶然碰上,虽然前面这样做有了功效,可是后面却难以继续下

388

去;写少了既不知怎样补充,写多了也不知怎样删削,不论多了少了都感到迷惑,怎么能够掌握写作的好坏呢? 至于像善于下棋那样写作,那末技巧有一定法则,按部就班,等待情理酝酿成熟,顺着时机总不离开正轨。技巧运用得很好,时机又是巧合,那末意义和情味跳跃般涌现出来,辞采和气势蜂踊到来。看上去文采像织锦彩绘,听上去音节像合奏丝簧,品评起来事义的滋味甘美丰润,玩赏起来情志所发出的气味芬芳;写作所能收到的效果,到这样才算是很好了。

㉑弈:下围棋。　　数:技巧。　　㉑博塞:古赌博名,分五道赌胜负。掷琼(犹骰子)的称博,不掷的称塞。　　㉒傥来:意外得来。　　前驱、后援:犹前面、后面,前面偶然碰上,但后面难继,一文中前后不统一。　　妍蚩:美丑。　　㉓恒数:一定方法,一定变化。　　情会:情思会合。　　动:每,往往。　　㉔极:中正。　　㉕丝:弦乐器。　　簧:有簧的乐器,如笙。腴(yú 鱼):肥美。　　断章:裁断篇章,指写作。

44.4　夫骥足虽骏,缰牵忌长,以万分一累,且废千里㉖。况文体多术,共相弥纶,一物携贰㉗,莫不解体。所以列在一篇,备总情变;譬三十之辐,共成一毂㉘,虽未足观,亦鄙夫之见也。

千里马虽然跑得快,但缰绳忌太长,缰绳长只是万分之一的小缺点,尚且妨碍跑千里路。何况文章的各种体裁有各种要求,讲创作理论需要共同配合,一个方面不协调,就会破坏整体。所以把讲创作理论的文章排列在一部里面,全面地总结各种情理变化;好比车轮中的三十条横木,一起合在车毂上组成一个轮子,那样讲写作虽然不值得称美,也是浅陋者的一得之见。

㉖缰(mò 莫)：缰绳。《战国策·韩策三》说，王良的学生驾着千里马，却跑不了千里路。造父的学生对他说："您的缰绳太长。"缰绳长是万分之一的小问题，却妨碍跑千里路。　㉗弥纶：组合。　携贰：不协调，　㉘一篇：刘勰把全书分为上篇下篇，这里指下篇，即下一部。　辐(fú 福)：车轮中的直木。　毂(gǔ 古)：众辐会聚的车轮中心圆木。

44.5　赞曰：文场笔苑，有术有门。务先大体，鉴必穷源。乘一总万，举要治繁。思无定契，理有恒存㉙。

总结说：文章的园地里，有技巧有门路。首先致力总体，观察一定要探索源头。根据原则来总结多种多样变化，掌握要点来处理繁多的现象。文思虽然没有定规，写作的道理却有一定。

㉙契：契约，指规则。　恒存：永远存在。

390

文 学 评 论
（文学史、作家论、鉴赏论、作家品德论）

《序志》里说：“崇替于《时序》，褒贬于《才略》，怊怅于《知音》，耿介于《程器》。”这四篇包括文学史、作家论、鉴赏论、作家品德论。现在为了说明的方便，合称为文学评论。

《时序》着眼在从文学史的角度来立论。他提出历代文学演变的规律：“文变染乎世情，废兴系乎时序。”这个规律的提出，是同文体论结合，是从文体论里归纳出来，又加发展的。文体论对各种文体“原始以表末”，即分体文学史。在分体文学史里已经写了世情和文变的关系，像《明诗》里写的“正始明道，诗杂仙心”的浮浅；“宋初文咏，体有因革，庄老告退，而山水方滋”。这种演变，是同世情有关的。再像《诗经》的“雅颂圆备”，到战国的“《离骚》为刺”，到汉朝的“古诗佳丽”，到建安的“慷慨以任气”，到晋代的“稍入轻绮”，这里就同时序结合。这个规律也同“文之枢纽”有关，“变乎骚”就讲文学的发展的。《辨骚》里讲“自风雅寝声”，“奇文郁起”，这就是“废兴”；这种废兴，“风杂于战国”，这就同战国的世情结合。归结到“酌奇而不失其贞，玩华而不坠其实”，就是从文学演变中归结出来的创作标准。这个规律又同创作论有关。创作论里的《通变》，指出“九代咏歌”的流变，是讲时序的，“竞今疏古，风昧气衰”，是讲世情的。“斟酌乎质文之间”，是讲时序的，“櫽括乎雅俗之际”，是讲世情的。这里说明这个规律是贯彻到全书，但各有侧重，有的侧重在流变，有的侧重在分体文学，有的侧重在创作。在这篇里从文学史的角度来论这个规律，就作了进一步的论述了。

在这里,说明时代和世情给与文学的影响。讲到时代跟文学的影响时,提出"世积乱离,风衰俗怨",造成建安文学的"慷慨以任气,磊落以使才"。讲世情包括文化学术思想的影响在内,像东汉文学的"斟酌经辞",东晋文学的"中朝贵玄,江左称盛",都影响作品。又指出政治跟文学的关系,是"风动于上而波震于下";还有文学作品的影响,像西汉的"辞人九变,而大抵所归,祖述《楚辞》"。这些都是可取的。他又指出历代文学的特色,如战国的屈原宋玉,是"炜烨之奇意,出乎纵横之诡俗也"。西汉文学是"灵均余影,于是乎在"。东汉文学,"华实相附,斟酌经辞"。建安文学"雅好慷慨","并志深而笔长,故梗概而多气也"。正始文学"篇体轻淡"。西晋文学"结藻清英,流韵绮靡"。能够极概括地说出各代文学的特色。

《才略》是历代作家论,着重讲历代作家的突出成就和优缺点,像枚乘邹阳的"膏润于笔,气形于言"。司马相如有"洞入夸艳,致名辞宗"的特点,又有"覆取精意,理不胜辞"的缺点。扬雄"渊度幽远,搜选诡丽,理赡而辞坚"。"桓谭著论,富号猗顿",这是特色;但"集灵诸赋,偏浅无才",是缺点。"王逸博识有功",是特色,"而绚采无力",是缺点。陆机"思能入巧",是特色,"而不制繁",是不足处。对历代作家作出极扼要的评论。讲历代作家论,突出的是指出文气在创作上的作用。

这篇作家论,跟文体论密切相关。像"诸子以道术取资,屈宋以《楚辞》发采",就同《诠赋》《诸子》有关;"乐毅报书","范雎上书","李斯奏",就同《奏启》《书记》有关;枚乘《七发》,同《杂文》有关;"李尤赋铭","王朗序铭",同《铭箴》有关;"琳瑀符檄",同《檄移》有关;"丁仪邯郸论述","嵇康师心遣论",同《论说》有关;"固文优彪","孙盛干宝,文胜为史",同《史传》有关。作家论不仅跟文体论结合,也跟创作论相关。如《体性》提到作家的风格,如"贾生俊发"，"长卿傲诞"，"子云沉寂"，"仲宣躁锐"，"嗣宗俶傥"，"叔夜俊侠"，"安仁轻敏"，"士衡矜重"，这些就是作家论。本篇称"贾谊才颖，陵轶飞兔"；"相如洞入夸艳"，"子云涯度幽远"，"仲宣捷而能密"，"嵇康师心"，"阮籍使气"，"潘岳敏给"，"陆机才欲窥深"，这些都可和作家风格论互相印证。作家论评论的标准，又同《宗经》有关，《宗经》里提出六义，即情深、风清、事信、义贞、体约、文丽。本篇谈到贾谊的赋清，子云的"辞义最深"，马融的"华实相扶"，张衡的"通赡"，"刘桢情高以会采"，张华的"清畅"；评陆机的"思能入巧而不制繁"，即不能"体约"，评王逸"绚采无力"，即不能"文丽"。这些评论是和六义结合的。

再就鉴赏论说，刘勰在《知音》里综合前人的意见，指出鉴赏的困难，由于贵远贱近，贵古贱今；文人相轻，崇己抑人；信伪迷真，学不逮文；知多偏好，人莫圆该。又结合知多偏好的缺点，提出博观和比较来加以纠正。"凡操千曲而后晓声，观千剑而后识器"。"阅乔岳以形培塿，酌沧波以喻畎浍"。经过博观和比较，也有助于纠正贵古贱今，崇己抑人，信伪迷真等缺点。对具体作品的鉴赏，他提出六观：一观位体，观察体裁风格；二观置辞，观察辞采；三观通变，观察作品的继承和革新；四观奇正，观察怎样执正以驭奇；五观事义，观察怎样引事引言；六观宫商，观察声律。通过六观来理解文情。这六观也是同文体论创作论密切结合的，这里就不多谈了。刘勰的文学评论，综合前人的论点，又有了新的发展，像《时序》里有的论点便是。

刘勰讲《程器》，即作家品德，是这一组中跟文学关系比较少的一篇。提出要"摛文必在纬军国，负重必在任栋梁"，尤重"任栋梁"，不是创作的事。其实品德和创作是有关系的，像"有德者必有言"，说明德和言的关系。刘勰讲品德，主要是表达他用世的心情和"穷则独善以垂文"的感慨。

时序第四十五

　　《时序》是讲文学跟着时代变化,提出"文变染乎世情,废兴系乎时序"的文学发展规律。他在这篇里想说明两个问题,第一是历代文学怎样演变的,他提出十代九变来。第二是要说明文学演变的原因。第二点更其重要。

　　刘勰指出文学演变的原因:一,政治教化的作用。他认为治世的歌不怨不淫,乱世的歌怒而且哀,是风动于上,波震于下。二,学术风气的影响。楚国辞赋受纵横家学派的影响。东汉提倡经学,所以创作渐靡儒风。东晋崇尚玄言,所以有玄言诗。三,文学作品的继承和发展。屈宋艳说则笼罩雅颂,西汉辞人祖述《楚辞》。四,君主的提倡。汉武帝润色鸿业,辞藻竞骛。魏武父子雅爱诗章,体貌英逸,故俊才云蒸。五,时代风气的影响。建安文学雅好慷慨,良由世积乱离,风衰俗怨。六,天才的杰出成就。刘邦《大风》《鸿鹄》之歌,"亦天纵之英作也"。

　　在这里,刘勰的杰出成就主要有三点:第一是讲作品受政治教化的影响,像"风动于上而波振于下"。这可补《物色》的不足,在《物色》里,好像他只注意到作品同自然景物的关系,没有谈到作品同社会生活的关系,尤其同政治的关系。在这篇里,他强调作品同政治和世运的密切相关,这就显出他对作品跟社会生活、跟政治的关系是有认识的。这就超出于当时玄言诗、山水诗和追求文采声律者之上,认识到文学跟政治教化和世运的关系。第二是讲作品受世情的影响,有积极方面的,像《楚辞》的造成了新变,这是文学的发展。另一方面,有消极方面的,像玄言诗,同时代脱节,这不符合文学发展的要求。这点是刘勰超出当时文学理论家的卓越见解,说明他对文学贵乎创造这点是有深刻认识的。第三,他注意创作的杰出成就和形成时代风格的密切相关,这点表现在他对建安文学特色的说明上。这也说明他对文学的杰出成就是确有认识的。能够说明历代文学演变盛衰的原因。

以上举出的后两点,就是他根据历代文学的演变,提出来的"文变染乎世情,废兴系乎时序",指出文学的演变和废兴由于"世情"和"时序"。他讲的世情,包括学术风气在内。像"中朝贵玄","流成文体",东晋清谈的风气影响创作就是。像"历政讲聚","渐靡儒风",后汉的崇儒,也影响创作。前者虽处乱世,而"辞意夷泰";后者"文章之选,存而不论"。这种学术风气,给创作带来消极影响。至于楚骚的杰出成就,"屈平联藻于日月,宋玉交采于风云","故知晔烨之奇意,出乎纵横之诡俗也"。这也是一种世情,即纵横诡俗。屈原宋玉的创作受到纵横家游说夸张的影响。像《招魂》写东南西北各方的怪异,同纵横游说夸张东南西北各方的形势相似,就是《离骚》的上天下地到处流转,也受到纵横游说夸张讽喻的影响。这是世情对文学作品起到了发展作用。同样是学术风气,为什么有的产生消极影响有的起到促进作用,这可能和作品的特点有关。不论是儒家思想或道家思想,当作家依傍这种思想来创作,把这种思想作为作品的思想内容,妨碍他从生活中发掘思想内容,妨碍他的想象飞腾时,就会给创作带来不利影响。至于纵横游说的夸张讽喻手法,有助于创作的夸张讽喻,所以对创作起到促进作用。这说明同是世情,何以有的对创作有利,有的对创作不利。

再就时代的影响说,建安文学世积乱离,风衰俗怨,故慷慨而多气。但在其他各代的乱世,就不一定能产生那样的文学。这由于建安文学的形成又有其他条件,如曹氏父子的笃好斯文,网罗作家,加以提倡。再加上曹氏父子本人创作上的杰出成就,以及吸取民间乐府的成就等等。再如战国时代的楚国在诗歌上有杰出成就,但其他各国就不行。这除了世积乱离、风衰俗怨以外,与屈原的志事和抱负以及他遭受的排挤打击所激发的愤激怨抑有关,同他在创作上的杰出成就有关,也同屈原吸取楚国民歌的艺术成就来创作新形式有关。这样,把本篇中讲历代文学的演变,结合起来看,可以帮助我们说明历代文学演变的原因。

刘勰对《楚辞》在文学上的新变是"染乎世情"的认识,同他对建安文学的推崇,同样是非常杰出的。尤其是指出楚骚出乎纵横诡俗的认识,是发前人所未发,后来也一直不为人所注意,直到清朝章学诚写《文史通义·诗教》篇,才对这点作了进一步的阐发。这是刘勰用时代和世情来说明文学的演变的杰出成就。

45.1　时运交移,质文代变①,古今情理,如可言乎!昔在陶唐,德盛化钧②,野老吐"何力"之谈,郊童含"不识"之歌③。有虞继作,政阜民暇,熏风[诗]咏于元后,"烂云"歌于列臣④。尽其美者何? 乃心乐而声泰也⑤。至大禹敷土,九序咏功,成汤圣敬,"猗欤"作颂⑥。逮姬文之德盛,《周南》勤而不怨⑦;大王之化淳,《邠风》乐而不淫⑧。幽厉昏而《板》《荡》怒⑨,平王微而《黍离》哀⑩。故知歌谣文理,与世推移,风动于上⑪,而波震于下者也。

时代风气在交替着发生变化,崇尚质朴或文采各代不同,古往今来作品中的情和理,好像可以谈谈的吧! 从前在唐尧时代,道德高尚,教化普及,老农说出"尧有什么功德"的话,儿童唱着"不识不知"的歌谣。虞舜接着起来,政治清明,人民安闲,元首唱出《南风歌》,众臣唱出《卿云歌》。这些作品为什么会极其美好呢? 是心情快乐声音和畅啊。到大禹治理水土,使九种有益民生的事物发挥功用而加以歌颂，商汤圣明恭敬，后人作出"美啊"的颂辞。到了周文王道德高尚，教化普及，《周南》的民歌里表达出勤劳而不怨的精神；在周太王的教化下，民风淳厚，《邠风》的民歌里表达出欢乐而不过分的心情。幽王厉王昏乱，《板》诗《荡》诗表达了愤怒的感情，平王时周朝衰弱，《黍离》诗表达出哀怨的感情。因此知道歌谣的文采和情理跟着时世转变，政治教化像风那样在上面吹动，歌诗便会像水波那样在下面震荡起来。

①运：气运，风气。　交移：如《通变》："黄唐淳而质"，到"虞夏质而辨"，即是。　质文：质朴和文华，朴实和文采。　②陶唐：尧号陶唐氏。钧：均。　③《论衡·艺增》：传曰："有年五十击壤（玩具，木制，象鞋）于路者。观者曰：'大哉，尧德乎！'击壤者曰：'吾日出而作，日入而息，凿井而饮，耕田而食，尧何等力？'"　含：衔，指老在嘴里唱。《列子·仲尼》篇说，儿童在康衢（大路）唱童谣："不识不知，顺帝（天）之则。"　④阜：盛。相传虞舜唱《南风歌》，有"南风之薰兮"句，见《孔子家语·辩乐解》。　"烂云"：即《卿云歌》，见《通变》注⑩。　⑤泰：安舒。　⑥敷土：平治水土，一作划分土地，即分为九州。敷，分布。　九序：见《原道》注㉕。　成汤：商汤的谥法叫成。《商颂·那》篇赞美汤，说"猗（yī 医）与（欤）那（nuó 挪）与！"美啊多啊！　⑦逮：及。　姬文：周文王姓姬。　《周南》：《诗经》中国风之一，在周的南面地区的民歌。　⑧大（太）王：周文王的祖父。　《邠（bīn 彬）风》：同《豳风》，《诗经》中国风之一。邠，在陕西旬邑县。　⑨《诗·大雅》中的《板》和《荡》都是讽刺周厉王的，这里说"幽厉"，因幽王、厉王都使政治昏乱，历史上往往并称。　⑩幽王时犬戎进攻，西周灭亡。平王东迁洛邑（洛阳），周朝衰弱。周大夫重过西周京城，看到宫室变成田地，长起禾黍，因作《黍离》诗来哀悼。　⑪风动于上：指诗歌受政教影响。

45.2　春秋以后，角战英雄，六经泥蟠⑫，百家飙骇。方是时也，韩魏力政⑬，燕赵任权；五蠹六虱⑭，严于秦令；

397

唯齐楚两国，颇有文学，齐开庄衢之第，楚广兰台之宫⑮，孟轲宾馆，荀卿宰邑⑯；故稷下扇其清风，兰陵郁其茂俗⑰，邹子以谈天飞誉，驺奭以雕龙驰响⑱，屈平联藻于日月，宋玉交彩于风云⑲。观其艳说，则笼罩雅颂，故知晔烨之奇意⑳，出乎纵横之诡俗也。

　　春秋以后，战国七雄用战争来争胜，六经被抛弃，百家像狂飚卷起使人吃惊。当这个时候，韩魏用武力争夺，燕赵任用权谋；秦国把文学看做五种蛀虫或六种虱子中的一种，命令严加禁止；只有齐楚两国，富有文化学术，齐国在四通八达的大路上建设大公馆，楚国扩建了兰台宫，用来接待文人学士，孟子作为齐国贵宾住在客馆里，荀卿做了楚国县官；所以齐国稷门下煽起了清新的学风，楚国兰陵县培养成良好的风俗，邹衍因为能谈天说地声名飞扬，驺奭具有像雕刻龙纹那样的文采因而出名，屈原的作品可以同日月争光，宋玉描写风和朝云的赋都富有文采。看到他们艳丽的文辞，就要罩盖住《诗经》中的雅颂，所以知道文采照耀的瑰异文思，是从战国时纵横变化的诡异风俗中产生出来的。

　　⑫角：较量胜败。　　英雄：指强国。　　泥蟠：屈在泥里。　　⑬力政：力征。　　⑭五蠹、六虱：见《诸子》注㉚。　　⑮文学：指学术文化。庄衢：四通八达的大路。　　第：分等级的大房子。　　兰台宫：相传在今湖北钟祥县。　　⑯荀卿在楚国做兰陵(在今山东峄县)令。　　宰：主宰。⑰稷下：在齐国京城，在今山东临淄县。　　郁：积。　　茂：美。　　⑱邹衍的话极夸大，推求天地未生以前，所以当时人称他为"谈天衍"。驺奭(shì是)的话很有文采，称"雕龙奭"。　　⑲屈平：屈原名平。宋玉有《风赋》，又有《高唐赋》，是写朝云的。　　⑳晔烨(wěi yè 伟业)：光彩照耀。

45.3 爰至有汉,运接燔书,高祖尚武,戏儒简学㉑。虽礼律草创,《诗》《书》未遑㉒,然《大风》《鸿鹄》之歌,亦天纵之英作也㉓。施及孝惠,迄于文景㉔,经术颇兴,而辞人勿用;贾谊抑而邹枚沉,亦可知已㉕。逮孝武崇儒,润色鸿业,礼乐争辉,辞藻竞骛㉖:柏梁展朝谇之诗,金堤制恤民之咏㉗,徵枚乘以蒲轮,申主父以鼎食㉘,擢公孙之对策,叹倪宽之拟奏㉙,买臣负薪而衣锦,相如涤器而被绣㉚;于是史迁寿王之徒,严终枚皋之属,应对固无方,篇章亦不匮㉛,遗风馀采,莫与比盛。

到了汉朝,处在秦始皇焚书以后,汉高祖尊重武功,戏弄儒生,怠慢学者。虽则礼仪和法律已在开始制作,还没来得及讲究《诗经》《尚书》,然而像高祖的《大风歌》和《鸿鹄歌》,也可说是天才的杰作了。传到孝惠帝,直到文帝、景帝,经学稍稍兴起,可是文人还不被任用;看到贾谊被贬斥,邹阳、枚乘很不得志,也可以知道了。到了孝武帝尊重儒家,要用文辞来粉饰他的大功业,于是制礼作乐,争着显出光采,文辞也争着追求华采;武帝在柏梁台上和朝臣开宴联句,在黄河堤上作了忧民的诗,用安稳的车子去聘请枚乘,满足主父偃过豪华生活的要求,公孙弘对策好,把他提拔起来,倪宽草拟奏章好,很加赞叹,朱买臣穷得背柴卖,让他穿着锦衣还乡,司马相如穷得洗酒器,让他穿着绣衣做使节;这时候,像司马迁、吾丘寿王这些人,严安、终军、枚皋这辈人,有的对答起来确实会随机应变,有的文章也写得不少,风流文采遗传下来,没有比那时更兴盛的了。

㉑爰:发语词。　　有:助词。　　运:时运。　　燔(fán 凡):烧。

简:怠慢。汉高祖常常把儒生的帽子脱下来撒尿。　　㉒汉初,叔孙通起草礼仪,萧何起草法律。　　遑:暇。　　㉓汉高祖胜利还乡时作歌,有"大风起兮云飞扬"句。他要废掉太子刘盈,改立幼子如意,看到商山四位老人出来辅佐刘盈,说他羽翼已成,不能废了,因此作歌,有"鸿鹄高飞,一举千里"句。　　天纵:即天使他这样。　　㉔施:延。　　孝惠:汉惠帝刘盈,高祖子。汉朝以孝治天下,所以称孝。　　迄:到。　　文:汉文帝刘恒,高祖子。景:汉景帝刘启,文帝子。　　㉕贾谊要汉朝改革制度,被大臣所反对,贬为长沙王太傅。邹阳在梁国,被谗下狱。枚乘在吴国梁国作客,也曾在汉朝做小官,很不得志。　　㉖孝武:汉武帝刘彻,景帝子。　　润色:修饰。鸿:大。　　骛(wù 物):奔驰。　　㉗相传汉武帝与群臣在柏梁台上联句。讌:同宴。　　金堤:状黄河堤的坚固。武帝时,黄河在瓠子(河北濮阳县南)决口,武帝发动数万人去堵口,作歌道:"瓠子决兮将奈何,浩浩洋洋(状水大)虑殚为河(担心平地尽变成河)!"见《汉书·沟洫志》。　　㉘武帝用安车蒲轮去聘请枚乘。蒲轮,用蒲草裹住车轮,减少颠簸。主父偃说:"丈夫生不五鼎食,死则五鼎烹耳!"五鼎:富贵人家吃饭时用五个鼎盛菜。　　㉙擢:提拔。公孙弘对武帝策问,即他的《对贤良策》,武帝取作第一名。　　倪宽:见《附会》注⑰。　　㉚朱买臣靠卖柴为生,武帝用他作会稽太守,让他衣锦还乡。司马相如在临邛开酒店,亲自洗酒器。后来武帝派他做使节,到西南去,蜀人以为光荣。　　㉛司马迁善著作,吾丘寿王、严安、终军善于对策,枚皋善于作赋。　　方:一定规格。　　匮:缺乏。

45.4　越昭及宣,实继武绩㉜;驰骋石渠,暇豫文会㉝,集雕篆之轶材,发绮縠之高喻㉞。于是王褒之伦,底禄待诏㉟。自元暨成,降意图籍㊱,美玉屑之谈㊲,清金马之路㊳,子云锐思于千首,子政雠校于六艺㊴,亦已美矣。爰自汉室,迄至成哀,虽世渐百龄,辞人九变㊵,而大抵所归,祖述《楚辞》,灵均馀影,于是乎在㊶。

经过昭帝到宣帝,确实继承了武帝的事业;学者在石渠阁展开对经学的论辩,文士在文会上从容讨论,既聚集了创作辞赋的杰出人才,又发出贬低辞赋尊重经学的高论。在这时候,像王褒这些人,凭着文才等待诏书,取得俸禄。从元帝到成帝,注意图书,赞美像珠玉般美好的谈吐,扫清了通向金马门的路,因此扬雄对着上千篇赋用心精思,刘向对那六经加意校订,都作得很到家。从汉武帝看重辞赋起,直到成帝哀帝,虽则时代已经过了百多年,辞赋家的创作有了很多变化,可是从总的趋向看,还是继承了《楚辞》的传统,屈原的深远影响,在这里可以看到。

㉜昭:昭帝刘弗陵,武帝子。　　宣:宣帝刘询,武帝曾孙。　　绩:功绩。　　㉝驰骋:指展开论辩。　　石渠:汉朝藏书处。汉宣帝召集群儒在石渠阁上讨论经学。　　暇豫:从容宽裕。　　㉞雕篆:雕虫篆刻,指创作辞赋。　　轶材:杰出人才。　　绮縠(hú 胡)之高喻:扬雄认为辞赋好比雾縠(极细的丝织品),会妨碍女工,这是他提倡经学反对辞赋的话,调子高,所以说高喻。这里的雕篆轶材指文学家,承上文会说;绮縠高喻指经学家,承上石渠讲学说。　　㉟王褒:西汉文学家。　　底禄:致禄,得到俸禄,做官。待诏:等待皇帝诏书,准备接受任命。　　㊱元:汉元帝刘奭,宣帝子。成:汉成帝刘骜,元帝子。　　降意:关心。　　㊲玉屑:把玉碾成末子,这里指珠玉般谈吐,喻谈吐美好。　　㊳汉朝宫署门旁有铜马,称金马门。被汉朝征召来的人,在金马门待诏。　　㊴子云:扬雄的字,他认为读千赋才能写好赋。见桓谭《新论·道赋》篇。　　子政:刘向的字。他整理汉朝藏书。雠校:校正各种版本。　　㊵从汉武帝建元元年(前140)到哀帝建平元年(前6),计一百三十五年,故称进于百年。　　渐:进。　　龄:年。　　九变:多种变化。汉赋有抒情的,有描绘宫殿山川和打猎的,有咏物的等等,有多种变化。　　㊶祖述:继承。　　灵均:屈原小字。　　于是:于此。

45.5　自哀平陵替,光武中兴,深怀图谶㊷,颇略文

华。然杜笃献诔以免刑，班彪参奏以补令，虽非旁求，亦不遐弃㊸。及明[帝]章叠耀，崇爱儒术，肄礼璧堂，讲文虎观㊹；孟坚珥笔于国史，贾逵给札于瑞颂，东平擅其懿文，沛王振其通论㊺，帝则藩仪，辉光相照矣。自[安和]和安以下，迄至顺桓㊻，则有班傅三崔，王马张蔡，磊落鸿儒，才不时乏，而文章之选，存而不论㊼。然中兴之后，群才稍改前辙，华实所附，斟酌经辞，盖历政讲聚，故渐靡儒风者也㊽。降及灵帝，时好辞制，造[羲]皇羲之书，开鸿都之赋㊾；而乐松之徒，招集浅陋㊿，故杨赐号为驩兜，蔡邕比之俳优，其馀风遗文，盖蔑如也(51)。

自从哀帝平帝时汉朝趋向没落，到光武帝中兴，非常推重图谶，稍稍忽略文辞。然而杜笃献《吴汉诔》得免刑罚，班彪参预窦融的奏章得补县官，虽然不是广泛地搜求文才，但也不远远抛弃。到了明帝章帝先后继美，推崇经学，明帝在大学里学习礼仪，章帝在白虎观里讲论经义；班固带着笔去写国家的历史，贾逵接到纸笔去写祥瑞的《神雀颂》，东平王刘苍擅长写美好的礼文，沛献王刘辅发挥他的《五经论》，皇帝作出法则，藩王作出规范，像光辉般互相照耀。自从和帝安帝以下，直到顺帝桓帝，便有班固、傅毅、崔骃、崔瑗、崔寔三代，王逸、王延寿父子，马融、张衡、蔡邕，众多的大学者，时时产生，并不缺少，至于选录文章，放在一边不谈。然而从光武中兴以后，许多才人稍稍改变从前的路子，在文采和内容的结合中，酌量采用经典中的辞藻，这大概是因为几代以来都聚集学者讲经，所以逐渐感染了儒家的风气。下传到灵帝，时常爱好作赋，编了本讲文字的书《皇羲篇》，开鸿都门来接待辞赋家；像乐松之流又招集浅陋不学的人，所以杨赐称他们为像驩兜那样的坏人，蔡邕把他们比做小丑,他们留下来的习气和文字,是不值得讲的。

㊷平:汉平帝刘衎(kàn 瞰),哀帝弟。　　陵替:像丘陵倒塌,指没落。
光武:后汉光武帝刘秀。　　图谶:一种预言式的迷信文字,统治者造来欺骗
人民的。　　㊸诔(lěi 垒)是赞美死者功德的文字。杜笃被美阳令捆送京
城,碰上大司马吴汉病死,他在狱中作《吴汉诔》,受到光武称赞,得到释放。
班彪在河西窦融手下,他劝窦融归顺光武,参预窦融所写的章奏,受到光武赞
赏,派他做徐县县令。　　旁:广。　　遐弃:远远抛开。　　㊹明:后汉明
帝刘庄,光武帝子。　　章:后汉章帝刘炟(dá 达),明帝子。　　肆:学习。
璧堂:辟雍,明堂。辟雍,古代大学,四周环绕着水,所以称璧。明堂,宣明政
教的堂。　　虎观:章帝在白虎观讲经。　　㊺孟坚:班固的字。　　珥(ěr
耳)笔:古史官把笔插在耳边帽上。　　国史:指班固著《汉书》。明帝时,有
神雀飞到宫殿上,冠羽有五采。明帝叫人把笔札给贾逵,要他写《神雀颂》。
札,木简。东平王刘苍议定礼乐制度。沛献王刘辅编写《五经论》。　　㊻
和:后汉和帝刘肇,章帝子。　　安:后汉安帝刘祜,清河孝王刘庆子。
顺:后汉顺帝刘保,安帝子。　　桓:后汉桓帝刘志,章帝曾孙。　　㊼班傅
三崔,王马张蔡:据《才略》指班固、傅毅、崔骃、崔瑗、崔寔、王逸、王延寿、张
衡、蔡邕。　　磊落:状众多。文章之选,存而不论:按《诠赋》里提到"孟坚
《两都》"¦"张衡《二京》","延寿《灵光》",《明诗》里提到傅毅,《诔碑》里提到蔡
邕等,并不是"文章之选,存而不论"的。这里可能是指"渐靡儒风"的文章,都
"存而不论"。　　㊽靡:披靡,倒下去,指受影响。　　㊾灵帝:刘宏,章帝玄
孙。　　皇羲:杨注:灵帝造《皇羲篇》五十章,见《后汉书·蔡邕传》。是文字
书。　　鸿都:汉朝藏书处。　　㊿乐松:被招到鸿都门来的文士。　　51
杨赐:灵帝时司空。　　驩兜(huàn dōu 欢都):尧时凶人,为舜所流放。
俳(pái 牌)优:弄臣。　　蔑(miè 灭)如:状无,指不足称道。

45.6　自献帝播迁,文学蓬转,建安之末,区宇方
辑52。魏武以相王之尊,雅爱诗章53;文帝以副君之重54,
妙善辞赋;陈思以公子之豪,下笔琳琅55;并体貌英逸,故

俊才云蒸㊷。仲宣委质于汉南，孔璋归命于河北㊸，伟长从宦于青土，公幹徇质于海隅㊹，德琏综其斐然之思，元瑜展其翩翩之乐㊺。文蔚休伯之俦，于叔德祖之侣，傲雅觞豆之前，雍容衽席之上㊻；洒笔以成酣歌，和墨以藉谈笑㊼。观其时文，雅好慷慨，良由世积乱离，风衰俗怨，并志深而笔长，故梗概而多气也㊽。

自从汉献帝流离迁徙，文士像蓬草那样吹落四方，到建安末年，北方方才安定。魏武帝曹操以宰相和魏王的崇高地位，一向爱好诗篇；文帝曹丕以太子的重要地位，极善于写辞赋；陈思王曹植以公子的豪华，文辞写得珠玉般美好；他们都殷勤地接待杰出的文士，所以一时文才极盛。王粲在汉南来归顺，陈琳在河北来归附，徐幹从青州来作官，刘桢从海边来投奔，应场综合他辞采斐然的文思，阮瑀施展他风度翩翩的书记才能。路粹繁钦之类，邯郸淳杨修等人，在杯酒前吟咏诗篇，在坐席上从容谈艺，挥笔写成酣畅的歌，蘸墨写作来帮助谈笑。观察那时的文章，一向喜欢慷慨，实在因为当时长期战乱，风气败坏，人民愁怨，文士都有深远的用心，写出富有含意的文辞，所以写得慷慨而富有气势。

㊼献帝：刘协，灵帝子。　　播迁：迁徙。董卓逼献帝迁都长安，曹操又把他迁到许。　　建安：献帝年号(196—220)，当时由曹操执政。　　区宇：宇内，国内，指北方。　　辑：安集，安定。　　㊽相王：曹操是丞相，又是魏王。　　雅：一向。　　㊾副君：指太子。　　㊿琳琅(lín láng林郎)：美玉，指美好。㊱体貌：礼敬，有礼貌地接待。　　云蒸：像云那样多，喻人才多。㊲仲宣：王粲的字。他本在荆州刘表手下避难，曹操下荆州时，他归向曹操。委质：犹托身，古代做官时向君献进见礼物(即质)，表示托身。　　孔璋：陈琳的字。他本在河北袁绍手下，曹操灭袁绍，他归向曹操。　　归命：归顺。

404

㊳伟长:徐幹的字。　　青土:青州。徐幹原籍北海(山东寿光)。　　公幹:刘桢的字。　　徇质:犹委质。　　海隅:刘桢原籍东平(山东东平)。
㊴德琏:应玚的字。　　斐然:状文采。　　元瑜:阮瑀的字。　　翩翩:状风度好。　　㊵文蔚:路粹的字。　　休伯:繁钦的字。　　于叔:邯郸淳的字。　　德祖:杨修的字。　　俦:侣。　　傲雅:啸傲风雅,傲有不受拘束意,指吟诗。　　觞:酒杯。　　豆:盛菜器。　　雍容:从容。　　衽:席。
㊶藉谈笑:有助谈笑。　　㊷梗概:即慷慨。

45.7 至明帝纂戎㊳,制诗度曲;微篇章之士,置崇文之观,何刘群才,迭相照耀㊴。少主相仍㊵,唯高贵英雅,顾盼[合]含章,动言成论。于时正始馀风,篇体轻淡,而嵇阮应缪㊶,并驰文路矣。

　　到了明帝继承祖业,作诗制曲;召集文章的作者,设立崇文观来接待,何晏刘劭等有才华的文士,文采互相照耀。以后少主相继即位,其中只有高贵乡公有才华学问,一盼望间就孕育成文章,一发言就成为议论。在这时受到正始风气影响,文体轻浮淡薄,只是嵇康、阮籍、应璩、缪袭,显得不同,都在文学的大路上奔跑前进了。

㊳明帝:曹叡(ruì 瑞),曹丕子。　　纂戎:缵戎,《诗·大雅·烝民》:"缵戎(大)祖考。"继承光大祖和父的事业。　　㊴崇文观:明帝招集文士处。何:何晏。　　刘:刘劭。　　迭:轮流。　　㊵少主:年轻的君主。明帝后有齐王曹芳、高贵乡公曹髦、陈留王曹奂,都是少主。　　相仍:相继。
㊶正始:魏明帝子齐王曹芳年号(240—249年),当时文坛受何晏的影响。嵇康、阮籍、应璩、缪袭,他们的诗和何晏的不同。

45.8 逮晋宣始基,景文克构㊷;并迹沉儒雅,而务深方术⑱。至武帝惟新，承平受命⑲，而胶序篇章，弗简皇虑⑳。降及怀愍，缀旒而已㉑。然晋虽不文，人才实盛：茂先摇笔而散珠，太冲动墨而横锦，岳湛曜联璧之华，机云标二俊之采㉒，应傅三张之徒，孙挚成公之属，并结藻清英，流韵绮靡㉓。前史以为运涉季世，人未尽才，诚哉斯谈，可为叹息。

到了晋宣帝司马懿开始打下开国基础，景帝司马师文帝司马昭能够继承父志；他们在行动上忽略儒学和风雅，致力于深沉的权术。到武帝建立新王朝，在太平时代称帝，可是学校和辞章，还没有引起他的注意。传到怀帝愍帝，皇帝只成了装饰品罢了。晋朝虽然不看重文辞，人才却实在众多：张华摇笔像会落下珍珠，左思创作好比展开锦绣，潘岳夏侯湛像双璧般光采照耀，陆机陆云显示出两位才人的文采，应贞、傅玄、张载、张协、张亢三兄弟这些人，孙楚、挚虞、成公绥之辈，文章都辞藻清新英俊，有风韵而华艳细密。以前史家认为时代进入末世，这些人都没有尽量发挥才华，这话是确实的，可以使人感叹。

⑥晋宣：司马懿，开始篡夺政权。　　景文：司马师、司马昭进一步巩固政权。　　克构：能够构造，指父奠基，子构造。三人的帝号都是死后追加。
⑱方术：指阴谋权术，司马懿父子三人用阴谋来篡夺政权。　　⑲武帝：司马炎，司马昭子。　　惟新：《诗·大雅·文王》："周虽旧邦，其命维新。"指建新王朝。　　受命：受天命，指称帝。　　⑳胶序：周朝称大学叫东胶，称乡学叫庠，殷朝叫序。　　简：考察，关注。　　㉑怀：怀帝司马炽，武帝子。愍：愍帝司马邺（yè 业），武帝孙。怀帝愍帝都被汉刘聪所俘虏，他们即位时晋朝已快崩溃。　　缀旒（liú 流）：连在旗上的装饰品，指国君没有权力，只作装饰品。　　㉒茂先：张华的字。　　太冲：左思的字。　　岳：潘岳。

406

湛(zhàn 站)：夏侯湛。　　　联璧：当时人称岳湛为联璧。　　　机：陆机。
云：陆云。　　　二俊：张华说："伐吴之役，利获二俊。"指得到陆机陆云，比得
到吴国更有利。　　　⑦应：应贞。　　　傅：傅玄。　　　三张：张载、张协、张亢
兄弟。　　　孙：孙楚。　　　挚：挚虞。　　　成公：成公绥。　　　靡：细密。

45.9　元皇中兴，披文建学⑦；刘刁礼吏而宠荣，景纯
文敏而优擢⑦。逮明帝秉哲，雅好文会，升储御极，孳孳讲
艺⑦，练情于诰策，振采于辞赋⑦；庾以笔才逾亲，温以文思
益厚，揄扬风流⑦，亦彼时之汉武也。及成康促龄，穆哀短
祚⑦，简文勃兴，渊乎清峻⑧，微言精理，函满玄席，淡思浓
采，时洒文囿⑧。至孝武不嗣，安恭已矣⑧；其文史则有袁
殷之曹，孙干之辈⑧，虽才或浅深，珪璋足用。

东晋元帝中兴，提倡文章，兴办学校，刘隗刁协是精通礼法的
官，受到尊重，郭璞文思敏捷，得到提升。到了明帝，天资聪明，向
来爱好文会，从立为太子及登位，不知疲倦地讲论六经，在诰令策
问上注意研讨，在辞赋上发挥文采；庾亮因为有书记才华越发得到
亲近，温峤因为有文才越发受到厚待，提倡文学，也是东晋时代的
汉武帝。到了成帝康帝寿命短促，穆帝哀帝在位不久；简文帝突然
兴起，气度深沉，风格清峻，微妙的语言，精微的道理，充满在清谈
上；道家的思想，浓重的文采，时常传布到文学园地上来。到了孝
武帝，没有好的继承人，政权转移，到安帝恭帝，东晋完结了。这时
候的文学兼史学家，有袁宏、殷仲文之流，孙盛、干宝之辈，虽则才
学有浅有深，也像美玉般够朝廷采用了。

⑦元皇：东晋元帝司马睿。　　　中兴：西晋灭亡后，晋元帝南渡，建立东
晋。　　　披：开。　　　⑦刘：刘隗(wěi 委)。　　　刁：刁协。　　　礼吏：懂礼法的

407

官。　　　景纯:郭璞的字。　　　优擢:晋元帝选拔郭璞做著作佐郎。　　　⑦
明帝:司马绍,元帝子。　　储:储君,太子。　　御极:登位,即位。　　孳
孳(zī资):不倦。　　⑦诰:上对下的文告。　　策:指策问。　　⑦庾:庾
亮。　　温:温峤。两人皆东晋大臣而有文才者。　　揄扬:称扬,指提倡。
风流:犹风雅,指文学。　　⑦成:成帝司马衍。　　康:康帝司马岳。两人
都是明帝子。　　穆:穆帝司马聃(dān 丹),康帝子。　　哀:哀帝司马丕,
成帝子。　　祚:位。　　⑩简文:简文帝司马昱(yù 玉),元帝子。　　渊:
深。　　⑧淡思:清微淡远的思想。　　文囿:文学园地。　　⑫孝武:孝武
帝司马曜,简文帝子。　　不嗣:孝武帝时,东晋政权就落到刘裕手里。
安:安帝司马德宗,是呆子,一切举动都听人指使。　　恭:恭帝司马德文。
两人都是孝武帝子,两人都是刘裕所立,又都被刘裕所杀。　　⑧袁宏是文
学家兼历史家。殷仲文是文学家。孙盛、干宝,是历史家,会写散文。

45.10　　自中朝贵玄,江左称盛⑭,因谈馀气,流成文
体。是以世极迍邅,而辞意夷泰⑮;诗必柱下之旨归,赋乃
漆园之义疏⑯。故知文变染乎世情,兴废系乎时序,原始
以要终,虽百世可知也。

　　自从晋朝看重清谈,到东晋南渡后更为流行,由于清谈风气的
影响,造成新的文风。因此时势虽极艰难,文辞却写得平静宽缓;
诗一定写《老子》、《庄子》的思想,赋是给《老子》、《庄子》做讲解。
所以知道文章的变化受到时代情况的感染,不同文体的兴衰和时
代有关,推求它的开始,归结到它的结束,即使是百世的文学流变
也是可以推知的。

　　⑭中朝:指西晋。　　玄:当时的清谈,提倡《老子》《庄子》《易经》,称为
三玄。　　江左:江东,指东晋。　　⑮迍邅(zhūn zhān 谆沾):艰难。
夷泰:平安。　　⑯柱下:殿柱下,老子做周柱下史。　　漆园:庄子做漆园

吏。　　义疏:讲解的文辞。

45.11　自宋武爱文,文帝彬雅㊲;秉文之德,孝武多
才,英采云构㊳。自明帝以下,文理替矣㊴。尔其缙绅之
林,霞蔚而飚起㊵。王袁联宗以龙章,颜谢重叶以风采㊶;
何范张沈之徒,亦不可胜_数也㊷。盖闻之于世,故略举大
较㊸。

　　自从宋武帝爱好文学,到宋文帝彬彬儒雅;宋孝武帝具有宋文
帝的德行,多才多艺,辞采丰富。从宋明帝以下,文辞儒学都衰落
了。宋代士大夫中,文士像云霞般众多,狂风般突起。王僧达袁淑
两家宗族中联接地产生文才,颜延之谢灵运两家也都好几代以文
采著名,何逊、范云、张邵、沈约这些人,多得不可能全部列举。这
里只就在当时著名的,约略说个大概。

　　㊲宋武:宋武帝刘裕。　　文帝:刘义隆,武帝子。　　彬雅:彬彬儒雅,
彬彬是有文有质,指既有文才,又好儒学。　　㊳孝武:孝武帝刘骏,文帝子。
云构:状众多。　　㊴明帝:刘彧(yù 玉),文帝子。　　替:废。　　㊵缙
(jìn 近)绅:赤色带,指士大夫。　　蔚:盛。　　㊶王袁:王家如王诞、王僧
达、王微,袁家如袁淑、袁湛、袁凯、袁粲,同一宗族中有好多文才。颜家如颜
延之、颜竣、颜测,谢家如谢灵运、谢瞻、谢惠连、谢庄等,都几代出文才。
重叶:几代。　　龙章、风采:比文采。　　㊷何:何承天。　　范:范晔(yè
业)。　　张:张邵。　　沈:沈约。　　㊸闻:著名。　　大较:大概。

45.12　暨皇齐驭宝,运集休明㊹:太祖以圣武膺箓,
[高]世祖以睿文纂业,文帝以贰离含章,[中]高宗以上哲
兴运㊺,并文明自天,缉熙景祚㊻。今圣历方兴,文思光

被⑨⑦,海岳降神⑨⑧,才英秀发。驭飞龙于天衢⑨⑨,驾骐骥于万里;经典礼章,跨周轹汉,唐虞之文,其鼎盛乎⑩⑩! 鸿风懿采,短笔敢陈;飏言赞时,请寄明哲⑩⑪。

　　到大齐建国,国运昌盛:高帝因圣武受命,武帝因明智继位,文帝因像《离卦》有两重明察,含蕴文采,明帝因上智兴国,都是文雅明智,是天生的,光照皇位。现在国运正在兴隆,文教遍及各地,海和山降下神灵,人才突出。像驾驭飞龙在天上飞,驾着骐骥跑万里路;经书、礼乐、文章,超过周朝,压倒汉朝,像唐虞的文章,是正在兴盛了吧! 美好而丰富的风采,拙劣的笔岂敢陈述;大声赞美当代,请交给高明者。

⑨④暨:及。　　皇:美。　　驭宝:掌握统治权。宝,指皇位。　　运:时运。　　休:美。　　⑨⑤太祖:齐高帝萧道成。　　膺箓:即受天命,指即位。世祖:齐武帝萧赜(zé 则),高帝子。　　睿:聪明。　　文帝:即齐武帝长子萧长懋为文惠太子,病死,其子萧昭业为帝,号称文惠太子为文帝。　　贰离:《易·离卦》:"明两作离。"离是火,双重明亮,是储二,即指太子。　　高宗:齐明帝萧鸾(luán 栾)。　　⑨⑥缉熙:光明。　　景祚:犹大位,指皇位。⑨⑦圣历:指国运。　　光被:广被。　　⑨⑧降神:指生下人才。《诗·大雅·崧高》:"维岳降神,生甫及申。"山岳降下神灵,生下周朝的大臣甫侯、申伯。⑨⑨飞龙:龙飞在天,指登皇位。　　⑩⑩轹(lì 力):车轮辗过。　　鼎盛:方盛,正盛。　　⑩⑪敢:岂敢。　　飏言:大声。

　　45.13　赞曰:蔚映十代,辞采九变⑩⑫。枢中所动,环流无倦。质文沿时,崇替在选⑩⑬。终古虽远,[旷]優焉如面⑩⑭。

410

总结说:文采照耀十代,辞章有多种变化。在一定范围中间变动,像循环流转没有停止。从质到文顺着时代转变,有时发展有时倒退,在乎善于选择。古代虽然遥远,又仿佛就在面前。

⑩十代:唐、虞、夏、商、周、汉、魏、晋、宋、齐。　　九:指多。　　⑩枢中:中心关键。　　崇替:兴废。　　⑩终古:古昔,远古。　　僾焉:状仿佛。刘勰主张宗经。这是说,六经离开当时虽远,贯彻宗经主张后就不远了,好像就在眼前,可以作为范例。

物色第四十六

　　《物色》是讲情景的关系，提出"情以物迁，辞以情发"。外界景物影响人的感情，由感情发为文辞，说明外界景物对于创作的关系。情和景既是密切结合着，所以要"既随物以宛转"，"亦与心而徘徊"。一方面要贴切地描绘景物情状，一方面也要表达出作者对景物的感情，达到"情貌无遗"，是情景交融。《神思》里提到"物以貌求，心以理应。刻镂声律，萌芽比兴"。这"物以貌求"就是"随物宛转"，"与心徘徊"就是"心以理应"，"情貌无遗"就是《神思》里的"神与物游"的"物无隐貌"。因此《物色》是创作论中的一篇，应该列在"刻镂声律"的《声律》前。

　　再讲怎样恰好地描写景物呢？刘勰认为《诗经》中的写景可作标准。像"'灼灼'状桃花之鲜，'依依'尽杨柳之貌，'杲杲'为出日之容，'瀌瀌'拟雨雪之状，'喈喈'逐黄鸟之声，'喓喓'学草虫之韵；'皎日''嘒星'，一言穷理；'参差''沃若'，两字连形：并以少总多，情貌无遗矣。""灼灼"有明艳如火的意思，显示桃花的鲜艳，同时写出新嫁娘火热的心情。"依依"有柔弱的意思，既形容柳条的柔软，也写出了出征战士与家人依依不舍的感情。"杲杲"描写日出的光耀，也写出了思妇望天下雨像望出征的丈夫回来，却看到太阳照耀的失望的心情。"瀌瀌"形容大雪纷飞，诗人认为雪看到阳光应该消掉，好比王听到谗言应该不信，可是只看到大雪纷飞不消，有王听信谗言不明的感叹。"喈喈"是描写黄鸟的叫声，也写出了妇人听见黄鸟叫声想回家探望父母的迫切心情。"喓喓"描写了草虫的声音，又写出了思妇听见草虫鸣声，感到时节变化，引起怀念丈夫的感情。"皎日"描写阳光的明亮，也用来反映作者意志的鲜明。"嘒星"描写星光的微弱，也反映诗人地位微贱的感叹。"参差"形容水草的长短不齐,也反映追求淑女不得的心情。"沃若"形容桑叶的滋润,反映那个女子出嫁时肤色的丰润。所以既写了物貌,又写了心情,做到"情貌无遗"。

刘勰又指出"功在密附",要写得贴切,贴切了才能显示景物的特点,不是泛泛的形容。景物按时变化,但在同一个季节里,同一个风景还是有一定的形态的,那末怎样写得各有各的特色呢? 他指出"物有恒姿,思无定检"。景物的形态虽有一定,作者的情思却是各不相同的,只要能够情景相生,就可以写得各具情态。但要写得既切合景物,又表达情思,需要从景物的触发中引出独特的感受,化为情思,这样才能够做到"物色尽而情有余"。由于情有余,把情感的色采加到物色上,物色也变化无穷了。刘勰又指出"物色尽而情有馀者,晓会通也"。讲会通,要借鉴前人的描写,这又跟通变相应,所以提到"参互以相变,因革以为功"。因袭的是前人怎样触景生情、缘情写景的方法,革新的是根据自己的情景相生,写出独特的感受。

这里又指出《诗经》里的描写比较简单,《楚辞》里的描写比较复杂,那他有没有贬低《楚辞》的意味呢? 没有。他说"《诗》《骚》所标,并据要害",认为《楚辞》同《诗经》的描写,虽或简或详,都是好的。那他贬低的"辞人丽淫而繁句",是指辞赋家,不指《楚辞》。他又称"近代以来,文贵形似",那是指谢灵运等山水诗,《明诗》里说的:"情必极貌以写物,辞必穷力而追新。"它的特点是"窥情风景之上,钻貌草木之中"。上面讲的"情貌无遗",是给景物着上感情色采,写出情景交融的作品来。这里是"窥情风景之上",这个情是作者从风景中窥测到的,认为景物本身所具有的各种情态把它写出来,不是把作者的感情色采加到景物上去的。这样的描写又有它的特色。正像"山沓水匝",这里的沓和匝,是山水本身所具有的情态,不是诗人把感情色采加上去的结果。

46.1　春秋代序,阴阳惨舒①,物色之动,心亦摇焉。盖阳气萌而玄驹步②,阴律凝而丹鸟羞③,微虫犹或入感,四时之动物深矣。若夫珪璋挺其惠心④,英华秀其清气,物色相召,人谁获安?是以献岁发春,悦豫之情畅;滔滔孟夏⑤,郁陶之心凝⑥;天高气清,阴沉之志远;霰雪无垠,矜肃之虑深。岁有其物,物有其容;情以物迁,辞以情发。一叶且或迎意,虫声有足引心,况清风与明月同夜,白日与春林共朝哉!

春和秋交替着,阴沉的天气使人感到凄凉,阳和的天气使人感到舒畅,景物的变化,使人的心情也跟着动荡起来。冬至后阳气萌生,黑蚁开始走动,八月里阴气凝聚,螳螂吃着蚊子,微小的虫子还感受到气候的变化,可见四季的影响外物是很深远了。至于人,智慧的心灵比美玉更卓出,清明的气质比花朵更清秀,对景物的感召,谁能无动于衷呢?因此新年春气发扬,情怀欢乐而舒畅;初夏阳气蓬勃,心情烦躁而不畅;秋天天高而气象萧森,情思阴沉而深远;冬天大雪纷纷渺无边际,思虑严肃而深沉。一年四季有不同的景物,不同的景物具有不同的形貌,感情由于景物而改变,文辞由于感情而产生。一张叶子掉下来尚且引起感想,虫声也能够引起情思,何况既有清风明月的良夜,又有丽日春林的朝晨啊!

①春秋:这里用春秋来指四季。　　阴阳:阴指秋冬,阳指春夏。这句即阴惨阳舒。　　②阳气萌:冬至后阳气开始萌生。　　玄驹:蚂蚁。　步:走动。　③阴律凝:阴历八月里阴气凝聚。古乐有十二律,阳律六,阴律六,用来配十二月,八月属阴律。　　丹鸟羞:螳螂吃(蚊子)。羞,吃。④珪璋:美玉。　挺:挺拔。　惠:慧。　⑤献岁:进入新年。　滔滔:阳气盛。　　⑥郁陶:郁闷而心情不畅。阳气极盛以后阴气就要萌生,所

以心情不畅。

46.2　是以诗人感物，联类不穷；流连万象之际，沉吟视听之区。写气图貌，既随物以宛转；属采附声，亦与心而徘徊⑥。故"灼灼"状桃花之鲜⑦，"依依"尽杨柳之貌⑧，"杲杲"为出日之容⑨，"瀌瀌"拟雨雪之状⑩，"喈喈"逐黄鸟之声⑪，"喓喓"学草虫之韵⑫；"皎日""嘒星"，一言穷理⑬；"参差""沃若"⑭，两字[穷]连形：并以少总多，情貌无遗矣。虽复思经千载，将何易夺？及《离骚》代兴，触类而长，物貌难尽，故重沓舒状⑮，于是"嵯峨"之类聚，"葳蕤"之群积矣⑯。及长卿之徒，诡势瓌声⑰，模山范水，字必鱼贯，所谓诗人丽则而约言，辞人丽淫而繁句也⑱。

　　因此诗人对景物的感触，所引起的联想是无穷的；在多种多样的现象中流连玩赏，在看到听到的范围内吟味体察。描绘天气和事物的形状，既然要跟着景物而曲折回旋；运用辞藻和摹状声音，又要联系着自己的心情来回斟酌。所以用"灼灼"形容桃花色彩的鲜艳，"依依"曲尽杨柳轻柔的情态，"杲杲"是太阳出来时光明的形状，"瀌瀌"是雪下得大的样子，"喈喈"摹仿黄鹂的声音，"喓喓"仿照草虫的叫声；用"皎"字状太阳的明亮，用"嘒"字状星光的微小，是用一个字写出它的形状；用"参差"来形容不整齐，用"沃若"来形容润泽，是用两个字连起来形容：都是用少数字来概括复杂的情状，把情思和形状没有遗漏地描绘出来了。虽然此后经过千年来作家们的思考，也难以用别的什么字来代替。等到《楚辞》代《诗经》起来，触类旁通而加以引申，事物的形状难以完全描摹出来，所以用复叠的文词形容不同的事物，因此"嵯峨"这类的词聚集起来，

"葳蕤"这类的词联接起来了。到了司马相如这些人,注意奇异的形势,瑰丽的声容,刻画山水的形貌,形容词像游鱼般连接着,这就是所谓诗人用词简练,清丽而有法度;辞赋家用词繁多,艳丽而浮靡。

⑥气:天气,如日出。　　宛转:曲折回旋。　　属:联缀。　　徘徊:来回走动,指反复考虑。　　⑦灼灼:状桃花的色彩鲜明。见《诗·周南·桃夭》:"桃之夭夭,灼灼其华(花)。"　　⑧依依:状杨柳枝条的柔软,见《诗·小雅·采薇》:"昔我往矣,杨柳依依。"　　⑨杲杲(gǎo gǎo 稿稿):状太阳出来的明亮,见《诗·卫风·伯兮》:"其雨其雨,杲杲日出。"　　⑩瀌瀌(biāobiāo 彪彪):状雪下得大。　　雨雪:下雪。见《诗·小雅·角弓》:"雨雪瀌瀌,见睍(日光)日消。"　　⑪喈喈(jié jié 皆皆):状和鸣声。见《诗·周南·葛覃》:"(黄鸟)其鸣喈喈,……归宁父母。"　　⑫喓喓(yāo yāo 夭夭):状虫声。见《诗·召南·草虫》:"喓喓草虫,……未见君子,忧心忡忡。"　　⑬皎:(jiāo 饺):光明。见《诗·王风·大车》:"谓予不信,有如皦(皎)日。"　　嘒(huì 惠):状微小。见《诗·召南·小星》:"嘒彼小星,……实命不同。"　　一言:一字。　　⑭参差(cēn cī 岑疵):状不整齐。见《诗·周南·关雎》:"参差荇菜,……窈窕淑女……求之不得。"　　沃若:状柔润。见《诗·卫风·氓》:"桑之未落,其叶沃若。"　　⑮长:引申。　　重沓:重复,指多用复词。　　⑯嵯峨(cuó é 矬俄):状山石高耸。见《楚辞·招隐》:"山气茏苁(状高)兮石嵯峨。"　　葳蕤(wēi ruí 威绥):状花叶茂盛下垂。见《楚辞·七谏·初放》:"上葳蕤而防露兮。"　　⑰诡:奇异。　　璀:珍奇。　　⑱扬雄《法言·吾子》:"诗人之赋丽以则,辞人之赋丽以淫。"

46.3　至如《雅》咏棠华,"或黄或白"⑲;《骚》述秋兰,"绿叶""紫茎"⑳;凡摛表五色,贵在时见㉑,若青黄屡出,则繁而不珍。

至于《小雅》歌咏郁李花，"有的黄有的白"；《楚辞》歌咏秋兰，"绿的叶"，"紫的茎"；一切色彩的描写，可贵在于及时看到，要是青黄等颜色屡次出现，便繁杂而不可贵了。

⑲棠华：棠棣花，即郁李花。见《诗·小雅·裳裳者华》："裳裳(状光明)者华(花)，或黄或白。"　　⑳《楚辞·九歌·少司命》："秋兰兮青青，绿叶兮紫茎。"　　㉑摛表：描写。　　时见：适时地看到。

46.4　自近代以来㉒，文贵形似，窥情风景之上，钻貌草木之中。吟咏所发，志惟深远，体物为妙，功在密附。故巧言切状，如印之印泥，不加雕削，而曲写毫芥㉓。故能瞻言而见貌，[印]即字而知时也。然物有恒姿，而思无定检，或率尔造极㉔，或精思愈疏。且《诗》《骚》所标，并据要害，故后进锐笔，怯于争锋。莫不因方以借巧，即势以会奇，善于适要，则虽旧弥新矣㉕。是以四序纷回，而入兴贵闲㉖；物色虽繁，而析辞尚简；使味飘飘而轻举，情晔晔而更新㉗。古来辞人，异代接武，莫不参伍以相变，因革以为功，物色尽而情有馀者，晓会通也㉘。若乃山林皋壤，实文思之奥府，略语则阙，详说则繁㉙。然则屈平所以能洞监《风》《骚》之情者㉚，抑亦江山之助乎？

自从刘宋以来，作品描写重在逼真，从风景里观察它的情态，从草树里钻研它的形状。歌诗的创作，情志只求深远，对事物描绘得好，功效只在于贴切。所以巧妙的语言贴切事物的形状，像在封泥上盖印，不用雕琢，却详尽地把极细微处都写出来了。因此看了这些语言就像看到景物的面貌一样，就这些文字便知道时节的变

417

化。然而景物有一定的形状,思想却没有一定的框子,因此,有的不经意却达到极妙的境界,有的用尽心思却离开得越远。《诗经》和《楚辞》中所显示的写景名句,都能抓住景物的要害,所以后来才思锐敏的文笔,都不敢和它们较量。没有不是凭着成规,借用技巧,顺着发展趋势,求得新奇,只要善于适应主要变化,那末虽是借用成规也可以写得更新鲜了。因此,四季虽然变化纷繁,可是引起诗人的兴味着重在心地的闲静;物色虽极繁复,但用辞却重在简练;使得兴味飘飘地自然升起,情思鲜明而变得清新。从古以来的作家,时代不同先后继承,没有不是错综地求变化,又继承又革新地收到效果,景物的形貌虽有穷尽,情思却写不尽,这是懂得继承前人再求通变的道理。至于山林原野,实在是启发文思的宝库,但用语简略便不完备,说得详尽便繁琐。那末屈原所以能够深切地领会民歌《国风》和《九歌》所写的情态的,也还是靠江山的帮助吧?

㉒近代:指刘宋代。　㉓印泥:泥封在信口上,在上盖印。　曲:详尽。芥:小草,喻细微。　㉔率尔:随便。　造极:达到极好处。　㉕虽旧弥新:承"因方借巧"说,那旧指旧的手法,可用来得到新的效果。就"物色尽"说,那旧指常见的景物,也可写得更新,因为"情有馀"。两说都可通。　㉖入兴:进入创作。兴,创作的兴致。　闲:闲静。　㉗晔晔(yè yè 夜夜):状鲜明。　㉘接武:接步,指继承。武,步子。　参伍:错综。　因:沿袭。会通:融会贯通。　㉙皋(gāo 高)壤:水边地。　阙:同缺。这里指描写应该详略适中,太详或太略都不好。　㉚屈平:屈原名平。　洞监《风》《骚》:深察《国风》和《九歌》,《九歌》是楚地民歌,为屈原写《九歌》所本。洞,深。《骚》,本上文"《骚》述秋兰",指《九歌》。

46.5　赞曰:山沓水匝㉛,树杂云合。目既往还,心亦吐纳。春日迟迟,秋风飒飒㉜。情往似赠,兴来如答。

418

总结说:山岭重叠,流水回绕,树枝交错,云气聚集。眼睛既然反复地观察,内心也有所感受而要倾吐。春天的太阳舒缓融和,秋天的风萧萧瑟瑟。用感情来看景物,像投赠;景物引起创作兴会,像酬答。

　　㉛匝(zā 杂):围绕。　　㉜飒飒(sà sà 萨萨):状风声。

才略第四十七

　　《才略》是刘勰的作家论,主要是指出历代作家在创作上的成就,或评论作家创作的优缺点。他的作家论的杰出见解,超出于当时的文学理论的,当是他提出的文气论吧。他说枚乘邹阳"气形于言","孔融气盛于为笔","阮籍使气以命诗",加上"刘琨雅壮而多风",这个"多风"也该是指气盛。这个气指气势,与曹丕《典论·论文》的"文以气为主,气之清浊有体,不可力强而致"的"气"讲作家个人的风格的不一样。把气势的气引入到论文中来,这是一种新的提法,在讲究声律的齐梁文学是不讲文气的。因为讲声律是按照四声来调节音节,不是按照语气所表达的情绪来讲气势。讲文气,注意情绪,情绪激昂的,语调昂扬,有气势。这种激昂的情绪,又往往和表达的思想有关,这就接触到情理。刘勰讲文,正是注意情理,注意气势。所以他讲建安文学,特别提到"梗概而多气",在《诸子》里讲《列子》提到"气伟而采奇"。从文气的角度来讲作家,在当时是新的提法。后来古文家论文章,就是从文气的角度来讲的。

　　刘勰论历代作家,他的评论有不同于前人的,象对曹丕和曹植的评价。他既指出曹丕的不足处,即力缓而不竞于先鸣,也指出曹丕胜过曹植处,像"乐府清越,《典论》辩要",这里显出他高出于前人的眼光。他对历代作家,不光指出他们的成就,对有些作家还进行褒贬。像对相如,既称他为汉赋之宗,辞赋夸艳,又批评他理不胜辞。称桓谭学富才贫,长于讽谕,不及丽文。王逸博识有功而绚采无力。陆机思能入巧而不制繁。孙绰赋伦序而寡状。殷仲文、谢叔源虽滔滔风流而大浇文意。这样既看到他们的优点,又看到他们的缺点,这是好的。不仅这样,他对有些作家,还进一步点出他们所以有成就或优缺点的原因。像说扬雄涯度幽远，搜选诡丽，竭才以钻思，所以理赡而辞坚。马融由于思洽识高，吐纳经范，所以作品华实相扶。陆机才欲窥深，辞务索广，所以思能入巧而不制繁。陆云朗练有识力，所以布采鲜净。刘琨因时势关系，所以雅壮多风。袁宏高骧，所以卓出多偏。孙绰遵守规矩，所以伦序而寡状。殷仲文解散辞体，所以大浇文意。这样说明，更有助于认识这些作家。

《才略》的不足之处，是对历代作家的评价还有可商酌的。像讲战国散文，讲到了乐毅、范睢、苏秦、李斯，却没有提到庄周、孟轲。在历史散文上没有提左丘明的《左传》，也是忽略。对司马迁只提到他的《士不遇赋》的告哀，没有提《史记》。班固的辞赋和史学超过班彪，却说"难得而逾本"。论建安文学不提曹操，反而赞美不足称道的路粹，是不够恰当的。

从论文学的角度来论述历代作家，应该注意历代作家在文学开创方面的特殊贡献，刘勰对这点未免忽略了。比方在历史散文上，《左传》开辟了新的境界，超过前人；司马迁在传记上的独特成就；班固使历史散文趋向整练，赵壹、王粲开创了汉末抒情小赋，曹丕陆机开辟了文学理论等等，在这篇里都没有着重说明，使人感到不足。倘能从文学创新的角度来评论历代作家，探索他们所以能够开创一种新文体的原因，有助于理解文学的发展。刘勰论文，既注意文体论，又要原始表末。他在《辨骚》里指出《离骚》的"奇文郁起"，是看到《离骚》的创新作用的。要是他用这个观点来论述历代作家，是可以看到他们在创新方面的成就的。但他没有注意这点，这也是《才略》的不足处。

47.1　九代之文[①]，富矣盛矣；其辞令华采，可略而详也。虞夏文章，则有皋陶六德，夔序八音，益则有赞，五子作歌②。辞义温雅,万代之仪表也。商周之世,则仲虺垂诰,伊尹敷训,吉甫之徒,并述诗颂③。义固为经,文亦足师矣。

九代的文章,是很丰富了;它的语言文采,可以总括起来较仔细地说说。虞代和夏代的文章,有皋陶讲的六德,夔主管的八音,伯益有赞,五子作歌。它们的文辞温和,意义正确,是万世的标准。商朝周朝的时代,仲虺传下告诫的话,伊尹陈述教训的话,尹吉甫这些人,都作诗来歌颂功德。它们在意义上固然成为经书,在文辞上也是值得效法的。

①《时序》赞里讲到十代,这里去掉齐代,所以称九代。　②皋陶(yáo摇):虞舜时的刑法官。　六德:《尚书·皋陶谟》里,皋陶讲了九德,即:"宽而栗(严肃),柔而立,愿(朴实)而恭,乱(整治)而敬,扰(驯顺)而毅,直而温,简而廉,刚而塞(质实),彊(强)而义。"又说每天在九德中任意选六德来实行,就可办好政治。　夔(kuí逵):舜臣,主管音乐。　序:序列。　八音:金、石、丝、竹、匏、土、革、木。　益:舜臣。《尚书·伪大禹谟》说益赞(助)禹说:"满招损,谦受益。"　五子作歌:见《尚书·伪五子之歌》。　③仲虺(huī悔):汤臣,曾经向汤进行告诫。见《尚书·伪仲虺之诰》。　伊尹:汤臣。汤死后,太甲即位,伊尹向太甲陈述教训。见《尚书·伪伊训》。　敷:陈述。　吉甫:尹吉甫,周宣王时大臣,作《崧高》《江汉》等诗。

47.2 及乎春秋大夫,则修辞聘会,磊落如琅玕之圃,焜耀似缛锦之肆④。蒍敖择楚国之令典,随会讲晋国之礼法,赵衰以文胜从飨,国侨以修辞扞郑,子太叔美秀而文,公孙挥善于辞令⑤,皆文名之标者也。

到了春秋的大夫,在聘问和集会时,修饰辞令,丰富得像美玉的宝库,光彩照耀得像锦绣的店铺。遠敖编选楚国的优秀法典,随会讲究晋国的礼法,赵衰因为熟悉礼仪跟着重耳去赴宴,子产因善于措辞扞卫了郑国,子太叔风姿秀美而有文采,公孙挥善于辞令,都是以文采著名的。

④磊落:状众多。 琅玕:美玉。 焜耀:光辉照耀。 ⑤遠(wéi 伟)敖:楚庄王臣。他修订楚国法典。 令:善。 随会:晋国大夫。他修订晋国的礼法。 赵衰:晋国大夫,他熟悉礼仪,陪公子重耳去赴秦穆公的宴会。在会上教导重耳行礼致辞。 文胜:擅长礼仪。 飨:款待。 国侨:郑国大夫子产。 修辞扞郑:见《徵圣》注⑥。 子太叔、公孙挥:郑国大夫。

47.3 战代任武,而文士不绝。诸子以道术取资⑥,屈宋以《楚辞》发采。乐毅报书辨以义,范雎上书密而至,苏秦历说壮而中,李斯自奏丽而动⑦。若在文世,则扬班俦矣。荀况学宗,而象物名赋⑧,文质相称,固巨儒之情也。

战国时代任用武力,可是文人不断产生。诸子百家用学说供人采择,屈原宋玉用《楚辞》来发扬文采。乐毅《报燕惠王书》明辨是非而立论正大,范雎《上秦昭王书》措辞含蓄而用意深切,苏秦游说各国文辞有力而切合情势,李斯《谏逐客书》富有文采而能打动人心。要是在崇尚文章的时代,那末他们就成了扬雄班固那样的作家了。荀子是学术界的领袖,却摹状事物称它为赋,文辞和内容相称,确实表达出大儒的情思。

⑥取资:取用,供人采用。 ⑦乐毅:燕昭王臣,为燕昭王攻破齐国。

昭王死,惠王即位,听信齐人反间,派骑劫去代乐毅。乐毅逃到赵国。惠王去信责问,乐毅回信辩解,见《战国策·燕策二》。范雎上书不说明外戚专权,但话很深切,所以说"密而至"。见《论说》注㊹。苏秦游说各国的话见《战国策》中。李斯上书见《论说》注㊹。　⑧荀况的赋,见《诠赋》注⑧。

47.4 汉室陆贾,首发奇采,赋孟春而[选典诰]进《新语》⑨,其辩之富矣。贾谊才颖,陵轶飞兔,议惬而赋清⑩,岂虚至哉!枚乘之《七发》,邹阳之上书,膏润于笔,气形于言矣⑪。仲舒专儒,子长纯史,而丽缛成文,亦诗人之告哀焉⑫。相如好书,师范屈宋,洞入夸艳,致名辞宗⑬。然[覆]𥈭取精意,理不胜辞,故扬子以为"文丽用寡者长卿"⑭,诚哉是言也!王褒构采,以密巧为致,附声测貌,泠然可观⑮。子云属意,辞[人]乂最深,观其涯度幽远⑯,搜选诡丽,而竭才以钻思,故能理赡而辞坚矣。

前汉陆贾,首先发出不平凡的文采,作赋写早春,又给刘邦讲《新语》,他的辩论的话是很丰富的了。贾谊才华杰出,超越千里马,他的议论恰切,辞赋清新,难道是凭空造成的吗!枚乘的《七发》,邹阳的《狱中上梁王书》,笔酣墨饱,气势旺盛。董仲舒是专门的儒者,司马迁是纯正的史学家,却写出繁艳的文章,也是属于诗人诉说哀愁这类。司马相如喜欢读书,学习屈原宋玉的辞赋,功夫深入,文辞夸张艳丽,成为辞赋中的领袖。然而考核他的作品中的精义,情理不能胜过辞采,所以扬雄认为"文辞艳丽而不切实用的是司马相如",这话是确实的!王褒创作的文采,以细致精巧为特点,绘貌绘声,巧妙而可看。扬雄命意谋篇,含意最为深刻,看他的作品内容深广,选辞奇丽,用尽全力来深入思考,所以能够做到内容丰富文辞确切不移了。

　　⑨陆贾:汉高祖臣。他的赋孟春,已无考。　孟春:初春。　《新语》:陆贾向高祖讲历史上成败兴亡的书。　杨注:"选典诰",可能指《孟春赋》从典诰中选词,本不误。　⑩颖:禾芒,指才华杰出。　陵轶:超过。　飞兔:千里马名。　贾谊有《陈政事疏》等。他的赋见《诠赋》。　⑪枚乘的代表作《七发》,举出七件事来,启发吴太子,竭力铺张描绘。　邹阳在吴国,上书吴王濞陈说利害,暗示他不要反叛,吴王不听。他到梁国,被毁谤下狱,他在狱中上梁王书,替自己辨明,得释。　膏:指文采。　气:气势。　⑫子长:司马迁的字。董仲舒有《士不遇赋》,司马迁有《悲士不遇赋》。　诗人告哀:《诗经·小雅·四月》有"维以告哀"句。　⑬洞:深。　致:到达。　宗:主,宗匠。　⑭覈:同核,考核。扬雄语见《法言·吾子》。　⑮密巧:指王褒《圣主得贤臣颂》写得对偶工巧。　泠(líng灵)然:状轻妙。　⑯子云:扬雄的字。　涯:边,指广度。　度:测深,指深度。　幽:深。

　　47.5　桓谭著论,富号猗顿,宋弘称荐,爰比相如⑰;而集灵诸赋,偏浅无才⑱,故知长于讽论,不及丽文也。敬通雅好辞说,而坎壈盛世⑲;显志自序,亦蚌病成珠矣⑳。二班两刘,奕叶继采㉑;旧说以为固文优彪,歆学精向,然《王命》清辩,《新序》该练,璿璧产于昆冈㉒,亦难得而逾本矣。傅毅崔骃,光采比肩,瑗寔踵武,能世厥风者矣㉓。杜笃贾逵,亦有声于文,迹其为才,崔傅之末流也㉔。李尤赋铭,志慕鸿裁,而才力沉膇㉕,垂翼不飞。马融鸿儒,思洽识高,吐纳经范㉖,华实相扶。王逸博识有功,而绚采无力㉗;延寿继志,瓌颖独标㉘,其善图物写貌,岂枚乘之遗术欤? 张衡通赡,蔡邕精雅,文史彬彬㉙,隔世相望。是则竹柏异心而同贞,金玉殊质而皆宝也。刘向之奏议,旨切而

425

调缓�30；赵壹之辞赋，意繁而体疏�31；孔融气盛于为笔，祢衡思锐于为文�32，有偏美焉。潘勖凭经以骋才，故绝群于锡命�33；王朗发愤以托志，亦致美于序铭�34。然自卿渊已前，多[俊]役才而不课学，雄向以后，颇引书以助文，此取与之大际�35，其分不可乱者也。

后汉桓谭著作论文，多得像猗顿的财富，宋弘推荐他，把他比做司马相如。可是他写的集灵宫等赋，内容偏狭浅薄，没有才华，所以知道他善于写讽谕议论，不擅长辞赋。冯衍一向爱好游说，可是他在盛明时代很不得志，他自序生平的《显志赋》，也像蚌病了才产生明珠。后汉的班彪班固，跟前汉的刘向刘歆，两代文采先后相继，以前认为班固的文章胜过班彪，刘歆的学问超过刘向，然而班彪的《王命论》清新而善辩论，刘向的《新序》内容丰富而文辞精练，美玉既在昆仑山上出产，那是很难超过它的出产地的。傅毅崔骃，文才像肩挨着肩，崔瑗崔寔跟着赶上，他们的文风能世代相继。杜笃贾逵，在文章上也有名望，考究他们的文才，应该排在崔傅两家的后面。王莽将李尤的辞赋铭文，有志追求巨大的体裁，可是才力滞钝，搭拉着翅膀飞不动。后汉马融是一代大儒，思想博通，见解高超，发言成为规范，华采内容互相配合。王逸在学问识力上都有成就，可是运用文采却缺乏才力；王延寿继承父志，才华独出，他的善于描摹物态，难道是掌握了枚乘传下来的技巧吗？张衡学识明通，文才丰富，蔡邕学识精纯，文辞雅正，都是文学和史学并美，隔代并称。这是竹子和柏树性质不同，同样耐寒，金子和宝玉质地不同，都是宝物。刘向的奏章，用意切合，语调迂缓；赵壹的辞赋，辞意复叠，体制疏阔；孔融章奏，意气昂扬，祢衡作赋，文思敏捷，各有一方面的优点。潘勖依傍经学来驰骋文才，所以《策魏公九锡文》

成为超越群才的作品；王朗发愤著作，来寄托意志，也在序和銘文上具有优点。然而从司马相如王褒以前，多数运用文才而不考求学问，扬雄刘向以后，多引用书句来写文章，这是取舍的大概，它的分别是不能混淆的。

⑰桓谭：东汉初学者。　猗顿：春秋富商。说桓谭的著作多得像猗顿财富，见《论衡·佚文》篇。《后汉书·宋弘传》，称桓谭几乎能及扬雄刘向父子，不说比相如。　⑱集灵宫，在华阴。桓谭看到集灵宫，作《仙赋》。集灵即集仙。　⑲敬通：冯衍的字。他曾劝说王莽将廉丹起义，没有成功。他又劝刘玄将鲍永安抚北方。刘玄死后，他归附光武帝刘秀。刘秀怨他归附得慢，不再信用。　坎壈：状不得志。　⑳显志（赋）：是冯衍自序生平的赋。蚌病成珠：指因不得志而写出好文章来。　㉑奕叶：累代，指两代。　㉒《王命论》，见《论说》注⑫。　《新序》：前汉刘向著，叙录可供封建统治作借鉴的遗文故事。　璠璧：精美璧玉。　昆冈：产玉处。　㉓傅毅、崔駰、崔瑗、崔寔：都是后汉作家。　比肩：指齐名。　踵武：继步，前后相接。　世：世代相继。　厥：其。　㉔杜笃、贾逵：后汉作者。笃有《论都赋》，逵有《神雀颂》，在当时有名。　迹：考。　末流：后列。　㉕李尤：王莽手下将军。著有《函谷关赋》《函谷关銘》等。　沉腄（zhuì坠）：指滞钝。腄，足肿。　㉖马融有《广成颂》。　鸿：大。　洽：博通。　吐纳：指发言。　㉗王逸著《楚辞章句》，有学识。　绚：文采。　㉘延寿：王逸子，著《鲁灵光殿赋》。璚颖：瑰奇突出。颖，禾芒，指秀出。　㉙张衡作《两京赋》，学博才富。蔡邕以碑銘著称。　彬彬：状有文有质。　㉚刘向奏议，感叹外戚王氏专权，言极痛切，反复申明。　㉛赵壹《刺世疾邪赋》，同一意思反复申说；赋中多用诗句，体裁不严密。　㉜孔融奏章写得有气势。祢衡在酒席上写《鹦鹉赋》，文不加修改而成。　㉝潘勖写《策魏公九锡文》，摹仿经书。　锡命：九锡的命令。九锡是天子赐给诸侯的九样事物。汉以后，大臣篡位前都有九锡。　㉞王朗：三国魏臣，著有奏议论记。杨注：《銘箴》称王朗"约文举要，宪章戒銘"，是他有銘文的。　㉟司马相如（长卿）王褒（子渊）的作品都不引用经传，扬雄刘向的作品都引经传，见《事类》。　际：犹分界。

47.6　魏文之才，洋洋清绮㊱。旧谈抑之，谓去植千里；然子建思捷而才儁，诗丽而表逸，子桓虑详而力缓㊲，故不竞于先鸣；而乐府清越，《典论》辩要，迭用短长，亦无懵焉㊳。但俗情抑扬，雷同一响，遂令文帝以位尊减才，思王以势窘益价，未为笃论也㊴。仲宣溢才，捷而能密，文多兼善，辞少瑕累，摘其诗赋，则七子之冠冕乎㊵？琳瑀以符檄擅声，徐幹以赋论标美，刘桢情高以会采，应玚学优以得文，路粹杨修颇怀笔记之工，丁仪邯郸亦含论述之美，有足算焉㊶。刘劭《赵都》，能攀于前修，何晏《景福》，克光于后进㊷；休琏风情，则《百壹》标其志，吉甫文理，则《临丹》成其采㊸；嵇康师心以遣论，阮籍使气以命诗㊹，殊声而合响，异翮而同飞。

魏文帝曹丕的文才，才力充沛而文采清丽。旧说抑低他，说比曹植相差极远；虽然曹植文思敏捷，才华卓越，诗歌清丽，表章杰出，曹丕思虑周详，思力迟缓，所以在抢先方面不能跟曹植争胜；可是他的乐府诗音节嘹亮，《典论》辩论得当，屡次运用他的长处，也不该不看到。可是世俗喜欢加以抑低或抬高，同声附和，便使曹丕因地位尊贵减少了他的才华，曹植因处境窘迫增加身价，那不是确切的评价。王粲才力富裕，文思敏捷，而又绵密，兼长各体，文辞很少毛病，选出他的诗赋代表作来看，那是建安七子中的首位吧？陈琳阮瑀以擅长章表檄文著名，徐幹因善写辞赋议论称美，刘桢情志高尚，而兼有文采，应玚学问优秀，又有文才，路粹杨修很有书记的才能，丁仪邯郸淳也具备论著的美才，这是值得计数的。刘劭的《赵都赋》，能追上前辈作家，何晏的《景福殿赋》，能够照耀后辈作家；应璩的情思，有《百壹诗》来标举他的心志，应贞的文理，有《临丹赋》构成他的文采;嵇康创造性地发挥议论,阮籍凭着气势来作诗,像用不同的声音来合奏,像张开不同的翅膀来一起飞。

㊱洋洋:状广大。　㊲儁:同俊。　逸:卓越。　子桓:曹丕的字。㊳曹丕乐府《燕歌行》是魏七言诗的创始。　《典论·论文》为魏文论的创始。　迭:屡。　短长:指长处;短是陪衬字。　懵:不明。　㊴雷同:雷响时各物同应,指人云亦云。　笃论:确论。　㊵仲宣:王粲的字。瑕累:疵累。　七子:指孔融、陈琳、王粲、徐幹、阮瑀、应玚、刘桢。　冠冕:居首。　㊶符:符命,歌功颂德的文字,这里指章表。徐幹著《中论》和《玄猿赋》。刘桢文有气势和文采。应玚富有才学。路粹杨修工于书记。丁仪邯郸淳善于论述。　算:计数。　㊷刘劭《赵都赋》,见《事类》注⑱。前修:前贤。　《景福》:何晏作《景福殿赋》。　㊸休琏:应璩的字。《百壹》诗,见《明诗》注㉜。　吉甫:晋应贞的字。他作《临丹赋》。临丹,在出丹砂的水上。　㊹嵇康著有《养生论》《声无哀乐论》。　师心:指独创。　阮籍志气宏放,著有《咏怀》诗八十余首。

47.7　张华短章,奕奕清畅,其《鷦鷯》寓意,即韩非之《说难》也㊺。左思奇才,业深覃思,尽锐于《三都》,拔萃于《咏史》,无遗力矣㊻。潘岳敏给,辞自和畅,锺美于《西征》,贾馀于哀诔,非自外也㊼。陆机才欲窥深,辞务索广,故思能入巧而不制繁;士龙朗练,以识检乱,故能布采鲜净,敏于短篇㊽。孙楚缀思,每直置以疏通;挚虞述怀,必循规以温雅;其品藻《流别》,有条理焉㊾。傅玄篇章,义多规镜;长虞笔奏,世执刚中;并桢幹之实才,非群华之韡萼也㊿。成公子安,选赋而时美,夏侯孝若,具体而皆微,曹摅清靡于长篇,季鹰辨切于短韵,各其善也(51)。孟阳景阳,才绮而相埒,可谓鲁卫之政,兄弟之文也(52)。刘琨雅壮而多风，卢谌情发而理昭，亦遇之于时势也^⑮。

西晋张华的短篇，有神采而文理清畅，他的《鹪鹩赋》的命意，就是韩非的《说难》。左思才华突出，用思极深，在《三都赋》里用尽了气力，在《咏史》诗里显示了卓越才能，全部才力都用上了。潘岳下笔敏捷，文辞和顺畅达，在《西征赋》里汇集了他的美才，在哀诔里显示了具有富馀的才情，不是自以为不足。陆机在文才上要求深入，在文辞上力求广博，所以文思巧妙却不能约制文辞的繁多。陆云文思明朗，用思精练，用识力来制止文思散乱，所以能够使文采鲜明洁净，善于写短篇。孙楚构思，往往直率地措辞，文辞疏朗通达；挚虞陈述怀抱，一定按照规矩，措辞温雅，他评论作品的《文章流别》，是有条理的。傅玄的文章，内容多鉴戒的话；他的儿子傅咸的奏章，继承上代，写得刚直中正。他们都是建筑的重要材料，不是众花的花托。成公绥选题作赋，常有美好篇章；夏侯湛模仿《诗经》《书经》，具备各种体材，只是规模小些；曹摅的长篇作品，文辞清通而细致；张翰的短诗，明辨而确切：各有它的优点。张载张协才华绮丽相等，可以说像鲁国卫国的政治，是文章中的兄弟。刘琨诗雅正雄壮，多有讽谕；卢谌文抒发情感，理论明通，也是遭逢时势所造成的。

㊺奕奕：有神采。　张华有《鹪鹩赋》，序里说，鹪鹩是平凡的小鸟，不像孔雀翡翠那样因有文采而遭人捕捉，指出有才的容易被害。《韩非子·说难》指出向君主进谏，会因触犯他而被杀，两者有相通处。　㊻覃：深。左思《三都赋》，化了十二年搜集材料。　左思《咏史》诗，是杰出作品。㊼敏给：敏捷。　钟：聚。　潘岳的《西征赋》，表现他的才华。　贾馀：出卖多馀的才力，指文才有馀。　潘岳以哀诔著名。　自外：自以为外，即自以为不足。　㊽陆机的文辞繁富。　士龙：陆机弟陆云，文章短

430

小精练。　⑭孙楚缀思:指他的诗,如"零雨之章"。　　直置:直书其事,置之句中,即不用典。据杨注。　　品藻:品评。　《流别》:挚虞的《文章流别》,见《序志》注⑳。　⑮规镜:鉴戒。　　长虞:傅咸字。　　世:世代,指傅玄、傅咸父子两代。　　桢幹:筑泥墙时,在两头竖木叫桢,在两边拦木叫幹,喻重要才具。　　铧(wēi 伟):状光采。　　萼:花瓣的外部。　⑯子安:成公绥字。　　孝若:夏侯湛字。他仿《尚书》作《昆弟诰》,补《诗经》中亡失的《南陔》《白华》等诗。　　具体而微:具备《诗经》《尚书》的体裁,只是规模小些。　　靡:细致。　　季鹰:张翰字。　　短韵:短篇。　　⑰孟阳:张载字。　　景阳:张协字。　　埒(lè 勒):等。　　鲁卫之政:《论语·子路》:"鲁卫之政,兄弟也。"兄弟比喻不相上下。　　⑱刘琨要恢复中原,后被鲜卑族段匹磾所拘禁。他作诗给卢谌,希望卢能救他出险。　　风:讽谕,诗中引用古事来寓意。　　刘琨被害死后,卢谌上表东晋朝廷,替刘申诉,写得情发理昭。

47.8　景纯艳逸,足冠中兴,郊赋既穆穆以大观,仙诗亦飘飘而凌云矣⑭。庾元规之表奏,靡密以闲畅;温太真之笔记,循理而清通⑮:亦笔端之良工也。孙盛干宝,文胜为史,准的所拟,志乎典训;户牖虽异⑯,而笔彩略同。袁宏发轸以高骧,故卓出而多偏;孙绰规旋以矩步,故伦序而寡状⑰。殷仲文之孤兴,谢叔源之闲情,并解散辞体,缥渺浮音;虽滔滔风流,而大浇文意⑱。

东晋郭璞辞采艳丽,才华卓越,够得上成为中兴第一。《南郊赋》既已庄严而非常可观,《游仙诗》也飘飘然高出云上。庾亮的奏章,文思细密而从容畅达,温峤的笔札,有条理而文辞清通,也是写作中的能工巧匠。孙盛干宝,以善于文辞作历史,所追求的标准,在于《尚书》;他们所走的路虽然不完全一样,但文笔辞采大体相同。袁宏发端高昂,所以文辞杰出而有不够处;孙绰在规矩中回旋,所以有条理而少描摹。殷仲文的咏孤兴,谢混的写闲情,都是解散文辞的体制,成为虚浮缥缈的音辞,虽是滔滔不断的清谈的风气,却是大大地使文意浮薄。

㉞景纯:郭璞字。 郊赋:《南郊赋》。 穆穆:状庄敬。 仙诗:《游仙》诗。 ㉟元规:庾亮字。 靡:细。 太真:温峤字。 ㊱孙盛干宝:都是史家。 史:指文胜过质。 典训:《尚书》中的典和训。 户牖:犹门户途径。 ㊲发轸:开车。 高骧:马昂头快跑。 卓出多偏:指袁宏作品前半杰出,后面稍弱。 寡状:孙绰《天台山赋》对山水缺少描摹。 ㊳孤兴:未详。 叔源:谢混字。 闲情:未详。孤兴、闲情两篇,都不合规格,因它们宣扬清谈的风流,使文意浮薄。

47.9　宋代逸才,辞翰鳞萃,世近易明,无劳甄序㊴。

宋代的卓越文才,作品多得像鳞片汇集,时代相近容易明白,不烦加以诠评叙述。

㊴萃:聚。 甄:审察区别。

47.10　观夫后汉才林,可参西京;晋世文苑,足俪邺都㊵;然而魏时话言,必以元封为称首;宋来美谈,亦以建安为口实㊶;何也? 岂非崇文之盛世,招才之嘉会哉? 嗟夫,此古人所以贵乎时也!

看到后汉的众多作家,可以和西汉相比;晋代的文坛,能够和魏国相配;然而魏时的谈论,一定首推汉武帝元封年代文学;宋代以来的美称，也以建安文学为佳话；为什么呢？难道它们不是崇尚文学的盛世，招集才人的盛会吗？唉，这是古人所以看重时代啊！

⑩俪：配，偶。　　邺都：魏建都在邺，在今河南临漳县西。　　㉑元封：汉武帝年号。　　口实：谈话的资料。

47.11　赞曰：才难，然乎⑫？性各异禀。一朝综文，千年凝锦。馀采徘徊，遗风籍甚⑬。无曰纷杂，皎然可品。

总结说：人才难得，不是这样吗？各人的性情各有不同。一朝组织成文辞，经历千年聚集成锦绣。富馀的文采很有影响，流传的文风极为显著。不要说作品纷杂，还是可以很明白地加以品评的。

⑫《论语·泰伯》："子曰：'才难，不其然乎！'"　　⑬徘徊：指影响存在着。籍甚：著名。

知音第四十八

《知音》是刘勰的鉴赏论。他指出，在评价作品时要避免三种缺点：一，不要贵古贱今；二，不要崇己抑人，文人相轻是一种坏习气；三，不要信伪迷真，乱说一通。除了这三种缺点以外，还要避免个人的偏爱，以免作出不正确的评价。比方有的爱好音调慷慨，有的喜欢内容含蓄，有的爱好文采绮丽，有的喜欢文辞奇诡，合乎口味的就加赞美，不合口味的就加贬抑，这也不是正确的态度。

为避免偏爱，他提出博观。博观主要是欣赏，但又不限于欣赏。刘勰指出，会演奏一千首曲子的自然懂得音乐，观察过一千把剑的自然识剑。看多了就好比较，分出泰山和土堆的高低，大海和田沟的大小，避免受偏爱的蒙蔽。那末博观不光是听音乐，还要演奏音乐，也就是不光是欣赏作品，还要从事创作实践，要多看多作。这样博观，才有利于提高欣赏力，有利于纠正偏爱。经过这样的博观和比较，那末对于崇己抑人、信伪迷真的毛病，也许可以减轻些。不过怎样分别真伪，怎样正确地评价古今作品，是很复杂的问题，不是可以容易解决的。

再谈到对一篇作品的鉴赏，他提出六观说：一观位体，作者根据所要抒写的情理来确定体裁风格，读者因此先看作品的体裁和风格。二观置辞，作者是"情动而辞发"，读者是"披文以入情"，所以要观察文辞的安排。三观通变，观察作品是否"资于故实"，"酌于新声"，就是既借鉴前人作品，又加以变化。四观奇正，"奇正虽反，必兼解以俱通"，观察作者怎样执正驭奇的表现手法。五观事义，观察在"据事以类义，援古以证今"上，是否显示作品内容的丰富充实。六观宫商，观察文章的音节美。在这六观里，位体、置辞、通变、奇正都离不开内容，要结合内容来观察体裁、文辞、变化、奇正的。不过六观的重点不在研究内容的情理，这是因为已有《情采》来专篇讨论情理问题，所以这里从略了。在作品的内容上，刘勰虽然注意情真理正，可是怎样才能使情理正确，这个问题他还不可能解决。因此他的"选文以定篇"，虽然经过博观和比较，还有不够正确和不够恰当处。

48.1　知音其难哉[①]！音实难知，知实难逢，逢其知音，千载其一乎！夫古来知音，多贱同而思古，所谓"日进前而不御，遥闻声而相思"也[②]。昔《储说》始出，《子虚》初成，秦皇汉武，恨不同时；既同时矣，则韩囚而马轻[③]，岂不明鉴同时之贱哉！至于班固傅毅，文在伯仲[④]，而固嗤毅云："下笔不能自休。"及陈思论才，亦深排孔璋，敬礼请润色，叹以为美谈[⑤]，季绪好诋诃，方之于田巴[⑥]；意亦见矣[⑦]。故魏文称"文人相轻"，非虚谈也[⑧]。至如君卿唇舌，而谬欲论文，乃称"史迁著书，谘东方朔"[⑨]，于是桓谭之徒，相顾嗤笑。彼实博徒，轻言负诮[⑩]，况乎文士，可妄谈哉！故鉴照洞明，而贵古贱今者，二主是也；才实鸿懿，而崇己抑人者，班曹是也；学不逮文，而信伪迷真者，楼护是也。酱瓿之议，岂多叹哉[⑪]！

知音多么困难啊！音确实难以理解，知音确实难以碰到，碰到知音，千年中只有一次吧！从古以来的知音，多数看轻同代人而怀念古代人，所谓"每天在面前不信用，老远听见名声便想念"。从前韩非的《内外储说》开始传播，司马相如的《子虚赋》方才作成，秦始皇汉武帝看到了，怨恨不能和作者同时；后来知道是同时人了，那末韩非被囚禁，司马相如遭到轻视，难道不是明显地看到对同时人的看轻吗？至于班固傅毅，文章不相上下，可是班固讥笑傅毅道："一下笔就不能自己收住。"到曹植评论文才，也极力贬低陈琳；丁廙请他修饰文辞，他赞赏而认为佳话，刘修喜欢批评文章，他就把刘修比做田巴：他的用意也可看到了。所以魏文帝说"文人相轻"，不是空话。至于楼护以为有口才，却荒谬地想谈论文章，说什么"司马迁著书，请教东方朔"，因此桓谭等人带着讥笑的态度互相对望着。他本来没什么地位，轻率地发言被人耻笑，何况是文人，难道可以乱说吗？所以观察得深切明白，却又看重古代看轻当代的，两位君主便是；文才实是博大美好，却抬高自己贬低别人的，班固曹植便是；学问够不上谈文，却把谬误的当成是真实的，楼护便是。耽心著作给后人用来盖酱瓮，这难道是多馀的感叹吗？

①知音：懂得音乐中的含意，能欣赏音乐，借来指能够欣赏和评价作品。②御：用。 声：名声。这两句引文见《鬼谷子·内楗(jiàn 建)》篇。 ③《史记·韩非传》说，韩非著作《孤愤》《五蠹》《内外储说》等篇，传入秦国。秦王(即后来的秦始皇)看了《孤愤》《五蠹》，说："唉！我能见到这人，跟他交往，死都甘心！"后来韩非到了秦国，李斯等害他，把他关在牢里，逼他自杀。《汉书·司马相如传》说，汉武帝读《子虚赋》，说："我却不能跟这人同时啊！"后来召见司马相如，却把他看作像倡优那样的弄臣。 ④班固看轻傅毅的话，见曹丕《典论·论文》。 伯仲：老大老二，指不相上下。 ⑤曹植《与杨德祖书》，说陈琳(孔璋)不善于写辞赋，却自比司马相如，好比画虎不成反类狗。又说：丁廙(敬礼)请我改文章，说："后世有谁知道我，能够改定我的文章呀！"并认这话为美谈。美谈，佳话。 ⑥曹植又说："刘修(季绪)不善创作，却好批评。从前田巴好攻击人，给鲁仲连驳倒，从此不敢再开口。刘修也会像田巴那样的。" 方：比拟。 ⑦意亦见矣：指曹植爱听好话，讨厌批评，有文人相轻之意。 ⑧见曹丕《典论·论文》。 ⑨楼护(君卿)见《论说》篇注⑩。 唇舌：有口才。 谘：询问。 ⑩博徒：赌徒，指微贱的人。 诮：讥讽。 ⑪《汉书·扬雄传赞》记刘歆看了扬雄的《太玄》，对扬雄说："我

怕后人只用它来盖酱瓮(当时的书是写在木版上的)。"这里含有知音难得的感叹。

48.2 夫麟凤与麏雉悬绝,珠玉与砾石超殊,白日垂其照,青眸写其形[12];然鲁臣以麟为麏,楚人以雉为凤,魏氏以夜光为怪石,宋客以燕砾为宝珠[13]。形器易微,谬乃若是;文情难鉴,谁曰易分?

　　麒麟凤凰和麏鹿野鸡相差极远,珠宝同石子完全不同,在阳光照耀下,有明亮的眼睛观察它们的形态;然而鲁臣把麒麟当作麏鹿,楚人把野鸡当作凤凰,魏人把夜光璧当作怪石,宋人把燕国的石子当作宝珠。具体的东西容易考查,却还发生这样的谬误,文情难以鉴别,谁说容易分别?

　　[12]麏(jūn 君):麏的别名,鹿属,似鹿而小。　砾石:小石子。　青眸:黑的瞳仁。　[13]《公羊传·哀公十四年》:鲁人获麟,说是麏而有角。《尹文子·大道下》说楚人有挑着山雉的,路人问:"是什么鸟?"那人骗他是凤凰,他真把它当作凤凰买下了。又说:魏国农民得宝玉,夜里发光,去问邻人,邻人骗他是怪石,他便把它抛了。《艺文类聚》卷六引《阙子》说,宋人把燕国石子当作珠宝。

48.3　夫篇章杂沓,质文交加,知多偏好,人莫圆该[14]。慷慨者逆声而击节,酝藉者见密而高蹈[15];浮慧者观绮而跃心,爱奇者闻诡而惊听。会己则嗟讽,异我则沮弃[16],各执一隅之解,欲拟万端之变,所谓东向而望,不见西墙也。

篇章复杂,质朴和文华交结着,人的爱好多有所偏,不能全面地观察问题。性情慷慨的人碰到激昂的声调击节赞赏,有涵养的人看到细致含蓄的就高兴;喜欢浮华的人看到绮丽的就动心,爱好新奇的人听到奇异的就耸动。合乎自己爱好的便赞叹诵读,不合口味的便看不下去,加以抛弃,各人都执着一偏的见解,要想适应多种多样变化,正像面向东望,看不见西面的墙。

⑭沓(tà踏):重复。 该:兼备。 ⑮逆:迎着。 酝藉:有涵养。高蹈:举足高,指高兴。 ⑯讽:诵读。 沮:阻止。

48.4 凡操千曲而后晓声,观千剑而后识器⑰;故圆照之象⑱,务先博观。阅乔岳以形培塿,酌沧波以喻畎浍⑲。无私于轻重,不偏于憎爱,然后能平理若衡⑳,照辞如镜矣。是以将阅文情,先标六观:一观位体,二观置辞,三观通变,四观奇正,五观事义,六观宫商㉑。斯术既形,则优劣见矣。

会演奏上千个曲子而后才懂得音乐,观察了上千把剑而后才会识别宝剑;所以全面观察的方法,务必先要看得多。看了高山更显出土堆的小,经过沧海更识得沟水的浅。没有忽轻忽重的私心,没有忽憎忽爱的偏见,然后才能够像天平般称量内容的高下,像镜子样照见文辞的美恶了。因此,要审察文章的情思,先举出观察的六个方面:第一看体制安排,第二看文辞布置,第三看继承变化,第四看或奇或正的表现手法,第五看运用事类,第六看声律。这个方法实行了,那末文章的优劣就显出来了。

438

⑰操:犹奏乐。　器:器物,指剑。　⑱照:观察。　象:犹法。　⑲
乔岳:高山。　培塿(pǒu lǒu 剖娄):小土堆。　酌沧波:汲取沧海水。　喻:
懂得。　畎浍(quǎn kuài 犬快):田间小水沟。　⑳衡:秤。　㉑事义:
即事类,指文中引用材料,如事件、典故、引文。　宫商:音律,如平仄节奏。

48.5　夫缀文者情动而辞发,观文者披文以入情,沿
波讨源,虽幽必显㉒。世远莫见其面,觇文辄见其心㉓。岂
成篇之足深? 患识照之自浅耳。夫志在山水,琴表其情,
况形之笔端,理将焉匿㉔? 故心之照理,譬目之照形,目瞭
则形无不分,心敏则理无不达㉕。然而俗监之迷者,深废
浅售㉖,此庄周所以笑《折杨》,宋玉所以伤《白雪》也㉗。昔
屈平有言:"文质疏内,众不知余之异采。"㉘见异唯知音
耳。扬雄自称:"心好沉博绝丽之文"。㉙其不事浮浅㉚,亦
可知矣。夫唯深识鉴奥,必欢然内怿,譬春台之熙众人,
乐饵之止过客㉛。盖闻兰为国香,服媚弥芬㉜;书亦国华,
玩[泽]绎方美㉝;知音君子,其垂意焉。

作者先有了情思再发为文辞,读者先看了文辞再了解情思,沿
着波流向上追溯源头,即使隐微的也一定会使它显露。年代相隔
遥远,虽然没有谁看见作者的面貌,看了文章却往往看到作者的心
情。难道篇章过于深奥吗? 只怕识鉴的浅薄罢了。奏乐的心在山
水,琴音就表达了他的感情,何况在文字上表达出来,情理哪能隐
藏得住呢? 所以心的观察情理,好比眼的观察形貌,眼睛明亮那末
形貌没有不能分别,心思敏慧那末情理没有不理解的。然而世俗
的糊涂读者,对内容深沉的反而抛弃,浅薄的反受赏识,这是庄周
所以讥笑人们爱听《折杨》歌,宋玉所以感叹《白雪》歌不受重视。

从前屈原说:"外表不加华饰,内质朴实,众人看不到我的卓越光彩。"看到卓越光彩的只有知音罢了。扬雄自己说:"心里爱好深沉渊博绝顶美丽的文辞。"他的不喜浮浅也可以知道了。只有鉴识深远的人,看到作品的深奥处,一定感到内心的喜悦,好比春天登台使众人和悦,音乐和美味能留住过路客人。听说兰花是国内最好的香花,喜爱地佩戴着它会感到更芬芳;好作品也是国内最好的香花,要反复体味它才感觉美;知音的人们,还是好好留意这些吧。

㉒讨:探索。　幽:隐微。　㉓觇(zhān 沾):观。　辄:往往。㉔《吕氏春秋·本味》说伯牙弹琴,一时志在泰山,一时志在流水。钟子期一听琴音,就能知道。　焉:安,怎么。　匿:隐藏。　㉕瞭:眼明。达:通晓。　㉖监:鉴察,观察。　售:得售,得到赏识。　㉗《庄子·天地》篇说:古乐俗人听不进去,听到《折杨》等俗曲便高兴地笑。宋玉《对楚王问》说,国中能够和着唱《白雪》歌的只有数十人。言能赏识的人少。　㉘屈原《九章·怀沙》,"文质疏内",即文质疏讷。外表疏疏落落,不加修饰;内质朴实。内:同讷,朴实。　㉙扬雄的话见《答刘歆书》。　㉚"不"字原脱。　事:从事。　㉛怿(yì 义):悦乐。　《老子》:"众人熙熙(状和乐),如登春台。"又:"乐(音乐)与饵(食品),止过客。"㉜服:服用,指佩戴。　媚:爱好。　㉝翫:同玩,赏玩。　绎:推求义蕴。

48.6　赞曰:洪锺万钧,夔旷所定㉞。良书盈箧,妙鉴乃订㉟。流郑淫人㊱,无或失听。独有此律,不谬蹊径㊲。

总结说:三十万斤的大钟,是古代乐师夔和师旷等所制定的。优良的作品充满书箱,经过高妙的鉴赏者才能评定。放荡的靡靡之音会迷惑人,千万不要失掉正确的听觉。只有遵循知音这个规律,才不会陷入迷途。

㉞洪:大。　　锤:同钟。　钧:三十斤。　夔:尧舜时的音乐官。　旷:师旷,晋国的音乐官。　　㉟箧(qiè怯):箱。　订:校定。　㊱流:流荡。郑:郑国的靡靡之音。　淫人:使人迷惑。淫,过分。　　㊲蹊(xī西):路。

程器第四十九

　　这篇讨论作家的品德才干问题,要求作家"摛文必在纬军国,负重必在任栋梁"。认为光会写文章还不够,还要"达于政事",能文能武。这样讲,虽已超出讲文学的范围,但他是有为而发的,是针对当时崇尚清谈的流弊说的。

　　本篇讲作家的品德,既是从"负重必在任栋梁"着眼,不是从品德同创作的关系着眼,那末从创作的角度来考虑,对这些问题,本可存而不论。只是刘勰既经提出来了,也可以说一点,即他所指责的,有的不是品德问题。像扬雄嗜酒而少算,孔融的反对曹操,祢衡的傲视权贵,王粲的轻脆躁竞,陈琳的草率粗疏,傅玄的攻击台臣,孙楚的跟石苞互相控诉,相如跟卓文君同归,都不属于品德问题。此外,还可指出一点。他说:"彼扬马之徒,有文无质,所以终乎下位也。"认为他们品德不好,所以不能任栋梁。那末文士要"负重必在任栋梁",需要有好品德,换言之,只有品德好的才可以任栋梁。可是他又说"古之将相,疵咎实多",那末古代的将相的品德也不好。他指责古代将相的品德,实际上是为文人抱不平,也是感叹自己的不得志。

　　在这篇里,他主要是针对当时的世家大族,爱好浮文,崇尚清谈,不达于政事,不懂军事,所以他要提出达于政事,要好文练武,崇尚品德才干,想来改变当时的风气。

　　其实,品德和创作不是没有关系的,《论语·宪问》:"子曰:'有德者必有言,有言者不必有德。'"《易·乾·文言》:"君子进德修业,忠信所以进德也,修辞立其诚,所以居业也。"有德者的话是确有体会的,是修辞立诚的,是从肺腑中流出的,是有内容有感情的,是真切感人的;无德者的话,不是真有体会的,也许是不真诚的,是虚假的,是袭取来的,是哗众取宠的,缺乏真切感人的力量,是没有生命的。在重要的关键时刻,有德者的话敢于破除各种假象,敢于说出人人不敢说的话,敢于披逆鳞,敢于指出有关国家民族的大问题,无德者只能说些装点门面的话,只能顺着风向说假话。历代大作家的大作品,都跟品德有关。可惜刘勰不从这个角度来讲作家的品德。

49.1 《周书》论士,方之"梓材"①,盖贵器用而兼文采也。是以朴斫成而丹雘施,垣墉立而雕杇附②。而近代词人,务华弃实③。故魏文以为":古今文人[之]类不护细行。"④韦诞所评,又历诋群才⑤。后人雷同,混之一贯,吁,可悲矣⑥!

《周书》议论士人,用木工选材、制器、染色作比,是看重实用而兼文采。因此,木材砍削成器,而后染上朱红漆,墙壁筑成而后再加粉饰。可是后代作家,力求华采,放弃实际。所以魏文帝认为:"古今文人大都不顾小节。"韦诞的批评,又对许多作家一一指摘。后人随声附和,混淆好坏,一例指责,唉,可悲啊!

①梓材:《尚书》中的《周书·梓材》篇,讲木工选材制器,再加染色,泥水匠砌墙再加粉刷。 ②朴:整治木材。 斫(zhuó 浊):砍削。 丹雘(huò 或):朱红色颜料。丹,红砂。雘,红石脂。 垣:低墙。 墉:高墙。雕杇(wū 乌):指粉刷墙壁。 ③近代:从下文看,这个近代包括汉朝在内。华实:这里指虚名和实际。 ④类:大都。 护:爱护,注意。 细行:细节。引文见曹丕《与吴质书》。 ⑤韦诞:三国时人。他对王粲、陈琳、阮瑀等人一一指摘,见《三国志·王粲传》注。 ⑥雷同:指人云亦云。 一贯:一例,一同。 吁:表感叹。

49.2 略观文士之疵:相如窃妻而受金⑦,扬雄嗜酒而少算⑧,敬通之不循廉隅⑨,杜笃之请求无厌⑩,班固谄窦以作威⑪,马融党梁而黩货⑫,文举傲诞以速诛⑬,正平狂憨以致戮⑭,仲宣轻[脆]锐以躁竞⑮,孔璋偬恫以粗疏⑯,丁仪贪婪以乞货⑰,路粹馎啜而无耻⑱,潘岳诡诪于愍怀⑲,陆机倾仄于贾郭⑳,傅玄刚隘而詈台㉑,孙楚狠愎而讼府㉒。诸有此类,并文士之瑕累㉓。文既有之,武亦宜然。

约略地观察文人的毛病:司马相如勾引卓文君而又接受贿赂,扬雄贪酒而不会安排生活,冯衍不遵守轨矩,杜笃向官府请托不知满足,班固谄媚窦宪,又作威作福,马融投靠梁冀而又贪污,孔融傲慢狂妄招致杀害,祢衡狂放痴迷招来杀戮,王粲轻脱锋利,急躁竞进,陈琳草率而粗疏,丁仪贪污求财,路粹贪吃无耻,潘岳阴谋暗害愍怀太子,陆机倒向权门贾谧郭彰,傅玄刚愎偏窄咒骂台官,孙楚凶狠刚愎控告上级。诸如此类,都是文人的缺点。文人既经有这些缺点,武人也应该是这样。

⑦前汉司马相如弹琴挑诱新寡的卓文君,跟他一起逃跑。后来他出使到蜀地,又接受贿赂。 ⑧前汉扬雄好喝酒。家贫,没有馀粮。 少算:不会给家庭经济打算。 ⑨敬通:后汉冯衍字。他把妻子赶走,引起当时人的不满。 廉隅:方正。 ⑩后汉杜笃跟美阳县官交友,屡次向他请托,不知满足。 厌:满足。 ⑪后汉班固做大将军窦宪手下的中护军和参议。他放任子侄辈在外横行不法。 ⑫后汉马融替豪门梁冀起草奏章攻击大臣李固,又收受贿赂。 黩(dú 毒)货:贪污。 ⑬文举:后汉末孔融字。他用傲慢的态度讥刺曹操,发言狂妄,被曹操所杀。 速:召致。 ⑭正平:后汉末祢衡字。他因得罪曹操,曹操把他送给刘表。又因态度傲慢,刘表把

444

他送给江夏太守黄祖。他因出言不逊,被黄祖所杀。　憨(hān 酣):痴。
⑮仲宣:魏王粲字。　轻锐:轻脱有锋芒。　躁竞:急躁求进。　⑯孔璋:
魏陈琳字。　偬悾(zǒng dòng 总洞):匆忙草率。　⑰魏丁仪贪污。　婪
(lán 拦):贪。　货:货币。　⑱魏路粹贪吃。　餔:吃。　啜(chuò 辍):
喝。他替曹操陷害孔融,是无耻。　⑲西晋潘岳替贾后起草一篇祷神文,
中有叛逆意。贾后把太子灌醉,逼他照抄一份,就根据它来废掉太子。　诡
诪(zhōu 州):阴谋。　愍(mǐn 闽)怀:晋惠帝太子。　⑳西晋陆机依附权
门贾谧郭彰。　倾仄:倒向。　㉑西晋傅玄官做司隶校尉,按旧制,在殿
外,司隶校尉坐在卿上,在殿内,司隶校尉坐在卿下。掌礼官以崇训宫为殿
内,让傅玄坐在卿下,说这是尚书安排的。傅玄大怒,咒骂尚书以下官。
隘:狭仄。　詈(lì 利):骂。　台:尚书台。　㉒西晋孙楚到骠骑将军石苞
幕府里去工作,他见石苞作揖不拜,说:"天子命我参卿军事。"两人因此不和,
互相控诉。　狠:凶狠。　讼府:和将军府控诉。　㉓瑕(xiá 侠):玉的斑
点,指缺点。

49.3　古之将相,疵咎实多㉔:至如管仲之盗窃㉕,吴
起之贪淫㉖,陈平之污点㉗,绛灌之谗嫉㉘。沿兹以下,不
可胜数。孔光负衡据鼎,而仄媚董贤㉙,况班马之贱职,潘
岳之下位哉?王戎开国上秩,而鬻官嚣俗,况马杜之磬
悬㉚,丁路之贫薄哉?然子夏无亏于名儒,浚冲不尘乎竹
林者㉛,名崇而讥减也。若夫屈贾之忠贞,邹枚之机觉㉜,
黄香之淳孝㉝,徐幹之沉默,岂曰文士,必其玷欤㉞?

古代的将相,毛病确实是很多的:像管仲的偷窃,吴起的贪财
好色,陈平的行为有污点,周勃灌婴的诽谤好人,妒忌贤才。从此
以下,例子多到数不完。孔光位为丞相,却向董贤献媚,何况班固
马融的职位卑微,潘岳的地位低下呢?王戎是开国大臣,却卖官纳

445

贿,随波逐流,何况司马相如杜笃家里空空像挂起的磬,丁仪路粹那样的贫穷呢?然而这些并不损害孔光的称为名儒,也不妨碍王戎的列入竹林七贤,那是因为名位高了,就减少了人家对他们的讥讽。至于屈原贾谊的忠直贞正,邹阳枚乘的机警,黄香的极孝,徐幹的沉静淡泊,难道说文人一定是有缺点的吗?

㉔咎:过失。　㉕春秋齐相管仲,相传他贫困时曾偷窃过。　㉖春秋时魏将吴起贪财好色。　㉗西汉陈平得到刘邦信任,周勃灌婴说他在家时与嫂有私,又接受诸将金钱。　㉘西汉绛(jiàng匠)侯周勃和灌婴毁谤贾谊,加以排斥。　谗(chán蝉):毁谤好人。　㉙西汉哀帝派他宠爱的董贤去见丞相孔光,孔光知道哀帝要抬高董贤地位,就亲自迎送拜见。　负衡:表持平,指居相位。衡,秤。　据鼎:指居相位。鼎,三足,喻三公。　仄:不正。　㉚西晋王戎因灭吴功封侯,他收受刘肇贿赂,在作官时随波逐流,无所表现。　秩:禄位。　鬻:卖。　嚣俗:跟世俗沉浮。　嚣,通遨,遨游。　磬悬:室内空空,家徒四壁像悬磬。　㉛子夏:孔光字,他以儒者居相位。无亏:无损。　浚(jùn郡)冲:王戎字。　不尘:不玷污。　竹林者:山涛、阮籍、嵇康、向秀、刘伶、阮咸、王戎称为竹林七贤。　㉜西汉的邹阳枚乘都在吴国作客,他们警觉地感到吴王刘濞阴谋叛变,都离开了吴国。　㉝后汉黄香,九岁时死了母亲,悲痛到极点。　㉞魏徐幹沉静淡泊,不求名利。玷(diàn店):玉的斑点,指缺点。

49.4　盖人禀五材,修短殊用,自非上哲,难以求备㉟。然将相以位隆特达,文士以职卑多诮;此江河所以腾涌,涓流所以寸折者也㊱。名之抑扬,既其然矣,位之通塞,亦有以焉㊲。盖士之登庸,以成务为用㊳。鲁之敬姜,妇人之聪明耳,然推其机综,以方治国㊴,安有丈夫学文,而不达于政事哉?彼扬马之徒,有文无质,所以终乎下位也。昔庾元规才华清英，勋庸有声，故文艺不称；若非台岳，则正以文才也㊶。文武之术，左右惟宜。郤縠敦书，故举为元帅㊷，岂以好文而不练武哉？孙武《兵经》㊸，辞如珠玉，岂以习武而不晓文也？

　　人各具有五种材质，但在多少上各有不同；要不是圣人，很难完备。然而将相因为地位崇高特别显达，文人因职位卑微多受到讥讽；这正像大江大河所以波浪腾涌，小沟小水所以水流曲折的。名声的受到贬抑和推崇，既是这样；职位的高低，也是有原因的。大概士人的被录用，凭他能够办事来作准则的。鲁国的敬姜，是个聪明的妇人罢了，但是她能够就织机加以推论，来比喻治理国家；哪有丈夫学了文章，却不懂得政事的呢？像扬雄司马相如那些人，有了文才而缺乏品德，所以终于处在低下的职位。从前庾亮文才清新，功勋卓著，所以他的创作不被称扬；倘他不做大官，那末正该以文才著名。文才武略，像左右手那样可以配合。郤縠爱好《诗》《书》，所以被选拔做元帅，难道因为爱好文学就不熟悉兵法吗？孙武的《孙子》，文辞像珠玉般美好，难道因为熟习兵法就不懂得文辞吗？

　　㉟五材：五行，金、木、水、火、土。刘邵《人物志》认为人具有的五行，构成仁义礼智信五种品德，但各人所具有的品德不够完备。　修短：长短。指各人所具备的德行有多有少。　㊱隆：高。　特达：特别显达。　诮：讥讽。腾涌：喻将相的声名显著。　涓：小水。　寸折：多转折，喻文士的被讥诮。㊲抑扬：犹隐显。　其：助词。　然：这样。　通塞：犹高低。　以：原因。㊳登庸：拔用。　成务：成事。　㊴敬姜子文伯相鲁，敬姜对他说：治国好比织丝。布帛的边要牢辈；经线纬线的交织要端正。　机综：织机的经纬交织。　方：比喻。　㊵元规：东晋庾亮字。　勋庸：功勋。　称：著称。

台：三台星，喻三公。　岳：四岳，四方诸侯之长。　㉛郤縠(xíhú 细湖)：春秋时晋元帅。　敦书：崇尚《诗经》《书经》。赵衰说他爱好《诗经》《书经》，推举他做元帅。　㉜孙武：春秋时著名军事家。《兵经》指《孙子》兵法。

49.5　是以君子藏器㊸，待时而动，发挥事业；固宜蓄素以弸中，散采以彪外，楩柟其质，豫章其幹㊹。擒文必在纬军国㊺，负重必在任栋梁，穷则独善以垂文，达则奉时以骋绩。若此文人，应《梓材》之士矣。

因此君子具备了才德，等待时机来加以施展，建立一番事业；本该培养才德来充实内在的美，散播文采来显示外在的美，具有楩柟那样坚实的质地，豫章那样高大的材干。那末，作起文章来一定要规划军国大事，担负起重任来一定要成为栋梁；不得志便培养品德，著作传世，得志就及时建功立业。像这样的文人，才适合《梓材》篇所说的人才了。

㊸器：才具，才德。　㊹素：质地，指才德。　弸(péng 彭)中：充满于中。　彪外：文采显著于外。　楩(pián 骈)：黄楩树。　柟：楠树。它们都质地坚实。　豫章：樟树类大木名。　㊺纬：经纬，组织，规划。

49.6　赞曰：瞻彼前修，有懿文德㊻。声昭楚南，采动梁北㊼。雕而不器，贞幹谁则㊽？岂无华身，亦有光国？

总结说：看看那些从前的贤人，具有美好的文才和品德。声名和文采扬溢在南方的楚地，文采和声名震动了北面的梁国。假使光有雕饰文采而没有品德，才具不够还能做谁的榜样？难道文章没有显耀身名，也有为国争光吗？

448

㊻前修:前贤。指有德有文的作家。　懿:美。　㊼昭:明。　楚南:指屈原贾谊。　梁北:指邹阳枚乘。　㊽贞幹:同桢幹,指品德。　则:仿效。

序志第五十

　　《序志》是全书的总序，排在最后。它先解释书名。"文心"是讲作文的用心，这是一；"雕龙"指雕刻龙文，比作文的要讲究文采，但不要光讲究文采，这是二。讲作文的用心，就把讲作文的纲领，讲创作论、文体论、文学评论都包括进去了。讲文采，就把当时南朝人看重文采的特点显示出来了。那末本书所谓"文"，是指什么呢？是指诗文。诗文中的文，以文学为主，非文学为次。不仅诗赋是文学的，不少古代应用文，在刘勰看来也是文学的，参见《总术》说明。所以本书是古典文学理论的杰作。

　　接着，讲本书的写作目的：一是希望留名后世，这是儒家的传统想法。文中突出地写他对孔子的崇拜。二是说明文章的功用，并结合它来挽救当时走上歧路的文风。他认为文章的功用，在于用来完成礼制、法典等制作，并宣扬政绩，记载军国大事，是经典的支流。曹丕在《典论·论文》里指出"盖文章经国之大业，不朽之盛事"。陆机《文赋》里说，"济文武于将坠，宣风声于不泯"，即继承周文王、武王的教化，加以宣扬。这些都和刘勰的论点一致，不过刘勰讲得更具体充分些。他还要拿这种理论来挽救当时浮靡的文风，这就有了意义。三是不满于从魏晋以来论文章的著作，这些著作总的说来，只看到一角，不能作全面的论述，缺乏穷源到流的考察。像《典论·论文》、《与杨德祖书》、《文赋》、《翰林论》都没有穷源到流作史的考察；像《文质论》、《文章流别论》虽作了史的考察，又不能在写作上作全面的论述。刘勰既作了全面论述，又作了史的考察，这是他在论文章上超过以上诸家的地方，所以《文心雕龙》能够成为体大思精之作。

　　接下来讲全书的结构。全书分三部分：第一部分是"文之枢纽",相当于文章纲领,包括《原道》《徵圣》《宗经》《正纬》《辨骚》五篇。这部分要说明文章的根源是道,刘勰认为,最能认识道的是圣人,所以要向圣人学习。圣人在经书里用各种不同的体裁来阐明道,所以要从经书里考察各种文体。文章还要写得有文采,所以要从纬书里去吸取文采;文章还要因时变化,所以要学习从《诗经》到《离骚》的变化。这样,从文章根源、学习对象、文体源流到文采、变化都讲到了。第二部分是文体论,包括从《明诗》到《书记》二十篇,这二十篇分为两部分,前一部分讲有韵文的是十篇,后一部分讲无韵文的也是十篇。这部分讲各种文体起源和流变,解释各种文体的名称意义,选出各种文体的代表作品来加以论述,说明各体文的写作方法。总论和文体论,这两部分合称上篇,就是上部,共二十五篇。第三部分是创作论,这部分分析情理和文采,讲究写作的系统条理,研究文思、风格、体势、变通、谋篇、修辞、声律、章句等创作问题。第四部分讨论文学史观、作家论、鉴赏论、作家品德论。这两部分从《神思》到《程器》共二十四篇,加上总序《序志》,合二十五篇,称为下篇,就是下部。上下部合成五十篇,对写作的各个方面作了全面而系统的论述。

最后再说一下每篇末了的赞。于篇末加赞有两种情形:一是别出新意的,有些意思不宜于写入篇中,就在篇末的赞里说,像《史记》篇末的"太史公曰"就是。一是总结上文,像《后汉书》传后的赞就是,这种赞是从佛经的"偈"演化出来的。本书中的赞这两种都有,以后一种为多。本篇的赞指出人生有涯,外物无穷,所以"逐物实难,凭性良易",这是属于前一种,即赞里别出新意。值得注意的是,这篇总序的赞,主张"凭性良易",即顺着个性去完成作家和作品的风格比较容易,这就与第一篇《原道》的主张"自然"相应了。

50.1 夫"文心"者,言为文之用心也。昔涓子《琴

451

心》，王孙《巧心》①，心哉美矣，故用之焉。古来文章，以雕缛成体，岂取驺奭之群言雕龙也②。夫宇宙绵邈，黎献纷杂③，拔萃出类，智术而已。岁月飘忽，性灵不居④，腾声飞实，制作而已。夫[有]人肖貌天地，禀性五才，拟耳目于日月，方声气乎风雷⑤，其超出万物，亦已灵矣。形同草木之脆，名逾金石之坚，是以君子处世，树德建言。岂好辩哉？不得已也！

"文心"是讲作文的用心。从前，涓子写过《琴心》，王孙子写过《巧心》，"心"是太灵巧了，所以用它来做书名。从古以来的文章，靠修饰和文采来构成，大概是效仿修饰语言有如雕刻龙纹一般的驺奭吧。宇宙无穷，常人和贤才混杂，拔尖的，超出一般的，只靠才智罢了。时间飞快过去，人的才智不能永存，要使声名和事功留传下去，只有靠创作罢了。人的容貌像天地，天性具有仁义礼智信，耳目好像日月，声气好像风雷，他超出万物，也已经算是灵智了。可是他的形体同草木一样脆弱，只有声名胜过金石的坚固，可以不朽，因此君子在世，要立德立言。这样立言难道是喜欢辩论吗？是为了不朽而不得已啊！

①涓子：战国楚人，亦作蜎子，即环渊，是道家，著有《琴心》。　王孙子：是儒家，著有《巧心》。　②雕缛：修饰和文采。缛，文采丰富。　驺奭（zōu shì 邹式）：战国时齐人，他善于修饰语言，像雕刻龙纹，当时人称他为"雕龙奭"。李庆甲《文心雕龙书名发微》认为这句里的"岂"，同《辨骚》的"岂去圣之未远，而楚人之多才乎"的"岂"同，没有否定意。今从之。　③绵邈：遥远。黎：黎民，百姓。　献：贤人。　④性灵：人的秉性灵秀。　居：停留。⑤把人的耳目呼吸比做日月风雷，这是汉朝人的迷信说法。《汉书·刑法志》："夫人肖天地之貌，怀五常之性。"　五才：本指五行，这里承"五常之胜"来，

指仁义礼智信。又五行既指金木水火土,也指五常。

50.2　予生七龄,乃梦彩云若锦,则攀而采之。齿在逾立,则尝夜梦执丹漆之礼器,随仲尼而南行⑥。旦而寤,迺怡然而喜⑦。大哉圣人之难见哉,乃小子之垂梦欤⑧!自生人以来,未有如夫子者也⑨!敷赞圣旨,莫若注经,而马郑诸儒⑩,宏之已精;就有深解,未足立家。唯文章之用,实经典枝条;五礼资之以成,六典因之致用⑪,君臣所以炳焕,军国所以昭明,详其本源,莫非经典。而去圣久远,文体解散,辞人爱奇,言贵浮诡,饰羽尚画,文绣鞶帨,离本弥甚,将遂讹滥⑫。盖《周书》论辞,贵乎体要⑬;尼父陈训,恶乎异端⑭;辞训之异,宜体于要,于是搦笔和墨⑮,乃始论文。

　　我在七岁时,竟梦见彩云像锦绣,便扳上去采它。过了三十岁,曾经在夜梦中拿着朱红漆的祭器,跟着孔子向南走去。早上醒来,就很高兴。伟大的圣人是很难见到的,竟降临在小子的梦中!自从有人类以来,没有像夫子那样的人!要阐明圣人意旨,最好是注释经书,可是马融、郑玄许多大儒,发挥得已很精辟;我即使有深刻的理解,也够不上自成一家。只有文章的作用,确是经典的旁枝,五种礼制靠它来完成,六种法典靠它来施行;君臣的政绩得以照耀,军国的大事得以显明,都离不了文章。推究到根源,各种文章没有不是从经典里来的。可是由于离开圣人太遥远,文章的体制遭到破坏,作家爱好新奇,看重浮靡诡异的语言,好比在彩色鲜明的羽毛上涂上颜色,在不用刺绣的皮带上去刺绣,离开根本越来越远,将要造成乖谬和浮滥。《周书》讲到文辞,重在体会要义,孔

453

子陈述教训,憎恨异端;要从孔子的教训里辨别异端,应该从《周书》的话里体察作文的要义,因此握笔调墨,才开始论文章。

⑥孔子称"三十而立"(《论语·为政》),所以"逾立"为过三十岁。　礼器:祭祀用的笾(竹制圆器)豆(木制,像高脚盘子)。　仲尼:孔子的表字。⑦寤:睡醒。　酒:同乃。　怡然:状喜悦。　⑧垂梦:示梦,在梦中显现。⑨夫子:老师,指孔子。　⑩敷赞:敷衍赞明,即发挥说明。　马、郑:皆为后汉大儒。马融注《孝经》《论语》《诗》《易》《书》《三礼》等。　郑玄,马融学生,注《易》《诗》《书》《礼》《仪礼》《论语》《孝经》等。　⑪五礼:吉、凶、宾、军、嘉。六典:治典(指治理,即政治)、教典(指教化)、礼典(指礼乐)、政典(指平定天下,即军事)、刑典(指刑法)、事典(指生养,即经济)。见《周礼·大(太)宰》。　⑫鞶(bān 般):皮带。　帨(shuì 税):佩巾。皮带上不好刺绣,也不需要刺绣;帨字可能只作陪衬用。　讹(é 俄):谬谈,指颠倒文句等,见《定势》篇。　⑬指《尚书》中周朝的书《伪毕命》:"辞尚体要。"　⑭孔子字仲尼,尊称为尼父。《论语·为政》:"(孔)子曰:'攻乎异端,斯害也已!'"　⑮辞训之异,宜体于要:当是互文,即陈训恶异,论辞体要。　搦:握。

50.3　详观近代之论文者多矣:至于魏文述典⑯,陈思序书⑰,应玚文论⑱,陆机《文赋》⑲,仲治《流别》⑳,弘范《翰林》㉑。各照隅隙,鲜观衢路;或臧否当时之才,或铨品前修之文㉒,或泛举雅俗之旨,或撮题篇章之意。魏典密而不周㉓,陈书辩而无当㉔,应论华而疏略㉕,陆赋巧而碎乱㉖,《流别》精而少[巧]功㉗,《翰林》浅而寡要㉘。又君山公干之徒,吉甫士龙之辈㉙,泛议文意,往往间出,并未能振叶以寻根,观澜而索源。不述先哲之诰,无益后生之虑。

454

细看近代论文的作家是不少了:如魏文帝曹丕的《典论·论文》,陈思王曹植的《与杨德祖书》,应玚的《文质论》,陆机的《文赋》,挚虞的《文章流别论》,李充的《翰林论》。它们各自看到一角,很少有看到四通八达的大路的;有的褒贬当时的人才,有的品评前贤的文章,有的一般地谈雅和俗的旨趣,有的约略举出文章的用意。《典论·论文》论点严密,可是不完备;《与杨德祖书》善于辩论,可是不够恰当;《文质论》有文采,可是粗疏;《文赋》巧妙,可是碎乱;《文章流别论》精粹,可是不切实用;《翰林论》浅薄,又不得要领。再像桓谭、刘桢之流,应贞、陆云等辈,泛泛地讨论文章的用意,往往轮替着出来,都不能从枝叶追寻到根本,从观察波澜去探寻源头。不叙述前贤的教训,对后辈的探讨文章没有益处。

⑯魏文:魏文帝曹丕,著有《典论·论文》,是著名的文学论。 ⑰陈思:魏曹植封陈王,死后谥号为思,称陈思王。他的《与杨德祖书》讨论文学。
⑱应玚(cháng 畅):建安七子之一。著有《文质论》,讲文和质的关系。
⑲陆机:西晋初著名作家,著有《文赋》。这是一篇较系统地讨论文章的赋。
⑳仲治:晋初作家挚虞,字仲治,著《文章流别论》。《文章流别》是一个分题的选本,已失传。这个选本对每类文章都作了论述,称《文章流别论》。 ㉑弘范:西晋作家李充,字弘范,著有《翰林论》。《翰林》也是个选本,论是论述所选的文章。 ㉒臧否(pǐ 匹):褒贬。 铨:衡量。 品:品评。 前修:犹前贤。 ㉓密而不周:这是指《典论·论文》讲才气等比较严密,讲文体比较简单,所以说不周到。 ㉔这是说《与杨德祖书》评论当时作家显得能言善辩,但轻视辞赋便不够恰当。 ㉕这是指《文质论》写得有文采,但没有论文章,显得疏漏。 ㉖这是说《文赋》论创作有见地,文辞精美,所谓工巧,但内容琐碎而杂乱。这是由于受到赋这种体裁的限制。 ㉗这是指《文章流别论》讲各体文章的起源是精当的,但没有讲写各体文章的要求,所以不切实用。 ㉘这是指《翰林论》讲得比较一般化,所以浅而不得当。
㉙君山:后汉学者桓谭,字君山。 公幹:魏代刘桢,字公幹,建安七子之一。

455

吉甫:应贞字吉甫。　士龙:晋代陆云,字士龙,陆机弟。他们都有论文章的话,都没有考求源流演变。

50.4　盖《文心》之作也,本乎道,师乎圣,体乎经,酌乎纬,变乎骚㉚:文之枢纽,亦云极矣。若乃论文叙笔,则囿别区分㉛;原始以表末,释名以章义,选文以定篇,敷理以举统:上篇以上㉜,纲领明矣。至于[割]剖情析采,笼圈条贯:摛神性,图风势,苞会通,阅声字,崇替于《时序》,褒贬于《才略》,怊怅于《知音》,耿介于《程器》㉝,长怀《序志》,以驭群篇:下篇以下,毛目显矣。位理定名,彰乎大易之数,其为文用,四十九篇而已㉞。

《文心雕龙》的写作,在根本上探索到道,在师法上仿效圣人,在体制上探源经书,在文采上酌取纬书,在变化上参考楚骚:文章的关键,也可以说探索到极点了。至于论述有韵文和无韵文,那是按文体分别,推求各体的来源,叙述它的流变;解释各体的名称,显示它的意义;选取各体的文章来确定论述的篇章,陈述各体的写作理论构成系统:本书上部的以上各篇,纲领是明显了。至于剖析情理,研讨文采,全面考虑写作条理:推论《神思》和《体性》,考虑《风骨》和《定势》,包括《附会》和《通变》,观察《声律》和《练字》;从《时序》上看到文章的兴废盛衰,在《才略》中褒贬历代作家,在《知音》里惆怅感叹,在《程器》里发挥感慨,而在《序志》里抒写出远大怀抱,用来驾驭各篇:本书下部的各篇,细目明显了。按照理论排列,确定各篇名称,明显地合于《易经》的大衍之数五十,不过其中说明文章功用的,只有四十九篇罢了。

456

㉚纬:纬书,见《正纬》。 《骚》:见《辨骚》。 ㉛文:指有韵文。 笔:指无韵文。 囿:园林,指文体范围。 ㉜上篇:本书分为上下两部分,称上篇,下篇。上一部分二十五篇,讲文章纲领和文体论;下一部分二十四篇,讲创作论和文学评论;最后《序志》:合共五十篇。 ㉝摛(chī痴):发布,引申。 图:描绘,指申说。 苞:同"包",包括。 阅:检阅。 崇替:兴废盛衰。 怊怅:感叹。 耿介:耿耿在心,不能忘怀,有感愤、感慨的意思。 ㉞《易·系辞上》:"大衍之数五十,其用四十有九。"这里指全书五十篇,除去序言,正文四十九篇。大衍之数:指天地的数字,汉人马融认为包括太极、两仪(天地)、日月、四时、五行、十二月、二十四气,合共五十。用四十九,指除去太极说。

50.5 夫铨序一文为易,弥纶群言为难㉟,虽复轻采毛发,深极骨髓;或有曲意密源,似近而远,辞所不载,亦不胜数矣。及其品列成文,有同乎旧谈者,非雷同也,势自不可异也;有异乎前论者,非苟异也,理自不可同也。同之与异,不屑古今㊱,擘肌分理,唯务折衷㊲。按辔文雅之场㊳,环络藻绘之府,亦几乎备矣。但言不尽意㊴,圣人所难;识在瓶管,何能矩矱㊵。茫茫往代,既沉予闻,眇眇来世,倘尘彼观也㊶。

评价一篇文章比较容易,总论历代文章比较困难,虽然注意到毛发那样微细,探索到骨髓那样深入;有的用意曲折,根源细密,看似浅近,却很深远,这些在本书中所没有讲到,也是多到无法计算的。等到评量作品,有的话说得跟前人相同,不是人云亦云,实在是不能不同;有的话说得和前人相异,不是随便立异,按理是不能不异。有的相同有的相异,不必介意这些说法是古人的还是今人的,只是分析文章的组织结构,力求恰当。漫步在文学的园地,环行在藻采的场所,也几乎是全做到了。但是,语言不能把用意完全表达出来,这也是圣人所难办到的;加上识见浅陋,怎么能够讲出创作的标准来呢! 遥远的古代,已经使我沉陷在各种知识里,渺茫的将来,这本书也许要迷惑他们的眼睛吧。

㉟弥纶:包举一切。　㊱不屑:不介意。　㊲肌理:肌肉文理,指组织结构。　折衷:求至当,求恰当。　㊳按辔:拉住辔头,让马缓行。
㊴《易·系辞上》:"(孔)子曰:'书不尽言,言不尽意。'"　㊵瓶管:用瓶汲水,用管窥天,比喻识见短小。矩矱(yuē 约):规矩,标准。　㊶沉:沉陷。
眇眇:渺茫。　尘:污。

50.6　赞曰:生也有涯,无涯惟智。逐物实难,凭性良易。傲岸泉石,咀嚼文义㊷,文果载心,余心有寄。

总结说:人生是有尽的,知识是无穷的。用有尽的人生来追逐无穷的外物实在是困难的,凭着天性做去倒是容易的。那么,还是高傲地在泉石间隐居,推敲文义吧。文章真的能够抒写心意,我的心也就有了寄托了。

㊷傲岸:高傲。岸,高　咀嚼:咬嚼,体味。

文心雕龙词语简释

例　言

一，《文心雕龙》的各种注释，对词语的理解颇有不同。如《原道》的"道"，黄侃《札记》引《韩非子·解老》："道者，万物之所然也。"即万物所以然的道理。刘永济《校释》称"文心原道，盖出自然"。"首标文德侔天地之义，是文之原夫道也"。范文澜注："所谓道者，即自然之道。"三家所注好像是一致的，即认为刘勰的所谓道，是唯物的。但刘勰《原道》称"人文之元，肇自太极"，在天地未分以前的太极，开始有了最早的人文。当时还没有人，这个最早的人文是先验的，所以称为"神理"，这是客观唯心主义而非唯物。即就黄、范两家注说，亦有不同。如《札记》认为道是万物之所然，非"一家之道"，作为一家之道，"文章之事，不如此狭隘也。"范注："彦和所称之道，自指圣贤之大道而言，故篇后承以《徵圣》《宗经》二篇，义旨甚明，与空言文以载道者殊途。"《札记》认为道不是一家之道，包括所有的万物所以然的道，范注却说道指儒家之道，即一家之道，好像在驳《札记》所说是"空言文以载道"。那末前贤所释有不确切的，有互相矛盾的，需要通观全书再作解释。讲《文心雕龙》的，也颇以解释的纷歧为憾，要求做术语解释，因此做词语简释。

二，这里称"词语简释"而不称释术语，因为解释时对所释的词要通观全书中所有这个词。如"道"，有时作一般词语用，有时作术语用。如《诸子》："诸子者，入道见志之书。"这个"道"即一般词语。但《原道》中以"道"为"神理"，表现在"人文之元，肇自太极"，这是刘勰的独特理解，属于术语范围。解释时既要通观全书中所有的"道"字，不能局限于术语，要注意"道"的一般词语和术语的解释，这两者又不能绝然分开,因此这里称词语而不称术语。又对这类术语,倘要穷源竟委来作解,那末它的源就要推究到刘勰以前,它的委就要推究到刘勰以后,对每个词的解释将成为一篇论文,这样的解释不免过繁了。因此,只作简释,所释限于《文心雕龙》,不穷源竟委。

三,这里称"词语简释",也由于术语与一般近于术语的词语界限不容易划清。倘限于术语,那末一些接近术语的词似不宜收入。称作词语,不仅术语可以收入,一些近于术语的词也可收入,范围可以放宽些。但对于术语和近于术语的词以外的词不收。

四,这里所释词语,包括这些词语的一般意义和作为术语的意义,因此先对这些词作简注,再作简释,简注同于字典的注,简释才是对词语的简释。

五,简注里引文中用的～即代所注的词,引文下注的数字,是篇次和段落次第。如"一"下引"故《春秋》～字以褒贬。2/2",～代所注的词"一"字。2/2 指本书第二篇《徵圣》的第二段。

六,简注所收的词比较少,一定会有应收而未收者。注释有的比较简略,甚或有不恰当者,希望专家和读者多加指正。

462

目　次

464

一

①　数之始。故《春秋》~字以褒贬。2/2　《春秋》辨理,~字见义。3/2

②　同。其褒德显容,典章~也。9/2　虽句字或殊,而偶意~也。35/1

③　统一。子贡云"心以制之,言以结之",盖~辞意也。22/4博而能~,亦有助乎心力矣。26/5

一(多)释

一和多是相反的两个概念,刘勰已把这两个概念引入创作中去,只是他不称为一多罢了。《诠赋》称"然讽一劝百,势不自反",用一和百来指一多,指出讽少劝多,造成汉赋的缺点。《诏策》称"魏文帝下诏,辞义多伟,至于'作威作福',其万虑之一弊乎!"用万和一指多和一,指多数是好的,少数有弊病,也该改正。《神思》称"贯一为拯乱之药,博而能一,亦有助乎心力矣。"用一和乱、博和一来指一和多,提出用一来救博乱之弊。《章句》称"振本而末从,知一而万毕矣。"用一和万相对,要万中知一,比抓住根本。《事类》称"唯贾谊《鵩赋》始用鹖冠之说,相如《上林》,撮引李斯之书,此万分之一会也。"用万和一来说明在辞赋中引用成文比较合适的例子是极少的,但又赞美极少的例子用得合适。《隐秀》称"言之秀矣,万虑一交。"用万和一来指精警的句子的形成,要靠多方考虑才有一句相合。《总术》称"夫骥足虽骏,缰牵忌长,以万分一累,且废千里。"用万分一累,指出创作中虽作了多方考虑,只要有一点疏忽,也会影响创作的成就。又称"乘一总万,举要治繁",用一和万比要和繁,抓住要害,来处理繁多的现象,来完成创作。从这里看到刘勰在创作中对一和多的关系作了多方面的考虑,并能结合各种不同的具体情况提出解决的意见。

二　画

人

①　进入,归属。所以百家腾跃,终～环内者也。3/4　出～由门,关闭当审。25/9　至于轩岐鼓吹,汉世铙挽,虽戎丧殊事,而并总～乐府。7/6

②　契合。夫《易》惟谈天,～神致用。3/2　是以枚贾追风以～丽。5/4

人释

刘勰称创作要切合某种要求为"入"。《辨骚》称"是以枚贾追风以入丽",指追求《楚辞》的"惊采绝艳",可使创作切合艳丽的要求。《诔碑》称"潘岳构意,专师孝山,巧于序悲,易入新切。"潘岳学习后汉作家苏顺,工于叙述悲哀,作品切合新切的要求。《诸子》称"述道言治,枝条五经,其纯粹者入矩",诸子书的述道言治从五经分出来的纯粹而切合规矩。《论说》称"范雎之言事,李斯之止逐客,并顺情入机,动言中务",用范雎李斯作例,说明乘着情势说话,能切合时机。《定势》称"自以模经为式者,自入典雅之懿",指出模经为式可以切合典雅的风格。这样根据不同作品来提出不同的要求。

人文

①　文学、文化。察～～以成化。1/5

②　与①稍异,兼有神理意。～～之元,肇自太极。1/3

力

①　气力。任～耕耨。38/4　是以驷牡异～，而六辔如琴。43/3

②　力量。～柔于建安。6/5　辞必穷～而追新。6/5

③　用力。逮及七国～政，俊乂蠭起。17/2　气之清浊有体，不可～强而致。28/3

④　效果。岂非追观易为明，循势易为～欤。21/4　捶字坚而难移，结响凝而不滞，此风骨之～也。28/2

力释

作品感动人的力量或效果称"力"，怎样收到这种力？《辨骚》称"若能凭轼以倚雅颂，悬辔以驭楚篇，酌奇而不失其贞，玩华而不坠其实，则顾盼可以驱辞力，欬唾可以穷文致。"即以《诗经》的雅正为标准，学习《楚辞》的奇伟，奇不失正；学习《楚辞》的艳丽，又有内容，花果都採，那就可以发挥诗歌创作的力量，收到效果了。《封禅》称班固《典引》"历览前作"，"故称'《封禅》靡而不典，《剧秦》典而不实'，岂非追观易为明，循势易为力欤？"这是说班固《典引》所以容易收到创作的效果，因为他读了以前人的同类作品，吸取他们的优点，去掉他们缺点的结果。《风骨》称"若丰藻克赡，风骨不飞，则振采失鲜，负声无力。"作品富有文采，没有动人力量，由于缺乏风骨，文采也不鲜明，音调也浮弱无力。"捶字坚而难移，结响凝而不滞，此风骨之力也"，要收到风骨的动人力量，就要在捶字、结响上用工夫，捶字要练字，使所用的字能确切地表达情意，一个字都不能移动；结响要注意声律，使所用的字句构成声律之美，跟所要表达的情调一致，不能改换，这才"凝而不滞"，收到感人的力量。

三　　画

大要

主要要求。其取事也必核以辨,其摛文也必简而深,此其～～也。11/4　　此立体之～～也。14/2　　此纲领之～～也。24/3

大略

①　大概情况。或枥文以为妙,或流靡以自妍,此其～～也。6/5　　斯则得百氏之华采,而辞气之～～也。17/6

②　主要要求。眚灾肆赦,则文有春露之滋;明罚敕法,则辞有秋霜之烈:此诏策之～～也。19/4　　辨要轻清,文而不侈,亦启之～～也。23/4

大略释

大要、大略、大体,就写作看,都指出一种要求来。如《铭箴》:"其取事也必覈以辨,其摛文必简而深,此其大要也。"用大要来说明铭箴在写作上的主要要求是什么。如《杂文》讲到东方朔《答客难》、扬雄《解嘲》,说:"身挫凭乎道胜,时屯寄于情泰,莫不渊岳其心,麟凤其采,此立体之大要也。"这个大要,不光指出这一类文章的写作要求,并指出作者写这类文章所需要的修养,虽然身挫时屯,还要道胜情泰,才能写好这类文章。又如《诏策》:"故授官选贤,则义炳重离之辉;优文封策,则气含风雨之润;敕戒恒诰,则笔吐星汉之华;治戎燮伐,则声有洊雷之威;眚灾肆赦,则文有春露之滋;明罚敕法,则辞有秋霜之烈;此诏策之大略也。"这个大略所指的主要要求,不是要怎样写作,是要求所写的文章可以收到什么样的效果。这里所讲的几种效果都是形象的,像重离指日月,像风雨、星汉、洊雷、春露、秋霜都是。这是提出诏策不光要把事理说清楚,还要具有那样动人的力量。又如《诠赋》:"丽辞雅义,符采相

469

胜,如组织之品朱紫,画绘之著玄黄,文虽杂而有质,色虽糅而有本,此立赋之大体也。"这个大体,不仅指出作赋的要求在丽辞雅义,符采相胜,还指出文采的杂糅,像朱的正色,可以同紫的间色夹杂着,只要有质有本就可以了。这个大体还要把赋的特点讲出来。又如《颂赞》里讲颂:"敷写似赋,而不入华侈之区;敬慎如铭,而异乎规戒之域;揄扬以发藻,汪洋以树义,虽纤曲巧致,与情而变,其大体所底,如斯而已。"这个大体,指出颂跟赋和铭哪些相似,哪些不同;又哪些是一致的,哪些是与情而变的。又像《通变》里讲"规略文统,宜宏大体",这个大体就更包举一切,像"博览精阅","总纲纪","拓衢路,置关键,长辔远驭"了。

大际

大的分界。此取与之 ,其分不可乱 者也。47/5

大体

① 主要体制。文虽新而有质,色虽糅而有本,此立赋之～～也。8/6 其～～所底,如斯而已。9/3

② 大致,一般。凡～～文章,类多枝派。43/2

山水

① 刘宋谢灵运的山水诗。庄老告退 ,而～～方滋。6/5

② 伯牙弹琴的心志。夫志在～～,琴表其情。48/5

山水释

刘勰在《辨骚》里论《楚辞》说:"论山水则循声而得貌。"谈到《楚辞》里写山水,称为按照辞的声韵得到形貌。在《物色》里说:"及《离骚》代兴,触类而长。物貌难尽,故重沓舒状,于是嵯峨之类聚,葳蕤之群积矣。"指出《楚辞》里的描写物象,用的描状词多了,跟《诗经》的简要不同。像屈原《九歌·湘夫人》:"嫋嫋兮秋风,洞庭波兮木叶下。"又《九歌·山鬼》:"余处幽篁兮终不见天,路险难兮独

470

后来。表独立兮山之上,云容容兮而在下。"这些描写水和山,实际是陪衬,好比背景,用来衬托所写的对象。写得很有情思,是情景的结合,用山水来衬托情思。在《物色》里说:"及长卿之徒,诡势瑰声,模山范水,字必鱼贯,所谓诗人丽则而约言,辞人丽淫而繁句也。"这里提出"模山范水",是说有专门描绘山水的部分,不是以山水作背景来衬托情思了。像司马相如的《上林赋》主要是讲打猎,其中有对山水的描绘。他写水"荡荡乎八川分流,相背而异态。东西南北,驰骛往来",描写了八条水的位置和流经的地区。描写水流的各种形态,如"触穹(大)石,激堆埼(曲岸),沸乎暴怒,汹涌彭湃",写水触石和岸激起的声音和腾涌的浪花。"横流逆折",写水的回旋。"穹隆云桡",写浪的涌起转折。"踰波趋浥",写后浪超过前浪流向深渊。"沉沉隐隐",写水的深沉和广大。总之对水波作了各种描绘。写山也对山峰的各种形态做了描写,像斗绝的,颓靡的,中空的等,成了模山范水。但称"丽淫而繁句",有贬意,即认为专写山水的形貌,没有写出诗人的感情,感到不足。

《明诗》里说:"庄老告退而山水方滋,俪采百字之偶,争价一句之奇,情必极貌以写物,辞必穷力而追新,此近世之所竞也。"这是讲刘宋谢灵运的山水诗。《物色》里说:"自近代以来,文贵形似,窥情风景之上,钻貌草木之中。吟咏所发,志惟深远;体物为妙,功在密附。故巧言切状,如印之印泥,不加雕削,而曲写毫芥。"他认为谢灵运的山水诗有它的特点,即"情必极貌以写物,辞必穷力而追新","窥情风景之上,钻貌草木之中。"这种写法,跟《诗经》《楚辞》不同,跟司马相如也不同了。《诗经》《楚辞》的写山水景物,是情景交融,用作陪衬的。司马相如的写山水,是刻画山水的形貌,没有抒写自己的感情。谢灵运的山水诗有他的特点,他写山水的形貌,从山水景物中看到外物本身所具有的情态,即"窥情风景之上"。如谢灵运《石壁精舍还湖中作》:"芰荷迭映蔚,蒲稗相因依。"写芰荷的互相映照,蒲稗的互相依傍,写出植物本身的亲近,是写植物本身所具有的情态。再像《过始宁墅》:"白云抱幽石,绿篠媚清涟。"抱和媚都是有感情的词,是写白云和绿篠的感情。大概他在欣赏山水景物时,不仅认为山水景物是美的,也认为山水景物是有情的,写出山水景物的情态来,这确是新的写法。"情必极貌以写物",这是"极貌以写物"的情。

才

① 才能,构成风格的重要条件之一。然～有庸儁。27/1 ～力居中,肇自血气。27/3 ～由天资。27/4

② 才人,诗人。晋世群～,稍入轻绮。6/5 安和政弛,礼阁鲜～。19/3

才分

犹才具。且～～不同,思绪各异。43/3

才释

《体性》里提出"才有庸儁"是造成风格的条件之一。又说:"才力居中,肇自血气。"认为才跟血气有关。又说:"才由天资。"指才由于天生的资质而成。这种才指先天的解剖生理特点的素质,如歌唱家所具有的好嗓子。有没有这种好嗓子,即是"才有庸儁"的分别。有了好嗓子还需要刻苦锻炼,所以称"因性以练才"。这种锻炼要根据天性,如好嗓子的声音高,可以练唱高音。像"气有刚柔",气质刚强的可以发展作品的阳刚之美,气质柔婉的,可以发展作品的阴柔之美。气质的刚柔加上习染形成个性,影响作家的风格,跟才有关。"是以贾生俊发,故文洁而体清;长卿傲诞,故理侈而辞溢。"俊发和傲诞指性格说,洁清和侈溢指风格说,风格的形成受到性格的影响,这跟才有关。才既同性格有关,故称"因性以练才",根据不同的个性来锻炼文才。从才同个性有关说,是"才由天

472

资",从才需要锻炼说,才又跟后天的学习相关。那末作家的风格,偏于刚健或柔婉,这是同"才由天资"有关;作家的辞理或庸或俊,这是同后天的学习有关。对这点,《事类》里作了发挥。"文章由学,能在天资。才自内发,学以外成。有学饱而才馁,有才富而学贫;学贫者迍邅于事义,才馁者劬劳于辞情,此内外之殊分也。"这是说才由天资,但"才馁者劬劳于辞情",文辞和情理要靠后天的学习和感受,这又有待于后天的学习了。所以又说:"夫以子云之才,而自奏不学,及观书石室,乃成鸿采";"是以将赡才力,务在博见"。要使才力丰富,得靠后天的博见了。

《总术》里提出"通才"来,"夫不截盘根,无以验利器;不剖文奥,无以辩通才。才之能通,必资晓术,自非圆鉴区域,大判条例,岂能控引情源,制胜文苑哉!"利器靠截盘根来检验,通才靠剖文奥来辨别,还得靠后天的锻炼,包括圆鉴研讨,才能控引情理,才有待于锻炼。《才略》称"贾谊才颖,陵轶飞兔,议惬而赋清",他的才力突出,从议惬赋清显出,议惬是从他具有丰富卓越的学识来的,赋清跟他的个性有关,都依靠后天的锻炼。《定势》称"旧练之才,则执正以驭奇",旧练之才,能够分清奇正,要执正驭奇,也靠后天的学习来的。《神思》称"人之秉才,迟速异分",才思敏捷,由于"骏发之士,心总要术,敏在虑前,应机立断",这个心总要术,应机立断,也是靠后天的学习和锻炼来的,所以要"酌理以富才"。创作需要才力,刘勰认为才力的培养要注意两方面,一是因性练才,要审察自己的个性加以发展;一是后天的锻炼,酌理富才。他这样看,是比较全面的。对于才力的培养,他又注意走正路。《通变》称"今才颖之士,刻意学文,多略汉篇,师范宋集,虽古今备阅,然近附而远疏矣。"他从文学史的观点看,认为"宋初讹而新",因此学习宋集,陷入浮讹的毛病,还不如多学汉篇,吸取其中优秀的部分,有利于培养才力。这样看也是比较正确的。

义

　　①　意义。或明理以立体,或隐～以藏用。2/2　《春秋》辨理,一字见～。3/2

　　②　犹要求。故文能宗经,体有六～。3/5　参见"六义"②。

义释

　　刘勰讲到义同写作的关系。《宗经》称"四则义直而不回","直",唐写本作"贞",即正,要求义正。违反义正不行。《杂文》称摹仿《七发》的作品:"或文丽而义暌"。义暌即义不正,是违反义正的要求。《论说》称"辞辨者反义而取通,览文虽巧,而检迹知妄"。文章写得巧妙,但是违反义正,还是不行的。因为核对事迹就知道妄言。《比兴》称"尸鸠贞一,故夫人象义。义取其贞,无从于夷禽"。用尸鸠有贞一的好品性来比夫人的贞一德性,在意义上是正的,所以不妨用禽鸟来比夫人,说明义正的重要。但在《夸饰》里称:"荼味之苦,宁以周原而成饴;并意深褒赞,故义成矫饰。"要赞美周原,说周原的苦菜像饴糖。这样说,是"义成矫饰",不正确,但意在赞美周原,还是好的。这是对"义成矫饰"的一种特殊用法。再就义的表达法说,《隐秀》称"或义生文外",义没有说明,有弦外之音,是一种婉曲的写法。《诠赋》称"情以物兴,故义必明雅"。是一种明显的写法。

四　　画

中和

　　中正和平,指雅乐。～～之响,阒其不还。7/2

互体

一卦中含有别卦。譬爻象之变～～。40/2 故～～变爻。40/2

五材

亦作五才,仁义礼智信。盖人禀～～。49/4　禀性五才。50/1

今

指竞尚新奇文风的宋齐时代。新奇者,摈古竞～,危侧趣诡者也。27/2　竞～疏古,风昧气衰也。29/2

六义

①　《诗经》的风、雅、颂、赋、比、兴。～～环深。6/2　《诗》总～～,风冠其首。28/1

②　写作的六种要求。故文能宗经,体有～～:一则情深而不诡,二则风清而不杂,三则事信而不诞,四则义贞而不回,五则体约而不芜,六则文丽而不淫。3/5

六义释

在《文心雕龙》的体系中,《宗经》是很重要的。宗经既不要用儒家的思想来写作,又不要用经书的语言来写作,那末他要取法什么呢? 它的关键就在"文能宗经,体有六义"。"六义"实是全书中很重要的论文标准,这也是他不同于萧统、高出于当时论文的人的地方。萧统选文注重文采,不要经书,认为经书文采不足,把它排斥在文外。锺嵘《诗品》最推重的"词采华茂","粲溢古今",所以极力推重曹植,列于上品,把曹丕列于中品,曹操列于下品。刘勰在《才略》里称"魏文之才,洋洋清绮",推重他的"乐府清越",认为与曹植两人互有短长。他用"清绮""清越"来推重曹丕,就从六义中"二则风清而不杂"来的。这说明《宗经》六义在文论中的重要性。

这六义既是贯彻到经书、又是他论文的标准,是贯彻全书的。就"文之枢纽"说,他在《微圣》中称"志足而言文,情信而辞巧";在《宗经》中称"根柢槃深,枝叶峻茂,辞约而旨丰,事近而喻远。"在志足、情信、根深、旨丰、事近里,已有情深、风情、事信、义贞的含意,在言文、辞巧、辞约里已有体约、文丽的意思,已经把宗经的六义包括在内,指出了写作的要求。但当时人认为经书的语言辞采不足,那他又怎么看呢?他在《微圣》中说:"精理为文,秀气成采。"经书中说理精辟的,语言警策的,即精理秀气就构成文采。在创作论的《情采》里也阐发了这个看法。他说:"夫铅黛所以饰容,而盼倩生于淑姿;文采所以饰言,而辩丽本于情性。"他认为不光铅黛饰容是文采,"巧笑倩兮,美目盼兮",美人的一笑一盼更有文采,这就是精理秀气的文采了,经书里是富有这样的文采的。他能够看到这样的文采,就胜过以铅黛饰容为文采了。他在《风骨》里提到"风清骨峻,篇体光华","练于骨者,析辞必精,深乎风者,述情必显",这里实际上已包括宗经的六义了。因为风清里已包含情深,骨峻里已包含事信、义贞、体约了;《风骨》里也提到文采。至于文体论里,提到六义的也不少。像《明诗》的"舒文载实","义归'无邪'",即事信、义贞;像"嵇志清峻,阮旨遥深",即情深风清。"景纯仙篇,挺拔而为俊矣",即含有体约文丽在内。他的评论历代作家作品,也用六义这个标准,像上引评曹丕曹植即是。这个宗经六义,是贯彻全书的。

六观

六种阅读作品的观察和要求。是以将阅文情,先标～～:一观位体,二观置辞,三观通变,四观奇正,五观事义,六观宫商。48/4

六观释

六观是鉴赏论,《知音》称"斯术既形,则优劣见矣",要用来分别作品的优劣的。这个六观又要用来避免个人的偏爱,"慷慨者逆声而击节,酝藉者见密而高蹈,浮慧者观绮而跃心,爱奇者闻诡而惊听";又要避免片面性,"各执一隅之解,欲拟万端之变"。六观同创作论有关,但思考的先后次序不同。"夫缀文者情动而辞发,观文者披文以入情",创作是先情动,再创作;六观是先读作品,再体会作者的情思。试看六观。

一观位体。《熔裁》称创作先要"设情以位体",根据情理来确定体制。这个体有两种,《通变》称"设文之体有常",即确定文体;《定势》称"因情立体",即确定风格。观位体,即看作品中所表达的情理,是否适宜于它的文体和风格。那就同创作论中的《体性》《定势》《熔裁》有联系,也同文体论有联系。先有了文体论的知识,再有风格和怎样按照情理来选择文体和风格的知识才好观位体。观位体就是观作品的内容跟它的形式是否适应,倘不适应就不行。二观置辞,看它的文辞是否恰当。《熔裁》称"立本有体,意或偏长;趋时无方,辞或繁杂。"这个辞实际是兼指辞意说的,即根据作品的内容,看它在语言运用上是否恰当,看它的练辞练意做得怎样。辞有没有繁杂,意有没有偏颇或多馀,即前后段落安排词句运用是否得当。《章句》称"宅情曰章,位言曰句"。看它分章造句是否和所要表达的情理适合。《附会》称"总文理,统首尾,定与夺,合涯际,弥纶一篇,使杂而不越。"二观置辞,就同《熔裁》《章句》《附会》有关。

三观通变,四观奇正。通是继承,要继雅正的体制。变是新变,要变的是求新,重在创新。《通变》称"凡诗赋书记,名理相因,此有常之体也;文辞气力,通变则久,此无方之数也。"选择什么文体有定规,运用什么文辞气力没有定规。通是"参古定法",变是"望今制奇"。参古是求正,望今是制奇,所以通变和奇正是结合的。这里需要有文学史的观点,结合古今新旧来看。按照作品的内容来选择体制,注意正确性;按照情理的表达来运用语言和手法,注意新变,是不是适于今的。《辨骚》里提出"酌奇而不失其贞,玩华而不坠其实。"酌奇玩华就是有取于新变,不失正而不坠实就是要求雅正。《楚辞》的"自铸伟辞","气往轹古,辞来切今,惊采绝艳,难与并能",就是在文辞气力上望今制奇。这就跟《辨骚》《通变》有联系。《时序》称"文变染乎世情,废兴系乎时序",世情指望今制奇,看作品是否结合世情;时序看文体的废兴,要参古定法,要从文学演变的角度来确定体制。

五观事义,即看引事引言。《事类》称"据事以类义,援古以证今","明理引乎成辞,徵义举乎人事"。观察作品中的引事引言,即《事类》称"综学在博,取事贵约","将赡才力,务在博见",即要观测作者的才力学识。六观宫商,即看作品的音律是否协调。《声律》称"凡声有飞沉,响有双叠。双声隔字而每舛,叠韵杂句而必睽;沉则响发而断,飞则声飏不还",会造成吃文的毛病。讲声律使音节谐和,可以避免吃文,增加音律的美好。文辞的音节同风骨有关。《风骨》称"风骨不飞,则振采失鲜,负声无力";"结响凝而不滞,此风骨之力也"。没有风骨,不能发扬声韵之美;有了风骨,声韵跟情思结合,通过声韵来表达情思,跟着情思的变化引起声韵的变化更增加声韵之美。这样,六观对作品作了多方面的观察,才有助于分别作品的优劣。

反

①　回到正路。然讽一劝百,势不自～。14/3　势流不～,则文体遂弊。30/7

②　反对,违背。爱奇～经之尤。16/3　辞辨者,～义而取通。18/5

③　转。而无补于汉晋,～为仇雠。10/7　固知翠纶桂饵,～所以失鱼。31/7

478

反对

对偶的一种,事例不同,情趣一致,即事异义合。仲宣《登楼》云"钟仪幽而楚奏,庄舄显而越吟",此～～之类也。 35/2 ～～为优。35/2 ～～者,理殊趣合者也。35/2

天

① 天道,自然现象联系社会现象。夫《易》惟谈～,入神致用。3/2 词深人～。18/11

② 天帝。玄牡告～。10/2 祀～之壮观矣。21/2

天文

① 与人文相对,指天然造成的文章,即河图洛书、龙图龟书。取象乎《河》《洛》,问数乎蓍龟,观～～以极变,察人文以成化。 1/5 龙 图献体,龟书呈貌;～～斯观,民胥以俶。1/6

② 结合自然界的阴阳变化来谈政治。驹子养政于～～。17/2

③ 天象变异。若高堂～～。23/2！

引

① 乐曲体裁的一种。观其北上众～,秋风列篇。7/3 或曲操弄～。14/5

② 文体之一,引申发挥的话。诠文则与叙～共纪。 18/2 ～者胤辞。18/2。

心

① 思想。有～之器,其无文欤? 1/2 千载～在。2/4

② 主宰,头脑。故知诗为乐～,声为乐体。7/4 乐～在诗,君子宜正其文。7/4

③　本质。是则竹柏异～而同贞,金玉殊质而皆宝也。47/5

心术

犹性情、心灵。夫乐本～～,故响浃肌髓,先王慎焉,务塞淫滥。7/2　　～～既形,英华乃赡。31/8

心实

志意。虽发其情华,而未极其～～。13/2

心释

《原道》称分天地后,"惟人参之,性灵所钟,是为三才。为五行之秀,实天地之心。"作为天地之心的人,不是一般人,是圣人。"人文之元,肇自太极",这种在天地未分以前开始的"人文之元",只有圣人懂得来作《易》象,来作十翼。"而《乾》《坤》两卦,独制《文言》。言之文也,天地之心哉!"这个《文言》,是圣人深通神明之道来制作的,所以成为天地之心。这个天地之心,或指可以同天地相配的圣人,或指圣人阐发神明之道的《文言》。这个心不指一般人的心,是指"天地之心",也不同于一般作家的心。

《物色》称"物色之动,心亦摇焉"。这个心指一般人的心,跟情志结合。"是以献岁发春,悦豫之情畅;滔滔孟夏,郁陶之心凝,天高气清,阴沉之志远;霰雪无垠,矜肃之虑深。"在景物描写上,这个心"既随物以宛转","亦与心而徘徊",做到情貌无遗的情景交融。《哀吊》称"悲实依心","隐心而结文则事惬,观文而属心则体奢。"这个心里有了悲痛才能创作出有真实感情的作品,没有悲痛为了创作去表示哀痛就浮夸。"必使情往会悲,文来引泣,乃其贵耳。"说明心情同创作的关系。《杂文》称"莫不渊岳其心",指思如渊的深静,志如山的高峻,才能写好《客难》一类的文章。《诸子》称"标心于万古之上,而送怀于千载之下,金石靡矣,身其销乎!"讲著作的用心,要上追远古,下念未来,不为个人和眼前考虑,这才能成为不朽的著作。《论说》称"必使心与理合,弥缝莫见其隙;辞共心密,

480

敌人不知所乘。"用思切合理论,文辞绵密,无隙可寻。《情采》称"心定而后结音,理正而后摛藻,使文不灭质,博不溺心。"内心的情理定了,再运用辞藻,才能写好。否则"心非郁陶,苟声钓世",内心没有深厚感情的郁积,为追求名声而创作就不行。这里说明心与创作的关系。

文

① 色采形体,亦称形文,像天玄地黄,天圆地方,日月山川的色采形象称道之文。夫玄黄色杂,方圆体分;日月叠璧,以垂丽天之象;山川焕绮,以铺理地之形:此盖道之~也。1/1 一曰形~,五色是也。31/2

② 音节,亦称声文,像林籁和泉声。至于林籁结响,调如竽瑟;泉石激韵,和若球锽:故形立则章成矣,声发则~生矣。1/2 二曰声~,五音是也。31/2

③ 言辞。言立而~明,自然之道也。1/1 故知道沿圣以垂~。1/5 三曰情~,五性是也。31/2

④ 包括色采、形体、音节、言辞,即包括形文、声文、情文。故立~之道,其理有三:一曰形文,五色是也;二曰声文,五音是也;三曰情文,五性是也。31/2

⑤ 天地之心,圣人深通神明之道的创作。而《乾》《坤》两位,独制《文言》。言之~也,天地之心哉!1/3

⑥ 有韵文。今之常言,有~有笔,以为无韵者笔也,有韵者~也。44/1

⑦ 文采。逮及商周,~胜其质。1/4 唯陈寿三志,~质辨洽。16/5

文德

① 形文声文的属性。~之为~也大矣,与天地并生者何哉?

夫玄黄色杂,方圆体分。1/1

    ② 礼乐教化的功用。秉～之～。45/11

    ③ 文人的德行。瞻彼前修,有懿～～。49/6

文心

    讲作文的用心。夫～～者,言为文之用心也。50/1

文采

    ① 加在器物上的采色。盖贵器用而兼～～也。49/1

    ② 辞藻。～～所以饰言,而辩丽本于情性。31/4 才为盟主,学为辅佐,主佐合德,～～必霸。38/3

    ③ 内容所显示的光采,不同于辞藻。精理为～,秀气成～。2/4

文思

    ① 创作构思。是以陶钧～～,贵在虚静。26/2 若乃山林皋壤,实～～之奥府。46/4

    ② 作品情思的美好。庾(亮)以笔才逾亲,温(峤)以～～益厚。45/9 今圣历方兴,～～光被。45/12

文风

    作品所具有的生气和感动人的力量。意气骏爽,则～～清焉。28/1

文章

    ① 采色花纹。荀卿以为"观人美辞,丽于黼黻～～,亦可以喻于斯乎?"22/4

    ② 圣贤的辞令或记载。虞夏～～,则有皋陶六德,夔序八音,益则有赞,五子作歌。47/1 圣贤书辞,总称～～。31/1

    ③ 文辞。无益经典而有助～～。4/5

文骨

    文辞的精练端直。结言端直,则～～成焉。28/1 而腴辞弗

482

剪,颇累～～。24/2

文象

文字。夫～～列而结绳移。39/1

文势

文章的力量。乱以理篇,写送～～。8/4

文艺

创作。昔庾元规才华清英,勋庸有声,故～～不称。49/4　是以吐纳～～,务在节宣。42/6

文体

①　文章的体裁。傅毅所制,～～伦序。12/2　而去圣久远,～～解散。50/2

②　风格。才性异区,～～繁诡。27/5

文释

刘勰讲文,主要是讲创作,即情文、文辞,那为什么在《原道》里讲"文之为德也大矣,与天地并生者"呢? 在天地始分时,还没有人,怎么有文德呢? 这个文德,即指有天地即有玄黄之色,方圆之体。这个文指形文。有了天地以后,又有"林籁结响","泉石结韵",这指声文。讲形文声文都同文辞无关,为什么这样讲呢?《原道》又说:"人文之元,肇自太极。"最早的人文,开始于天地未分以前的元气。那比与天地并生更早了。原来刘勰论文,用《易》传说。《易·系辞上》说:"是故易有大极,是生两仪。"《易·说卦》:"昔者圣人之作易也,幽赞于神明而生蓍。"又说:"立天之道曰阴与阳,立地之道曰柔与刚,立人之道曰仁与义,兼三才而两之,故《易》六画而成卦。"刘勰根据《易》传说法,提出太极、天地(即两仪)、三才,"幽赞神明,《易》象惟先"。《易》传里提出"幽赞神明"来,不过这个神明同文没有联系。刘勰把圣人的"幽赞神明"同乾坤两卦的《文言》联系起来,这就同文联系起来了。于是这个"神明"就成了最早的人文。在天地未分以前的太极就有了最早的人文,这个最早的人文就是神明或神理,圣人深通这个神明,用《易》来表达,用《文言》来解释,这就成了人文。《易》传里只说圣人"幽赞神明",没有说最早的人文在太极时就有了。《易》传里说太极生两仪,没有说文德与天地并生(参见"道释")。刘勰为什么要这样说呢? 出于对文的极力推重。

刘勰宣扬的文,实际上是当时流行的骈文,即讲究对偶、辞藻、声律的诗文。他认为这样的文是符合自然之道的。像有了天地就有玄黄的色采,方圆的形体;"龙凤以藻绘呈瑞,虎豹以炳蔚凝姿";加上"云霞雕色","草木贲华",这些都说明对偶和藻采是合于自然的。加上"林籁结响","泉石激韵",说明声律也是合于自然的。但他认为这样说还不够,把"人文之元"同神理结合起来,只有圣人深通这种神理。这种神理表现在哪里呢? 是河图、洛书。伏羲根据河图来制八卦,大禹根据洛书来制九畴,孔子根据乾坤两卦来制《文言》。这样把人文同神理结合,进一步推重人文。为什么推出《文言》呢?《丽辞》说:"序乾四德,则句句相衔;龙虎类感,则字字相俪。"如《文言》:"元者善之长也,亨者嘉之会也,利者义之和也,贞者事之干也。""云从龙,风从虎"。也是讲对偶辞藻声律的,是句句相对,云龙风虎是讲辞藻和声律的。《丽辞》又说:"造化赋形,支体必双,神理为用,事不孤立。"把对偶说成是神理的作用。这样论文,归到神理,正是对文的极度推重。结合神理来讲文,只有圣人才能深通神理来著文,所谓"道沿圣以垂文"。因此这样的文是"天地之心"。

这样讲文有两方面。一方面联系神理,用自然界的对偶、文采、声律来说明骈文的对偶、文采、声律是合于自然之道。这样说是不正确的。文辞从语言来,语言以散行为主,对偶比较少见;语言比较质朴,有它自然的音节,不同于骈文的声律。因此,骈文的对偶、文采、声律是出于人为,不符合语言的自然,所以他的说法是不正确的。另一方面,在《序志》里说:"唯文章之用,实经典枝条,五礼资之以成,六典因之致用,君臣所以炳焕,军国所以昭明,详其本源,莫非经典。"这样提出宗经,要纠正"文体解散"的缺点,纠正当时文风"浮诡""讹滥"的毛病,因而提出宗经,要求把文章写得有内容、有文采而切合实用,这是正确的。

文笔释

《总术》说:"今之常言,有'文'有'笔',以为无韵者'笔'也,有韵者'文'也。"即认为"文"是有韵文,"笔"是无韵文。又说:"颜延年以为:'笔'之为体,'言'之文也;经典则'言'而非'笔',传记则'笔'而非言。"颜延之提出三分法:"言"指经典的文辞,即《易经》《书经》《周礼》《仪礼》《春秋》;"笔"指传记的文辞,即《左传》《礼记》等;"文"指有韵文,即《诗经》《楚辞》等。认为"言"是没有文采的,"笔"是有文采的无韵文,"文"是有文采的有韵文,诗当然是文。这样分,实际上是把多数经书排斥在文笔之外,即排斥在文学之外,不承认它们是文学作品。刘勰说:"《易》之《文言》,岂非'言'文,若'笔'为'言'文,不得云经典非'笔'矣。"刘勰认为经典也是'笔',不是'言',他举出《易经》乾卦和坤卦中的《文言》,认为《文言》属于经典,却是合于对偶、辞藻、声律的,是"笔"不是"言",因而说经典是"笔"。不过刘勰这个说法却是不确切的。《文言》不属于《易经》正文,是《易》传,即传记,颜延之认为"传记则'笔'而非'言'",本来认为"笔"的。颜延之这样的分法,与后来萧统的编《文选》也不一致。萧统把经书、子书、史书都排斥在文外。他在《文选序》里认为"方之篇翰,亦已不同。若其赞论之综缉辞采,序述之错比文华。事出于沉思,义归乎翰藻。"他把有辞采文华、沉思翰藻的称为文,即文笔,不承认传记是笔。这样看来,刘勰把经书归入笔内,笔的范围最宽;颜延之把经书排斥在笔内,承认传记是笔,较严;萧统把传记也排斥在笔外，最严。

刘勰把经书列在文内，即笔内，他和颜、萧两家的主要不同，即两家认为经书没有文采，刘认为经书有文采，两家把辞藻看作文采，刘勰在《徵圣》里称"精理为文，秀气成采"。只要理精气秀，就是文采，不必要用辞藻，所以他认为经书有文采。就理精说，《徵圣》称"夫子风采，溢于格言"，格言正指经书的话是理极精的。在格言中还充满着孔子的风采，这也说明孔子的话是文，是文学的。又说："则圣人之情，见乎文辞矣。"他认为孔子的话所以是文，是文学的，更由于圣人之情见于文辞，他认为文和非文的区别，很重要的一点是情，认为表达了情的是文。又称"情欲信，辞欲巧"，情信辞巧就是文。再看"气秀"，《杂文》称"辞盈乎气"，气指气势或生气，如《体性》称"意气骏爽"，又说"务盈守气"，即指有生气，他认为有了气势或生气就是文。这样，他把理精、有感情或情真辞巧，有气势或生气为文，即认为经书是文。再看《诸子》，他指出："孟荀所述，理懿而辞雅；管晏属篇，事覈而言练；列御寇之书，气伟而采奇；邹子之说，心奢而辞壮。"指出诸子书各具有一定的风格，加上有的理精气盛采奇辞练，也是属于文的，是文学的。再看《史传》，称"腾褒裁贬，万古魂动。"能使万古读者灵魂震动，这正说明它的理精气秀，才有那样感人力量，也是属于文的。因此，刘勰把经、子、史列入文内，是看到经、子、史中确有他认为具备精理秀气和情信辞巧的动人的力量，是文学的。这样来分别文与非文是有道理的。因为诗是文学的，但古代的诗以抒情为主，描写人物形象的叙事诗比较少。所以诗的成为文学，不决定于写人物形象，而决定于抒情。刘勰论文，也从抒情的角度，再加精理秀气认为是文，跟以诗为文学的是一致的。

刘勰在《序志》里谈到"若乃论文叙笔，则囿别区分"。他把文体论分为论文、叙笔两部分，即认为有韵无韵都是文，即文学的。

就是他列入古代应用文的各体文, 也认为是文而非言, 即是文学的, 不是非文学的。像《诔碑》, 称诔"论其人也, 暧乎若可觌; 道其哀也, 悽焉如可伤。"睹文如见其人, 又加上哀伤的感情, 是具有真情, 这是文学的。称碑: "标序盛德, 必见清风之华; 昭纪鸿懿, 必见峻伟之烈。"叙德能见清风, 叙功能见峻伟, 这是精理秀气, 是文学的。再像《诏策》: 要求"义炳重离之辉", "气含风雨之润", "笔吐星汉之华", "声有洊雷之威", "文有春露之滋", "辞有秋霜之烈"。具有这样作用的诏策, 也是属于文学的。像《檄移》, 对檄文的要求, "使声如冲风所击, 气似枪枪所扫", "使百尺之冲, 摧折于咫书, 万雉之城, 颠坠于一檄者也。"檄文具有这样的威力。移文"移风易俗, 令往而民随", 有的"文晓而喻博", 有的"辞刚而义辨", 也是文学的。总之, 刘勰把它的文体论, 归入文或笔, 即认为是文学的, 因此他的文论是讨论文学理论, 不是讨论非文学的"言"。当然, 在《书记》篇后, 讲到谱籍簿录、方术占式等, 那是属于"言"而非"笔", 是非文学的, 不过那只是附带述及, 不是文体论的主要部分。

比

① 比喻。故~者, 附也; 兴者, 起也。36/1　附理故~例以生。36/1

② 借类似的事物来指斥。~则畜愤以斥言。36/1

③ 讽谦~兴。36/2

比兴释

刘勰在《比兴》里对比兴作了总的说明。比有三种: 一是比喻, 像"麻衣如雪", 用雪的白来比麻衣的白, 但麻衣跟雪完全不同, 所谓"物虽胡越", 只有一点相同, 即都是白的, 即"合则肝胆"。这种比喻, "或方于貌, 或拟于心", 像"枚乘《菟园(赋)》: '焱焱纷纷, 若尘埃之间白云。'此比貌之类也。"指鸟类纷纷高飞, 像尘埃混在白云里,这是比形貌。"王褒《洞箫(赋)》云:'优柔温润,如慈父之畜子也。'此则以声比心者也。"指箫声的柔和,像慈父对子女的感情,是以声比心。"张衡《南都(赋)》云:'起郑舞,茧曳绪',此以容比物者也。"《南都赋》说:"坐南歌兮起郑舞,白鹤飞兮茧曳绪。"指郑国舞女的舞蹈像白鹤在飞舞,动作的连续像茧的抽丝,这是以容比物。二是"比则蓄愤以斥言,兴则环譬以托讽。"本于《周礼·大师》郑玄注:"比,见今之失,不敢斥言,取比类以言之;兴,见今之美,嫌于媚谀,取善事以喻劝之。"在这里把比兴跟美刺结合,实际上是互文,即说比兼兴,说兴兼比,即比兴不敢斥言,嫌于媚谀,不是把比指刺,兴指美,所以"诗刺道丧,故兴义销亡",用兴来指刺了。不过这个说法,跟他下面的举例不结合,如"麻衣如雪",并无美刺意味。但唐朝白居易《与元九书》称:"李(白)之作,才矣奇矣,人不逮矣,索其风雅比兴,十无一焉。"这里提的"风雅比兴",即指《诗经》中用比兴来进行美刺说的,同郑玄和刘勰的说法一致。郑玄和刘勰把比兴同美刺结合的说法,没有引起人们的注意,直到白居易提出"风雅比兴",再把比兴同美刺结合,才引起人们的看重和赞美,却又忘掉郑玄和刘勰已经提出来过了。三是比兴结合。"楚襄信谗,而三闾忠烈,依诗制骚,风兼比兴。"王逸《离骚经章句》:"《离骚》之文,依诗取兴,引类譬喻。故善鸟香草以配忠贞,恶禽臭物以比谗佞,灵修美人以媲(配)于君,宓妃佚(美)女以譬贤臣,虬龙鸾凤以托君子,飘风云霓以为小人。"在这里,王逸认为善鸟香草既是"取兴",又是"譬喻",是比兴结合。《离骚》里的用善鸟香草与恶禽臭物,确实跟《诗经》中的用比或兴不一样,实际是借喻,借善鸟香草来配忠贞,比什么没有说,兴什么也没有说。这是刘勰讲的三种比。

再看兴,《比兴》里指出《诗经》毛传标明兴体。"兴者,起也。""起情者依微以拟议。"起兴的事物它的含义隐微。"称名也小,取类也大。关雎有别，故后妃方德；尸鸠贞一，故夫人象义。"《诗·周南·关雎》："关关雎鸠，在河之洲。"毛传："兴也。""鸟挚而有别。""后妃说（悦）乐君子之德"，"若关雎之有别焉"。说关雎是兴，因为关雎这种鸟成对后，感情深挚和别的关雎分别，具有贞洁的德性，所以后妃用来作比。《诗·召南·鹊巢》："惟鹊有巢，惟鸠居之。"毛传："兴也。"郑笺："兴者，鸤鸠（布谷鸟）因鹊成巢而居有之，而有均一之德，犹国君夫人来嫁，居君子之室，德亦然。"用关雎起兴，比后妃有贞一的德性。用鸤鸠起兴，比夫人有均一的德性。用鸟来起兴，是称名小，用来比贞一和均一的德性，是取类大。这种含义，要看了注才明白，"故发注而后见也。"《诗经》中的兴是触物起兴，都放在诗的开头。有时同一个兴有不同含义，更难捉摸。如《诗·邶风·柏舟》："汎彼柏舟，亦汎其流。"毛传："兴也。"郑笺："舟载渡物者，今不用而与众物汎汎然俱流水中"，"喻仁人之不见用而与群小人并列。"《诗·鄘风·柏舟》："汎彼柏舟，在彼中河（河中）。"毛传："兴也。"郑笺："舟在河中，犹妇人之在夫家，是其常处。"这种难以捉摸的兴，后来很少用。刘勰认为汉朝"辞人夸毗，讽刺道丧，故兴义销亡。"这话是不确的。因为《楚辞》是有讽刺的，但它已不用《诗经》中起兴手法，改用借喻了。直到魏晋之际，阮籍《咏怀》是有讽刺的，也不用《诗经》这种起兴手法。这种起兴被借喻所代替，因为它的含意不明，诗人不用，并不由于"讽刺道丧"。刘勰称赞用比喻有"以敷其华，惊听回视"的作用，收到开花和使读者震惊注视，这是讲得很好的。但认为"辞赋所先，日用乎比，月忘乎兴，习小而弃大，所以文谢于周人也"，这样说是不确切的。他认为比小兴大，比既有"比心"的，就不能说小于兴。再说刘勰既承认《楚辞》中已用了新的比兴，即借喻，这种手法还保留在后来的辞赋里，就不必说"月亡乎兴"和"文谢周人"了。总的看来，他赞美比的作用，称赞《离骚》的"风兼比兴"，称赞兴的"称名小，取类大"，都是值得称道的。至于把"称名小、取类大"归之于兴,其实有的兴不知取什么类,如《比兴》说明里引葛藟起兴,说"谓他人父",不知取什么类。就比说,"金锡以喻明德",金锡是称名小,明德是取类大,比也有这类,不是兴所独具的。

还有赞曰:"物虽胡越,合则肝胆"指比。如"麻衣"与"雪"像胡越的悬隔;"麻衣如雪"都是白的,像肝胆的亲近。"拟容取心,断辞必敢"指兴。通过雎鸠来比淑女,用布谷鸟来比夫人,这是拟容。用"挚而有别"来比德性,用"均一"来比德性,是取心。在"关关雎鸠"里,看不出有"挚而有别"的意思;在"维鹊有巢,维鸠居之"里,也看不出有"均一"之德。所以"取心"的"挚而有别"和"均一"之德,只有"发注而后见",看了注才知道。这个"取心"不是从"拟容"里来的。"拟容取心"跟通过形象来表达情意不同。倘写一双雎鸠,一头死了,另一头不再和别的雎鸠相配,这才写出"挚而有别",表达"均一"之德也一样。这里没有写出"挚而有别"和"均一"之德的形象,因此,拟容取心同通过形象来表达含意还是不同的。

气

① 空气,天气。天高~清,阳沉之志远。46/1 写~图貌,既随物以宛转。46/2

② 体气,生气。钻砺过分,则神疲而~衰。42/1 ~衰者虑密以伤神。42/3 情之含风,犹形之包~。28/1

③ 气势。枚乘之《七发》,邹阳之上书,膏润于笔,~形于言矣。47/4 孔融~盛于为笔。47/5

④ 气质。~有刚柔。27/1 风趣刚柔,宁或改其~。27/1

⑤ 风格。论徐幹,则云"时有齐~";论刘桢,则云"有逸~"。28/3

气释

刘勰有《养气》篇，指保养体气，避免用思过度，"销铄精胆，蹙迫和气"，这跟他提出自然的宗旨是一致的。《神思》称"神居胸臆，而志气统其关键"，"关键将塞，则神有遁心。"这里讲的气还是体气，体气同精神的关系，《孟子·公孙丑上》说："夫志，气之帅也；气，体之充也。""志壹则动气，气壹则动志也。今夫蹶者趋者，是气也而反动其心。"一个人的行动以志为主，志统帅体气，志专一影响体气，体气专一也会影响志，好比蹶了一交会影响心志。即人的体气健康，心志可以运思写作；体气受到损害，病了影响精神，没有心思来考虑写作，这就是"关键将塞，则神有遁心。"

孟子又讲养气，主要讲"我善养吾浩然之气"。这种气"以直养而无害"，"是集义所生者，非义袭而取之也，行有不慊于心，则馁矣。""直养"即用正直的行动来培养，"集义"指一直做正义的事，才能培养这种气，即正义感，不是做一件正义的事所能袭取的，做了一件不义的事，气就泄了。刘勰讲气，有没有讲这种气呢？看来还是有的。《祝盟》称："然义存则克终，道废则渝始"，"若夫臧洪歃辞，气截云蜺"，在这里的气，跟道义相联系，臧洪的盟辞，是为诸侯讨董卓而作，是充满正义的，这个气同孟子的养气应该是一致的。只是刘勰对这样的养气没有作阐发，那有待于古文家去阐发了。

刘勰讲气，主要是从风格的角度来讲气质。他讲风格的形成，本于才气学习，《体性》称"气有刚柔"，这就讲气质。又称："才力居中，肇自血气；气以实志，志以定言，吐纳英华，莫非情性。"那末气质很重要，它同才力有关，又充实情志，构成代表各人性情的风格。这里"气有刚柔"的说法比较重要。《风骨》称"魏文称文以气为主，气之清浊有体，不可力强而致"，气之清浊不如气有刚柔的影响大。后来桐城派姚鼐讲风格，也提到阴阳刚柔，刚柔成为分别两种风格的重要标帜。他在《风骨》里也多次提到气，说明气与风的关系。这个气有指体气的，如称风是"志气之符契"；有指生气的，如"意气

491

骏爽,则文风清焉";有指气刚的,如"务盈守气,刚健既实,辉光乃新";有指风格的,如"齐气""逸气"。总之,就风骨中的风来说,抒情要求鲜明,作品要求有生气,有感化力量,意气骏爽,刚健而有辉光,都离不开气。这个气从体气来,保养好体气,使精神充沛;再发挥气质的特点,养成刚健的风格,使生气勃勃,把情志表达到生动有力,能感动人,这就是他讲气和写作的关系。

刘勰讲气的形成,在《辨骚》里说:"故《骚经》《九章》,朗丽以哀志;《九歌》《九辩》,绮靡以伤情;《远游》《天问》,瑰诡而惠巧;《招魂》《大招》,耀艳而深华;《卜居》标放言之致,《渔父》寄独往之才:故能气往轹古,辞来切今。"这里讲的《楚辞》的气可以压倒古代的作品,这是指孟子的"浩然之气",即正气,才构成"气往轹古"的,这是对气的另一看法。

风

① 似风。惊才～逸。5/5 胰辞云构,夸丽～骇。14/1

② 风气。益稷陈谟,亦垂敷奏之～。1/4 体宪于三代,而～杂于战国。5/3

③ 风俗。移～易俗,令往而民随者也。20/4 良由世积乱离,～衰俗怨。45/6

④ 影响。～末力寡,辑韵成颂。21/4 ～动于上,而波震于下者也。45/1

⑤ 民歌。自～雅寝声,莫或抽绪。5/1 化偃一国谓之～,～正四方谓之雅。9/1

⑥ 风格。二则～清而不杂。3/5 子云《甘泉》,构深玮之～。8/5。

风骨释

刘勰的讲风骨,是从文体论中归纳出来的。如《明诗》论建安文学"慷慨以任气,磊落以使才",讲气的慷慨即指风。"驱辞逐貌,唯取昭晰之能",讲辞的昭晰即指骨。《祝盟》称"臧洪歃辞,气截云蜺。"气即指风。《诔碑》称"观杨赐之碑,骨鲠训典",即指骨。《杂文》称宋玉对问,"放怀寥廓,气实使之。"气指风。《诸子》称"管晏属篇,事覈而言练;列御寇之书,气伟而采奇。"言练即指骨,气伟即指风。《封禅》称扬雄《剧秦美新》"骨制靡密,辞贯圆通",是有骨。又"至于邯郸受命,攀响前声,风末力寡,辑韵成颂,虽文理成序,而不能奋飞"。风末力寡而不飞,即没有风骨。又"陈思魏德,假论客主,问答迂缓"是无骨;"飏焰缺焉",是无风。《章表》称"文举之荐祢衡,气扬采飞",即有风。又"孔璋称健,则其标也",即有骨。《风骨》里也称:"昔潘勖锡魏,群才韬笔,乃其骨髓峻也;相如赋仙,气号凌云,蔚为辞宗,乃其风力遒也。"

这些例子跟《风骨》里讲的,大体是一致的。"是以怊怅述情,必始乎风;沉吟铺辞,莫先于骨。故辞之待骨,如体之树骸;情之含风,犹形之包气。结言端直,则文骨成焉;意气骏爽,则文风清焉。"风是对述情说的,"斯乃化感之本源,志气之符契也。"述情要求有生气,能感动人,使人受到感化。但这种述情,还要符合志气,即情志结合,不是光讲缘情的,所以称意气骏爽,意和志结合,即情理的结合,生气蓬勃,骏迈豪爽。骨是对铺辞的要求,象体之树骸,这就要同理意结合,离开了理意很难铺辞,也难树立。《附会》称"必以情志为神明,事义为骨髓,辞采为肌肤。"那末风结合情志说,辞结合事义说,都和内容有关。骨要结言端直,也跟事义结合。根据这些对风骨的说明,再结合具体作品来看对风骨的要求。

说建安文学有风骨,臧洪歃辞意气激昂有风,宋玉《对楚王问》生动有气,即有风,说管晏言练,列子气伟,孔融《荐祢衡表》"气扬采飞",有风骨,蔡邕的杨赐碑模仿训典来写,有骨,这些都可理解。从风骨跟情志事义的结合来看,这些文辞从情志到事义都有可取处,有的是有生气的,有感人的,有的是文辞凝练的。再看扬雄《剧秦美新》,班固《典引》称它"典而无实"。潘勖《策魏公九锡文》,九锡是权臣夺取政权时歌颂权臣的文辞。司马相如《大人赋》鄙视西王母的穴处,是描写在天地间游行具有广大神通的神仙。这几篇被推为有骨或有风的文辞,它们在情志事义上并不可取,也缺乏感动人的力量,为什么被推重呢?

原来刘勰讲风是"化感之本源,志气之符契",这种化感靠情志,"深乎风者,述情必显"。这种情是和志结合的,是有动人力量的。因此他推"相如赋仙,气号凌云",为"风力遒"。《史记·司马相如传》:"相如既奏大人之颂,天子大说(悦),飘飘有凌云之气,似游天地之间意。"这说明《大人赋》感动了汉武帝,这就符合化感的要求。它鄙视在山泽间的仙人,形容枯瘦,"非帝王之仙意也"。用来讽谏,这就有志。这说明刘勰对情志和感化的要求是不高的。相如虽然鄙视山泽间的仙人,但他称的大人,实际上是役使神仙、在天地间游行的更大仙人,并没有破除对神仙的迷信。他只能感动迷信神仙的武帝,那他的情志和感化都不足取。所以刘勰讲的情志感化是不高的。他对骨的要求,是"事义为骨髓",跟事义有关,并不要求感化和情志。他认为扬雄《剧秦美新》有骨,又引班固称它"典而亡实",典指文辞典雅,亡实指引用的事例不确实。那末他说的"事义为骨髓",只要文辞典雅就可称骨了。潘勖的《册魏公九锡文》被称为"思摹经典"是"骨髓峻"。这篇赞美曹操的功业,虽有些夸张,大体上还是确切的,像写他讨董卓,"首启戎行",首先进军;与官渡之战,"王师寡弱,天下寒心",曹操"运诸神策","大歼丑类"等。在事义上胜过"剧秦美新"。

从刘勰讲风骨的意义说,要求从情志到事义,都具有感化作用。在抒情上要有生气,凝定而不板滞,凝定是贴切具体,不板滞是活泼生动。在文辞上要求坚实难移,坚实是切合事义,难移是不能改动。从而达到刚健笃实,有新的光辉,意气骏爽,有飞腾力量。风骨虽然不同于文采,但没有风骨,都不能使文采鲜明。风骨虽然和声韵不同,但没有风骨,不能使声韵激越。因为"深乎风者,述情必显",有了动人的感情,加上文采,才能使文采鲜明。有了动人的感情,配上声韵,才能使声韵激越。有了风骨,篇体光华,才能使文采声韵鲜明有力。

五　画

正

①　正确。今经～纬奇。4/2　风雅序人,事兼变～。　9/1

②　端正,改正。～末归本,不其懿欤? 3/5　乐心在诗,君子宜～其文。7/4

③　证。祈幽灵以取鉴,指九天以为～。10/8

正对

用事不同,含义相同的对偶。孟阳《七哀》云,"汉祖想枌榆,光武思白水 ',此～～之类也。35/2

正释

《宗经》里提到"故文能宗经,体有六义","四则义贞而不回",《辨骚》称"酌奇而不失其贞",贞即正。《定势》称"奇正虽反,必兼解以俱通。"《知音》里提出六观,"四观奇正"。无论从创作的体有六义说,提出义正,从创作的标准说,提出不失其正,他对正看得很重要。把正跟邪相对,《诸子》称"弃邪而采正";把正与奇相对,《体性》称"雅与奇反",雅即正。不过在奇和正上,《定势》称"旧练之才,则执正以驭奇;新学之锐,则逐奇而失正。"是奇有两种,一种由正来驾驭的奇,像《离骚》的"奇文郁起"是好的;一种是失正的奇,就不好了,这更说明正的重要了。他在《哀吊》称"哀而有正,则无夺伦矣。"《史传》称"若任情失正,文其殆哉!"《章表》称"必使繁约得正,华实相胜",才是"中律"。《情采》称"理正而后摛藻",才可得情采之美。这些都说明正的重要。

末

① 末梢。然逐～之俦,蔑弃其本。8/6　正～归本。3/5

② 终。春秋之～,群经方备。4/2　建安之～,文理代兴。19/3

③ 结尾。诔首而哀～。10/5　文皇诔～,百言自陈。12/2

④ 微弱。风～力寡,辑韵成颂。21/4

本

① 根本。振～而末从,知一而万毕矣。34/1

② 主要,正确。若夫四言正体,则雅润为～。6/6　是以楚艳汉侈,流弊不还,正末归～,不其懿欤? 3/5

③ 本于,根据。夫乐～心术,故响浃肌髓。7/2　然则策～书赠。10/5

本体

体裁。但～～不雅,其流易弊。15/2　然繁辞虽积,而～～易总。17/4

本释

刘勰把本看作创作的根本要求,《序志》称"本乎道",认为文以道为根本。《原道》称"圣因文而明道",说明圣人抓住文的根本。《序志》称"辞人爱奇,言贵浮诡,饰羽尚画,文绣鞶帨,离本弥甚,将遂讹滥。"他认为追求浮华诡怪,造成讹滥的文弊,就由于离本,离开了创作的根本要求。他很看重本,对本作了具体说明。《熔裁》称"刚柔以立本",就是按照情理,在风格上初步分为刚柔。后来桐城派论文,姚鼐《与鲁洁非书》提出把文章分为阳刚阴柔来,刘勰很早就提出刚柔立本了。把这认为确立风格的根本要求,姚鼐对此作了进一步的阐发。他在《情采》称"文采所以饰言,而辩丽本于情性。"认为运用文采的根本要求,在根据情性,就是在抒写真实感情的基础上,才能运用文采,离开了抒写真实感情来用文采,就不行。像"巧笑倩兮,美目盼兮",这个倩盼的美,是从巧笑和美目中来的,即以情性为本。又称"贲象穷白,贵乎反本"。贲是文饰,即文采。《易经》贲卦的象从文饰发展到顶点又回到白色,可贵在于反本,反本就是回到表达情理,即以表达情理为创作根本要求,不能用文采来掩盖。《奏启》称"夫奏之为笔,固以明允笃诚为本。"《论说》称"披肝胆以献主,飞文敏以济辞,此说之本也。"这是结合不同文体提出在写作上的不同要求。这些,都说明本指创作中的根本要求。

六 画

华

① 花。草木贲~,无待锦匠之奇。1/2 圣文之雅丽,固衔~而佩实者也。2/3

② 采色,文采。丹文绿牒之~。1/3 凡群言发~。10/6

③ 光华。敕戒恒诰,则笔吐星汉之~。19/4

④ 荣耀。岂无~身,亦有光国? 49/6

华释

刘勰把华实并提来指文采和情理,《徵圣》称"然则圣文之雅丽,固衔华而佩实者也",《辨骚》称"玩华而不坠其实",《诸子》称"览华而食实",都是兼指华实的。同样具有华实,属于同一文体的作品,又有风格的不同。《明诗》称:"若夫四言正体,则雅润为本;五言流调,则清丽居宗。华实异用,惟才所安。故平子得其雅,叔

497

夜含其润，茂先凝其清，景阳振其丽。"这四家的诗都是兼有华实的，却是风格不同。《章表》称孔融《荐祢衡表》"气扬采飞"，诸葛亮《出师表》"志尽文畅"，是"华实异旨，并表之英也。"也是都有华实，但风格不同。就华实分开来讲，以实为主。《议对》称"空骋其华，固为事实所摈"，是不行的。《风骨》称"于是习华随侈，流遁忘反"，也不行。反过来说，《封禅》称"光武勒碑，则文自张纯"，"华不足而实有馀矣。"这里有个问题，他认为张纯这篇实有馀而华不足，对诸葛亮的表称"志尽文畅"，有实有华，那他所讲的华有两种，一种是有辞采的，像孔融的表"气扬采飞"；一种是缺少辞采的，像诸葛亮的表"志尽文畅"，但他在文畅中自有一种光华。所以《风骨》称有风骨而没有辞采的作品，"风清骨峻，遍体光华"，也是有光华的。《定势》称"若爱典而恶华，则兼通之理偏，似夏人争弓矢，执一不可以独射也。"这里的华也不限于辞采，没有辞采还可以为文。这个华与典相对，典指旧的传统，华指新的华采，爱典恶华，爱旧恶新，不能发展，所以不行。《总术》称"或义华而声悴"，也不行。义指理，属实，与文采指华不同，这里称"义华"，指理美，即实美，实美而没有光采，与上面讲的实美而有光采的华又不同了。

夸饰

夸张。自宋玉景差，～～始盛。37/2　莫不因～以成状，沿～而得奇也。37/3

肌肤

辞藻。观其骨鲠所树，～～所附，虽取熔经意，亦自铸伟辞。5/3　辞采为～～，宫商为声气。43/1

自然

①　指天生,非人为。云霞雕色,有逾画工之妙;草木贲华,无待锦匠之奇:夫岂外饰,盖～～耳。1/2

②　指天性,非矫揉造作。感物吟志,莫非～～。6/2　察其为才,～～而至矣。12/6

自然释

《原道》里把有了天地就有"玄黄色杂,方圆体分",说成是"道之文"。接下来把天地人称为"三才",说:"心生而言立,言立而文明,自然之道也。"这个"自然之道",包括"道之文"在内。即有天地自然产生玄黄的颜色,方圆的形体,是自然形成的。有心自然有言,有言自然有文,也是自然形成的。再像有龙凤自然有藻绘,有虎豹自然有炳蔚,有林籁自然结响,有泉石自然激韵,这些都属于自然之道。不过这里有分别,有物自然有色和形,不过色和形还有不同,有的色采鲜艳,有的质朴;有的形象美好,有的丑陋。再就动物说,有各种鸣声,但不能产生言语和文辞,人则有言语和文辞。因此把"言立而文明",说成"自然之道",有合理的一面,也有不合理的一面。纪昀批:"齐梁文藻,日竞雕华,标自然以为宗,是彦和吃紧为人处。"刘勰的标举自然,用来反对当时浮靡和矫揉造作的文风,认为不符合自然,这是著作《文心雕龙》来纠正文风的重要旨趣,所以称为"吃紧为人处",是合理的。但人类的语言文辞,是属于意识形态的范畴,从天地、龙凤到泉石的形文或声文,都是客观存在,这两者不是一回事。把它们混淆起来都说成是"自然之道",是不确切的。因此,龙凤的色采,草木的开花,"夫岂外饰,盖自然耳",这个自然,同"心生而言立,言立而文明,自然之道也"的自然不是一回事。

就反对讹滥和矫揉造作的自然说,《明诗》称"感物吟志,莫非自然",《诔碑》称蔡邕,"察其为才,自然而至矣";《体性》称由于性情的不同构成不同风格,"岂非自然之恒资,才气之大略哉";《定势》称"因情立体,即体成势",像"机发矢直,涧曲湍回,自然之势也";《丽辞》说"岂营丽辞,自然对耳";《隐秀》称"故自然会妙,譬草木之耀英华"。从引起情思到构思、到确定体裁、形成风格等都需要顺乎自然,这样讲是合理的。但联系刘勰的提倡对偶辞藻声律说,还有问题。从语言文辞说,语言中有散行有对偶,以散行为主;有朴素的,有华藻的,以朴素的为主;有符合声律的,有顺着语言自然的,以顺着语言自然的为主。因此,像不讲对偶、华藻、声律的古文,其中也可包括少数对偶、华藻、声律的,是合于自然的。但讲究对偶、华藻、声律的骈文反而不符合语言的自然。刘勰没有注意这点,是不足的。因此,后来唐代韩愈的提倡古文,反对骈文,是更合于语言的自然的。

血气

气质。才力居中,肇自～～。27/3　声合宫商,肇自～～。33/1

壮

① 雄伟。邹子之说,心奢而辞～。17/6　故观电而惧雷～。20/1

② 健。陈琳之檄豫州,～有骨鲠。20/2　～与轻乖。27/2

壮丽

宏伟而有文采。～～者,高论宏裁,卓烁异采者也。27/2

色

① 颜色。夫玄黄～杂。1/1　云霞雕～,有逾画工之妙。1/2

② 女色。以为:《国风》好～而不淫。5/1　极盅媚之

声～。　14/3

③　形态,风貌。回互不常,则新～耳。30/6

七　　画

体

①　形状。方圆～分。1/1　夫百节成～,共资荣卫。32/4

②　体裁。扬雄讽味,亦言～同《诗·雅》。5/1　故其陈尧舜之耿介,称禹汤之祗敬,典诰之～也。5/2

③　与用相对,见于外者为用,见于内者为体。或明理以立～,或隐义以藏用。2/2

④　风格。铭兼褒赞,故～贵弘润。11/4　是以贾生俊发,故文洁而～清。27/3

⑤　体察。铺采摘文,～物写志也。8/1　故～情之制日疏,逐文之篇愈盛。31/5

体释

　　《体性》称"故宜摹体以定习,因性以练才";又称"才性异区,文体繁诡"。体指风格,性指个性,把体和性结合,用来说明风格。他讲"体式雅郑",即把风格分为雅正和淫靡,这是一种分法。又说:"若总其归涂,则数穷八体。"从作品的风格看,主张分为八种,即"雅与奇反,奥与显殊,繁与约舛,壮与轻乖",就作品风格说,他认为"若夫八体屡迁,功以学成",八种风格都可以学习,但还要"因性以练才",根据自己的情性确定一种风格为主。这就从作品的风格转到作家的风格了。对作家风格,他讲了十位作家的十种风格:贾谊清俊,司马相如侈诞,扬雄深沉,刘向简易,班固雅靡,张衡淹密,王粲躁竞,刘桢楄壮,阮籍俶逸,嵇康高俊,潘岳轻发,陆机繁重。这里,刘勰是把体性分开说的,如贾生俊发,指性,故文洁而体清,指体,现在合成清俊,说明他个人的风格,也是体和性的结合。

刘勰讲风格,除了一般讲相对八体,是作品的风格外,又结合体性讲作家的风格,还在文体论里讲各种体裁的风格,显出风格的多样化。《明诗》讲古诗,"观其结体散文,直而不野,婉转附物,怊怅切情。"这是讲古诗的风格。讲建安文学"慷慨以任气,磊落以使才",是建安文学的风格。讲正始文学,何晏浮浅,嵇康清峻,阮籍遥深,是不仅结合作家和文体来谈风格,还结合时代来谈风格。最后又总称四言雅润,五言清丽,结合文体提出风格的要求。再像《诠赋》,称宋玉夸丽,枚乘新要,相如繁艳,班固雅绚,扬雄深玮,这是结合文体和作家来讲风格。最后总结"丽词雅义,符采相胜",认为赋的风格特点是雅丽。《颂赞》称"颂主告神,义必纯美。"对赞称"约举以尽情,昭灼以送文,此其体也。"即重在灼约,即简明。《铭箴》称"铭兼褒赞,故体贵弘润",指义弘文润。褒赞的话,要讲意义,有文采,故称弘润。《诔碑》称"陈思叨名,而体实繁缓,文王诔末,旨言自陈,其乖甚矣。"曹植的《文帝诔》凡千馀言,所以文繁体缓,加上结尾的百言是自己陈述,不合体裁。这是讲《文帝诔》的风格和诔文的要求不合。《哀吊》称"隐心而结文则事惬,观文而属心则体奢。奢体为文,则虽丽不哀。"痛心而写哀辞,便情事切合;为了写哀辞而表示痛心,便浮夸而不实。《杂文》称枚乘《七发》要求夸丽,扬雄连珠,要求明润,这是对不同文体提出的不同要求。这方面的意见不包括在《体性》里,也是他讲风格的重要部分。

声

① 声音。若乃汤之问棘,云蚊睫有雷霆之~。17/4

② 声调,音乐。乐府者,"~依永,律和~"也。7/1 凡操千曲而后晓~。48/4

③ 声名,声气。并独步当时,流~后代。18/4 遥闻~而相

思。48/1　褒贬任～,抑扬过实。5/1

④　声势。治戎燮伐,则～有洊雷之威。19/4　听～而惧兵威。20/1

声释

《声律》里对声的音乐性和它在诗文格律中的作用,作了较全面的说明。"夫音律所始,本于人声",音乐本于人声,是根据人声来制定的。这是从先有徒歌,后才有乐府,有配乐的歌来的。从"声含宫商"里,把人声分为五音,又把五音一分为二,这是由乐府转为格律的关键。把人声分为五音或七音,这是音乐方面的事,应用到诗文格律上去,要求简化。"夫微羽响高,宫商声下",这就把五音分为高下两种。这高下又称为飞沉,"凡声有飞沉,响有双叠","沉则响发而断,飞则声扬不还。并辘轳交往,逆鳞相比。"要求飞和沉交错配合。又指出"和体抑扬",配合得好称为和,要求抑扬得当。从高下到飞沉,从飞沉到抑扬,从抑扬求和,这已经指出诗文格律所走的路了。后来律诗和格律文就是按照这条路子,把抑扬分为平仄,确定平仄的调配而成的。因此,刘勰论声,对诗文格律的形成,起到了指导作用。

《辨骚》里提出"论山水则循声而得貌",提出声貌来,这是从创作角度来论声了。《诠赋》称"及灵唱骚,始广声貌","极声貌以穷文",指出辞赋里发挥了写声貌的作用。在描写山水景物,提出"循声而得貌",说明描绘声音的作用,可以唤起物色来的。《物色》称"虫声有足引心","沉吟视听之区",都提到声。联系到《诗经》,"喈喈逐黄鸟之声,喓喓学草虫之韵",称为"并以少总多,情貌无遗矣"。在对声音的描写里,表达了诗人的感情,和他想象中的物色,所以跟情貌结合着。再像宋玉《九辩》称"雁嗈嗈而南游兮,鹍鸡啁哳而悲鸣。独申旦而不寐兮,哀蟋蟀之宵征"。这里描绘了声音,也反映了作者的心情,比《诗经》更生动了。又称"及长卿之徒,诡势璆声,模山范水"。像司马相如的《子虚赋》,写坐船出发,"枞(击)金鼓,吹鸣籁(箫),榜(船)人歌,声流喝(嘶)。水虫骇,波鸿沸,涌泉起,奔扬会,礧石相击,硠硠礚礚,若雷霆之声,闻乎数百里之外。"对声音的描写更丰富了。《才略》"王褒构采,以密巧为致,附声测貌,泠然可观。"王褒《圣主得贤臣颂》称"故世必有圣智之君而后有贤明之臣,虎啸而谷风洌,龙兴而致云气,蟋蟀俟秋吟,蜉蝣出以阴。"这就是"附声测貌",借声貌来作比了。那同《诗经》《楚辞》的描绘声貌又不同了。

形

① 身。～在江海之上,心存魏阙之下。26/1

② 形状,形式。山川焕绮,以铺理地之～。1/1 故～立则章成矣,声发则文生矣。1/2 故知繁略殊～,隐显异术。2/2

③ 表现。理～于言,叙理成论。18/11 心术既～,英华乃赡。31/8

形文

色采。一曰～～,五色是也。31/2

形似

形状相似,犹形象。自近代以来,文贵～～。46/4

形释

《原道》里举龙凤、虎豹、云霞、花朵的色采,称为"形立则章成矣"。指有了这种色采才构成龙凤虎豹等具体的文采,如虎有虎文,凤有凤文等是。所以《情采》说:"一曰形文,五色是也。"这个形着重指色采,还不指形象。《徵圣》说:"故知繁略殊形,隐显异术。"这里指文章篇幅有繁有简,这个形指形式。《祝盟》说,"利民之志,颇形于言矣。"情志通过语言来表现。《论说》:"理形于言。"理通过言来表现。这个形指表现。到《定势》里说:"是以绘事图色,文辞

504

尽情,色糅而犬马殊形,情交而雅俗异势。"这个"犬马殊形"就指形象了。"绘事图色",指用色采来画形象,但这个形象只是用来比"文辞尽情",不指创作。《丽辞》说:"如宋画吴冶,刻形镂法,丽句与深采并流,偶意与逸韵俱发。"宋画的刻形,也指刻画形象,不过这个形象还是用来比丽采,讲对偶,不讲用形象来创作。《知音》说:"夫麟凤与麏雉悬绝,珠玉与砾石超殊,白日垂其照,青眸写其形。"这个形也是形象,但还不是讲创作。《神思》说:"规矩虚位,刻镂无形。"这是讲构思的,从无形经过刻镂到有形,用来比构思的从无到有,也不是讲形象的创作。看来通过形象来表达情思这个看法,刘勰还没有。只是在《比兴》里提到"贾生《鵩赋》云:'祸之与福,何异纠缠。'"用几股绳索的纠结来比祸福的纠结。"王褒《洞箫》云:'优柔温润,如慈父之畜子也。'"用箫声的优柔温润来比慈父畜子的感情,接触到了形象与情思。不过那还是比喻,还跟通过形象来表达情思不一样。

抛开了通过形象来表达情思,那末刘勰在讲比喻里是讲到用形象作比的,像用几个绳的纠结来比祸福的纠结就是。此外,在《物色》里讲到"自近代以来,文贵形似",即描写山水景物的形貌,也是一种形象,不过是写景物。如谢朓《直中书省》:"玲珑结绮钱,深沉映朱网。"用绮钱朱网的形象来指窗户上的花纹。至于《夸饰》中的"河不容舠",用容不下小船来比河狭,那还是比喻。可贵的已经看到描写景物的形象,这是刘勰论文的成就。

志

① 志向。元首载歌,既发吟咏之~。1/4 《诗》主言~。3/2

② 用意。及孙绰为文,~在于碑。12/6 准的所拟,~乎典训。47/8

③ 意。辞为肌肤,~实骨髓。27/5

志释

《明诗》称"诗言志"，"是以在心为志，发言为诗。"这是《诗大序》说的："诗者，志之所之也。在心为志，发言为诗。情动于中而形于言，言之不足故嗟叹之，嗟叹之不足故永歌之，永歌之不足不知手之舞之足之蹈之也。情发于声，声成文谓之音。治世之音安以乐，其政和；乱世之音怨以怒，其政乖；亡国之音哀以思，其民困。故正得失，动天地，感鬼神，莫近于诗。先王以是经夫妇，成孝敬，厚人伦，美教化，移风俗。"这里对"诗言志"作了全面的说明，诗是表达志的所向，在心为志，但这个志又同情结合的，诗表达志，又表达情，"情动于中而形于言"。正因为情动于中，所以嗟叹永歌到手舞足蹈。要是诗只是言志而没有情动于中，就不可能有动情的手舞足蹈了。诗言志离不开声，可是"情发于声"，声又是情所发的。"声成文谓之音"，这个音，不论是"安以乐"，"怨以怒"，"哀以思"，都充满着情。那末诗言志的志，不论是"经夫妇，成孝敬，厚人伦，美教化"，都是跟"声成文谓之音"的音有关，即跟"情发于声"有关。因此，不能说诗言志是"经夫妇，成孝敬，厚人伦，美教化"，都跟情无关。正因为情在起作用，才对"经夫妇，成孝敬，厚人伦，美教化"能起到作用。刘勰讲的诗言志，正是发挥《诗大序》的说法。

《辨骚》称"故《骚经》《九章》朗丽以哀志"，称志为哀，正是志和情的结合。《明诗》称"人秉七情，应物斯感，感物吟志，莫非自然"，吟志从情的感物而来，也是情志结合。《诗大序》提出"发乎情止乎礼义"，说明发乎情不一定符合礼义，所以要求止乎礼义。刘勰的言诗也是这样，他认为志也不一定符合礼义。《辨骚》称"依彭咸之遗则，从子胥以自适，狷狭之志也。"《乐府》称"志不出于滔荡，辞不离于哀思"。《铭箴》称"而水火井灶，辞繁不已，志有偏也。"他认为志有偏的，有狷狭的，有滔荡的，即也有不符合礼义的。志跟情一样，也需要止乎礼义。因此在《明诗》里称"诗者，持也，持人情性"，

506

也就是不论言志与抒情,都要求止乎礼义,志与情是结合的。在《物色》里,他认为"情以物迁,辞以情发",情是受外界景物的影响的;但"献岁发春,悦豫之情畅","天高气清,阴沉之志远",在这里志和情都受景物的影响了。《知音》称"夫志在山水,琴表其情",这个情就是在山水的志了。这些都说明他对志和情结合的看法。

沉腿

脚肿,比滞重不飞动。扬雄吊屈,思积功寡,意深反骚,故辞韵~~。13/5　李尤赋铭,志慕鸿裁,而才力~~,垂翼不飞。47/5

秀

精警。~也者,篇中之独拔者也。40/1　~以卓绝为巧。40/1

言

没有文采的文辞。经典则~而非笔,传记则笔而非~。44/1　见文释。

言对

不用故事的对子。~~者,双比空辞者也。35/2　长卿《上林赋》云,"修容乎礼园,翱翔乎书圃",此~~之类也。35/2

八　画

事

① 事件。言中~隐。3/2　~近而喻远。3/3
② 故事,典故。~丰奇伟,辞富膏腴。4/5

事对

用事件作对偶。~~者,并举人验者也。35/2　宋玉《神女

赋》云："毛嫱鄣袂,不足程式,西施掩面,比之无色",此～～之类
也。35/2
事类

　　引事引言。～～者,盖文章之外,据事以类义,援古以证今者
也。38/1

典

　　① 经书。秦皇灭～,亦造仙诗。6/2　乖道谬～,4/4

　　② 雅正。《赤雁》群篇,靡而非～。7/2　义～则弘,文约为美。
11/5
典雅

　　雅正。～～者,熔式经诰,方轨儒门者也。27/2　是以模经为
式者,自入～～之懿。30/2

势

　　① 形势。圆者规体,其～也自转;方者矩形,其～也自安。
30/1

　　② 趋向。然讽一劝百,～不自反。14/3

　　③ 势力。从横参谋,长短角～。18/8

势释

　　刘勰论创作,《定势》称"因情立体,即体成势"。他主张因情立
体,根据情理即内容来确定体裁和风格,不同的内容,采用不同的
体裁和风格,顺其自然的趋势,这就是势。像河床陡,水流急,河床
平坦,水流缓,水流的缓急由河床来决定,这就是自然之势。内心
激动的发言激昂,内心平静的发言平稳,这也是自然形成的趋势。
但各人的情趣不同,作品的变化各异,就要根据不同的情趣,不同
的变化,来因情立体,即体成势。内容不同,体裁和风格自然也跟

着不同,这也是一种势。他这样讲势,目的在纠正当时的一种"讹势",就是要求新变,"颠倒文句","失体成怪"。新变应该是从内容的新变来的,有了新变的内容,才有新变的形式,它还是因情立体,即体成势,即体成势的原则不变。讹势是违反了即体成势的原则,没有新变的内容而要求新变的形式,因此失体成怪。他要纠正讹势,来维护即体成势的原则。就新变说,他提出"变乎骚"。像《离骚》的内容非常丰富,不是《诗经》的短篇抒情诗的形式所能容纳,这种新变的内容,自然产生新变的形式,就是"循体而成势"。

在《定势》里,他提出"宫商朱紫,随势各配","势有刚柔,不必壮言慷慨乃称势也。"就音乐说,有宫商等音,配什么音,要适应音调所表达的情味的趋势;就色采说,有朱紫等色,配什么色,要适应所绘物象的色调的趋势。在风格上,有刚健和柔婉,或刚或柔,要适应作者所反映的情调的趋势。这个势不同于气势,所以情绪激昂,构成刚健的风格是势,情思婉转,构成柔婉的风格也是势。认识了势,就可以根据内容来确定最适应的体裁和风格。刘勰又引刘桢说的:"文之体势,实有强弱,使其辞已尽而势有馀,天下一人耳。"这里讲的"势有馀",就同"馀味曲包""馀音袅袅"相似了。这也就是"情在词外曰隐","含不尽之意见于言外"了。就势讲,就是馀势或馀力了。像车子在开行中,突然煞车,车子虽然已经煞住,还要开出一些路,这就是馀势,因为它的力还没有尽,还有馀势。作品到结尾时,突然停止,意犹未尽,让读者自己去考虑,但这个未尽的含意已经包含在前面的情节中。这也是馀势,这种馀势,可能是作者深厚的感情所孕育的。

味

① 滋味,情趣。子云沉寂,故志隐而~深。27/3 使~飘飘而轻举。46/4

② 体会。至于张衡《怨》篇，清典可～。6/3 ～之则甘腴。
44/3

味释

《通变》称："故论文之方，譬诸草木，根干丽土而同性，臭味晞阳而异品矣。"不同草木的花叶气味不同，在阳光照射下由于本性的差别造成的。这正像体性的讲作家风格，由于作家个性的不同，形成不同的风格。《体性》称："子云沉寂，故志隐而味深；子政简易，故趣昭而事博。"这里提出"味深"和"趣昭"，即两种不同的趣味，一深隐，一明显，和两人不同的性格有关。这样讲味，不仅要辨别作品的滋味，还要辨别作品的不同风格，到作者的不同个性，需要作深入的体味了。在体会作品的滋味时，他又指出怎样的作品有味，怎样没。《情采》称"繁采寡情，味之必厌。"只有辞藻，缺乏感情，就没什么可体味的。《附会》称"若统绪失宗，辞味必乱。"这是指篇章没有组织好，自然辞味乱了。《总术》称"数逢其极，机入其巧，则义味腾跃而生，辞气丛杂而至"，"味之则甘腴，佩之则芬芳。"这也指篇章结构安排得好，把作品中芬芳的气味，甘腴的滋味，尽量发挥出来，收到好的效果。这里说明美好的滋味也需要作好篇章结构的安排。不过滋味的产生还得依靠感情。《物色》称"物色之动，心亦摇焉"，这种感情从外界接触来的。"情以物迁，辞以情发"，有了这种感情，能够感染人，这才有味。"使味飘飘而轻举，情晔晔而更新"。要有鲜明的新的感情，才有飘飘而轻举的味。这种新的感情，是接触外物后引起的独特感受，是真实的。是像《情采》称"志思蓄愤而吟咏情性"，是"为情而造文"。这样的情是"吟咏情性"，既是真实感受，又同个性结合，是有作者个人的风格的。所以可供体味，味飘飘而轻举。就写景物说，要把作者的感情色采著到景物上去，使"物色尽而情有馀"，做到"既随物以宛转，亦与心而徘徊"，使"情貌无遗"，情景交融。要产生这样鲜明更新的

510

情味,还要注意"入兴贵闲"。在与外界接触时,等到"情以物迁",有真实的感受时才写,不宜强求,也就是所谓"伫兴而作",这就是"入兴贵闲"的说法。

命

①　天命,古人认为国家的政权由天所制定。《诗》云"有～自天"。19/8　泊周～维新。16/1

②　令。舜～八元。22/1　昔晋文受册,三辞从～。22/3

③　称谓。斯盖别诗之原始,～赋之厥初也。8/2

④　使。意得则舒怀以～笔。42/6　阮籍使气以～诗。47/6

和

①　音节谐调。泉石激韵,～若球锽。1/2　乐府者"声依永,律～声也。7/1

②　声调的调配得当。异音相从谓之～。33/2　～体抑扬,故遗响难契。33/2

③　顺,指气的和顺。率志委～,则理融而情畅。42/1

④　调和。于是搦笔～墨,乃始论文。50/2

和释

刘勰论创作,从音律方面讲和。《声律》称:"异音相从谓之和,同声相应谓之韵。韵气一定,故馀声易遣;和体抑扬,故遗响难契。属笔易巧,选和至难。"对和,他提出异音相从,既是异音,是有矛盾的,又是相从,是统一的,这样讲和,是抓住了和的特点。《左传·昭公二十年》晏子论和,用"和羹"和"和五声"来说。和羹要用水火来烹鱼和肉,水火是矛盾的,是异。要是舍异取同,"若以水济水,谁能食之"。就和声说,像五声六律是有异的,要是舍异取同,"若琴瑟之专一,谁能听之",舍五声的异,只用一声的同,就不成曲调了。

但异外还要相从，即相配合，水火相从才能烹饪，异音相从才能成乐。就声律说，"声有飞沉"这是异，专用沉，"沉则响发而断"，专用飞，"飞则声飏不还"，所以不能用同，要用异，即飞沉都用。异音还要相从，相调配，怎样调配，当时还没有确定，即声律还没有定，所以他只能提出相从的原则来。"和体抑扬，故遗响难契。和的相从，即声调的抑扬调配。并"辘轳交往，逆鳞相比"，辘轳像水车那样运转，即抑扬跟着抑扬运转，逆鳞像鳞片是逆的不是顺的，即抑同扬相接，不是抑同抑或扬同扬相接。后来到了唐朝，诗的格律确定用平仄来表抑扬，正像他说的，"辘轳交往，逆鳞相比"了。

就和说，不光声律讲和，对偶也讲和。《丽辞》称"反对为优，正对为劣"。"反对者，理殊趣合者也；正对者，事异义同者也。"理殊既异，趣合即相从，即异理相从的和。事异是异，义同是相从，即事异义同的和。对偶以理为主，所以异理而趣相从为优，异事而义相从为次。文章也讲和，上引《左传》晏子论和，说："君臣亦然。君所谓可而有否焉，臣献其否以成其可，君所谓否而有可焉，臣献其可以去其否，是以政平而不干，民无争心。故《诗》曰：'亦有和羹，既戒既平。'"这就是在政治上的献可替否。《章表》称："至太甲既立，伊尹书诫，思庸归亳，又作书以赞，文翰献替，事斯见矣。"指出伊尹同太甲之间，就是献可替否的。这篇赞又说："敷奏绛阙，献替黼扆"，即在朝廷上臣对君就要献可替否的，即要和的。他在《论说》讲成功的游说："并顺情入机，动言中务，虽批逆鳞，而功成计合。"批逆鳞即触犯君主，即异，顺情中务，即相从，也即异言相从，即和。

他在《神思》里讲创作构思，指出"意翻空而易奇，言徵实而难巧"，开始设想时觉得要写的情意非常多，这是翻空；到下笔时觉得这也不行，那也不行，这是言徵实。空和实是异，要求翻空之意与徵实之言相从，产生主旨，使意言结合，即意言相异而相从，也是和。有时意言不能配合，产生不出主题，他主张"秉心养术，无务苦虑"即要"率志委和"的养气和顺,那是另一种和了。

奇

① 奇异,不平凡。~文郁起,其《离骚》哉! 5/1　列御寇之书,气伟而采~。17/6

② 奇怪,不正确。今经正纬~。4/2　爱~反经之尤。16/3

奇释

刘勰论"奇"有三种意义:一是好的,一是坏的,一是居中的,即可好可坏的。《原道》称"草木贲华,无待锦匠之奇",锦绣得像真花,这是奇。《诸子》称"列御寇之书,气伟而采奇",这是指文采的奇。《附会》称"及倪宽更草,锺会易字,而汉武叹奇,晋景称善",这是称改得好的奇。这三个奇都指不平常,手艺奇,文采奇,文章改得好,都显得高超,所以是好。

《神思》称"意翻空而易奇",这是说"登山则情满于山,观海则意溢于海",这时还没有进入构思,只是空想,所以这个奇无所谓好坏,即可好可坏,居中间。《通变》称"望今制奇,参古定法"。这个奇也是居中间的,可好可坏,所以要加以限制,即加选择,经过选择的奇就是好的,不经过选择的奇可能是坏的。又称"旧练之才,则执正以驭奇",这个奇需要驾驭,经过驾驭就好,不经过驾驭就不好,所以也是可好可坏的。

《正纬》称"今经正纬奇,倍摘千里",这个奇与正相对,指不正,是坏的。《史传》"爱奇反经之尤",这个奇跟经相反,也是坏的。《体性》称:"新奇者,摈古竞今,危侧趣诡者也。"这个奇危侧趣诡,是不好的。《定势》称"效奇之法,必颠倒文句,上字而抑下,中辞而外出。"这样的颠倒文句,是讹滥,是不好的。又称"新学之锐,则逐奇而失正",失正当然不好。

刘勰在《序志》里把"变乎骚"列入"文之枢纽",主张变,变就是把过去认为正确的作品,适应时代的需要,创造出新的内容和新的形式,即《辨骚》里称"自风雅寝声,莫或抽绪,奇文郁起,其《离骚》哉!"这种适应时代需要的新变称为奇文。《时序》称"故知文变染乎世情,废兴系乎时序,原始以要终,虽百世可知也。"这种染乎世情的变,系乎时序的旧废新兴,就是"奇文郁起",这样的奇文是好的。又称"辞人爱奇,言贵浮诡","离本弥甚,将遂讹滥",这种浮诡讹滥的奇是坏的,是要纠正的。就奇本身说,是不平凡的,不一般的,不常见的,其中有坏有好,好坏混杂,适应时代需要的新变的奇是好的,不适应时代需要而追求浮诡讹滥的奇是坏的。所以他在《辨骚》里提出"酌奇而不失其贞",这个贞就是"文变染乎世情,废兴系乎时序",这样的奇才是不失正的奇,好的奇。

学

① 学习。所以通人恶烦,羞～章句。18/6

② 学者。平子恐其迷～,奏令禁绝。4/5　新～之锐,则逐奇而失正。30/7

③ 学问。积～以储宝。26/2　若～浅而空迟。26/5

学释

《神思》谈到创作构思,把才和学并提。"若学浅而空迟,才疏而徒速,以斯成器,未之前闻。"认为学浅,虽费时很多,不一定能创作好。《事类》称:"文章由学,能在天资。才自内发,学以外成,有学饱而才馁,有才富而学贫。学贫者迍邅于事义,才馁者劬劳于辞情,此内外之殊分也。"这是讲作品中引事引言的,那需要学问。缺乏学问的在引事引言方面感到困难,写不好作品。他又说:"才为盟主,学为辅佐,主佐合德,文采必霸;才学褊狭,虽美少功。"创作以才为主,但还需要学做辅佐,缺乏学问,虽有才能也会给创作带来损害。"是以将赡才力,务在博见,狐腋非一皮能温,鸡蹠必数千而饱矣。是以综学在博,取事贵约。"这里讲的博学,已经不限于引事引言了。像《红楼梦》所写的,被称为百科全书。没有百科全书式的丰富学问,那就捉襟见肘,写不好这样的大作品,也会由于知识不足,造成种种错误,给作品带来损害。所以《神思》称"积学以储宝","研阅以穷照",学问和阅历都属于学,要加以积累和研究。积累了丰富的学问,在创作时是不是尽量用上去来卖弄自己的博学呢?不是的。"综学在博,取事贵约",综合各种学问要博,运用到创作中去又要约,要适应创作的需要,不能卖弄博学。

要

① 重要,要点。至于潘勖《符节》,～而失浅。1/3 辞尚体～,弗惟好异。2/3

② 约定,要挟。时有～誓,结言而退。周衰屡盟,以及～劫。10/7

要释

《徵圣》称"辞尚体要","体要所以成辞";《诠赋》称"然逐末之俦,蔑弃其本,虽读千赋,愈惑体要";《启奏》称"是以立范运衡,宣明体要。必使理有典刑,辞有风轨";《序志》称"《周书》论辞,贵乎体要","辞训之异,宜体于要"。刘勰多次提到体要,认为体察要点在文辞写作上的重要,它是"成辞"的要求,这是一;不懂得体要,就会舍本逐末,使"繁华损枝,膏腴害骨",重形式而轻内容,这是二;甚至"离本弥盛,将遂讹滥",形成一代的文弊,这是三。因此,他认为在文辞上体认这个"要"非常重要。"要"是创作上必须具备的条件。《明诗》称"撮举同异,而纲领之要可明矣"。这个"纲领之要"是指概括诗歌的各种风格,即以雅润清丽为认识诗歌风格的必要条件。《史传》称"务信弃奇之要",指出史文的写作,以务信弃奇为必要条件。《论说》称"义贵圆通,辞忌枝碎;必使心与理密,弥缝莫见其隙,辞共心密,敌人不知所乘,斯其要也。"指出从义理到文辞圆密,作为论说的必要条件。《檄移》称"必使事昭而理辨,气盛而辞断,此其要也。"这里指出从理气到事辞怎样才成为檄文的必要条件。《风骨》称"能鉴斯要,可以定文",指出"骨髓峻"和"风力遒"成为"定文"的必要条件。《物色》称"善于适要,则虽旧弥新矣"。即把描绘景物,要注意"物色尽而情有馀",情景相生来写,适应这个要点,作为写景的主要条件。在创作中注意这些"要",才能有成就。

变

变化。观天文以极～。1/5　降及七国,未～古式。22/1

变释

《序志》里把"变乎骚"列入"文之枢纽",是刘勰看到文学在变上的重要。他写《辨骚》来讲变,称"奇文郁起,其《离骚》哉!"称"奇"指新,《体性》称为"新奇",不过这个新奇是好的,即新变的意思。有了这个新变,才能"气往轹古,辞来切今,惊采绝艳,难与并能矣",即压倒《诗经》。在《时序》里根据历代文学的新变,总结出"故知文变染乎世情,废兴系乎时序,原始以要终,虽百世可知也。"这里的"文变"就同"变乎骚"联系,"屈平联藻于日月,宋玉交采于风云。观其艳说,则笼罩雅颂,故知炜烨之奇意,出乎纵横之诡俗也。"指出《离骚》的新变,是吸取了纵横家夸张声貌的游说手法,这就是"文变染乎世情"了。《颂赞》称"风雅序人,故事兼变正",这里就提到变风变雅。《时序》称"幽厉昏而《板》《荡》怒,平王微而《黍离》哀。故知歌谣文理,与世推移。"这就是"废兴系乎时序"的变了。

《明诗》称"故铺观历代,而情变之数可监",提出"情变"来。《诠赋》称"则触兴致情,因变取会"。变跟情有关,触兴引起的情不

516

同,产生了各种变化。《颂赞》称"虽纤曲巧致,与情而变",内容所表达的纤曲巧致,都是跟着情的不同而变的。《哀吊》称潘岳的哀辞,"虑瞻辞变,情洞悲苦","体旧而趣新",由情感的悲苦极深,造成辞变,情趣是新的。《章表》称曹植的表"应物制巧,随变生趣",这种情趣的变化,又同外物的变化有关。《神思》称"神用象通,情变所孕"。情变的孕育,通过物象来表达,即通于物象。《风骨》称"洞晓情变,曲昭文体,然后能荸甲新意,雕画奇辞。"把情变同文体结合,就可以产生新意奇辞,这里情变是主,所以"晓变则辞奇而不黩"了。《通变》称"变则堪久",穷则变,变则通,通则久了。《通变》又称"随变而立功者也。"说明"因情立体,即体成势"是可以立功。但"自近代辞人,率好诡巧,原其为体,讹势所变",这是违反因情立体的变,是"穿凿取新"的变,成为讹滥的弊病。

性

① 性情。随～适分,鲜能通圆。6/6　昔楚庄齐威,～好隐语。15/4

② 特色。孔氏卓卓,信含异气,笔墨之～,殆不可胜。28/3

性灵

① 天性灵智。～～所钟,是谓三才。1/1　洞～～之奥区。3/1

② 性情。若乃综述～～,敷写器象。31/1　岁月飘忽,～～不居。50/1

性释

《体性》称作家风格的形成本于才、气、学、习。"才力居中,肇自血气;气以实志,志以定言,吐纳英华,莫非情性。"认为才和气本于性。"才由天资","气有刚柔",指气质。刘勰把作家风格的形成跟气质联系,称为性,即由作家的气质形成个性,由个性形成他的风格，这里还得加入后天的学习。像"贾生俊发"，跟他的才和气有关，"故文洁而体清"，形成他的风格。在作家风格的形成上，他不仅认为构成风格的"习"是后天的工夫；就是性情也可以陶冶，《徵圣》称"陶铸性情，功在上哲"。《宗经》又称"义既挺乎性情"，认为性情可以变化是好的。《体性》又称"才性异区，文体繁诡"，认为才性不同，构成不同风格。《明诗》称"随性适分，鲜能通圆"，认为各人的气质不同，或刚或柔，因此各人的风格也有不同，很少能兼擅各种风格，因此主张"因性以练才"，根据个性来锻炼文才。《情采》称"三曰情文，五性是也"，"五性发而为辞章"。五性指仁义礼智信。把五性说成天生的性，这是用孟子性善的说法，《孟子·告子》上："仁义礼智，非由外铄我也，我固有之也。"《养气》称"率志委和，则理融而情畅，钻砺过分，则神疲而气衰，此性情之数也。"在创作上，又提出养气，保持精力的充沛，这是适应性情的需要，反对"秉牍以驱龄，洒翰以伐性"。

《情采》称"夫水性虚而沦漪结，木体实而花木振，文附质也"，这里把水性和木体对称，都指质来说。水性虚所以有沦漪，木体实所以开花，沦漪和花比文，水性木体比作家的个性，个性不同，作品的风格也不同。又称"综述性灵，敷写器象"，归结到"为情而造文"。指发挥性灵的作品，以表达真情为主，这个真情是结合性灵来的，这个性灵又经陶冶的，性灵既正，情感又真，才能写出富有情采的作品来。

实

①　果。夫以草木之微，依情待～。31/6

②　指内容。然则圣文之雅丽，固衔华而佩～者也。2/3　玩华而不坠其～。5/4

③　实际，与名相对。褒贬任声，抑扬过～。5/1　循名课～，

518

以文为本者也。22/4

    ④   确是。《书》～记言。3/2   情理～劳。5/5

    ⑤   充实。气以～志,志以定言。27/3

宗

    ①   尊崇者。然其文辞丽雅,为词赋之～。5/1

    ②   尊崇。故文能～经,体有六义。3/5   辞～丘明,直归南董。16/11

物

    ①   万物。夫以无识之～,郁然有彩。1/2   辩雕万～。31/3

    ②   景物。人秉七情,应～斯感,感～吟志,莫非自然。6/2

    ③   事物。象其～宜,则理贵侧附。8/4   张衡《南都》云,"起郑舞,茧曳绪",此以容比～者也。36/3

    ④   写作要求。一～携贰,莫不解体。44/4

44/4

物释

《神思》里谈到创作构思,提出"故思理为妙,神与物游"。神与物游,"物沿耳目,而辞令管其枢机。枢机方通,则物无隐貌"。通过耳目所观察到的物,用辞语来写,有描绘物的形状的,如司马相如《子虚赋》,写山是"交错纠纷,上干青云",形容山的峰峦盘错和高;写矿产是"众色炫耀,照烂龙鳞",形容它的色采。这样可以算描写物貌了。称"情以物兴","物以情观",作为表达了感情,描写了物貌。

作品中写物也指物色,即景物。《物色》称:"物色之动,心亦摇焉。"作品中的描写物色,"写气图貌,既随物以宛转;属采附声,亦与心而徘徊。故灼灼状桃花之鲜,依依尽杨柳之貌。"并以少总多,情貌无遗矣"。这里指出景物引起人的情感,又指出怎样描绘景物的形貌,做到"情貌无遗",也就是使"物无隐貌"。像《诗·周南·桃夭》:"桃之夭夭,灼灼其华。"又《小雅·采薇》:"昔我往矣,杨柳依依。"用了"灼灼""依依",只写桃花的红艳灼灼,柳条的柔软依依就是图貌了;用灼灼来指新娘的心情热烈,用依依来写依依不舍的感情,这就是与心。因此,用了灼灼依依,就达到情貌无遗了。

物也指事物。《丽辞》称:"宋玉《神女赋》云:'毛嫱障袂,不足程式,西施掩面,比之无色。'"这是事对,借毛嫱西施来衬出神女更美,突出神女,又反映作者心情,也是图貌与心。《事类》称:"刘劭《赵都赋》云:'公子之客,叱劲楚令歃盟;管库隶臣,呵强秦使鼓缶。'用事如斯,可称理得而义要矣。"这里举的两件事,突出了赵国的人才和在外交上的胜利,反映了作者对赵国赞美的感情,《诠赋》里所谓"象其物宜,则理贵侧附",物指事物,是借事物来明理的。以上这些,都是在创作中写物的例子。

采

辞藻。精理为文,秀气成～。2/4 ～缛于正始,力柔于建安。6/5

采释

《序志》里把创作论称为"剖情析采",说明"采"在创作论中是极重要的。《明诗》里讲晋代的诗,"采缛于正始,力柔于建安",是用采和力来比西晋诗和建安诗的不同的。采指文采,力指风骨。《风骨》里说:"若风骨乏采,则鸷集翰林 采乏风骨,则雉窜文囿。"说明采跟风骨不同,有采而没风骨,就不能飞腾;有风骨而没采,也不能成为鸣凤。说明采不如风骨重要,这是跟风骨相对的采。

《风骨》又说"若骨采未圆,风辞未练",容易造成危败。在这

520

里，"骨采"结合。"结言端直，则文骨成焉。"骨是指结言端直说的，采也是指辞说，这两者又怎样结合呢？《情采》说："夫铅黛所以饰容，而盼倩生于淑姿；文采所以饰言，而辩丽本于情性。"这里说明采有两种：一种是饰容的铅黛，一种是淑姿的盼倩。铅黛是采，是辞藻；巧笑倩兮，美目盼兮，在巧笑和盼睐中所显示出来的光采，更胜过铅黛，这也是一种采，这种采是可以和骨结合的。《徵圣》称："精理为文，秀气成采。"这种精理秀气所构成的采，就是巧笑情盼所构成的采。《情采》说："是以联辞结采，将欲明理；采滥辞诡，则心理愈翳。"离开了精理秀气，只讲涂饰的辞藻，会使心理愈翳，采滥成了涂饰过多的浮辞。再像《物色》里讲"属采附声，亦与心而徘徊"，这个采与心情结合，能使"情貌无遗"。《练字》里的"声画昭精，墨采腾奋。"这个采即指用字时避免诡异、联边，调整单复，使字体美观的采。这些都不是外加涂饰的采，这是都值得注意的采。

九　　画

俗

① 凡庸不雅。正音乖～，其难也如此。7/2　驭权变以拯～，而非刻薄之伪论。24/5

② 世俗。～称乖调，盖未思也。7/5　颇亦负～。14/1

③ 犹大众，普及。斯斟酌乎质文之间，而櫽括乎雅～之际，可与言通变矣。29/3　情交而雅～异势。30/3

律

① 音律。乐府者，"声依永，～和声"也。7/1　乐胥被～。7/1

② 格律，文辞的音节。观其体赡而～调。22/3　声萌我心，更失和～。33/1

律释

《乐府》里称："乐府者,声依永、律和声也。"这指乐律。乐律属于音乐,论诗文的可以不谈。《诔碑》里说:"孝山崔瑗,辨洁相参,观其序事如传,辞靡律调,固诔之才也。"这里讲诔文写得"辞靡律调",这个律指文辞的音节。孝山是苏顺字,苏顺和崔瑗都有《和帝诔》,看他们怎样写得"律调"?

苏顺《和帝诔》:"恭惟(平平)大行,配天(仄平)建德。陶元(平平)二化,风流(平平)万国。"当时虽已提出"声有飞沉",要求飞沉调配得当。但还没有平仄的名称,飞沉与平仄相当。假定用平仄来代飞沉,那末上引苏顺的四句,就是每句的节拍都是平起(平起仄起以第二字为准),不仅按照沈约的八病说是犯"平头"病,按照后来的格律诗文来说也是失黏。再看崔瑗的《和帝诔》:"三载(平仄)四海,遏密(仄仄)八音。如丧(平仄)考妣,擗踊(仄仄)号吟。"四句的节拍都是仄起,也犯了"平头"病。那末刘勰说的"辞靡律调",在飞沉的调配上,并不符合要求。

刘勰在《章表》里说:"陈思之表,独冠群才。观其体赡而律调,辞清而志显。"看曹植的《求自试表》:"而位窃(仄仄)东藩、爵在(仄仄)上列,身被(平仄)轻媛、口厌(仄仄)百味。"除"而"字不算,四句的节拍都是仄起,就不符合他自己提出飞沉调配的要求。

《声律》又说:"瑟资移柱,故有时而乖贰;籥含定管,故无往而不壹。陈思潘岳,吹籥之调也;陆机左思,瑟柱之和也。"他认为籥上有孔,吹出来的音有一定;瑟上有短柱系弦,要调整短柱,有时不合。即认曹植潘岳之作合调,陆机左思之作有时不合调。看曹植《赠白马王彪》:"太谷(仄仄)何寥廓,山树(平仄)郁苍苍。霖雨(平仄)泥我涂,流潦(平仄)浩纵横。"四句的节拍都是仄起,并不协调。再看潘岳《悼亡》诗:"荏苒(仄仄)冬春谢,寒暑(平仄)忽流易。之子(平仄)归穷泉,重壤(平仄)永幽隔。"四句的节拍都是仄起,也不协调。这样看来，刘勰的所谓"律调"，即不用沈约说，也不同于后来律体的要求，可能指像古体诗那样念起来还是顺口说的。

思

①　想。文章可见，胡宁勿～。2/3　扬雄覃～文阁，业深综述。14/1

②　创作构思。然诗有恒裁，～无定位。　6/6　唯士衡运～，理新文敏。14/4

思理

想象。吟咏之间，吐纳珠玉之声；眉睫之前，卷舒风云之色；其～～之致乎？故～～为妙，神与物游。26/1

思释

思指文思，是创作构思开始时的种种设想。《神思》称"文之思也，其神远矣"。这种设想是结合想象，超越时空的限制，所以称远。"夫神思方运，万途竞萌"，正见设想的广远。"是以意授于思，言授于意。"提出思——意——言，思是设想，由设想到构成全篇主旨，再到写成文辞。这中间有通塞的分别，"理郁者苦贫，辞溺者伤乱。然则博见为馈贫之粮，贯一为拯乱之药。"从思到意，即从创作构思的设想到形成主旨，需要博见，见多识广，就可从"神与物游"所引起的设想中确定一个主旨，从思到意都通了。要是识见短浅，虽有设想却形成不了主旨，这就是从思到意受到阻塞了。因此，提出"积学以储宝，酌理以富才，研阅以穷照，驯致以绎辞"，来解决从思到意的通塞问题。对于这种文思，《明诗》称"然诗有恒裁，思无定位，随性适分，鲜能通圆"，文思按照"情理设位"（《熔裁》）看，由于情理不同，所以没有定位，那还得按照文思所形成的情理来确定体裁和风格了。《论说》称"次及宋岱郭象，锐思于几神之区"，运思到达事物的先兆和神变的区域，才能"独步当时，流声后代"。《风骨》称"思不环周,牵课乏气,则无风之验也",文思考虑得不周到,勉强形成主旨,写得没有生气,就没有风。《物色》里又指出另一种情况,"然物有恒姿,而思无定检,或率尔造极,或精思愈疏。"景物有一定的形态,文思没有一定的范围,有时不经意达到最好处,有时越精思离开得越远。这是指描绘物色,情景交融说的,要是"物色之动,心亦摇焉",文思自然达到情景交融;要是物色不能动情,用心来描绘,反而离开情景交融远了。这是又一种思和情景的关系。

指

① 指点。士女杂坐,乱而不分,～以为乐。5/2 ～九天以为正。10/8

② 引举。造怀～事,不求纤密之巧。6/4 魏武称作敕戒,当～事而语,勿得依违。19/5

指归

旨趣。斯固情趣之～～,文笔之同致也。34/3

音

① 声音,声调。标情务远,比～则近。33/5 排比声音。异～相从谓之和。33/2

② 音乐。～实难知,知实难逢,逢其知～,千载其一乎! 48/1

③ 乐歌。总赵代之～。指赵代的民歌。7/2 至于涂山歌于候人,始为南～。7/1

④ 作品的音节。足使义明而词净,事圆而～泽(指连珠)。14/4 ～以律文。33/4

美

① 美好，美好的事。或～才而兼累。13/4　顺～匡恶，其来久矣。6/2

② 艺术美。亦有疏通之～焉。11/2　义典则弘，文约为～。11/5

③ 赞美。武仲之～显宗。9/2　颂者，容也，所以～盛德而述形容也。9/1

美释

刘勰讲美，有从美学角度来讲的。如《徵圣》："《易》称'辨物正言，断辞则备'。""辞成无好异之尤，辩立有断辞之美。"这里指出，经过辩论作出正确的论断，这种文辞，具有论断之美。《祝盟》称："至于张老成室，致美于歌哭之祷。"《礼记·檀弓》下，张老赞美新屋说："美哉轮(状高大)焉！美哉奂(状光采)焉！歌于斯，哭于斯，聚国族于斯！"认为这样赞美，符合贵族筑新屋之美。《铭箴》："至于始皇勒岳，政暴而文泽，亦有疏通之美焉。"李斯替秦始皇写的刻石文，有疏通之美。《礼记·经解》："疏通知远，《书》教也。"《铭箴》又说："义典则弘，文约为美。"这是说，铭箴这种文辞，具有简约之美。《杂文》："陈思《七启》，致美于宏壮。"指曹植《七启》具有宏壮之美。《章表》："所以魏初表章，指事造实，求其靡丽，则未足美矣。"这是说，表章要求按照事实来说，倘要求靡丽，就不符合指事造实之美。《议对》说："文以辨洁为能，不以繁缛为巧；事以明覈为美，不以环隐为奇。"这是说，议对以辨洁明覈为美。

刘勰在这里，指出不同的文体，具有不同的美学要求。像对章表要求造实之美，反对靡丽，议对要求辨洁明覈之美，反对繁缛环隐。这样讲美，就认为美是主客观的结合。就各种文体说，《熔裁》称"情理设位"，"设情以位体"，根据内容来确定体制和风格；《定势》称"因情立体，即体成势"，根据内容来确定体势。《情采》里要

"为情而造成文"，《物色》称"物色之动，心亦摇焉"。即《神思》里的"神与物游"。内容的形成是主客观的结合，根据内容来确定体制风格，也是主客观的结合。像据"机发矢直、涧曲湍回"的势来定体制，这个势里就有客观成分在内。对于不同的情理所确定的不同体制风格要提出不同的美学要求。从情理看，还要确定哪种风格是美的，哪种是不美的。这样来作细致辨别，这是刘勰在写作上提出美学要求的贡献。

刘勰又指出美的另一方面要求，《通变》说："桓君山云：'予见新进丽文，美而无采；及见刘扬言辞，常辄有得。'"这里指出新进丽文是美的，但这种美显得浅薄，不够，不如刘扬的深厚。《事类》里说："才为盟主，学为辅左，主佐合德，文采必霸；才学褊狭，虽美少功。"新进丽文是才学不足，虽美少功。又指出"木美而定于斧斤，事美而制于刀笔。"有了美的题材，要写成美文，还有待于运用好的表现手法。

响

① 音。至于林籁结～，调如竽瑟。1/2　夫乐本心术，故～浃肌髓。7/2

② 声誉。骈臻以雕龙驰～。45/2　席珍流而万世～。1/4

③ 韵味。嗣宗俶傥，故～逸而调远。27/3　结～凝而不滞。28/2

神

① 天神。颂主告～，义必纯美。9/1　天地定位，祀遍群～。10/1

② 微妙难穷的境界。夫鉴周日月，妙极机～。2/2　夫《易》惟谈天，入～致用。3/2

③ 神圣的, 绝对的。动极～源, 其般若之绝境乎? 18/4　皇帝御宇, 其言也～。19/1

④ 精神。故思理为妙, ～与物游。～居胸臆, 而志气统其关键。26/1

神思

想象, 又近乎构思。古人云:"形在江海之上, **心存魏阙之下**。"～～之谓也。26/1 夫～～方运, 万**涂**竞萌。26/3

神理

先验的道。玉版金镂之实, 丹文绿牒之华, 谁其尸之, 亦～～而已。1/3　道心惟微, ～～设教。1/6

神释

刘勰在《原道》里提出"神理", 用来说明河图洛书是怎样来的, 即天生的, 属于先验的道。又认为圣人按照神理来设教。这是客观唯心主义的说法。在《论说》里, 他认为贵无崇有, 都有片面,"动极神源, 其般若之绝境乎!"认为佛家的般若说, 不片面, 达到最高境界, 称为"神源", 探索到绝对的源头。这是反映了他的佛教思想, 不过他的文论, 还是不用佛教的理论。像《徵圣》的"夫鉴周日月, 妙极几神",《宗经》的"夫《易》惟谈天, 入神致用", 是用儒家《易》的理论。《论说》的"次及宋岱郭象, 锐思于几神之区", 即推重道家的理论。他的文论, 还是以儒家为主, 兼采道家的。

他在创作论上提到神的, 最重要的是"神思", 他称"神与物游", 这个神相当于精神。精神的作用, 是通过耳目的视听观察, 接触外物, 再由"志气统其关键","辞令管其枢机", 才能把观察到的用文辞来表达。神与物游, 产生情思, 这跟志气有关; 情思用文辞来表达, 这跟辞令即语言有关。在这里, 他又提出"澡雪精神"来。在神与物游, 观察外物时, 要排除主观成见, 避免粗心浮气, 这就要澡雪精神。这里讲到神跟创作的关系。他又提出:"文之思也, 其神远矣。故寂然凝虑，思接千载；悄焉动容，视通万里。"在构思时还需要驰骋想象。又提到"神用象通"，精神通过物象进入创作。在这里，他把神与物游推到极高的境界，不但要"积学以储宝，酌理以富才，研阅以穷照"，还要"鉴周日月，妙极几神"。即在观察外物时，不但需要学问、理论、经历，还要看到"几神"，"几"是事物还没有出现以前的预兆，这是一般人看不到的，这种预兆是神奇的。把这种预兆指出来，使作品有先见之明，达到"入神致用"。像江统《徙戎论》，预先指出五胡乱华来就是。他又在《养气》里提到的"心虑言辞，神之用也。"说明精神对写作的重要作用。

骨

① 骨头。吹毛取瑕，次～为戾。23/3　虽有次～，无或肤浸。23/6

② 体干。遂使繁华损枝，膏腴害～。8/6　相如之《难蜀老》，文晓而喻博，有移檄之～焉。20/4

骨鲠

体干。观其～～所树，肌肤所附。5/3　陈琳之檄豫州，壮有～～。20/2

骨髓

① 主要、精华。洞性灵之奥区，极文章之～～者也。3/1　辞为肌肤，志实～～。27/5　事义为～～。43/1

② 犹心灵。甘意摇～～，艳词洞魂识。14/3

十　　画

真

① 伪之反。～虽存矣，伪亦凭焉。4/1　仲豫惜其杂～，未

许煨燔。4/5

② 真实情况。故为情者要约而写～。31/5　而后之作者采滥忽～。31/5

③ 正确。若谓《庀》《胜》卫,则改事失～。38/5

圆

① 圆形。方～体分。1/1　～者规体,其势也自转。30/1

② 完全。自商暨周,《雅》《颂》～备。6/2　足使义明而词净,事～而音泽。14/4

圆释

刘勰谈创作,用圆来作说明。先就观察说,《总术》称"自非圆鉴区域,大判条理,岂能控引情源,制胜文苑哉!"观察的范围要圆,做到控引情源,制胜文苑。情源即《物色》的"物色之动,心亦摇焉",使心摇动的物色,产生感情,要"情晔晔而更新",这样创作出来的作品才能制胜文苑。在观察时,注意使自己激动的景物,作细致深入的观察,这才是圆鉴。经过圆鉴,有了感情,在构思时,要"思转自圆"。《体性》说:"沿根讨叶,思转自圆,八体虽殊,会通合数,得其环中,则辐辏相成。"构思时考虑充分表达情思,由内容到形式,从根本到枝叶,在形式上注意到体制和风格。修辞的风格有八体,要会运用八体,来恰好地表达情思,在描绘情貌时,有时要细致繁丰,有时要简约明快等,这才是思转自圆。在构思时,还要"义贵圆通"。《论说》称:"故其义贵圆通,辞忌枝碎;必使心与理合,弥缝莫见其隙;辞共心密,敌人不知所乘;斯其要也。"考虑文思的合于理论,没有一点疏漏。要"迹坚求通,钩深取极;乃百虑之筌蹄,万事之权衡也。"要考虑得深,破除各种表面现象,经过多方考虑,得出正确结论,像经过权衡,得到平正结论,才做到"义贵圆通"。

在创作时,他提出"事圆"。《杂文》讲连珠,称"文小易周,思闲可赡。足使义明而词净,事圆而音泽,磊磊自转,可称珠耳。"连珠把一件件事串连起来,像一颗颗珠子,每件事都像珠子那样圆转。事怎么会像珠子那样圆呢?《文选》李善注引傅玄《序连珠》:"其文体,辞丽而言约,不指说事情,必假喻以达其旨,而览者微悟。"这里说"不指说事情",同刘勰说的"事圆"好像不一致,其实是相通的。连珠里讲了几件事,不过这些事具有比喻作用。讲一件事是一回事,这件事是比喻另一回事,比喻所指的含意更广,这就是事圆,圆是圆满,一件事不仅是一回事,它的含意更广,使这件事的意义更圆满,所以称圆。《丽辞》称"必使理圆事密,联璧其章"。这里的"理圆"与"事密"结合,即在创作时考虑用事的严密,这种用事的严密构成考虑的周到。这里本指对偶,事密理圆都指对偶用事说的。但也可用来指创作中的用事说。

就谋篇说,《熔裁》称"首尾圆合,条贯统序"。即谋篇时对章节安排都考虑好,使有条理,前后连贯,这就首尾圆合了。就鉴赏说,《知音》称"故圆照之象,务先博观"。照是观照,也要求圆,圆是周遍。"凡操千曲而后晓声,观千剑而后识器",要博观,通过博观来进行比较,分出高下优劣来,这才是圆照,才能提高鉴赏力。

流

① 水移动,流水。辞如川～,溢则汜滥。32/5 若择源于泾渭之～。31/4

② 传播。席珍～而万世响。1/4 风～二南。6/7

③ 枝派。班固称"古诗之～也"。8/1汉初词人,顺 ～而作。8/3

④ 流动,生动。安仁轻敏,故锋发而韵～。27/3 义脉不～,则偏枯文体。43/3

流制

流行的体裁。士衡子安,底绩于～～。8/5

流调

流行的调子。五言～～,则清丽居宗。6/6

笔

① 写字工具。执～左右。16/1　相如含～而腐毫。26/4

② 文。微赅矞～之愆。16/4　散文的有文采的。今之常言,有文有～。44/1

致

① 推极到。夫《易》惟谈天,入神～用。3/2　～化惟一,分教斯五。3/6

② 发出。河间荐雅而罕御,故汲黯～讥于《天马》也。7/2　贾谊《鹏鸟》,～辨于情理。8/5

③ 情态意趣。此圣文之殊～。3/2　《卜居》标放言之～。5/3

通

① 通达。～塞应详。25/9　唯君子能～天下之志。18/5

② 贯通。钻坚求～,钩深取极。18/5　**辞辨者**,反义而取～。18/5　迁固～矣,而历诋后世。16/10

③ 通晓。至变而后～其数。26/6

十 一 画

隐

① 隐藏。或～义以藏用。2/2　《春秋》则观辞立晓,而访义

方～。3/2

② 难懂,深奥。岂直才悬,抑亦字～。39/3

③ 婉曲。～也者,文外之重旨者也。40/1　～以复意为工。40/1

④ 隐语。观夫古之为～,理周要务。15/4

⑤ 穷民疾苦。警郡守以恤～。19/5

隐释

隐是修辞学里的婉曲格。刘勰讲隐,有的是不说明白,要靠读者去推求的。像《徵圣》称"四象精义以曲隐,五例微辞以婉晦,此隐义以藏用也"。《易经》的四象,即实象、假象、义象、用象,在《易经》的卦辞爻辞里没有指明,是靠后人推求出来的。《春秋》的五例,微而显,志而晦,婉而成章,尽而不污,惩恶而劝善,在《春秋》的正文里也没有点明,是后人归纳出来的。四象五例,是对《易经》和《春秋》的用意从全书中归纳出来的,这是一种隐。《宗经》称"故系称旨远辞文,言中事隐。"《易·系辞》下称"其事肆而隐",即事显而理微。如《左传·僖十五年》秦晋的韩之战,秦国占卜,得蛊卦:"千乘三去,三去之馀,获其雄狐。"千乘指诸侯,诸侯三次离去时,捉到雄狐。这是事显。但它的意义是什么,不清楚。原是指晋君三次战败,秦军捉住晋君。这是理隐。

主要的隐还在《隐秀》中讲的,张戒《岁寒堂诗话》引刘勰云"情在词外曰隐",即"隐也者,文外之重旨者也。"像"朔风动秋草,边马有归心",写的是秋草边马,表达的是在作客中思归的哀怨。再像《古诗十九首》中"胡马依北风,越鸟巢南枝",含有游子怀念故乡的感情。再像《比兴》称"关雎有别,故后妃方德;尸鸠贞一,故夫人象义",有别和贞一的含义,诗里没有说,就是隐。《夸饰》称鸮音变好,茶味成饴,意在赞泮林和周原,这个赞美的意思也是隐的。

情

① 感情。则圣人之～,见乎文辞矣。2/1　～欲信,辞欲巧。2/1

② 情理,内容。履端于始,则设～以位体。32/2　夫设～有宅,置言有位;宅～曰章,位言曰句。34/1

③ 情趣。窥～风景之上,钻貌草木之中。46/4

情释

刘勰论情,本于《诗大序》"情动于中而形于言","情发于声,声成文谓之音","故变风发乎情,止乎礼义"(参见"志释")。因此,他认为情志结合,不采用陆机《文赋》"诗缘情而绮靡"的说法。《熔裁》称"履端于始,则设情以位体",这个情指情志或情意,即内容,即据内容来确定体裁和风格。《知音》称"夫缀文者情动而辞发,观文者披文以入情",这个情也指情志或情理。《体性》称"夫情动而言形,理发而文见",分说即是情理,合起来即称情。《情采》称"昔诗人篇什,为情而造文",这个情即指情理,即内容。

《诗大序》称"发乎情,止乎礼义",即情有不止乎礼义的,所以需要止乎礼义。刘勰也这样,《史传》称"若顺情失正,文其殆哉!"可见情有失正的。《情采》称"辞人赋颂,为文而造情","为文者淫丽而烦滥",这种情是假的,如"志深轩冕,而泛咏皋壤";热中做官,却吟咏隐居。因此提出"为文者要约而写真",提出"真"字,反对"采滥忽真"。求真,要"文质附乎性情"。认为"盼倩生于淑姿","辩丽本于情性"。这种真是从情性中来的,好比"巧笑倩兮,美目盼兮",是从淑姿来的,这才是真情真美。《徵圣》称"情欲信,辞欲巧",这个信也是真。刘勰讲的真情有两方面:一方面是感情的真,即"为情者要约而写真";一方面是景物的真,即《物色》里的"文贵形似,窥情风景之上,钻貌草木之中"。这里讲的情貌是指风景草木的情貌,诗人从风景草木中窥见这种情貌,是风景草木本身所具有的，不是诗人之情(参见"山水释")。

就作者写真情说，《情采》称"繁采寡情，味之必厌。"不仅没有真情的不行，寡情而用繁采来掩饰的，也使人厌倦。《章表》称"浮侈者情为文屈"，有了真情，但用浮侈的华文来写，使真情受到损害也不行。刘勰写骈文，这个毛病更易犯，他能注意这点，是不容易的。《神思》称"覃思之人，情饶岐路，鉴在疑后，研虑方定。"用思深的人，他的情思要作多方考虑，不易决定，那还得等考虑成熟后再写。《熔裁》称"情苦芟繁"，作者对"庸音足曲"，难于删削，他认为还是应该删去。这些也是讨论怎样处理情的问题。就写作说，《宗经》称"体有六义，一则情深而不诡"，以情深不诡为六义之首。不诡即求情真，更要求情深，情深更重于真。王国维《人间词话》称《古诗十九首》："'荡子行不归，空床难独守'，'何不策高足，先据要路津'，可谓淫鄙之尤。然无视为淫词鄙词者，以其真也。"那末情真的还不免浮鄙。《辨骚》称"故《骚经》《九章》，朗丽以哀志；《九歌》《九辩》，绮靡以伤情"，"故其叙情怨，则郁伊而易感；述离居，则怆怏而难怀"，不仅情真，并且情深。《史记·屈原传》称《离骚》："其志洁，故其称物芳；其行廉，故死而不容自疏；濯淖汙泥之中，蝉蜕于浊秽，以浮游尘埃之外，不获世之滋垢，皭然涅而不淄者也。推此志也，虽与日月争光可也。"屈原的情深，又与志洁行芳有关，所以更胜于情真。

深

① 浅之对。虽浅～不同，详略各异。9/2　学有浅～。27/1

② 甚，甚于。四时之动物～矣。46/1　实～白圭。41/3

清

① 浊之对。气之～浊有体。28/3　天高气～，阴沉之志远。

② 肃清。若乃按劾之奏,所以明宪～国。23/3 美玉屑之谈,～金马之路。45/4

清释

《宗经》称"体有六义","二则风清而不杂",风清当指风格的清新。《熔裁》称:"至如士衡才优,而缀辞尤繁;士龙思劣,而雅好清省。及云之论机,亟恨其多,而称清新相接,不以为病,盖崇友于耳。"这里讲的清省,还是指文辞的简省说的,它同陆云的思劣结合,还不够风清。陆云称陆机清新,刘勰认为陆机才华富艳,也够不上清新,可见风清的难得。《才略》里称"魏文之才,洋洋清绮","子桓虑详而力缓","而乐府清越",用清绮来称曹丕的才,赞他的乐府诗清越,当指清新卓越。曹丕的《燕歌行》用七言写思妇柔情,是新的,是卓越的,但他是风清力缓的。《诔碑》称蔡邕的碑文,"清词转而不穷,巧义出而卓立。"在《才略》里提到"蔡邕精雅,文史彬彬",这里称词清不说风清。又称班彪的《王命》清辩,即文清,当指风清。在《论说》里称"及班彪《王命》,严尤《三将》,敷述昭情,善入史体",称《王命论》敷述昭情,把情理说得鲜明。更有对贾谊的评价比较突出。《哀吊》称"自贾谊浮湘,发愤吊屈,体周而事露,辞清而理哀,盖首出之作也。"称贾谊《吊屈原文》为吊文中的首出之作,就由于"辞清而理哀",这里还指辞清不指风清。《才略》称"贾谊才颖,陵轶飞兔,议惬而赋清,岂虚至哉!"这里的"赋清",当指他的赋是风清的。这种风清,同曹丕的清绮不同,曹丕是力缓,贾谊是"陵轶飞兔",才力越过千里马,是力强,胜过曹丕。《体性》论作家风格,称"是以贾生俊发,故文洁而体清"。文洁指语言的洁净,与体清指风清分别,上文的辞清理哀,辞理相对,则辞清当与风清有稍别。这里两次提到贾谊的风清。这种风格的形成,是由于"俊发"。《汉书·贾谊传》:"每诏令下,诸老先生未能言,而谊尽为之对,人人各如其意所出。诸生于是以为能。"贾谊能代诸老先生对答诏书,既是老先生所不能对,又是各如其意所欲出,说出了他们想说而说不出的话,这正是俊发,才俊发越。

《风骨》对风清又作了发挥,"意气骏爽,则文风清焉。"这正同贾谊的"陵轶飞兔"相应,骏快即超越千里马,加上明爽,显示风清力健。又称:"若能确乎正式,使文明以健,则风清骨峻,篇体光华。"称贾谊"意气骏爽",骏正指健,爽正指明,这就是文明以健,风清骨峻了。又称"刚健既实,辉光乃新",刚健正是从俊发来的,辉光正是从明爽来的,显示了风清同风骨的关系。这里又把"风清骨峻"称做"确乎正式",可和《明诗》相联系。《明诗》:"若夫四言正体,则雅润为本,五言流调,则清丽居宗。"刘勰就宗经说,以《诗经》为主,称为正体,称五言为流行的调子。但从写作的"体有六义"说,"二则风清而不杂","六则文丽而不淫",风清指风格,文丽指文辞,称五言则"清丽居宗",是五言诗在六义中占其二,四言以雅润为本,雅润在六义中合于"四则义贞而不回",贞即正,即雅正。就体有六义说,还是对五言诗极为推重,也就是对风清的推重。

理

① 道理。或明~以立体。2/2 《春秋》辨~,一字见义。3/2

② 使有条理,总结。山川焕绮,以铺~地之形。1/1 乱以~篇,写送文势。8/4 楚人~赋。8/4

③ 治。远奥者,馥采典文,经~玄宗者也。27/2

理释

《宗经》的"体有六义"里,"四则义贞而不回",提出义贞来。《哀吊》称"固宜正义以绳理",那末义贞即指理正。《熔裁》称"情理设位",用情理来指内容,有时单称情,有时单称理。《情采》称"夫能设模以位理,拟地以置心,心定而后结音,理正而后摛藻。"这里的"位理",即"情理设位",理兼情理,即指内容,按内容来确立体裁和风格。《序志》称"位理定名,彰乎大《易》之数",这是指根据全书的内容来确定各篇的名称,这个理的含义所包更广了。《宗经》称"《春秋》辨理,一字见义"。如《春秋·隐公元年》"郑伯克段于鄢",用一个"克"字来贬郑伯蓄意要攻弟公叔段,这个理指一字的含义,所指的范围较小。

就写作说,《徵圣》称"或明理以立体",《情采》称"设模以位理",这是以理为情理,为内容,要根据内容来确定体裁或风格。《章句》称"理资配主",《丽辞》称"必使理圆事密",这是说在安排章节时,所考虑的事理要能配合主旨;在对偶时,所选择的事理要圆满贴切。《比兴》称"附理者切类以指事",《夸饰》称"夸过其理,则名实两乖",《指瑕》称"义以理宣",这是指在运用比喻时要符合情理用得恰当,运用夸张时不能超越情理引起误解,用词的含义要能表达情理。《附会》称"理枝者循干",《才略》称相如"理不胜辞",这是说在考虑全篇纲领时,整理枝干要按照树干来考虑,一切服从主旨;要是枝叶过繁,掩盖了主旨,那就得做些修改。《论说》称"理形于言",《情采》称"理正而后摛藻",《序志》称"擘肌分理",即有了理论要用语言来表达,这里包含运用各种手法在内;在表达理论时要先考虑理论的正确,正确了才运用辞藻来表达;那就得对理论作细致的分析。总之,这里所讲的理,有指理论的,有指情理或事理的,它在写作中都很重要,不论在修辞上,构思上,表达上,都要考虑理在文中的主导作用,刘勰谈到理的地方是比较多的,说明他对理的看重。

章

① 文采,文采显著。其在文物,赤白曰~。22/2 《诗》云

"为～于天"。22/2

② 文章。莫不原道心以敷～。1/5

③ 章节。邠诗联～以积句。2/2　子夏监绚素之……。6/2

④ 彰显。君子之处世,疾名德之不～。17/1　恶文太～。31/7

⑤ 章表。～以谢恩。22/2

十　二　画

象

① 形状。日月叠璧,以垂丽天之～。1/1　流连万～之际。46/2

② 《易经》卦辞,按照卦象所在。《易》之《姤》～(即姤卦的卦)辞),"后以施命诰四方"。19/1　取～于夬。25/1

③ 物象。神用～通,情变所孕。26/7

④ 取象,效法。故～天地。3/1　荀况学宗,而～物名赋。47/3

象释

刘勰多次提到《易》象,《原道》称"幽赞神明,《易》象惟先";《诏策》称"《易》之姤象,'后以施命诰四方'";《书记》称"取象于夬,贵在明决而已";《情采》称"贲象穷白,贵乎反本"。《易》象指作卦辞的,观察卦的形象制定卦辞,即称为象辞。王弼《周易略例·明象章》:"意以象尽,象以言著。故言者所以明象,得象忘言;象者所以存意,得意忘象。"王弼的意思,认为读《易经》可以通过语言来明白卦象,通过卦象来了解圣人的用意。所以懂得了卦象就可忘掉语言,懂得了圣人的用意就可忘掉卦象。刘勰论文讲《易》象,当是受了王弼的影响。他在《论说》里提到"辅嗣之《两例》",称为"论之英也"。但他的引《易》象,是借象来说明象的含意,不是要忘言忘象,这是他和王弼不同处。他把象运用到创作上去,在《神思》赞曰里提出"神用象通,情变所孕。物以貌求,心以理应。"这从"神与物游"来,"神居胸臆,而志气统其关键;物沿耳目,而辞令管其枢机。枢机方通,则物无隐貌;关键将塞,则神有遁心。"关键和枢机都通了,这就构成物象。这个象,已经不是耳目所接触到的外物,已经是经过情思的变化所孕育的象,是进入构思中的物象,已经是物无隐貌的象。《物色》称"流连万象之际,沉吟视听之区;写气图貌,既随物以宛转,属采附声,亦与心而徘徊"。"图貌""与心",达到"情貌无遗"。"图貌"即"物以貌求","与心"即"心以理应","情貌无遗"地进入构思,就是"神与象通"了。这个象已经不是"沉吟万象"之象,而是进入构思中"情貌无遗"的象了。所以《神思》称"独照之匠,窥意象而运斤。"神用象通之象,是情貌结合、情景交融的象,所以称为意象,这是构思中的意象,所以要根据它来运斤,来创作了。因为"登山则情满于山,观海则意溢于海",情满意溢并不都能进入作品,所以需要运斤,据什么来运斤呢? 就是"窥意象而运斤",这才能构成作品。

雅

① 《诗经》中的一体。~颂所被,英华日新。1/4 自风~寝声,莫或抽绪。5/1

② 雅正,高雅。习有~郑。27/1 故平子得其~。6/6 情交而~俗异势。30/3

③ 常,素。魏武以相王之尊,~爱诗章。45/6 观其时文,~好慷慨。45/6

④ 《尔雅》。及景纯注~,动植必赞。9/4 ~以渊源诂训。39/4

雅释

刘勰宗经，有些保守。《宗经》称："若禀经以制式，酌雅以富言，是即山而铸铜，煮海而为盐也。"酌雅同禀经并称，这个雅主要指《诗》的风雅，实即指《诗经》。孔子讲"不学诗，无以言"（《论语·季氏》），是指学做外交官说的，当时的外交官都要在集会上诵《诗》。在刘勰时代，还说富言靠酌雅，是用典了。《辨骚》称"虽取熔经意，亦自铸伟辞"，那就不是"酌雅以富言"了。《时序》称美屈宋，说"观其艳说，则笼罩雅颂，故知炜烨之奇意，出乎纵横之诡俗也。"这里指出屈宋艳说，不但不取自雅颂，还罩盖雅颂，出于战国时的纵横家的诡俗，这是他的卓见，实际上是推翻了酌雅以富言，只有从当时的诡俗中采取艳说，才能罩盖雅颂，这是完全正确的。但他既称"诡俗"，《辨骚》又称《楚辞》为"雅颂之博徒，而词赋之英杰也。"赞语极对，说成博徒，还是尊《诗经》而贬低《楚辞》，显出他的保守来。

在这点上，《乐府》里更显得突出。《乐府》称"自雅声浸微，溺音腾沸"，纪昀评："八字贯下十馀行，非单品秦汉。"那他认为汉魏的乐府诗都不雅正了，这就说得不恰当了。他称曹操曹丕的"北上众引，秋风列篇，或述酣宴，或伤羁戍，志不出于滔荡，辞不离于哀思；虽三调之正声，实韶夏之郑曲也。"即乐调虽是正声，但乐府诗还是郑曲。这样贬低曹操曹丕的乐府诗是不确的。又称"然俗听飞驰，职竞新异，雅咏温恭，必欠伸鱼睨；奇辞切至，则拊髀雀跃：诗声俱郑，自此阶矣。"他认为世俗爱好的新乐新歌，都是淫靡的郑声；只有听了使人打瞌睡的古乐，才算雅乐雅歌。这样贬低世俗的爱好，不加分别地贬低新乐新歌，是保守的。

他在讲风格时，在《体性》里称"习有雅郑"，"体式雅郑，鲜有反其习"，"故童子雕琢，必先雅制"。童子学习时，要分清雅正的或淫靡的，先学雅正的。这样说是正确的。《定势》称"情交而雅俗异势"，"若雅郑而共篇，则总一之势离。"认为雅正和淫靡不能混杂，要求风格的纯正，是正确的。但《谐讔》称《滑稽列传》为"本体不雅，其流易弊"，这是片面的看法。

十 三 画

意

① 意思。荒淫之～也。5/2　潘岳构～，专师孝山。12/2
② 文意。是以～授于思，言授于～。26/3

意释

刘勰在《神思》称："是以意授于思，言授于意，密则无际，疏则千里；或理在方寸，而求之域表，或义在咫尺，而思隔山河。"在这里，他把意跟思分开，思是思想，意是文思，即把思想提炼为全篇的主旨，这个主旨是从思想里来的，所以称"意授于思"，根据这个主旨用语言来表达，叫"言授于意"。有时思想形成了主旨，是密则无际；有时思想很乱，不能形成主旨，即疏则千里。这里的"理在方寸"，"义在咫尺"的理或义，就是指思想。说明思想和主旨的关系有密和疏的不同。但在"登山则情满于山，观海则意溢于海"，这个意又指思想。所以"暨乎篇成，半折心始"，意溢于海的意，写成文辞要打个对折，可见这个意还不是主旨。"意翻空而易奇"，这个意也是思想，还没有提炼成主旨。

再就意和文的关系看，《杂文》称"庾敳《客咨》，意荣而文悴"。纪昀评："意荣文悴，老手之颓唐，惟能文者有此病。"文意丰富，文辞却憔悴，意和辞不相称，那要在文辞上加工。《谐讔》称"大者兴治济身，其次弼违晓惑。盖意生于权谲，而事出于机急"，这是讲隐语，它的用心是好的，就表达文思的手法说是权谲的，它适应当时的时机是好的。《风骨》称："洞晓情变，曲昭文体，然后能孚甲新意,雕画奇辞。"这里指出运用新奇的文思,要懂得情变和文体,才能辨别这种新变的文思是否恰当,才能酝酿这种新奇的文思。才能像《定势》称"密会者以意新得巧",不同于"苟异者以失体成怪"了。这些,是创作中对意所应注意的事。

道

① 道理。虐民搆敌,亦亡之～。13/4　或狷忿以乖～。13/4

② 说述。～其哀也,悽焉如可伤。12/4

道释

刘勰论文,第一篇就是《原道》。《原道》里讲的道,主要是本于《易经》,像"三才"见《易·说卦》,太极本于《易·系辞》,庖牺画卦、河图洛书同,《文言》本于《易·乾卦·坤卦》。据《河图》《洛书》等称为"神理",是先验的理,接下去讲"唐虞文章""夏后氏兴","逮及商周",到"夫子继圣",都用儒家的说法。那末刘勰所讲的道,实是儒家的道。不过儒家没有讲"文之为德""与天地并生",也没有讲"人文之元,肇自太极",即最早的人文,开始于天地未分以前的太极,怎么说本于儒家呢? 吉川幸次郎"认为'与天地并生'语当本《左传·昭公二十六年》:'礼之可以为国也久矣,与天地并。'"又"肇自太极","持天地未分之时已有礼之论,《礼运》'礼必本乎大一'即是明证。"(见王元化同志编《日本研究〈文心雕龙〉论文集》31—32页)大一即天地未分以前的元气。那末刘勰这两个论点也是从儒家来的。说"人文之元,肇自太极",这个人文之元当然不是人为的,是神理所造成的,是先验的。这是刘勰所讲的道属于客观唯心主义的主要证据。

从《原道》看,他讲的道主要是儒家之道,所以"道沿圣以垂文,圣因文而明道",就开出"徵圣""宗经"来,圣是儒家的圣人,经是儒家的经书。这样，他讲的文之枢纽的"本乎道，师乎圣，体乎经"，都本于儒家。但从全书看，他讲的道又不限于儒家。像《诸子》称"至鬻熊知道，而文王谘询"，"及伯阳识礼，而仲尼访问"，是圣人文王孔子不知"道"，要从鬻熊老子问"道"了。《原道》称从庖牺到孔子这些儒家所尊崇的圣人"莫不原道心以敷章，研神理而设教"，推原道心，研究神理，懂得了道，道是通过儒家圣人来传播的，"故知道沿圣以垂文，圣因文而明道"。怎么又变成文王孔子不知"道"，要请教诸子中的鬻子、老子，鬻子、老子反而知"道"呢？这就是刘勰的唯心观点与客观事实所造成的矛盾。实际上，刘勰认为诸子是"入道见志之书"。认为诸子各家中各有各的道，其中他推崇的是道家的道和佛家的道。《原道》称"心生而言立，言立而文明，自然之道也"，"夫岂外饰，盖自然耳"，《明诗》称"感物吟志，莫非自然"，《体性》称"岂非自然之恒资，才气之大略哉"，这些自然，实本于《老子》的"道法自然"。所以刘勰的讲道，又有道家自然之道的意思。不过具体到这些自然之道的内容，像"言立而文明"，又与道家的"绝圣弃智"的主张不同，所以他对道家只取自然这一点。《论说》称："然滞有者全系于形用，贵无者专守于寂寥，徒锐偏解，莫诣正理；动极神源，其般若之绝境乎！"崇有是儒家，贵无是道家，他认为各得一偏，只有佛家的般若最高。但按照佛家的理论，那末他的文论都要破除，不能执着，显然他也不能用佛家之说来论文。

从原道到宗经，就论文说，只能用儒家。只有儒家的经书可供论文之用。就儒家的思想说，他只能取其可用的，对道家也一样，他不赞同用儒家或道家的思想来创作。《时序》称"自中朝贵玄，江左称盛，因谈馀气，流成文体。是以世极迍邅，而辞意夷泰，诗必柱下之旨归，赋乃漆园之义疏。"这是他反对用道家思想来创作。《诸子》称"夫自六国以前，去圣未远，故能越世高谈，自开户牖；两汉以后，体势浸弱，虽明乎坦途，而类多依采。"这是他反对用儒家思想

543

来著作或创作。《论说》里要求"师心独见,锋颖精密",他是懂得创作要求独创,不能依傍那一家的,这是他原道论文的创见。

辞

① 文辞。情欲信,~欲巧。2/1　~尚体要,弗惟好异。2/3
② 辞赋。相如赋仙,气号凌云,蔚为~宗。28/2
③ 辞谢,辞让。昔晋文受册,三~从命。22/3
④ 辞别。孔明之~后主,志尽文畅。22/3

辞令

① 语言。公孙挥善于~~。47/2
② 文辞。九代之文,富矣盛矣;其~~华采,可略而详也。47/1

辞释

《征圣》里引《礼记·表记》:"情欲信,辞欲巧。"又称"辞尚体要,不惟好异"。《明诗》称"观其二文,辞达而已"。这里,刘勰对辞提出三个要求:对用文辞来抒情说,情求诚实,文辞要巧妙;对文辞的作用说,要求体察要点,不求奇异;对尧舜时的诗歌说,要求辞达。他在《通变》里称"虞夏质而辨,商周丽而雅","辞达"指唐虞的质朴说,从"丽而雅"说,还要文采,跟"辞欲巧"一致。不论质朴和巧丽,都要求体要。《宗经》提出"体有六义","六则文丽而不淫",就归到丽而雅。《诠赋》称"物以情观,故词必巧丽。丽词雅义,符采相胜"。把情和雅,丽和巧相结合,在雅义里自然具有体要,这就是刘勰对文辞的要求。《原道》称:"《易》曰:'鼓天下之动者存乎辞。'辞之所以能鼓天下者,乃道之文也。"这里引《易·系辞》下,《正义》说:"鼓天下之动存乎辞者,鼓谓发扬,天下之动,动有得失,存乎爻卦之辞,谓观辞以知得失也。"刘勰在这里只取辞能鼓动天下的意思。《诏策》称"诰命动民,若天下之有风矣",就是这个意思,说明辞的

544

最大作用。

刘勰提到修辞,《祝盟》称"修辞立诚,在于无愧"。又称"立诚在肃,修辞必甘"。修辞要立诚,立诚要做到无愧辞,要甘于立诚,不出于勉强。《后汉书·郭泰传》:"蔡邕谓卢植曰:'吾为碑铭多矣,皆有惭德,唯《郭有道》无愧色耳。"修辞要做到无愧是不容易的,要甘于立诚,更为难得。辞跟理的关系,是以理为主。《明诗》称应璩《百一》诗,"辞谲义贞,亦魏之遗直也。"因为义正,虽辞谲也是好的。《杂文》称枚乘《七发》"始邪末正,所以戒膏粱之子",理是可取的,所以不妨"腴辞云构"。《谐隐》称《史记·滑稽传》"以其辞虽倾回,意归义正也",所以辞的倾回也无害。但同时也指出《哀吊》的"奢体为辞,则虽丽不哀",辞的奢丽妨害哀吊的文章。《定势》称"故文反正为乏,辞反正为奇",这种反正的颠倒文句是不好的。这就看到辞也会影响内容,看得比较全面了。

韵

① 收声相同的字。同声相应谓之～。33/2　盘桓乎数～之辞。9/5

② 风韵,气度。并结藻清英,流～绮靡。45/8　动角挥羽,何必穷初终之～。44/2

十　五　画

德

① 道德,功德。太康败～,五子咸怨。6/2　至于秦政刻文,爰颂其～。9/2

② 本身所具有的属性。文之为～也大矣,与天地并生者何哉? 1/1

德释

《原道》说:"文之为德也大矣,与天地并生者何哉?"这个德称为大,大到包括"道之文"与"自然之道"两部分。对"道之文"说,这个德就是韩愈《原道》里说的"足乎己无待于外之谓德",即指物的属性;对"自然之道"的人文说,这个德就是功用。

先看"道之文"的德。"夫玄黄色杂,方圆体分;日月叠璧,以垂丽天之象,山川焕绮,以铺理地之形,此盖道之文也。"有天地就有天玄地黄,天圆地方,天有日月,地有山川,这些是天地本身所具有的属性,好像有物一定有色和形,色和形是物本身所具有的属性,这就是德。下文讲龙凤的藻绘,虎豹的炳蔚,云霞的雕色,草木的花的颜色,这些即是龙凤虎豹云霞花朵本身所具有的色采,是它们本身的属性。林籁泉石的声韵也一样。

再看自然之道,其中所讲的人文,"心生而言立,言立而文明,自然之道也"。这里讲的文明,还包括"乾坤两位,独制《文言》",即《易》的《文言》,还包括"唐虞文章",夏后氏的"业峻鸿绩",以及商周的"文胜其质"。这里的人文实际包括礼乐教化在内,这个德指功用,"文之为德"即礼乐教化的功用了。

刘勰讲文之为德的两个意义,是为了论文。他把德作属性,即有文就有文本身所具有的属性,像有天地就有玄黄方圆,他称这为形文;有林籁就有结响,有泉石就有激韵,这是声文;有人就有五性,发为文章,这是情文。玄黄方圆好比辞采,结响激韵好比音律,玄黄方圆又是构成对偶的。把这些说是文德,即文本身所具有的属性,这也就说明骈文的讲究辞采、音律、对偶是文本身所具有的属性,像物的有形和色那样,不是人们强加上去的,用它来推尊骈文出于自然,这是并不确切的。因为语言文词还是以散行为主,骈文是后起的,是加上人工的造作,不完全是出于自然。

他把文德解释作礼乐教化的功用,这同《徵圣》《宗经》一致,他的论文，就是用文来推广礼乐教化的，这就把文德同写作结合了。论写作，先谈德行，《诸子》称"太上立德"，"君子处世，疾名德之不章"。先指出要立德。《时序》称"昔在陶唐，德盛化钧"，"逮姬文之德盛，《周南》勤而不怨"。文德既要宣扬礼乐教化的功用，要先有德行，才好宣传。这样立德和德盛就同写作联系起来了。《宗经》称"迈德树声，莫不师圣"，勉励德行，建立声誉，这就把德行和写作同宗经结合了。《明诗》称"太康败德，五子咸怨"，败德的行为也同创作联系了。《颂赞》称"至于秦政刻文，爰颂其德"，《铭箴》称"箴惟德轨"，《诔碑》称"铭德纂行，文采允集"，《哀吊》称"昭德而塞违"，这就用不同的文体来赞美各种德行，包括怨恨败德的事，就把德和写作结合了。

后　记

　　1961年,《新闻业务》编者丛林中同志找我选译《文心雕龙》。按照他的要求,译文要便于和原文对照,起到句解作用,简化注释,因此把段落分得短些,译文就排在正文下,简注附后。为了便于阅读,在每篇前加一些说明。在这年《新闻业务》第5期上开始发表,直到1963年第8期止。译文发表了一段时期,人民文学出版社古典文学编辑室约我注释《文心雕龙》,不要译文。这个注释自然比译文的简注详些。接着,中华书局文学编辑室要我把选译交给他们。选译和注释在文革前都交去了。文革后,中华和人民文学对拙稿提了意见,嘱我修改。我在修改时,由于在文革的十年中,根本没有碰过《文心雕龙》,在校注方面认为可改的不多。1978年4月,我去昆明参加古典文学理论学会,和四川大学杨明照先生住一间房。看见杨先生随身携带他著的《文心雕龙校注》,在书的天地头和旁边的空白处,写满了蝇头细楷。杨先生在重庆大学读书时,就对范文澜同志注作补订。他在燕京大学,就用《文心雕龙校注》作为毕业论文。到1957年,再加补订,由古典文学出版社出版。《校注》出版后,杨先生继续校订,注满在这本书上,先后相继,已经经过了四十多年,杨先生对《文心雕龙》校注所下的功力,当是无与伦比的了。当时杨先生告诉我,他有一篇补订范注的文章,投寄中华书局。我说回京后,想找这篇文章来读,用来补订我的注释,请求杨先生同意,杨先生慷慨地同意了。这样,我就把杨先生文中补订条目可采的引入我的注中,注明杨注,减少拙注的误缺,谨在这里对杨先生表示深切感谢。杨先生的补订稿,已在1982年12月由上海古籍出版社出版,称《文心雕龙校注拾遗》。

选译和注释出版后,觉得两书的注虽有详略,总不免重复,感到不安。中华书局文学编辑室要我把选译改为全译。我也感到选译对文体论二十篇,只译了文和笔两部分的前三篇,说明对文体论的认识不够。现在看来,《文心雕龙》能够建立一个完整体系,正像他在《序志》批评各家文论的"各照隅隙",他要"弥纶群言",经史子集四部没有不包举的。也像他的编定经藏,"区别部类",在弥纶群言时,"论文叙笔,则囿别区分",先从文体论入手。在文体论里"敷理以举统",敷陈各体文的创作理论,再归纳为创作论。因此,创作论是从文体论中概括出来的;"文之枢纽"的论文体系,是从文体论和创作论中归纳出来的,没有文体论就没有创作论,也没有全书的完整体系,因此补译文体论是必要的。补译时对选译部分也作了一些修订。

补译了文体论,又感到全译跟注释不免有重复,想在全译外再加点新的东西。想到在参加古典文学理论学会和文心雕龙学会时,听到有些同志要求编《文心雕龙》术语解释,他们认为对《文心雕龙》的术语解释颇有纷歧,影响对《文心雕龙》的正确理解。假使对这些术语,就它们在书中出现的次数,总起来看,作些解释,是适应读者的需要的。因此尝试来做一下。由于书中术语,就它在书中出现的次数总起来看,有时作一般词语用,有时作术语用,这两者又有关,解释时对这两者都要注意到,又术语的范围不容易确定,因此称作"词语简释"。这个今译和词语简释当有不少缺点和错误,希望得到专家和读者的指正。

周振甫　1983.11